WILLIAM SARABANDE
im BASTEI-LÜBBE-Programm:

DIE GROSSEN JÄGER
Band 13 432 Land aus Eis

DIE URZEIT-SAGA
William Sarabande
LAND DER STÜRME
DIE GROSSEN JÄGER

Ins Deutsche übertragen
von Bernhard Kempen

BASTEI-LÜBBE-TASCHENBUCH
Band 13 465

Erste Auflage:
Juli 1993

© Copyright 1988
by Book Creations, Inc.
Published by Arrangement with
Book Creations, Inc. Canaan
All rights reserved
Deutsche Lizenzausgabe 1993
by Bastei-Verlag Gustav H. Lübbe
GmbH & Co., Bergisch Gladbach
Originaltitel: Corridor of Storms
Lektorat: Christina Helmin/
Reinhard Rohn
Titelillustration: Hans Hauptmann
Umschlaggestaltung:
Quadro Grafik, Bensberg
Satz: KCS GmbH,
Buchholz/Hamburg
Druck und Verarbeitung:
Brodard & Taupin, La Flèche,
Frankreich
Printed in France

ISBN 3-404-13465-6

Der Preis dieses Bandes
versteht sich einschließlich der
gesetzlichen Mehrwertsteuer.

Für Dagmar,
Patin, Freundin und in einem früheren Leben
zweifellos Eleanor von Aquitanien

Ebenfalls, doch keinesfalls als Nachtrag,
für
Paul und Lois, liebe Freunde,
denen ich für lebenslange Ermutigung danke.

Personen

Torkas Stamm

Torka	Jäger der Eiszeit aus Sibirien
Lonit	seine Frau
Karana	sein Adoptivsohn
Umak	sein Großvater
Sommermond	
Demmi	seine Töchter
Aliga	tätowierte Frau, ehemalige Sklavin des Geisterstamms, Torkas 2.Frau
Iana	Witwe von Torkas Freund Manaak, Torkas 3. Frau

Supnahs Stamm

Supnah	Häuptling des Stammes
Navahk	Zauberer, Supnahs Bruder, Karanas leiblicher Vater
Naiapi	Supnahs Frau
Pet	ihre Tochter
Grek	alter Jäger
Wallah	seine Frau
Mahnie	seine Tochter
Rhik	alter Jäger
Hetchem	seine Frau
Stam	
Mon	
Het	Jäger
Ketti	junge Frau

Zinkhs Stamm

Zinkh	Häuptling des Stammes
Pomm	Heilerin des Stammes
Simu	junger Jäger
Eneela	seine Frau

Mitglieder der Großen Versammlung

Lorak	alter Zauberer, Ältester der Versammlung
Sondahr	Zauberin
Rak	alter Jäger
Oga	seine Frau
Cheanah	
Tomo	Jäger
Jub	
Tlap	
Yanehva	junge Jäger
Ekoh	Tlaps Vater

Teil 1

DÄMONENWANDERER

1

»Am Anfang, als das Land noch ein Land war, als die Menschen noch ein Stamm waren, lange bevor Vater Himmel die Dunkelheit machte, die die Sonne verschlang, und bevor Mutter Erde die Eisgeister gebar, die die Berge bedeckten, wurde der Wanawut geboren, um die Kinder des ersten Mannes und der ersten Frau zu jagen. Er verfolgte sie, wie wir heute die großen Herden verfolgen, und lebte von Menschenfleisch, wie die Menschen vom Fleisch und Blut des Mammuts, des Karibus und des Bisons leben. Nur zu diesem Zweck wurde der Wanawut geboren, um die Menschen zu lehren, was Furcht ist.«

Die Worte des Zauberers erfüllten die Nacht, während der kalte Wind wie ein unsichtbares Raubtier um das Lagerfeuer strich und die in Pelze gehüllten Menschen erschaudern ließ. Seine Worte machten ihnen bewußt, daß sie trotz der Geborgenheit in der Gruppe, trotz ihrer Speere, Messer und der dicken Kleidung unbedeutende und verletzliche Wesen unter dem wilden arktischen Himmel waren.

Der Zauberer stand mit erhobenen Armen da und sah zum Nachthimmel hinauf. Er war ein attraktiver Mann in den besten Jahren. Seine Kleidung aus dem weißen Bauchfell eines im Winter erlegten Karibus schimmerte wie Gletschereis in einer Vollmondnacht.

»Furcht . . .«, wiederholte er und genoß den Klang des Wortes, während der kalte, trockene Eiswind über endlose, gletscherbedeckte Gebirgszüge und sanft gewellte Steppen heranwehte. Er allein schien seinen Frieden mit der Nacht gemacht zu haben, ein Verbündeter des Windes, der durch die Versammlung der Männer, Frauen und Kinder fuhr, die von seinen Worten und Gesten vor dem großen gemeinsamen Lagerfeuer gebannt waren.

Wie auf seinen Befehl hin flackerten die Flammen auf, als sie sich geräuschvoll durch Knochen, Flechten und getrocknete Soden fraßen. Es war ein heißes, hungriges Feuer, das den Zauberer wärmte. Die Funken wirbelten hoch hinauf, als wollten sie sich zu den unzähligen Sternen an der straffen schwarzen Haut des Nachthimmels gesellen. Er lächelte. Er war der Herr der Nacht und der Sterne, des Windes und des Feuers und hatte die Menschen, die ehrfürchtig gebückt im Schneidersitz vor ihm hockten, in seinem Bann.

Alle bis auf den Neuankömmling, Torka.

Etwas Dunkles und Bösartiges regte sich im Zauberer, als sein Blick auf den großen, kräftigen Jäger fiel, der kerzengerade und regungslos in einem schwarzen, zottigen Mantel aus Löwenfell dasaß.

Torka!

Navahk, der Zauberer, hätte den Namen fast laut gezischt. Er ärgerte sich, daß Supnah, sein Bruder und der Häuptling des Stammes, Torka zum Bleiben überredet hatte. Dabei war Torka bereits fest zum Aufbruch entschlossen gewesen. Er wollte seine

Frau mit dem Baby an der Brust, seine verfluchten Hunde und den Jungen, den er dreist als seinen Sohn bezeichnete, in das unbekannte und verbotene Land im Osten führen. Er hatte Supnahs Stamm erzählt, daß er von den Bergen aus das verbotene Land gesehen hatte und daß es dort viel Wild gab. Fast hätte er Supnah und seinen Stamm überredet, ihm zu folgen, aber der Häuptling war nicht bereit, seine Leute dem Unbekannten zu überantworten.

Supnah hatte Torka überzeugt, daß seine Frau und sein Kind im Schutz des großen Stammes sicherer wären, obwohl der Jäger bereits seine Rückentrage angeschnallt hatte. Wenn die Geister des Wildes und die Mächte der Schöpfung es zuließen, konnten sie sich immer noch gemeinsam in das verbotene Land wagen. Doch vorerst würden Supnahs Jäger im Land ihrer Väter bleiben. Obwohl seine Frau ihn offensichtlich gedrängt hatte, endlich aufzubrechen, hatte Torka sich der Weisheit des Älteren gebeugt. Er hatte dem fernen und verbotenen Land den Rücken zugekehrt und war mit Supnahs Stamm nach Westen gezogen, um mit ihnen dieses nächtliche Fest zu feiern.

Das Lächeln des Zauberers verzerrte sich zu einer verächtlichen Grimasse. Bevor Torka zu ihnen gestoßen war, hatten sie kurz vor dem Verhungern gestanden. Jetzt war das Land plötzlich voller Wild. Viele sagten, daß Torka die Tiere vor die Speere der Jäger gerufen hatte. Navahk, der als Zauberer bisher für das Jagdglück verantwortlich gewesen war, wußte nicht, wen er mehr verachtete, Torka oder Supnah.

Torka erwiderte seinen Blick mit ausdruckslosem Gesicht. Navahk war es nicht gewohnt, Rivalen zu haben, und haßte ihn dafür. Außerdem konnte er gewöhnlich die Gedanken anderer Menschen so einfach verfolgen wie die Spur eines Mammuts im Schlamm, doch Torkas Gedanken blieben dem Zauberer verschlossen. Es sei denn, Torka wollte, daß dieser sie kannte.

Torka hatte keinen Hehl daraus gemacht, daß er ein Mann war, der viel Schmerz und Leid erlebt hatte. Doch er hatte sich der Furcht gestellt und sie überwunden. Für ihn war sie kein Geheimnis mehr; wenn überhaupt, so dachte er verächtlich von ihr. Sein Körper war mit Narben übersät, die von Wölfen,

Bären, Mammuts und dem Löwen stammten, dessen Fell er trug. Warum sollte er sich vor den Geschichten eines Zauberers über ein sagenhaftes Tier fürchten, das er niemals gesehen hatte, nachdem er schon so viele wirkliche Gefahren überstanden hatte? Die Furcht schwächte einen Mann und machte ihn zum leichten Opfer der Raubtiere. Aber Torkas Blick ließ keinen Zweifel, daß er wußte, daß der Zauberer ein Raubtier war.

Navahk wandte seinen Blick ab. Er würde sich nicht von ihm einschüchtern lassen, sondern ihn entweder aus dem Stamm verjagen oder dafür sorgen, daß er und sein angeblicher Sohn starben. Die Idee belebte ihn. Er lachte laut auf, machte einen Luftsprung und tanzte wild im Feuerschein. Dazu sang er das stolze, wilde, wortlose Lied der Wölfe, wilden Hunde und Hengste, die die Stuten über das weite Grasland der sommerlichen Tundra trieben. Er wurde gleichzeitig zum Raubtier und zur Beute, er war Bär und Löwe, Mammut und Karibu. Dann hockte er sich wie ein wildes Tier hin, heulte und fauchte, sprang auf und schlich herum. Jetzt war er nicht mehr Fleisch und Blut, sondern der Geist, vor dem er seinen Stamm gewarnt hatte, der Wanawut.

Er bemerkte, wie die Frauen erschrocken zusammenzuckten und die Männer anerkennend über seinen wilden Tanz murmelten. Doch das bedeutete ihm nichts. Er blieb vor Torka stehen und lächelte, um seine Eifersucht auf den stattlichen Jäger und dessen unerschütterliche Ruhe zu verbergen. Der Zauberer hob seinen mit Hautstreifen geschmückten Zeremonienstab, der aus dem feuergehärteten Schenkelknochen eines Kamels bestand und von dem gehörnten Schädel einer Antilope gekrönt wurde, und starrte den Neuankömmling mit blicklosen Augen an. Drohend schüttelte er den Stab, so daß Krallen, Klauen und Schnäbel, die an die Hautstreifen genäht waren, rasselten und klapperten.

»Hat Torka keine Furcht vor dem Wanawut, den er in der Hülle Navahks vor sich tanzen sieht?«

Torka rührte sich nicht. Er war entsetzt über die Gier, die in den Augen des Zauberers funkelte, ließ sich aber nichts anmerken. »Torka ist vorsichtig bei allem, was er nicht versteht.«

Der Zauberer starrte ihn haßerfüllt an. Torka, der die Drohung in Navahks Augen gesehen hatte, war so wachsam wie ein grasendes Tier, das sich an einen Teich in der Tundra wagte, obwohl es wußte, daß dort Raubtiere lauerten. Doch das Schlimmste war, daß seine Kühle und Zurückhaltung gegenüber dem Zauberer auch auf Supnah abfärbte. Navahks Mundwinkel zogen sich nach unten. Der Häuptling war in allen Dingen ein so kluger und umsichtiger Mann, außer wenn es um seinen jüngeren Bruder ging. Supnah hatte Navahk immer bedingungslos und leichtgläubig vertraut — bis Torka zwischen sie getreten war. Jetzt konnten die Worte, Gesten und ausgefeilten Rituale des Zauberers den Älteren nicht mehr beeindrucken. Ihr Verhältnis war merklich kühler geworden, seit sie Torka allein auf der Tundra bei der Verfolgung von Sklavenhaltern begegnet waren, die seine Frau und den Jungen entführt und seinen Großvater getötet hatten.

Der Name des Jungen war Karana. Er war während der Hungerzeit zusammen mit den meisten Kindern von Supnahs Stamm ausgesetzt worden. Der Junge hatte als einziger überlebt und war später von Torka gefunden und adoptiert worden, der ihn jetzt wie seinen eigenen Sohn liebte. Torka hatte Karanas Namen erwähnt und Supnahs Jäger gebeten, ihm zu helfen, seine Frau und den Jungen zu befreien. Die Jäger hatten überrascht mitangesehen, wie Supnah ungläubig erstarrte und wie eine Frau weinte. Karana war Supnahs einziger Sohn, und Navahk hatte als Zauberer das Aussetzen der Kinder angeordnet. Außerdem hatte er behauptet, in seinen Visionen den Tod Karanas und der anderen Kinder gesehen zu haben.

»Ihr dürft nicht zurückblicken!« hatte er den trauernden Eltern gesagt. »Dieser Mann hat die Kinder in seinen Träumen gesehen. Sie sind Nahrung für die Tiere und den Seelenfänger, den Wanawut, der in der Zeit der langen Dunkelheit heult, wenn er über das Fleisch der Kleinen herfällt. Ihre Seelen werden vom Wind davongetragen. Die kleinen, nutzlosen Kinder mußten sterben, damit die Starken unter uns nicht verhungern. Sie werden dem Stamm in besseren Zeiten wiedergeboren werden.«

Doch jetzt saß Karana, den Navahk für tot erklärt hatte, lebendig und gesund neben seinem Vater und war wieder mit dem Stamm vereint. Der Junge starrte den Zauberer finster an. Sein Blick schien bis in Navahks Herz zu sehen.

Die Kiefernmuskeln des Zauberers waren sichtbar angespannt. Karana hatte ihn schon immer mit seinen Blicken durchbohren können. Er verachtete den Jungen ebenso wie Torka und Supnah. In ihrer Gegenwart fühlte er sich klein und schuldig, obwohl er mutig mit seinem Zauber der Nacht entgegentrat. Dabei wünschte er sich, er hätte die Macht, sie tot zusammenbrechen zu lassen.

Seine Lippen spannten sich über den kleinen, seltsam zugespitzten Zähnen. Er wünschte sich, er wäre zuerst geboren worden und nicht so ansehnlich, sondern nur stark und ein halb so guter Jäger wie sein Bruder. Dann könnte er den Platz seines Bruders übernehmen, und nie wieder würde es jemand wagen, die Gültigkeit seiner Träume oder seines Zaubers in Frage zu stellen.

Seit Karana aus der Geisterwelt zurückgekehrt war, hatte Supnah seinen Bruder nicht mehr bewundernd, sondern eher nachdenklich angesehen. Der Häuptling saß vor der Männergruppe seines versammelten Stammes, geschmückt mit den Abzeichen seiner Würde. Doch er war ein bescheidener Mann und trug nur den Reif aus Adler-, Falken- und Kondorfedern auf dem Kopf. Um seinen Hals hing ein Kragen aus den Brustdaunen dieser Vögel, an die ihre Krallen angenäht waren. Sie klapperten leise im Wind, während Supnah reglos auf dem mit Flechten und Daunen gefütterten Bärenfell saß, an einer Stelle, wo er nicht vom Rauch belästigt wurde. Er hatte Torka und Karana die Ehrenplätze zu seiner Linken und Rechten überlassen. Gelegentlich sah er auf den Jungen hinunter und legte seinen kräftigen Arm um seine schmalen Schultern, drückte ihn mit der offenen und ehrlichen Liebe eines Vaters an sich, so als könnte er nicht glauben, daß sein Sohn wieder da war. Dann beugte er sich leicht vor, sah Torka an und nickte ihm zu, um ihm seine tiefe Anerkennung zu zeigen, die keine Worte ausdrücken konnten.

Als er diesen Blick sah, zitterte Navahk vor unterdrücktem Zorn. Mit dem Ritual des Geschichtenerzählens und dem Zauber sollte Karanas wundersame Rückkehr gefeiert und Torka für die Rettung des Kindes gedankt werden. Seit Torka in ihr Leben getreten war, war nichts mehr beim alten geblieben. Wilde Hunde begleiteten ihn, als wären sie seine Brüder, und er hatte ihnen freiwillig das Geheimnis des wunderbaren Speerwerfers verraten, den er erfunden hatte.

Es war nicht mehr als ein Knochenschaft, der ungefähr so lang wie ein Unterarm war und am einen Ende einen Handgriff und am anderen einen Haken besaß. Doch wenn ein Jäger den mit Sehnen umwickelten Griff in die rechte Hand nahm und einen Speer mit dem Ende gegen den Haken legte, so daß die Speerspitze über die Schulter zeigte, konnte er damit die Kraft und die Reichweite eines Speerwurfs mehr als verdoppeln. Mit dieser bewundernswerten Waffe hatten Torka und Supnahs Jäger die Sklavenhalter des Geisterstammes besiegt.

Es war allein Torkas Verdienst, daß Supnahs Stamm nun wieder das Gefühl von Kraft und Selbstbewußtsein besaß. Die Menschen hatten den Neuankömmling ehrfurchtsvoll wie einen strahlenden Sonnenaufgang angesehen. Während Navahk mit mörderischer Wut abseits stand, hatten sie atemlos seiner Geschichte gelauscht, wie ein rasender Mammutbulle seinen Stamm vernichtet hatte, wie er sich ihm mutig entgegengestellt hatte, von seinen mächtigen Stoßzähnen emporgehoben wurde, wie er ihm einen Speer ihn die Schulter gerammt hatte und dann zu Boden geschleudert wurde, um schließlich wieder von den Toten aufzuerstehen. Von seinem ganzen Stamm hatten nur er selbst, seine Frau und sein uralter Großvater die schreckliche Verwüstung überlebt, die die Bestie angerichtet hatte. Die drei waren nach Osten über die wilden Hügel der weiten Tundra in unbekanntes Land geflohen und waren den Raubtieren und der eisigen Kälte der endlosen Nächte hilflos ausgeliefert gewesen. Dennoch hatten sie diese Entbehrungen überlebt, bis sie schließlich hoch oben auf einem Berg Zuflucht in einer Höhle gefunden hatten, wo sie vor den Stürmen geschützt waren. Dort hatten sie dann das stinkende Nest eines kleinen, verängstigten Kindes — Karana — entdeckt, das ebenfalls zwischen den hohen Felsen Schutz gesucht hatte.

Unter der Führung von Torka hatten Supnahs Jäger viele Männer des Geisterstammes getötet, die schon seit undenklichen Zeiten die Stämme der Tundra heimgesucht hatten. Nur ein Dutzend junger tätowierter Frauen hatten sie zu ihren Lagerfeuern zurückgebracht. Die Gesichter der Frauen strahlten vor Freude über die neuen Verhältnisse und vor Bewunderung für den gutgewachsenen und schönen Zauberer.

Navahk lächelte. Ihre offenkundige Hochachtung ließ ihn für einen Augenblick seinen Ärger vergessen. Zumindest konnte er mit seinen dramatischen Geschichten betören, die seit Urzeiten im Stamm weitergegeben wurden, um die Furcht zu vertreiben und ihren Platz in der Welt zu bestätigen.

Als er bemerkt hatte, daß seine Stellung innerhalb des Stammes in Gefahr war, hatte er sich für eine andere Erzählung entschieden. In dieser Nacht beschwor er die Furcht herauf und tanzte mit ihr durch das Feuer, als hätte er sich damit verbrüdert. Er behauptete seinen Status, indem er die Bestie der Furcht auf seinen Stamm losließ, eine Bestie, die nur er, der Zauberer, in seiner Gewalt hatte. Mit dieser Methode hatte er auch schon erfolgreich seinen Bruder beeinflußt.

»Navahk sagt zu seinem Stamm: In seiner Traumzeit hat dieser Mann gesehen, wie der Wanawut durch die Berge im Osten streift. Er wartet hungrig in der Nacht, um über jene herzufallen, die Torka in das neue und unbekannte Land folgen wollen.«

Der Zauberer verstummte. Supnah verschränkte die Arme über der Brust und sah ihn mit einem gleichzeitig verächtlichen und mitleidigen Blick an, der ihm durch und durch ging. Der Häuptling erschien ihm plötzlich wie ein Fremder. Navahk zuckte zusammen und spürte, wie sein Lächeln erstarb.

Navahk besaß keine Macht mehr über seinen Bruder, und das bedeutete, daß er auch keine Macht mehr über den Stamm hatte.

»Wer hat diesen Wanawut gesehen« fragte Supnah kritisch. »Wer hat sein Fell, seine Knochen oder sonst eine Spur seines Kadavers auf der Tundra gefunden? Wer hat seine Fährte oder gar den lebenden Wanawut gesehen, diesen Wind- und Nebelgeist, der meinem Stamm durch Navahks Mund Angst macht?«

Karana sah ihn verblüfft und bewundernd an. Hatte der Häuptling wirklich den Zauberer herausgefordert? Damit hatte Supnah seinen Bruder zum erstenmal in seinen Leben vor dem ganzen Stamm kritisiert.

Der Junge lächelte zum erstenmal, seit Supnah darauf bestanden hatte, daß er Torka verließ und wieder mit ihm und seiner dritten Frau Naiapi als Sohn des Häuptlings lebte. Er hatte sich gesträubt, aber Torka duldete keinen Widerspruch. Doch als Navahk ihn wütend angesehen und allen verkündet hatte, daß die Toten nicht ohne furchtbare Folgen wieder unter den Lebenden weilen konnten, war er froh gewesen. Supnah hatte nur kalt erwidert, daß sein Sohn lebte und nicht tot war, trotz aller Zeichen, die sein Bruder gesehen hatte. Karana hatte es Spaß gemacht, der Zauberer süffisant anzugrinsen, doch sein erzwungener Aufenthalt in Supnahs Erdhütte war weniger erfreulich. Er konnte Naiapi genausowenig leiden wie sie ihn, obwohl ihre kleine Tochter Pet ihn mit ihrer geschwisterlichen Zuneigung fast erstickte. Sie sah ihn jetzt von der anderen Seite des Feuers aus an, doch er tat so, als bemerkte er es nicht. Er wollte nichts mit ihr zu tun haben. Sie war eins der wenigen Kinder, die nicht mitten in der Winterdunkelheit ausgesetzt worden waren, da ihre Mutter noch genug Milch hatte, nachdem gerade ihr Neugeborenes gestorben war. Er hatte ihr gesagt, daß sie nicht seine Schwester war, doch Supnah widersprach ihm. Obwohl sie von verschiedenen Müttern zur Welt gebracht worden waren, waren sie dennoch vom gleichen Blut. Genauso wie ihr Vater sich um sie beide kümmerte, sollten auch sie füreinander da sein.

Karana hatte ihm seine Gedanken nicht verraten. *Wenn du dich um mich kümmerst, warum hast du mich dann in den Tod geschickt? Wie konntest du überhaupt irgend jemanden in den Tod schicken? Du warst der Häuptling, und du hättest nicht auf*

Navahk hören müssen! Selbst in der Zeit des Hungers hat Torka immer genug Nahrung für seinen Stamm besorgt und sogar noch ein fremdes Kind aufgenommen. Wir hatten Hunger, aber wir haben überlebt. Und jetzt ist Karana für immer Torkas Sohn! Er wird nie wieder Supnahs Sohn sein!

Der Junge seufzte. Er hatte Supnah einmal geliebt und war stolz auf den mutigen Jäger gewesen. Doch jetzt empfand er nur noch eine fade Leere. Er konnte dem Häuptling nicht sagen, daß er in Wirklichkeit Navahks Abkömmling war. Als Karana zu seinem Stamm zurückgekehrt war, hatte Navahk ihn aus Gründen, die der Junge nicht verstand, kalt lächelnd mit dieser unerwünschten Wahrheit konfrontiert, die ihn gleichzeitig empörte und beschämte.

Doch als er jetzt den Zauberer in den schwarz und rot flackernden Schatten anstarrte, wurde ihm klar, daß er diese Wahrheit schon immer geahnt hatte, schon seit den fernen Tagen seiner Kindheit, als man immer wieder Bemerkungen über seine Ähnlichkeit mit dem Bruder seines Vaters gemacht hatte. Doch sie hatten noch viel mehr miteinander gemeinsam. Er selbst war genauso verblüfft wie der Stamm, wenn er immer wieder Wetterveränderungen vorhersagen konnte oder wußte, wann das Wild kommen und wo man es finden würde. Er hatte oft gespürt, wenn der Zauberer ihn abschätzend mit stechenden Augen beobachtet hatte. Seine Mutter hatte ihn gewarnt, er solle seine Weissagungen für sich behalten und sich vor Navahk in acht nehmen. Er war ein häßlicher und gefährlicher Mann, hatte sie gesagt. Doch Karana hatte seine Mutter nicht verstanden, denn Navahk war sogar noch schöner als sie, die Frau des Häuptlings, die von allen anderen Frauen beneidet wurde.

Der Junge hatte plötzlich einen Kloß im Hals. Seine Mutter war in dem Winter gestorben, als man ihn ausgesetzt hatte. Er würde nie mehr von ihr erfahren, warum sie dem Zauberer mißtraut hatte. Karana war sich sicher, daß Supnah ihm nicht glauben würde, wenn er ihm von den wahren Verhältnissen erzählen würde. Seit dem Tod ihrer Eltern war Supnah wie ein Vater zu seinem jüngeren Bruder gewesen. Wer vor dem Häuptling etwas gegen Navahk sagen wollte, konnte genausogut gegen einen Wintersturm anschreien.

Und nun starrte Karana abwechselnd Supnah und Navahk an und konnte es nicht fassen. Wie ein gut geworfener Speer hatten die Worte des Häuptlings den Zauberer getroffen; er wich stolpernd einen Schritt zurück. Supnah hatte sich Navahk noch nie widersetzt, nicht einmal, als der Zauberer ihm gesagt hatte, er sollte seinen Sohn aussetzen.

Karana zuckte jedesmal zusammen, wenn seine Augen die des Häuptlings trafen oder wenn er ihn an sich drückte und ihn seinen Sohn nannte. *Torka ist jetzt mein Vater! Torka wird immer mein Vater sein!* wollte er rufen. Das einzige, was sie zu Vater und Sohn machte, war Treue und Zuneigung, aber nicht das Blut. Blut war eine dünne, rote Flüssigkeit, die eintrocknete und vom Wind davongeweht wurde.

Karana hatte es erlebt, als er die Kinder eins nach dem andern langsam verhungern und erfrieren gesehen hatte. Sie schrien nach ihren Müttern und Vätern, die nie mehr zurückkamen. Er hatte ihnen nicht helfen können, da er selbst am Verhungern war. Schuld daran hatte nur Supnah, der nicht den Mut gehabt hatte, sich gegen die Geister des Sturms zu stellen, die durch den Mund seines Bruders sprachen.

Karana wünschte sich, er könnte einfach aufspringen und in die Nacht davonrennen. Dies war ein schlechtes Lager mit schlechten Menschen, und wer in diesem Lager blieb, hatte nichts Gutes zu erwarten.

»Ich frage noch einmal: Wer hat den Wanawut gesehen — außer Navahk in seinen düsteren Träumen?« Supnahs Stimme schnitt wie ein scharfes Messer durch die Nacht.

Navahk hatte sich wieder gefaßt. Er nahm die Herausforderung an und erwiderte sie. »Hat Supnah die Geisterwelt bereist, so daß er in Frage stellen kann, was Navahk, der Zauberer, in seinen Träumen gesehen hat? Oder hört der Häuptling dieses Stammes lieber auf Torka, einen Fremden, anstatt den Warnungen seines eigenen Bruders Gehör zu schenken?«

19

»Torka hat gesagt, daß er gute Jagdgründe im Osten gesehen hat. Warum sollten wir ihm nicht glauben? Er hat uns im Kampf gegen den Geisterstamm gut geführt, er hat uns Frauen gebracht und sich zweimal Donnerstimme, dem großen Mammut, entgegengestellt. Torka hat uns das Wissen geschenkt, wie man den Speerwerfer macht und benutzt. Torka hat meinen Sohn zurückgebracht, nachdem Navahk vor allen beschworen hat, daß Karana tot sei. Torka hat bewiesen, daß er kein Mann mit düsteren Träumen ist. Also antwortet Supnah auf Navahks Frage mit ja! Supnah wird auf Torka hören, wenn er etwas zu sagen hat.«

Navahk rührte sich eine Weile nicht von der Stelle.

Supnah nutzte die Gelegenheit, um seinen Bruder noch tiefer zu erschüttern. »Vielleicht ist es für Supnahs Stamm an der Zeit, einen neuen Zauberer zu ernennen. Vielleicht ist es für Navahk an der Zeit, genauso wie die Kinder, deren Seelen von seinen Träumen verschlungen wurden, den Stamm zu verlassen und seine Seele auf immer dem Wind zu überlassen.«

»Nein!« Torkas Stimme fuhr wie ein Donnerschlag dazwischen. Er war aufgesprungen und sah zuerst Supnah und dann Navahk grimmig an. Sie waren wie zwei Elchbullen, die in der Brunft um die Herrschaft über die Herde kämpften. Torka wollte mit ihrer Feindschaft nichts zu tun haben. Er mußte an seine Frau und sein Kind denken. Obwohl er dem Zauberer von Anfang an mißtraut hatte, konnte er es nicht zulassen, daß seine Stellung im Stamm untergraben wurde. Sein eigener Großvater war ein Zauberer gewesen, ein Herr der Geister, wie sein Stamm sagte, und er wußte, welche Verantwortung mit diesem Titel verbunden war. Er war nicht bereit, die Last eines solches Amtes zu übernehmen. Wenn Supnah seinem Bruder den Rang aberkennen wollte, sollte er einen anderen als Nachfolger bestimmen. »Dieser Mann ist kein Zauberer«, sagte er.

Der Häuptling sah ihn düster an. »Dieser Mann sagt, daß du es bist! Haben wir nicht all deine Taten gesehen, die Supnah eben aufgezählt hat? Als wir ängstlich vor Donnerstimme flohen und Karana vor dem großen Mammut stolperte, war es da nicht Torka, der sich zwischen das Kind und die Bestie stellte? Und hat sich der Tod nicht abgewandt, als er von der Zaubermacht deines Willens besänftigt wurde?«

Torka konnte sich nicht mit ihm über die Wahrheit streiten, aber er wollte seine Worte auch nicht unwidersprochen hinnehmen. »So ist es. Aber dieser Mann glaubt nicht, daß Zauber im Spiel war. Das große Mammut fiel einst über unseren Stamm her, weil wir das Fleisch seiner Gefährtin gegessen hatten. Wir kennen uns. Donnerstimme und ich. Er trägt die Spitze eines meiner Speere in seiner Schulter. Und dieser Mann trägt die Narben seiner Stoßzähne auf seinem Bauch. Torka ist viele Meilen weit gezogen, in der Hoffnung, das Tier zu erlegen, das seinen Stamm getötet hat. Doch vielleicht sind wir beide nur zwei Bullen, die genau dasselbe wollen, nämlich unsere Lieben verteidigen. Vielleicht sind wir beide inzwischen des Tötens überdrüssig geworden, so daß wir dem Kampf ausweichen können, wenn es keinen Grund zum Töten gibt.«

Der Häuptling dachte nach. »Vielleicht. Aber nicht viele Männer sind so mutig, Donnerstimme unerschrocken ins Auge zu sehen. Ein solcher Mut ist ein großer Zauber!«

»Dein Sohn ist für mich wie ein Sohn geworden, Supnah. Wir haben gemeinsam viel durchgestanden. Um Karana zu retten, habe ich den Tod riskiert. Aber wenn du an meiner Seite gewesen wärst, hättest du dasselbe getan. Die Liebe eines Vaters ist ein großer Zauber! Du brauchst Navahk wegen seines weisen Rats. Wenn seine Träume auch manchmal verworren sind, hat nicht etwa seine Zauberkraft nachgelassen. Niemand kann deutlich und klar sehen, was in der Geisterwelt vor sich geht. Wenn Navahk sagt, daß er den Geistern in seinen Träumen begegnet, wer könnte es bezweifeln? Torka wird sich kein Urteil darüber erlauben. Dieser Mann ist nur ein Jäger. Ich war auf den fernen Hügeln, hinter denen ein unbekanntes Land beginnt. Dort habe ich viel Wild auf weitem Grasland gesehen, das sich zwischen den Wandernden Bergen erstreckt. Doch wenn Navahk sagt, daß es verbotenes Land ist und er in seinen Träumen den Wanawut gesehen hat, dann würde ich mich nicht dorthin wagen. Es würde mir genügen, Supnah zu folgen, dankbar für den Schutz, den sein Stamm mir, meiner Frau und meinem Kind angeboten hat.«

Navahk brummte und ließ seinen Blick über die stummen Menschen wandern. Dieser Mann war tatsächlich ein Zauberer, denn im Umgang mit Worten war er sogar noch besser als Navahk selbst. Trotzdem haßte er ihn. Dann nutzte er die Gelegenheit, um seinen angeschlagenen Ruf zu retten.

»Torka hat weise gesprochen. Wer den Wanawut nicht gesehen hat, kann auch kein Zauberer sein.«

Torka schien erleichtert, doch er mußte etwas erwidern, um den Häuptling nicht zu beleidigen. »Wie Navahk richtig sagte, ist dieser Mann kein Zauberer. Doch wenn der Wanawut das ist, was mein Stamm einen Windgeist nennt, dann hat Torka seinen Schrei oft während der langen Nächte der Winterdunkelheit gehört. Er lebt im Land der Menschen und in hochgelegenen Regionen im Nebel und in den Wolken. Wir sind hier in genauso großer Gefahr vor dem Wanawut wie im unbekannten Land im Osten.«

Ein Raunen ging durch die Versammlung.

Supnah war zufrieden, aber Navahk nicht. Er stieß einen lauten Schrei aus und dann ein tiefes, bedrohliches Knurren wie ein Wolf, der über seine Beute herfällt. Er wirbelte um das Feuer herum und kam auf der Seite der Frauen zu stehen. Er starrte sie an, so daß die wenigen Kinder sich ängstlich duckten. Vor Torkas Frau blieb er besonders lange stehen, bis ihr ungewöhnlich schönes Gesicht unter seinem starrenden Blick errötete. Ihre Reaktion befriedigte ihn, doch Torka war wütend. Als er sich wieder der Männerseite zuwandte, stand Torka die offene Feindschaft ins Gesicht geschrieben. Navahk war zufrieden. Er würde Torkas Frau benutzen, um sich an ihm für diese Nacht der Erniedrigung zu rächen.

Jetzt stand Navahk breitbeinig vor den Flammen, hatte die Schultern zurückgeworfen und die Arme hochgerissen, während der Wind durch sein knielanges Haar und die Fransen an seinen Ärmeln fuhr. Seine Stimme schien nicht aus seiner Kehle, sondern vom Wind, dem Feuer und der kalten Unendlichkeit der sternenübersäten Nacht zu kommen. »Der Wanawut ist ein Windgeist! Sein Fleisch ist der Stoff, aus dem die Wolken sind. Sein Ruf ist die Stimme des Windes. Niemand darf seine Fährte aufnehmen. Und niemand außer einem Zauberer kann ihn sehen, bevor er aus der Geisterwelt hervorbricht und über die Menschen herfällt!«

Erneut ging ein Raunen durch die Menge. Navahk hatte den Stamm wieder in seinen Bann geschlagen.

»Karana hat den Wanawut gesehen!«

Navahk erstarrte und sah den Jungen mit haßerfülltem Blick an, der jeden anderen in die Knie gezwungen hätte. Doch Karana hielt ihm stand. Sein Gesicht verriet keine Regung und war ungewöhnlich ernst für einen Jungen, der erst elf Sommer erlebt hatte. Er war noch klein und wirkte jünger, aber seine Augen verrieten eine rastlose Energie und einen unverwüstlichen Willen. »Karana hat den Wanawut in den Nebeln der Stürme gesehen und sein Heulen in der Winterdunkelheit gehört. Er hat ihn beobachtet, wie er aufrecht wie ein Mensch stand, sich wie ein Bär anschlich und wie ein Löwe über die ausgestoßenen Kinder dieses Stammes herfiel, nachdem Navahks Träume uns in den Tod geschickt hatten.«

Die Frauen auf der anderen Seite des Feuers begannen zu jammern und vergruben ihre Gesichter in den Händen, um Karana nicht ansehen zu müssen. Die Jäger wurden durch Erinnerungen beunruhigt, die sie vor langer Zeit verdrängt hatten. Karanas Worte hatten unwillkommene Geister heraufbeschworen, kleine Geister in Winterstiefeln und mit Handschuhen, deren verfrorene Gesichter kaum unter den pelzumrandeten Kapuzen zu erkennen waren, die nun durch die Versammlung zogen, wie sie einst in die Winterstürme hinausgegangen waren, weil Navahk es so angeordnet und Supnah nicht gewagt hatte, sich ihm entgegenzustellen.

»Karana hat den Wanawut gesehen«, wiederholte er mit der Unnachgiebigkeit eines Menschen, der schon zu viele Gefahren erlebt hatte, um sich noch davon beeindrucken zu lassen. »Und er sieht ihn in diesem Augenblick! Ihr alle könnt ihn sehen! In der Haut von Navahk!«

»Karana!« zischte Torka mit unüberhörbarem Tadel.

23

Der Junge hörte nicht darauf. Er sprang auf und erwiderte den Blick der schockierten Gesichter im Flammenschein. Kindern war es verboten, auf Versammlungen offen zu sprechen, und noch nie hatte es eins gewagt, die Erwachsenen zu kritisieren. Doch er kümmerte sich nicht darum und rührte sich auch nicht, als Navahk langsam mit einem bösartigen Grinsen auf ihn zukam. Karana erwiderte das grimmige Lächeln.

Doch plötzlich stockte ihm der Atem, und er war außerstande, seinen Blick abzuwenden. Es war, als würde Navahk ihm mit seinen Augen die Seele aussaugen. Der Junge schien in die düsteren Abgründe seines erstickenden, mörderischen Hasses zu stürzen. Er schnappte nach Luft, als inmitten der beklemmenden Dunkelheit plötzlich ein Licht explodierte.

Karana wehrte sich nicht gegen die Vision. Dann hörte er eine flüsternde, warnende Stimme. *Er wird dich töten, wenn er kann, so wie er es schon einmal versucht hat, denn er ist dein Vater ... denn er weiß, daß du die Gabe des Sehens hast ... denn er weiß, daß du zu einem Mann heranwachsen wirst, in dessen Schatten er verblassen wird ... denn er weiß, daß du eines Tages ein viel größerer Zauberer sein wirst, als er es jemals war.*

Karana schüttelte benommen den Kopf. Die Vision und die Stimme waren verschwunden. Er atmete tief ein. Der Bann des Zauberers war von ihm abgefallen.

Navahk blieb stehen. Sein Grinsen verzerrte sich, und er kniff die Augen zusammen. Er wußte, daß er den Kampf zwischen ihm und dem Jungen verloren hatte, den er selbst herausgefordert hatte.

Karana hob seinen Arm und zeigte anklagend auf den Zauberer. »Vor ihm müßt ihr Angst haben, nicht vor dem Wanawut! Er ist die Bestie, die den Stamm ins Verderben treiben wird, so wie er es mit den Kindern getan hat und es immer noch mit den Seelen des Stammes tut. Er macht euch schwach, unentschlossen und furchtsam. In eurer Furcht liegt seine Macht, und das ist nicht gut, denn seine Macht dient dem Stamm nur so lange, wie sie seinen eigenen Zwecken dient!«

2

Karana wartete nicht auf Navahks Reaktion, sondern kehrte der Versammlung den Rücken zu und ging hinaus in die Nacht.

Torka, Supnah und eine helle weibliche Stimme, die er nicht erkannte, riefen ihm nach. Doch er hüllte sich in die tiefe Dunkelheit wie in einen Mantel, um sich vor den Augen zu verstecken, die seine Schritte verfolgten.

Er schnaubte. *Laß sie nur starren!* dachte er. *Ich habe mein Messer dabei. Ich habe keine Angst vor der Nacht. Sie selbst haben dafür gesorgt, daß ich alleine leben und mich gegen Gefahren verteidigen kann!*

Er kam an der letzten fellbedeckten Erdhütte und den Trockengestellen vorbei, an dem dünne Fleischstreifen eines Riesenfaultiers wie blutrote Fahnen im Wind wehten. Er sah Grek in der Dunkelheit, der daneben saß und das Fleisch bewachte. Als Karana plötzlich an ihm vorbeilief und ihm auch noch der wolfsähnliche Schatten eines wilden Hundes folgte, schreckte er den Mann auf.

»Komm sofort zurück!«

Karana lächelte nur und hörte nicht auf Grek. Er war froh, daß der Hund bei ihm war und der Jäger ihn nicht verfolgte. Grek war nicht mehr der Jüngste, aber er besaß noch große Kraft und Ausdauer.

Der Hund trottete neben ihm her und sah ihn tadelnd mit blauen Augen an, in denen sich das Sternenlicht spiegelte. Torkas Großvater, der alte Umak, hatte seine Macht als Herr der Geister dazu benutzt, sich in einem fernen Land mit dem Hund anzufreunden, und auch Karana hatte eine ganz besondere Beziehung zu dem Tier. Es gab eine unausgesprochene Verständigung zwischen ihnen, die an Zauber grenzte.

Der Junge schnaubte erneut. »Karana wird gehen, wohin er will! Es ist besser, allein in der Dunkelheit zu sein als gemeinsam an einem Lagerfeuer mit Navahk. Dort wäre dieser Junge in größerer Gefahr. Wenn es Aar nicht gefällt, kann er ruhig zum Lager zurücklaufen, zu seinen Welpen und seiner Gefährtin. Dieser Junge hat dir nicht befohlen, ihm zu folgen, und wird dich nicht vermissen, wenn du umkehrst!«

Er wußte, daß er log. Trotzdem war er froh, daß der Hund bei ihm blieb, als er nun schneller lief. Doch nicht einmal dadurch besserte sich seine düstere Stimmung. Es kam ihm vor, als würden ihn Navahks Augen immer noch beobachten und seinen Weg verfolgen.

»Karana!«

Selbst unter seinem dicken Pelzmantel und der Unterkleidung aus weichgekautem Karibuleder lief ihm ein kalter Schauer über den Rücken. Navahk rief seinen Namen. Er verfolgte ihn.

Navahk wird mich nicht kriegen! Niemals! Seine Gedanken waren so schwarz wie der Himmel. Wut und Verzweiflung glühten darin wie die unzähligen Sterne im mondlosen Himmel. Er sah für einen Augenblick nach oben und war von der glänzenden Schönheit überwältigt. So viele Sterne! Sie bildeten große verschwommene Schleier, die ihm über den Himmel zu folgen schienen, während er mit dem Hund weiterlief.

Der Anblick raubte ihm den Atem, doch dann stolperte er über ein kniehohes Grasbüschel, das ihn auf den Boden der Tatsachen zurückholte.

Benommen lag er flach auf dem Bauch, während ein erschreckter Vogel kreischend aufflatterte. Unter seiner Handfläche spürte er eine warme Flüssigkeit. Er schalt sich einen Narren, daß er so unvorsichtig in die nächtliche Tundra hinausgerannt war. Er hatte sich schon weiter vom Lager entfernt, als er gedacht hatte. Jetzt befand er sich in der mit Grasbüscheln bewachsenen Ebene, durch die er und Torka tagsüber gezogen waren. In der Luft lag bereits der stechende Geruch der Fichtenwäldchen in den nicht mehr allzuweit entfernten Hügeln. Zusammen mit Grek und einem krummbeinigen Jäger namens Stam hatten sie Wache gehalten, während die Frauen Fallen für Schneehühner und fette kleine Wachteln im Gras aufstellten. Nachdem sie sich vergewissert hatten, daß den Frauen keine Gefahr durch Raubtiere drohte, hatten die Männer Eier gesammelt.

Karana stemmte sich hoch und runzelte die Stirn. Er setzte sich und hob die rechte Hand, an der die Schale und der Inhalt eines Eies klebten. Aar schnüffelte daran und begann, sie abzulecken, doch der Junge schubste ihn weg. Er leckte selbst an seinen Fingern, als ihm wieder ein kalter Schauer über den Rücken lief. Er wußte plötzlich, daß sie nicht allein waren.

Aar senkte den Kopf. Der Hund gab keinen Laut von sich, doch als Karana ihm einen Arm um den Hals legte, spürte er, daß sein Nackenfell gesträubt war. Ein tiefes Knurren drang aus seiner Kehle.

»Psst!« machte der Junge eindringlich, aber so leise, daß nur der Hund es hören konnte. Karana verlagerte sein Gewicht auf die Fußballen und stellte das rechte Bein etwas zurück, so daß er im Ernstfall sofort losrennen konnte. Doch solange er die Gefahr noch nicht erkannt hatte, war es die beste Verteidigung, sich nicht zu rühren und sich still zu verhalten.

Seine rechte Hand klammerte sich um den Knochengriff des Nephritmessers an seiner Hüfte. Die Klinge aus dem grünlichen Stein war sorgfältig bearbeitet und diente vielen Zwecken. Sie war scharf genug, um die dickste Haut zu durchdringen, aber es war nur ein Schlachtmesser und nicht für den Kampf gegen lebende Tiere geeignet. Dafür brauchte der Jäger einen Speer, besonders wenn er selbst der Gejagte war. Mit einem kaum hörbaren Seufzen dachte Karana an seine Speere. Ohne sie fühlte er sich schwach und verletzlich. Zum zweitenmal bereute er es, so ungestüm davongerannt zu sein.

Dann erkannte er eine dunkle Gestalt, die sich vor dem Sternenhimmel abhob. Sie hatte die Größe eines ausgewachsenen Bären und kam langsam auf ihn zu. War es ein Mensch oder ein Tier? Karanas Sinne waren noch benommen von dem Sturz und ließen ihn im Stich.

Mit der linken Hand spürte er Aars Herzschlag. Der Hund sah es also auch — was es eigentlich gar nicht geben durfte. Denn das Wesen war gleichzeitig Mensch und Tier. Es war das Wesen, dessen Heulen er in der Winterdunkelheit gehört hatte, als er mit den anderen Kindern zusammenhockte und auf den Tod wartete: der Wanawut, der Seelenfänger, die Bestie aus

Fleisch, Nebel und Dunkelheit, deren Lebenszweck es war, den Menschen nachzustellen und sie die Furcht zu lehren.

Karana schluckte. Sein Mund war wie ausgetrocknet. Die Worte des Zauberers gingen ihm durch den Kopf. Er wußte viel zu gut, was Furcht bedeutete. Das Wesen war ihm jetzt nahe genug.

Im schwachen Sternenlicht ging es rechts an ihm vorbei. Es lief aufrecht, doch mit einem merkwürdig schwankenden und gebeugten Gang wie ein alter Mann. Im Dunkeln schien es, als trüge das Wesen Kleidung, denn ein langes Fell bedeckte die Schultern und den Rücken. Der übrige Körper war mit einem dunklen Fell mit einzelnen grauen Haaren überzogen, die wie gefroren wirkten. Der Stiernacken ging in breite Schultern über, von denen lange, muskulöse Arme herabhingen. Ungläubig erkannte Karana, daß seine Hände wie die eines Menschen aussahen, obwohl sie dreimal so groß und mit Krallen bewehrt waren.

Tief in den Schatten zwischen die Grasbüschel geduckt starrte Karana auf das bärenhafte Gesichtsprofil der Bestie. Er erkannte einen fliehenden Schädel, vorgewölbte Augenbrauen, blitzende Augen, eine längliche Schnauze, breite, haarlose Nüstern, ein großes, leicht zugespitztes Ohr und breite Lippen, zwischen denen Eckzähne aufblitzten, die länger waren als das Messer des Jungen. Karana fühlte sich übel. Die Zähne der Bestie waren unzweifelhaft die eines Fleischfressers. Seine schmalen Hüften und die verhältnismäßig kurzen Schenkel deuteten darauf hin, daß das Wesen seine Beute ansprang.

Es blieb einen Augenblick lang stehen. Karana hielt den Atem an. Sein Herz klopfte so laut, daß er sicher war, daß das Wesen es gehört hatte. Doch es schien lediglich eine Pause zu machen und sah in die Richtung, aus der es gekommen war.

Kurz darauf ging es weiter, während Karana seine tiefen Atemzüge und die leisen Schritte seiner breiten Füße zwischen den Grasbüscheln hörte. Doch sein Geruch hing noch genauso wie der des Jungen in der Luft und mischte sich mit dem des zertretenen Grases und des Tundrabodens. Daher rochen weder der Junge noch die Bestie mehr als eine leichte Andeutung von etwas anderem, während das Wesen seinen Weg durch die Dunkelheit fortsetzte.

Karana hätte sich vor Erleichterung fast übergeben. Dann erzitterte Aar neben ihm, und der Junge sah, daß sich aus der Richtung, aus der das Wesen gekommen war, noch mehr von seiner Art näherten. Er hielt den Atem an und packte das Messer und den Hund fester, als nun, einer nach dem anderen, gebeugte, bärenähnliche Gestalten an ihm vorbeizogen.

Doch sie waren nicht so groß wie das erste Wesen, einige waren sogar erheblich kleiner. Eins humpelte sehr stark und war völlig grau. Als Karana seinen schweren Atem hörte, war er sicher, daß es alt und verletzt war. Dann verzog er angewidert das Gesicht, als er haarlose, fast menschlich aussehende Hängebrüste erkannte. Verblüfft stellte er fest, daß das Wesen einen dürren Arm bei einem kräftigen, silberhaarigen Männchen untergehakt hatte, als wäre der Stärkere um seine schwächere Begleiterin besorgt.

Der Junge war verwirrt über diesen offensichtlichen Widerspruch zwischen ihrer Art und ihrem Verhalten. Allerdings kümmerten sich viele seiner eigenen Art überhaupt nicht um die Schwachen und Alten. Dann sah er, daß die langen, haarlosen Finger des Weibchens mit denen eines jüngeren Weibchens verschränkt waren, das ein Junges säugte.

Für einen kurzen Moment trafen sich die Augen des Säuglings und Karanas. Es waren blasse Augen voller Sternenlicht, so klar wie Eis, auf das kein neuer Schnee gefallen war.

Der Junge war fassungslos über diese klaren und unerwartet schönen Augen. Dann bekam er einen Schreck. Hatte das Geschöpf ihn gesehen? Er kniff die Augen zusammen, um den Augenkontakt zu unterbrechen. Wenn es ihn als Lebewesen erkannt hatte, mußte es nur die Lippen von den Zitzen seiner Mutter lösen und sie darauf aufmerksam machen. Selbst mit Aar an seiner Seite würde er nicht lange überleben.

Doch das Geschöpf nuckelte unbekümmert weiter. Es hatte nur die offenen, glänzenden Augen eines Neugeborenen. Karana wußte, daß seine Mutter es in ihrem Arm an ihm vorbeitrug, während er nur das leise Rascheln ihrer Schritte im Gras direkt neben ihm hörte.

Nach einer Weile war es still bis auf das Pochen seines Herzens. Mit äußerster Vorsicht spähte er über die Grasbüschel und sah, daß das letzte der Wesen auf dem Weg nach Süden an ihm vorbeigegangen war.

Noch eine ganze Weile hockten der Junge und der Hund vor Angst erstarrt da — bis Torka kam. Obwohl Aar mit dem Schwanz zu wedeln begann, wäre Karana vor Schreck fast im Boden versunken.

»Ich sage dir doch, Karana, ich habe nichts gesehen.« In Torkas Stimme schwang immer noch Tadel mit, als er den Jungen durch die Dunkelheit ansah. »In diesem Gebiet kreuzen sich die frischen Spuren vieler Tiere. Als Torka nicht auf den Rat der anderen hörte und das Lager verließ, um nach dir und Bruder Hund zu suchen, hatte dieser Mann große Probleme, die Spur eines kleinen Jungen zwischen den Spuren so vieler Tiere ausfindig zu machen.«

»Aber sie waren hier! Eine ganze Horde! Sie kamen aus dem Norden und wanderten nach Süden in das Mammutgebiet am Fuß der fernen Hügel. Dieser Junge glaubt, daß sie absichtlich so vorsichtig auftraten, damit sie keine Spuren hinterließen. Sie...«

»Karana hat nur die Gestalt seiner eigenen Furcht gesehen. Karanas Überheblichkeit hat dazu geführt, daß er Dinge gesehen hat, die es gar nicht gibt. Torka sagt, daß das nicht gut ist. Karana sollte Angst haben! Dieser Mann wußte nicht, ob er dich tot oder lebendig finden würde. Da Karana sich überhaupt nichts aus der Furcht gemacht hat, die seine Taten bei anderen hervorrief, ist es für ihn an der Zeit zu lernen, selbst Furcht zu haben. Vielleicht versteht er jetzt, warum es nicht gut ist, Erwachsene zu kritisieren und dann allein wegzulaufen, wo kein Mann ihm gegen die verborgenen Raubtiere der Nacht helfen kann.«

Karana war aufgestanden und schüttelte protestierend den

Kopf. »Sie waren nicht verborgen! Ich habe sie gesehen! Sie waren mir so nahe wie du jetzt. Ich habe die Wanawuts gesehen! Sie waren häßlich, behaart und...«

Der Junge fand sich plötzlich auf dem Boden wieder, nachdem Torka ihm einen heftigen Stoß versetzt hatte. Aar sprang verwirrt mit angelegten Ohren zur Seite. Karana sah fassungslos zu dem Mann auf, den er mehr als jeden anderen auf der Welt liebte. Er verstand nicht, warum Torka so wütend auf ihn war.

Torka schüttelte den Kopf. »Hat Karana etwa schon vergessen, daß es in Torkas Stamm verboten ist, den Namen eines Wesens ohne Respekt auszusprechen? Damit wird der Geist dieses Wesens entehrt. Und Geister haben ihren eigenen Willen, seien es die von Menschen oder Tieren, von Steinen, Wolken, der winzigsten Stechmücke oder die von Vater Himmel oder Mutter Erde. Ein entehrter Geist kann sich in einen Dämon verwandeln, halb Fleisch, halb Geist. Wer weiß, was ein solcher Dämon tun wird, wenn er sich an demjenigen rächen will, der ihn entehrt hat? Torka sagt, es ist schon schlimm genug, allein mit einem dummen Jungen auf der Tundra zu sein, der sich in Gefahr gebracht hat, weil er sich nicht beherrschen kann. Aber noch schlimmer ist es, wenn dieser Junge seine Zunge nicht im Zaum halten kann. Viel schlimmer und viel gefährlicher für uns beide.«

Karana machte den Mund zu. Er sah reuevoll zu Torka auf und wußte, daß der Mann recht hatte. Der Junge hatte das uralte Tabu vergessen. Es war ein Verbot in Torkas Stamm, aber nicht in seinem eigenen. Es war so leicht zu vergessen, daß sie nicht immer als Vater und Sohn zusammengelebt hatten und daß sie nicht demselben Stamm angehörten.

»Dieser Junge wollte weder Torka noch die Geister beleidigen«, entschuldigte er sich.

Ihre Blicke trafen sich, und Torka nickte. Seine schmalen, ansehnlichen Gesichtszüge entspannten sich, als er dem Jungen versöhnlich seine Hand entgegenstreckte. »Es war falsch von mir, dich zu schlagen.«

»Es war falsch von mir wegzulaufen«, gab Karana zu. Dank-

bar nahm er Torkas Hand und ließ sich von ihm aufhelfen.
»Aber Supnahs Lager ist ein schlechtes Lager. Dieser Junge
sagt, daß Torkas Stamm nicht hierbleiben sollte!«

»Torkas Stamm? Ich bin nur ein einzelner Mann, kleiner
Jäger. Ein Mann, der sich um seine Frau und ein Neugeborenes
kümmern muß. Wohin sollte Torka seinen ›Stamm‹ führen? Ins
Unbekannte, wo sie wieder allein und hilflos sein werden?«

»Torka hat Karana. Und Aar. Er ist nicht allein.«

»Aber Supnah ist dein Vater. Sein Stamm ist dein Stamm.
Möchtest du wirklich wieder von ihm getrennt sein?«

Diese Frage änderte die Stimmung des Jungen. Ein feindseliger Ausdruck verfinsterte seine Züge. »Torka hat Karana dazu
getrieben, wieder in Supnahs Hütte zu wohnen. Karana hat
gehorcht, um Torka einen Gefallen zu tun, nicht weil Supnah
es so gewollt hat. Supnah und sein Stamm haben Karanas Seele
dem Wind überlassen, und dieser Junge wird sie ihnen nicht
zurückgeben. Was sie vertrieben haben, gehört jetzt Torka.
Torka hat ihn selbst seinen Sohn genannt. Und jetzt sagt
Karana, daß er keinen anderen Vater außer Torka hat. Wir
gehören zum selben Stamm. Für immer!«

Torka war ergriffen von seinen Worten und legte dem Jungen
einen Arm um die Schulter. »Und jetzt ist es das Beste für meinen Sohn Karana, meine Frau Lonit und meine kleine Tochter
Sommermond, wenn wir alle bei Supnahs Stamm bleiben —
für immer, wenn er es erlaubt. Denn allein auf der Tundra sind
wir hilflos unseren schrecklichen Ängsten ausgeliefert, und
selbst der stärkste Mann wird bald schwach, wenn er von der
Furcht bedrängt wird. Unter dem Schutz eines Stammes kann
es sogar der schwächste Mann wagen, mutig und stark zu sein.«
Karana schüttelte den Kopf. »Supnahs Stamm ist ein schlechter
Stamm. Und Navahk ist schon immer ein schlechter Mann
gewesen. Und die Wana . . . — ich meine die Geschöpfe, die ich
in der Nacht gesehen habe, waren da. Dieser Junge hat sie gesehen!«

»So wie Navahk sie gesehen hat.«

»Navahk ist ein Lügner. Er hat überhaupt nichts gesehen.«
Torkas Augenbrauen zogen sich über seinem hohen, schma-

len Nasenrücken zusammen. Im Osten ging die Sonne zwischen den fernen Gletschern auf. Ein schmaler Streifen Licht war über den Bergen erschienen und ergoß sich über das Eis, so daß er nun das verhärmte Gesicht des Jungen erkennen konnte. Nicht zum erstenmal fiel ihm auf, wie ähnlich Karana dem Zauberer sah, doch er verdrängte diesen Gedanken, als er spürte, wie verbittert der Junge war.

»Komm!« sagte er leise. »Wir müssen jetzt zurückgehen. Lonit macht sich Sorgen um dich. Als ich aufbrach, hockten Greks kleine Tochter Mahnie und deine Schwester Pet zusammen und weinten, weil sie Angst hatten, du würdest von den Wölfen gefressen werden.«

»Pet ist nicht die Schwester dieses Jungen! Und Supnahs Lager ist ein schlechtes Lager.«

»Wenn du ein Mann bist, wirst du verstehen, daß wir manchmal etwas tun müssen, was wir gar nicht tun wollen — für andere, nicht für uns selbst.« Er ließ seine Worte auf den Jungen einwirken, der sich heftig dagegen wehrte. Karana machte ihm viele Sorgen. Er war dickköpfig, trotzig und handelte oft unüberlegt. Aber er sagte immer die Wahrheit, so wie er sie sah. Und in seinen Träumen oder mit seinem seltsamen Sinn, den nur er besaß, sah er Dinge, die andere nicht sehen konnten. Torka konnte sehen, hören, schmecken, fühlen und riechen, doch jenen sechsten Sinn hatte Torka nicht mit ihm gemeinsam, jene außergewöhnliche, nicht immer zuverlässige Macht der Erkenntnis, die Karana jetzt zum Ungehorsam zwang.

Torka klopfte ihm ermutigend auf die Schulter. »In keinem Stamm geht es ganz ohne Meinungsverschiedenheiten ab, kleiner Jäger. Und die Furcht nimmt in der Dunkelheit viele Gestalten an. Sieh nach Osten, zur aufgehenden Sonne, und sage diesem Mann, ob du in der Nacht vielleicht dem begegnet bist, was du dort siehst.«

Karana war wütend. Er sah große, rotbehaarte Buckel mit weitausladenden Stoßzähnen, die sich den Horizont entlangbewegten. »Karana kann ein Mammut erkennen, wenn er eins sieht!« antwortete er verächtlich und war von Torkas Ungläubigkeit verletzt. »Was ich gesehen habe, waren keine Mammuts!«

33

»Dann mußt du dem Stamm sagen, daß du dieselbe Vision wie Navahk gehabt hast. Und daß seine Vision gut für den Stamm war, eine Warnung vor gefährlichen Geistern, die hungrig in der Nacht umherstreifen.«

»Menschen müssen in der Nacht immer auf der Hut sein. Und dieser Junge wird niemals mit Navahk sprechen!«

»Das sind harte Worte für einen so kleinen Jungen. Karana sollte wissen, daß Navahk vorhin den Stamm gefragt hat, ob das, was den Geistern überlassen wurde, wieder als Fleisch und Blut in der Welt der Menschen weiterleben darf.«

»Karana hat keine Angst vor Navahk!«

»Karana sollte sich aber in acht nehmen, wenn nicht um seiner selbst, dann wenigstens um Torkas und Lonits willen. Dieser Mann hat dich seinen Sohn genannt. Wenn du aus Supnahs Stamm verstoßen wirst, kann ich dich nicht alleinlassen, wenn du vom Wind fortgetrieben wirst. Ich werde dir folgen müssen. Lonit wird unser Baby nehmen und darauf bestehen, mir zu folgen. Und bald werden sie, ich, unsere Tochter und auch du, Karana, auf der Tundra sterben und den Löwen, Bären und Wölfen oder einfach unseren eigenen Fehlern zum Opfer fallen. Und alle diese Bestien werden genauso schrecklich sein wie die Alptraumgestalten der Wanawuts, die du gesehen haben willst.«

Karana wurde nachdenklich. »Wir haben schon vorher mit anderen Stämmen gelebt und mußten schon oft allein reisen. Hat Torka vergessen, wie es war? Wie Karana gesagt hat, daß wir die Höhle oben am Berg verlassen mußten, wo wir mit Galeenas Stamm lebten? Wie Karana gesagt hat, daß das Lager auf dem Berg ein schlechtes Lager und Galeenas Stamm ein schlechter Stamm war? Torka wollte nicht zuhören. Aber Karana hat mit seinen Warnungen recht gehabt. So sind wir schließlich geflohen, als sie uns zu töten versuchten, und wie in Karanas Träumen stürzte die Flanke des Berges ein, um die Höhle mit Galeenas Stamm für immer zu begraben. Doch wir haben überlebt — allein.«

»Mehr schlecht als recht und unter großer Lebensgefahr.«

»Dann tu, was Supnah sagt, und werde du der Zauberer! Laß

Navahk denjenigen sein, dessen Seele vom Wind davongetragen wird.«

»Nein, Karana. Torka wird sich in diesem Stamm seine Stellung nicht auf Kosten eines anderen Menschen erkämpfen. Was ich Supnah gesagt habe, sage ich auch dir: Torka ist ein Jäger und nicht mehr.«

Karana kniff vor Enttäuschung die Lippen zusammen. Torka sprach zu ihm in dem freundlichen, herablassenden Ton, in der Erwachsene oft zu aufsässigen Kindern sprachen.

Aar stupste mit der Nase seine Hand an, um ihn an den Hunger nach der langen Nacht zu erinnern. Aus dem Westen kam Supnah auf sie zugelaufen und hatte den Speer zum Gruß erhoben. Vor Erleichterung und Freude rief er Karanas Namen.

Hinter den Gebirgszügen im Osten stieg die Sonne immer höher. Sie war immer noch nicht zu sehen, doch ihr Licht hatte bereits die Sterne erlöschen lassen und die Dunkelheit vertrieben. Die Schrecken der vergangenen Nacht erschienen plötzlich so fern. Karana seufzte.

Wenn es ein Fehler gewesen war wegzurennen, hatte er sich vielleicht auch in dem geirrt, was er gesehen zu haben glaubte. Vielleicht war er in der Dunkelheit tatsächlich so verwirrt gewesen, daß er nicht nach Süden, sondern nach Osten geblickt und einfach nur Mammuts gesehen hatte.

3

Die tätowierte Frau lächelte. Sie war so groß und forsch wie ein Mann, doch es war unmöglich, sie deutlich zu erkennen, obwohl die Sonne schien und die Tundra in das gelbe Licht des Frühlingsmorgens gebadet war. Wie die anderen Frauen hatte sie sich zum Schutz vor Insekten in leichte Hosen und einen Umhang aus Karibufell gehüllt. Jeder Zoll ihres Körpers, der nicht von Kleidung bedeckt wurde, war schwarz von den Tätowierungen.

Sogar ihre Handflächen, Fingernägel, Augenlider, Ohrläppchen und die spitz zugefeilten Zähne waren von einem Netzwerk aus Punkten und Strichen überzogen, die komplizierte Spiralmuster bildeten. Es war eine ungewollte Mitgift des Geisterstammes, dem sie seit ihrer Kindheit als Sklavin gedient hatte, bis Torka, Supnah und seine Jäger sie befreit hatten.

Sie hockte vor Torkas Erdhütte und half seiner Frau Lonit, Fett zu Öl zu zerstampfen, mit dem die Moosbündel getränkt werden sollten, die später als Dochte für die Steinlampen dienen würden. Die Talglichter würden Torkas Hütte während der endlosen Winternächte erhellen. Der tätowierten Frau machte die Arbeit Spaß, wenn sie an die Aussicht auf Licht in der Winterdunkelheit dachte. Sie lächelte, doch es war kaum zu erkennen, da ihre Zähne genauso schwarz wie ihr Gesicht waren.

»Aliga sagt, daß Torka und Supnah bald mit dem Jungen zurückkehren werden«, sagte sie voller Zuversicht. »Lonit wird es sehen. Die Geister scheinen es gut mit Karana zu meinen. Es war nicht klug, was er zu dem Zauberer gesagt hat, aber er ist schließlich der Sohn des Häuptlings. Supnah freut sich so sehr, ihn wieder bei sich zu haben, daß er ihn nicht bestrafen wird, nur weil er seine Füße und seine Zunge nicht unter Kontrolle hatte.«

»Von Navahk droht dem Jungen viel mehr Gefahr als von Supnah.« Lonits lange schlanke Hände arbeiteten unbeirrt weiter, während sie sprach. »Dieser Frau gefällt es nicht, wie der Zauberer den Jungen ansieht ... oder wie er mich ansieht und Torka unausgesprochen bedroht.« Ihr hübsches, zartes Gesicht war verkniffen, als sie mit dem Stein in ihrer Hand auf die Fettstücke im ausgehöhlten Mörser einschlug.

Aliga beneidete Lonit nicht nur um ihre Schönheit, die durch keinerlei Tätowierungen entstellt war, sondern auch um ihren Mann, für den sie arbeiten und um den sie sich sorgen konnte. Außerdem war es ein Mann, neben dem die meisten anderen und sogar der mächtige Häuptling Supnah unbedeutend wirkten.

Aligas Herz schlug immer etwas schneller, wenn sie an Torka dachte. Bis sie Navahk begegnet war, hätte sie nie geglaubt, daß es einen schöneren Mann als Torka geben könnte. Sie stellte sich den Zauberer in seinen weißen, fransenbesetzten Kleidern mit der winterweißen Flügelfeder einer Polareule in der Stirnlocke seines knielangen Haars vor. Sein Gesicht war so fein geschnitten wie das eines Hengstes und seine Augen so schwarz und schimmernd wie ein Obsidianmesser. Er war ein Mann, der genau wie Torka jede Frau haben könnte. Dennoch würde er Aliga niemals ansehen. Doch sollte er den Zauberblick seiner Augen jemals durch ihre Tätowierungen hindurch auf ihr Innerstes richten, würde sie diesen Blick mutig erwidern und ihm zeigen, wie sich ihr Herzschlag dabei beschleunigte. Er würde wissen, daß er in ihren Augen der einzige Mann war, der Torka in den Schatten stellen konnte.

Warum war sie nur so eine undankbare Frau? Konnte sie jemals vergessen, wie Torka sie und die anderen vor dem Geisterstamm gerettet hatte? Oder wie er ihre Beschämung gespürt hatte, als all die anderen Gefangenen, die jünger und weniger stark tätowiert waren, ihre Plätze unter den Schlaffellen der Jäger von Supnahs Stamm gefunden hatten? Was bei den Männern des Geisterstammes als schön galt, hatten Supnahs Jäger belächelt oder gar als abstoßend empfunden. Obwohl sie ein hübsches, rundes Gesicht mit leuchtenden Augen, eine kleine, flache Nase und einen kessen Mund hatte, der ihr fröhliches Wesen verriet, hatte keiner der Jäger sie in sein Bett eingeladen. Um ihr die Erniedrigung zu ersparen, hatte Torka ihr erlaubt, an seinem Feuer zu bleiben, bis ein anderer Mann für sie sprach.

Doch bis jetzt hatte sich keiner gefunden, und darüber war sie gar nicht einmal traurig. Der einzige Mann, den sie mit ihrem Lächeln und ihren Augen voller Verlangen ermutigte, war der Zauberer. Doch sie wußte, daß wenig Aussicht bestand, von ihm auch nur einen flüchtigen Blick zu ernten. In Wirklichkeit bestand ihr ganzer Stolz in dem Wissen, daß der Stamm annahm, daß sie in jeder Beziehung Torkas zweite Frau war. Sie wußte, daß Torka sie niemals dadurch beschämen würde, indem er den Jägern gegenüber etwas anderes behauptete.

Mit einem Seufzen erinnerte sie sich daran, wie er von Anfang an deutlich gesagt hatte, daß er mit einer Frau mehr als zufrieden war. Seine Liebe für Lonit war grenzenlos. Aliga bewunderte ihre Beziehung. Wenn Lonit nachts in seinen Armen lag, machte er sie nicht nur glücklich, sondern sprach sogar mit ihr, als wäre sie ein Mann und ihm gleichgestellt. Er teilte seine Gedanken mit ihr wie mit einem Vater, Bruder oder Jagdkameraden. Aliga hatte so etwas noch nie erlebt, und manchmal fand sie es unnatürlich. Sie sagte sich, daß der Grund dafür ihre lange Einsamkeit sein mußte, in der sie keine Freundschaft mit anderen Männern und Frauen schließen konnte. Sie war sich nicht sicher, ob sie sich eine solche Beziehung zu einem Mann wünschen sollte, denn Männer dachten anders als Frauen und legten oft ein verwirrendes Verhalten an den Tag. In der Gesellschaft anderer Frauen fühlte sie sich viel wohler; dort konnte sie arbeiten, reden und lachen.

Obwohl sie es ungern zugab, wußte sie, daß die Frauen des Stammes sich Gedanken über ihren Platz an Torkas Feuer machten. »Was findet er nur an ihr?« wurde oft hinter ihrem Rücken geflüstert. *Gar nichts!* dachte sie dann verbittert. *Er hat nur Mitleid mit mir!* Doch das würden die Frauen nicht verstehen, denn Mitleid war ihnen fremd. Sie hatte eher den Verdacht, daß Torkas Mitleid, für das sie ihm so dankbar war, als Schwäche eines ansonsten lobenswerten Jägers angesehen wurde.

Sie warf Lonit einen verstohlenen Seitenblick zu und war froh, daß sie und ihr Mann nicht so lieblos wie die anderen waren. Sie war Torkas Frau sehr nahe gekommen. Aliga kannte ihre junge Freundin gut genug, um zu wissen, daß Lonit niemals etwas Verletzendes zu ihr sagen würde.

Obwohl sie nur das Beste für Aliga wollte, machte sie deutlich, daß sie auf keinen Fall die Absicht hatte, ihren Mann mit ihr zu teilen.

»Aliga ist die beste aller Frauen!« sagte sie oft zu den anderen Frauen, wenn sie in Hörweite der Männer waren. »Sie arbeitet hart und schnell! Lonit hat viel Glück, daß Aliga ihr bei der Arbeit hilft!« Und zu Aliga sagte sie jedesmal: »Wenn Aliga einmal ihren eigenen Mann haben will, muß sie sich anstrengen, damit er den Wert dieser Frau unter ihrer Haut erkennt!«

Aliga fühlte sich dadurch nicht gekränkt. An Torkas Lagerfeuer wurde es immer enger. Karana war oft da, und Torka hatte auch die Witwe seines ermordeten Freundes Manaak unter seinen Schutz genommen. Die arme, verstörte Iana, die von den Mördern ihres Mannes und ihres neugeborenen Sohns vergewaltigt worden war, hatte noch kein Wort gesprochen, seit sie aus dem Geisterstamm befreit worden war. Torka bestand darauf, daß Ianas Verantwortung als Ziehmutter für Sommermond Lonit für andere Aufgaben frei machte. Sogar jetzt schlief sie in Torkas Hütte aus Fell und Knochen mit seiner Tochter an ihrer Brust, so daß Lonit auf die Rückkehr ihres Mannes warten konnte, während sie zusammen mit Aliga arbeitete, um sich von ihren Sorgen abzulenken.

»Er wird schon bald zusammen mit dem Jungen zurückkommen!« wiederholte die tätowierte Frau, die sich nicht auf die Arbeit konzentrierte, sondern ihren eigenen Gedanken nachhing.

Zum erstenmal in ihrem Leben war Aliga glücklich. Solange sie in Torkas Hütte wohnte, bestand die Hoffnung, daß er eines Tages, wenn Lonit ihre Monatsblutung hatte oder wieder ein Kind erwartete, Aliga unter seine Schlaffelle einlud. Sie würde ihm wohl nie ein Kind schenken, aber der Gedanke, einem so kräftigen und hübschen Mann wie Torka eine Freude zu machen, ließ sie die Jahre des sexuellen Mißbrauchs beim Geisterstamm vergessen.

Als sie neben Lonit kniete, schämte sie sich plötzlich über ihre lüsternen Vorstellungen und errötete. Wenn die jüngere Frau nun ihre Gedanken erriet? Karana konnte es manchmal. Wenn sie spürte, daß er sie beobachtete, war es, als würden ihre Seelen verschmelzen. Erschrocken forderte sie ihn dann auf, sie nicht so anzusehen.

Doch jetzt beobachtete sie jemand anders. Und als sie plötzlich den Blick erwiderte, vergaß sie alle Gedanken an Torka.

Navahk sah sie an! Er stand vor dem Eingang seiner bemalten Erdhütte, die mit den weißen Fellen von im Winter erlegten

Tieren bedeckt war. Es war die Hütte, vor der sein Zeremonienstab mit dem glänzenden Antilopenschädel und den Hautstreifen stand, an denen die Krallen und Federn befestigt waren und im Wind flatterten. Und es war die Hütte, die er mit keiner Frau teilte.

Aliga wurde fast ohnmächtig vor ungläubigem Entzücken, als sich ihre Blicke trafen. Navahk verengte seine Augen lächelnd zu schmalen Schlitzen, als würde er schläfrig nachdenken. Es bestand kein Zweifel, er sah genau in ihre Richtung.

Es blieb ihr nichts anderes übrig, als still sitzen zu bleiben, als er langsam durch das Lager hindurch auf sie zukam. Wie er an den Hunden vorbeiging, die neben Lonits und Aligas Trockengestellen in der Sonne lagen, knurrte Schwester Hund ihn an, und die Welpen winselten. Navahk ging weiter, ohne darauf zu achten. Aliga knuffte Lonit heftig mit dem Ellbogen in die Seite und hätte vor Freude fast laut aufgeschrien. Sie hob ihren Kopf wie eine Frau, die einen Mann erwartet, und sah ihren Erwählten an. »Sieh nur! Wenn Torka zurückkommt, wird er eine Frau weniger an seinem Feuer haben! Navahk kommt! Er kommt zu mir!«

Doch als er sie erreichte, war sein Lächeln erniedrigender als der Tod, denn sein Blick streifte sie nur kurz und verweilte dann auf dem gesenkten Kopf von Lonit.

»Es sind zu viele Frauen an Torkas Feuer. Navahk hat keine Frau. Lonit wird mit mir kommen.«

Es war keine Frage, sondern ein Befehl. Lonit war wie vom Schlag gerührt.

Sie hörte, wie Aliga ein Schluchzen unterdrückte. Sie sah auf und wußte nicht, ob sie geschmeichelt oder wütend sein sollte. »Mein Mann ist nicht hier. Navahk hat kein Recht, mich aufzufordern.«

Sein Lächeln war kaum noch wahrzunehmen. »Ein Mann darf eine Frau auffordern. Eine Frau darf einwilligen oder ablehnen. Nur die Geister wissen, ob Torka zurückkehrt.«

Lonit wurde allmählich zornig. »Sprich nicht so! Willst du, daß deine Worte Wahrheit werden?«

Sein Lächeln glitt wieder über sein ganzes Gesicht und

machte seine Züge sanfter, wärmer und verführerischer. Dennoch drang sein Lächeln nicht bis zu seinen Augen vor. Sie blieben kalt, raubtierhaft und so hart wie das Steinwerkzeug in Lonits Hand. »Ob Torka hier ist oder nicht, Navahk sagt, daß es für Torkas Frau gut wäre, am Feuer des Zauberers zu sein.«

»Lonit hat einen Mann! Sie braucht keinen anderen!«

Sein Lächeln veränderte sich nicht. Er streckte ihr die Hand hin. »Komm!«

Sie starrte zu ihm hinauf und war verwirrt, daß ihr Körper unverständlicherweise auf ihn reagierte und Torka untreu wurde. Hinter ihr kam Greks Frau Wallah aus ihrer Hütte, weil sie die junge Frau gehört hatte und nach dem Rechten sehen wollte. Ihre kleine Tochter Mahnie starrte mit weit aufgerissenen Augen hinter dem Rock ihrer Mutter hervor auf Lonit, während die anderen Frauen des Stammes ebenfalls aus ihren Hütten kamen.

Navahk, der seine Hand immer noch ausgestreckt hielt, sprach mit sanfter Stimme, die wie der Sommerwind durch das reife Gras der Tundra fuhr. »Komm! Navahk wird einen Zauber machen, damit Torka zurückkommt. Aber er kann es nicht allein tun.«

Lonit wagte sich nicht zu bewegen. Ihre Hand hielt den Stein so fest umklammert, daß ihre Finger vor Schmerz taub wurden.

»Lonit muß mit ihm gehen!« rief Wallah, die vom Zögern der jungen Frau entsetzt war. War ihr etwa das Schicksal ihres Mannes gleichgültig? Wußte sie nicht, daß man dem Zauberer nichts abschlagen durfte, damit die Geister nicht beleidigt wurden und sich womöglich am ganzen Stamm rächten?

Das Gesicht von Supnahs Frau Naiapi war ausdruckslos. Sie hielt ihren Kopf hoch und hatte ihre vollen Lippen so zusammengekniffen, daß sie blutleer geworden waren. Ihre Augen fixierten Navahk mit einem strengen Blick. »Hat Navahk etwa gesehen, daß Torka und Supnah in Gefahr sind und nicht zurückkommen könnten?«

Der Zauberer sah Naiapi nicht an. »Navahk sieht immer Gefahren. Deshalb ist er der Zauberer«, antwortete er auswei-

41

chend, während er seine Hand und seine Augen immer noch auffordernd auf Lonit gerichtet hielt. »Komm! Wir werden zusammen einen Zauber machen, einen guten Zauber.«

Naiapi trat auf ihn zu. »Navahk braucht Lonit nicht! Sie ist Torkas Frau. Ich bin die Frau des Häuptlings! Naiapi wird zusammen mit Navahk den Zauber machen. Er braucht dazu niemanden anderen!« Sie ärgerte sich, daß sie mit ihren leidenschaftlichen Worten mehr Gefühle verraten hatte, als sie wollte. Das Blut schoß in ihre Lippen zurück, und sie wich den wachsamen Augen der Frauen aus. Sie waren nicht mehr unter sich, denn jetzt kamen auch die Jäger dazu, durch die lauten Stimmen der Frauen angelockt. Naiapi sah nervös auf ihre Füße, bis sie Pet bemerkte, die sie entgeistert anstarrte. Sie schnauzte ihre kleine Tochter an und wandte sich trotzig wieder den versammelten Menschen zu. Ihre Stimme war unnatürlich hoch und schrill, als sie sprach. »Für Supnah! Für die sichere Rückkehr des Häuptlings zu seinem Stamm bietet Naiapi sich Navahk an! Komm! Wir werden jetzt in die Hütte des Zauberers gehen und zusammen einen Zauber machen, damit der Mann dieser Frau sicher zurückkehrt!«

Navahk lachte. Es war kaum mehr als ein stoßhaftes Ausatmen, aber es war so voller Verachtung, daß alle, die es gehört hatten, fassungslos waren, ganz besonders Naiapi. »Navahk und Naiapi werden niemals zusammen einen Zauber machen.«

Ein kleines Mädchen schob sich nach vorne. »Dieses Mädchen wird mit Navahk einen Zauber machen, und zwar für Karana! Denkt denn niemand mehr an Karana?« fragte Mahnie mit piepsiger Stimme und sah mit ihren kaum acht Jahren flehend und ängstlich zu Navahk auf.

Der Zauberer drehte dem Mädchen seinen Kopf zu. Sie zitterte, und sein Lächeln wurde fast vergnüglich. »Dieser Mann könnte Karana niemals vergessen, meine Kleine!«

»Und Karana wird seinen Zauber niemals brauchen!«

Alle wirbelten herum, als sie die Stimme des Jungen hörten. Supnah, Torka und der wilde Hund Aar waren bei ihm.

Und als Lonit den Stein fallen ließ, aufsprang und glücklich zu ihrem Mann eilte, verschwand Navahks Lächeln.

Torka konnte sich nicht erinnern, wann er das letzte Mal so wütend gewesen war wie jetzt. »Was ist das für ein Zauber, daß Navahk einfach an mein Lagerfeuer tritt und sich eine Frau von mir holen will, wenn ich nicht hier bin, um seiner Überheblichkeit entgegenzutreten?«

Der Zauberer hob mit einem verachtenden Gesichtsausdruck seinen Kopf. Er verschränkte die Arme über der Brust und lächelte. »Niemand kann von einem Jäger erwarten, daß er etwas von Zauber versteht. Es ist eine Angelegenheit der Wolken und der Träume.«

»Es sind Navahks Wolken, die die Träume anderer Menschen vernebeln sollen!« gab Karana zurück.

Torka wandte sich Supnah zu. »In Torkas Stamm verlangt es die Sitte, daß ein Mann einen anderen Mann um Erlaubnis fragt, wenn er seine Frau möchte, und sich nicht wie ein Schakal von hinten anschleicht, um etwas zu stehlen, was ihm nicht gehört!«

Supnah war genauso wie alle anderen verblüfft über Torkas Wutausbruch. Er zuckte entschuldigend mit den Schultern und versuchte den Streit zu schlichten. »In Supnahs Stamm darf eine Frau mit einem anderen Mann gehen, wenn sie es will ... und wenn ihr Mann zu schwach ist, sie zu halten. So ist es seit Anbeginn der Zeiten in Supnahs Stamm.«

Die Worte des Häuptlings schmerzten Torka, und sie besänftigten seinen Zorn nicht. »Es ist eine schlechte Sitte«, sagte er.

Lonit zitterte an seiner Seite. Ihr großer schlanker Körper war dicht an ihn gepreßt, so daß er die Rundung ihrer Hüfte und ihre schmalen Schultern spürte. Ihre großen braunen Antilopenaugen sahen zu ihm auf. »Torka ist stark genug, mich zu halten«, sagte sie so laut, daß alle es hören konnten. »Diese Frau geht mit keinem anderen Mann!«

Der Zauberer, der sich offenbar durch nichts aus der Ruhe bringen ließ, lächelte wieder. Wie ein großer weißer Vogel breitete er seine Arme aus. »Torkas Stamm ist tot! Mit ihm starben seine Sitten und Gebräuche. Torka gehört jetzt zu diesem Stamm. Wenn er die Sitten und Gebräuche von Supnahs Stamm nicht annimmt, kann er wieder allein durch die Tundra ziehen. Er hat die Wahl. Navahk wollte nur den Zauber machen, damit Torka sicher zum Stamm zurückkehrt. Für diesen Zauber brauchte er die Unterstützung von Torkas Trau. Frage Naiapi! Sie und Mahnie waren beide bereit, durch Navahks magischen Rauch zu den Geistern zu sprechen, um für Karana und Supnah zu bitten. Hätte Torka seiner Frau etwa verboten, dasselbe für ihn zu tun?«

Torka sah den Mann haßerfüllt an. Ihm war nicht entgangen, wie Navahk Lonit angesehen hatte. Hinter seiner scheinbar unschuldigen Einladung hatte er eine deutliche sexuelle Aufforderung erkannt. Ebenso deutlich hatte er seine Ablehnung auf Naiapis fast gieriges Angebot gehört.

»So ist es!« bestätigte Naiapi schnell. Ihr Gesicht war unnatürlich bleich, als sie Supnah ansah und hoffte, er würde ihre Lüge glauben. Er war ein paar Schritte hinter Torka und Karana gegangen, als die Versammlung sie durchgelassen hatte. Vielleicht hatte er ihren lüsternen Blick nicht bemerkt.

Doch der Häuptling sah seine Frau gar nicht an, sondern musterte seinen Bruder skeptisch. Als argloser und einfach denkender Mann hörte Supnah gewöhnlich nur das, was er hören sollte, und akzeptierte etwas als Wahrheit, wenn es sich in der Diskussion durchsetzen konnte. Aber Supnah hatte den lüsternen Blick in den Augen seiner Frau bemerkt und erkannte bestürzt, daß Navahk sich seit der letzten Nacht zum zweitenmal gegen Karana gewandt hatte.

Nachdem Karana weggelaufen war, hatte Navahk Tausende von Gefahren für diejenigen heraufbeschworen, die Karana in die ›Nacht des Wanawut‹ folgen würden. Die Jäger waren verängstigt, und die Frauen wimmerten, bis Torka und Supnah schließlich gesagt hatten, daß zwei Männer ausreichen würden, einen kleinen Jungen wiederzufinden. Navahk hatte seinen Stab gegen sie geschüttelt und sie davor gewarnt, die Geister zu beleidigen. Sie durften ihr Leben nicht für ein nutzloses, ungehorsames Kind aufs Spiel setzen. Dennoch waren sie trotz seiner Warnungen aufgebrochen und hatten ihn mit seinen Beschwörungsgesängen allein gelassen.

Während eines Augenblicks hatte Supnah sich an seine Kindheit erinnert und war bereit gewesen, seinem Bruder alles zu verzeihen. Doch dann hatte er bemerkt, wie Naiapi den Zauberer über das Feuer hinweg angesehen hatte, wie eine Frau niemals einen anderen Mann ansehen sollte. Wütend und eifersüchtig dachte Supnah daran, daß Torka, ein Fremder, ein besserer Zauberer an Navahks Stelle sein würde. Die öffentliche Zurechtweisung Navahks hatte Karana schließlich den Grund für seinen Ungehorsam gegeben.

Diese Erinnerung beschämte Supnah. Nicht nur Naiapi, sondern alle Frauen hatten den attraktiven Mann angestarrt. Supnah mußte sich eingestehen, daß Navahk diese Blicke niemals erwidert hatte. Navahk hatte nie in aller Offenheit eine Frau in seine Hütte geholt, seit er Zauberer war.

Er fühlte sich schuldig. Seit Torka mit Karana in den Stamm gekommen war, hatte er sich Navahk gegenüber immer feindseliger verhalten. Es hatte ihm Spaß gemacht, Navahk immer wieder vorzuhalten, daß Karana trotzdem zurückgekommen war.

Doch jetzt hatte Supnah keinen Zweifel mehr, daß Navahk deutlich sehen konnte, was in der Geisterwelt vor sich ging. Als er und Torka sich auf der Suche nach Karana getrennt hatten, hatten ihnen tatsächlich Tausende von Gefahren gedroht. Supnah hatte Spuren von Löwen, Wölfen und einem ihm unbekannten Tier gesehen. Kurz bevor er Torka wiedertraf, hatte er rätselhafte Schatten gesehen, die sich am Horizont entlangbewegten. Er hatte große Angst gehabt, denn er hatte die Wanawuts gesehen.

Wie lange dauerte es noch, bis sich auch der Rest von Navahks Prophezeiung erfüllte. *Niemand darf den Wanawut sehen . . . Niemand darf seine Fährte aufnehmen, sonst bricht er aus der Geisterwelt hervor und fällt über ihn her!*

War er jetzt durch die Wanawuts zum Tode verurteilt? Oder durch seinen eigenen Bruder?

Nein, er wollte keine weiteren Verdächtigungen mehr! Navahk war ein Mitglied seines Stammes. Wenn er etwas sagte, sprach er mit der Weisheit und der Macht der Geister. Obwohl Supnah ihm niemals blind vertrauen würde, stellte er niemals seine Autorität in Frage.

Der Zauberer redete im Ton eines Menschen, dem ernsthaftes Unrecht widerfahren war, zum Häuptling. Plötzlich wurde Supnah bewußt, daß er überhaupt nicht zugehört hatte. ».. . muß Torka klarmachen, daß er sich an die Gebräuche des Stammes halten muß, wenn er bei Supnah bleiben will. Torkas Worte vergiften die Gedanken des Stammes und lassen sie an den Sitten zweifeln, die seit Anbeginn der Zeiten gelten.«

Der Zauberer sprach seinem Bruder aus der Seele. Supnah nickte. Er fühlte sich müde und sehnte sich nach seinen Schlaffellen. »Hat Torka die Worte Navahks gehört?«

»Torka hat sie gehört«, sagte der Jäger.

»Dann wird Torka sich daran halten, wenn er diesen Stamm nicht verlassen will, wie er kam — allein!«

4

Torka fühlte sich allein, obwohl es in seiner Erdhütte mit den drei Frauen und dem Säugling eng war. Er war allein zwischen den träumenden Frauen, wurde von seinen Gedanken gequält, konnte nicht schlafen und erstickte fast in der allgegenwärtigen Finsternis.

Es war schon spät, aber es würde noch Stunden dauern, bis es dämmerte. Torka lag auf dem Rücken unter den Schlaffellen, die er mit Lonit teilte. Er spürte ihren nackten Körper an seinem. Sie atmete tief und gleichmäßig.

Er lauschte auf den sanften Wind, der durch das Lager fuhr und an den Bisonfellen rüttelte, die über die Karibugeweihe und Mammutrippen gespannt waren und das Dach seiner Hütte bildeten. Vielleicht fand der Wind an anderen Hütten Löcher und Ritzen, durch die er eindringen konnte, doch Lonit und Aliga hatten die Wände seiner Behausung gut vernäht.

Wie war er nur zu so vielen Frauen gekommen? Die wahnsinnige Iana, die tätowierte Aliga und Lonit mit den Antilopenaugen. Nicht zu vergessen seine kleine Tochter, die ihm genauso viel bedeutete wie ihre Mutter. Beide waren so strahlend und schön wie der goldene Sommermond, nach dem er das Kind benannt hatte.

Trotzdem empfand er die Anwesenheit der Frauen und des Babys jetzt als bedrückend. Obwohl er tief einatmete, hatte er das Gefühl zu ersticken. Er stand auf und wollte hinaus in die Nacht, um mit dem Wind allein zu sein.

Ein Mann konnte besser nachdenken, wenn er allein war, und nicht, wenn er von lauter Frauen umgeben war.

Lonit seufzte im Schlaf und tastete mit der Hand über die Stelle, wo er gelegen hatte. Leise flüsterte sie seinen Namen.

Vorsichtig zog er die Felldecke wieder über ihre weiche, braune Haut, doch nicht ohne noch einen Augenblick die entspannte Anmut und Geschmeidigkeit ihres Körpers zu betrachten. Dieser Anblick tröstete ihn ein wenig.

Er nahm seine Kleidung von dem unordentlichen Haufen neben der moos- und daunengefütterten Matratze und Lonits sorgfältig zusammengelegten Kleidern. Er stand auf, so gut es in der niedrigen Hütte ging und zog sich an.

Er wunderte sich immer wieder darüber, daß Lonit vor langer Zeit in seinem Stamm als häßlich gegolten hatte. Sie war zu groß und schlaksig und sollte schon gleich nach der Geburt ausgesetzt werden. Frauen waren nur dann schön, wenn sie matte Augen, kurze Gliedmaßen und breite Hüften hatten, wenn sie ununterbrochen arbeiten und Kinder gebären konnten, ohne sich zu beschweren und nur soviel aßen, wie es ihnen ihre Männer erlaubten.

Torka wußte, daß Lonits Vater sie nur aus Rücksicht auf ihre Mutter am Leben gelassen hatte, denn bisher hatten ihre Kinder kaum die Geburt überlebt. Später hatte Kiuk seine Schwäche immer wieder bereut und sein Bestes getan, diesen lebenden Beweis seiner unmännlichen Großzügigkeit zu mißbrauchen und zu erniedrigen. Nachdem Lonits Mutter gestorben war, war sie Kiuks Frauen als unermüdliches Arbeitstier willkommen, während Kiuk sie zur Befriedigung seiner männlichen Bedürfnisse benutzte. Als Vater hatte er das Recht, das Kind in der Nacht zu besteigen und es tagsüber mit Worten und Schlägen

47

zu mißhandeln. Nur der alte Umak, Torkas Großvater, hatte bemerkt, daß Kiuk damit nicht nur das Mädchen, sondern auch sich selbst und den ganzen Stamm beschämte.

Die anderen Mitglieder des Stammes hatten sich über die Leiden des merkwürdig aussehenden Mädchens eher lustig gemacht und Torka verspottet, weil er gelegentlich Mitleid für sie empfand und sie dafür bewunderte, wie sie trotz aller Widrigkeiten am Leben hing. Umak hatte ihm den Rat gegeben, sich besser von dem Mädchen fernzuhalten. Als Zauberer des Stammes hatte er bei den Geistern bereits Fürsprache für sie eingelegt, doch als Frau war sie auf Gedeih und Verderb ihrem Vater ausgeliefert. So war es schon immer Brauch gewesen im Stamm.

Als er seine Lederstiefel anzog, fragte sich Torka verbittert, wie oft er solche Worte schon gehört hatte, für die er inzwischen nur noch Verachtung übrig hatte.

Er zwängte seine Füße in die Stiefel und verschnürte sie. Er mußte wieder daran denken, wie eines Nachts Donnerstimme, das große Mammut, das sein Stamm auch den ›Zerstörer‹ nannte, das Lager heimgesucht und Tod und Verderben gebracht hatte. Seine Stoßzähne hatten die Menschen durch die Luft gewirbelt, während sein haßerfülltes Trompeten den Himmel zu erschüttern schien und er das Leben seines Stammes in den Boden stampfte, bis der Unterschied zwischen Erde und Fleisch nicht mehr zu erkennen war.

Nur Torka, Lonit und Umak hatten überlebt.

Für sie war es wie zu Anbeginn der Zeit gewesen. Sie waren der erste Mann und die erste Frau und ein Herr der Geister, der nur ein schwacher alter Greis war. Gemeinsam waren sie durch ein wildes, unbekanntes Land geflohen. Ohne die Sicherheit eines Stammes hatten sie ihre Lebensweise geändert und die Vergangenheit vergessen müssen bis auf das, was ihnen in der Gegenwart noch nützlich war. Und so hatten sie allen Widrigkeiten zum Trotz überlebt.

Mit der Zeit hatte Torka die Wahrheit über Lonit erkannt, als er sie aus einem Blickwinkel betrachtet hatte, der frei von den beengenden Konventionen der anderen war. Er hatte entdeckt, daß sie schön war.

Genauso wie Navahk es bemerkt hatte. Und er hatte es gewagt, sie Torka wegnehmen zu wollen!

Plötzlich spürte er einen unbändigen Haß auf den Zauberer, der wie ein heißer Bissen in seiner Kehle brannte. Wieder hatte er das Gefühl, in der Dunkelheit ersticken zu müssen. Wenn sie in diesem Lager blieben, würde Navahk mit der Zeit Mittel und Wege finden, an seine Frau heranzukommen. Und weder Torka noch Lonit konnten ihn aufhalten.

Auf den Schlaffellen machte Aliga neben Iana und dem Baby leise schmatzende Geräusche, als sie sich mit einem zufriedenen Seufzer im Schlaf auf die andere Seite drehte.

Die Wellen des Zorns schlugen noch höher, als Torka die tätowierte Frau und die wahnsinnige Iana betrachtete. Warum hatte er die Verantwortung für die beiden Frauen übernommen? Glaubte er ernsthaft daran, daß es nur vorübergehend sein würde? Kein Mann würde jemals Aliga oder Iana auffordern, Torkas Feuer zu verlassen. Die Verantwortung würde für immer wie ein Sack mit Felsbrocken auf seinem Rücken lasten. Wenn wieder die Hungerzeit über den Stamm hereinbrach, würde Navahk sie beide ausstoßen. Und wenn Torka dagegen protestierte, würde er ihnen folgen müssen. Dann konnte er Lonit haben, denn er würde niemals zulassen, daß sie Torka folgte.

Zwei lange Schritte brachten ihn zum Eingang der Hütte. Er schlug die Felltür zurück und trat hinaus in die Nacht.

In den fernen Hügeln im Süden brüllte ein Löwe. Das Geräusch wurde von den Gletscherschluchten zurückgeworfen. Wölfe antworteten . . . und noch eine andere Stimme, tiefer als ein Wolf, aber nicht so rauh wie ein Löwe. Es war eine Stimme voller Macht und Drohung, die ihm irgendwie vertraut und fast menschlich vorkam.

Wah nah wah . . . wah nah wut . . . wah nahhh . . .

Er erstarrte und lauschte ungläubig. Hatte er etwa Worte gehört?

Der Ruf wurde ein paarmal wiederholt. Es war nicht eine Stimme, sondern viele, die sich gegenseitig antworteten.

Als kleiner Junge hatte er oft dieses seltsame Geheul in der Nacht gehört. Auch später drang es manchmal im Herbst aus den Bergen, wenn ein leiser Wind von den eisigen Höhen der Gletscher auf die Tundra hinabwehte.

Menschen wagten sich nicht in die Berge, denn es war das Reich der Windgeister. Menschen jagten auf der offenen Tundra unter freiem Himmel. Und Torka, der gegen Wölfe, wilde Hunde, Löwen, Bären und das große Mammut Donnerstimme gekämpft hatte, fragte sich, warum er Angst vor Gespenstern hatte, die unsichtbar in den nebligen Bergen hausten.

Er hatte große Angst vor den Stimmen der Windgeister, die allmählich leiser wurden, so wie alle Menschen sich vor dem Unbekannten fürchteten. Er lauschte reglos, bis die Stimmen im Nachtwind untergingen.

Im Osten trompetete ein Mammut. Als Torka in die Richtung sah, erkannte er die Wandernden Berge am Horizont. Die zwei Meilen hohen Gletscher glänzten bläulich zu beiden Seiten des weiten Graslands, das sich scheinbar unendlich bis in das verbotene Land erstreckte, das Supnahs Stamm auch das Tal der Stürme nannte.

Navahk hatte gesagt, daß der Wanawut dort lebte. Navahk log.

Der Wanawut hielt sich in den südlichen Hügeln in der Nähe des Lagers auf. Karana hatte ihn gesehen, und Torka hatte sein Lied gehört. Er stand regungslos da und ließ die Geräusche und Gerüche der Nacht auf sich einwirken. Sein Blick wanderte über das schlafende Lager zu den verkohlten Resten des Lagerfeuers, an dem Torka zum erstenmal die schwelende Feindschaft zwischen Navahk und Supnah erlebt hatte. Dieser Haß würde eines Tages ausbrechen und einen oder beide der Brüder oder vielleicht sogar den ganzen Stamm vernichten.

Ein paar Tage später brachen Supnah und sein Stamm das Lager ab und zogen auf der Suche nach neuen Jagdgründen in Richtung Süden. Falls irgend jemand Spuren des Wanawut entdeckte, sagte er nichts davon, sondern erinnerte sich an Navahks Warnung, damit die Geister nicht aus dem Schatten über sie herfielen.

Obwohl er jedesmal vom Tagesmarsch erschöpft war, konnte Torka nachts kaum schlafen. Seine Frage ließ ihm keine Ruhe. *Ist es richtig, daß Torka bei Supnahs Stamm bleibt?* Es war eine Frage, die man nicht über Nacht entscheiden konnte, also stellte er sie sich immer wieder.

Er konnte nicht behaupten, daß ihm die Wanderung keinen Spaß machte. Es war angenehm, in der Gesellschaft von Männern und mit Lonit an seiner Seite durch das Land zu ziehen. Sie trug Sommermond an ihrer Brust, während die verzweifelte Iana immer wieder an dem Bündel zerrte, um sich zu vergewissern, daß das Kind in den Armen seiner Mutter sicher war. Aliga trottete mit den Hunden hinterher und trat nach ihnen, wenn sie ihr zu nahe kamen. Das große blauäugige Männchen Aar lief mit hängender Zunge neben Karana und trug stolz das Gepäck mit Karanas Sachen auf dem Rücken. Schwester Hund, seine Gefährtin, und ihre Welpen hatten Gefallen an Aliga gefunden. Nichts konnte sie davon abhalten, nach ihren Fersen und den losen Schnürsenkeln ihrer Schuhe zu schnappen.

Nach der Anspannung im Lager war der Anblick der tätowierten Frau, die fluchend nach den angriffslustigen Welpen trat, für Torka erheiternd, und seine Stimmung besserte sich zusehends. Obwohl sich Aliga ständig über die Hunde beschwerte und sich offenbar vor den beiden älteren Tieren fürchtete, schien sie doch ein weiches Herz für die Welpen zu haben. Ihre Fußtritte waren ebenso nutzlos wie ihre Flüche.

Die Menschen des Stammes zeigten auf sie und lachten schadenfroh über ihre Bemühungen. Supnah war deutlich amüsiert, und zum erstenmal seit langem lachte Torka hemmungslos, als der hartnäckigste Welpe, der Aars blaue Augen und schwarze Gesichtszeichnung hatte, seine Zähne in einen Schnürsenkel schlug und so wild daran zerrte, daß Aliga aus dem Gleichgewicht geriet. Als die große Frau inmitten einer Horde kläffender Welpen in die Knie ging, während einer immer noch mit erhobenem Schwanz und wütendem Knurren an ihrem Schuh zerrte, blieb der ganze Stamm lachend stehen.

Doch dann drehte sich der Zauberer um, um den Grund für die ungewohnte Fröhlichkeit seines Stammes zu erfahren.

»Es ist unnatürlich, daß Menschen zusammen mit Hunden
gehen. Seht nur, wie Torkas Frau den Zug aufhält! Das ist nicht
gut! Wenn wir heute abend unser Lager aufschlagen, werden
wir vielleicht das Fleisch dieser Hunde essen. Die Kleinen dürften besonders zart sein.«

Die Hunde wurden nicht gegessen. Obwohl Navahk es gerne
getan hätte, fügte Supnah sich dem Protest Karanas, der darauf
be stand, daß die Hunde seine Brüder waren. Niemand ver-
r ochte auf eine so lächerliche Behauptung etwas zu erwidern.
Allerdings verhielten sich die Tiere ganz anders, als man es von
Hunden kannte. Das große Männchen trug sein Gepäck wie ein
Mann, und das Weibchen kümmerte sich genauso besorgt um
ihre Welpen wie eine Frau.

Es war noch früh am Abend. Die Frauen hatten wieder ihren
Klatschzirkel gebildet, wie Torka ihre Versammlung im geheimen nannte. Er hörte Lonits Lachen, die mit den Frauen zusam-
mensaß und in der Gesellschaft ihres Babys und ihrer
Geschlechtsgenossinnen glücklich war. Nachdenklich sah er zu
ihr hinüber. *Wenn ich sie aus diesem Lager fortbringe*, dachte
er, *wird sie ganz allein mit Iana und der tätowierten Frau sein.
Hier ist die Arbeit durch die vielen Frauen leichter.*

Sein Blick wanderte zu Hetchem hinüber, einer hochschwangeren Frau, die nach den grauen Strähnen und den Falten um
ihre Augen zu urteilen schon sehr alt war. Sie behauptete, daß
sie schon mehr als dreißigmal die Sonne nach der Winterdunkelheit hatte aufgehen sehen, und ihre Zähne waren stark abge-
nutzt. Torka war nicht entgangen, daß Lonit, Aliga und die
anderen Frauen des Stammes die alte Frau geradezu verehrten.
Morgens brachten sie ihr immer besonders weiche Schuheinla-
gen, damit sie es während der täglichen Wanderung leichter
hatte. Abends machten sei ihr Umschläge für ihre geschwollenen Knöchel und legten ihr Amulette auf den gewaltigen Bauch.
Tagsüber fielen sie hinter die Männer zurück, damit sie in ihrer
Nähe blieben, nahmen ihr etwas von ihrem Gepäck ab und
unterhielten sie stundenlang mit weiblichem Geschwätz.

Torka mußte an die langen, gefährlichen Tage denken, die er mit Lonit, Karana und seinem Großvater auf dem fernen Berg und der offenen Tundra verbracht hatte. *Es war nicht gut für Lonit, allein mit nur einem Jäger, einem kleinen Jungen und einem alten Mann zu sein. Sie muß sich sehr einsam gefühlt und große Angst gehabt haben, als sie ihre erste Monatsblutung hatte, oder als sie ihr erstes Baby erwartete. Torka kann von ihr nicht verlangen, sich noch einmal in solche Gefahr zu begeben. Es ist besser für eine Frau, wenn sie in einem Stamm mit ihresgleichen lebt.*

Das Lager für die Nacht bestand aus einem unordentlichen Haufen verschnürter Bündel mit einem provisorischen Wetterschutz an jedem Lagerfeuer, über dem die letzte Mahlzeit des Tages zubereitet worden war. Nach dem Essen versammelten sich die Männer, um an ihren Waffen zu arbeiten und die nächste Tagesetappe zu besprechen. Im letzten Licht der langen arktischen Dämmerung hatte Hetchem, die ungewöhnlich bleich und erschöpft aussah, sich auf ihre Schlaffelle gebettet, während die Frauen ihr Gesellschaft leisteten, nähten und von Dingen sprachen, die den Männern ein ewiges Rätsel waren. Doch dann trat Navahk in ihren Kreis.

Torka beobachtete es, während er gerade im Schneidersitz vor seinem Unterschlupf saß und Karana zeigte, wie man eine Speerspitze reparierte. Navahk blieb vor Hetchem stehen und schwenkte seinen Stab. Dann sprach er etwas, das Torka nicht verstehen konnte. Nach einer Weile bemerkte der Jäger, daß es keine Worte, sondern ein unverständlicher Gesang an die Geister war. Die Frauen waren beeindruckt.

Ganz im Gegensatz zu Karana. Er schnaubte verächtlich, und Torka stieß ihm ermahnend den Ellbogen in die Seite. Navahk lächelte jetzt und befragte Hetchem sehr eingehend nach ihrem Gesundheitszustand. Sie strahlte ihn an und versicherte ihm, daß mit dem kleinen Geist in ihr offenbar alles zum Besten stand. Der Zauberer nickte. Er sagte ihr, daß er gute Rauchzeichen für den Geist des Babys gemacht hatte.

Diesmal schnaubte Karana lauter, und Torkas Rippenstoß war etwas härter. Der Junge sah ihn verwundert an. »Was nützt es Hetchems Baby, grüne, mit ranzigem Fett getränkte Zweige zu verbrennen? Nicht das Baby, sondern Hetchem ist krank! Sieh dir ihre Haut und ihre Augen an! Das Weiß ist gelb wie Eidotter. Umak hat diesem Jungen erzählt, daß es sehr, sehr schlecht ist, wenn Augen so aussehen. Hetchem sollte viel Beerensaft trinken. Dieser Junge hat es ihr gesagt, aber sie hat ihm nicht zugehört. Solange Navahk seinen Rauch macht, ist sie zufrieden. Das wird ihr noch leid tun.«

Die Worte das Jungen wären nur für Torka hörbar gewesen, aber er hatte gar nicht zugehört. Navahk lächelte den anderen Frauen zu, die alle sein Lächeln erwiderten — selbst Lonit. Es war unmöglich für eine Frau, Navahks Lächeln zu widerstehen. Er war wie ein kühler, prächtiger Wintermond, der aus der ersterbenden Wärme der Frühlingssonne auf sie hinunterschien, und er wußte es. Gezielt suchte er Lonits Blick und schenkte ihr ein anzügliches, einladendes Lächeln, bis Naiapi Lonit böse anstarrte und die anderen Frauen zu kichern begannen. Nervös und mit hochrotem Kopf senkte Lonit den Blick.

Navahk drehte sich zu Torka um. Er lächelte auch ihn an, aber es war ein bösartiges, verächtliches Grinsen. Er hob seinen Stab und schüttelte ihn in Torkas Richtung. Der gehörnte Schädel der Antilope schien ihn ebenso anzugrinsen wie der Mann. Torka war angewidert und zornig, als Navahk plötzlich etwas aus seinem Medizinbeutel nahm und es Lonit in den Schoß warf.

Verblüfft hob sie eine Schnur auf, die mit gleichmäßigen, polierten weißen Steinperlen besetzt war. Während die anderen Frauen vor Neid den Atem anhielten, sah sie zum Zauberer auf und war sich nicht sicher, was sie damit tun sollte.

»Sie sind ein Geschenk!« verkündete er. »Von Navahk an Torkas Frau!«

Sie errötete erneut. Dann sah sie zu Torka hinüber. Als sie die Wut auf seinem Gesicht erkannte, wandte sie sich schnell wieder dem Zauberer zu. Sie sah ihn nicht an, als sie ihm die Perlen hinstreckte. »Torkas Frau kann keine Geschenke von anderen Männern annehmen!« stammelte sie.

Navahk lächelte immer noch. »Ich bin Navahk, der Zauberer! Du wirst meine Geschenke annehmen!« Damit drehte er sich um und beendete jede weitere Diskussion. Er schritt durch das Lager, bis er sich mit erhobenen Armen aufstellte, um mit der untergehenden Sonne und den Geistern Zwiesprache zu halten.

Wenn Torkas Speerspitze in diesem Augenblick am Schaft befestigt gewesen wäre, hätte Navahk vermutlich sofort die Geisterwelt betreten. Zitternd sah Torka wieder zu Lonit hinüber, die Navahks Geschenk in den Händen hielt, als wäre es ein lebendes Insekt mit einem Dutzend Köpfe, das sie jeden Augenblick stechen könnte.

»Diese Frau wird es tragen, wenn Lonit es so abstoßend findet!« sagte Naiapi und griff gierig nach dem Halsband. »Naiapi würde niemals den Zauberer ihres Stammes beleidigen und ein Geschenk von ihm ablehnen!«

»Nimm es.« sagte Lonit, sah aber nicht Naiapi, sondern Torka verwirrt und hilfesuchend an, als sie der Frau des Häuptlings das ungewollte Geschenk überließ.

Doch Supnah war aufgestanden und ging in den Kreis der Frauen. Er riß Naiapi die Perlen so unvermittelt aus der Hand, daß sie protestierend aufschrie.

»Was Navahk der Frau Torkas gegeben hat, wird Lonit und nicht Naiapi tragen!« Er achtete nicht auf den bösen Blick seiner Frau, als er Lonit unsanft die Perlenschnur um den Hals legte.

Torka sah, wie seine Frau erzitterte, als das Gewicht der Steine schwer auf ihre Schultern fiel. Er war so wütend, daß er aufsprang und die Speerspitze wie ein Messer in der Hand hielt.

Supnah kam auf ihn zu. Die Hunde neben der Feuerstelle spannten sich sichtlich an. Aar stand auf und ging langsam an die Seite von Karana, wo er mit eingezogenem Schwanz und zurückgelegten Ohren stehenblieb. Der Häuptling traute den wilden Hunden nicht, die sich immer in der Nähe von Torkas Feuer aufhielten, und gegen das große Männchen hatte er eine besondere Abneigung. Supnah blieb stehen und deutete mit einem Kopfnicken in Richtung des Hundes. »Sag dem Geist des Hundes, daß er sich zurückhalten soll.«

Karana zögerte.

»Sag es ihm!« befahl Torka. Er wollte den Jungen nicht in Schwierigkeiten bringen. Wenn es nach ihm gegangen wäre, hätte er dem Hund erlaubt, dem Häuptling an die Kehle zu springen, nachdem er nun schon zum zweitenmal Navahks Annäherungsversuche an Lonit unterstützt hatte. Doch Supnah war Karanas Vater, und er hatte sein Leben und das seiner Männer riskiert, damit Torka seine Frau vor dem Geisterstamm retten konnte. Dafür stand er tief in seiner Schuld, doch er war nicht bereit, dem Häuptling noch einen weiteren solchen Vorfall zu verzeihen.

Karana gehorchte und zog die Stirn in Falten, als der Häuptling ihm eine Hand hinstreckte.

»Torka ist nicht der einzige Mann, der weiß, wie man einen Speer repariert. Komm! Karana verbringt zuviel Zeit an Torkas Feuer.«

Von nun an wurde es immer schlimmer.

Sie zogen weiter südwärts zum Karibufluß, den die Herden im Frühling überquerten, und kamen durch ein karges Land, das von zerklüfteten Erdspalten und langen gewundenen Hügeln durchzogen war. Es gab nur wenige Tierspuren, und als sie schließlich ihr Ziel erreichten und unter einem bleiernen, regenschwangeren Himmel Rast machten, deutete alles darauf hin, daß die Karibus den Fluß schon vor mehreren Tagen überquert hatten. In der nur noch kurzen Nacht murrten die Menschen enttäuscht. Supnah versuchte sie davon zu überzeugen, daß die Karibus in mehreren Gruppen wanderten, erst kamen die Kühe, dann die Kälber und zum Schluß die Bullen. Da es in den letzten Tagen immer wieder geregnet hatte, war es schwierig, die Spuren zu lesen. Vielleicht waren die Bullen noch gar nicht gekommen.

»Dieser Mann wird die Gesänge anstimmen, die die Karibus an den Fluß und vor die Speere der hungrigen Menschen locken ... wenn die Geister der Karibus nahe genug sind, um es zu hören.« Navahk sah Torka bedeutungsvoll an und stellte ihn vor dem ganzen Stamm bloß. »Habe ich nicht gesagt, daß es schlecht ist, wenn Torkas Hunde und Frauen den Zug aufhalten? Torka ist schuld, daß die Karibus den Fluß überquert haben und der Stamm viele Tage ohne frisches Fleisch sein wird.«

Die Männer hockten an den rauchenden Feuern aus getrockneten Soden und Knochen, die sie vom letzten Lager mitgebracht hatten. Sie aßen ihren Reiseproviant aus geräuchertem Fleisch und Fisch und die kleinen Kuchen, die die Frauen aus Fett und Beeren zusammengeknetet hatten. Morgen, wenn sich die Frauen ausgeruht hatten, würden sie im Fluß fischen und Fallen für Schneehühner aufstellen. Bis morgen abend konnte Navahks Zauber die Karibus herbeigerufen haben, und dann würden sie ein Festmahl mit richtigem Fleisch veranstalten und warmes, nahrhaftes Blut unter dem kalten, drohenden Himmel trinken.

Doch all seine Gesänge, Tänze und magischen Rauchzeichen waren vergebens. Das einzige, was an den Karibufluß gezogen kam, war Regen, ein kalter Dauerregen.

»Torkas Regen«, sagte Navahk dazu. »So wie Vater Himmel das Wild vertrieben hat, hat er für Supnahs Stamm Regen gemacht, weil Torka und seine Frauen mit Hunden gehen. Das ist nicht gut.«

Den ganzen Tag über regnete es. Navahk sagte, daß Vater Himmel immer noch böse war. Er erzählte dem Stamm, daß er im Zauberrauch Geisterstimmen gehört hatte, die ihm sagten, daß es kein guter Tag für die Jagd war. Supnahs Frauen murmelten besorgt, aber die Männer schwiegen und sahen Torka nur wachsam und mißtrauisch an. Navahk freute sich über das Unbehagen, das diese Blicke bei Torka verursachten.

Torka konnte sich nur mühsam beherrschen. Um den Mann nicht körperlich anzugreifen, zog er seinen wasserdichten Regenumhang aus eingefetteten Bisoneingeweiden über, nahm seine Speere und den Speerwerfer und verließ ohne ein Wort das Lager. Niemand außer Lonit versuchte, ihn aufzuhalten. Aliga wußte, daß man ihn nicht umstimmen konnte, wenn er sich einmal zu etwas entschlossen hatte. Karana, der sich unter

Supnahs Wetterschutz wie ein Gefangener fühlte, sprang sofort auf, als er Torka aus dem Lager gehen sah, doch Supnah zerrte den Jungen an den Fransen seiner Jacke zurück.

Schließlich folgte nur Aar dem einsamen Jäger. Als es dunkel wurde, kamen sie zurück. Der Hund trug stolz den schlaffen Körper eines fetten Eichhörnchens zwischen den Kiefern, und der Mann eine Steppenantilope über den Schultern, während mehrere Hasen und Schneehühner an seinem Tragestock hingen. Gemeinsam mit dem Hund marschierte er auf den Unterschlupf des Häuptlings zu und war froh, daß der Zauberer dort gerade mit ihm sprach. Es war ein geräumiges Zelt, das gut gegen Wind und Wetter geschützt war, in dem Naiapi und Pet ihre Näharbeiten erledigten und Karana in einer Ecke gelangweilt Knochenwerfen spielte.

Torka überraschte sie alle, indem er ohne weiteres Aufheben die erlegten Tiere vor dem Eingang fallen ließ, so daß das Wasser ins Innere spritzte. Sie starrten ihn fassungslos über eine solche Unverschämtheit an, doch das störte ihn überhaupt nicht.

»Torka bringt Supnahs hungrigem Stamm frisches Fleisch. Wie er immer gesagt hat, ist er kein Zauberer. Er kann das Wild nicht vor die Speere der Männer rufen. Aber Torka ist ein Jäger, der es aufspüren und töten kann.« Er hob seinen Speer und schüttelte ihn in Navahks Richtung. »So ist es gut!« sagte er, drehte sich um und ging zu seinem eigenen Unterschlupf, ohne etwas von dem Fleisch für sich zu behalten.

Der Stamm freute sich über Torkas Jagdbeute. Der Häuptling teilte sie unter den Familien auf, so daß jeder einen Anteil bekam — alle bis auf Navahk, der nicht einmal einen Bissen davon wollte.

In den nächsten zwei Tagen regnete es ununterbrochen. Während der Hälfte der Zeit schrie Hetchem vor Schmerzen. Navahk war dankbar, nicht mehr an das Fleisch denken zu müssen, mit dem Torka sie so großzügig versorgt hatte, und tanzte für Hetchem nackt im Regen. In ihrem feuchtkalten Unterschlupf, vor dem die Frauen Wache hielten, machte er seinen magischen Rauch, bis er zwischen ihren Beinen das blutige Herz und Fleisch des bösen Geistes hervorholte, der ihr die

Schmerzen verursacht hatte. Er hielt es hoch, damit die Frauen es sehen konnten. Sie staunten über seinen mächtigen Zauber, als er das kleine Herz und die fingerdünnen Rippen von Hetchems Schmerzgeist in die Flammen seines magischen Feuers warf. Es zischte wie jedes andere Fleisch auf und machte guten Rauch. Hetchem schlief zufrieden ein und schrie nicht mehr.

Am nächsten Morgen, als die Sonne in einen klaren Himmel stieg und Karana verzweifelt nach einem seiner Welpen suchte, starb Hetchem bei der Geburt eines mißgebildeten Kindes.

Die Frauen jammerten. Die Männer waren stumm.

»Wir werden weiterziehen«, verkündete der Häuptling. »Der Karibufluß ist ein schlechter Lagerplatz für Supnahs Stamm.«

Niemand protestierte. In aller Eile wurde das Lager abgebrochen. Die Frauen kleideten Hetchem in ihre besten Felle, dekorierten sie mit ihrem Lieblingsschmuck und legten ihre Habe an ihre Seite. Dann wurde sie so hingelegt, daß ihre Augen für immer in den Himmel sahen. Alle Frauen brachten noch irgend etwas als Geschenk für Hetchems Geist. Als sie schließlich von ihrer Freundin Abschied genommen hatten, war die Tote von prächtigen Ringen aus Steinen, Knochen und wertvollem Holz umgeben... und um ihren Hals lag eine Kette aus polierten weißen Steinperlen.

Torka mußte grinsen, als er es sah, und umarmte Lonit, während Navahk sie beide haßerfüllt anstarrte.

Ein leichter Ostwind kam auf, als sie sich zum letzten Ritual versammelten, bevor sie das Lager am Karibufluß verlassen konnten. Rhik, Hetchems Mann, würde sie nicht begleiten, sondern zurückbleiben, um die fünftägige Totenwache zu halten, damit die Raubtiere ihren Körper nicht anfallen konnten, bevor sich ihre Seele endgültig entschieden hatte, ihn zu verlassen.

Doch zuvor mußte er sein mißgebildetes Kind aussetzen, so wie es Brauch war. Es lag immer noch still in der blutigen Geburtshütte, die die Frauen hatten verlassen müssen, nachdem sein Vater sich geweigert hatte, sein Gesicht anzusehen. Er wandte auch jetzt den Blick ab, als er es ans Tageslicht brachte und dem Zauberer mit einem angewiderten Gesichtsausdruck entgegenhielt.

Supnahs Stamm bildete einen Kreis um Rhik, das Baby und den Zauberer, worauf Navahk seinen Stab schüttelte und dem Kind das Recht auf Leben absprach.

»Dieses Leben wurde niemals geboren! Dieses Leben hat keine Seele! Dieses Leben ist kein Leben! Der Stamm wendet sich von diesem leblosen Ding ab!«

In ernstem Schweigen wandten die Mitglieder des Stammes dem Kind symbolisch den Rücken zu.

Jetzt kniete der Vater nieder und legte das Baby auf den feuchten, schlammigen Boden der Tundra. Naiapi brachte ihm einen kleinen Korb aus geflochtenem Gras, in dem frisch gesammeltes Tundramoos lag. Rhik starrte einen Augenblick auf den Inhalt des Korbes, dann nahm er mit grimmiger Entschlossenheit das Moos und verstopfte dem Kind damit den Mund, die Nasenlöcher, die Ohren, den After und sogar die Vagina, damit der schlechte Lebensgeist im Körper gefangen war und nie wiedergeboren werden konnte.

Torka stand zwischen den anderen Jägern mit dem Rücken zur rituellen Tötung. Ihm gingen immer wieder dieselben Worte durch den Kopf. *So wird es seit Anbeginn der Zeiten in diesem Stamm gehalten. So ist es schon immer gewesen, und so wird es immer sein.*

Schweigend wurde der Kreis aufgelöst, und der Stamm ließ· Rhik mit seiner toten Frau und seinem sterbenden Kind allein. Die Menschen schulterten ihr Gepäck und folgten Supnah ohne ein Wort. Sogar die Hunde waren ungewöhnlich ruhig, nur Schwester Hund strich winselnd herum und suchte nach ihrem verschwundenen Welpen. Doch schließlich konnte Karana sie dazu bewegen, sich dem Zug anzuschließen.

Torka drehte sich noch einmal besorgt um und sah die einsame Gestalt Rhiks, der vor Gram in sich zusammengesunken war. Er hatte jegliche Haltung und Würde verloren, als er um den Tod jener trauerte, die ihn ein Leben lang begleitet hatte. Dem nackten Kind hatte er seinen Rücken zugekehrt, nachdem er es gemäß der Tradition mit eigenen Händen erstickt hatte.

Der Stamm zog schweigend davon und bückte sich unter der Last der Rückentragen. Nur Navahk ging dem Stamm ohne

Gepäck voraus, damit er die Totengesänge für die Frau singen und seinen Stab schütteln konnte, während sich am Himmel Adler, Kondore und andere Aasvögel versammelten.

Als Torka ihn beobachtete, wußte er plötzlich, daß Navahk Freude an diesem Gesang hatte und daß er auf gewisse Weise ein Verwandter aller Aasfresser dieser Welt war.

Dies ist ein schlechter Stamm, dachte Torka und wußte nun mit absoluter Sicherheit, daß er ihn verlassen mußte.

Viele Tage lang behielt Torka diese Entscheidung für sich. In jeder Nacht lag er wach und überdachte sie immer wieder. Er wünschte sich, er hätte seine Entscheidung, Iana und Aliga aufzunehmen, genauso sorgfältig durchdacht, doch daran ließ sich nun nichts mehr ändern. Er durfte sie auf keinen Fall einfach im Stich lassen — so wie er jetzt Karana im Stich lassen mußte.

Der Gedanke, den Jungen zurückzulassen, war genauso unerträglich, wie sich den Speerarm amputieren zu lassen. Karana war für ihn wie ein Sohn, doch Supnah war nun einmal sein richtiger Vater. Je länger Torka die beiden beobachtete, desto mehr war er davon überzeugt, daß es falsch wäre, ihn wieder von seinem Stamm zu trennen. Karana war zwar so störrisch wie ein Moschusochse und so erbarmungslos wie ein Wintersturm, doch Supnahs offene Sorge und väterliche Zuneigung würde auf Dauer nicht spurlos an dem Jungen vorübergehen. Karana würde vermutlich eines Tages der Häuptling dieses Stammes werden und vielleicht sogar seinen Onkel in die Schranken weisen. Bis es soweit war, würde Supnah den Jungen beschützen und niemals zulassen, daß er zum zweitenmal von ihm getrennt wurde.

Die anfängliche Ehrfurcht des Stammes vor dem Mann mit den Hunden hatte nachgelassen. Seit er ihnen gezeigt hatte, daß seine Speerschleuder kein Zauberstab war, sondern nur ein Werkzeug, das alle Jäger benutzen konnten, war er in ihren Augen ein ganz gewöhnlicher Mann, aber ein Außenseiter, der Schande über ihren Häuptling, ihren Zauberer und den Stamm selbst gebracht hatte.

Sie sahen in ihm einen Mann, der einen schrecklichen, langen Winter überlebt hatte, ohne seine Frau, seinen uralten Großva-

61

ter und ein fremdes Kind im Stich zu lassen. Er erinnerte sie unangenehm an die alten Menschen und Kinder, die sie aus dem Stamm ausgestoßen und dem Tod überlassen hatten.

Schließlich hatte er verstanden, warum Supnah und Navahk ihre Feindschaft vergessen und sich gemeinsam gegen ihn gewandt hatten. Er hatte ihnen zwar Karana aus der Geisterwelt zurückgebracht, aber solange er bei ihnen lebte, würde er sie immer wieder daran erinnern, daß Navahks Kräfte nicht unermeßlich waren. Supnah hingegen würde in ihm immer den Fremden sehen, der seinen geliebten Sohn gerettet hatte, den er selbst zuvor in den Tod geschickt hatte.

Torka lag ruhig in der Dunkelheit seines Unterschlupfes und hatte einen Arm um die schlafende Lonit gelegt. Seine Gedanken bereiteten ihm keine Qualen mehr, denn er hatte seinen Frieden mit sich gemacht. Wie ein Jäger, der eine Spur verfolgte, die sich plötzlich gabelte, hatte er sorgsam alle Zeichen geprüft und sich für den vielversprechendsten Weg entschieden.

Wenn er bei Supnah blieb, würde er seine Frau und zwangsläufig auch sein Leben verlieren. Er würde sie niemals aufgeben! Torka und Lonit waren wie die großen dunklen Schwäne, die ebenfalls einen Bund fürs Leben schlossen. Er würde mit jedem Mann um sie kämpfen, wie er es in der Vergangenheit bereits mit bloßen Händen gegen Wölfe und mit Speer und Keule gegen Menschen getan hatte. Er würde bei ihr bleiben, bis sie ihn aus freien Stücken verließ, doch dann wäre sein Leben vorbei.

Er schloß die Augen. Neben ihm murmelte Lonit im Schlaf. Seit sie Rhik bei seiner Frau zurückgelassen hatten, waren sie bereits eine große Strecke weitermarschiert. Erst diesen Nachmittag hatte er den Stamm eingeholt. Supnah hatte inzwischen einen östlichen Kurs eingeschlagen, um aus der öden Tundra in vertrautere Jagdgebiete zu gelangen.

Morgen würden sie das Land der Zweige erreichen, wie es der Stamm nannte. Dort trafen zwei Flüsse zusammen, und es gab viele Bäche und große Bestände von Zwergweiden. Die Frauen konnten dort jede Menge Zweige als Brennholz und zum Flechten von Körben sammeln. Sie hatten dort schon Elche,

Faultiere und Pferde gejagt und viele Fische und Vögel gefangen. In dieser Gegend konnten sie viele Tage lang jagen, bevor sie auf der Suche nach Nahrung weiterziehen mußten.

Hinter dem Land der Zweige erstreckte sich die Tundra bis zur südlichen Begrenzung der Wandernden Berge. Dort an der zwei Meilen hohen Wand aus Eis endete die Welt.

Oder? Torka schloß die Augen, und er sah wieder das Land, daß Supnah auf Drängen Navahks nicht hatte betreten wollen. Es lag jetzt hinter ihnen, versteckt zwischen gewaltigen Bergen. Es war ein Grasland, das wie ein Fluß zwischen zwei parallelen, eisbedeckten Gebirgszügen lag. Supnah hatte es das Tal der Stürme genannt. Navahk hatte gesagt, es wäre verbotenes Land, das Reich des Wanawut und das Ende der Welt. Doch als Torka jetzt das Bild vor Augen hatte, war es, als stünde er wieder auf dem kahlen Felsgrat, um auf die sonnige Ebene hinunterzublicken, auf der das dichte Frühlingsgras im Wind wogte und überall Herden grasender Tiere dahinzogen. Torka kam es nicht wie das Ende der Welt, sondern wie die Versprechung neuen Anfangs vor.

Als er die Augen wieder öffnete, hörte er in der Nacht das Trompeten eines Mammuts, das in unzähligen Gebirgsschluchten widerhallte. Lonit rührte sich an seiner Seite. Er drückte sie an sich und lauschte auf das letzte Echo des Mammutrufs.

Sie war aufgewacht und seufzte. »Hast du es auch gehört. War es Donnerstimme? War es Lebensspender?«

So nannten sie das große Mammut seit kurzem. Obwohl es ihren Stamm getötet hatte, hieß es nicht mehr Zerstörer. Denn es hatte auch die Männer des Geisterstammes getötet und Torka am Leben gelassen, als er Karana gegen das Mammut verteidigen wollte. Niemand konnte sie davon abbringen, daß in jenem Augenblick etwas Wunderbares geschehen war, daß ein Bündnis zwischen Mensch und Mammut geschlossen worden war. Und obwohl er gegenüber allen, die es miterlebt hatten, etwas anderes behauptete, wußte er im Innersten, daß sie recht hatte. Er und das Tier waren eins gewesen in jenem Augenblick, als Leben und Tod in der Schwebe hingen. Er hatte seinen Speer nicht geworfen, und das Mammut hatte nicht angegriffen. Der

Zerstörer hatte ihn nicht zerstört, sondern ihm das Leben geschenkt, und seitdem betrachtete er es als sein Totem. Er würde nie wieder ein Mammut jagen. »Lebensspender ist weit weg«, sagte er zu der Frau in seinen Armen. »In einem Land, das Supnah nicht betreten will.«

»Es gibt dort viel Wild, jenseits des Landes, in dem der Geisterstamm starb. In diesem langgestreckten Grasland zwischen den Wandernden Bergen gibt es sehr viel Wild!« Sie legte ihre Hand auf seine Brust und streichelte ihn. »Die Frauen sagen, daß wir im Land der Zweige überwintern werden, wenn die Jagd gut ist. Wenn nicht, werden wir wieder nach Norden ziehen, die Ebene der vielen Wasser überqueren und dem Großen Milchfluß bis zum Lager der Großen Versammlung folgen. Das ist sehr weit vom Land des Geisterstammes entfernt. Wallah, Greks Frau, sagt, daß es ein sehr großes Lager ist. Viele Stämme kommen in den letzten Tagen des Sommers dorthin, um dort während der langen Winterdunkelheit zu lagern, zu handeln, Neuigkeiten zu erfahren und Frauen, Kinder und Waren zu tauschen. Naiapi sagt, daß Supnah ihrem Vater einen Umhang aus Bärenfell, zwei seiner besten Speere und einen Beutel aus Murmeltierfell mit seinen Angelhaken für sie gegeben hat. Naiapi ist stolz darauf und sagt, daß die Große Versammlung ein gutes Lager ist. Wallah sagt, daß dort Geschichten erzählt und Wettkämpfe zwischen den Frauen ausgetragen werden, um ihre Koch- und Nähkünste zu prüfen. Doch das Wichtigste in der Zeit des letzten Lichts ist ... die Mammutjagd.« Sie schwieg eine Weile. »Wird Torka in der Zeit des letzten Lichts Mammuts jagen?«

»Torka wird weder bei Licht noch bei Dunkelheit Mammuts jagen!«

Es war die Antwort, die sie hatte hören wollen. »Navahk wird böse sein, wenn Torka nicht mit auf die Jagd geht. Er wird sagen, daß es nicht gut für den Stamm ist. Supnah wird dasselbe sagen und dich zur Jagd zwingen.«

»Es ist ganz gleich, was Torka tut oder nicht. Navahk wird immer sagen, daß es nicht gut für den Stamm ist. Doch niemand wird Torka je dazu bringen, Mammuts zu jagen!«

Sie hörte auf, ihn zu streicheln und legte ihre Hand auf sein Herz. Dann drückte sie sich plötzlich enger an ihn. »Navahk hat mich wieder angesehen. Er sieht mich ständig an. Ob sie wacht oder schläft, sogar jetzt sieht Lonit seine Augen. Wenn sie in Supnahs Stamm bleibt, wird Navahk diese Frau hinter Torkas Rücken besitzen. Das hat er immer wieder gesagt. Und wenn Torka sie zurückhaben will, werden Supnah und seine Männer wie die Wölfe über ihn herfallen, wenn sich ein Wolf gegen den Anführer stellt. Sie werden ihn vertreiben oder töten. Und ohne Torka will Lonits Seele nicht weiterleben!« Sie zitterte in seinen Armen. »Manchmal im Dunkeln träumt diese Frau von dem fernen Grasland zwischen den Wandernden Bergen und von den Tieren, die in Richtung der aufgehenden Sonne ziehen. Sie träumt von einem Land, das für Supnahs Stamm verboten ist. und sie wünscht sich, Torka würde sie dorthin führen, hinter das Ende der Welt, fort von Navahk und einem Stamm, der kein guter Stamm für uns ist.«

Ihre Worte verblüfften und befriedigten ihn gleichzeitig. Bis zu diesem Augenblick hatte er gezögert, ihr seine Entscheidung mitzuteilen. Wenn es soweit war, würde sie ihm sicherlich folgen, doch nicht ohne Besorgnis und ein gewisses Bedauern. »Lonit würde diesen Stamm verlassen?«

»Lonit möchte ihn verlassen!«

Er beugte sich hinunter, um sie auf die Art seines Stammes zu küssen, indem er ihr seinen Atem durch die Nase blies. Sie sog ihn ein und gab ihn mit ihrem eigenen Atem vermischt zurück. Sie umarmte ihn und strich mit ihren Händen wie ein warmer Sommerwind über seinen Rücken. Ihre Berührung weckte seine Leidenschaft, und sie öffnete sich ihm, um ihre Hitze mit der seinen verschmelzen zu lassen. Aus der Hitze wurde ein Feuer, das sie gemeinsam entflammte wie ein Grasfeuer auf der sommerlichen Tundra, bis sie sich schließlich abkühlten und sich in den warmen Fluß des erschöpften Schlafs treiben ließen.

Sie erwachten Arm in Arm im blauen Licht des Morgens und lauschten auf Sommermonds Saugen an der Brust der schlafenden Iana und das trockene Klicken der Knochen, als Aliga, die bereits angezogen war, die noch brennbaren Reste aus der Asche suchte.

Torka stützte sich auf die Ellbogen und sah seine Frau verliebt an. Ein paar lange Haarsträhnen lagen über ihrem Gesicht, und er schob sie vorsichtig zur Seite. Lächelnd hielt Lonit seine Hand fest und küßte sie. Dann verschwand plötzlich ihr Lächeln, und sie umarmte ihn verzweifelt. »Lonit ist Torkas Frau! Für immer und ewig!«

Ihr Herz klopfte wie das eines erschrockenen Vogels, der sich in einer Falle verfangen hatte. Sanft legte er seine Hände auf ihre Schultern und rückte von ihr ab, so daß er ihr Gesicht sehen konnte. »Für immer und ewig«, bestätigte er und sah ihr dabei in die Augen. Dann zog er sie wieder zu sich heran. »Lonit hat keine Angst, allein mit Torka durch die Welt zu ziehen, nur mit der stummen Iana, die sich um Sommermond kümmert, und ohne Schutz eines Stammes?«

Sie hielt sich an ihm fest, als hätte sie ihn gerade aus einem eisigen Fluß gezogen und befürchtete, er könne wieder hineinfallen und ertrinken, wenn sie ihn losließ. »Lonit hat jetzt Angst! Hier in diesem Stamm sind wir in viel größerer Gefahr als allein auf der offenen Tundra!«

»Lonit spricht Torka aus dem Herzen!«

Sie entspannte sich und sah ihn gleichzeitig hoffnungsvoll und ungläubig an. »Ist das wahr?«

»Es ist wahr. Von diesem Tag an wird Torka nicht mehr mit Supnahs Stamm weiterziehen!«

Der Stamm machte keine Anstalten, ihn zurückzuhalten. Sie fragten ihn nicht einmal, wohin er nun gehen wollte. Sie sahen zu, als er mit seinen Frauen das Lager abbrach und ihre Sachen für die Reise vorbereitete. Nur Naiapi kam, um Lonit mit geheuchelter Hilfsbereitschaft zu unterstützen.

Wallah stand mit ihrer kleinen Tochter Mahnie daneben und verzog den Mund, als hätte sie gerade etwas Saures gegessen. »Seht euch das an! Naiapi kann es kaum erwarten, die Frau des Fremden loszuwerden! Jetzt kann sie dem Zauberer schöne

Augen machen, wenn sein Bruder nicht in der Nähe ist!« Als Mahnie sie angrinste, wurde Wallahs rundes Gesicht so rot wie eine Beere.

Als sie wieder aufsah, beobachtete sie, wie Karana aus Supnahs Wetterschutz hervorstürmte. Er rieb sich noch den Schlaf aus den Augen, während er und Aar durch das Lager auf Torka zuliefen.

»Karana wird mit Torka gehen!« verkündete der Junge, als er vor dem Jäger stand.

Supnah, der seine Arme über der Brust verschränkt hatte und ruhig Torkas Vorbereitungen zum Aufbruch zusah, zog die Stirn in Falten. »Karana wird mit seinem eigenen Stamm gehen!«

Der Junge schnaubte. »Torkas Stamm ist Karanas Stamm!« erwiderte er kalt.

Navahk, der neben Supnah stand, hatte noch nie breiter und bösartiger gegrinst. »Wie, alle drei? Wahrlich ein beeindruckender Stamm!«

Torka hatte gerade seinen Jagdumhang mit dem Geweih an seiner Rückentrage festgezurrt, als er mitten in der Bewegung erstarrte. Es war kein Wunder, daß der Zauberer grinste. Der Häuptling wurde schon wieder vor seinem ganzen Stamm blamiert, denn sein Sohn wollte lieber mit einem Fremden ins Unbekannte ziehen als bei seinem eigenen Vater bleiben.

Torka sah Karana streng an und brachte kaum heraus, was er jetzt sagen mußte. Doch er wußte, daß Supnah so voller Eifersucht und Haß war, daß er den Jungen vielleicht gehen lassen würde, aber nur, um anschließend seine Speere zu nehmen, ihnen zu folgen und Torka und den Jungen zu töten. Und dann wäre Lonit Navahk hilflos ausgeliefert. Also sprach er die verhaßten Worte so rauh und verächtlich, daß die Leute in seiner Nähe unwillkürlich einen Schritt vor ihm zurückwichen. »Was maßt dieser Junge sich an, einem Mann zu befehlen, was er tun soll? Hat Torka ihn etwa gefragt, ob er ihn begleiten will?«

Karana blinzelte verwirrt und fassungslos. »Ich . . .«

»Nein! Torka hat Karana nicht gefragt! Er will ihn auch gar nicht bei sich haben! Das hier ist Karanas Stamm! Torka ist lange genug bei euch geblieben. Es ist an der Zeit, mit seinen Frauen und seinem Kind seinen eigenen Weg zu gehen, aber nicht mit Karana!« Dann wandte er sich Supnah zu. »Warum schwirrt dieser Junge wie eine Mücke im Sommer um Torka herum? Dieser Mann hat ihn zu seinem Stamm zurückgebracht. Es ist Zeit, daß Supnah ihm zeigt, wo sein Platz ist, damit er nie vergißt, daß er der Sohn des Häuptlings ist, der seinem Stamm und dessen Traditionen Achtung erweisen muß!« Dann sprach er wieder den Jungen an. »Geh jetzt! Geh an die Seite deines Vaters, wo du hingehörst!«

Karana war von Torkas Feindseligkeit so schockiert, daß er nicht wußte, was er tun oder sagen sollte. Er erinnerte sich an die Nacht auf der Tundra, als Torka so wütend auf ihn gewesen war, daß er ihn zu Boden gestoßen hatte. Doch das war etwas anderes gewesen. Jetzt hatte er vor allen seine Wut gezeigt. Das Gesicht das Jungen brannte vor Scham, und erst als Torka noch einmal »Geh!« schrie, gehorchte Karana.

Drei Tage lang führte Torka seinen kleinen Stamm nach Norden und dann nach Osten zu den Wandernden Bergen, um das Ödland zu umgehen, durch das sie mit Supnah gezogen waren. Aliga begleitete sie zusammen mit Schwester Hund und den Welpen an ihren Fersen. Torka hatte ihr die freie Entscheidung überlassen, doch ohne einen Mann, der für sie jagte, wäre sie im Winter sicherlich verhungert.

Am vierten und fünften Tag regnete es. Der Regen drückte auf Torkas Stimmung. Er vermißte Karana und machte sich Vorwürfe, daß sie sich unter solchen Umständen hatten trennen müssen. Vielleicht würde es der Junge verstehen, wenn er erwachsen war, daß Torka nur zum Besten aller gehandelt hatte.

In ihrem feuchten Lager lauschte Torka auf die Riesenwölfe in den fernen Hügeln, während Aliga, Iana und das Baby schliefen. Er fragte sich, ob er sich richtig verhalten hatte.

»Diese Wölfe«, sagte Lonit, »sind zuverlässigere Gefährten als jene, die auf zwei Beinen gehen und die wir verlassen haben.«

»Und Karana?«

Sie hörte die Sehnsucht in seiner Stimme und empfand genauso. »Er wird für immer im Herzen dieser Frau leben.«

Unruhig stand er im Regen und sah nach Osten. *Wenn Karana wirklich die Gabe des Sehens hat,* dachte er, *dann soll er jetzt in das Herz dieses Mannes sehen. Du wirst wissen, wohin Torka seinen Stamm führen will, und uns folgen. Komm zum Grasland zwischen den Wandernden Bergen! Komm ans Ende der Welt und sei wieder der Sohn dieses Mannes!*

»Komm!« Lonits Flüstern riß ihn unvermittelt aus seinen Träumen. Ihre Hand lag auf seinem Unterarm und zog ihn unter den Wetterschutz zurück. »Diese Frau und dieser Mann werden einen neuen Sohn machen.«

Viele Tage lang zogen sie unter einem langsam aufklarenden Himmel weiter, während Aliga in strömenden Bächen fischte und Lonit an Torkas Seite mit ihrer Steinschleuder Vögel jagte.

Die Tundra war im vollen Sommerschmuck, als sie ihr Ziel erreichten und zwischen Heidekräutern im Vorgebirge, an das Torka sich noch so gut erinnern konnte, ihr Lager aufschlugen. Die Nacht war jetzt kaum noch mehr als eine kurze Dämmerung. Mammuts riefen sich in tiefen Eisschluchten gegenseitig zu. Durch eine dieser Schluchten führte Torka seine Frauen immer höher hinauf, bis sie schließlich die Spitze eines breiten, schwarzen Grats erreichten und auf das Ende der Welt hinuntersahen, auf das Tal der Stürme, das weite Grasland, das sich Tausende von Meilen zwischen steilen, blauschimmernden Bergwänden in Richtung der aufgehenden Sonne erstreckte.

Sie hatten die Wandernden Berge und das Ende der Welt erreicht. Als Torka seinen Stamm hinunterführte und die Hunde vorausrannten, wurden sie plötzlich durch Gebell alarmiert. Torka hielt inne und sah eine kleine, in Felle gehüllte Gestalt mit einem Speer in der Hand auf sich zukommen.

Es war Karana.

Er lächelte. »Warum habt ihr so lange gebraucht?« fragte er. »Dieser Junge und Bruder Hund warten hier schon seit vielen Tagen, um sich wieder ihrem Vater anzuschließen.«

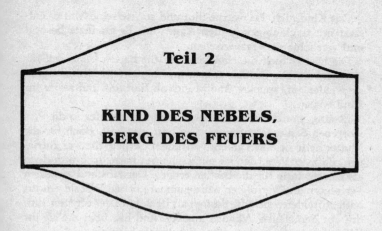

Teil 2

KIND DES NEBELS, BERG DES FEUERS

1

Gemeinsam kämpften sie gegen den Wind und liefen in die hohe, zerklüftete Zuflucht der gletscherbedeckten Berge, wo sie schon immer Schutz vor den Bestien gefunden hatten. Doch jetzt würde es für sie keine Sicherheit geben. Sie waren allein, eine Mutter und ein Kind. Obwohl sie schon hoch in den Bergen waren, folgten ihnen die Bestien noch immer und fielen keinen Schritt zurück. Sie waren ihnen aus der flachen Tundra wie ein heulendes Rudel blutrünstiger Riesenwölfe gefolgt.

Die Mutter stolperte. Sie zuckte zusammen, als die Wunde wieder schmerzte, die sie bis jetzt vor dem Kind hatte verheimlichen können. Blut sammelte sich in ihrer Kehle und lief in kleinen Rinnsalen aus ihren Mundwinkeln.

Das Kind roch das warme Blut und starrte seine Mutter entsetzt mit ungläubigen grauen Augen an. Es maunzte besorgt und versuchte es wegzuwischen.

Die Mutter hielt die Hand zurück. Sie hatten keine Zeit für Zärtlichkeit. Die Bestien kamen immer näher. Mühsam stand sie wieder auf, spuckte eine Mundvoll Blut aus und zerrte ihr Kind weiter.

Es ging immer höher die Berge hinauf und tiefer in die verworrenen Schluchten hinein. Die Luft war kalt, doch für die Mutter hatte sie einen guten, vertrauten Geruch. Sie war zufrieden, daß der Weg, den sie eingeschlagen hatte, sich nun doch als zu schwierig für die Bestien erwies. Der Abstand zwischen Verfolgern und Verfolgten wurde immer größer. Wie sie gehofft hatte, fürchteten sich die Bestien als Bewohner der offenen Tundra vor den steilen Wänden aus Fels und Eis, über die sie ihr Kind mit der Sicherheit eines Bergschafs führte.

Schließlich hielt sie an, benebelt vom Schmerz, der Erschöpfung und dem Blutverlust und sah von einem steilen Bergrücken hinunter. Unter den breiten, vorspringenden Brauen blinzelten ihre bleichen Augen im Sonnenlicht. Obwohl ihr jeder Atemzug Schmerz bereitete, lächelte sie zufrieden. Sie konnte keine Spur von den Bestien mehr entdecken. Weit unten lagen die sanft gewellten Hügel der Tundra im goldenen Licht des Frühlings. Zwischen Himmel und Erde schwebte kreischend ein Kondor und ließ sich auf seinen riesigen Schwingen vom Wind davontragen.

In dieser Höhe blies der Wind mit konstanter Stärke aus Norden. Die Mutter atmete ihn ein, entließ ihn langsam durch die Nüstern und prüfte ihn sorgfältig. Wenn die Bestien noch in gefährlicher Nähe waren, würde der Wind es ihr verraten. Sie würde den warmen, ockergelben Geruch ihres weichen, fetten Fleisches riechen, und ihr würde wie immer von ihrem üblen, braunen Gestank schlecht werden.

Neben ihr seufzte das Kind vor Erschöpfung und lehnte sich an ihren muskulösen, graubepelzten Arm. Es irritierte sie, daß sie so müde war. Ihr Herz klopfte unregelmäßig, als sie mit ihrer freien Hand beruhigend den Kopf des Kleinen streichelte.

Der Wind wehte ihr keinen erkennbaren Geruch oder auch nur ein Geräusch der Bestien zu. Sie teilte das dem Kind mit ihrer Berührung mit, das sich daraufhin entspannte. Mutter und Kind waren jetzt allein auf dem Berg und sicher vor einer Beute, die unerwartet zum Raubtier geworden war, nach einer Jagd, die so unvermittelt fehlgeschlagen war.

Sie zitterte. Ihr Gedächtnis war getrübt, als sie sich verbittert an eine Zeit zu erinnern versuchte, in der das Kind noch ein Säugling gewesen war. Damals hatte sie zum erstenmal erfahren, was die Bestien und ihre fliegenden Stöcke anrichten konnten. Sie hatte wieder das Bild vor Augen, wie die heulenden Bestien ihre Familie in eine Schlucht getrieben hatten, deren kalte Steinwände sich immer enger um sie schlossen. Dann kamen die Bestien mit ihren fliegenden Stöcken. Überall war Blut, und Babys schrien, als sie gegen die Felsen geschleudert wurden. Irgendwie schaffte es ihr Lebensgefährte, sie und das Kind von dem Gemetzel fortzuzerren, durch einen schmalen Felsspalt, an dem sie sich Schürfwunden zuzogen, während sie sich durch den dunklen Berg zwängten.

Die Todesschreie hatten sie durch den Berg hindurch verfolgt, bis unter ihren Füßen nur noch Eis gewesen war. Plötzlich hatte das Eis nachgegeben, und sie stürzten in strömendes Wasser, das so kalt war, daß es wie Feuer auf ihren Wunden brannte. Sie hatte das Kind festgehalten, während ihr Lebensgefährte sie an sich gezogen hatte. So waren sie in absoluter Finsternis durch einen unterirdischen Tunnel getrieben worden.

Allmählich war es um sie herum grau geworden und dann blau, als der Fluß unter dem Gletscher hervorkam und sie in ein fremdes Land und neue Jagdgründe trug. Am Fuß der fremden Berge starb viele Tage später ihr Lebensgefährte, doch das Kind wurde immer kräftiger.

Sie überwinterten zusammen mit Bären, Mäusen und Murmeltieren in den tiefen, windgeschützten Schluchten des Berges und verschliefen die Zeit der langen Dunkelheit, während sie von der Rückkehr der großen Herden träumten, die ihnen in den Tagen des endlosen Lichts Nahrung geben würden.

Doch mit den Herden kamen die Bestien mit den fliegenden

Stöcken. In die Felle der Tiere gehüllt, die sie töteten und aßen, jagten sie wie Hunde und Wölfe in Rudeln. Die Mutter und das Kind hatten sie fasziniert aus der Höhe beobachtet, wie sie ganze Herden Moschusochsen einkreisten und bis auf das letzte Kalb töteten. In gemeinsamer Anstrengung trieben sie verängstigt brüllende Herden Bisons und Karibus über selbstgebaute Hindernisse und schlachteten jedes Tier, das sich verletzt hatte. Wie Löwen schleppten sie die Beute fort, aber anders als Löwen nahmen sie nur einen kleinen Anteil mit und überließen den Rest den Aasfressern.

Seitdem waren sie und das Kind zusammen mit Wölfen, wilden Hunden, Raubkatzen und Füchsen den Bestien über die sommerliche Tundra gefolgt, um sich von dem zu ernähren, was sie übrigließen. Und wenn sie nicht aufpaßten oder ihre Schwachen und Kleinen zum Sterben aussetzten, ernährten sie sich von ihnen, wie es ihre Art schon immer getan hatte. Doch jetzt war ihr Fleisch für sie zu einer Delikatesse geworden, denn sie erinnerte sich daran, wie ihr Stamm gestorben war und wie sie schon vor langer Zeit gewarnt worden war, daß die Bestien entweder vor ihr die Flucht ergreifen oder sie verfolgen und mit den fliegenden Stöcken töten würden.

Als ihre müden Augen jetzt über die Tundra blickten, war sie verblüfft. Sie vermißte die Herden. Wie immer waren sie zu Beginn der Zeit der langen Dunkelheit verschwunden. Auf der ewigen Suche nach Nahrung waren die großen Herden Bisons, Kamele, Elche, Moschusochsen, Pferde, Mammuts und Karibus immer wieder zurückgekehrt, um im Grasland der Tundra zu fressen. Ihre Geweihe, Stoßzähne und Hörner spickten den Horizont wie ein Wald aus wandernden Knochen. Doch als das Licht auf die Tundra zurückgekehrt war, waren sie nicht wiedergekommen. Die Zeit der langen Dunkelheit schien in diesem Jahr länger als jemals zuvor gedauert zu haben. Die Bestien waren wieder auf die Tundra gekommen, um genauso wie die Wölfe und Löwen und die Mutter mit dem vom Winter ausgezehrten Kind auf die Ankunft der großen Herden zu warten.

Dann hatte sie die Bestien gejagt, weil sie sich außerhalb der Reichweite ihrer fliegenden Stöcke sicher gefühlt hatte. Doch als sie den Nachzügler bemerkte, hatten der Hunger und der Haß sie mutig gemacht. Als das Rudel sah, wie sie ihr Opfer anfiel, waren sie nicht davongerannt, sondern hatten geheult und mit ihren Stöcken auf den Boden gestampft. Dennoch hatte sie mehr Furcht als Feindseligkeit verspürt. Einer von ihnen, der den anderen vorausging, hatte einen Stock nach ihr geworfen. Er war in das weiße Bauchfell eines im Winter getöteten Karibus gehüllt, und sein schmales, häßliches Gesicht war bis auf einen waagerechten Streifen weißen Fells über seinen Augen kahl. Auf seinem Schädel wuchs dichtes schwarzes Haar, das über seinen Rücken bis zu den Knien reichte. Es war viel dichter als eine Pferdemähne, so daß sie zuerst geglaubt hatte, er besäße Flügel und würde sich auf sie stürzen. Statt dessen hatte er seinen Stock geworfen, der mit der Geschwindigkeit eines angreifenden Adlers flog. Doch der Stock traf nicht sie, sondern den Nachzügler, wodurch sie leichte Beute hatte.

Jedes andere Tier hätte sich in dieser Situation zurückgezogen und dem überlegenen Jäger seine Beute gelassen. Doch die Bestien hatten wieder geheult und gestampft und waren unter der Führung des einen mit dem weißen Fell auf sie zugekommen, obwohl sie drohend ihre Zähne gefletscht hatte. Die ganze Horde rannte aufrecht wie Bären los. Sie waren gefährlich und unberechenbar, aber sie kannte sie und hatte keine Angst. Dann hatte sich die Bestie im weißen Bauchfell aufgerichtet und noch einen Stock nach ihr geworfen, wobei sie wie ein Mammutbulle schrie.

Noch nie hatte sie einen Stock so weit und so schnell fliegen sehen. Sie war getroffen, bevor sie ihm ausweichen konnte. Das Kind hatte es nicht gesehen, denn sie hatte den Kleinen vorausgeschickt, als die Bestien nicht vor ihr geflohen waren. Ihr Schrei war mehr vor Überraschung als vor Schmerz gewesen. Der Schmerz war erst später gekommen, nachdem sie die Flucht ergriffen hatte.

Ein stechender, roter Schmerz machte ihren Gedanken ein Ende. Er breitete sich in ihrem Körper aus und konzentrierte sich dann auf die steinerne Spitze des fliegenden Stocks, die in gefährlicher Nähe ihres Herzens steckte.

Sie hatte den Stock nicht aus ihrer Brust ziehen können, sondern ihn nur abgebrochen. Sie spürte, wie die Steinspitze immer tiefer in ihr Herz eindrang, das heftig zuckend schlug.

Dann gab es keinen Schmerz mehr, sondern nur noch Kälte. Sie mußte sich unbedingt ausruhen und drängte mit ihrer freien Hand das Kind weiter. Sie stiegen hinunter in eine dunkle, enge Schlucht, die im Schatten der Fichten lag. Bald würden sie wieder zu Hause sein und sich in ihrem Nest aus Zweigen, Knochen und Flechten ausruhen. Dann würden sie vom Unterarm und Kopf der Bestie essen, die sie noch von dem Kadaver hatte abreißen können, bevor das Rudel sie von ihrer Beute vertrieben hatte.

Plötzlich verspürte sie großen Hunger und roch die unzähligen, vielfältigen Gerüche des Berges, den verwitterten Fels, die Gletscher, zwei Murmeltiere, die vorsichtig unter einem Felsblock hervorschauten, und einen Vielfraß, der auf dem Grat nach Beute suchte.

Trotz ihrer Schwäche hielt sie den Unterarm der Bestie fest, während sie den Kopf an den Haaren gepackt hatte. Davon konnte sich das Kind satt essen, wenn sie sich ausruhte. Wenn man die Felle der toten Tiere entfernte, war das Fleisch der Bestien das beste, was sie sich vorstellen konnte.

»Laß es gehen, Navahk. Laß es sterben und den Kleinen auch... wenn sie sterben können!«

Grek hatte nur geflüstert, aber seine Stimme ging den Jägern durch Mark und Bein. Sie murmelten erschrocken über seine Kühnheit. Sie fühlten sich hier in den Bergen nicht wohl, denn Berge waren kein geeigneter Ort für Menschen. Trotzdem forderte Grek den Zorn des Zauberers heraus, weil er ihn von seinem Vorhaben abbringen wollte.

»Navahk, dein Bruder Supnah ist tot. Wir werden ebenfalls sterben, wenn wir weitergehen. Laß uns umkehren, bevor die Windgeister uns töten, weil wir einen von ihnen verletzt haben.«

»Wir?« Der Zauberer wirbelte herum. In seinem weißen

Karibufell wirkte er größer als seine Begleiter, obwohl er in Wirklichkeit kleiner und schmaler war. Zweimal war der Stamm in den drei langen Jahren von Hungerzeiten heimgesucht worden, seit Torka sie verlassen hatte. Doch der Hunger hatte die Schönheit seiner Gesichtszüge eher verstärkt. Er sah den älteren Jäger mit schwarzen Augen an, als überlegte er, ob er seiner Verachtung würdig wäre. »Es war Navahks Speer, der den Mörder meines Bruders getroffen hat. Will Grek oder jemand anders das bestreiten?«

Niemand wollte das. Alle hatten gesehen, daß Navahk mit seiner Speerschleuder den Speer geworfen hatte, der den Windgeist von Supnahs Leiche vertrieben hatte. Doch Grek, Stam, Mon und Het und der alte, aber noch kräftige Rhik hatten auch gesehen, daß Navahks erster Wurf sein Ziel verfehlt und statt dessen den Häuptling getroffen hatte. Durch diese Verletzung hatte der unglückliche Supnah dem Windgeist nicht mehr entkommen können.

Das Geschöpf war plötzlich aus einem Weidengebüsch hervorgesprungen, in dem es auf unvorsichtige Beute gelauert hatte. Über der Tundra hatte ein schwerer Bodennebel gelegen, durch den die Jäger knietief wie durch einen seichten Fluß gewatet waren. Als Supnah zurückgeblieben war, um sich zu erleichtern, hatte der Windgeist ihn angefallen. Es war der sagenhafte Wanawut, die Bestie, die nur der sehen konnte, der bereits vom Tod gezeichnet war. Mit einem heftigen Schlag hatte es dem Häuptling einen Arm abgerissen. Doch Supnah war stark, schnell und keineswegs bereit zu sterben. Während das Blut aus seiner großen Wunde lief, rannte er panisch um sein Leben, bis Navahks Speer ihn traf. Der Wanawut hatte ihn schnell eingeholt, während Navahk wutentbrannt seinen zweiten Wurf machte. Das Wesen hatte seine behaarten Fäuste geschüttelt und ihnen seine furchtbaren Eckzähne gezeigt, als der Speer die haarlose Brust des Geistes traf, an dem zwei fast menschliche Brüste hingen. Die Männer jubelten, obwohl Supnah bereits tot war, nachdem der Geist ihm den Kopf abgerissen hatte.

Doch der Jubel erstarb so schnell, wie er eingesetzt hatte. Der

Windgeist war nicht gestorben. Stumm sahen sie zu, wie er schreiend seinem Kind nachrannte, obwohl Navahk ihm eine tödliche Verletzung beigebracht hatte. Ernüchtert erinnerten sie sich daran, daß man einen Geist nicht töten konnte. Navahk hatte etwas Verbotenes getan und seine Speere an ein Geschöpf verschwendet, das seinen Bruder getötet hatte. Wenn sich die Geister an ihm rächten, hatte Navahk als Zauberer vielleicht Möglichkeiten des Kampfes, die normale Menschen nicht besaßen.

Als Grek sich jetzt mit einem murrenden Nicken Navahk beugte, verstand er, daß der Zauberer wahnsinnig vor Trauer, Wut und Scham war. Wenn Navahk darauf bestand, die Windgeister weiter zu verfolgen, würde die kleine Gruppe der mutigsten Jäger ihm zur Seite stehen, bis sein Wahnsinn vorbei war, damit der Wanawut nicht den Zauberer des Stammes holte. Navahk war an diesem Tag sehr mutig gewesen, und darin durften sie ihm nicht nachstehen. Obwohl sie lieber Hals über Kopf aus dem Gebirgsreich der Windgeister geflüchtet wären, forderte es ihr Stolz, daß sie an seiner Seite blieben. Außerdem wußten sie, daß Navahk große Macht hatte und ein Mann war, der niemals etwas verzieh.

In der kalten, engen Schlucht, die von dichten Fichtenbeständen beschattet wurde, klammerte sich das Kind an seine Mutter. Es maunzte mitleidig, als es mit langen, haarigen Fingern das Ausmaß der Wunde untersuchte. Überall war Blut, das nun eine dunkle Haut auf ihren nackten Brüsten bildete. Es strömte warm aus der Wunde, als das Kind mit den Fingerspitzen an der Speerspitze zog, ohne sie entfernen zu können.

Wieder hielt die Mutter die Hand des Kindes zurück, das zu vorsichtig war, um der Mutter keinen neuen Schmerz zuzufügen. Ihre kräftige Hand klammerte sich um den abgebrochenen Speerschaft. Sie mußte die Ursache ihrer Qualen loswerden, doch dazu mußte sie zunächst noch größeren Schmerz erleiden. Ihr langer, muskulöser Arm riß die Speerspitze heraus und hielt sie hoch. Vor ihren Augen explodierten Farben, die sich zu einem grellen Weiß vermischten. Verwirrt und ängstlich heulte sie flehend zu dem hellen Loch am Frühlingshimmel hinauf, das sich plötzlich aufgetan hatte. Es schien sie hinaufzuziehen aus ihrem Körper heraus und in eine Weite hinein, bis zu der nicht einmal die Kondore flogen.

Das Kind duckte sich. Unter seinen schrägen, knochigen Brauen hatte es die kleinen grauen Augen weit aufgerissen. Es war ängstlich und verstört. Seine Mutter hatte noch nie einen solchen Laut von sich gegeben. Plötzlich erschlaffte der schmerzgekrümmte Körper, und die Speerspitze fiel zu Boden. Die Mutter starrte mit offenen Augen in den Himmel, ohne zu atmen.

Erschreckt sprang das Kind zurück, kam aber langsam wieder näher. Es nahm die Speerspitze in die Hand, schnüffelte daran, schnitt sich an den scharfen Schneiden des flachen Steins und ließ sie schreiend fallen. Das Kind wimmerte leise vor sich hin, saugte an der Wunde und fragte sich, warum seine Mutter es nicht tröstete. Es beugte sich über sie und schnupperte an ihrem offenen Mund. Verwirrt blies es seinen Atem hinein, doch sie pustete nicht zurück. Es hockte sich hin und jammerte. Dann nahm es vorsichtig die Speerspitze und steckte sie wieder in die Wunde, die immer noch blutete, aber langsamer und dickflüssiger. Das Kind drückte die Spitze tief in die Brust, als ob der Stein der Mutter das Leben wiedergeben könnte.

Ein kalter Wind fuhr durch die verkrüppelten Fichten. Obwohl das nackte Kind genauso stark wie seine tote Mutter behaart war, zitterte es. Vor Angst schrie es ein paarmal kurz auf und verstummte wieder, um zu lauschen. Es legte den Kopf in den Nacken und sog prüfend die Luft durch breite Nüstern ein, die seinem Gesicht ein fast bärenähnliches Aussehen gaben.

Die Bestien!

Das Kind konnte sie riechen und hören. Sie stiegen den Grat herab. Bald würden sie oben am Ende der Schlucht unter dem

Loch im Himmel stehen. Die Bestien hatten sich noch nie so weit ins Gebirge gewagt, wo das Kind bisher mit seiner Mutter sicher gewesen war.

Es begann wieder zu wimmern. Die Bestien kamen mit ihren fliegenden Stöcken und Steinen, die das Fleisch verletzten und lebenden Wesen den Atem stahlen. Verzweifelt stieß es den bösen Stein immer wieder in die Wunde. Es sollte seiner Mutter den Atem wiedergeben, damit sie dem Kind zeigen konnte, was es tun und wo es sich verstecken sollte. Denn es war noch nicht stark genug, um ihnen die Arme und Beine auszureißen oder ihnen die Zähne in die Kehle zu schlagen. Die Mutter hatte gerade erst begonnen, es in der Jagd zu unterrichten. Bisher hatte sie es immer vor Raubtieren geschützt, doch jetzt hatte es keinen Schutz mehr, außer seinem starken Überlebenswillen.

Die Bestien waren schon sehr nahe. Durch die tiefgrünen Schatten der Bäume konnte es die Wände der Schlucht hinaufsehen. Fels und Eis reichten bis zum Himmel hinauf. Die Bestien standen ganz oben auf dem Grat und verdeckten das Licht vom Loch im Himmel. Das Kind zitterte so heftig, daß es befürchtete, die Bestien würden es hören. Doch sie machten ihre seltsamen kurzen und flüsternden Geräusche, als wollten sie nicht, daß das Kind sie verstand. Es konnte sie deutlich mit seinen kleinen, fledermausartigen Ohren hören. Obwohl seine Art keine Sprache hatte, verstand es ihre Absicht.

Vor Angst vergaß das Kind für einen Moment seine Vorsicht und heulte wie ein Echo den Todesruf seiner Mutter. »Wah nah wa! Wah na wut!« Der Schrei hatte die Stimmgewalt eines Wesens von doppelter Größe als das kleine Kind und tausendmal größerer Gefährlichkeit. Es war wie der machtvolle Ruf eines gefangenen Löwen, eines wütenden Bären oder eines schreienden Windgeistes.

Trotz seiner dicken Kleidung war Grek so kalt wie noch nie zuvor in seinem Leben. In den sorgfältig zusammengenähten Fellen von Karibus, Hasen, Hunden, Wölfen und Bären stand er unter den schrägen Strahlen der Frühlingssonne und fror, als stünde er nackt in einem Wintersturm.

Die Stimme des Windgeistes hallte von den Wänden der

Schlucht zurück. Grek konnte nicht sagen, ob es der Schrei eines oder vieler Geschöpfe war. Er kam aus den Bäumen unter ihnen, die in dunklem Schatten lagen. Als Mann der offenen Tundra mochte Grek keine Bäume, vor allem nicht, wenn sie dicht beieinander standen. Ein Mann begab sich in große Gefahr, wenn er zwischen Bäumen hindurchging, weil sich Raubtiere im dichten Unterholz verstecken konnten. Die mannsgroßen und vielarmigen Bäume, die nach Harz und Nadeln rochen, schienen ihre Verbündeten zu sein. Hier fühlten sich nur Mammuts wohl, die sich davon ernährten — und Windgeister, die in diesen Bergschluchten und nebligen Höhlen wohnten, wohin sich Greks Stamm niemals gewagt hatte — bis jetzt.

»Weiterzugehen . . . wäre nicht gut.« Grek sprach seine Befürchtung eher beiläufig aus. Es war nicht die Art seines Stammes, die tiefsten Gefühle zu offenbaren, und erst recht nicht, Angst offen zu zeigen. Jetzt, nach Supnahs Tod, war Grek sich ziemlich sicher, daß er zum Häuptling ernannt würde, wenn sie zum Lager ihres Stammes zurückkehrten. Seine Frau Wallah würde lächeln und sagen, daß es nur recht so war, und seine Tochter Mahnie würde stolz auf ihn sein. Wenn Supnahs Tochter Pet zu einer Frau herangewachsen war, würde sie mit Grek die Schlaffelle teilen und wieder am Feuer des Häuptlings leben. Diese Aussichten gefielen Grek, nicht aber die Aussicht auf das, was ihn in der Schlucht erwartete. Doch wenn er zum Häuptling ernannt werden wollte, durfte er jetzt keine Angst zeigen.

Zuerst hatte das Wesen wie ein langhaariger Mensch im Fell eines merkwürdigen Bären ausgesehen. Doch für einen Menschen war es zu kräftig gebaut, und es rannte und sprang mit der Kraft und Geschwindigkeit eines Löwen. Als es sich über Supnahs Leiche beugte, hatten sie gesehen, daß es nackt, behaart und weiblich war. Es war schrecklicher als jede Bestie, die den Jäger in seinen Alpträumen verfolgte, um sich über seinen Mut lustig zu machen. Das Schlimmste an ihm war die verblüffende Menschenähnlichkeit dieser Bestie. Es war kein Tier, aber auch kein Mensch.

Besorgt sahen die Jäger zuerst Navahk und dann Grek an. Unabgesprochen erkannten sie den älteren Mann als Anführer an. Es war eine plötzliche und und unerwartete Last, als hätten sie ihm den unsichtbaren Kadaver eines Bisons auf den Rücken geworfen und warteten nun ab, ob er das Gewicht allein tragen konnte.

In diesem Augenblick war Grek sich nicht mehr sicher, ob er Häuptling sein wollte. Die Jäger wollten umkehren, aber der Zauberer war entschlossen weiterzugehen. Wie er sich auch entschied, er würde entweder den Zorn der Jäger oder den des Zauberers auf sich ziehen. Unsicher strich er sich mit der Hand über die Stirn. Er hatte Navahk schon einmal kritisiert, ohne daß man auf ihn gehört hätte. Er verstand, warum der Zauberer sein Leben und das der Jäger riskieren wollte — um den Kopf und den Arm seines Bruders vom Wanawut zurückzuholen. Denn ohne Kopf konnte Supnahs Leiche nicht so aufgebahrt werden, daß er für immer in den Himmel blickte, und ohne Arm konnte seine Seele nicht in der Geisterwelt jagen, bis er dem Stamm im Körper eines Kindes wiedergeboren wurde. Wenn die Raubtiere und der Wind ihr Werk getan hatten, würde seine Seele in einen Dämon verwandelt werden, der jene heimsuchen würde, die seinen Kopf und seinen Arm nicht wiederbeschaffen konnten. Der Dämon würde ihnen Arme und Köpfe abreißen, wie es mit Supnah geschehen war. Und keiner würde wiedergeboren werden. Zukünftige Generationen würden vergessen, daß sie jemals gelebt hatten.

Navahk hatte ihnen ausgemalt, was geschehen würde. Er hatte gesagt, daß die Geister ihm in seinen Träumen ihre Welt offenbart hatten. Es war eine trostlose, einsame Welt, die niemand freiwillig betreten würde, außer einem Zauberer, der zum Wohl seines Stammes mit den Geistern Kontakt aufnehmen mußte.

Grek wußte nicht, was er tun sollte. Navahk war für Supnahs Tod verantwortlich. Daher war es sein Recht, die Verantwortung und das Risiko für die Wiederbeschaffung der Körperteile seines Bruders zu übernehmen. Doch ein Stamm, der seinen Zauberer verlor, war schwach und hilflos den Launen der Wettergeister ausgeliefert und konnte sich nicht mehr darauf verlassen, daß er genug Wild fand.

In diesem Frühling waren die großen Herden nicht auf die Tundra zurückgekehrt. Die Babys schrien vor Hunger, weil ihre Mütter kaum noch Milch hatten. Der Stamm lebte fast ausschließlich von der Jagd auf Vögel und Kleingetier. Er lagerte näher am bergigen Reich der Windgeister, als sie es normalerweise gewagt hätten, damit sie Fallen für Murmeltiere und Fallgruben für Schafe, Wölfe und Bären errichten konnten. Es war eine gefährliche Jagd, die außerdem nicht viel eingebracht hatte. Sie konnten es sich nicht leisten, daß die Berggeister beleidigt waren oder der verstümmelte Körper ihres Häuptlings zu einem Dämon wurde.

Grek atmete tief ein. Sein Entschluß stand jetzt fest. Zum Wohl das Stammes, Wallahs und Mahnies und in Hoffnung auf eine künftige Beziehung zu Pet mußte Navahk begleitet und beschützt werden, wenn er die Windgeister herausforderte. Der Stamm durfte seinen Zauberer nicht verlieren, und wenn Grek Häuptling werden wollte, mußte er jetzt die Führung übernehmen.

Nachdem er sich einmal entschieden hatte, erschien ihm das Gewicht der Verantwortung nicht mehr so drückend. Trotzdem hatte er zum erstenmal die Erfahrung gemacht, daß Autorität nicht ohne Nachteile war. Als er in ungewohntem Befehlston sprach, sah er, wie sich die Gesichter der Jäger versteinerten. »Wir werden mit Navahk in die dunkle Schlucht hinabsteigen. Zusammen werden wir den Kopf und den Arm Supnahs wiederholen.«

Grek war genauso verblüfft wie die anderen, als Navahk sich plötzlich umdrehte und ihn mit einem einzigen Wort seiner Befehlsgewalt beraubte. »Nein!« zischte er und sah sie mit wilden schwarzen Augen an. »Ich bin Navahk, der Zauberer. Ich gehe allein in die Geisterwelt. Niemand darf mich begleiten!«

Das Kind hielt den Atem an. Durch die duftenden grünen Fichtenzweige konnte es sehen, wie eine der Bestien in die Schlucht hinabstieg. Die anderen, die zurückgeblieben waren, schirmten immer noch das Tageslicht ab. Doch die Bestie, die immer näher kam, schien in Licht gebadet, als ob der Wintermond in ihrem Körper schien und durch ihre weißen Felle hindurchschimmerte. Aus der Ferne hatte das Wesen häßlich und abstoßend ausgesehen, doch jetzt kam es dem Kind unglaublich schön vor. Seine Bewegungen hatten etwas Anmutiges, doch in seiner Kopfhaltung lag etwas Angespanntes. Es war wie ein aufrecht gehender Löwe, als es die steile und gefährliche Wand der Schlucht hinabkletterte. Das Kind spürte, welche Absicht es verfolgte und daß ihm in der Gestalt dieses Wesens Gefahr drohte.

Navahk unterbrach seinen Abstieg, um zu pausieren. Dies war die Zuflucht der Windgeister, doch es gab hier keinen Wind. Die Luft in der Schlucht war schwer, kalt und unnatürlich still. Ein Geruch nach Blut und Tod drang aus der schattigen Tiefe zu ihm herauf, und er lächelte. Hoch über ihm warteten Grek und seine ängstlichen Kameraden. Was waren sie nur für leichtgläubige und leicht zu beeinflussende Narren, daß sie glaubten, daß die Wesen, die sie verfolgten, mehr als nur Fleisch und Blut waren! Obwohl Navahk sie noch nie zuvor gesehen hatte, war er sicher, daß sie keine Geister waren. Geister bestanden aus Wind und Luft, sie waren Wolken, die sich in der Vorstellung der Menschen bildeten, um sie in ihren Träumen heimzusuchen und sie den Verstand verlieren zu lassen. Geister bluteten nicht, schrien nicht vor Schmerz und flohen auch nicht in panischer Angst. Außerdem waren sie nicht so dumm, die Verfolger zu ihrem Unterschlupf zu führen.

Navahk lächelte zufrieden. Dieses Wesen, was immer es auch sein mochte, war von seiner Verletzung so mitgenommen, daß es jede Vorsicht vergessen hatte. Navahk würde es aufspüren und es töten, wenn es nicht schon tot war – und das Kind. So wie er seinen Bruder getötet hatte.

Supnah war immer der überlegene Jäger gewesen, der ein fliehendes Pferd oder eine Antilope im Lauf einholen konnte.

Navahk wußte, daß Supnahs Verletzung wieder geheilt wäre, auch wenn er für immer verkrüppelt gewesen wäre. Doch dann wäre er von allen ehrfürchtig bewundert worden, weil er den Angriff eines Windgeistes überlebt hatte. Die Männer wären freiwillig für ihn auf die Jagd gegangen, und viele Frauen hätten willig die Schlaffelle mit ihm geteilt. Die Kunde von seiner wundersamen Begegnung wäre von Stamm zu Stamm weitergegeben worden, bis er einen größeren Ruf als sein Bruder gehabt hätte.

Navahk hätte das niemals zulassen können. Als Zauberer hatte er zu lange daran gearbeitet, die treibende Kraft des Stammes zu werden. Supnah beherrschte als Häuptling den Stamm, doch Navahk als Zauberer beherrschte Supnah. Es war ein angenehmes Arrangement gewesen, bis Torka in den Stamm gekommen und Supnah gegen ihn aufgehetzt hatte.

Obwohl Navahk es geschafft hatte, Torka zu vertreiben, hatte es immer wieder böses Blut zwischen den Brüdern gegeben. Vor allem in letzter Zeit, als der Stamm wieder einmal Hunger litt — trotz Navahks eindrucksvoller Tänze und Gesänge. Es war nur eine Frage der Zeit gewesen, bis Supnah ihn durchschaut und ihm seinen Rang abgesprochen hätte. Navahk hatte niemals die Nacht am Lagerfeuer vergessen, als Supnah Torka zum neuen Zauberer ernennen wollte. Wenn Torka nicht abgelehnt hätte, wäre Navahk vermutlich vom Stamm verstoßen worden.

Also hatte Navahk absichtlich zu kurz gezielt, als der Windgeist Supnah aus dem Nebel angefallen hatte. Er hatte Reue geheuchelt, als der Speer seinen Bruder in den Rücken traf, und hatte entsetzt aufgeschrien, als Supnah zusammenbrach und die Bestie über ihn hergefallen war. Navahk wußte, daß die Jäger außer Drohgebärden nichts zur Hilfe seines Bruders unternehmen würden, da sie viel zu viel Angst um ihre eigene Haut hatten.

Ein Windhauch strich durch die Schlucht und bewegte die Baumwipfel unter ihm, die wie die Oberfläche eines finsteren Sees aussahen. War es der Wind? Nein, etwas bewegte sich im Schatten. Navahk preßte die Lippen gegen seine spitzen Zähne.

Wieder erreichte ihn der Geruch nach Blut und Tod, und er spürte, daß etwas ihn beobachtete. Etwas... oder jemand?

Er hatte wieder das Bild des Wesens vor Augen, das über seinen Bruder hergefallen war. Nicht einmal in seinen schlimmsten Alpträumen hatte er je etwas Ähnliches gesehen. Es hatte ihn aus Augen angesehen, die grau wie Nebel waren, aus einem Gesicht, das weder tierisch noch menschlich war.

Er hatte seinen Blick nicht abwenden können und war entsetzt von der Häßlichkeit und fasziniert von den Körperkräften des Geschöpfes gewesen.

Überrascht hatte er festgestellt, daß ihn dieser Anblick sexuell erregte. Es war ein Weibchen. Diese Faszination erinnerte ihn an Sondahr, die Zauberin, die vor langer Zeit bei seinem Stamm gelebt hatte. Beksem, der alte Herr des Zaubers und der Täuschung, war kurz vor ihrer Ankunft gestorben. Sondahrs mystische Aura umgab sie genauso sichtbar wie ihr Gewand, das aus den schwarzen und weißen Flugfedern des großen Kondors bestand. Sie hatte Navahk erwählt, um ihn in die Zauberkunst einzuführen und aus dem Jungen einen Mann zu machen.

Doch ihr Körper konnte ihm nie Befriedigung verschaffen, und ihr Geist erwies sich als zu komplex für ihn, wenn sie von Gut und Böse sprach, von Licht und Dunkel, Blut und Wasser, Feuer und Eis, Erde und Himmel, Fleisch und Gras. Sie sprach auch von Menschen, von solchen des Fleisches und solchen des Geistes. Sie sagte, daß die Menschen des Geistes, die ihren Körper überwinden und in der Welt der Träume mit den Geistern Kontakt aufnehmen konnten, selten waren.

Sondahr war für ihn Mutter, Schwester, Liebhaberin und Vorbild. Sie gab ihm immer wieder Rätsel auf, sagte ihm aber nie, ob seine Antworten richtig waren. Sie lehrte ihn die Gesänge, die das Wild vor die Speere der Jäger riefen. Er beobachtete, wie sie Babys auf die Welt half, die Kranken heilte und die Sterbenden tröstete.

Doch er war ungeduldig geworden, weil sie nur von Geistern und der Weisheit des Zauberers sprach. Er dagegen wollte von ihr nur das Geheimnis des Zauberns erfahren. Aber sie hatte ihm gesagt, daß ein Zauberer, der nicht mit den Geistern sprechen konnte, nur ein Betrüger war. Mit seinem Rauch täusche und blende er die Menschen, statt ihnen mit seinem Licht den Weg zu zeigen. Seine Macht wäre nichts, solange er ein Mensch des Fleisches blieb.

Dies waren ihre letzten Worte an ihn gewesen, bevor sie eines Tages wie der Morgennebel über der Tundra verschwunden war. Vorher hatte sie bei seinem Bruder gelegen und ihm eine Feder aus ihrem Umhang geschenkt, um dem Häuptling eine Ehre zu erweisen. Navahk hatte sie nichts geschenkt; ihm blieb nur seine Beschämung, denn als Supnah ihm kurz darauf Beksems heiligen Medizinbeutel überreicht und ihn dadurch zum Zauberer des Stammes wurde, hatte er Sondahrs Feder im Haar getragen. Navahk hatte gewußt, daß der dumme und einfältige Supnah Sondahr befriedigt hatte, während er selbst versagt hatte. Dafür hatte er sie gehaßt. Die Erinnerungen schnitten in sein Fleisch wie die Schnäbel aasfressender Vögel. Jeder liebte seinen Bruder. Die Menschen folgten ihm so selbstverständlich wie die Herdentiere dem grünen Gras des Sommers folgten. Sein zuverlässiger Charakter sicherte ihm das Vertrauen der Frauen und die Freundschaft der Männer, während Navahk trotz seiner Klugheit und Schönheit von den Frauen genauso sehr gefürchtet wie begehrt wurde und die Männer ihm gegenüber immer mißtrauisch blieben.

Dafür haßte Navahk seinen älteren Bruder. Er hatte ihn schon gehaßt, als er, der noch nicht ganz erwachsen war, nach dem Tod ihrer Eltern an das Feuer des alten Beksem geschickt wurde. Supnah hatte zu dieser Zeit bereits ein eigenes Feuer und eine Frau. Obwohl es eine Ehre war, von Beksem zum künftigen Zauberer erwählt worden zu sein, wollte der Junge lieber mit Supnah zusammenleben. Außerdem hatte Beksem ihn benutzt, wie andere Männer ihre Frauen benutzten. Supnah hörte nicht auf die Bitten seines Bruders, und Navahk sprach bald nicht mehr davon. Mit den Jahren fand er andere Wege, um mit seiner Schande zurechtzukommen. Er erniedrigte die Menschen und machte ihnen mit seinem Zauber angst, bis er

87

feststellte, daß die Macht seines Bruders nichts im Gegensatz zu der eines Zauberers war.

Als Beksem ihn weiterhin mißbrauchte, mischte Navahk ihm heimlich Milz und Leber von fleischfressenden Tieren ins Essen. Langsam starb Beksem an diesem Gift. Navahk hatte gelächelt; es gefiel ihm zu töten. Eigentlich hatte er auch Supnah und Sondahr töten wollen, als er ihre Feder in seinem Haar sah, aber er ersonn ein besseres Spiel. Er bezog sein perverses Vergnügen daraus, insgeheim die natürliche Würde seines Bruders zu untergraben und ihn allmählich in den Schatten zu stellen.

Alles war nach Plan verlaufen, bis Supnahs erste Frau gestorben war und der Häuptling mehrere überflüssige Frauen des Stammes gegen eine neue eingetauscht hatte, die er vergötterte. Sie war noch Jungfrau. Navahk hatte alle geltenden Tabus verletzt und heimlich die kleine Hütte der Reinigung betreten, die die Frauen für sie errichtet hatten. Dort sollte Supnahs künftige Frau einen ganzen Mondzyklus verbringen, um sich in duftendem Rauch zu reinigen und sich auf ihr neues Leben vorzubereiten.

Er hatte sie nicht begehrt. Er wollte nur ihren Körper besitzen, der einzig und allein Supnah vorbehalten war. Er flüsterte ihr zu, daß sein Körper vom Geist eines Jägers besessen war, der sich auf diese Weise an den Körpern lebender Frauen erfreuen wollte. Wenn sie nicht gehorche, würde der Zorn des Geistes sie vernichten, und wenn sie jemals davon spräche, würde sie für immer unfruchtbar werden. Ihre sanften, braunen Augen hatten sich vor Schreck geweitet, als sie sich ihm hingab.

Die Angst in ihren Augen hatte ihn erregt, ebenso wie der Gedanke, daß Supnah jetzt in seiner Erdhütte lag und sich nach ihr und dem Blut ihrer Jungfräulichkeit sehnte. Er hatte gelacht und war rücksichtslos in sie eingedrungen, während er sich zu einer Erregung und Ekstase aufstachelte, die er niemals für möglich gehalten hatte. Immer wieder drang Navahk heimlich in die Hütte der Reinigung ein, um bei Supnahs Braut zu liegen. Er dachte an den Augenblick, in dem Supnah feststellen würde, daß sie sich nicht eng um seinen Schaft schloß, sondern so geschmeidig wie ein alter Ledersack war. Doch dieser Augenblick des Triumphes kam nie, denn die Frau benutzte weibliche Tricks, um seinen Bruder zu täuschen. Als sie von neuem Leben anschwoll, sprach Supnah oft zu ihr von seiner Liebe und sah die Widerspiegelung dieser Liebe in ihren Augen. So hatte sie Navahk nie angesehen. Sie verachtete ihn und vertrieb ihn sogar, als er Monate später kam, um sein Kind zu sehen. Sie nannte den Zauberer widerwärtig und verschlagen. Dann hielt sie ihren schönen Sohn Karana hoch und sagte, daß sie im Gesicht des Kindes die Wahrheit über Navahks Betrug erkennen konnte. Karana war Navahks Sohn, der nicht durch seinen Geist, sondern vom Bruder ihres Mannes gezeugt worden war, der es trotz seiner Schönheit nicht einmal verdient hatte, im Schatten Supnahs zu stehen.

Karana war von Anfang an ein Dorn in Navahks Auge gewesen. Da sich auch Supnah und Navahk ähnelten, wurde die wahre Vaterschaft Karanas nie angezweifelt. Doch mit der Zeit wurde es immer deutlicher, daß der Junge all die seherischen Fähigkeiten besaß, die Navahk für sich beanspruchte. Navahk hatte eifersüchtig beobachtet, wie die Macht in dem kleinen Jungen heranreifte, bis Karana eines Tages, genauso wie seine Mutter, den Verrat und den Betrug in Navahks Augen erkannt hatte.

Der Zauberer wußte, daß es nur eine Frage der Zeit war, bis Karanas Macht seine eigene in den Schatten stellen würde. Daher begann er mitten in einem der längsten und kältesten Winter Vorzeichen so zu interpretieren, daß seine Vorhersagen ihm erlauben würden, sein ungewolltes Kind loszuwerden. Seine Mutter hatte Navahks Absichten erkannt, konnte den arglosen Supnah jedoch nicht von der Hinterlist seines Bruders überzeugen. Bald darauf war sie gestorben.

Der Stamm hatte schon immer Kinder in der Hungerzeit ausgesetzt. Obwohl Karana kein Baby mehr war, hatte Navahk dafür gesorgt, daß auch er zu den Ausgestoßenen gehörte. Als Supnah sich gesträubt hatte, mußte Navahk nur darauf hinweisen, daß ein Häuptling nicht sein eigenes Kind verschonen konnte, wenn der ganze Stamm seine Kinder zum Wohl aller opferte. Er hatte fast aufgelacht, als Supnah zustimmte.

Karana war mutig mit den anderen Kindern davongegangen, als ob er sie so lange beschützen würde, bis der Stamm im Frühling zurückkam. Navahk lächelte, denn das verhaßte Kind war bereits so gut wie tot.

Als Wochen später Wild gesichtet wurde, gingen die Männer auf die Jagd, und der Stamm hatte wieder zu essen. Supnah nahm seine Speere und wollte nach seinem Sohn suchen.

Es war für Navahk nicht schwierig gewesen, Supnah davon zu überzeugen, daß diese Mühe umsonst sein würde. Er behauptete, den Tod der Kinder in seinen Visionen gesehen zu haben. Dieser Verlust war ein schwerer Schlag für Supnah, so daß Navahk praktisch den Stamm anführte, bis Karana wieder auftauchte. Als er erzählte, wie er überlebt hatte, murmelte der Stamm, daß Karana offenbar von den Geistern begünstigt war.

Alles hatte sich mit der Rückkehr des Jungen verändert. Zum ersten Mal war Supnah wegen der Ähnlichkeit mit seinem Bruder, die im Laufe der Zeit immer deutlicher geworden war, beunruhigt gewesen. Der Häuptling dachte jetzt immer öfter über die Anschuldigung nach, die er seiner Frau seinerzeit nicht geglaubt hatte. Aus seinem ehemaligen Vertrauen zu Navahk war inzwischen offene Feindschaft geworden.

Aber Supnah war und blieb der Mann, der er war. Der ältere Bruder hoffte immer noch, daß er Navahk Unrecht tat. Selbst als Torka und der Junge wieder gegangen waren, spürte Navahk, daß Supnah ihn nachdenklich beobachtete. Navahk dagegen lag so oft bei Naiapi, wie sich die Gelegenheit dazu bot, und benutzte die Frau als Gefäß, in das er seine Verachtung für seinen Bruder schütten konnte.

Nachdem ihnen drei Jahre lang das Jagdglück treu geblieben war, brach erneut eine Hungerzeit an. Navahks Gesänge und Tänze konnten die Herden nicht vor die Speere der Jäger zurückrufen. Die alten Fragen und Zweifel standen wieder in Supnahs Augen, bis sogar der Stamm es gespürt hatte.

Also hatte Navahk seinen Bruder getötet. Supnah hatte ihm keine andere Wahl gelassen.

Das Kind versteckte sich im Schatten des dichten Unterholzes. Die Bestie stand nicht weit von ihm entfernt vor der Leiche seiner Mutter. Außer dem Kopf und der Hände war sein ganzer Körper in weißes Karibufell gehüllt. Das Wesen schien ganz aus Licht zu bestehen und war so wunderschön, daß das Kind fast sein Versteck verlassen hätte.

Dann lächelte die Bestie, und das Kind sah, wie häßlich es war. Sein nacktes Gesicht war auf gräßliche Weise verzerrt, als es einen Stein aus einem Stück Baumrinde hervorholte, das mit einem Band an seiner Seite befestigt war. Das Kind starrte atemlos durch den Schatten. Der Stein war schwarz und wie ein Weidenblatt geformt und glänzte wie ein Fluß nach einem plötzlichen Frosteinbruch. Es sah ähnlich aus wie der Stein, der in der Brust seiner Mutter gesteckt hatte und der nun neben dem Wesen auf dem Boden lag.

Das Kind versteckte sich im Schatten des dichten Unterholzes. Die Bestie stand nicht weit von ihm entfernt vor der Leiche seiner Mutter. Außer dem Kopf und der Hände war ihr ganzer Körper in weißes Karibufell gehüllt. Das Wesen schien ganz aus Licht zu bestehen und war so wunderschön, daß das Kind fast sein Versteck verlassen hätte.

Dann lächelte die Bestie, und das Kind sah, wie häßlich sie war. Ihr nacktes Gesicht war auf gräßliche Weise verzerrt, als sie einen Stein aus einem Stück Baumrinde hervorholte, das mit einem Band an ihrer Seite befestigt war. Das Kind starrte atemlos durch den Schatten. Der Stein war schwarz und wie ein Weidenblatt geformt und glänzte wie ein Fluß nach einem plötzlichen Frosteinbruch. Er sah ähnlich aus wie der Stein, der in der Brust seiner Mutter gesteckt hatte und der nun neben ihr auf dem Boden lag.

Das Kind saugte an der Schnittwunde in seiner Handfläche, die es sich mit dem Stein zugefügt hatte. Die Steine der Bestien waren sehr scharf. Das Kind mochte sie überhaupt nicht, und auch nicht die Weise, wie die Bestie nun seine Mutter ansah. Dann hätte das Kind beinahe laut aufgeschrien, und nur sein nackter Überlebenstrieb hinderte es daran, aus seinem Versteck hervorzuspringen und die Hand das Wesens zurückzuhalten.

Im schwachen Licht am Boden der Schlucht legte Navahk seinen Kopf auf den leblosen Körper. Er konnte seinen eigenen Herzschlag hören und spürte das Pulsieren seines Blutes, als seine Alpträume sich auflösten und er erkannte, daß das tote Wesen kein Geist war. Es bestand aus Fleisch, Knochen und Blut und war gleichzeitig menschlich und tierisch. Es war sogar noch warm. Seine Hand lag auf seiner Brust, eine breite Fläche blutüberströmten Fleisches mit schlaffen Brüsten und einem kräftigen Brustkorb. Der Rest des Körpers war mit grauem, wolffarbenen Fell behaart.

Navahk starrte auf das Wesen hinunter, dessen Häßlichkeit ihn abstieß und dessen Kraft ihn faszinierte. Wenn er solche Körperkräfte hätte, bräuchte er keinen Zauber, um die Menschen zu beherrschen.

Dann sah er die Wand der Schlucht hinauf, wo die Jäger voll Ehrfurcht und Schrecken zu ihm hinunterblickten. Er lächelte wieder. Sie sollten jetzt ihren Zauber haben!

Mit schnellen, sicheren Schnitten enthäutete er den Körper. Er hielt einen Augenblick inne und suchte nach Supnahs Kopf und Arm. Doch er konnte keine Spur davon entdecken. Er war froh, denn nun würde sein Bruder für immer in der Geisterwelt gefangen sein, aber Navahk hatte keine Angst vor ihm. Ob tot oder lebendig, Supnahs sanfte, arglose Seele würde für ihn nie eine Bedrohung darstellen.

Der Zauberer richtete sich auf und legte sich die Haut des Wesens um, als wäre es die Trophäe einer besonders gefährlichen Jagd. Er balancierte den Kopf auf seinem eigenen, legte dessen blutige Arme um seine Schultern und verschränkte sie über seiner Brust. In dieser grotesken Umarmung tanzte er und fühlte, wie die Kraft des Wesens auf ihn überging. Sie stieg ihm zu Kopf wie das Blut, das aus einem lebenden Tier ausgesaugt wurde.

Navahks Augen leuchteten bei diesem Gedanken auf. Er bückte sich, öffnete die Brust des verstümmelten Körpers und riß das Herz mit bloßen Händen heraus. Dann verschlang er es wie ein Wolf mit großen Bissen. Niemand würde ihm jetzt noch das Recht absprechen, der neue Häuptling zu werden. Er war Navahk, der Zauberer, der es wagte, einen Windgeist zu töten und in seiner Haut zu tanzen. Die magische Macht des Wanawut war jetzt in ihm, und niemand würde sich je wieder gegen seinen Willen auflehnen.

Plötzlich bemerkte er, daß er aus dem dichten Unterholz neben der kleinen Lichtung, auf der er tanzte, beobachtet wurde, und hielt inne.

Dann sah er das Kind, ein haariges, grobschlächtiges Wesen, das genauso häßlich wie seine Mutter war. Doch seine Augen waren so schön wie das sanfteste Grau der Wolken. Sie waren klar und zeigten keine Drohung. Trotzdem fuhr Navahk dieser Blick durch Mark und Bein, während er in der Hülle seiner Mutter dastand, als wäre er und nicht das Geschöpf stumm und unintelligent. Doch in diesem Augenblick wußte er, daß die Intelligenz des Wesens auf derselben Stufe stand wie seine, als hätte er in seiner verzerrten Halbmenschlichkeit eine Spiegelung seiner selbst gesehen.

Noch lange Zeit nachdem die Bestie sich umgedreht hatte und in der Haut seiner Mutter aus der Schlucht geflohen war, wagte das Kind kaum, sich zu rühren oder zu atmen. Die Welt rundherum schien ebenfalls den Atem anzuhalten, als hätte sie Mitleid mit der Qual eines ihrer Geschöpfe.

Unter dem Schock seines Erlebnisses ging das Kind langsam zu den Überresten seiner Mutter zurück, um stumm zu trauern. Das Bild der Bestie war fest in sein Gedächtnis eingebrannt, und Haß auf alle Bestien loderte in seinem Herzen.

Nach einer Weile bekam das Kind Hunger und suchte nach dem Arm und dem Kopf der Bestie, die es instinktiv in sein Versteck mitgenommen hatte. Menschenfleisch war gut, das hatte es seine Mutter immer wieder gelehrt. Erschöpft und müde knabberte es an dem Fleisch, für das seine Mutter ein solches Risiko eingegangen war.

93

Es wurde dunkel in der Schlucht, und ein leichter Wind ging. Das Kind schlief ein und träumte unruhig, bis es wieder erwachte und an die Bestie im weißen Karibufell dachte. Eines Tages würde es sie jagen und in seiner Haut tanzen, so wie es jetzt in der Haut seiner Mutter tanzte.

2

Im Schatten der Wandernden Berge waren Torka und Karana zusammen mit Aar auf Antilopenjagd. Im saftigen grünen Frühlingsgras versteckt schlichen sie vorsichtig gebückt voran. Der Boden stieg langsam an. Es roch nach Gras, und der Wind wehte unbehindert über die sonnenüberflutete Ebene. Auf einer Hügelkuppe hielten sie an. Sie lagen mit dem Bauch im schulterhohen Gras und waren so zufrieden mit dem Augenblick, daß sie ihn noch eine Weile genießen wollten, bevor sie die Jagd fortsetzten.

»Es ist gut«, bestätigte der junge Mann, der immer noch heftig atmete. Sie waren ohne Unterbrechung den langen Weg vom Tal gelaufen, in dem sich ihr Lager befand.

»Es ist gut«, bestätigte der Mann. Er teilte die langen Grashalme, um auf das Land vor ihnen hinunterzuspähen.

Selbst nachdem sie schon drei Jahre hier verbracht hatten, war Torka immer noch von der Einmaligkeit des Landes fasziniert. Es war eine Mischung aus Tal und Ebene, ein zwanzig Meilen breiter Streifen sanft gewellter Tundrasteppe, die sich bis in unermeßliche Weiten zwischen zwei gewaltigen Gebirgszügen dahinzog. Die Wandernden Berge bestanden im Unterschied zu anderen Bergen nicht aus den nackten Knochen der Erde. Sie ragten viel höher hinauf und waren mit einer zwei Meilen dicken Eisschicht bedeckt.

Das Grasland war hier und dort von Seen unterbrochen, die silbern im Sonnenlicht funkelten und untereinander durch die schlängelnden Schmelzwasserströme, die aus den umgebenden

Gletschern herabstürzten, wie durch Adern verbunden waren. Im Westen erhob sich vertrautes Hügelland mit schattigen Schluchten, in denen verkümmerte, winterharte Fichtenwäldchen wuchsen. Am Horizont ragte ein massiver Berg ohne Eiskappe in den Himmel. Rauch stieg aus seinem Gipfel auf, als hätte ein Stamm darin sein Lager, der nicht in der Lage war, ein gutes, rauchloses Feuer zu machen.

Weder Torka noch Karana achteten auf die Rauchwolke des fernen Vulkans. Als sie Supnahs Stamm verlassen hatten, waren sie auf ihrem Weg in das neue Land durch seinen nach Schwefel stinkenden Schatten gezogen. Sie hatten den Vulkan gefürchtet und verehrt, aber inzwischen war die Rauchwolke nichts Besonderes mehr. Sie war nicht bedrohlicher als die kleinen Sommerwolken, die gelegentlich vor der Sonne vorbeizogen.

»Sieh!« flüsterte Karana und zeigte mit seiner kräftigen, sonnengebräunten Hand durch das Gras. »Sind es wirklich so viele?«

Torka bedeutete dem jungen Mann, ruhig zu sein, doch sogar der Hund neben ihm schien ungläubig hinunterzustarren. Sein Körper war angespannt, und hechelnd sah er mit blauen Augen in seiner schwarzen Gesichtsmaske geradeaus.

Torkas starke Hand klammerte sich um den Knochenschaft seines Speers. Er zählte die verschiedenen Tierarten. *Dreimal schon ist die Zeit des Lichts zurückgekehrt, seit dieser Mann in diesem Land jagt*, dachte er. *Und immer noch kommt das Wild jedesmal wieder. Es wandert nach Osten in Richtung der aufgehenden Sonne, nachdem mein Stamm genug Fleisch hat, um während des Hungermondes reichlich zu essen zu haben. Wieder ist die Zeit des Lichts gekommen, und der Kreislauf beginnt von neuem. Und wieder fragt sich dieser Mann, warum ein so wildreiches Land verboten sein soll.*

Doch die Frage beunruhigte den Mann nur für einen kurzen Augenblick. Bisons mit schwarzen Mähnen und langen Hörnern brüllten und scharrten die dünne Haut der Tundra auf. Seit er ein kleiner Junge gewesen war, der mit seinem Großvater in der polaren Tundra auf die Jagd ging, hatte Torka nicht mehr

95

solche Herden gesehen. Sie waren viele Meilen entfernt, doch er konnte ihre schwarzen Gestalten deutlich am Horizont erkennen, während er die Erschütterungen im Boden spürte und ihren guten, beißenden Gestank roch.

Vor den westlichen Hügeln grasten Antilopen neben einer kleinen Herde Elche mit pelzigen Geweihen, die durch Grasbüschel stolzierten. In der Nähe beobachteten drei Kamele mit hohen Höckern wachsam wie immer die Elche und wieherten heiser wie ein alter Mann, der zu viele Jahre an rauchigen Lagerfeuern verbracht hat. Als ihre Rufe die Elche nicht vertrieben, wieherten sie um so lauter, bevor sie entrüstet davonstoben.

Karana mußte ein Lachen unterdrücken. Als Torka ihn ansah, lächelte der junge Mann, und Torka lächelte zurück. Es war schön, gemeinsam das Wild zu beobachten.

Der Hund richtete sich auf und neigte den Kopf zur Seite. Karana legte dem Tier einen Arm um den Nacken und zog es mit rauher Herzlichkeit näher heran.

Torka entdeckte eine Herde Moschusochsen, die auf einer nicht allzuweit entfernten Anhöhe einen Ring gebildet hatten. Es mußten Wölfe oder Löwen in der Nähe sein. Oder Bären, dachte er, als er sich an die riesigen Fußspuren erinnerte, die sie morgens an einem Flußufer gefunden hatten. Er machte sich Sorgen. Sie waren nicht weit vom Lager entfernt gewesen, als sie die Bärenspuren entdeckt hatten.

Seit drei Sommern lebten sie nun in diesem Lager, das sich in einem weiten, windgeschützten Tal befand. Torka und Karana hatten es entdeckt, als sie eine verletzte Ziege durch eine der vielen Schluchten zwischen den Gletschern verfolgt hatten. Es war kreisrund und von steilen Hügeln umgeben. Aus der Erde kamen warme Quellen, so daß die Teiche sogar im kältesten Winter nicht zufroren, und es bot einen perfekten Schutz vor dem ständigen Wind, der über das wildreiche Grasland fuhr, in dem er und der Junge jagten.

Torka war beunruhigt, die Spuren des großen Kurzschnauzenbären so nah am Eingang zum Tal gefunden zu haben, denn kein anderes Raubtier war so flink, angriffslustig und unberechenbar. Es ernährte sich fast ausschließlich von Fleisch. Als Torka sich gebückt und die Fußabdrücke des Bären gemessen hatte, war ihm ein gehöriger Schreck durch die Glieder gefahren. Wenn die Spuren nicht vom Tal fortgeführt hätten, wäre er niemals mit Karana weitergegangen, sondern hätte sich vergewissert, ob das Tier nicht bereits die Witterung des Lagers aufgenommen hatte.

»Torka . . .«

Karanas Flüstern holte ihn in die Gegenwart zurück.

»Machst du dir immer noch wegen des großen Bären Sorgen?«

Es war nichts Ungewöhnliches, daß der junge Mann seine Gedanken erriet. Torka nickte. »So ist es.«

»Der Eingang zum Tal ist gegen Raubtiere gesichert. Der Bär wird vor den Pfählen zurückschrecken oder in eine unserer Fallgruben stürzen und aufgespießt werden. Von seinem Fleisch können wir lange essen, und sein Fett würde uns reichlich mit Talg für unsere Öllampen im Winter versorgen.«

Der Junge hatte recht. Trotzdem standen Torka seine Bedenken ins Gesicht geschrieben.

Karana schüttelte den Kopf. »Torka macht sich in letzter Zeit zu viele Sorgen. Es geht uns gut in diesem Land.«

»Trotzdem sind wir allein. Ein Mann, ein Junge, drei Frauen, ein Kind und ein Säugling.«

»Karana ist kein Junge mehr! Bald wird Karana seinen vierzehnten Sommer erleben. Er ist ein Mann. Torka geht nicht mehr allein auf die Jagd.«

»Nein, aber Torka macht sich Sorgen! Als wir Supnahs Stamm verließen, war dieser Mann davon ausgegangen, daß wir bald einen neuen Stamm finden würden — einen besseren Stamm. Doch dieser Mann hat nicht eine einzige Spur gefunden, daß jemals auch nur ein einsamer Jäger in dieser Gegend war.«

»Wir sind ein Stamm. Wir brauchen keine anderen Menschen. Wir haben den Frauen viel beigebracht. Aliga geht gut mit dem Speer um, und Lonit kann ihre Steinschleuder sogar noch wirksamer einsetzen.«

»Aber Iana wird nie mit einer Waffe umgehen können.«

»Iana braucht keinen Speer. Wir gehen für sie auf die Jagd und beschützen sie.«

»Und wenn einem von uns beiden etwas zustößt?«

Karana schüttelte den Kopf und lächelte. Dann sprang er auf und legte seinen Speer an den Speerwerfer an. »Torka darf sich nicht so viele Sorgen machen! Torka hat sich richtig entschieden, als er seinen Stamm in dieses neues Land führte. Sieh nur! Dort wartet jede Menge Wild auf uns. Die Geister werden beleidigt sein, wenn wir hier herumsitzen und wie zwei alte Männer reden. Komm! Heute könnte selbst ein blinder Mann reiche Beute machen!«

Am Horizont wurde die Rauchwolke, die vom fernen Vulkan aufstieg, immer dicker. Die Elche hoben ihre Köpfe und brüllten. Plötzlich machten sie kehrt und stürmten davon. Vögel flogen kreischend auf, während Füchse, Luchse, Wölfe und Löwen gemeinsam mit Hasen, Mäusen und Lemmingen die Flucht ergriffen, ohne die Gelegenheit zu nutzen, sich auf die leichte Beute zu stürzen.

Doch Torka und Karana achteten überhaupt nicht auf das merkwürdige Verhalten der Tiere, ebensowenig auf Aar, der verzweifelt ihre Aufmerksamkeit auf sich zu ziehen suchte, indem er an ihren Hosen zerrte. Sie traten nur nach ihm, worauf der Hund sich verwirrt und wie ein Welpe winselnd auf den Boden kauerte.

Die Jäger achteten nur auf die verängstigte Antilopenherde, die ungeordnet durch das hohe Gras preschte, ohne den Mann und den Jungen zu bemerken. Die Jäger hatten nicht einmal Zeit, sich aus dem Windschatten heraus anzuschleichen, bevor jeder von ihnen bereits ein Tier erlegt hatte.

Begeistert jubelten Torka und Karana und schüttelten ihre blutigen Speere. Doch dann sprang Aar mit der Wucht eines Säbelzahntigers auf und knurrte nicht wie ein Hund, sondern eher wie ein Löwe. Mit eingezogenem Schwanz, zurückgelegten Ohren, gefletschten Zähnen und gesträubten Haaren sauste der

Hund an den Jägern vorbei. Sie wirbelten herum und sahen nun auch den großen Bären, der plötzlich wie aus dem Nichts aufgetaucht war und zum Angriff überging.

»Ich sage dir, dieser Frau gefällt es überhaupt nicht. Es ist zu ruhig, viel zu ruhig. Nur die Fische im Teich sind unruhig, selbst von hier aus kann man sie springen sehen, als wollten sie aus dem Teich flüchten. Wenn wir jetzt mit einem Netz dort wären, könnten wir sie aus der Luft fangen. Und hast du schon jemals erlebt, daß die Hunde sich so merkwürdig verhalten haben?«

Lonit versuchte, Aligas Worte auf die leichte Schulter zu nehmen, aber die tätowierte Frau hatte recht. Kein Vogel sang, kein Insekt summte, und der Boden zitterte unter ihren Füßen. Das Wasser in der warmen Quelle schlug in Wellen gegen das Ufer und versickerte in der Erde. Das Dach der Erdhütte rieb sich an den Schnüren, mit denen es festgezurrt war. Die Trockenrahmen für das Fleisch und die Felle ächzten und knirschten.

Es war, als ob ein kräftiger Wind durch das Lager wehte, doch es gab keinen Wind. Die Luft schien plötzlich drückend, und die Hunde winselten und schnüffelten ziellos herum. Schwester Hund war mit zwei Welpen ihres jüngsten Wurfs im Maul verschwunden, und der Rest trottete unbeholfen hinterher. Aliga, die außerhalb der Erdhütte Markknochen geknackt hatte, hielt sich ihren hochschwangeren Bauch und stand unter großen Mühen auf.

Als Lonit sie ansah, versuchte sie, sich ihre eigene Unruhe nicht anmerken zu lassen. Das war nicht so einfach, da sie bereits einen Speer und ihre Steinschleuder in den Händen hielt. Sie fühlte sich zunehmend als Beschützerin der hochschwangeren Aliga. Die tätowierte Frau wollte das Kind unbedingt, nicht nur weil sie sich nach Torka sehnte, der nur dann bei ihr lag, wenn sie die Bestätigung brauchte, daß sie in jeder Beziehung eine Frau war. Sie wollte dieses Baby auch, weil sie bereits so sicher gewesen war, unfruchtbar zu sein. Lonit hatte Torka bislang nur Töchter geschenkt — zuerst Sommermond und dann während der letzten Zeit der langen Dunkelheit die pummelige kleine Demmi, die nach Torkas vor langer Zeit gestorbener Mutter benannt worden war. Aliga wollte nun die erste sein, die Torka einen Jungen gebar, aus Dankbarkeit, daß er sie an sein Feuer aufgenommen hatte, als kein anderer Mann sie haben wollte. Sie wollte es auch für sich selbst, da sie noch nie ein Kind gehabt hatte, denn in ihrem Stamm hieß es, daß eine Frau, die noch nie neues Leben zur Welt gebracht hatte, keine richtige Frau war.

»Sieh, die Hunde beruhigen sich«, sagte Lonit und entspannte sich. Der Wind setzte wieder ein, und der Moment ungewöhnlicher Stille ging vorbei. Aus dem schattigen Innern der Erdhütte drang Demmis Lachen wie eine warme Quelle, als Iana ihr fröhliches Lied wieder aufnahm.

Sommermonds Gesicht erschien an der Felltür, die sie mit ihrer kleinen Hand zur Seite hielt. »Dieses Mädchen kann seinen Mittagsschlaf nicht halten, wenn Mutter Erde Schluckauf hat.«

Als sie die Kleine sah, lächelte Lonit. Das Kind rieb sich den Schlaf aus den Augen und lief nackt aus der Erdhütte, um sich in den Armen seiner Mutter trösten zu lassen. Lonit hob ihre Erstgeborene hoch und drückte sie an sich. Sie war froh, daß die merkwürdige Stille vorbei war. Vielleicht hatte sie es sich nur eingebildet, denn die Erde bewegte sich nicht, das war unmöglich. Die Hunde waren wieder ruhig, und die Vögel zwitscherten in den Weiden hinter den Teichen, und auch die Fliegen summten wieder.

Sommermond zuckte zusammen und begann zu weinen, als ihre zarte Haut von einem Insekt gestochen wurde. Lonit verscheuchte es. Dann beobachtete Aliga entrüstet, wie Lonit die Kleine nicht anzog, sondern ihre Waffen zur Seite legte und selbst ihre Kleider ablegte.

»Komm!« sagte sie zur tätowierten Frau. »Laß uns im Teich schwimmen gehen. Der Tag ist warm, und das warme Wasser wird die Fliegen abhalten.«

Wie jedesmal errötete Aliga bei dieser Einladung. Es war nur eine Andeutung von Farbe zwischen den schwarzen Zeichnungen auf ihrem Gesicht. »Diese Frau ist kein Fisch! Sie wird sich nicht nackt ausziehen und im Wasser herumplanschen! Was sollen die anderen sagen?«

Lonit lachte. »Es gibt doch keine anderen in dieser Welt, die wir zu unserer eigenen gemacht haben!« Selbst jetzt erschauderte sie noch vor Glück, als sie an ihre goldenen Tage im Tal dachte, wo Torka ihr beigebracht hatte, einen Speer zu benutzen und an seiner Seite zu jagen.

»Eines Tages könnten andere kommen«, warf Aliga ein. »Eines Tages könnten wir uns entschließen, dieses ferne Land zu verlassen, wo es keine anderen Menschen gibt. Was werden die anderen dann sagen, wenn Lonit sich vergißt und ihren Speer nimmt, als wäre sie ein Mann, oder wenn sie ihre Kinder dazu bringt, sich auszuziehen und wie ein Fisch im Wasser herumzuplanschen?«

»Aliga spricht zu oft davon, dieses Tal zu verlassen! Will sie etwa zum Geisterstamm zurück? Oder hat sie Sehnsucht nach einem Stamm wie dem Galeenas, der wie Ochsenmist gestunken hat? Oder vermißt sie das friedliche Leben in Supnahs Stamm, als der Häuptling und der Zauberer sich jede Nacht überlegten, wie sie Torka erneut beleidigen könnten?«

Aligas Kopf ruckte hoch. Sie kniff ihre Augen zusammen und verzog den Mund. »Wenn diese Frau ihr Baby bekommt, wäre es gut, wenn sie weise Frauen und einen Zauberer an ihrer Seite hätte, die ihr dabei helfen könnten.«

Jetzt sah Lonit auf und verzog den Mund. »Lonit wird Aliga helfen, wie Aliga Lonit geholfen hat. Wir haben viel von der Weisheit der Frauen gelernt. Wir brauchen keine anderen. Indem wir uns entschieden haben, mit Torka zu gehen, waren wir die weisesten Frauen überhaupt!«

»Aber wir haben keinen Zauberer!« beschwerte sich Aliga kläglich.

»Dann sind wir wahrlich weise!« gab Lonit zurück, wandte der tätowierten Frau den Rücken zu und machte sich mit ihrem Kind auf den Weg zum Teich.

Plötzlich bewegte sich die Erde. Sie spannte sich wie die Haut eines lebenden Tieres und warf Torka, Karana und den Hund von den Beinen, während der große Bär an ihnen vorbeistürmte und im wogenden Gras verschwand.

Dann kam das Dröhnen, ein schreckliches, alles durchdringendes Brüllen aus der Tiefe der Erde, die sich wie die Oberfläche eines Sees im Sturm bewegte. Die dünne Haut des ständig gefrorenen Bodens hob sich und brach auf. Ein Erdspalt öffnete sich direkt unter den Jägern, und sie fielen hinein. Verzweifelt suchten sie nach festem Boden und festem Halt, die es in dieser Welt nicht mehr gab. Sie wurden von Erde verschüttet, bis sie sich sicher waren, daß sie lebendig begraben waren.

Doch dann, so unvermittelt, wie es begonnen hatte, war das Erdbeben vorbei. Torka und Karana kletterten aus dem Spalt und halfen dem verzweifelten Hund hinaus. Sie standen im verwüsteten Grasland und waren noch zu benommen, um ihre Speere wieder aufzunehmen oder die zwei Antilopen im Erdspalt zu beachten, die sie erlegt hatten. Diese Erfahrung war so außergewöhnlich gewesen, daß sie nicht einmal daran dachten, daß sie fast von ihren eigenen Waffen erstochen worden wären, als sie in die Erde stürzten.

Staub verschleierte die Luft. Am westlichen Horizont stand eine dampfende Wolke aus Rauch und Asche über dem kahlen Berg und ließ glühende Stücke auf die Welt herabregnen.

»Wir müssen aufbrechen!« befahl Torka. Vor seinem inneren Auge stand das Bild des zerstörten Lagers und seiner Frauen und Kinder, die von der Erde verschluckt worden waren.

Lonit schrie.

Der Boden des Teiches sackte ab. Das Wasser stieg und ließ sie untertauchen, dann fiel es wieder und schwappte ganz aus dem Teich heraus. Im flachen Fischteich, den sie durch einen Damm abgetrennt hatte, sprangen die Fische und zappelten, als sie plötzlich auf dem Trockenen lagen. Die Erde bebte, als ob sie nie damit aufhören wollte. Sommermond klammerte sich mit ihren Armen an den Hals ihrer Mutter und schrie mit ihr um die Wette. Lonit sah Aliga stürzen, als die Erdhütten und die Trockenrahmen zusammenbrachen und die Soden um das Feuer durcheinandergeworfen wurden.

Lonit kam wieder auf die Beine, griff Sommermond und sprang aus dem nunmehr trockenen Teich. Doch die Erde warf sie wieder um. Sie rappelte sich erneut auf und ließ ihr jammerndes Kind nicht los, als sie sich über den wankenden Boden kämpfte. Sie wollte zur Erdhütte, in der Iana und ihr Baby gefangen waren. Das Dachgerüst war schwer genug, um eine Frau bewußtlos zu schlagen oder ein Baby zu zerquetschen. Die Hütte bestand aus Karibugeweihen erst kürzlich erlegter Tiere und aus Mammutrippen, die sie vom halbverwesten Kadaver eines Mammuts genommen hatten, den sie zwischen den Weiden hinter den Teichen entdeckt hatten. In panischer Angst fiel sie vor dem Durcheinander aus Fell, Horn und Knochen auf die Knie und rief nach Iana und dem Baby.

Als Aliga zu ihr stieß, atmete sie vor Erleichterung auf, daß der tätowierten Frau nichts geschehen war. Das Beben hatte jetzt nachgelassen. Sie setzte Sommermond ab und sagte ihr, daß sie jetzt ein großes Mädchen sein und ihrer kleinen Schwester helfen müßte. Das Kind schluckte seine Tränen hinunter.

Gemeinsam zerrten sie die Felle und die schweren Knochen beiseite, bis ihnen Ianas Gesicht entgegenblinzelte. Die kleine Demmi hielt sie sicher im Arm. Das Baby gluckste fröhlich, als wäre das Erdbeben ein großer Spaß für es. Lonit schrie vor Erleichterung auf und hob ihr Kind an die Brust. Als Aliga und Sommermond der benommenen, aber unverletzten Iana auf die Beine halfen, weinte Lonit vor Freude.

Dann ließ sie ihren Blick über das zerstörte Lager schweifen, und ihre Freude ließ nach. Alles war dem Erdboden gleichgemacht. Alle Hütten und Trockenrahmen waren eingestürzt, und die ordentliche Welt ihres Lagers war ein einziges Durcheinander. Lonit fühlte sich hilflos. Wo war Torka?

In den fernen Bergen war ein Getöse zu hören.

»Sieh! Die Berge kommen herunter!« rief Sommermond und klammerte sich an Lonits Bein.

Lonit riß die Augen weit auf. Gewaltige Lawinen stürzten von den Höhen herab. Fern im Westen hing eine dicke schwarze Wolke am Himmel. Der Wind wehte einen üblen Geruch heran, der an den Schwefelgestank erinnerte, der manchmal über den warmen Teichen lag.

Eine Fliege landete auf ihrem nackten Rücken und biß sie. Doch sie spürte es kaum, als sie ihr Baby hielt und die Erde unter ihren Füßen sich erneut bewegte. Sie wurde diesmal nicht umgeworfen, aber sie hatte wieder fürchterliche Angst.

Aliga schritt vorsichtig durch das verwüstete Lager. Sie hielt sich den Bauch, als hätte sie Angst, ihr ungeborenes Kind könnte herausfallen. Sie hatte die Augen weit aufgerissen und ihre tätowierten Lippen zusammengekniffen. Sie trat neben Lonit, nahm ihre Schürze aus Hirschleder ab und legte sie Sommermond um. »Lonit sollte sich besser etwas anziehen. Ihre Haut ist schwarz von beißenden Fliegen wie die Haut dieser Frau von Tätowierungen.«

Lonit sah an sich herab. Aliga hatte nicht übertrieben. Sie drückte Iana das Baby in den Arm und suchte nach ihren Kleidern.

»Wird Torka zurückkommen?« fragte Iana.

Lonit zwängte sich gerade in ihre Unterkleidung, als Ianas Frage sie verblüfft innehalten ließ. Iana hatte zu niemandem außer den Kindern gesprochen, seit sie vor dem Geisterstamm gerettet worden war. Lonit lief zu ihr und umarmte sie. »Natürlich wird er zurückkommen!« Jede andere Antwort war undenkbar. Trotzdem sah sie vor ihrem inneren Auge ein vom Erbeben verwüstetes Land, in dem ihr Mann und Karana umgekommen waren. Doch sie versuchte, das Bild wieder zu verdrängen. An so etwas durfte sie nicht erst denken.

Torka sagte kaum ein Wort, als er mit Karana und Aar zum Lager zurückkehrte. Sein Gesicht hellte sich vor Erleichterung auf, als er Lonit und die Kinder unverletzt sah. Sie lief in seine Arme und versicherte ihm, daß alle wohlauf waren. Er hielt sie fest, als wollte er sie nie wieder loslassen, doch seine Gesichtszüge verhärteten sich, als sie ihm sagte, daß bald alles wieder in Ordnung sein würde.

»So ist es!« bestätigte Karana, der sich kaum vor der freudigen Begrüßung seines Hunderudels retten konnte. Die Hälfte der Nachkommenschaft des ehemals wilden Hundes hatte sich den wilden Hunderudeln in den Hügeln angeschlossen, doch Aar und seine Gefährtin und einige der kräftigen und lernwilligen Welpen waren bei ihnen geblieben. Das ungewöhnliche Bündnis zwischen den Hunden und Menschen in diesem Stamm war in der Freundschaft begründet, die Aar und Umak, der Herr der Geister und Torkas Großvater, geschlossen hatten.

Torka ließ sich nicht anmerken, ob er Karana zugehört hatte. Er sah nachdenklich Aliga an, die im Schneidersitz auf den Schlaffellen saß, die Lonit aus ihrer Erdhütte gezogen hatte, und leise mit sich selbst sprach. Sie hielt immer noch ihren Bauch und wiegte sich und ihr ungeborenes Kind. Als Torka zu ihr hinüberging, sah sie nicht einmal zu ihm auf.

»Geht es dir gut?« Torka kniete vor ihr nieder und legte ihr seine Hand auf den Bauch. Es war ungewöhnlich, daß Aliga saß, wenn alle anderen auf den Beinen waren. In der Regel stand sie morgens vor den Hunden auf und war die letzte, die nachts ihre Augen schloß.

»Es geht mir gut.« Sie zitterte und sah vorwurfsvoll zu Torka auf. »So gut, wie es einer schwangeren Frau in einem Land gehen kann, wo die Erde bebt. Lonit hat dieser Frau ein Horn mit Weidenblättertee und einen Markknochen gebracht, als ob ich damit vergessen könnte, was gerade geschehen ist. Lonit ist so fest entschlossen, für immer in diesem Land zu leben, daß sie über alles andere hinwegsieht!«

Lonit trat an Torkas Seite. Sie hatte Iana ihre Kinder überlassen, um Aliga ihren Lieblingsmantel zu bringen, den Lonit ihr in langen Stunden aus besten Fellen genäht hatte. Aliga liebte dieses Geschenk so sehr, daß sie es sogar an Tagen trug, die eigentlich viel zu warm für einen Mantel waren. Doch jetzt zitterte sie vor einer inneren Kälte, als Lonit ihr den Mantel um die Schultern legte. Lonit trat zurück und verstand nicht, warum Aliga in einem so verbitterten Ton sprach.

105

»Dieses Land ist doch gut zu uns gewesen«, sagte Lonit zu ihr. »Wir haben keinen Hunger gelitten, und das Tal hat uns vor Stürmen geschützt. Wir haben es mit Lobgesängen gefüllt und es mit all den Geschöpfen geteilt, die sich in der langen Dunkelzeit an seinen heißen Quellen wärmen. Wir haben Lebensspender gesehen, der mit seinen Kindern und Frauen an unserem Lager vorbeizog und Torkas Stamm in Frieden leben läßt. Wie kann Aliga all das vergessen?«

»Aliga hat es nicht vergessen!« erwiderte die Frau gedankenverloren. »Torka hat seinen Stamm gut geführt, und dies ist ein gutes Land gewesen. Doch jetzt macht sich diese Frau Sorgen. Wir sind auf der Wanderschaft, auf der Suche, und sollten uns anderen Stämmen anschließen und große Jagdzüge veranstalten. Navahk hat gesagt, daß wir auf die schwachen und unvorsichtigen Tiere Jagd machen müssen, damit sie immer stark und schnell genug sind, um vor den Jägern zu fliehen. Dadurch werden wiederum die Jäger immer stärker und schneller. Aliga sagt, daß Mutter Erde erzürnt über Torkas Stamm ist. Sie hat den Boden geschüttelt, um uns zu sagen, daß es nicht gut ist, ständig an einem Ort zu bleiben. Torkas Stamm muß in das Land zurückkehren, aus dem er gekommen ist. Wenn nicht, wird Mutter Erde die Welt erneut beben lassen und den Stamm verschlucken. Dann werden unsere Seelen für immer unter der Erde herumgeistern und . . .«

»Sag nichts mehr!« Torka sprach die Worte in sanftem Ton, als er seine Hand von ihrem Bauch nahm und Aligas Mund damit verschloß. »Sei vorsichtig, Aliga! Denk daran, daß es im Stamm dieses Mannes heißt, wenn man von einer Sache spricht, kann man damit heraufbeschwören, daß sie Wirklichkeit wird.«

Karana war wütend. »Nimm dich in acht, Frau! Laß nicht zu, daß deine weiblichen Ängste deine Zunge beherrschen!«

»Weibliche Ängste? Hüte deine eigene Zunge, mein Junge! Wenn du nicht weißt, was es bedeutet, hochschwanger in einem Land zu leben, das bebt und wo es keine Frauen oder Zauberer gibt, die dir helfen können, solltest du nicht von weiblichen Ängsten sprechen!«

Seit einiger Zeit hatte sie eine Abneigung gegen Karana. Er sah dem Bruder seines Vaters immer ähnlicher, während Navahk sie in ihren Träumen auf eine Weise heimsuchte, die Torka entrüstet hätte. Irgendwie hatte sie das Gefühl, daß Karana das wußte. Seine großen schwarzen Augen sahen viel zu viel für einen Jungen. Sie sahen Dinge, die niemanden etwas angingen, die sie manchmal selbst nicht bemerkt hatte, bevor er sie darauf hinwies. Sie wollte von vornherein verhindern, daß er seine Gedanken aussprach.

Doch Karana ließ sich nicht so leicht einschüchtern. Obwohl er sich alle Mühe gab, erwachsen zu wirken, war er doch nur ein junger Mann. Weisheit war ihm genauso fremd wie die Sorgen einer schwangeren Frau. »Seit Aliga weiß, daß sie schwanger ist, hat sie Angst, in einem Stamm ein Kind zur Welt zu bringen, in dem es keine weisen Frauen und keinen Zauberer gibt, die sich um sie kümmern können. Aliga denkt überhaupt nicht an Torkas Stamm, sie denkt nur an sich selbst!«

»Karana!« platzte Torka wütend heraus. Obwohl der Junge eine bemerkenswerte Einfühlungsgabe besaß, hatte er offenbar nicht die ungewöhnlich geweiteten Augen Aligas bemerkt. Torka wußte genug von Heilkunst, um zu erkennen, daß etwas nicht in Ordnung war, wenn Augen bei hellem Tageslicht so aussahen. Wie schlimm es war, konnte sich nur mit der Zeit herausstellen. Er war sehr um sie besorgt. Er erinnerte sich daran, wie sie vor Freude geweint und gelacht hatte, als sie ihre Schwangerschaft bemerkt hatte. Doch in den folgenden Tagen hatte sich ihre Stimmung immer weiter verschlechtert, und sie war immer kranker geworden.

Er konnte sogar verstehen, daß sie wieder zurück wollte. »Möchte Aliga wirklich, daß Torka sie in das Land der anderen Stämme zurückführt, wo Frauen nicht jagen dürfen, wo ein Stamm über den anderen herfällt, wo Babys in der Winterdunkelheit aufgegessen oder auf Befehl des Häuptlings ausgesetzt werden? Glaubt Aliga, daß die Geburt in einem Land des Hungers weniger schmerzhaft oder gefährlich ist als hier, wo sie unter Menschen ist, die sie lieben?«

Aliga kaute bockig auf ihrer Lippe. »Torka ist nur schlechten

Menschen begegnet. Aber nicht alle Stämme sind so. Supnahs Stamm war nicht so schlecht. Dort gab es weise Frauen und einen Zauberer.«

Karana verzog verächtlich den Mund. »Alle Frauen dieses Stammes, die alt genug waren, um wirklich weise zu sein, wurden vor langer Zeit dem Wind überlassen. Supnahs Stamm ist ein schlechter Stamm. Und Navahk ist überhaupt kein Zauberer!«

»Doch, er ist einer!« gab sie zurück, als wolle sie einen geliebten Menschen verteidigen, dem Schlechtes nachgesagt wurde.

Torka war der Hintergrund ihrer Bemerkung nicht entgangen, doch er empfand keine Eifersucht, sondern nur Mitleid. Er mochte die tätowierte Frau, und es tat ihm leid, daß der Mann, den sie liebte, nichts von ihr wissen wollte. »Navahk ist weit weg, und dieses Baby ist hier. Es schläft jetzt, und Aliga sollte auch schlafen«, sagte er und legte ihr wieder die Hand auf den dicken Bauch. Er spürte nicht, daß sich sein ungeborenes Kind bewegte.

Die Erde zitterte wieder. Am westlichen Horizont spuckte der Rauchende Berg eine riesige Rauchwolke aus. Selbst aus der großen Entfernung sah Torka, wie glühende Stücke herabregneten, die so groß wie Felsblöcke sein mußten. Es war ein Anblick, der keine Diskussion zuließ. »Das Land, in dem Supnahs Stamm und Navahk wohnen, liegt dort im Westen, hinter dem Rauchenden Berg und der Wolke aus Feuerregen. Wir können nicht zurück, Aliga. Weder Mutter Erde noch Vater Himmel werden es zulassen.«

3

Drei Tage lang rauchte der ferne Berg, aber die Erde bebte nicht mehr. Bald waren die Erdhütten, die Trockenrahmen und die Feuerstelle wiederaufgebaut. Der Himmel klärte sich auf, und das Lager sah wieder genauso wie vorher aus. Nur ein feiner grauer Ascheregen fiel immer noch herab und überzog alles mit einer Staubschicht. Torka und sein kleiner Stamm blieben wachsam. Nur die Kleinkinder schliefen gut in den immer kürzer werdenden Nächten.

Tage und Wochen vergingen, bis es gar keine Nacht mehr gab. Nach dem ersten Sommerregen war der Staub verschwunden, und der Rauchende Berg wurde wieder ruhig. Sein Gipfel war jetzt nicht mehr kegelförmig, sondern eingedellt wie ein Backenzahn mit einem großen Loch in der Seite.

Torka stand mit Karana am Rand ihres wiedererrichteten Lagers. Obwohl sich die Teiche wieder mit Wasser aus den warmen Quellen gefüllt hatten, fingen sich keine Fische mehr in Lonits Reusen. Torka hatte den Eindruck, daß das Wasser noch intensiver nach Schwefel roch als vorher. Er konnte sich nicht mehr überwinden, darin zu baden. Lonit zeigte in dieser Beziehung keine Zurückhaltung. Sie war gerade mit Iana und den Kindern im Teich, und es tat Torka gut, ihr Lachen zu hören, das das ganze Tal erfüllte.

Aliga hockte bedrückt in der Sonne. Torka hatte sie nicht lachen oder etwas Nettes sagen hören, seit sie mit ihm über ihre Ängste gesprochen hatte. Torka wünschte sich, daß das Baby bald zur Welt kam. Es war höchste Zeit, und es wäre gut, Aliga wieder lächeln zu sehen, selbst wenn ihre Zähne spitz und schwarz waren.

Ein sanfter kühler Wind strich von den fernen schneebedeckten Gipfeln herab durch das Tal. Er wurde durch die umgebenden Hügel abgeschwächt, war aber noch stark genug, um beißende Insekten abzuhalten. Nicht zum erstenmal bemerkte Torka, daß der Wind frei von Vulkangestank war. Es war schon viele Tage her, seit zum letztenmal Asche vom Himmel gerieselt war.

»Draußen auf dem Grasland dürfte der Wind sehr stark sein«, sagte Karana. »Es ist ein guter Tag für die Jagd. In seinen Träumen hat dieser Junge das große Mammut in den östlichen Hügeln gehört. Und wo Lebensspender ist, hat Torkas Stamm die Gunst der Geister des Wildes auf seiner Seite.«

109

Als sie ihre Speere nahmen und durch den schmalen Eingang zwischen den Hügeln zum weiten windigen Grasland liefen, folgten ihnen Aar, Schwester Hund und drei ihrer größeren Welpen.

Torka hatte schon vor längerer Zeit die Erfahrung gemacht, daß Karanas Visionen, wo sich das Wild finden würde, gewöhnlich richtig waren. Daher stellte er sie nur selten in Frage. Als sie die Fallgruben hinter sich gelassen hatten, wandten sie sich nach Osten gegen den Wind.

Das Wiehern kämpfender Pferde beflügelte ihre Schritte, dennoch blieben sie im maßvollen Trab des erfahrenen Jägers, der immer auf Gefahren bedacht war. Das hohe Gras war golden und trocken wie die Mähne eines jungen Löwen. Torka zog seine messerscharfe Axt aus versteinertem Walknochen aus der Lederscheide an seiner Seite und schwang sie im Laufen durch das Gras. Die Schneide schnitt so leicht hindurch wie durch warmes Fett. Es war eine außergewöhnliche Waffe, die er aus einem weiten, hügeligen Land mitgebracht hatte, das intensiv nach Salz roch. Es war ebenfalls ein fruchtbares Grasland gewesen, doch seltsamerweise hatte er dort immer wieder Visionen von hohen, rauschenden Wellen gehabt, die das Land überfluteten und alles unter sich begruben. Dort hatten sie das Skelett eines großen Fisches gefunden, das allerdings aus Stein bestand, genauso wie die Muscheln, die Lonit gefunden hatte. Torkas Keule war aus einem der Rippenknochen des Wals angefertigt.

Als er mit Karana und den Hunden über das Meer aus Gras lief, prüfte er das Gewicht der Keule in seiner Hand und dachte an das seltsame Land, aus dem sie stammte. Er konnte nicht wissen, daß die schmale Landbrücke, die zwei Kontinente miteinander verband, einst am Grund eines flachen Meeresarms zwischen zwei Ozeanen gelegen hatte und viele Jahrtausende in der Zukunft wieder am Meeresgrund liegen würde. Er hatte nur gespürt, daß jenes Land anders war, genauso wie er jetzt spürte, daß die Wandernden Berge keine Berge waren, sondern nur die Ausläufer der gewaltigsten Gletscher, die es jemals auf der Erde gegeben hatte. Er konnte nicht wissen, daß drei Viertel

110

der gesamten Wassermenge des Planeten in diesen Eismassen gefroren war und daß der größte Teil des nordamerikanischen Kontinents, auf den er seinen kleinen Stamm von Asien herübergeführt hatte, unter Eis begraben lag.

Das Wiehern der Pferde kam immer näher. Vorsichtig spähten sie über eine Hügelkuppe, und Karana signalisierte den Hunden, sich still ins Gras zu legen. Torka sah durch den Schleier aus goldenem Sommergras auf eine flache Mulde hinunter, wo zwei Hengste erbittert um die Führung über eine kleine Herde zottiger Stuten kämpften.

Der jüngere Hengst verfolgte seinen Gegner mit ungewöhnlicher Kampflust, selbst als das ältere Tier die Flucht ergreifen wollte. Eine weitere Besonderheit war, daß sein gleichmäßig blasses Fell nicht den dunklen Streifen entlang der Wirbelsäule besaß, der so typisch für diese Art war.

Die rasenden, blutenden Tiere schrien und bäumten sich auf, traten und bissen sich. Das ältere, stämmigere Tier drehte sich um und rannte fort, doch der jüngere und schnellere Hengst verfolgte es und zwang es wieder zum Kampf. Der ältere Hengst war ihm eindeutig unterlegen. Torka bewunderte die Schönheit, Kraft und Ausdauer des blassen Pferdes. Neben ihm zog Karana den Kopf zwischen die Schultern, und seine Freude an dem Anblick ließ nach. Wo Torka Schönheit und Kraft sah, erkannte Karana die unerbittliche Wildheit und grausame Gewalt eines Tieres, das ihn an seinen Vater erinnerte.

Als plötzlich ein Säbelzahntiger aus dem dichten Gebüsch hervorsprang, in das der unterlegene Hengst zurückgewichen war, fand der Kampf ein jähes Ende. Die löwengroße Katze grub ihre Fangzähne, die fast so lang wie Torkas Unterarm waren, in die Schenkel des Tieres. Vom Kampf geschwächt und verletzt schrie es nur, ohne sich noch wehren oder fliehen zu können. Seine Hinterbeine gaben nach, und im nächsten Augenblick hing die Katze an seiner Kehle, während das blasse Pferd triumphierend davonsprang. Es trieb seine gewonnenen Weibchen vor sich her, stieß und biß sie brutal, damit keins der trächtigen Tiere ein vom Rivalen gezeugtes Fohlen zur Welt bringen konnte. Damit sorgte der Hengst dafür, daß nur seine Nachkommenschaft eine Überlebenschance hatte.

»Navahk würde es genauso tun!« zischte Karana.

Doch Torka hörte nicht zu. Der plötzliche, grausame Tod des Hengstes hatte ihn nachdenklich gemacht. *Auf dieselbe Weise könnte auch Torka sterben, schnell und ohne Warnung. Was wird dann aus meinen Frauen und Kindern, wenn nur noch ein Junge und ein Rudel Hunde sie beschützen können?*

Während sie weiter Richtung Osten vordrangen, war Torka mit seinen Gedanken nicht mehr bei der Jagd. Karana war mit den Hunden vor ihm auf Spurensuche, doch Torka blieb immer wieder stehen und blickte zurück. Er mußte an Aliga denken. Sie war eine bedauernswerte Frau. Wenn ihr Kind nicht bald kam, würde sie daran sterben. Er hatte es in ihren Augen gesehen. Sie hatte Angst vor dem Tod.

»Torka! Komm! Es ist ein guter Tag für die Jagd!« Der Junge war jetzt neben ihm und zeigte auf das Grasland hinaus, wo viele verschiedene Herden in der Ferne grasten. »Dort! Siehst du es? Wie in meinen Träumen führt Lebensspender uns zum Wild!«

Doch Torka sah immer noch zurück, in die Welt, aus der er gekommen war, in der es keine rauchenden Berge gab und in der die Erde nicht bebte. Wenn ein Mann dort getötet wurde, gab es immer andere, die sich um seine Frauen und Kinder kümmerten. »Wir werden zum letztenmal in diesem Land ohne Menschen jagen«, verkündete er und sah Karana an, um ihm zu zeigen, daß er keinen Widerspruch duldete. »Morgen werden wir unsere Frauen und Kinder nehmen und in das Land der Menschen zurückkehren.«

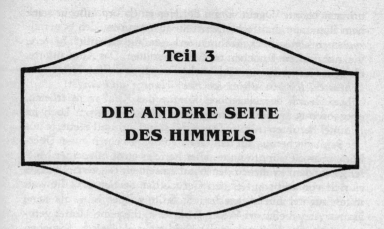

Teil 3

DIE ANDERE SEITE DES HIMMELS

1

Ein kalter Wind fuhr durch die verkrüppelten Bäume, die den Boden der Schlucht erstickten. Die Schatten wurden durch das Loch im Himmel gewärmt, aber das Kind fröstelte inmitten der verstreuten Überreste, von denen es sich seit Wochen ernährt hatte ... den Knochen seiner Mutter, Supnahs Arm und Kopf, den es zerschmettert hatte, um an Mark und Hirn heranzukommen. Die Knochen waren nicht mehr zu unterscheiden, es waren nur noch Splitter und Bruchstücke, von denen alles Fleisch abgenagt worden war.

Seit einiger Zeit gab es nichts Nahrhaftes mehr, und das Kind hatte sich damit getröstet, noch eine Weile daran herumzuknabbern. Es lebte von Rinde und Fichtennadeln, Insekten und

113

unvorsichtigen Vögeln. Dann hatte es einen Lemming aus seinem Bau unter den Fichtenwurzeln ausgegraben, den es gerade zwischen seinen Backenzähnen zerkaute, die eigentlich härtere, viel nahrhaftere Knochen zermalmen sollten. Das Kind zitterte, als sein Körper gierig nach mehr Fleisch und Blut verlangte.

Mutter! Ich bin allein! Ich habe Hunger und Angst!

Das Fleisch des Nagetieres konnte das Kind nicht trösten, ebensowenig wie der warme, gelbe Wind, der vom Loch im Himmel herunterströmte. Das Kind stand auf und kletterte aus der Schlucht heraus auf den Grat, von wo es einen guten Überblick über die Tundra hatte. Hier hatte es einst mit seiner Mutter gestanden. Während der Wind an seinem Fell zerrte, beugte es sich vor und sog tief den Geruch der Bestien ein, die weit unten auf der Ebene lagerten. Es faßte wieder Mut, als seine grauen Augen eins der Wesen erblickten, die seine Mutter getötet hatten. Der Haß nährte das Kind mehr als Fleisch, Knochen oder Blut.

Sie hatten ihr Lager inzwischen an anderer Stelle aufgeschlagen. Das Kind hatte sie verblüfft beobachtet, wie sie ihre Behausungen auf dem Rücken fortgetragen hatten und so langsam wie Faultiere über das Grasland gezogen waren. Sie waren mehrere Meilen zu einer Stelle weitergezogen, die besser vor dem Wind geschützt und näher am Wasser war. Eine Weile war das Kind verzweifelt gewesen, weil es befürchtete, sie würden einfach hinter dem Ende der Welt verschwinden und es allein mit seinem Haß zurücklassen. Doch dann hatten sie angehalten und hatten ihre seltsamen Behausungen wieder aufgebaut, ihre rauchenden Feuer entzündet und ihre seltsamen Stimmen hören lassen. Für das Kind waren ihre Stimmen beruhigend und schön wie das Lied eines Sterns am Himmel in der langen Dunkelzeit. Seit Wochen hatte es sie aus der Höhe beobachtet und sich jedesmal die Lippen geleckt, wenn es den weißen Fleck sah, der das Ziel seines Hasses war. Es wußte, daß es ihn eines Tages jagen und töten und in seiner Haut tanzen würde, während es vor Freude über seinen Tod singen würde.

Doch jetzt war es wie benebelt vor Hunger und stieß einen verzweifelten Schrei aus. Das Lager war verschwunden! Die

Bestien zogen unter ihrer Last gebückt in die Ferne, während das weiße Wesen, das seine Mutter ermordet hatte, sie anführte.

Verzweifelt trat das Kind von einem Fuß auf den anderen und schlug seine behaarten Fäuste auf die Schenkel. Wenn die Bestien zum Ende der Welt gingen, würde es sie nie wiederfinden. Dann schrie es seine Wut und Enttäuschung hinaus.

»Wah nah wah! Wah nah wut!«

Obwohl sie nicht anhielten, sah das Kind, daß die Bestie in Weiß sich umdrehte. Das Kind wischte sich mit einer Hand das Blut des Lemmings vom Mund und dürstete nach dem Blut des Mörders seiner Mutter.

Die Bestie stand eine Weile im goldenen Licht aus dem Loch im Himmel, bis sie langsam umkehrte und in der Ferne verschwand.

Jetzt war das Kind ganz allein. Es sehnte sich wimmernd nach seiner Mutter und seinen anderen Artgenossen, doch sie waren alle fort, von den Bestien getötet.

Dieser Gedanke gab dem Kind neuen Mut. Der Weg nach unten war schwierig, aber es war unverzagt. Sein Haß auf den Mörder seiner Mutter gab ihm Kraft, und so ließ es die vertraute Umgebung seiner Vergangenheit hinter sich. Es verließ die Berge und zog allein über die Tundra, um dem Stamm der weißen Bestie zu folgen, in dessen Haut es tanzen wollte.

Karana fuhr plötzlich von seinen Schlaffellen hoch. »Nein!« schrie er und war noch ganz in seinem Traum gefangen. Heulende Riesenwölfe hetzten über die Tundra und verfolgten ihn. Er blickte sich um, und plötzlich verwandelten sich die Wölfe in gräßliche halbmenschliche Bestien, die von Navahk angeführt wurden. Über den Zauberer legte sich das Bild eines wilden Hengstes und von etwas anderem, etwas Dunklem, Erschreckendem, das er vor langer Zeit gesehen hatte. Es war der Schattenriß einer Gestalt vor fernen, glänzenden Gletschern, die sich in der Nacht bewegte. Sie war groß, behaart und kräftig, mit blitzenden Augen und bärenhafter Schnauze, die fletschend lange Eckzähne enthüllte.

Der Wanawut. Der Seelenfänger. Navahk. Sein Vater!

Er blinzelte, und der Alptraum entschwand. Doch er konnte nicht glauben, daß er jemals vorbei sein würde. Zitternd saß er da, während die Schlaffelle von seinen Schultern herabrutschten.

Sie brauchten mehrere Tage, um das Lager abzubrechen und sich auf die lange Wanderung vorzubereiten. Karana träumte jede Nacht denselben Traum. Doch jedes Mal, wenn er Torka in allen Einzelheiten davon erzählte — bis auf die Tatsache, daß Navahk sein wirklicher Vater war — brachte der Jäger ihn wütend zum Schweigen.

»Auch dieser Mann hat Träume, doch seine Träume waren nicht mehr beunruhigend, seit er sich entschlossen hat, in die Welt der Menschen zurückzukehren.«

»Das ist eine schlechte Welt!«

»Karana hat sie als kleiner Junge verlassen und wird als Mann dahin zurückkehren. Vielleicht wird sie ihm nun besser gefallen.«

Karana schnaubte. »Warum? Weil es dort Mädchen gibt? Karana macht sich nichts aus Mädchen!«

»Noch nicht!« erwiderte Torka, der Mühe hatte, ein Lächeln zu unterdrücken, als der junge Mann mit erhobenem Kinn und verschränkten Armen vor ihm stand. In diesen Augenblicken, wenn er ganz Torkas geliebtem Großvater glich, fragte er sich, ob die Seele des alten Umak mit seinem Tod in den jungen Mann gefahren war. Es war kein unangenehmer Gedanke, doch wie jedes Mal verblüffte es ihn, wenn Karana seine Gedanken erraten zu haben schien.

»Umak hat gesagt, daß Karana eines Tages ein großer Herr der Geister sein wird. Umak hätte auf Karana gehört!«

»Torka hört ihm zu. Aber wir müssen gehen! Aliga ist krank. Wir haben weder den Zauber noch die Medizin, um sie zu heilen. Ihr Baby ist schon seit Wochen überfällig!«

»Babys kommen auf die Welt, wenn sie dazu bereit sind.«

»Und wenn sie nicht kommen, kommt der Tod zu ihnen und zu den Frauen, die sie tragen.«

Torka legte Karana beruhigend eine Hand auf die Schulter. »Vielleicht werden wir eines Tages an diesen Ort zurückkehren. Wir haben das Fleisch und die Vorräte versteckt, die wir nicht mitnehmen können. Wenn wir auf andere Menschen treffen, die mit uns zurückkehren wollen, werden wir ihnen sagen, daß die Jagd in diesem Land gut ist. Doch Karana vergißt zu schnell, daß der Winter im Tal der Stürme kälter und härter ist als in jedem anderen Land, das dieser Jäger kennt. Wenn aus irgendeinem Grund in diesem Jahr kein Wild in unserem Tal überwintern sollte, müßten wir ihm auf das Grasland hinaus folgen. Und Torka bezweifelt, daß ein Stamm während der Winterdunkelheit lange im Tal der Stürme überleben könnte.«

»Auf jeden Fall länger als in Supnahs Stamm!«

»Dieser Mann hat nicht die Absicht, sich wieder Supnahs Stamm anzuschließen. Torka hat lange und sorgfältig darüber nachgedacht. Wenn wir jetzt unser Tal verlassen, dürften wir die Große Versammlung noch vor dem Ende des Sommers erreichen. Dort wird es weise Frauen, Herren der Geister und Zauberer aus vielen Stämmen geben. Denk nur, wieviel Karana von ihnen lernen könnte!«

»Sie sind Mammutjäger!« gab der Junge verdrießlich zu bedenken.

»Wir müssen uns der Mammutjagd nicht anschließen. Wir können für unser eigenes Feuer jagen und uns selbst versorgen. Unsere Frauen werden es schätzen, wieder mit anderen Frauen schwatzen zu können. Sommermond hat noch nie Kinder in ihrem Alter gesehen. Und dieser Mann sehnt sich danach, wieder mit anderen Männern zu reden und auf die Jagd zu gehen.«

Verletzt fragte sich Karana, ob Torka ihn jemals als Mann betrachten würde. »Wenn Aliga krank ist, sollte sie nicht eine solche Reise machen.«

»Aliga fühlt sich schon erheblich besser, seit sie weiß, daß wir aufbrechen. Sie wird auf dem Schlitten fahren. Die Reise wird ihr nicht schlechter bekommen als ihre ständigen Befürchtungen.«

Der Junge schüttelte den Kopf und wollte Torkas Argumente nicht gelten lassen. »Lonit will auch nicht gehen.«

Torka seufzte. Mit Karana über dieses Thema zu reden war, wie gegen eine Felswand zu sprechen. Mit der Zeit würde er einsehen, daß Torka sich vernünftig entschieden hatte, vorher hatte es keinen Zweck, weiterzudiskutieren. Mit väterlicher Zuneigung klopfte er dem jungen Mann auf die Schulter. »Im Gegensatz zu Karana hat Lonit eingesehen, daß es nicht gut ist, einen Häuptling zu kritisieren, wenn er sich einmal entschieden hat.«

»Doch wird Torka auch in der Welt der Menschen noch Häuptling sein?«

Die Frage war ernüchternd für Torka. Als er keine Antwort darauf fand, drehte er sich um und ging.

Lonit hielt kniend den Speer zwischen ihren Schenkeln und strich mit ihren Handflächen über den glatten Schaft. Sie hatte die Waffe selbst gemacht. Torka hatte ihr gezeigt, wie man den Knochen einweichte, bis er geschmeidig war, und wie man ihn im Feuer formte und härtete. Er hatte ihr geholfen, die breite, schwere Spitze aus Obsidian zu bearbeiten. Sie erinnerte sich daran, wie oft sie gemeinsam über ihre Fehler gelacht hatten und wie er, als sie sich geschnitten hatte, ihre Hand geküßt und selbst den Stein fertigbearbeitet hatte, während sie ihm bewundernd zusah. Nachdem er die Spitze am Schaft befestigt hatte, begann der Unterricht, und nach einigen Wochen hatte sie mit diesem Speer ihr erstes Tier erlegt.

Sie seufzte und legte ihn zur Seite. In Zukunft würde sie diesen Speer nie wieder benutzen können. Im Land der Menschen standen den Frauen keine Speere zu, und sie gingen auch nicht mit ihren Männern auf die Jagd. Sie seufzte erneut und wandte sich den Werkzeugen und der Kleidung vor ihr zu, die sie auf die Reise mitnehmen würde. Die Winter- und Sommersachen waren auf verschiedenen Fellen ausgebreitet und würden in einzelne Pakete verpackt werden, die wiederum zu einem großen Bündel zusammengeschnürt mit Riemen an ihre Rückentrage aus Karibugeweihen befestigt würden. Es gab so viel, das sie mitnehmen wollte, aber auch so viel, das sie zurücklassen mußte. Niemals zuvor war sie lange genug in einem Lager gewesen, um die Annehmlichkeit persönlichen Besitzes kennengelernt zu haben, der nicht für die tägliche Routine der Nomadenexistenz lebenswichtig war. Niemals zuvor hatte sie einen Ort liebgewonnen, nicht nur weil die Jagd gut war, sondern weil er nun irgendwie zu ihr gehörte.

Sie lehnte sich zurück, legte ihre Hände auf ihre Schenkel und strich über ihr schönes Kleid aus ungewöhnlich grauem Elchfell. Sie hatte wochenlang daran gearbeitet, nachdem Torka ihr das Fell zum Geschenk gemacht hatte. Sie hatte mit der Fellseite nach außen und dem rohen Fleisch auf ihrer nackten Haut darin geschlafen, damit es während der Nacht ihre Hautöle aufnahm. Torka hatte gelacht und gesagt, daß statt des Elchfells sie selbst am nächsten Morgen aufgeweicht und bereit zum Abschaben sein würde. Doch sie hatte die Nacht überstanden und sich morgens sofort mit dem Schaber an die Arbeit gemacht.

Sie hatte ein geschärftes Schulterblatt eines Karibus benutzt, um das Fell zu strecken und geschmeidig zu machen. Aliga hatte sie verspottet und sie gefragt, wozu irgend jemand ein so weiches Kleid brauchte. Doch sie hatte ihr nicht gesagt, daß sie genug Zeit für einen solchen Luxus hatte und es als Herausforderung für ihre Geschicklichkeit betrachtete. Aber der wichtigste Grund war, daß Torka ihr mit dem Fell eine Freude gemacht hatte. Darauf war sie stolz, und wenn sie es trug, wollte sie, daß er sich ebenso über das Kleid freute wie sie sich über sein Geschenk gefreut hatte.

Nachdem das Fell gesäubert und gestreckt war, hatte sie es mit ihrem eigenen Urin getränkt und es in der frühen Herbstnacht gefrieren lassen. Sie selbst hatte drei Nächte lang daneben Wache gehalten, damit keine Tiere daran nagten. Am Morgen des vierten Tages konnte sie das Eis abklopfen, die letzte Schicht Unterhautgewebe entfernen und damit beginnen, es noch ein letztes Mal abzuschaben. Karana hatte sie interessiert beobachtet und gesagt, daß er es nicht für möglich gehalten hatte, daß Lonit noch bessere Felle als bisher machen konnte.

»Man kann alles immer besser machen«, sagte sie zu ihm. »Und Lonit hat nicht vergessen, was unser alter Umak immer gesagt hat: ›In neuen Zeiten muß man neue Wege gehen.‹ Das gilt auch für Frauen.«

Er hatte genickt und sich daran erinnert, daß auch seine Mutter einst hart gearbeitet hatte, um ihm ganz besondere Kleidung zu machen. »Die Jacke, die sie mir für meine erste Jagd genäht hatte, bestand aus vielen verschiedenen Fellen — ein Streifen für jedes Tier, das ein Jäger in seinem Leben einmal zu jagen hofft.«

Sie hatte die Traurigkeit in seinen Augen gesehen, als er von seiner vor langer Zeit gestorbenen Mutter sprach. Ohne in ihrer Arbeit mit dem Schaber innezuhalten, hatte sie sich geschworen, ihm wieder eine Jacke aus vielen verschiedenen Fellen zu machen, wenn ihr Kleid fertig war.

Sie hatte über ein Jahr gebraucht, bis sie die Felle beisammen hatte. Es waren zwar nicht alle Tiere dabei, die ein Jäger in seinem Leben zu jagen hoffte, aber zumindest die, die sie mit ihrem Speer und ihrer Steinschleuder erlegen konnte. Karana, Torka und Aliga sagten, daß sie noch nie eine schönere Jacke gesehen hatten. Doch Lonit zog immer noch ihr Kleid aus Elchfell vor, weil Torka ihr das Fell geschenkt hatte. Außerdem hatte sie es inzwischen mit vielen muschelförmigen Steinen verziert, die sie mit in das Tal der Stürme gebracht hatte.

Torka liebte es nicht nur, das Kleid zu berühren, sondern er mochte es so gern, daß er, wann immer sie allein waren, es ihr auszog und noch mehr Freude daran hatte, ihre Haut zu berühren.

Eine Frau mußte ein solches Kleid einfach lieben und auch den Mann, der sie über alles liebte. Doch er liebte sie nicht so sehr, daß er mit ihr in dem Land blieb, wo sie so glücklich gewesen waren.

Er kam gerade auf sie zu und blickte dabei in ihre Richtung, ohne sie jedoch zu sehen. Er blieb stehen, kniete sich hin und betrachtete das Reisegepäck und die Harnblasen mit Öl, die neben ihr lagen, und das Werkzeug, das auf den Fellen ausgebreitet war. Er nickte zustimmend, als er das Beil und die Ahlen sah, den Schaber und den Fellkamm, den Feuerbohrer und den kleinen Beutel mit getrockneten Flechten und Moos als Zunder. Außerdem hatte Lonit Riemen und Sehnen bereitgelegt, die Vogelnetze aus geflochtenem Moschusochsenhaar, den Fischspieß und die Köder und Angelhaken aus Knochen, die Fleischmesser und die Federkiele mit getrocknetem Blut, das mit Speichel wieder verflüssigt und als Klebstoff gebraucht werden konnte.

Torka runzelte die Stirn, als er die kleinere der beiden Lampen aus Speckstein sah. Es waren längliche, flache Gefäße, in die das Öl gegossen wurde, bevor kleine Moosdochte hineingelegt und entzündet wurden. Die kleine Lampe hatte er gemacht, kurz nachdem sie in das Tal gekommen waren und er Speckstein in den Hügeln entdeckt hatte. Sommermond hatte die Lampe umgeworfen, die seitdem durch einen Riß an der Seite leckte. Er hatte angenommen, daß Lonit sie weggeworfen hatte, als er ihr eine neue gefertigt hatte.

»Wir werden auf eine lange Reise gehen«, sagte er. »Die Lampe ist kaputt. Laß sie hier. Lonits Gepäck ist schon schwer genug.«

Er wollte sie gerade vom Fell nehmen, als Lonit seine Hand zurückhielt. »Dies war das erste Gerät, das Torka für seine Frau gemacht hat, als wir in das Tal kamen. Diese Frau möchte diese Lampe für immer behalten.« Sie zögerte und wagte es kaum, ihre nächsten Worte auszusprechen. »Genauso wie sie für immer in diesem Tal bleiben möchte.«

»Das geht nicht. Wegen Aliga müssen wir zurückkehren.«

Sie war enttäuscht. »Ja, so muß es sein.«

Er nahm ihre Hand in seine. »Hat Lonit keine Angst, in diesem Land zu bleiben, das sich bewegt und wo die Berge Feuer spucken?«

»Das Land bewegt sich, aber niemand wurde verletzt. Wir haben unser Lager wiederaufgebaut. Der Berg spuckt Feuer, aber weit von hier entfernt. Wer kann sagen, ob das Land sich nicht auch im Westen bewegt hat oder ob die Berge nicht auch dort Feuer gespuckt haben. In diesem Tal ist Torka der Häuptling. Unser Stamm mag klein sein, aber er ist gut, weil Torka stark ist. Das Leben ist gut, weil Torka gut ist. Zum erstenmal in ihrem Leben ist diese Frau vollkommen glücklich gewesen. Solang Torka an ihrer Seite ist, hat Lonit keine Angst.« An seinem Gesichtsausdruck erkannte sie, daß sie die falschen Worte gesprochen hatte.

»Und was ist, wenn Torka einmal nicht mehr an ihrer Seite ist? Wenn Torka eines Tages auf die Jagd geht und nicht wieder zurückkehrt? Hätte Lonit da nicht Angst, ganz allein in diesem Land, nur mit ihren Kindern, zwei Frauen und einem unerfahrenen jungen Mann?«

Sie wollte lügen. Sie wollte mutig erwidern, daß sie mit ihrem Speer und ihrer Steinschleuder jeder Gefahr trotzen konnte. Doch er würde die Wahrheit in ihren Augen erkennen. Ohne Torka hätte sie Angst, und nicht nur um sich selbst. Wenn die Kinder nicht wären, würde Lonit ohne ihn nicht mehr leben wollen.

Oder? Die Frage erschreckte sie. Es gab schlimmere Dinge als einen einsamen Tod, Dinge, über die sie nicht mit ihrem Mann oder den anderen Frauen sprechen konnte. Sie erinnerte sich an eine Nacht im Feuerschein und an einen weißgekleideten Mann, der schöner und geheimnisvoller als die Nacht selbst war. Er tanzte und wirbelte vor ihr herum und sagte ihr, daß sie wunderschön war. Er forderte sie auf, Torka den Rücken zuzukehren und mit ihm an das Feuer des Zauberers zu kommen. Sie erinnerte sich auch daran, daß sie das Verlangen gehabt hatte, seine Hand zu nehmen, mit ihm in die Nacht hinauszugehen und bei ihm zu liegen, ohne jemals wieder zurückzublicken.

Davor hatte sie Angst, größere Angst als vor dem Tod — daß sie in einem kurzen Augenblick fast bereit gewesen wäre, alles aufzugeben, das sie liebte und das ihr Leben lebenswert machte.

Torka mißverstand ihr Schweigen und nickte. Er sah die Angst in ihren Augen und küßte sie sanft auf die Lider. »Es ist gut, daß Lonit in diesem Land so mutig gewesen ist. Und Torka hat Angst um uns alle, so lange, bis er auf der Großen

Versammlung Sicherheit in einem anderen Stamm gefunden hat.«

Er drückte sie an sich. Er liebte es, sie festzuhalten und die Süße ihrer Haut und ihr langes, schwarzes Haar zu riechen, das sie mit duftendem Wermutöl eingerieben hatte, und ihre vollen, festen Brüste an seiner Brust und ihr glattes Elchfellkleid unter seinen Händen zu spüren. Sie schaffte es immer wieder, sein männliches Begehren zu wecken, besonders wenn sie dieses Kleid trug. Seine Hände fuhren ihren Rücken hinunter und umfaßten ihre Hüften. Sie kehrten zu ihren Schultern zurück und begannen an den Verschnürungen ihres Kleides zu nesteln, bis er innehielt. Die Erdhütten waren abgerissen, und Aliga, Iana, Karana und die Kinder konnten sie sehen, während sie ihr eigenes Reisegepäck zusammenstellten und auf seine Kontrolle warteten.

Er löste sich von Lonit, als er plötzlich verstand, warum sie dieses Kleid und nicht ihre schwerere und praktischere Reisekleidung angezogen hatte. Er schüttelte den Kopf und sah sie mit verliebten Augen an. »Lonit muß ihre Reisekleidung anziehen. Dieser Mann wird sich nicht von seinem Entschluß abbringen lassen. Und niemals wird er zulassen, daß Lonit mit einem anderen Mann die Schlaffelle teilt. Ob in diesem Tal oder in der Welt der Menschen, ob im Kleid aus Elchfell oder nicht, du bist Torkas Frau für immer und ewig.«

Sie senkte den Kopf und war erschüttert von der Liebe, die sie in seinen Augen gesehen hatte. Gleichzeitig fürchtete sie, er könnte die Unentschlossenheit und die Untreue in ihren Augen sehen. Wenn Navahk zur Großen Versammlung kam und wieder vor dem Feuer tanzte, wußte sie nicht, ob sie ihm noch einmal widerstehen konnte.

An dem endlosen Tag des Polarsommers führte Torka seinen kleinen Stamm aus dem Tal heraus. Das Gelände war nicht unbedingt für schwer bepackte Reisende mit einem Schlitten geeignet, so daß sie nur langsam vorankamen. Die Hunde liefen ihnen voraus. Aar, Schwester Hund und drei Welpen trugen ebenfalls Gepäck und blickten sich oft um, als verstünden sie nicht, warum die Männer und Frauen ihres Rudels so lange brauchten.

Sie zogen durch den schmalen Durchgang, der sich zum Tal der Stürme öffnete. Sie mußten sich gegen einen Wind stemmen, der sie scheinbar zu ihrem Lager zurücktreiben wollte.

»Siehst du?« fragte Karana. »Die Windgeister wollen, daß wir bleiben.«

»Und die Überlebensgeister sagen Torka, daß wir weiterziehen sollen.«

Hinter den Pfählen und Fallgruben, die sie so lange vor Raubtieren geschützt hatten, blieben sie stehen. Vor ihnen lagen die riesigen glänzenden Wände der Wandernden Berge, die wie stumme Wächter das Grasland säumten. Im Westen war der Rauchende Berg zu sehen, über dem jedoch keine Rauchwolke mehr stand. Über all dem schien die Sonne, wie auch über Lebensspender, dem großen Mammut.

Mit seiner Schulterhöhe von fast sechs Metern stand es etwa eine Meile entfernt auf einer Anhöhe. Lebensspenders massiver Kopf war erhoben, seine Ohren zuckten, und zwischen den geschwungenen Stoßzähnen hatte es den Rüssel eingerollt.

»Seht! Der Große Geist ist aus dem Tal gekommen!« rief Aliga, die auf dem pelzgefütterten Schlitten aus zusammengeknoteten Karibugeweihen lag.

Karana legte genauso wie Torka seine Deichsel des Schlittens ab. »Der Große Geist fragt sich, warum wir das Tal in Richtung der Welt der Menschen verlassen wollen, die ihn und uns jagen würden, wenn sie Gelegenheit dazu haben.«

Torka versetzte dem jungen Mann einen heftigen Stoß gegen die Schulter. Karana ließ sich davon nicht einschüchtern, sondern wagte es erneut, den Mann zu kritisieren.

»Du weißt, daß sie es tun werden!« beharrte er. »Torka ist anders als andere Männer, er kann nicht in einem Stamm leben. Er muß ihn anführen. Daher werden die anderen immer wieder versuchen, Torka zur Strecke zu bringen oder ihn zu vertreiben.«

In den Worten des Jungen war eine Wahrheit, der Torka nicht

124 ·

ins Auge sehen wollte. »Torka hat nicht die Absicht, die Autorität von Männern, die älter und weiser als er sind, in Frage zu stellen. Torka wird wieder in einem Stamm leben! Diesmal wird Torka vorsichtig sein, um keinen Anstoß zu erregen.«

Der Junge schnaubte. »Wenn Navahk auch bei der Großen Versammlung ist, wird er versuchen, dir in die Quere zu kommen.«

»In der Menschenmenge auf der Großen Versammlung wird Navahk nur ein Mann unter vielen sein. Dieser Mann wird nicht wieder auf ihn hereinfallen und auch keine Angst vor ihm haben. Navahk mag ein Zauberer sein, Karana, aber er ist letztlich auch nur ein Mensch.«

»Er ist ein sehr schlechter Mensch.«

Torka schüttelte den Kopf und beendete damit das Gespräch. »Komm jetzt!« sagte er streng und war dem Jungen böse, daß er Lonit wieder beunruhigt hatte. »Torka hat lange genug darüber nachgedacht, und deshalb sagt er jetzt zu Karana: Kann ein einzelner Mensch wirklich so schlecht sein?«

Sie gingen weiter, bis sie müde wurden. Im Licht des endlosen Tages legten sie ihr Gepäck ab, aßen eine leichte Mahlzeit aus dem Reiseproviant und legten sich schlafen.

Doch Karana konnte nicht schlafen. Während Aar zusammengerollt an seiner Seite träumte, saß er mit dem Rücken zum Wind und hatte die Arme um die Knie geschlungen. Er sah zurück in Richtung ihres Tals.

Das Mammut war immer noch dort und graste allein am Fuß der Anhöhe vor dem Eingang zum Tal. Karana konnte nicht sagen, warum er plötzlich aufstand, Aar weckte und dem Tier entgegenlief. Das helle Sonnenlicht schien ihn für alles außer dem Mammut blind gemacht zu haben.

Als er weit genug von seinen Mitreisenden entfernt war, verfiel er in einen Dauerlauf. Er lief durch geschmolzenes Gold, das Gold der Sonne über ihm und des Grases ringsherum. Karana rannte weiter, während die Meilen zwischen ihm und dem großen Mammut schrumpften.

125

Das Tier hob den Kopf und beobachtete, wie er näherkam. Es schaukelte unruhig und hob seine gewaltigen Stoßzähne, die die Sonne zu berühren schienen.

Karana blieb weniger als eine Speerwurfweite entfernt stehen. Aber er war unbewaffnet gekommen und stand sichtbar mit leeren Händen da. Sein Herz klopfte laut, und sein Atem kam in keuchenden Stößen.

Das Mammut senkte den großen Kopf und fixierte den Jungen mit seinen uralten Augen.

Karana erwiderte den Blick. Er war so nahe, daß er die stumpfen Spitzen der Stoßzähne und die Narbe an seiner Schulter erkennen konnte, die Torkas Speer vor so vielen Jahren verursacht hatte. Er entdeckte sogar die abgebrochene Spitze des Speers im dichten Fell des Tieres.

Aar blickte mit seinen blauen Augen neugierig von Karana zum Mammut. Er schnüffelte und erkannte am Geruch des Mammuts, daß Karana keine Gefahr drohte — solange er blieb, wo er war.

Doch langsam und mit erhobenen Armen ging der Junge weiter und gab dem Hund den leisen Befehl zurückzubleiben. Aar zitterte vor Verwirrung und Verzweiflung, aber er gehorchte.

Das warme Licht der Sonne erfüllte Karana, als er wie in Trance über das goldene Land ging. Sein Geist war so offen wie das weite Grasland und so frei und leicht wie der Geisterwind, der in seinem Kopf flüsterte.

»Ich werde zurückkommen!« rief er dem Mammut, dem Land und den Bergen zu. Der Wind trug seine Stimme fort bis in ihr Tal, wo sie über die vertrauten Hügel und Teiche strich.

Hinter ihm winselte Aar mit eingezogenem Schwanz und gesträubtem Fell. In diesem Augenblick kam ihm Karana wie ein Fremder vor, nicht wie ein Junge, sondern wie ein Mann, wie ein Zauberer mit großer Macht und ohne Furcht.

Das Mammut kam auf ihn zu, doch Karana wich nicht zurück. So wie er seine Arme erhoben hatte, hatte das Mammut seinen Rüssel erhoben. Und im goldenen Licht der Sonne berührte Karana die Spitzen der großen Stoßzähne mit seinen Händen und nannte das Mammut seinen Bruder.

»Ich werde zurückkommen!« schwor er noch einmal. »Und im Land der Menschen werde ich weder meinen Speer gegen deinesgleichen erheben noch von deinem Fleisch essen oder dein Blut trinken. Du bist mein Totem, Lebensspender, für immer!«

2

Tausende von Meilen weit seufzte der Wind über das Land, und Navahks Stamm seufzte mit ihm. Obwohl es der Tradition widersprach, war ihr Zauberer jetzt auch der Häuptling. Er hatte diese Stellung errungen, nachdem er in der Haut des Windgeistes in das Lager gekommen war und erklärt hatte, daß Supnahs Arm und Kopf für immer verloren waren und der ehemalige Häuptling in dem Stamm nie wiedergeboren werden konnte. Navahk hatte nicht erklärt, wieso ein Geist eine Haut oder eine feste Gestalt besaß, doch niemand hatte eine Erklärung verlangt. Navahks Macht in dieser und der anderen Welt war unanfechtbar.

Er stand jetzt mit erhobenen Armen vor der Sonne und war nur in seinen Federschmuck gekleidet: die weiße Eulenfeder, die die Stirnlocke seines knielangen Haars verzierte, der Häuptlingsreif aus Federn von Adler, Falke und Kondor um seine Stirn und die breite Halskrause mit dem bizarren krallenbesetzten Saum, die einst Supnah getragen hatte.

Die Menschen seines Stammes saßen um ihn herum und machten einen Gesang aus ihrem Seufzen, zu dem sie in einem langsamen Rhythmus mit den Händen auf ihre Schenkel schlugen. Der Gesang paßte zum tiefen Summen der Fliegen, die die Trockenrahmen mit steifen Fleisch- und Fischstreifen umschwirrten.

Es war die Jahreszeit, in der die Karibus ihr Fell wechselten, lange nachdem die Herden normalerweise nach Norden zogen, um zu kalben. Navahks Stamm hatte an einem der Wander-

127

wege sein Lager aufgeschlagen, als es noch Supnahs Stamm gewesen war. Jetzt wußten sie, daß es Supnahs Schuld war, daß die Karibus nicht gekommen waren. Navahk hatte es ihnen erzählt und auch, daß die Geister Supnah seit langem nicht mehr günstig gewogen waren. Deshalb hatten sie den Windgeist geschickt und Navahks Speer weit fliegen lassen, um ihn zu töten. So konnte Navahk jetzt mit ihnen Zwiesprache halten, als er nackt unter der Sonne stand und ausdruckslos den Bittgesängen seines Stammes zuhörte.

Ihr Sprechgesang hatte, wie es für eine festliche Gelegenheit üblich war, Navahk zum Thema. Sie sangen davon, wie er vom Berg des Wanawut zurückgekehrt war und die Haut des Geistes trug, der seinen geliebten Bruder getötet hatte. Sie sangen davon, wie er die fünftägige Totenwache für Supnah abgehalten hatte und wie er sie dann, um seinen Wert als Jäger zu beweisen, auf einen erfolgreichen Jagdzug geführt hatte. Sie sangen davon, wie sie die kleineren Karibuherden gefunden hatten, die sich von der Hauptgruppe getrennt hatten.

Der Rhythmus ihres Gesangs wurde schneller. Die Männer rühmten sich damit, Navahk von einem Jagdlager zum nächsten gefolgt zu sein und Karibus getötet zu haben, bis es keine mehr gab. Sie erwähnten jedoch nicht, daß es nur kleine Gruppen aus Kühen und Kälbern gewesen waren. Auf keinem dieser Jagdzüge hatten sie so viel Beute gemacht wie unter Supnah, wo sie oft monatelang in einem Lager bleiben konnten. In ihrem Gesang fragten sie die Geister nicht, warum die großen Karibuherden nicht in diese Gegend der Tundra zurückgekehrt waren. Sie fragten die Mächte der Schöpfung nicht, warum die Geister der Bisons, Elche und Moschusochsen nicht dort grasten, wo der Stamm sie aufspüren und jagen konnte. Statt dessen priesen sie die Geister der Karibus, ohne zu erwähnen, daß die Tiere von Mücken zerstochen und ihr wertvolles Winterfell schon lange vom festen und kurzen Sommerfell ersetzt worden war, aus dem sich nur Stiefel und Beutel herstellen ließen. Statt dessen sangen sie davon, wie die Menschen zu jeder Jahreszeit dankbar für das Fleisch und den Zauberer war, der sie anführte.

Sie priesen die Jahreszeit, in der zwei ihrer Mädchen zur Frau

geworden waren und sangen zu den Geistern der Eulen, Schneehühner, Hasen und Füchse, die ihr weißes Winterfell gegen
unscheinbares braunes oder graues Fell eingetauscht hatten.
Der Gesang wurde noch schneller und prahlerischer und
warnte die Geschöpfe der Tundra, daß ihre neuen Felle keinen
Unterschied machen würden. Denn Navahk war der Häuptling
dieses Stammes! Die Tiere der Tundra mußten sich vorsehen,
sonst würde der Zauberer sie zum Sterben in die Fallen und
Netze und vor die Speere der Männer rufen. Kein Tier oder
Geist konnte sich Navahks Befehl widersetzen, nicht einmal der
Wanawut!

Ebensowenig wie die zwei neuen Frauen, Pet und Ketti, die
im blauen Rauch der Hütte des ersten Blutes warteten. Nach
dem Ritual am Ende dieses Tages, das die Entjungferung der
zwei Frauen durch den Zauberer beinhaltete, würde die Hütte
verbrannt werden, und der Zauberer würde ihre neue Stellung
innerhalb des Stammes verkünden.

Mahnie hatte Angst. Sie saß neben ihrer Mutter auf der Frauenseite am Feuer und beobachtete, wie Ketti und Pet starr vor
Angst aus der Hütte des ersten Blutes vor den Zauberer geführt
wurden.

Auf der gegenüberliegenden Seite des Feuers blickten die
Männer mit verzückt und hungrig leuchtenden Augen, als würden sie nicht Mädchen, sondern Jagdwild sehen. Ihr Gesang
wurde immer lauter und angespannter. Es schien fast, als hätten
sie noch nie eine nackte Frau gesehen.

Mahnie fuhr sich mit der Zunge über die Lippen und spürte
die Hitze der Sonne auf ihrem Kopf. Sie hatte leichte Kopfschmerzen und legte sich schützend eine Hand auf ihr Haar. Sie
war verblüfft, wie heiß es war. Sie war ebenso verblüfft, als
Wallah ihre Hand packte und sie wieder auf ihren Schenkel
zurücklegte. Als sie zu ihrer Mutter aufblickte, sah sie eine
Warnung in ihren dunklen Augen. Es bedeutete, daß sie sich
zusammennehmen mußte. Als sie wieder in das Klatschen und
Singen der anderen einfiel, hatte sie immer noch Angst.

Mahnie mochte den Gesang nicht. Er klang unaufrichtig, und außerdem hatten die Männer den ganzen Textteil. Die Frauen begleiteten sie lediglich mit einem langweiligen Geräusch des Ein- und Ausatmens. So klangen sie eher wie geistlose Tiere bei der Geburt. Unter dem dünnen Leder ihres Rocks wurden ihre Schenkel allmählich taub, als sie immer wieder mit den Händen daraufschlug. Der Gesang nahm kein Ende.

Immer noch stand der Zauberer regungslos in der Mitte des Kreises. Sein Körper war eingeölt, um stechende Insekten abzuhalten, und er hatte den Kopf zurückgeworfen. Vor ihm auf der schrecklichen Haut des Wanawut waren die Dinge ausgebreitet, die er bald brauchen würde. Er stand so regungslos da, daß er wie tot aussah, wenn sie nicht den Pulsschlag an seinem Hals und das leichte Pulsieren seines angeschwollenen, aufgerichteten Gliedes gesehen hätte.

Sie starrte sein Organ an und mochte überhaupt nicht, was sie sah. Nackt zu sein war etwas durchaus Übliches im Stamm, zumindest im Innern der Erdhütten. Sie hatte die Männer des Stammes immer wieder nackt gesehen, genauso wie sie selbst gesehen worden war. Doch noch nie hatte ein Mann sich so zur Schau gestellt, und noch nie hatte sie ein so angeschwollenes Organ gesehen, das über den Nabel des Zauberers hinausragte und sich leicht bewegte, als hätte es ein eigenes Leben.

Der Anblick beunruhigte sie wie auch die ganze Atmosphäre der bevorstehenden Zeremonie. Tagelang hatte es kein anderes Gesprächsthema im Stamm gegeben, seit Pet und Ketti gleichzeitig ihre erste Monatsblutung bekamen und die Frauen in aller Eile die Hütte des ersten Blutes errichtet hatten. Zuerst war sie neidisch gewesen, denn mit elf Jahren war sie fast genauso alt wie die beiden. Ihre Mutter hatte sie damit getröstet, daß es schwer vorauszusagen war, wann ein Mädchen zum erstenmal blutete, besonders in der Hungerzeit. Im Hungermond hatten viele Frauen überhaupt keine Monatsblutung. Und in einem Stamm, aus dem vor Jahren fast alle Kinder ausgestoßen worden waren, war jeder begeistert gewesen, als es zuerst bei Ketti und dann bei Pet endlich soweit gewesen war.

130

Mahnie hatte es als ungerecht empfunden. Die drei hatten bisher immer alles gemeinsam gemacht. Wallah hatte sie an sich gedrückt und gesagt, daß ihre Zeit früh genug kommen würde. Bis dahin konnte Wallah sich darüber freuen, daß sie noch eine Weile ihr kleines Mädchen für sich hatte. Doch Mahnie wollte kein kleines Mädchen mehr sein, wenn Pet und Kettie Frauen waren. Schmollend hatte sie dem Wirbel zugesehen, der um ihre Freundinnen gemacht wurde.

Jeder war glücklich, ganz besonders Grek. Ihr Vater hatte seit Jahren ein Auge auf Supnahs Tochter Pet geworfen. Und seit Jahren hatten die zwei Mädchen darüber gekichert.

»Wenn ich vor dir meine Monatsblutung habe, werde ich mit deinem Vater die Schlaffelle teilen. Wir werden in derselben Hütte wohnen, und du mußt mich Mutter nennen!«

Wenn Grek nicht in Hörweite war, zog Mahnie ihre Freundin oft damit auf, daß sie sie Mutter nannte. Pet erwiderte das Spiel und nannte sie Tochter, wobei sie ihre Stupsnase reckte und ihr Befehle gab und ihr mit Greks Bestrafung drohte, wenn sie nicht gehorchte. Als Wallah es gehört hatte, mußte sie lachen. Sie mochte Supnahs hübsche, sanftmütige Tochter. Es würde keine Eifersucht an Greks Feuerstelle geben. Je mehr Frauen am Feuer eines Mannes lebten, desto geringer war der Arbeitsanteil für jede.

Drei Tage lang war Mahnie auf ihre Freundinnen und die Blutgeister böse gewesen, die es ihr verwehrt hatten, gemeinsam mit Pet und Ketti in der Hütte des ersten Blutes zu wohnen. Doch im Laufe der Tage hatte sich die Freude der Frauen in eine stille Besinnlichkeit verwandelt. Manchmal, wenn jemand zu laut sprach, sprangen die Frauen auf und flüchteten wie erschrockene Antilopen.

Auch die Männer hatten sich verändert und waren wachsam und voller unausgesprochener Geheimnisse. Und der Zauberer war seit Tagen in seiner eigenen Hütte verschwunden, um sich auf das Ritual vorzubereiten.

Mahnie fragte ihre Mutter nach dem Grund für diese Aufregung, aber plötzlich war Wallah genauso nervös und ausweichend wie alle anderen geworden. Also fragte sie Grek, der,

131

nachdem er Wallah nicht finden konnte, sein Bestes gab, als Mann Frauenweisheit zu erklären.

»Es hat mit der Aufnahme der Frauen in den Stamm zu tun.«

Sie spürte, daß auch er ihr auswich, was eigentlich nicht seine Art war. Selbst als Navahk Häuptling geworden war, obwohl jeder wußte, daß Grek für diesen Posten ausersehen war, hatte er zwar nicht seine Enttäuschung verbergen können, der verlorenen Sache aber auch nicht lange nachgehangen. Als Wallah ihn trösten wollte, hatte er sie weggestoßen und einfach nur gesagt, daß die Geister bestimmt hätten, wer den Stamm anführen sollte, und man durfte nicht mit den Geistern streiten.

Und Mädchen stritten sich nicht mit ihren Vätern. Doch Mahnie war Greks einziges überlebendes Kind. Sie war zwar kein Junge, aber er liebte sie trotzdem, und das wußte sie. Also bohrte sie weiter. »Sind die Mädchen denn noch keine Mitglieder des Stammes?«

Er hatte sie eine Weile zögernd angesehen, bevor er auf ihre Frage antwortete. »Als Mädchen schon, aber noch nicht als Frauen. Seit Anbeginn der Zeiten ist es die Aufgabe des Häuptlings, jedes Mädchen durch das Blutritual in den Schutz des Stammes aufzunehmen oder ihr durch die Verweigerung des Blutrituals diesen Schutz zu verwehren.«

»Blutritual?«

»Das erste Eindringen. Das geschieht durch den Zauberer. Dann muß der Häuptling als zweiter eindringen. Und wenn er die Frau nicht für seine eigenen Schlaffelle behalten will, kann ihr Vater sie endlich loswerden, indem er sie dem Mann überläßt, der ihm am meisten für sie bietet.«

»Will Grek Mahnie loswerden?«

»Natürlich! Du bist doch ein Mädchen, oder?«

Sie hatte seine Liebe hinter dem aufgesetzten bösen Gesicht gesehen, doch das hatte sie nicht aufgemuntert. Das Blutritual erschien ihr wie etwas, um das sie ihre Freundinnen beneidete. »Grek hat gesagt, daß der Häuptling ihr den Schutz des Stammes verwehren kann. Heißt das, daß ihre Seele für immer dem Wind überlassen wird?«

»So etwas Ähnliches, aber das ist seit Anbeginn der Zeiten nicht mehr geschehen.«

»Aber es ist geschehen?«

»Nicht, solange sich dieser Mann erinnern kann. Nicht, seitdem Supnah Häuptling ist.«

»Jetzt ist Navahk Häuptling.«

Der Himmel ergoß seine Hitze über das Land.

Navahk sah hinauf, direkt in das geschmolzene Auge der Sonne, und dann hindurch, zur anderen Seite des Himmels, zum endlosen brennenden Meer der Macht, das dahinter lag.

Hitze und Licht strömten durch ihn hindurch und brannten in seinen Augen, aber er blinzelte nicht. Er zog daraus seine Kraft, genauso wie er Kraft aus der Flamme des Lagerfeuers und dem kalten, fernen Licht der Sterne und den verwirrenden Mustern der Polarlichter zog, vor denen sein Stamm solche Angst hatte. Auch aus ihrer Angst zog er seine Kraft.

Er schloß die Augen. Die Sonne drang durch seine Lider und verströmte ein Meer aus rotem, gelbem und weißem Licht. Genau wie das Meer aus Hitze hinter dem Auge der Sonne bestand es aus purer Macht. Wenn er gekonnt hätte, wäre er hinaufgeflogen, um in diesem Meer zu schwimmen und darin verwandelt und gehärtet zu werden, wie ein Speerschaft in glühenden Kohlen geformt wurde.

Die Vorstellung gefiel ihm. Er spürte, wie die Kraft der Sonne seine Männlichkeit, seinen Stolz und seine Macht über den Stamm und die zwei jungen Frauen anschwellen ließ, deren Schicksal in seiner Hand lag. Er öffnete seine Augen wieder und ließ das Licht und die Hitze in sich hineinströmen, als wäre es Blut, das er aus einem lebenden Tier aussaugte.

Es brannte, und er lächelte. Schmerz war etwas Köstliches. Langsam richtete er seinen Blick auf die zwei Mädchen. Ketti war trotz ihrer Angst fröhlich und eifrig. Pet hatte die Augen weit aufgerissen, und ihre Lippe zitterte. Er verachtete Pet, denn er sah seinen Bruder in ihrem Gesicht.

Sie sah den Haß in seinen Augen, und aus ihren Lippen wich das Blut.

Er lächelte immer noch und kniete sich dann hin. Der Gesang des Stammes hörte auf. Die vollkommene Stille war für ihn wie ein neuer Gesang. Aus der Haut des Wanawut zog er das Horn des Ersten Mannes, einen dick eingefetteten Phallus, der angeblich das Glied des ersten Menschen der Welt war. Es war jedoch kein Penis, sondern der knöcherne Auswuchs auf der Nase eines offenbar riesigen Wollnashorns. Die breite Wurzel war entfernt worden, so daß nur noch ein zwölf Zoll langes, gebogenes und spitzes Horn übrig war. Durch generationenlangen Gebrauch war es geglättet worden und von einer Schicht aus Fett, Blut und getrockneten Körperflüssigkeiten geschwärzt.

Navahk stand auf und hielt das Horn, als wäre es sein eigenes Organ. Er ging im Kreis um die beiden Mädchen herum und blieb vor Ketti stehen.

Hinter sich hörte er Gemurmel, als Ketti die Stellung einnahm, die die Frauen ihr beigebracht hatten. Mit gebeugten Knien, hochgestreckten Hüften und gespreizten Beinen wartete sie.

Er sah sie mit Interesse an, weil ihr Mut ihn ärgerte. Ihr nackter Körper erregte ihn nicht. Wenn sein Organ erigiert war, dann durch das Gefühl der Macht, das die Zeremonie ihm verlieh. Er freute sich nicht darauf, die Schlaffelle mit ihnen zu teilen, sondern auf das Blut. Das Horn fühlte sich glatt und warm in seiner Hand an. Seine Lippen spannten sich über seinen Zähnen. Er hob das Horn und sah, wie das Mädchen in Erwartung des Schmerzes die Zähne zusammenbiß und die Augen schloß.

Der Zauberer sah keinen Grund, sie zu enttäuschen oder das Blutritual zu ihrer Freude oder der der Zuschauer in die Länge zu ziehen. Als Supnah noch lebte, hatte Navahk es getan, um seinen Bruder zu befriedigen. Doch jetzt war Supnah tot, und Navahk wollte seine eigene Befriedigung. Sein Arm fuhr herunter, und das Horn stieß schnell und heftig hinein. Wenn das Mädchen sich bewegt hätte, wäre womöglich ihre Gebärmutter verletzt worden. Aber sie hatte sich nicht bewegt, die Frauen hatten sie davor gewarnt.

Navahk war enttäuscht. Knurrend hob er das blutige Horn. Der ganze Stamm jubelte. Kettis gesamter Körper errötete vor Erleichterung und Stolz. Sie hatte es überlebt, ohne ein Schluchzen oder eine Träne! Sie sah Mahnie zwischen den Frauen und strahlte sie vor Stolz an, als Navahk verkündete, daß Ketti nun als Frau in den Stamm aufgenommen war.

Nun war Pet an der Reihe. Das Mädchen war totenblaß. Sie nahm widerstrebend die unterwürfige Stellung ein und zitterte so heftig, daß sie sich kaum auf den Beinen halten konnte. Ihre Knie gaben nach, richteten sich wieder auf und zitterten mitleiderregend. Neben ihr hatte Ketti sich zu voller Lebensgröße aufgerichtet und zeigte Pet damit, daß das Schlimmste bald vorbei wäre. *Sei tapfer*, sagten ihre Augen. *Hab keine Angst! Es ist gar nicht so schlimm!*

Navahk sah von Kettis glattem runden Gesicht zu Pets ausdrucksstärkerem und hübscherem. Wieder erkannte er seinen Bruder in ihr. Und sich selbst. Und Karana. Sie hatte dieselben Augen, dieselbe Nase und denselben Mund. Wieder kam ihm der Gedanke, ob er sie gezeugt haben könnte. Er hatte oft genug heimlich mit Naiapi verkehrt, so daß es durchaus möglich war.

Er mußte daran denken, daß er und sein Bruder die Kinder vieler Generationen von Zauberern waren. Wie viele ihrer Väter hatten genauso wie er mit dem heiligen Horn des Ersten Mannes dagestanden? Karana hätte die Antwort gewußt. Die Sonne hätte ihm das Wissen gegeben, nach dem Navahk immer noch strebte.

Er hatte lange nicht an den Jungen gedacht, aber jetzt sah er Karana in Pets Gesicht. In seinen Träumen besuchte der Junge die andere Seite des Himmels und war noch viel zu unschuldig, um es zu erkennen. In Pets Augen stand eine ähnliche Unschuld.

Die Sonne brannte ihm heiß auf dem Rücken und begann, ihm seine Kraft auszusaugen. Seine zunehmende Wut vermischte sich mit Haß und Eifersucht. Daraus schöpfte er neue Kraft. Sein Arm mit dem blutigen Horn hob sich. Er hatte die Macht, die Macht des Häuptlings und des Zauberers, die Macht über Leben und Tod. Sein Arm fuhr mit der Kraft eines

Speerwurfs hinunter und trieb die zwölf Zoll Horn durch ihren Unterleib bis in ihr Herz.

Naiapi schrie. Sie blieb unter den Frauen auf ihrer Seite des Feuers und rannte nicht zu ihrem Kind, als Navahk das Horn aus der blutigen Brust des Mädchens riß. Pet hatte einen schnellen Tod gehabt, obwohl sie noch im letzten Augenblick Schande über sich und ihre Mutter gebracht hatte, als sie über den unvermittelten Stoß aufschrie. Navahk ging langsam zur Frauengruppe hinüber, wo sich Naiapi vor ihm auf den Boden warf. Die Frau wartete darauf, von ihm getötet zu werden. Seit Supnahs Tod hatte Naiapi fast als Außenseiterin im Stamm gelebt. Da sie mit dem Kind eines Toten schwanger war, lud kein anderer Mann sie in seine Schlaffelle ein. Sie war zu Navahk gekommen und hatte ihm gesagt, daß ihr Kind auch von ihm sein könnte und daß sie ihm Tag und Nacht als Frau zur Verfügung stehen würde. Doch er wollte weder sie noch ihr Baby oder ihre Tochter. Sie und Pet hatten getrennt gelebt und waren Navahk dankbar, daß er sie duldete. Sie wußten, daß Pet bald als Frau an Greks Feuer ziehen würde und daß die hübsche Naiapi, sobald ihr Kind geboren und ausgesetzt war, wenn es kein Junge war, mit Sicherheit von einem der Jäger unter seinen Schutz genommen wurde — wenn Navahk es zuließ und sie nicht für sich selbst behielt.

Doch jetzt würde das niemals geschehen, denn Naiapi hatte im Augenblick des Todes ihrer Tochter geschrien. Sie war verzweifelt. Wenn sie doch nur erneut die Tradition brechen und ihnen sagen könnte, daß ihr Schrei kein Protest, sondern ein überraschter Freudenschrei gewesen war. Sie hätte das Kind schon nach der Geburt ausgesetzt, wie sie es auch mit den vier anderen gemacht hatte. Doch Supnah hatte darauf bestanden, das Kind zu behalten. Pet war der lebende Beweis, daß sie keine Söhne zur Welt bringen konnte. Deshalb verachtete Naiapi ihre Tochter. Navahk hätte sie schon vor Jahren töten sollen, anstatt sie am Leben zu lassen, damit der Häuptling über Karanas Aussetzung hinweggetröstet wurde.

Sie blickte Navahk unverwandt an. Wenn doch nur er und nicht Supnah sie zuerst gesehen hätte, als ihr Stamm zur Großen Versammlung kam. Sie war froh, daß Supnah tot war.

Der Zauberer blieb vor ihr stehen.

Der Stamm sah zu und wartete darauf, daß Navahk erneut das Todesurteil vollstreckte. Doch der Zauberer lächelte. Die Frau zu seinen Füßen beeindruckte ihn. Sie war stark und mutig. Ihre hungrigen Augen zeigten selbst im Angesicht des Todes ein offenes sexuelles Verlangen. Sie war hübsch, obwohl sie nicht mehr jung war und ihr Körper die Spuren vieler Schwangerschaften trug. Viele Männer warteten nur darauf, daß Naiapi endlich Suprahs Kind los war, so daß sie um sie werben konnten.

Navahk blickte zur Männerseite hinüber. Greks Wut war nicht zu übersehen. Er hatte Pet unbedingt gewollt, so wie die anderen Naiapi wollten. Navahk hätte Lust gehabt, die Frau auf der Stelle zu töten. Doch im Gegensatz zu Pet hätte ihr Tod ihm nichts genützt. Zu viele machten sich Hoffnung auf sie, und er würde sie vor den Kopf stoßen, wenn er ihnen diese Hoffnung nahm.

Er lächelte wieder Naiapi an. Sie würde am Leben bleiben, doch wie die wilden Hengste der Steppe würde Navahk nicht zulassen, daß irgendwelche Nachkommen Supnahs überlebten und ihn seiner Kräfte beraubten. Die Männer würden nichts gegen die Abtreibung des Kindes einzuwenden haben. Wenn sie es überlebte, würden sie ihm für die Reinigung der Frau danken.

Und die Frau selbst schien ihm ebenfalls dankbar zu sein. Sie hatte die leichte Veränderung in seinem Gesichtsausdruck gesehen, an dem sie erkannte, daß sie am Leben bleiben durfte. Sie zitterte, aber es war nicht vor Angst. Ihre Augen strahlten erwartungsvoll, als wäre das Folgende kein Schmerz, sondern ein Vergnügen für sie. Sie wußte um ihren Ruf als Frau, die mit ihren eigenen Händen und ohne Trauer zu zeigen freiwillig vier ihrer Kinder ausgesetzt hatte. Im schlimmsten Todeswinter war sie hinter dem Rücken seines Bruders zu ihm gekommen und hatte ihn gebeten, das Leben ihrer Tochter nicht zu verschonen. Sie hatte sogar die Andeutung gewagt, er könnte der Vater sein. Wenn er von Supnah verlangte, er solle sein Kind aufgeben, sollte er bei seinem eigenen ebenfalls dazu bereit sein. Sie hatte ihm erzählt, daß sie keine Töchter mehr wollte und sich ihm angeboten hätte, damit er ihr einen Sohn schenkte. Er hatte überlegt, ob er sie dafür töten sollte und bedauerte es, sich anders entschieden zu haben, als sie sich ihm erneut anbot. Sie kniete sich mit gespreizten Beinen und leichten, herausfordernden Bewegungen hin. Als sie ihre Arme zurückwarf und ihren weiten Unterleib entblößte, verzog sich ihr Mund zu einem wahnsinnigen, erwartungsvollen Lächeln.

»Töte es!« flüsterte sie mit zischender Wildheit.

Ihre sexuelle Leidenschaft für den Schmerz erregte ihn. Sein Organ schwoll pulsierend an, als er ihr den Gefallen tat. Mehrere Male trat er mit dem Fuß in ihren Unterleib.

Obwohl sie zu Boden stürzte und vor Schmerz keuchte, lächelte sie zu ihm auf. »Mit dem Horn . . . !« bat sie und öffnete sich weit für ihn.

Während die Mitglieder des Stammes atemlos zusahen, tat er ihr erneut den Gefallen und beugte sich über sie. Langsam drang das Horn des Ersten Mannes in Naiapi ein, um das ungeborene Kind ohne Gefahr für die Frau zu töten, die es bereitwillig empfing und sich bewegte, als wäre es das Organ des Mannes, der es hielt. Dann zog er unvermittelt das Horn heraus und drang mit seinem eigenen Glied ein. Er stieß fest und brutal zu, bis er es angewidert herauszog, als sie mit einem Schrei, in dem sich Schmerz und Ekstase mischten, ihren Höhepunkt erreichte. Als Navahk aufstand, war sein Glied blutig und immer noch erigiert. Während die Frauen den Blick abwandten und Mahnie im Schoß ihrer Mutter weinte, lächelte Navahk und streckte Ketti seine Hand hin.

»Komm!« sagte er. »Jetzt bist du an der Reihe.«

3

Sie ließen das Tal der Stürme hinter sich und zogen nach Westen in vertrautes Land. Sie waren den größten Teil des Tages unterwegs und machten nur Rast, wenn es unbedingt notwendig war. Es war ein schlechtes Land, denn in der hügeligen Gegend im Süden waren sie dem Geisterstamm begegnet und hatten den Tod ihrer Lieben mitansehen müssen. Hier waren sie mit Supnah gewesen und hatten Hetchems Tod und die Aussetzung ihres mißgestalteten Kindes erlebt.

Im Vorgebirge zwischen diesem offenen Land und dem Tal der Stürme hatte Torka vor dem großen Mammut gestanden und das Geschenk des Lebens erhalten.

Und jetzt läßt er dieses Leben zurück! dachte Karana, der zusammen mit Torka widerwillig Aligas Schlitten zog. Der Himmel war wie eine große graue Decke, die alle Menschen unter sich zu ersticken drohte. Die Stimmung des Jungen war genauso grau wie das Land. Es schien ihm Stunden her, seit jemand gesprochen hatte. Sogar die Hunde waren eingeschüchtert und ließen die Köpfe hängen.

Als sie an den Knochen des Lagers, das sie mit Supnahs Stamm in der Nähe des Landes der Zweige geteilt hatten, vorbeikamen, wichen sie in unbekanntes Gebiet aus, bis die Sonne hinter den hohen blauen Wänden der Wandernden Berge verschwand. Schließlich legten sie ihre Rückentragen ab und schlugen ihr Lager in einem steinigen Land an einem Nebenfluß des Karibuflusses auf. Von hier aus würden sie nach Nordwesten weiterziehen, bis sie zur weiten Ebene am Fuß der hohen, bewaldeten Hügel gelangten, wo sie sich der Großen Versammlung anschließen würden.

Torka und Karana errichteten den Wetterschutz gegen den Regen, der noch vor dem Morgen kommen würde. Der Wind hatte sich gedreht, und die Wolken bestanden nur noch aus dünnen Streifen. Morgen würden dichtere Wolken folgen. Der Himmel glühte in der Farbe klaren Wassers, in das Blut gesickert war. Nur wenn sie genau hinsahen, konnten sie Sterne entdecken. Es war immer noch die Zeit des Lichts, in der es keine Nacht gab, außer in ihren Knochen und Muskeln, wenn die Erschöpfung ihnen sagte, daß sie sich ausruhen mußten.

Lonit, Iana und Sommermond suchten nach Abwechslung von ihrem Reiseproviant aus getrocknetem Fleisch und Fett, in das Beeren und kleine windgetrocknete Fischstücke hineingepreßt worden waren. Im Schatten der Zwergweiden, Birken und Erlen zogen die Frauen mit ihren Speeren ein paar Fische aus dem Fluß.

Lonit und Iana nahmen dann ihre Grabstöcke aus feuergehärteten Knochen, um Wurzeln auszugraben, und pflückten frischen Sauerampfer, den sie schon bei der Arbeit kauten. Sommermond folgte ihnen begeistert und ahmte jede ihrer Bewegungen nach, während Lonit ihr die Namen und den Verwendungszweck der wachsenden Gaben von Mutter Erde beibrachte.

Dann aßen sie eine Mahlzeit aus Fisch, schmackhaften Blättern und süßen Wurzeln und hoben sich ihren Reiseproviant für das nächste Lager auf. Aliga seufzte, kam mühsam auf die Beine, streckte ihren mächtigen Bauch und humpelte dann mit Unterstützung der jüngeren Frauen zu einem abgelegenen Plätzchen im Gebüsch, wo sie sich erleichtern konnte. Anschließend führte Lonit sie ins Lager zurück und half ihr behutsam, sich wieder zu setzen.

Als sie sah, daß Torka und Karana ebenfalls verschwunden waren, beugte sich Aliga zu Lonit hinüber. »Glaubst du, daß Navahk auch auf der Großen Versammlung sein wird?«

Lonit betrachtete besorgt die immer bleicher werdende Haut zwischen Aligas Tätowierungen. Sie fuhr ihr über die Augenbrauen und fühlte dabei, ob sie Fieber hatte. »Diese Frau hat überhaupt kein Bedürfnis, diesen Mann jemals wiederzusehen«, antwortete sie. Aliga hatte immer noch Fieber, aber es war kaum noch zu spüren. Sie wünschte sich, Aliga würde den Beerensaft trinken, den sie unter Karanas Anleitung gebraut hatte, oder zumindest Weidenblätter gegen das Fieber kauen. Doch Aliga war nicht bereit, Lonits oder Karanas Heilungsversuchen allzuviel Vertrauen zu schenken.

140

»Dieser Mann ist der hübscheste Mann, den diese Frau jemals gesehen hat«, seufzte die tätowierte Frau und schloß lächelnd die Augen. »Und er ist so stark und so mächtig mit seinem Zauber. Navahk hat die bösen Geister aus Hetchem herausgerufen und sie hochgehalten, so daß alle sie sehen konnten! Er könnte das auch für diese Frau tun!«

Lonit runzelte die Stirn. Schon die Erwähnung des Namens beschleunigte ihren Herzschlag. »Aligas Erinnerung sieht nicht hinter das Gesicht und das Lächeln dieses Mannes! Hat sie vergessen, daß Hetchem starb? Navahks Gesänge und sein Zauberrauch haben sie nicht gerettet.«

»Hetchem war schon zu alt zum Kinderkriegen. Aliga ist nicht so alt. Navahks Zauber könnte dieser Frau helfen, da ist sich Aliga ganz sicher!«

»Karana sagt, daß sein Zauber Hokuspokus ist und daß er böse ist.«

Aliga schüttelte schwach den Kopf und lächelte ihrer Freundin verschwörerisch zu. »Was weiß ein kleiner Junge schon davon, wie eine Frau einen Mann sieht?«

»Wir sind Torkas Frauen!« entrüstete sich Lonit.

»Ja, aber wir wären blind, wenn wir nicht auf Navahk reagieren würden oder zumindest einmal mit ihm zusammensein möchten.«

»Diese Frau will ihn nie wiedersehen!«

Aliga war Lonits heftige Reaktion nicht entgangen. »Nicht einmal, wenn er dieser Frau und ihrem Baby helfen könnte?«

Lonit errötete schuldbewußt. Sie fragte sich, ob Aliga in ihr Herz gesehen hatte. »Auf der Großen Versammlung wird es viele Zauberer geben, Aliga«, wich sie aus. »Diese Frau bittet die Geister jeden Tag darum, daß einer dieser Heiler ihrer Schwester helfen wird. Aber sie bittet auch darum, daß es nicht Navahk sein wird, denn Navahks Zauber ist schlecht.«

Aliga sah sie spöttisch an. »Schlecht für wen?« wollte sie wissen. Doch dann schüttelte sie nur den Kopf und schnalzte wissend mit der Zunge. Seufzend schlief sie ein und ließ Lonit mit einer Frage zurück, deren Antwort sie nicht wissen wollte.

141

Karana sah die Fremden zuerst, obwohl die Hunde ihre Witterung schon vor längerer Zeit aufgenommen hatten. Torka wurde durch ihr Gebell geweckt, so daß er von seinen Schlaffellen aufsprang, seine Axt und seinen Speer nahm und reglos die Neuankömmlinge erwartete.

Lonit war sofort wach und rief nach Iana, die mit den Kindern unter einem anderen Wetterschutz lag.

»Paß auf die Kleinen auf!« befahl sie, als sie aus den Schlaffellen stieg. Sie fuhr in ihre Stiefel, nahm ihre Steinschleuder und stellte sich neben ihren Mann. Sie war froh, daß sie sich nicht nackt ausgezogen hatten, als sie sich schlafen gelegt hatten.

Die Fremden hatten gut verarbeitete Kleidung. Es war nur ein kleiner Stamm mit kaum dreißig Menschen. Doch im Vergleich zu Torkas Haufen waren sie eine gewaltige Übermacht. Unter großem Lärm und mit schwer bepackten Rückentragen durchquerten sie eine seichte Stelle des Flusses.

Dann hielten sie erschrocken an, als sie das Rudel wilder Hunde sahen, die sie am Ufer drohend erwarteten. Allmählich schienen sie zu verstehen, daß die Hunde offenbar zu dem kleinen Stamm gehörten. Die Frauen ließen ein besorgtes Murmeln hören, und ein Kind begann zu weinen. Die Jäger nahmen ihre Speere und schwenkten rufend und johlend die Arme, um zu zeigen, daß sie keine Angst hatten. Aar führte die Hunde in den Fluß. Mit gefletschten Zähnen kämpften sie sich voran und waren kurz vor dem Angriff. Ein Wort von Torka ließ die Tiere anhalten. Als eins der kleineren Männchen weiter vorrückte, schnappten Aar und Schwester Hund nach ihm und schickten ihn winselnd zu seinen Geschwistern zurück.

»Aiyeeh!« Der ganze Stamm schrie vor Überraschung auf. Die Bedrohung durch die angreifenden Hunde war weniger furchtbar als ein einzelner Mann, der Macht über das Rudel besaß. Sie zogen sich wieder ans andere Ufer zurück. Die Frauen hielten ihre Kinder fest, während die Männer erneut ihre Waffen hoben und sie drohend schüttelten. Einer von ihnen lehnte sich zurück und warf einen Speer nach Torka. Es war ein eindrucksvoller Wurf, doch er verfehlte sein Ziel. Er landete am Ufer, wo der bemalte Schaft zitternd steckenblieb.

142

Torka rührte sich nicht. Hinter ihm versuchte Iana in ihrem Unterschlupf die Kinder zurückzuhalten. Sommermond versuchte verzweifelt, sich zu befreien. Aliga lugte neugierig hinter den Fellen ihres eigenen Wetterschutzes hervor.

Karana stand kühn mit dem Speer in der Hand neben Torka, der stolz darauf war, daß keiner von ihnen mit der Wimper zuckte, als der Mann vom anderen Ufer aus seinen Speer geworfen hatte. In drei langen Jahren gemeinsamer Jagd hatten sie die Erfahrung gemacht, daß ein Speerwurf aus einer solchen Entfernung niemandem gefährlich werden konnte. Torka war sich sicher, daß der Mann es ebenfalls wußte, aber er hatte seinen Stolz bewahren wollen.

»Das war der Wurf eines Narren«, sagte Karana verächtlich. »Die Speerspitze dürfte hin sein, und so wie der Schaft zittert, ist der Knochen vermutlich angebrochen.«

Torka nickte. »Trotzdem hat der Speer uns eine deutliche Botschaft überbracht. Er will nicht, daß wir denken, er hätte Angst.«

»Warum sollte er Angst vor uns haben?« fragte Lonit, die selbst Angst hatte.

»Ich vermute, er und sein Stamm haben niemals zuvor Menschen in Gesellschaft von Hunden gesehen«, antwortete Torka. »So war es auch mit Supnahs Stamm, bis sie lernten, daß kein besonderer Zauber dahintersteckt. Doch dieser Mann wird nicht zweimal denselben Fehler machen. Wenige sind gegenüber vielen immer die Schwächeren, wenn die Vielen keinen Grund haben, sich vor ihnen in acht zu nehmen. Karana, bring mir den Speerwerfer! Wir werden ihnen einen kleinen Zauber vorführen.«

Es war ein schönes, verziertes Gerät. Nach mehreren Jahren Gebrauch war es mehrfach verbessert worden, so daß es nun viel einfacher zu handhaben war als Torkas erstes Modell. Dieser Speerwerfer bestand aus Karibugeweih und war erheblich leichter als der erste, der aus Bisonknochen hergestellt worden war. Torka freute sich bereits auf die Reaktion der Fremden auf die Vorstellung.

»Wirst du ihn töten« fragte Karana aufgeregt.

143

»Nur wenn meine Zielgenauigkeit nachgelassen hat«, antwortete Torka lächelnd. Dann stellte er sich auf und lehnte sich zurück, bis sein ganzes Gewicht auf dem rechten Fuß lagerte. Er zielte genau und ließ dann seinen Körper vorschnellen, wodurch der Speerwerfer als verlängerter Arm wirkte und dem Speer eine wesentlich höhere Geschwindigkeit und Reichweite verlieh.

Der Häuptling sprang erschrocken auf, als Torkas Speer genau vor seinen Füßen landete. Er starrte mit offenem Mund herüber. Kein Speer konnte so weit fliegen! Doch dieser Speer hätte ihn töten können. Aber ihm war klar, daß der Mann nicht diese Absicht gehabt hatte.

»Aiyah!« schrien die Frauen.

Alle Männer des Stammes hielten erschrocken den Atem an, während ihr Häuptling vorsichtig die mächtige Zauberwaffe berührte.

Und so wurde mit einem Speerwurf ein Bündnis geschlossen, denn Torka hob nun seinen leeren Speerarm zum Gruß und kam allein, aber nicht unbewaffnet, durch den Fluß gewatet.

»Du hältst den Speer Torkas«, begrüßte er den Häuptling, als er aus dem Wasser stieg. Er hielt seine rechte Hand ausgestreckt, während seine linke die Keule hielt.

Der Mann, der Torkas Speer aus der Erde gezogen hatte, war klein und kräftig gebaut. Sein großer Kopf wirkte durch einen turbanähnlichen Helm aus Bisonfell, an dem der abgewetzte Körper eines Fuchses angenäht war, noch größer. Der Schwanz hing über den Rücken des Mannes hinab, während der Fuchs Torka mit Augen aus polierten Steinen anstarrte. Unter der Schnauze des Fuchses waren die vom Hunger gezeichneten Züge des Mannes zu erkennen. Er sah Torka müde und ängstlich an, aber es war keine Bösartigkeit oder Grausamkeit in seinen Augen zu erkennen. Mit seiner rauhen, klobigen Hand hielt er Torka den Speer hin. »Die Spitze muß erneuert werden, aber der Schaft ist noch unversehrt. Hier, nimm ihn! Torka ist ein mächtiger Mann, wenn er Tieren befehlen kann und einen Speer so weit werfen kann. Die Geister des Jagdzaubers müssen große Verbündete von Torka sein, sagt dieser Mann, Zinkh!«

144

Torka schwieg und ließ Zinkh in seinem Glauben. Er sah die anderen Stammesmitglieder an, die genauso geschwächt aussahen. Er zählte Kinder verschiedenen Alters, Babys, Frauen und einige so alte Gesichter, daß man nur an der Kleidung ihr Geschlecht erkennen konnte. *Dieser Stamm ist schwach*, dachte er, *aber er hat seine Alten nicht dem Wind überlassen, damit die Jungen ihren Anteil bekommen können.* Er sah in die Gesichter der acht starken Jäger, junge Männer im besten Alter, deren Augen wachsam und müde, aber ohne Arglist waren.

Torka entspannte sich ein wenig. Hatte er endlich den Stamm gefunden, den er suchte? »Zinkh soll Torkas Speer behalten!«

»Ahhh...« Das Gesicht des Mannes strahlte vor Freude. Dann zuckte er zusammen und hielt sich sein angeschwollenes Kinn, das ihn offenbar schmerzte. »Und was soll dieser Mann Torka als Gegenleistung geben?«

»Torka verlangt nichts von Zinkh.«

»Gut. Zinkh und sein Stamm haben nämlich nichts anzubieten. Die Jagd in diesem Jahr war schlecht. Wenig Fleisch. Viele sagen, daß die Pässe im Norden und Westen durch wandernden Schnee blockiert sind. So kann das Wild nicht kommen, um das Frühlingsgras abzuweiden. Zinkh und sein Stamm reisen in diesen mageren Sommertagen zur Großen Versammlung, um dort sein Winterlager aufzuschlagen. Es ist ein guter Platz für das Winterlager. Dort werden wir Mammuts jagen, wenn wir nichts Besseres finden. Bah! Das stinkende Mammutfleisch schmeckt wie Holz! Mag der mächtige Torka Mammutfleisch?«

»Dieser Mann jagt keine Mammuts. Sie sind sein Totem. Aber Torka ist auch zur Großen Versammlung unterwegs, um dort zu überwintern und eine weise Frau mit Heilkräften zu finden, die einer seiner Frauen hilft, deren Baby schon lange überfällig ist. Doch Torka kennt keinen Hunger. Mein Stamm ist mit vollen Bäuchen aus dem Osten gekommen. Und in Torkas Lager auf der anderen Seite des Flusses gibt es viel frischen Fisch und getrocknetes Fleisch. Wir laden Zinkh und seinen Stamm gerne ein, das Fleisch mit uns zu teilen. Und vielleicht gibt es unter euren Frauen welche, die meiner schwangeren Frau helfen können.«

Auf dem Gesicht des Mannes erschien ein strahlendes Lächeln. »Wir werden gemeinsam zur Großen Versammlung reisen! Zinkh und sein Stamm können einen mächtigen Jäger wie Torka gut gebrauchen! Wir werden der alten Pomm sagen, daß sie die Geburtsgesänge anstimmen soll! Die alte Pomm weiß alles über Babys!«

Die dicke, alte Pomm behauptete zwar, alles zu wissen, aber in Wirklichkeit wußte sie gar nichts. Doch sie war so sehr von sich überzeugt, daß sie darüber nicht mit sich reden ließ. Sie war keineswegs eine weise Frau im wahren Sinne des Wortes und gab auch nicht vor, etwas von Zauber zu verstehen, aber innerhalb ihres einfachen Stammes war sie diejenige, die am meisten von Zauberei und Heilkunst verstand. Die anderen waren stolz auf diese Frau, und sie sonnte sich in ihrer Bewunderung. Als Zinkh sie rief, um mit ihm den Fluß zu überqueren, trat ihre Furcht vor den Fremden hinter ihren Stolz zurück. Ihr Wissen mußte wahrlich überragend sein, wenn ein so mächtiger Mann wie Torka nach ihr verlangte!

Zinkhs Stamm sah in Erwartung des Schlimmsten zu, wie ihr Häuptling Pomm an das andere Ufer begleitete. Nicht einmal durch die Aussicht auf eine Mahlzeit konnten sie dazu gebracht werden, den Fluß zu durchqueren. Sie hatten große Angst vor den wolfsähnlichen Hunden und raunten sich gegenseitig ihre Bewunderung für den Mut ihres Häuptlings zu. Doch dafür waren Häuptlinge schließlich da. Wenn Zinkh sicher aus Torkas Lager zurückgekehrt war, würde der Stamm ihm folgen.

Zinkh und Pomm wurden im Lager als Freunde empfangen. Die Sitte verlangte es, daß Fremden etwas zu essen angeboten wurde. Lonit hielt gerösteten Fisch für den Häuptling und die fette Frau bereit, als sie aus dem Fluß kamen. Doch sie sahen den Fisch an, als wäre es Abfall.

Iana bot ihnen einen Korb voll Kuchen aus Fett und getrockneten Fleischstreifen an. Zinkh und Pomm nahmen sich gierig

146

davon, und während die dicke Frau zustimmend grunzte und Karana abschätzend musterte, nickte der Häuptling vor Begeisterung über das Essen.

»Wir haben lange Zeit kein Bisonfleisch gehabt«, sagte er. »Die ganze Zeit gab es nur Fisch und Geflügel! Bah! Nur Frauenfleisch!«

Lonit war froh, daß sie ihre Augen niedergeschlagen hatte, damit der Fremde durch ihren Blick nicht beleidigt wurde. Nach drei Jahren mit Torka in ihrem Tal hatte sie vergessen, wie grob andere Männer mit Frauen umgingen. Die Fische, die sie ihnen angeboten hatte, wogen über fünf Pfund und waren sorgfältig zubereitet worden. Jeder, der Hunger hatte und einen so köstlichen Fisch ablehnte, war nicht nur grob, sondern dumm. Lonit knirschte mit den Zähnen.

Pomm und Zinkh sahen verstohlen den vollgepackten Korb an, als sie sich mit allen Anzeichen des Wohlbehagens vollstopften. »Hat der mächtige Torka viel Männerfleisch übrig?« fragte der Häuptling schließlich mit vollem Mund.

»Torka hat viel Männerfleisch aus dem Osten mitgebracht, Bison, Kamel, Antilope, Pferd . . .«

Zinkhs kleine Augen weiteten sich überrascht, bevor sie sich skeptisch verengten. »Osten? Wo im Osten?«

»Zwischen den Wandernden Bergen im Tal der Stürme.«

Pomm spuckte einen Mundvoll gut durchgekauten Fleisches aus und hustete. Zinkh schlug ihr so heftig auf den Rücken, daß er ein Pferd damit hätte umwerfen können, doch Pomm ließ sich nicht aus dem Gleichgewicht bringen.

Der Häuptling starrte Torka an. »Niemand geht dort auf die Jagd!« flüsterte er, als hätte er Angst, jemand könnte es mithören.

»Torka geht dort auf die Jagd.«

Lonit warf ihrem Mann einen Seitenblick zu und war stolz auf seine überlegene Autorität, mit der er zum unhöflichen kleinen Häuptling gesprochen hatte.

»Es ist verboten«, sagte Zinkh immer noch flüsternd. »Niemand ist je lebend aus dem fernen Land zurückgekehrt, um davon zu berichten.«

147

»Torka ist zurückgekehrt, um davon zu berichten und sein Männerfleisch mit Zinkh zu teilen.«

Der Mann schluckte und war sich offenbar nicht mehr sicher, ob das Fleisch wirklich so schmackhaft war. Doch er hatte es gegessen, und es wäre eine Beleidigung der Geister der toten Tiere, wenn er es jetzt wieder erbrach.

Außerdem war es das köstlichste Fleisch, das er jemals gegessen hatte. Selbst das widerliche weiße Fleisch des Flußfisches hatte ein verlockendes Aroma. Er fragte sich, ob Torkas Frauen auch zum Kochen Zauber benutzten. Vielleicht war Torka selbst ein Zauberer. Er überlegte, welche Macht die Geister ihm verliehen, wenn er und sein Stamm einen solchen Mann begleiteten. »Torka ist ein mächtiger Mann?« fragte er erregt.

Torkas Gesicht zeigte keinen Ausdruck. »Torka ist, was Zinkh sieht«, antwortete er ausweichend. »Und wenn Zinkh und Pomm jetzt mit zu seiner Frau kommen könnten...«

Ihr Verhalten zeigte, daß sie jedem Wunsch oder Befehl Torkas nachkommen würden. Sie folgten ihm gehorsam zu Aligas Unterschlupf. Und während Pomm Karana anzüglich anlächelte, so daß der Junge bis zu den Haarspitzen errötete, bewunderte Zinkh offen die Konstruktion des Wetterschutzes.

Der kleine Mann mit dem riesigen Kopfschmuck sah zum Himmel hinauf. »Glaubt Torka, daß es bald regnet?«

»Es wird bald regnen.«

»Bald?«

»Bald.«

Zinkh nickte nachdenklich und rieb sich das Kinn, als er erneut vor Schmerz zusammenzuckte. »Wenn Torka sagt, daß es gut ist, wird Zinkh hier gemeinsam mit Torka sein Lager aufschlagen. Wenn Torkas Hunde uns nicht fressen...?«

Torka sah den kleinen Mann an, dessen Haltung Unterwürfigkeit und Furcht ausdrückte. Er stand mit geneigtem Kopf da und hielt ihm wie ein unterlegener Wolf seine Kehle hin. Verblüfft erkannte Torka, daß der kleine Mann auf seine Stellung als Häuptling verzichtete und sie einem Mann überließ, den er für besser geeignet hielt und dem er nichts entgegenzusetzen hatte.

»Die Hunde sind die Brüder dieses Mannes. Sie werden tun, was Torka ihnen befiehlt«, sagte er und wußte, daß Zinkh und sein Stamm dasselbe tun würden, solange es ihnen nützte. »Geh! Bring deinen Stamm über den Fluß. Torka sagt, daß es gut ist, wenn wir ein Stamm sind, bis wir die Große Versammlung erreichen.«

Pomm legte ihre Hände auf Aligas Bauch. Sie hob ihre Stimme zu einem heulenden Gesang. Während ihre Stammesmitglieder den Fluß überquerten, ihre Behausungen errichteten und dankbar von Torkas Reiseproviant aßen, sang sie ununterbrochen, bis sie müde wurde und um etwas zu essen bat.

Während sie aß, konnte sie nicht singen. Obwohl niemand etwas sagte, war jeder dankbar für die Stille, besonders Aliga, die Lonit flehend ansah. »Ist das die Heilerin, die du mir statt Navahk bringen wolltest?« fragte sie. »Dieser Fettwanst wird mich mit dem Gesang noch umbringen!« Damit zog sie sich die Schlaffelle über den Kopf und stöhnte, während Pomm ihren Gesang wieder aufnahm.

Lonit beobachtete die Frau, die neben der kranken Aliga unter den Fellen hockte. Ihr wettergegerbtes Gesicht wäre zerfurcht wie ein Gebirge gewesen, wenn das Fett ihre Falten nicht geglättet hätte. Lonit fragte sich, wie sie so fett bleiben konnte, wenn der Rest ihres Stammes kurz vor dem Verhungern stand.

Pomm rülpste volltönend und rieb sich ihren Bauch, der noch dicker als Aligas war. »Gutes Essen in diesem Lager!« sagte sie zu Lonit. Dann seufzte sie und sah wieder Aliga an. Die tätowierte Frau war eingeschlafen. »Psst!« zischte Pomm. »Wir müssen leise reden. Schlaf ist gut für eine schwangere Frau. Das Baby hat lange genug geschlafen. Wenn es aufwacht, wird es sagen: ›Dieses Kind hat schon viel zu lange allein im Dunkeln geträumt. Jetzt will dieses Kind geboren werden! Jetzt will es in die Welt der Menschen, um nicht mehr allein zu sein!‹«

»Karana hat versucht, Aliga davon zu überzeugen, Beerentee zu trinken, weil sie so gelbe Augen hat und . . .«

149

»Karana?« Ein interessiertes Leuchten trat in die Augen der Frau. »Ist Karana der hübsche Junge, den Pomm neben Lonits Mann gesehen hat? Der jetzt allein hockt...?«

»Ja. Und Karana sagt, daß Aliga...«

»Psst!« Pomms dicker Zeigefinger legte sich warnend auf ihre kleinen Lippen. »Sprich den Namen nicht aus! Das ist die wirksamste Medizin! Tee und Beerensaft? Bah! Lonit, hör gut zu, was Pomm dir jetzt sagt: Die tätowierte Frau ist von einem bösen Geist krank. Er wird so lange in der Frau, dessen Name du ausgesprochen hast, leben, bis wir ihn verwirren und vertreiben können.«

»Wie?«

»Wir müssen der Frau einen neuen Namen geben! Wenn wir nie wieder ihren alten Namen erwähnen, wird der Geist trauern und in die Welt hinausziehen, bis er eine andere Frau mit demselben Namen gefunden hat. Das ist ein großer Zauber, Lonit! Wenn du von dieser Frau lernst, wirst du eines Tages sehr weise sein, und alle Menschen werden nach deiner Heilkunst verlangen. Pomm ist die größte Heilerin aller Stämme. Auf der Großen Versammlung wird Lonit sehen, wie groß Pomms Zauber ist!«

»Lonit hat es bereits erkannt«, sagte sie leise und wandte sich ab. Sie machte sich Sorgen um Aliga, die von Tag zu Tag schwächer wurde, und um das ungeborene Kind, wenn sein Leben in der Hand einer Heilerin wie Pomm lag.

Gemeinsam schlief der vereinte Stamm unter dem Licht der Mitternachtssonne. Dann fuhr Zinkh plötzlich aus dem Schlaf auf und hielt seine Hand gegen sein Kinn gepreßt. Fluchend rannte er auf und ab. Als alle ihn erstaunt anstarrten, nahm er eine Knochenahle und reckte sie in den Himmel. Dann klemmte er seinen linken Zeigefinger in seine Wange und hebelte mit der Rechten den bösen Zahn aus seinem Kiefer.

»Dieser Zahn wird diesem Mann nie wieder Schmerz bereiten!« rief er, während das Blut aus seinem Mund lief. Er warf ihn auf den Boden und stampfte ihn tief in den Tundraboden.

»So! Jetzt lacht Zinkh über dich! Ha!«

Blinzelnd schüttelte Karana den Kopf. Der Häuptling lachte nicht mehr, denn die Blutung wurde immer schlimmer, und der Schmerz war größer als zuvor. Er hielt sich die Hand gegen sein Kinn und stöhnte erbärmlich.

Karana wartete darauf, daß Zinkhs weise Frau ihm eine Salbe aus Weidentrieben brachte. Damit wurde die Blutung gestillt und der Schmerz gelindert. Doch der kleine Häuptling hüpfte wie wahnsinnig herum, während Pomm nur zusah, ohne etwas zu unternehmen. Seufzend durchsuchte Karana seine Vorräte, fand, wonach er suchte, und brachte es dem Häuptling.

»Hier, nimm das! Dann hört die Blutung auf, und der Schmerzgeist wird vertrieben.« Plötzlich merkte er, daß er im Mittelpunkt des Interesses stand. Die alte Pomm starrte ihn stirnrunzelnd an, und Zinkh öffnete seinen Mund wie ein Baby, das darauf wartete, gefüttert zu werden.

Karana verzog das Gesicht und steckte seinen Finger in den Beutel mit der Salbe. Er nahm eine großzügig bemessene Menge heraus und strich sie Zinkh direkt auf die Wunde.

Als die Salbe sofort den Schmerz linderte, weiteten sich Zinkhs Augen, und er umarmte den jungen Mann. »Du! Du bist ein Schmerztöter! Ein großer Zauberer!« Er küßte ihn auf beide Wangen und sah über die Schulter zu Pomm hinüber. »Du! Warum kennt die Frau, die alles weiß, diesen Zauber nicht?« Er packte den Jungen an den Schultern und schüttelte ihn begeistert. »Aus Dank macht Zinkh dir ein großes Geschenk! Dieser Mann gibt dir Pomm! Du unterrichtest die Frau, die alles weiß. Zusammen wird euer Zauber mächtig sein!«

Karana wußte nicht, was er sagen sollte. »Es ist doch nur eine Paste aus Weidentrieben, die man mit Öl . . .«

»Sag es Pomm und nicht Zinkh!« Die Frau stand bereits an seiner Seite und grinste habgierig.

Karana hatte noch nie erlebt, daß jemand, der so fett war, sich so schnell bewegen konnte. Sie fiel wie eine hungrige Raubkatze über ihn her und umarmte ihn so fest, daß sie ihm die Luft aus den Lungen drückte.

151

»Komm! Karana wird Pomm später unterrichten! Jetzt wird Pomm Karana glücklich machen, und Karana wird Pomm ein großes Geschenk machen!«

Alle außer Karana lachten über ihre offene Lüsternheit. Er war nur abgestoßen und schockiert. Sie hatte ihn bereits an der Hand gepackt und zerrte ihn zu ihren Schlaffellen. »Warte!« rief er und sah Torka flehend an, der zu seinem Schreck genauso lachte wie alle anderen.

»Für jeden Mann gibt es ein erstes Mal!« sagte Torka grinsend.

»Vielleicht«, gab Karana zurück, der sich jetzt wütend von ihr losriß. »Doch dies wird für mich nicht das erste Mal sein!«

4

Mahnie konnte sich nicht erinnern, ihre Eltern jemals so in sich gekehrt gesehen zu haben. Das ganze Lager war ruhig, viel zu ruhig. Ab und zu hörte sie hinter den Wänden ihrer Erdhütte das Flüstern eines Mannes oder einer Frau, das jedoch schnell wieder verstummte. Mahnie versuchte immer wieder einzuschlafen, doch dann sah sie Pet, Ketti und Naiapi, das Horn des Ersten Mannes und Blut, überall Blut.

Sie setzte sich auf und versuchte blinzelnd ihre Erinnerungen zu vertreiben. Drei kleine Puppen starrten sie vom anderen Ende ihrer Matratze an. Sie bestanden aus Fellresten, die mit trockenem Moos ausgestopft waren, und hatten Augen aus getrockneten Beeren, Münder aus Riedgras und Haare, die Wallah sich selbst abgeschnitten hatte, so daß Mahnie und ihre Freundinnen sie mit dem winzigen Kamm, den Grek ihr aus Knochen geschnitzt hatte, kämmen konnten.

Schluchzend nahm das Mädchen die Puppen in die Arme. Eine Puppe für sie, eine für Ketti und eine für Pet. Sie vergrub ihr Gesicht im weichen Fell und weinte, als sie erkannte, daß ihre glücklichen Tage der Kindheit für immer vorbei waren.

152

»Laß das Mädchen zufrieden!«

Grek hatte leise gesprochen, aber Mahnie hatte ihn gehört und gewußt, daß Wallah sie hatte trösten wollen.

»Es gibt keinen Trost«, sagte er verbittert. »Nicht für das, was sie gesehen hat. Oder für das, wovor sie Angst hat, wenn ihre Zeit des ersten Blutes kommt.«

Ihr Vater seufzte. Sie hörte das Rascheln der Felle und wußte, daß Wallah ihn jetzt tröstete.

»Es war sein Recht«, flüsterte die Frau bebend.

»Sein Recht? War es sein Recht, Naiapis ungeborenes Kind zu töten? Und Pet vor dem ganzen Stamm das Leben zu nehmen, während alle Kinder zusehen?«

»Deine Trauer über den Tod des Kindes spricht für dich, Grek. Das Blutritual wird immer unter den Augen des ganzen Stammes durchgeführt. Es liegt nur daran, daß dieser Stamm seit so vielen Jahren keins mehr erlebt hat. Wir haben vergessen, wie . . .«

»Vergessen? Dieser Mann hat in seinem ganzen Leben noch nie so etwas wie heute erlebt! Noch nie ist das Horn des Ersten Mannes mit etwas anderem als dem ersten Blut einer Frau in Berührung gekommen. Seit Anbeginn der Zeiten hat es noch nie zum Töten gedient. Und dieser Mann trauert um Pet. Für dich war sie wie eine Tochter, Wallah, und wie eine Schwester für Mahnie. Und Navahk wußte, daß sie für mich war. Er wußte es ganz genau!«

Die Schlaffelle bewegten sich wieder. Mahnie hörte die geflüsterten Tröstungen ihrer Mutter und das erzürnte Atmen ihres Vaters. Sie sah sie durch ihre verschränkten Finger hindurch an. Sie saßen zusammen auf ihren Schlaffellen und hatten offenbar noch keine Ruhe gefunden, obwohl die Schlafenszeit fast vorbei war. Mahnie bezweifelte, daß überhaupt jemand im ganzen Lager geschlafen hatte. Sie runzelte die Stirn. Grek sah alt und verhärmt aus. Sein Gesicht war von Trauer gezeichnet, und seine Augen starrten blicklos ins Leere. Wallah lehnte ihren Kopf an seine Schulter und hatte ihn zärtlich umarmt.

»Diese Frau wünscht sich, daß Grek und nicht Navahk zum Häuptling ernannt worden wäre. Grek wäre ein guter Häuptling. Er ist ein besserer Jäger als Navahk, und Pet wäre noch am Leben und könnte zu seiner Hütte kommen. Mahnie hat sich schon so darauf gefreut. Mahnie . . .« Die Worte blieben ihr im Halse stecken. »Wenn unsere Kleine ihr erstes Blut hat, wird der Zauberer nicht . . .«

Mahnie schrak zusammen. Sie hatte dieselbe Befürchtung wie ihre Mutter. Ihre unabwendbare Entwicklung zur Frau würde sie unweigerlich in die Situation bringen, wo ihr Leben in der Hand eines Zauberers lag, der offenbar alle Frauen verabscheute.

Sie hörte ihn jetzt in der Hütte der Reinigung wie einen Wolf heulen, wo er sich seit Stunden mit Ketti aufhielt. Mahnie zitterte. Das Heulen brach ab. Es war nicht Navahk, sondern Ketti gewesen. Ein heller Schrei, der von bellenden Hunden in den fernen Hügeln beantwortet wurde.

»Manchmal denkt dieser Mann, daß es vernünftig gewesen wäre, zusammen mit seiner Frau und seinem Kind Torka zu folgen. Torka war ein guter Mann. Navahk hat noch keine Erfahrung mit dem Blutritual. Wenn Mahnie soweit ist, wird er gelernt haben, vorsichtiger zu sein.«

Grek sah seine verzweifelte Frau liebevoll an und dachte an Pet. Tief in ihm war etwas zerrissen, als er sie hatte sterben sehen. Er fühlte sich wie ein Fremder in seiner eigenen Haut, nachdem ihm alles genommen worden war. Es war nur noch ein harter, unversöhnlicher Kern übrig, der ihn dazu trieb, alles für die Sicherheit seiner Lieben zu tun. Als er an Navahk dachte und an das, was man ihm alles eingeräumt hatte, verengten sich seine Augen. »Der Zauberer sollte besser lernen, vorsichtiger zu sein, wenn die Blutzeit der Tochter dieses Mannes gekommen ist! Sonst wird Grek ihn etwas anderes lehren, nämlich wie man stirbt!«

Das Horn drang tief ein. Ketti wollte sich davon befreien. Sie schrie erneut, aber diesmal wurde der Schrei vom Kuß des Zauberers erstickt. Er lag auf ihr und hielt sie fest, während er das Horn zwischen ihren Schenkeln bewegte. Dabei verletzte er absichtlich ihre Gebärmutter, so daß sie nie ein Kind würde empfangen können.

Seine Zunge drang in ihren Mund ein und bewegte sich im Rhythmus des kreisenden Horns. Sie war zu erschöpft, um sich noch gegen ihn wehren zu können. Er saugte ihr das Leben aus.

»Beweg dich!« Er stieß fest mit dem Horn zu und lächelte, als sie erstarrte. »Tanz, wie die Frauen es dir beigebracht haben, genauso wie du nackt vor mir getanzt hast, als wir diese Hütte betraten. Tanz! Öffne dich! Wir werden schon sehen, wer von deinem Tanz geschwächt sein wird, du oder dieser Mann, der auf seine Weise seine Freude daran hat, nicht wie du es gerne hättest!«

Sie wurde fast ohnmächtig, als er sich von ihr erhob. Endlich konnte sie wieder atmen, doch nur für einen Augenblick. Seine linke Hand glitt unter ihren Hintern, während die andere immer noch das Horn bewegte und ihr Schmerzen bereitete, nicht die Freude, die ihre Mutter und die anderen Frauen ihr versprochen hatten.

Sie spürte Blut auf ihren Schenkeln und sah ihn lächeln, als er das Horn herauszog. Er bückte sich zwischen ihre Schenkel, um ihr Blut zu lecken, zu saugen und zu beißen, bis sie es nicht mehr ertragen konnte. Sie nahm ihre ganze Kraft zusammen, sprang schreiend auf, riß sich los und schlug ihm ins Gesicht.

Er bekam ihren Fuß zu fassen und zog sie zurück. Ungläubig sah sie, daß er lächelte. Seine Nase blutete, aber er schien neue Kraft aus dem Schmerz zu ziehen. »Ketti ist mutig und tapfer, daß sie sich gegen Navahk wehrt. Möchtest du genauso wie Torkas Frau sein? Ja, wie Lonit? Sie wäre auch tapfer. Sie würde mutig gegen den Schmerz tanzen, den ich ihr zufügen würde.«

Zum erstenmal seit den langen Stunden in der Hütte der Reinigung drang er mit seinem Organ in sie ein. Es war hart, geschwollen und ungewöhnlich groß für einen einfachen Mann. Aber er war kein einfacher Mann, sondern der Zauberer, eine dunkle und perverse Macht, die ihr Verständnis überstieg, als er sie jetzt Lonit nannte und vor Erregung stöhnte. Er drang tief ein und erzitterte, als sie schluchzte. Er erstickte ihre

155

Schreie mit seinen öffenen Lippen und fuhr mit seiner Zunge in ihrem Mund herum.

Sie konnte nicht atmen. Sie wollte sterben. Vielleicht würde er sie bald töten. Dann wäre sie bei Pet, eine Geisterfrau und erlöst von ihm. Das wäre eine Gnade.

»Tanz!« knurrte er befehlend. Sein Organ schrumpfte, während er ihre Hüften packte und sie brutal ritt und nicht zur Erfüllung gelangte. Er fluchte und behandelte sie noch grausamer.

Ein schreckliches Heulen zerriß plötzlich die Stille des Lagers. Es war der Ruf eines wilden Tieres, auf den der Schrei eines zu Tode erschrockenen Kindes folgte. Doch der Schrei klang nicht menschlich.

Navahk hielt inne und hob lauschend den Kopf. »Wanawut . . .« Er sprach das Wort ehrfürchtig aus und hatte wieder die schattige Schlucht vor Augen, die Leiche des riesigen halbmenschlichen Wesens mit den Brüsten einer Frau und der kräftigen Muskulatur. Die Vision erregte ihn. Er sah auf das Mädchen hinunter. Sie war so klein und seiner Macht hilflos ausgeliefert.

Das Gefühl kehrte in sein Organ zurück und ließ es wieder anschwellen. Als er die Augen schloß und sich vorstellte, wie es wäre, sich mit dem Wanawut zu vereinen, kam sein Höhepunkt. Während er sich in das Mädchen ergoß, schrie er in wilder Ekstase auf.

Er schlief sofort ein und wachte erst wieder vom mitleiderregenden Wimmern des Mädchens auf, die ihre Hände gegen seine Schultern drückte.

Fern in den Hügeln war das Heulen wieder zu hören. Navahk lauschte starr vor Neid und wußte, daß das Kind, das er nicht getötet hatte, eines Tages zur selben Größe wie seine Mutter heranwachsen würde.

Er fühlte sich plötzlich schwach. Er wälzte sich vom Mädchen herunter und haßte sie. Sie hatte ihm das überragende Gefühl der Macht ausgesaugt, das er kurz vor dem Höhepunkt empfunden hatte. Wenn er die Macht dieses Augenblicks hätte bewahren können, wäre er genauso stark wie der Wanawut, viel mächtiger, als ein Mensch es normalerweise sein konnte.

Der bloße Gedanke daran erregte ihn erneut, doch er hatte jetzt kein Interesse an dem Mädchen mehr. Ihre Weiblichkeit widerte ihn an. Morgen würde er sie Rhik geben, Hetchems altem Witwer, der sich über ein junges Mädchen freuen würde. Und wenn Naiapi morgen noch lebte, würde er sie Grek geben, damit sie nicht weiter hinter ihm selbst herlief. Das war seine Strafe für den alten Jäger, weil er es gewagt hatte, ihn unausgesprochen zu kritisieren, als er Pet getötet hatte. Grek verdiente eine Frau wie Naiapi. Sie wäre ihm bis zum Ende seiner Tage ein Stachel in seinem Fleisch. Er stand auf und verließ die blutigen Schlaffelle, die er gemäß der Tradition seines Stammes besudeln mußte. Ungeduldig zerrte er die Felltür auf und stand nackt im blutroten Licht des Mittsommermorgens. Die Sonne stieg über dem östlichen Gebirge auf.

Bebend und mit erigiertem Organ hob der Zauberer die Arme und rief die Mächte der Schöpfung an. Wie als Antwort heulte der Wanawut erneut in den fernen Bergen.

Teil 4

DIE GROSSE VERSAMMLUNG

1

Das Kind kauerte in einem Gebüsch aus Zwergweiden und fröstelte im frühen Schneefall. Es war schwach vor Hunger und schob einen eisüberkrusteten Zweig mit gelben Blättern zur Seite. Dahinter hüllte Schneegestöber die Hügel der Tundra ein, die noch vor wenigen Augenblicken in den Farben des Spätsommers geleuchtet hatte. Das Kind witterte Gerüche von tausend verschiedenen Brauntönen: Sträucher, Gras, Sümpfe, Flüsse und Seen, die sich mit Eis überzogen, ferne Wälder mit verkrüppelten Kiefern und Hartholz und die Unendlichkeit der Gletscher. Darüber lag die hereinbrechende Nacht, der stechend weiße Geruch des Schnees und das, was das Kind am meisten fürchtete: der Geruch der Bestie.

Sie ging wieder allein auf die Jagd, hatte den Wind im Rücken und machte keine Anstalten, ihren Geruch oder ihre Gegenwart zu verheimlichen. Schon seit mehreren Tagen hatte sich die weiße Bestie jeden Abend nach dem Tagesmarsch vom Lager entfernt. Obwohl das Kind erschöpft war, nachdem es den ganzen Tag lang den Bestien gefolgt war, unterdrückte es sein Verlangen, sich ein Nest zu bauen, und beobachtete statt dessen das Wesen in Weiß.

Das Kind zitterte und rümpfte die Nase über den mittlerweile vertrauten Geruch von Rauch auf Schnee. Die Bestien machten jeden Abend ihre Feuer und errichteten ihre merkwürdigen Behausungen zum Schutz vor der stürmischen Nacht.

Als es im spärlichen Schutz der vereisten Weidenbüsche hockte, wußte das Kind instinktiv, daß die Bestie auf der Jagd nach ihm war. Seit Tagen ging das schon so. Das Kind konnte sie jetzt genau sehen, wie sie langsam mit erhobenem Kopf voranschritt, mit der Nase den Wind prüfte und auf dem Boden nach Spuren suchte. Offenbar hatte die Bestie etwas gefunden, denn sie kam immer näher.

Das Kind zitterte vor Haß und wünschte sich, es könnte aus seinem Versteck hervorbrechen und über die Bestie herfallen und sie töten. Doch selbst wenn es den Mut dazu gehabt hätte, war es noch zu klein, um großen Schaden anrichten zu können.

Seine Zeit war noch nicht gekommen.

Erneut zitterte es, aber nicht so sehr wegen der Kälte und des Hungers, sondern weil es wußte, daß es immer größer wurde. Trotz des zehrenden Hungers spürte das Kind, daß es sich langsam, aber unaufhaltsam veränderte. Es legte seine Hände auf die Brust, wo sich schmerzhaft zwei weiche Auswüchse unter seinen Brustwarzen bildeten. Seine Hände und seine Gliedmaßen schienen gewachsen zu sein, und es stieß oft mit dem Kopf an Äste, unter denen es vor Tagen noch ohne sich zu bücken hindurchlaufen konnte.

Mit einer Hand hielt es seine Brüste und mit der anderen die Schürfwunde auf seinem Kopf. Es zitterte heftig in der Kälte. Der Schnee war viel zu früh gekommen. Sein dichtes graues Fell, das es im Winter wärmte, hatte sich noch nicht ganz ausgebildet. Der Wind fuhr durch die langen Haare und strich über die ungeschützte Haut. Allmählich wurde dem Kind durch das Zittern tatsächlich etwas wärmer.

Doch dann nahm die Erschöpfung überhand, und das Kind fiel auf die Knie. Im dichten Gebüsch war der Boden aus verwelkten Blättern und orangefarbenem Moos kaum von Schnee bedeckt. Ungeduldig scharrte das Kind den Schnee zur Seite und grub sich eine Mulde in die wärmende Humusdecke. Es kuschelte sich in sein Nest und deckte sich zu. Endlich konnte es sich erlauben, seiner Müdigkeit nachzugeben und zu vergessen, daß es sich nicht vor dem Sturm im Weidengebüsch versteckt hatte, sondern vor der jagenden Bestie. Zufrieden schlief es ein, fuhr aber schon bald wieder hoch und schüttelte sich die Blätter von den Schultern, als es sich an die Gefahr erinnerte.

Benommen starrte es durch die Zweige. Die Bestie war immer noch da, obwohl sie sich jetzt ein Stück entfernt hatte. Sie ließ ihren Blick über die sanft gewellten Hügel gleiten, die allmählich unter dem Schnee und in der Dämmerung ihre Farbe verloren. Am dunklen Himmel trieben Schneewolken, die gelegentlich das erstarrte Gesicht des Mondes enthüllten.

Das Kind sah hinauf, als er gerade hinter einer dicken Wolke verschwand, die ein neues Schneegestöber über die Tundra ausschüttelte.

Früher hatte das Kind den Schnee geliebt, als es an der Seite seiner Mutter hindurchgestapft war. Gemeinsam hatten sie darin herumgetollt und seine Kühle auf der Haut genossen. Sie hatten eine Handvoll in die Luft geworfen und vor Vergnügen geheult.

Das Kind sehnte sich nach seiner Mutter. Doch dann bemerkte es, daß der Mörder seiner Mutter im Schnee offenbar seine Fährte verloren hatte. Die Bestie stand wie ein Hengst da, der mit erhobenem Kopf den Wind prüfte.

Dem Kind lief das Wasser im Mund zusammen. Es wollte, daß die Bestie kam und in das Weidengebüsch spähte, wie sie es an den vergangenen fünf Abenden getan hatte. Wenn sie ihm in die Augen gesehen und leise zu ihm gesprochen hatte, sollte sie wieder verschwinden und kleine Fleischstückchen zurücklassen. Das hungernde Kind war jedesmal starr vor Angst und verwirrt von diesem Verhalten gewesen, während es gleichzeitig an die spärlichen Zweige, Blätter, Beeren und Insekten dachte, von denen es sich seit dem Tod seiner Mutter ernährte.

Hunger ist besser, als etwas von der Bestie anzunehmen, dachte das Kind trotzig. Doch es war nicht einfach zu hungern, denn es bedeutete Schmerz und Erschöpfung. Und jedesmal, wenn die Bestie dem Kind in die Augen sah, erinnerte es sich wieder an eine dunkle, halbvergessene Sternennacht, in der es an der Mutterbrust durch die Welt getragen wurde, während andere an seiner Seite gingen. Es war die Erinnerung an zwei Augen, die es aus der Dunkelheit der Erde anstarrten, die Augen einer Bestie, wie es jetzt wußte, in denen nur Furcht und Staunen zu sehen war, aber überhaupt keine Bedrohung.

Die Augen waren ganz anders als die des Mörders seiner Mutter gewesen. Doch die weiße Bestie brachte ihm Fleisch. Sie verließ allein das Lager und suchte das Kind, aber nicht um es zu töten, sondern um es zu füttern. Warum?

Das Kind war verwirrt und erschöpft. Es grub sich wieder in sein Nest ein, so daß nur noch das Gesicht herausragte. Unter den Blättern war es warm, und das Kind entspannte sich ein wenig, beobachtete aber immer noch die Bestie, die sich überhaupt nicht mehr bewegte, als wäre sie erfroren. Erfrorene Bestien waren ungefährlich.

Dem Kind fielen die Augenlider zu. Weit weg heulten Wölfe den wolkenverhangenen Mond an. Es schlief ein und träumte von seiner Mutter.

Als sich sein Magen vor Hunger schmerzhaft zusammenzog, wachte es auf. Es lauschte auf den Wind und die heulenden Wölfe und sah von seinem Nest aus Moos und Blättern auf, direkt in die Augen der Bestie.

Navahk lächelte. Die nebelgrauen Augen, die ihn aus dem Gestrüpp heraus anstarrten, lächelten nicht. In ihnen stand Angst und Haß.

Navahk lächelte immer noch. Die letzte Dämmerung war

verschwunden, und die Welt lag jetzt in schwarzen Schatten und im silbernen Licht des Mondes. Andere Jäger wären längst in die Sicherheit des Lagers und die Gesellschaft der Menschen zurückgekehrt. Doch Navahk war ein Zauberer, für den die Furcht ein erhebendes Lebensgefühl war.

Ein scharfer Wind blies aus Norden und trieb ihm feinen Schnee ins Gesicht. Er lauschte auf die Nachttiere, die jetzt aktiv wurden. Er war jetzt eins von ihnen und hätte am liebsten wie ein Tier aufgeschrien. Doch er wollte nicht, daß das Wesen, das vor ihm in der Dunkelheit kauerte, flüchtete.

Als Navahk in das halbmenschliche Gesicht sah, verging sein Lächeln. In den Augen erkannte er das doppelte Bild des Mondes und darin sich selbst. Ein Teil von ihm war in dem Wesen, im Mond und in der Nacht. Diese Schönheit in den Augen einer abgrundtief häßlichen Kreatur hatte etwas Beunruhigendes.

Instinktiv faßte Navahk den Schaft seines Speers fester. Er konnte das leise Keuchen seines Atems hören und seine Angst riechen. Als es sich bewegte, stellte er fest, daß es trotz seiner Erschöpfung wieder gewachsen war, seit er es gestern zum letztenmal gesehen hatte. Navahk runzelte die Stirn und beneidete es um seine kräftige Muskulatur.

Bald wird es wie seine Mutter werden. Es wächst nicht langsam wie ein menschliches Kind heran. In einem Sommer ist es mehr gewachsen als ein Mensch in seinem ganzen Leben.

Er starrte das Wesen an und war von dem Gedanken begeistert, der ihn dazu getrieben hatte, es jeden Abend erneut aufzusuchen. Die Jagd war seit dem letzten Blutritual nicht besser geworden. Obwohl er den Stamm zu allen bekannten Wildwechseln geführt hatte, hatten sie nicht das Wild gefunden, das er ihnen versprochen hatte. Daher zogen sie jetzt langsam in Richtung der Großen Versammlung.

Greks kaum verhüllte Feindseligkeit hatte Navahk gezeigt, daß der alte Jäger ihm niemals verzeihen würde, daß er Pet getötet hatte. Wenn sie nicht bald mehr Glück auf der Jagd hatten, würde Grek die anderen daran erinnern, daß Navahk die Tradition gebrochen hatte, als er gleichzeitig ihr Häuptling und Zauberer geworden war. Grek würde aussprechen, was die

163

anderen schon lange dachten: *Wenn Navahk in der Gunst der Geister steht, warum kommt das Wild dann nicht mehr vor unsere Speere? Und warum verfolgt der Wanawut uns in der Nacht und heult vor Trauer um den, den Navahk getötet hat?*

Navahk war verzweifelt. »Warum?« zischte er dem furchtsamen Geschöpf zu, das in den Schatten gekauert war.

Beim Klang seiner Stimme erstarrte das Wesen und riß die Augen weit auf. »*Wah...?*« maunzte es mitleiderregend.

Navahk ging vor Überraschung in die Knie. Das Wesen hatte gesprochen! Es hatte wie ein Kind die Sprache seiner Eltern nachgeahmt. Seit Tagen hatte er es unter der Mitternachtssonne heulen gehört, immer wieder dasselbe klagende »*Wah nah wah... wah nah wut...*« Und seit Tagen war es dem Stamm gefolgt, war vor ihm geflohen, wenn er es gesucht hatte, und hatte das Essen verweigert, das er ihm heimlich brachte. Er hatte sich gefragt, wie der Stamm reagieren würde, wenn er es einfach tötete und ins Lager schleppte, um ihnen zu beweisen, daß es kein Geist, sondern ein Tier war, dessen Fleisch sie essen konnten. Doch damit hätte seine Tötung der Mutter an Bedeutung verloren. Er wollte seine Macht besitzen und kontrollieren, solange es noch ein kleines Kind war. Dann würde der Stamm seine Zauberkraft bewundern! Niemand würde ihn mehr herausfordern, wenn er dem Wanawut befehlen konnte, über sie herzufallen! Die Vorstellung brachte sein Lächeln zurück.

Aus einem Lederbeutel holte er eine Handvoll blutiger Innereien einer Antilope hervor.

»*Wah nah wah... wah nah wut...*« flüsterte Navahk sanft und leise und streckte vorsichtig die Hand mit dem Fleisch aus.

Das Wesen maunzte ängstlich und wich tiefer in den Schatten zurück. Als der Zauberer die Worte ständig wiederholte, wiegte sich das Kind und stieß verwirrte und unsichere Laute aus. Navahk wußte, daß das Kind vor Hunger und Erschöpfung wie benebelt war und seine Stimme gleichzeitig beruhigend und irritierend wirkte. Es hörte die Stimme der Mutter in den vertrauten Lauten.

»*Wah nah wut...*« wiederholte er und aß dann selbst von

dem Fleisch. Er schmatzte hörbar und bot das Fleisch erneut an.

Jetzt überwog der Hunger jede Vorsicht, und das Geschöpf sprang vor, riß dem Mann das Fleisch aus der Hand und schlang es gierig hinunter.

Navahk hätte vor Triumph aufschreien können. Doch er blieb völlig ruhig und sah nur lächelnd zu. Das Wesen hatte ihm aus der Hand gefressen! Jetzt bot er ihm den Rest aus dem Beutel an.

»*Wah nah wah . . . wah nah wut . . .*« flüsterte er.

Diesmal antwortete ihm das Geschöpf nicht. Die Nahrung hatte seinen benebelten Geist wieder geklärt, und mit verzweifelten Tränen und einem selbstverachtenden Grunzen nahm es das Fleisch an, um es zu verschlingen. Navahk sah fassungslos zu, wie es den Zauberer dafür haßte, daß es sich durch den Hunger selbst verleugnet hatte.

Navahk wunderte sich ungläubig über die Tränen. *Welches Tier weint?*

Und als er dem Wesen zusah, wie es den letzten Bissen hinunterschlang, sah er wieder den Mond und seine eigene weiße Gestalt in seinen Augen, und ihm wurde klar, daß er in seinem ganzen Leben noch nie um irgend etwas oder irgend jemanden geweint hatte.

2

Nachdem ein Schneesturm die Tundra vor zwei Tagen so weiß wie der Bart eines uralten Moschusochsen hinterlassen hatte, führte Torka seinen und Zinkhs Stamm zur Großen Versammlung. Nach dem trockenen Schnee war es einen Tag lang sehr kalt gewesen, aber dann hatte die Sonne an einem klaren, windigen Himmel den Schnee schnell wieder tauen lassen. An einem solchen sonnigen Tag zogen sie über ein weites Land dem großen Lager entgegen.

Zielstrebig schritten sie voran, als ihr Ziel in Sicht kam. Unter ihren Rückentragen hatten sie bereits ihre beste Festkleidung angezogen. Lonit trug ihr graues Kleid aus Elchfell, Torka sein Schneehemd aus goldenem Löwenfell mit schwarzer Mähne. Außerdem hatte er seinen Halsschmuck aus den Krallen und Zähnen von Wölfen angelegt. Das Klappern ihrer Reiseausrüstung, des Knochenschmucks der Frauen und der steinbesetzten Fransen ihrer Kleidung wäre meilenweit zu hören gewesen, wenn nicht aus dem riesigen Lager, dem sie sich näherten, ein noch größerer Lärm gedrungen wäre.

Sie hielten an und staunten. Das Lager nahm die ganze westliche Hälfte der Ebene ein und war ringsum mit einem Zaun aus Mammutknochen als Windschutz umgeben. Die Luft war erfüllt von Gesang, Pfeifen und Trommeln, von Gelächter und Wortwechseln, von Streit und schreienden Babys. Der Rauch, der von mehr als hundert Lagerfeuern aufstieg, hing als dichte Wolke am Himmel, und der Wind nahm Gerüche von geröstetem Fleisch, verkohlten Knochen, Soden und menschlichen Abfällen mit sich.

»Es ist ein viel größeres Lager, als dieser Mann das letzte Mal hier überwinterte«, rief Zinkh und nickte vor Begeisterung, so daß ihm sein Kopfschmuck verrutschte. Er rückte ihn hastig wieder zurecht, damit er nicht herunterfiel. Er grinste Torka unter dem schäbigen Fuchskopf an. »Zinkh sagt, daß wir hier mit Sicherheit heilenden Zauber für Aliga finden. Und vielleicht kann sogar Ianas Zunge wieder gelöst werden.«

»Bah!« schnaubte Pomm verächtlich, die neben Lonit und Iana an der Spitze der Frauengruppe stehengeblieben war. »Niemand macht besseren Heilzauber als diese Frau!« sagte sie leise zu Lonit. »Du wirst es sehen! Pomm wird in diesem Lager eine hohe Stellung haben!«

Demmi, die sicher in Ianas Rückentrage verschnürt war, machte Geräusche, die Lonit normalerweise gezeigt hätten, daß ihre Windeln aus Moos gewechselt werden mußten. Doch Lonit war von der Größe des Lagers so überwältigt, daß sie weder auf ihr Kind noch auf Pomms Prahlerei achtete. Sie hielt Sommermond, die ihre schlanken Beine um ihre Hüften geschlungen hatte, fest in ihrem Arm. Lonit spürte die Aufregung des kleinen Mädchens, das auf die Szene zeigte.

»Schau! Große Knochen! Stinkender Rauch! Viele Menschen! Auch viele Kinder?«

»Ja, meine Kleine, sehr viele Kinder!«

»Wir spielen?«

»Wenn es gute Kinder sind, ja.« Sie konnte sie jetzt sehen, wie sie mit ihren Eltern durch eine Öffnung im Zaun kamen. Lonit hatte sich bislang nicht vorstellen können, daß es auf der ganzen Welt so viele Menschen geben könnte.

Sie fühlte sich unwohl und wollte weit von diesem Ort entfernt sein, wo vielleicht wieder ein Mann in Weiß vor einem Feuer tanzen und ihr die Hand hinstrecken könnte. Nein, wenn er auf der Großen Versammlung war, würde sie ihm aus dem Weg gehen. Sie würde ihn nicht ansehen, denn sie war Torkas Frau, für immer und ewig.

Torka sah die Wand aus Mammutknochen und Stoßzähnen nachdenklich an und drängte seinen Stamm weiter. Neben ihm schüttelte Karana zweifelnd den Kopf. »An diesem Ort gibt es zu viele Menschen, die von den Knochen der Artgenossen unseres Totems umgeben sind. Wir haben geschworen, nie wieder Mammuts zu töten. Dies ist kein gutes Lager für uns.«

Ohne anzuhalten brachte Torka ihn zum Schweigen. »Das ist das letzte Mal, daß Torka diese Worte gehört hat! Dieser Mann ist zur Überzeugung gelangt, daß es auf der ganzen Welt kein Lager gibt, das Karana jemals gefallen wird!«

Der Junge zuckte mit den Schultern. »Unser Tal war ein gutes Lager.«

»Dies wird auch ein gutes Lager sein. Du wirst es sehen!«

Während der Rauch von den Lagerfeuern im Sonnenlicht orange leuchtete und ihnen in den Augen brannte, führte Torka seinen Stamm weiter, bis er ihn vor der versammelten Menschenmenge anhalten ließ. Er hielt seine Axt in der einen Hand und hob mit der anderen den Speer zum Zeichen des Friedens hoch. Die Menschen, die ihn zuerst gesehen hatten, wie er dem beachtlichen Stamm vorausging und von einem Rudel wilder Hunde mit Gepäck auf dem Rücken begleitet wurde, machten ehrfürchtige Gesten für die Geister, die sie am meisten fürchteten, und sprachen in den vielen Dialekten, in die sich die ursprüngliche Sprache aufgesplittert hatte.

»Noch ein großer Zaubermann kommt, um die Große Versammlung mit seiner Macht zu beehren!«

»Eh yah! Dat Wätter andert sich, wenn är kummt!«

»Seht! Die Hunde gehen an seiner Seite, als wären sie seine Brüder!«

»Nicht Brüder – Sklaven! Der Mann spricht, und die Hunde gehorchen!«

»Schaut nur! Die Tiere tragen das Frauengepäck!«

»Unmöglich!«

»Män kummt . . . Son kummt . . . unt Schnäh schmelzt unter sein Füß!«

»Groß muß der Zauber dieses Mannes sein!«

»Ja, sehr groß!« rief Zinkh, der ein paar bekannte Gesichter in der Menge entdeckt hatte, die sie umringte. »So groß, daß sogar Zinkh – und viele wissen, was für ein großer Jäger Zinkh ist – gesagt hat: Der Stamm des Mannes mit den Hunden und der Stamm Zinkhs sollen ein Stamm sein! Zusammen haben wir große Zaubermacht! Zusammen sind Torka und Zinkh weit bis zur Großen Versammlung gereist. Hier werden wir unseren Zauber, unser Fleisch und unsere Felle mit vielen teilen!«

»Tatsächlich?«

Die Frage kam von einem alten Mann, der einer Gruppe vorausging, bei der es sich offenbar um Zauberer handelte, denn alle waren kunstvoll gekleidet und hatten herablassende Mienen aufgesetzt. Der Sprecher schien der älteste von ihnen zu sein, vielleicht sogar der älteste Mensch, den Torka jemals gesehen hatte. Nach den tiefen Falten in seinem Gesicht und den knorrigen Händen zu urteilen, hatte er mindestens fünfzig Sommer erlebt. Seine Haut war genauso grau wie sein Haar, und seine Kleidung bestand vollständig aus Federn und aufgesetzten, getrockneten Flügeln vieler Vogelarten. Sein Gesicht war wie versteinert. Obwohl er kleiner als Torka war, schien er an seiner Nase vorbei, die wie ein Kondorschnabel geformt war, auf ihn herabzusehen.

»Tatsächlich!«

Überrascht suchte Torka nach dem, der die Antwort gegeben hatte, und entdeckte eine große, außergewöhnlich hübsche Frau, die zwischen den versammelten Zauberern hindurchschritt. Ihre Stimme war tief und ruhig wie ein sommerlicher Fluß. Sie stand aufrecht wie ein Speer und strahlte genauso wie die alten Männer Selbstbewußtsein und Autorität aus. Ihre Kleidung bestand ebenfalls aus Vogelfedern. Ein schwarzweißer Umhang aus den Flügelfedern eines Kondors lag über ihren Schultern, und ein Ring aus schneeweißen Daunenfedern eines Schwans krönte ihren Kopf. Ein kompliziert geflochtener Zopf fiel anmutig von ihrer Schulter zu den Hüften herab, und ihr knielanges Haar war von grauen Strähnen durchsetzt. Als sie lächelte, erschienen kleine Fältchen in ihren Augenwinkeln und verrieten, daß die Tage ihrer Jugend schon weit zurücklagen. Doch ihre Zähne blitzten noch weiß und kräftig zwischen Lippen hervor, die weich und voll wie die eines jungen Mädchens waren.

»Es gibt viele Arten von Zauber«, sagte sie zu Torka, sah dabei aber Karana an. Sie schien erstaunt, als würde sie bekannte Züge in einem Fremden wiedererkennen.

Der Junge errötete unter ihrem Blick.

Torka war nicht nur über ihre Schönheit verblüfft, sondern auch von der Leichtigkeit, mit der sie unter den Männern eine dominierende Rolle einnahm. Der Älteste geriet neben ihr in Wut.

»Sondahr erweist uns eine große Ehre, daß sie uns an ihren Erleuchtungen teilhaben läßt«, sagte er verächtlich.

Sie hob den Kopf. »Sondahr dankt Lorak für seine vertrauensvollen Worte«, erwiderte sie im selben Ton, während sie ihre Blicke offenbar nur mühsam von Karana lösen konnte. Sie musterte Torka und den wohlfsähnlichen, blauäugigen Hund, der zwischen ihm und dem Jungen stand. Aar senkte den Kopf. Dann wanderte ihr Blick zum Stamm von Torka und Zinkh.

Ohne Angst vor den Hunden zu zeigen, die wie Wachtposten neben Aliga standen, trat sie hoheitsvoll aus der Gruppe der Zauberer hervor und schritt zur kranken Frau auf dem Schlitten.

Als Schwester Hund ihren grauen Kopf senkte und knurrte, sah die Frau sie einfach an, worauf die Hündin sofort ruhig wurde und sie heranließ. Sie deckte die Felle auf, berührte Aligas Bauch und ihre Augenbrauen, atmete den Geruch ihres Atems ein und wandte sich wieder Torka zu.

Sie sah ihn eine ganze Weile mit besorgten Augen an, ohne etwas zu sagen. »Torka ist nicht wegen der Mammutjagd zur Großen Versammlung gekommen«, sagte sie schließlich. »Er will nicht das Fleisch der großen Tiere mit den Stoßzähnen essen. Er ist gekommen, um Heilung für diese Frau zu suchen.« Sie sagte es so beiläufig, als wäre es die natürlichste Sache der Welt, die Gründe für die Ankunft des Fremden genau zu kennen. »Komm, Mann mit den Hunden! Bring diese tätowierte Frau an Sondahrs Feuer! Ich werde für sie tun, was ich kann.«

Während Pomm verärgert schmollte, starrte Aliga die Zauberin aus vom Fieber verschleierten Augen an. »Du bist nicht Navahk.«

»Nein«, stimmte Sondahr nachdenklich zu, während ihre Augen wieder zu Karana wanderten, der sie anstarrte, als hätte er noch nie eine Frau gesehen. »Dieser Mann ist nicht in diesem Lager.«

Lonit war so erleichtert über Sondahrs Worte, daß sie vergaß, eifersüchtig auf sie zu sein. Pomm allerdings war auf beide Frauen eifersüchtig. Einer von Zinkhs kräftigsten Jägern packte Aligas Schlitten, und Karana folgte Sondahr wie ein Schlafwandler. Neben dem kleinen Häuptling, der sich zufrieden in seinem Anteil an Torkas Ruhm sonnte, führten Lorak und der alte Zauberer Torka und den restlichen Stamm durch den Zaun aus Mammutknochen in das Lager der Großen Versammlung.

Vor Schreck über die Hunde unterbrachen die Kinder ihre

Spiele, während die Erwachsenen einen Durchgang freimachten und ehrfurchtsvoll raunten.

Torkas Stamm kam an unzähligen Erdhütten und einfachen Unterkünften aus Knochen, Fellen und Stroh vorbei, vor denen sich kleine Gruppen versammelt hatten. Zwei heranwachsende Mädchen spielten mit einem Säugling, den sie in die Luft warfen und mit einem straff angespannten Fell wieder auffingen. Doch als sie die Fremden und ihre Hunde sahen, hörten sie auf und starrten die Neuankömmlinge ungläubig an. Lonit lächelte sie an, als sie vorbeikamen. In ihren Armen hielt sie Sommermond, die von so vielen Kindern fasziniert war. Auch ihre Mutter hatte noch nie so viele Kochfeuer, reihenweise aufgestellte Trockenrahmen und verschiedene Menschen gesehen. Einen Augenblick lang hoffte Lonit, Iana würde aus ihrer Lethargie erwachen und entzückt über die vielen lärmenden Kinder sprechen. Doch die Frau mit den traurigen Augen ging wie bisher stumm neben ihr, während sie die schlafende Demmi auf dem Rücken trug.

Unterwegs benannte Lorak die verschiedenen Stämme und ihre Häuptlinge, ihre Merkmale und Fehler. Er beklagte sich über eine schlechte Jagdsaison und erklärte damit, warum so viele zur Großen Versammlung gekommen waren.

»In mageren Jahren kommen viele in dieses Land und vergessen, daß sie normalerweise Jagd auf Bison, Karibu und anderes grasfressendes Wild machen, dessen Fleisch viel schmackhafter sein soll. Sie sagen, daß Mammutfleisch schlechtes Fleisch sei, weil es streng nach Fichtennadeln schmeckt. Doch das gilt offenbar nicht für die Hungerzeit.« Er zeigte Torka deutlich, daß er alle verachtete, die für Mammutfleisch nichts übrig hatten. »Vom Fleisch der großen Mammuts erhalten wahre Männer ihre Kraft«, sagte er und warf Torka einen Seitenblick zu, um zu sehen, wie er darauf reagierte.

Torka lächelte über Loraks offensichtlichen Köder. Er wollte ihm nicht den Gefallen tun, darauf hereinzufallen. Von unzähligen Feuern starrten sie Gesichter an. Die Hunde schlichen mit eingezogenem Schwanz mit ihrem Gepäck dahin. Sie spürten die Angst der Menschen und die drohende Feindseligkeit.

Plötzlich sprang ein Junge aus der Menge hervor und berührte einen der größeren Welpen, um seinen Mut zu beweisen und sich selbst zu vergewissern, daß er keine Gespenster sah. Er flüchtete schreiend, als der Hund ihn ansprang und ihm knurrend in den Finger biß, bevor Torka ihn zurückhalten konnte.

»Untersteh dich!« schnauzte Torka den Jungen an, der selbst wie ein verschreckter Welpe aussah, als er an seinem blutigen Finger saugte.

»Das sind Geisterhunde!« rief Zinkh und unterstrich Torkas Warnung. »Nur Torkas und Zinkhs Stamm darf wie Brüder und Schwestern neben den Hunden gehen! Alle anderen sollten sich lieber von Torkas Zauberhunden fernhalten!«

Torka verdrehte die Augen. Zinkh hatte offenbar großen Gefallen an seinem neuen Status gefunden und ließ keine Gelegenheit aus, darauf hinzuweisen.

Lorak sah den Hund nachdenklich an, sagte aber nichts. Er führte die Neuankömmlinge bis zu einer weniger bevölkerten Anhöhe. »Dort! An jenem Ort mag der Mann mit den Hunden seine Feuerstelle und seine Erdhütten errichten.«

»Eine große Ehre!« rief Zinkh und grinste Torka mit unterwürfiger Ehrerbietung an. »Das ist der Hügel der Träume! Der beste Platz im ganzen Lager. Wenn es regnet, läuft das Wasser in die Lager der anderen Stämme. Wenn der Wind weht, trägt er die Fliegen und den Gestank der Latrinen fort. Ein Platz für Zauberer.«

»Aber nicht für dich!« fügte Lorak genüßlich hinzu. »Dieser Mann hat Zinkh und seinen Stamm schon früher in diesem Lager gesehen. Euer Stamm hat keinen Zauberer!« Er sah Torka erneut mißtrauisch an. »Doch nach Zinkhs Worten ist der Mann mit den Hunden ein Zauberer, also müssen er, seine Frauen und sein Sohn an diesem Ort lagern. Zinkh und der Rest dieses Stammes mögen dort ihr Lager aufschlagen, wo sie noch Platz finden!«

Torka sah Zinkh an und bedauerte, wie der kleine Mann vom alten Zauberer erniedrigt worden war. »Zinkh und der Rest seines Stammes sind jetzt Torkas Stamm«, protestierte er. »Wir werden gemeinsam hier unser Lager aufschlagen!«

»Kommt!« drängte Sondahr. »Bringt die tätowierte Frau zu mir auf den Hügel der Träume! Die anderen werden euren Frauen und Kindern bei der Errichtung des Lagers helfen.« Sie zeigte auf den Mann, der den Schlitten der kranken Frau herbeigeschafft hatte. »Du wirst hierbleiben. Ihr Mann wird mit ihr kommen — nur ihr Mann!«

Torka gehorchte. Er schnallte seine Rückentrage ab, hob Aliga vorsichtig vom Schlitten und trug sie auf den Hügel der Träume, an mehreren kleinen kegelförmigen Hütten vorbei bis zu einer, die vollständig mit schwarzen und weißen Kondorfedern bedeckt war. Da er annahm, daß es Sondahrs Hütte war, blieb er stehen, doch sie drehte sich zu ihm um und schüttelte lächelnd den Kopf.

»Das ist Loraks Traumhütte. Wenn der Wind günstig steht, wird der Wind sie vielleicht eines Tages davonfliegen lassen«, sagte sie und ging weiter.

Er folgte ihr und bewunderte den Ausblick vom Hügel. Er konnte meilenweit in alle Windrichtungen sehen, über das wimmelnde Lager bis zum weiten Land dahinter, das von Flüssen durchzogen und mit Seen durchsetzt war. Im Osten lagen die Wandernden Berge, die sich nach Süden hin in der Unendlichkeit zu verlieren schienen. Wäre er nicht selbst dort gewesen, hätte er sie vielleicht für tiefhängende Wolkenbänke gehalten. Er dachte flüchtig an ihr Tal und die warmen Teiche, in denen er mit Lonit herumgetollt war, und verspürte einen sehnsüchtigen Stich.

»Komm!« riß ihn Sondahr aus seinen Gedanken.

Oben auf dem Hügel stand ein großes Langhaus, das aus Knochen und Stoßzähnen von Mammuts erbaut war. Die von der Sonne ausgebleichten Schädel zweier riesiger Mammutbullen flankierten die Pfeiler des Eingangstores, die aus zwei langen aufrecht gestellten Stoßzähnen bestanden. Ihre Spitzen waren kunstvoll mit Riemen verknotet, während vier Stoßzähne am Boden einen Aufgang zum Langhaus säumten. Sondahr ging daran vorbei und blieb auf dem Gipfel des Hügels neben einer niedrigen Erdhütte stehen, die von einem alten, ehemals roten Mammutfell bedeckt war. Sie führte Torka durch den Eingang hinein, der aus einem einzigen, ungewöhnlich stark gebogenen Stoßzahn gebildet wurde.

Torka blieb im Eingang stehen. Im Innern der Hütte war es düster, und es duftete nach Wermut, der vor kurzem in der Feuerstelle verbrannt worden war.

»Torka möge die Frau hier hinlegen.«

Er wartete, bis sich seine Augen an die Dunkelheit gewöhnt hatten. Die Wände der gewölbten Hütte bestanden aus Mammutrippen. Die Feuerstelle in der Mitte war nicht von Steinen oder Torfstücken eingefaßt, sondern von Mammutbackenzähnen. Der ganze Boden war mit Mammutzähnen gepflastert. Die Liege an der Wand war ebenfalls mit zottigem, rotem Mammutfell überzogen. Er durchquerte den kleinen Raum und legte die fast bewußtlose Aliga vorsichtig auf die Pritsche. Sondahr entfernte ihren Umhang und ihre Stirnbinde. Sie kniete sich neben sie und legte ihr Ohr und eine Hand auf Aligas Bauch. Sie tastete mit der Hand und schloß dann die Augen.

Torka runzelte die Stirn. Es sah aus, als würde die Zauberin schlafen. Dann atmete sie tief aus und sprach wie in Trance.

»Wie lange ist diese Frau schon schwanger?«

»Viel zu lange.«

»Ich kann in ihr kein Leben außer ihrem eigenen Herzschlag und Atem spüren.«

»Aliga spürt es.«

»Deine Frau möchte es spüren! Darum spürt sie es. Ich brauche etwas Zeit, um es genau herauszufinden.« Sie seufzte und stand in einer anmutigen Bewegung auf. »Kannst du sie mir ein oder zwei Tage hierlassen? Damit sie sich ausruht und ich ihr ein paar Tees zur Kräftigung machen kann.«

»So lange wie du brauchst, um das Kind auf die Welt zu bringen.«

»Vielleicht gibt es gar kein Kind.«

Torka war sprachlos.

Sie sah seine Reaktion und führte ihn am Arm aus der Hütte heraus. Sie traten in die Sonne, doch als Sondahr sprach, wurde Torka kalt. »Da ist nichts in ihrem Bauch, was ich fühlen könnte. Nichts!«

»Aber sie hat doch gespürt, wie es sich bewegte!«

»Sie hat noch nie ein Kind gehabt. Daher hat sie gespürt, was ihre Seele spüren wollte. Der Seelenfänger haust im Bauch deiner Frau, Torka. Er saugt ihr das Leben aus. Ich habe es schon öfter gesehen, und es gibt dafür keine Heilung. Doch sie hat Glück, denn sie hat einen Mann, der sich um sie sorgt und für sich behält, was ich ihm nun anvertraue, und der sie von weit her gebracht hat, damit sie ihre letzten Tage unter Frauen verbringen kann. Das ist die beste Medizin für sie. Das ist es, wonach sie sich gesehnt hat. Bis es zu Ende geht, braucht sie nicht zu wissen, was ihr bevorsteht. Niemand außer Torka wird es wissen, damit bis zum Schluß ein Mann für sie sorgt und sie in den Armen hält, wenn ihre Seele den Körper verläßt. Das ist mehr, als die meisten Frauen jemals erhoffen können.«

Er drehte sich um und wollte nichts mehr hören. Er wandte ihr den Rücken zu, um zu gehen, doch sie legte ihm die Hand auf den Arm, damit er ihr noch einmal ins Gesicht sah. »Du bist kein Zauberer«, sagte sie leise.

»Zinkh hat es gesagt, nicht ich.«

»Aber du hast ihm nicht widersprochen.«

»Wie du selbst gesagt hast, gibt es viele Arten von Zauber.«

»Der Junge, der mit dir gekommen ist, beherrscht sie alle. Er ist nicht dein Sohn?«

Er verstand ihren letzten Satz als Frage und hörte darin leise Furcht. »Er ist mein Sohn«, sagte er, denn kein Sohn von seinem eigenen Blut könnte ihm mehr bedeuten.

Blitzschnell legte sie ihre Hand auf seine Lenden. »Aber nicht in dieser Beziehung!«

Er schlug ihre Hand weg. »Du spekulierst zuviel, Sondahr!«

Ein unsagbar trauriger Ausdruck erschien auf ihrem wunderschönen Gesicht. »Ich spekuliere nicht, Torka! Ich weiß! So wie die Vögel am Ende des Sommers von den Seen aufbrechen und in Richtung der aufgehenden Sonne fliegen, weiß ich, wann der Winter kommt. Ich weiß es, bevor es die Jäger wissen, selbst bevor es die Schwäne oder die Geister des Himmels, der Stürme und der Wolken wissen! Der Winter, den ich sehe, ist keine Jahreszeit, Torka. Es ist ein Winter der Seele, eine kalte, bewölkte

Erinnerung an Dinge, die geschehen sind und geschehen werden. Und für dieses Wissen gibt es keine Heilung und keine
Abhilfe, genausowenig wie für deine Frau.«

3

»Nashorn!«

Mit diesem einen Wort begann die Jagd. Aus jeder Hütte und
jedem Unterschlupf kamen die Männer, nahmen ihre Speere
und rannten eifrig der Gefahr entgegen.

»Jetzt werden wir ihnen zeigen, was Zauber ist, ja?« fragte
Zinkh, als Torka vom Hügel der Träume herunterkam. Er
nickte und war zufrieden, daß Zinkh und seine Männer das
Lager fast fertig errichtet und sogar schon eine Mulde für Torkas Erdhütte gegraben hatten. Lonit, Iana und die anderen
Frauen waren damit beschäftigt, kleine Gräben auszuheben,
durch die der Regen von den Hütten zu einem kleinen Teich
abfließen würde, aus denen sie dann sogar Trinkwasser würden
schöpfen können. Er lächelte, als er sah, daß Sommermond ihr
Bestes tat, um den Frauen zu helfen, während Lonit darüber
hinwegsah, daß das Kind sich dabei in erster Linie dreckig
machte.

In der Nähe versuchte Karana mißmutig, die Hunde unter
Kontrolle zu halten, was nicht einfach war. Bis der Jagdruf alles
in Aufregung versetzt hatte, war die gesamte Jugend des Lagers
in seiner Nähe versammelt gewesen, um zu erfahren, durch
welche Art Zauber die Hunde den Befehlen des Menschen
gehorchten. Jetzt sah der Junge Torka mit einem merkwürdigen
Gesichtsausdruck an. Karana hatte ihn schon oft bei anderen
Männern gesehen, aber noch nie bei Karana. Worauf war der
Junge eifersüchtig?

»Wo ist Aliga?« fragte Lonit.

Torka runzelte die Stirn. Sie hatte denselben eifersüchtigen
Ausdruck. Was war nur mit ihnen los? »Sie wird einige Tage bei

176

der Zauberin bleiben. Die Frau sagt, daß sie ihr Tees zur Linderung ihrer Schmerzen geben will.«

»Bah!« entfuhr es Pomm. Doch dann errötete sie und tat so, als würde sie Mücken verscheuchen, denn ihr wurde klar, daß sie mit ihrer Eifersucht auf die Zauberin unabsichtlich einen Mann kritisiert hatte.

»Sie ist weise und hübsch«, sang Karana im Tonfall einer Geisterbeschwörung.

Torkas Lächeln kehrte zurück, als er endlich verstand. »Ich dachte, Karana macht sich nichts aus Mädchen!«

»Das ist kein Mädchen! Sie ist die schönste Frau der ganzen Welt!«

»Das könnte schon sein«, sagte Torka vorsichtig und amüsierte sich so sehr über den verliebten Blick des Jungen, daß er den leidenden Ausdruck auf Lonits Gesicht nicht bemerkte.

»Kommt! Wir gehen jetzt auf die Jagd!« Zinkh hielt seine Speere in der Hand und wartete mit seinen Jägern. »Seht! Sogar der alte Lorak verläßt das Lager mit seinen Speeren — als ob er noch damit umgehen könnte! Er soll nur abwarten, bis er Torka mit dem Speerwerfer sieht, dann erfährt er, was wahrer Zauber bewirken kann.«

Sie liefen wie ein Rudel Wölfe auf das Land hinaus. Die Hunde rannten den heulenden Männern und Jungen voraus, als würden sie die Jagd anführen. Das alte Wollnashorn, das im frostharten Gras des Sumpfes Beeren, Blätter und Zweige abgeweidet hatte, konnte sie hören, lange bevor seine kleinen trüben Augen sie sahen. Es hob den gehörnten Kopf und spitzte die Ohren.

Der erste Speer ging weit daneben, ebenso die folgenden. Doch dadurch wurde das Tier allmählich auf die drohende Gefahr aufmerksam. Da es leicht zu reizen und unvorsichtig war, schnaufte es kurz und ging dann zum Angriff über.

Während die aufgeregten Jäger an ihm vorbei dem Nashorn entgegenstürmten, blieb Torka auf einem Hügel kurz vor dem Sumpf stehen und ärgerte sich über die ungestüme und disziplinlose Jagd. Er hatte einen seiner Speere in den Speerwerfer gelegt und hielt die anderen in seinem Köcher auf dem Rücken bereit. So wartete er auf den Angriff des gefährlichen Tieres, an das man sich in aller Stille hätte anschleichen sollen. Wenn sie darauf geachtet hätten, daß der Wind ihren Geruch nicht verriet, hätten sie sich leicht bis auf wenige Schritte heranarbeiten und das Ungetüm zu Fall bringen können, während es noch im Sumpf wühlte.

Doch es ging ihnen nicht nur um das Fleisch, sondern auch um das Vergnügen. Daher war es von Anfang an ihre Absicht gewesen, das Tier zu reizen. Doch dann hätten sie auf den wütenden Angriff gefaßt sein müssen.

Das Nashorn stürmte hinter ihnen her und schwang sein Horn mit einer solchen Kraft, daß jeder, der nicht zur Seite gesprungen wäre, aufgespießt und zurück in den Sumpf geschleudert worden wäre.

Jetzt stand es ihnen auf dem offenen Grasland gegenüber. Es schnaufte wütend und scharrte mit den Hufen, so daß Gras und Erde durch die Luft flogen. Unter der Führung Aars hatten die Hunde es eingekreist, bellten und schnappten und wagten einzelne Angriffe. Die kleinen Augen des Nashorns, die vom Alter fast blind waren, versuchten, die Angreifer zu erkennen. Es schüttelte den Kopf, schnaubte drohend und schlug nervös mit dem Schwanz, während es im Kreis herumlief. Einer der älteren Hunde aus dem ersten Wurf von Aar und Schwester Hund machte einen Ausfall, als das Nashorn gerade den Kopf herumdrehte. Der Hund wurde vom Horn aufgespießt und flog dann jaulend durch die Luft, bis er ohne ein weiteres Lebenszeichen im Gestrüpp des Sumpfes verschwand.

Torka ärgerte sich. Neben ihm stand Karana bleich und zitternd und hielt ebenfalls seinen Speerwerfer bereit. Er fragte sich genauso wie Torka, wie die Jäger der Großen Versammlung Spaß an einem solchen Risiko haben konnten.

Doch der Tod des Hundes hatte sie erregt, so daß sie vor Bewunderung über den Mut des Tieres aufheulten. Noch nie hatten sie Hunde gesehen, die gemeinsam mit Menschen jagten. Obwohl Zinkh es behauptet hatte, hätten sie es nie für möglich gehalten. Sie heulten immer noch, als Aar und die anderen Hunde jetzt wütender angriffen, um das Tier zu verwirren. Die Jäger stampften begeistert mit den Füßen, tanzten hin und her und verspotteten das Nashorn mit Jagdgesängen. Dann warfen sie alle gemeinsam ihre Speere.

Nur zwei trafen und blieben stecken, ohne jedoch ernsthafte Verletzungen anzurichten, denn das Nashorn hatte ein dichtes, graubraunes Fell über einer fast undurchdringlichen Haut und einer dicken Fettschicht. Ohne sich um die Speere zu kümmern, die aus seinem Buckel ragten, fuhr es herum und rannte los.

Lorak hob seinen gefiederten Arm und stieß einen triumphierenden Ruf aus. Die anderen folgten ihm begeistert und rannten dem Nashorn schreiend hinterher. Doch schon nach kurzer Zeit wirbelte das Nashorn herum und kehrte die Jagdrichtung wieder um.

Jetzt liefen die Hunde und Männer auf die Anhöhe zu, wo Torka und Karana immer noch standen, während den Jägern ein stampfendes, lechzendes Ungeheuer mit zottigem Fell und Tod in den halbblinden Augen folgte.

Der alte Lorak, der die Jagd zuerst angeführt hatte, fiel allmählich zurück. Als er über die Schulter sah, machte er damit einen schwerwiegenden Fehler, denn dabei stolperte er über seinen gefiederten Umhang und fiel hin. Torka und Karana sahen, wie der alte Mann sich tapfer in Stellung brachte, um das Nashorn mit seinem Speer aufzuspießen, bevor es ihn in den Boden trampeln würde.

Gleichzeitig schleuderten Torka und Karana ihre Speerwerfer. Die Speere flogen hoch über die flüchtenden Jäger hinweg. Torkas Speer traf zuerst. Die scharfe Steinspitze fuhr durch die Haut und das Fett der Schulter, bis sie auf Knochen stieß und zerbrach. Das Tier brüllte auf und stürzte fast, als es plötzlich den Kurs änderte. In diesem Augenblick drang Karanas Speer in seine Flanke ein und verletzte eine Lunge. Das Tier hustete Blut, warf den Kopf hin und her und rang nach Atem. Dann fuhr Torkas zweiter Speer in seine Brust und fügte ihm eine tödliche Herzverletzung zu.

Während Zinkh vor Stolz auf und ab hüpfte und die anderen

Jäger sich ungläubig umsahen, beschämte Lorak sich selbst, als er vor Erleichterung aufschrie. Das Nashorn brach in einer Blutlache zusammen, einen Atemzug bevor es ihn zu Tode getrampelt hätte.

Torka und Karana wurden ehrfürchtig bestaunt — sie und ihre Speere und die Macht, die sie über die Hunde hatten. Torka, der eine bittere Lektion in Supnahs Stamm gelernt hatte, stritt nicht ab, daß es sich um Zauber handelte. Die Menschen auf der Großen Versammlung sollten von ihm denken, was sie wollten. Ein hoher Status war nützlich, wenn man sich unter Fremden aufhielt.

Sie öffneten den Bauch und die Kehle des erlegten Nashorns. Torka und Karana wurden mit den besten Stücken geehrt, denn sie hatten den tödlichen Wurf angebracht, der das große Lager nicht nur mit Männerfleisch versorgte, sondern auch das Leben Loraks, des höchsten Ältesten unter den Zauberern, gerettet hatte.

Sie setzten sich neben das Tier und genossen das warme, köstliche Blut. Dann wurden ihnen die besten Delikatessen angeboten, die Zunge, die Leber, das Herz und der Inhalt der Gedärme, die Torka und Karana großzügig mit den anderen teilten. Die Augen wurden ihnen gereicht, und sie saugten die Flüssigkeit aus. Niemand erhob Einspruch, als Torka und Karana den Hunden etwas abgaben, denn sie hatten sich ihren Anteil verdient.

Als sie satt waren, wurden die Frauen gerufen, die mit ihren Schlachtwerkzeugen kamen. Lonit platzte fast vor Stolz. Dieses Tier war von Männern ihrer Feuerstelle erlegt worden.

Sie bewunderte das riesige und gefährliche Tier und war froh, daß Iana mit Demmi und Sommermond zurückgeblieben war. Iana war, wenn man es recht betrachtete, gar nicht Torkas Frau. Aliga auch nicht, dachte sie. Torka ging manchmal zu ihr, um sie in der Nacht über ihre Einsamkeit hinwegzutrösten, weil der Mann dafür verantwortlich war, daß seine Frauen zufrieden waren. Doch seit Aliga schwanger war, hatte Torka nur

180

noch bei Lonit gelegen. Sie war seine erste und einzige Frau, und sie war froh darüber.

Doch ihre Stimmung verdüsterte sich, als sie an Aliga dachte, die jetzt an Sondahrs Feuerstelle war. Torka war mit ihr gegangen. Er hatte Karana gegenüber zugegeben, daß er sie für die schönste Frau der ganzen Welt hielt. Sondahr, die keinen eigenen Mann hatte, verdiente wahrlich einen Mann wie Torka.

Doch wenn jemand Aliga helfen konnte, dann war es Sondahr. Als die Männer auf die Jagd gegangen waren, hatten die Frauen nur von ihren Heilkünsten gesprochen. Wenn Aliga einen Jungen bekam, würde Torka sie nie mehr gehen lassen. Der Wert einer Frau wurde auch nach ihrer Ausdauer und ihrem Geschick bemessen, doch letztlich danach, ob sie kräftige Jäger in die Welt setzen konnte. Und Lonit hatte bisher nur Töchter gehabt.

Sie schämte sich noch mehr, als sie merkte, daß sie über ihre Sorgen ihre Verantwortung vernachlässigt hatte. Da Torka sie gerufen hatte, um das Fleisch mit ihr zu teilen, mußte sie ihm nach der Tradition ihres Stammes mit einem Gesang danken. Sie hoffte nur, daß die Zuschauer sie nicht auslachten.

Aber niemand lachte. Stumm und bezaubert sahen sie ihren gemessenen Schritten zu, lauschten auf die leise Melodie ihres Liedes und bewunderten ihre Schönheit. Als sie den Kreis um das erlegte Wild vollendet hatte, blieb sie mit niedergeschlagenen Augen vor ihrem Mann und Karana stehen und fragte um Erlaubnis, das Tier schlachten und von ihrer Beute essen zu dürfen. Als die Umstehenden anerkennend ausatmeten und Torka vor Stolz und Liebe strahlte, war sie glücklich vor Freude und Erleichterung.

Doch dann richteten sich seine Augen auf etwas hinter ihr, und auch Karana war wie gebannt. Als sie sich umdrehte, sah sie Sondahr hinter ihr stehen.

4

Das Fleisch des Wollnashorns reichte nicht lange, nachdem es unter den vielen Menschen aufgeteilt war. Lonit hatte den anderen Frauen erlaubt, ihr beim Schlachten zu helfen. Sie lobten sie für ihre Großzügigkeit, und alle außer Sondahr halfen ihr, das Tier zu häuten, das Fleisch zu verpacken und die handlichen Stücke ins Lager zu bringen. Die Frauen und allen voran die besonders streitlustige Pomm vertrieben Sondahr und sagten ihr, sie würde als mächtige Zauberin schon ihren Anteil erhalten, und sie sollte sich nicht die Hände mit Blut beschmutzen. Als jedoch beim nächtlichen Festmahl alles Fleisch aufgegessen wurde, blieb die Zauberin bei Aliga in ihrer Hütte und beanspruchte keinen Anteil für sich.

Am Morgen brachte einer der Zauberer die Nachricht vom Hügel der Träume, daß das Fieber der tätowierten Frau nachgelassen hatte und daß sie dank der geheimnisvollen Kräfte Sondahrs ruhig schlief. Lonit fragte, ob sie ihre Schwester sehen könnte, doch es hieß, daß nur Zauberer, Sondahr und diejenigen, die eine Einladung erhielten, den heiligen Hügel betreten durften.

Enttäuscht machte Lonit sich wieder mit den anderen Frauen an die Arbeit und versuchte, nicht auf Sondahr eifersüchtig zu sein. Am Ende des Tages hatten sie das Nashornfell über einen Trockenrahmen gespannt. Die Sehnen wurden geflochten, das Fett verarbeitet, die Knochen aufgebrochen, um an das wertvolle Mark heranzukommen, und der Schädel neben den anderen am Knochenzaun um das Lager aufgestellt.

Das Horn des Tieres wurde am Rand von Torkas Lager postiert. Zuerst hatte er es neben den Eingang ihrer Erdhütte gestellt, doch jeder Mann wollte es ehrfürchtig berühren, weil es angeblich magische Kräfte besaß. Da dies wegen der bellenden Hunde ständig zu einem Spießrutenlauf führte, mußte Torka das Horn weit weg von seinem Feuer aufstellen, damit die Hunde ruhig blieben und niemand gebissen wurde. Dennoch sagte Lorak mit finsterer Miene, daß ein so mächtiger

Gegenstand wie das Horn nicht in das Lager einfacher Menschen gehörte.

Abends riefen die Ältesten die verschiedenen Stämme zusammen, um die Jagd mit Geschichtenerzählen, Spielen und Tanz zu feiern, doch der höchste Älteste schmollte noch immer. Er grollte denen, die ihm das Leben gerettet hatten.

»Das große Wollnashorn hätte lieber die Seele des alten, undankbaren Kondors mitnehmen sollen«, zischte Zinkh, der dem Alten immer noch nicht verziehen hatte, daß er ihn öffentlich herabgesetzt hatte.

Torka sah zum Hügel der Träume hinauf, wo Lorak allein vor seiner federgedeckten Hütte hockte. Er hatte sich unabsichtlich zum Feind des alten Zauberers gemacht. Es war nicht gut, Loraks viele Freunde unter den Zauberern gegen sich zu haben, denn er mußte an seine Frauen und Kinder denken. Die Zauberer waren die eigentliche Macht in dieser Großen Versammlung. Trotzdem tat ihm Lorak leid.

»Es muß etwas Schlimmes sein, wenn ein Mann seinen Stolz verliert«, sagte er zu Zinkh. »Vielleicht kann dieser Mann Lorak zurückgeben, was er und Karana ihm ungewollt genommen haben.«

Also nahm er das Horn, und da alle ihn ohnehin für einen Zauberer hielten, ließ er Karana zum Hügel mitkommen. Als mehrere Zauberer am Eingang zum Knochenhaus erschienen, legte Torka das Horn mit aller Ehrerbietung dem Zauberer zu Füßen.

»Torkas Seele ist im Traum auf eine Reise gegangen«, suchte Torka nach den richtigen Worten, als er steif neben Karana in der gebieterischen Haltung stand, die er bei Zauberern beobachtet hatte, wenn sie wollten, daß kein Zweifel an ihren Worten aufkommen sollte. »Torkas Seele hat die Jagd noch einmal erlebt und erkannt, daß nach der Tradition von Torkas Stamm das Horn des großen Nashorns demjenigen gehört, der sein Leben eingesetzt hat, damit die anderen es erlegen konnten.«

Lorak sah ihn stirnrunzelnd an und schien nicht zu verstehen. Die anderen Zauberer murmelten unschlüssig. Karana sah

Torka verblüfft über seine Worte und sein ungewöhnliches Verhalten an.

»Es war außergewöhnlich mutig, sich einem angreifenden Nashorn entgegenzustellen, damit die anderen Jäger dem Tod entrinnen konnten.«

Lorak zuckte zusammen. Er wußte, daß Torkas Behauptung eine Lüge war und daß auch Torka es wußte. Ihre Blicke trafen sich. Warum erwies dieser jüngere und stärkere Mann jemandem Respekt, der in einem Augenblick der Angst geschrien und seine Kleidung wie ein Säugling beschmutzt hatte?

Lorak knurrte mißmutig. Auch wenn es eine Lüge war, bot Torka ihm doch einen Ausweg aus seinem Dilemma an, der seine Ehre wiederherstellen konnte. Er mußte nur zustimmen, und er war wieder der höchste Älteste unter den Zauberern. Auch Sondahr würde seine Macht wieder anerkennen müssen. Vielleicht würde er dann sogar einen Weg finden, mit ihr die Schlaffelle teilen zu können.

»So ist es!« schnappte er schließlich. »Torka hat lange genug gebraucht, hinter seiner Überheblichkeit die Wahrheit zu erkennen!«

Als sie vom Hügel der Träume herabstiegen, blickte Karana sich immer wieder zu Sondahr um, die auf dem Gipfel stand und ihn ansah, wie noch keine Frau ihn angesehen hatte.

Nachdem in dieser Nacht die Wettkämpfe beendet waren, zu denen Torka ihn immer wieder ermutigt hatte, war er aus fast jeder Herausforderung als strahlender und atemloser Sieger hervorgegangen. Einige seiner Mitstreiter kamen zu ihm und boten ihm die Freundschaft an.

»Ich bin Yanehva, der Sohn Cheanahs. Mein Bruder Mano und ich denken, daß es noch viel in diesem Lager gibt, was wir dir zeigen könnten. Und mit Tlap und Ank hier könnten wir in den nächsten Tagen auf die Jagd gehen und den Männern zeigen, was wir können! Und jetzt könnten wir dir, wenn du möchtest, ein anderes Spiel zeigen.«

Karana war begeistert. Es war Jahre her, seit er Freunde in

seinem Alter gehabt hatte, so daß er nur nicken und hinterher-laufen konnte, als sie kreuz und quer durch das Lager zogen, um die Hütten der hübschesten und vielversprechendsten Mäd-chen zu suchen. Sie schlichen sich im Schatten der Lagerfeuer an, lugten durch Schlitze in den Wänden der Erdhütten, die die Brüder gut kannten, blinzelten sich zu und unterdrückten ihr Lachen, als sie die Frauen und Mädchen beobachteten, die sich für das nächtliche Fest anzogen. Karana gefiel es in der Gesell-schaft der Jungen, doch obwohl viele der Mädchen sehr hübsch waren, mußte er die ganze Zeit nur an die stolze und geheimnis-volle Sondahr denken. Daher hatte er bald genug von dem Spiel, zog sich zurück und setzte sich lieber zu Torka, der die Gesellschaft der anderen Jäger genoß.

Bald brannte ein großes Lagerfeuer. Karana ging mit Torka und den anderen zu einer großen, mit Steinen eingefaßten Feu-erstelle, in denen Soden, Flechten und Knochen mit hohen, kni-sternden Flammen brannten und Funken in den Himmel auf-stiegen. Über dem östlichen Horizont glühte ein rotgoldenes Polarlicht wie ein zitternder Flußarm.

Wie es üblich war, setzten sich die Frauen und Kinder zusam-men auf die eine Seite und die Männer und Jungen auf die andere Seite des Feuerkreises. Alle lauschten ergeben, als Lorak in den Himmel zeigte und wundersame Geschichten über den großen Fisch erzählte, der in den Flüssen des Himmels schwamm. Sein Laich waren die Sterne, die, wenn Wolken den Himmel bedeckten, als Regen zur Erde fielen. Das war der Grund, so erklärte er, daß auch in den Flüssen der Erde Fische schwammen, damit die Menschen sie fangen und essen konn-ten.

»Fisch!« rief Zinkh voller Abscheu, als die Geschichte zu Ende war. »Dieser Mann sagt, daß es besser wäre, wenn die Sterne, die vom Himmel regneten, die Eier von Männerfleisch wären! In diesem Land hat es in letzter Zeit viel zu viel Fisch, Beeren und Vögel gegeben.«

»Jede Nahrung ist ein Geschenk der Geister«, erwiderte Lorak. »Wir alle, die wir hier auf die Ankunft der großen Mam-muts warten, werden nur das Fleisch essen, was uns zum

185

Geschenk gemacht wird. Denn was Mutter Erde uns gibt, sind Geschenke! Und während wir auf die großen Mammuts warten, gib es viel Fleisch in den Flüssen, viel fettes Geflügel und süße Beeren für unsere Kinder. Wir sind viele Stämme in diesem Lager. Wenn dir Frauenfleisch nicht erlaubt ist, dann rühre es nicht an! Wenn die Hufe der großen Herden über die Erde dröhnen, wenn die Windgeister in den fernen Schluchten heulen, wenn Donnerstimmes Trompeten den Himmel erschüttert, dann wissen alle Menschen, daß Vater Himmel die Kraft ist, die das Leben allen Fleisches in die Bäuche der Mütter des Wildes legt.«

»Eh yah hay!« stimmten viele Jugendliche gleichzeitig zu.

Jetzt waren die Männer der verschiedenen Stämme an der Reihe, ihre Geschichten zu erzählen. Sie sprachen von fernen Ländern und anderen Lebensweisen, die dennoch immer irgendwie vertraut waren. Sie rühmten sich großer Abenteuer und bannten ihre Zuhörer mit Geschichten über den harten Lebenskampf. Der letzte Erzähler sprach davon, wie er ganz allein einen großen Bären getötet hatte. Er hatte seinen Frauen nichts von dem Fleisch abgegeben, denn der Bär hatte sich kurz vorher den Bauch mit Fisch vollgeschlagen, so daß seine Frauen davon wochenlang essen konnten.

»Das rote Fleisch des großen Nashorns war das erste frische Fleisch, das viele Menschen in diesem Lager seit langem gegessen haben. Torka hat der Großen Versammlung Glück gebracht«, sagte ein Zauberer, und alle Jäger, die seinen Speer höher und weiter als jemals zuvor hatten fliegen sehen, jubelten begeistert.

»Erzähl uns von deinem Stamm! Wieso ist Torkas Stamm in dieses Lager gekommen, um uns von einem wildreichen Land zu berichten, während wir die Jagdgründe unserer Väter ein ganzes Jahr lang ohne großen Erfolg durchstreift haben?«

Torka sprach ruhig und ohne Ausschweifungen. Das war auch nicht nötig, denn jeder kannte das große Mammut Donnerstimme. Sie erzitterten, als er erzählte, wie es seinen Stamm vernichtet und ihn gezwungen hatte, mit einem alten Mann, einer jungen Frau und einem wilden Hund auf eine lange Reise zu gehen, bis er schließlich seinen Frieden mit dem Zerstörer gemacht hatte und ihn seitdem Lebensspender nannte, weil es ihn in ein neues Leben in einem fremden und verbotenen Land geführt hatte.

»Warum sollte ein so wildreiches Land verboten sein?« Die Frage kam von einem der zwei heruntergekommenen Jäger, die zu keinem Stamm gehörten und nebeneinander hockten. Sie hatten einen schwächlichen Jungen, der hübsch wie ein junges Mädchen aussah, an einen Riemen angeleint.

»Und warum hat Torka diese guten Jagdgründe verlassen, um in einem Lager zu überwintern, wohin bisher weder die Mammuts noch die großen Herden gekommen sind?« wollte der zweite wissen und sah ihm in die Augen.

Torka hob mißtrauisch den Kopf. Er musterte den schmutzigen Mann. Es war nicht der rüde Tonfall seiner Frage, der ihn irritierte und entrüstete. In allen Stämmen, mit denen er je zu tun gehabt hatte, war es verboten, jemandem direkt in die Augen zu sehen, wenn es nicht eine verwandte oder geliebte Person war. Wer gegen dieses Verbot verstieß, drang durch die Augen in die Seele des anderen ein, womit er eine Öffnung schuf, durch die die Seele entfliehen und unter die Kontrolle des Eindringlings geraten konnte. Vielleicht wußte der Mann gar nicht, daß er ein uraltes Tabu brach. Torka erwiderte seinen Blick, denn wer dem Augenkontakt auswich, gestand sich damit eine Schwäche ein.

Er hatte etwas von einem sattgefressenen Luchs, als er gedankenverloren mit dem Riemen spielte, mit dem er den Jungen neben sich gefangenhielt. Dann zuckte er zusammen und wandte den Blick ab.

»Das Wild ist Torka zu diesem Lager gefolgt!« erklärte Zinkh dem Jäger. »Oder haben du und dein jungenliebender Bruder nicht mit uns das große Wollnashorn gejagt?«

»Wir haben gejagt und gegessen. Doch vom Fleisch des Nashorns ist nichts mehr übrig, und du bist immer der erste, der sich beklagt, wenn es nur Frauenfleisch im Lager zu essen gibt, Zinkh. Mammutfleisch ist das beste Fleisch für uns, doch Tomo und Jub werden auch alles andere essen und sich nicht beschweren. Wir fragen uns aber, warum ein Mann, der sagt, daß er kein Mammut jagen will, in dieses Lager der Mammutjäger gekommen ist, und warum Torka, wenn er aus einem wildreichen Land kommt, uns nicht sagt, wo es ist, damit wir dort jagen können. Wir haben keine Angst, allein auf die Jagd zu gehen. Ihr alle hier wärt erstaunt, was Tomo und Jub euch über die Tiere, die wir getötet und gegessen haben, erzählen könnten!«

»Das Land ist für Menschen verboten«, sagte Zinkh, der Torka wütend verteidigte.

»Doch Torka ist dortgewesen! Er hat hervorragende Felle mitgebracht und...«

»Torka ist ein Zauberer! Die Geister gehen mit ihm. Er kann gehen, wohin er will!«

Torka brachte den kampflustigen Zinkh mit einer Geste zum Schweigen. Er brauchte niemanden, der für ihn sprach. »Dieser Mann ist seinem Totem Donnerstimme in das Tal der Stürme gefolgt. Obwohl es dort viel Wild gibt, gibt es dort keine Menschen. Ein Mann ohne Stamm – selbst wenn er ein Zauberer ist – muß dort in ständiger Angst um das leben, was seiner Frau und seinen Kindern zustoßen könnte, wenn seine Seele vom Wind davongetragen werden sollte. Aus diesem Grund ist Torka in die Welt der Menschen zurückgekehrt.«

»Niemand ist je aus dem Tal der Stürme zurückgekehrt, um davon zu berichten!« fuhr Lorak scharf dazwischen.

»Ich berichte davon«, sagte Torka gleichmütig und bedauerte für einen Augenblick seine Freundlichkeit zu dem Alten, mit der er sich selbst geschadet hatte. »Fern im Osten liegt ein endloses Grasland, das verbotene Tal der Stürme, ein Ort, wo ständig der Wind weht. In der Zeit des Lichts spricht er leise zu den Menschen, und in der Zeit der langen Dunkelheit setzt er ihm zu. Niemand könnte lange in den trockenen, eiskalten Stürmen überleben, wenn es nicht die verborgenen, windgeschützten Täler gäbe. In solch einem Tal hat Torka gelebt, wo es warme Quellen gab, die die Teiche nie gefrieren ließen, nicht einmal in der dunkelsten Winternacht. Und zu diesen Teichen kommt das Wild...«

»Torka muß den Menschen auch erzählen, daß es ein Land ist, wo die Berge Feuer spucken und die Erde bebt, um die Lager der Menschen zu zerstören!« Karana war aufgeregt aufgesprungen. Er hatte eine plötzliche Vision von dem Land gehabt, das er nur zögernd verlassen hatte. Das Bild war rot und heiß wie Blut und brannte in seinen Augen, als er Tomo und Jub ansah. Er wußte genau, daß solche Menschen ihr Tal schänden würden, indem sie die Tiere einschließlich Lebensspender bis zur Ausrottung jagten. »Es war ein schlechtes Land, das weise Geister den Menschen verboten haben. Deshalb haben wir es verlassen!«

Seine heftigen Worte erschütterten alle, die sie gehört hatten. Er wollte nicht laut werden oder Torka mit seinem Wutausbruch blamieren, aber er fürchtete, daß er beides getan hatte. Plötzlich wurde er von einer Unruhe gepackt und verließ den Lichtkreis um das Feuer. Torka und Lonit starrten ihm fassungslos über seinen Sinneswandel nach, und alle anderen waren von seiner Unverfrorenheit geschockt.

Karana schritt kräftig aus, bis ihn nur noch Dunkelheit umgab. Er war dankbar dafür, denn sonst wäre Pomm ihm wieder gefolgt, die sogar jedes Mädchen von ihm fernhielt, das ihm nahezukommen drohte. Sie blieb selbst dann in seiner Nähe, wenn er die Latrinen aufsuchte, wo er aus Verzweiflung nicht einmal seine körperlichen Funktionen vor ihr verbarg. Nicht einmal seine schlimmsten Beleidigungen hatten sie vertreiben können.

Er sah zu den Sternen und zum zitternd fließenden Nordlicht hinauf. Er hatte das Gefühl, daß das Licht in ihm war. Er konnte die Farben spüren und wurde von ihnen gewärmt und gestärkt, während er sich den schlafenden Hunden näherte. Aar sah zu ihm auf. Schwester Hund rührte sich nicht, sondern blickte ihn nur teilnahmslos an. Seit Aliga von Torka zum Hügel der Träume gebracht worden war und sie zurückbleiben mußte, war sie in dieser Stimmung.

Karana beugte sich zu ihr hinunter und streichelte ihren Kopf, um ihr sein Verständnis zu zeigen. Sie winselte leise und stupste mit der Schnauze gegen seine Hand. Dann ging er wei-

189

ter bis zur geräumigen Erdhütte, die er mit Torka und seiner Familie teilte. Eigentlich wollte er sich darin verkriechen und unter seine Schlaffelle vergraben, doch jetzt konnte er sich nicht mehr dazu überwinden hineinzugehen.

Er drehte sich um und sah zum großen Lagerfeuer zurück. Von hier aus konnte er weder Torka, Lonit noch Zinkh und seine Leute erkennen. Er mußte lächeln, als er sich selbst eingestehen mußte, daß der komische kleine Häuptling mit dem Fuchsschädel auf dem Kopf sich als treuer Freund erwiesen hatte.

Dann verging sein Lächeln, als ihm klar wurde, daß Torka recht hatte. Dies war ein gutes Lager. Es war schon so lange her, daß er das letzte Mal in Gesellschaft Gleichaltriger gewesen war, daß er ganz vergessen hatte, wie angenehm so etwas sein konnte. Sein Anteil an der Nashornjagd hatte ihm bei allen Menschen im Lager hohe Achtung eingebracht. Obwohl er sich sträubte, es zuzugeben, war die Aussicht, den Winter hier zu verbringen, nicht mehr abstoßend. Der Gedanke, immer in der Nähe der Zauberin Sondahr sein zu können, munterte ihn auf.

Als er an sie dachte, sah er zum Hügel der Träume hinüber. Sondahr war nicht am großen Lagerfeuer gewesen. Sie mußte dort oben in der Hütte sein, die Torka ihm beschrieben hatte, und Aliga mit ihrem Zauber heilen. Auf dem heiligen Hügel war es dunkel, nur die Knochen des Langhauses schimmerten im rötlichen Schein des Polarlichts. Er erzitterte bei dem Anblick, als er sich wieder an die Vision erinnerte.

Für einen Augenblick waren seine Gedanken nur mit Blut, Tod und Schändung angefüllt, doch dann verschwanden sie wieder, und er hatte plötzlich einen erstaunlich klaren Kopf. Karana hatte sich hier so wohl gefühlt, daß er trotz des Knochenzauns und des Knochenhauses vergessen hatte, daß diese Menschen in erster Linie Mammutjäger waren. Tomo und Jub hatten ihn wieder daran erinnert.

Er sah zum Lagerfeuer hinüber, das jetzt nur noch rauchend glühte. Im zuckenden roten Licht sah Karana mehrere Frauen, die um das Feuer tanzten. Er hörte den schleppenden monotonen Gesang, der vom Stolz der Frauen über die Mammutjagd der Männer handelte, wenn sie gemeinsam zum Schlachten und Häuten kamen. Das Lied rührte an sein Gewissen, und er konnte es nicht länger ertragen.

Indem sie das Lager mit den Mammutjägern teilten, hießen sie ihre Lebensweise gut. Dabei hatte er vor allen Geistern der Schöpfung und vor Lebensspender selbst geschworen, nie wieder Mammuts zu jagen. Plötzlich fühlte er sich im Lager eingeengt. Er sehnte sich nach der offenen Tundra und dem Gesang des ungehemmten Windes.

Mit einem entschlossenen Knurren nahm er einen seiner Speere, die an Torkas Hütte lehnten und ging durch das Lager, an unzähligen Hütten, Feuerstellen und Trockenrahmen vorbei, bis er endlich die Öffnung im Zaun aus Mammutknochen erreichte, durch die sie das Lager betreten hatten. Er hielt an und legte seine Hand auf einen großen Stoßzahn.

»Geist des Mammuts, du sollst wissen, daß Karana nicht gekommen ist, um dich zu jagen! Er ist mit Torkas Stamm in dieses Lager gekommen, um mit denen zu überwintern, die dich nicht zu ihrem Totem ernannt haben. Auch wenn sie ihre Kraft aus deinem Geist ziehen, werden Karana und Torka ihre Speere weder mit deinem Blut besudeln noch von deinem Fleisch essen. Und sie werden auch niemandem den Weg in das Tal der Stürme zeigen, in das Lebensspender gewandert ist.«

Unter seiner Hand schien sich der Stoßzahn plötzlich zu erwärmen, als hätte der Geist des großen Mammuts sein Versprechen gehört.

Karana zog verblüfft seine Hand zurück. Erst jetzt bemerkte er, daß Aar ihm gefolgt war.

»Komm, Bruder Hund!« sagte er leise und voller Dank für die Treue seines Gefährten. »Du und ich, wir werden ein Stück allein wandern. Karanas Seele fühlt sich klein und verwirrt an diesem Ort mit zu vielen Menschen.«

Gemeinsam liefen sie hinaus auf das weite Land und atmeten tief die kalte, rauchfreie Luft der Polarnacht ein. Der Junge und der Hund hielten auf einem Tundrahügel an und lauschten auf den Gesang der Wölfe. Karana hob die Arme und rief laut die

Mächte der Schöpfung an. Der Wind trug seine Stimme bis zur Zauberin auf dem Hügel der Träume.

»Große Geister, führt das Wild in dieses Land! Führt die Bisons und die Karibus her, damit sie unter den Speeren der Menschen sterben, die nach dem roten Fleisch des Lebens hungern! Große Geister der Mammuts, hört Karana an! Geht jetzt von diesem Land fort! Kommt nicht an diesen Ort, wo euch der Tod erwartet!«

5

Am nächsten Tag schliefen die Menschen der Großen Versammlung lange. Nur die Zauberin stand wie ein stummer, einsamer Wachtposten oben auf dem Hügel der Träume im Licht des Morgens. Dann sah sie Staub und kreisende Vögel am westlichen Horizont.

Bisons! Der Junge hat sie gerufen! Er hat die Macht! Morgen werden wir sie hören. Morgen werden die Männer auf die Jagd gehen. Doch es wird kein Mammutfleisch für sie oder mich geben.

Sie ging wieder zurück in ihre Hütte. Die tätowierte Frau war wach und schlürfte eine heiße Brühe aus Bärenbeerenblättern und fettem Mark aus den Knochen vieler Tiere, aber nicht vom Nashorn, dessen Fleisch ihr verwehrt worden war.

»Sondahr hat große Zauberkräfte«, rief Aliga und entblößte lächelnd ihre spitzen, tätowierten Zähne. »Die Frau von Torka fühlt sich jeden Tag kräftiger!«

Die Zauberin musterte ihre Patientin ausdruckslos. Die Ruhe und die kräftigen Brühen hatten Aliga gut getan, aber ihre Augen waren immer noch gelb, und das Fieber war nicht verschwunden, obwohl sie es jetzt unter Kontrolle hatte. Bei der geringsten Anstrengung würde es wieder ausbrechen.

»Mein Baby schläft und wächst. Es ist bald soweit, nicht wahr?«

Sondahr hatte plötzlich so großes Mitleid mit der Frau, daß sie sich kaum zurückhalten konnte. Doch sie hatte schon vor langer Zeit gelernt, daß man seine Macht preisgab, wenn man Gefühle zeigte.

Stirnrunzelnd setzte sie sich neben Aliga. »Dieser Junge, den du Karana nennst, erzähl mir mehr von ihm!«

Aligas Lächeln verschwand. »Da gibt es nichts zu erzählen. Er ist ein ungezogener Junge, dessen Augen viel zu viel sehen. Mit etwas Glück findet er in diesem Lager eine Frau und wird Torkas Stamm nicht mehr folgen.«

»Würde er als Torkas Sohn nicht die Frau seiner Wahl zum Stamm seines Vaters bringen?«

Aliga ging sofort in die Falle. »Diese Frau wird Torkas Sohn auf die Welt bringen! Torka nennt Karana nur aus Freundlichkeit und blinder Zuneigung seinen Sohn! Denn in Wirklichkeit ist der Junge der Sohn des Häuptlings Supnah und müßte von Rechts wegen bei seinem eigenen Stamm sein. Kennst du den Stamm? Sie haben einen wunderbaren Zauberer, Navahk, den schönsten Mann, den diese Frau jemals gesehen hat. Ich will dich nicht beleidigen, aber eigentlich hatte ich gehofft, daß Navahk in diesem Lager sein würde.«

»Nein, Navahk und sein Stamm sind schon seit vielen Jahren nicht mehr auf der Großen Versammlung gewesen. Und ich bin nicht beleidigt, Aliga. Ich kenne keine Frau, die nicht von Navahks Schönheit angetan wäre. Auch ich war vor langer Zeit, als er kaum mehr als ein Junge war, der Karana so ähnlich sah, daß . . .« Sie sprach nicht weiter. Sie hatte die Wahrheit über ihn vom ersten Augenblick an gewußt.

Aliga machte ein verärgertes Gesicht. »Karana denkt, daß er eines Tages genau so ein Zauberer wie sein Onkel sein wird! Er geht immer wieder alleine fort und ruft die Geister an. Er sieht Dinge, die niemanden außer einem wahren Zauberer etwas angehen. Du würdest gut daran tun, ihn etwas zurechtzuweisen, große Zauberin! Denn er wird niemals wie Navahk sein!«

»Niemand in der Welt der Menschen oder der Geister wird jemals wie Navahk sein«, antwortete Sondahr mit entrücktem Blick.

Aliga wagte es, die ältere Frau am Arm zu berühren. »Sondahr hat große Macht. Wenn du ihn rufst, wenn du deine Aufforderung den Windgeistern übermittelst, würde Navahk dann zu diesem Lager kommen, um dieser Frau bei der Geburt ihres Babys zu helfen?«

Sondahr stand auf. Ihr schönes Gesicht verzog sich vorwurfsvoll. »Navahks Zauber hat etwas mit dem Tod zu tun und nichts mit dem Leben. Sei froh, daß er nicht in diesem Lager ist. Sei froh, daß diese Frau ihn nicht rufen wird. Ich werde einen besseren Mann für dich rufen — Torka. Er kann dich jetzt in deine eigene Hütte zurückbringen. Ich habe alles für dich getan, was ich kann.«

Lonit kam es so vor, als würde Torka ewig auf dem Hügel der Träume bleiben. Als er endlich zurückkam, trug er Aliga in den Armen und teilte Lonit sofort mit, was ihm die Zauberin über die Behandlung Aligas gesagt hatte.

»Sie braucht Ruhe und viel Schlaf«, erklärte er, als er die tätowierte Frau auf die Schlaffelle legte, die Lonit für sie vorbereitet hatte. Ohne ein Wort des Danks räkelte sich Aliga zurecht und murmelte nur beleidigt, daß das Bett bei der Zauberin besser mit Heide und Moos gefüttert und viel bequemer gewesen war. Lonit mußte noch lernen, wie man ein gutes Bett macht.

»Diese Frau hat sich immer bemüht, ihr Bestes zu tun«, entgegnete Lonit. In Wirklichkeit war sie froh, Aligas bissige Zunge wieder zu hören. Es mußte ihr schon viel besser gehen. »Aliga hat sich noch nie beschwert!«

»Aliga beschwert sich jetzt«, murrte die tätowierte Frau und verschränkte die Hände über ihrem riesigen Bauch.

»Sie muß das hier trinken«, fuhr Torka fort und gab Lonit eine Harnblase mit Brühe, die Sondahr ihr zubereitet hatte.

Als sie ihn nahm und daran schnupperte, blinzelte sie überrascht. »Es ist genau dasselbe, was diese Frau ihr schon die ganze Zeit gegeben hat! Markbrühe mit Bärenbeerenblättern!«

»Lonit denkt offenbar nur, daß es das ist«, sagte Aliga verächtlich. »Lonits Gebräu hat dieser Frau nie geholfen! Doch

194

sieh: Aliga geht es jetzt viel besser! Sondahr hat diese Medizin mit viel Zauber zubereitet!«

Torka sah sie mit einem merkwürdigen Gesichtsausdruck an. »Ja, es ist ein großer Zauber, daß es Aliga jetzt so viel besser geht.«

Lonit verstand ihn nicht. Er schien so sehr um Aliga besorgt zu sein, daß er nicht einmal bemerkte, als Schwester Hund sich hereinschlich. Sie sah Torka und Lonit mißtrauisch an, da sie offenbar fürchtete, sofort wieder hinausgeschickt zu werden, und trottete an Aligas Seite. Dort hockte sie sich hin und stupste Aliga zur Begrüßung mit der Schnauze an. Lonit schimpfte mit dem Tier und wollte es schon verscheuchen, doch die tätowierte Frau war tatsächlich froh, den Hund zu sehen. Sie kraulte das graue Fell des Tieres und fragte Torka, ob der Hund nicht bleiben könnte.

Lonit war verblüfft. Aliga hatte noch nie Zuneigung für die Hunde gezeigt. Normalerweise trat sie nach den Welpen und beschwerte sich darüber, daß Schwester Hund offenbar eine Vorliebe für sie entwickelt hatte. Bisher durften die Hunde noch nie in die Erdhütte. Sogar während der kältesten Stürme gaben sie sich damit zufrieden, sich an den Wänden zusammenzurollen, da ihr dickes Fell sie ausgezeichnet gegen die Kälte schützte. Karana hatte Torka einmal so lange angebettelt, bis er sie hereingelassen hatte. Doch die Welpen hatten eine solche Unordnung angerichtet, daß die Hütte fast zusammengebrochen wäre, und sie hatten das Innere nie ganz von dem strengen Gestank ihres Urins säubern können. Seitdem war es ein unausgesprochenes Gesetz gewesen, daß die Hunde nicht in die Erdhütte durften.

Fassungslos erlebte Lonit jetzt, daß Torka sie maßregelte, weil sie Schwester Hund Benehmen beibringen wollte.

»Wenn es Aliga aufmuntert, soll der Hund bleiben, Lonit. Und streite dich nicht mit ihr, sie braucht jetzt ihre ganze Kraft.«

Verwirrt und verletzt senkte sie den Kopf und verließ die Hütte. Draußen saß Iana mit dem Baby und wechselte gerade seine Mooswindeln. Sommermond saß im Schneidersitz dane-

195

ben und versuchte gerade, ein Fischernetz aus Moschusochsenhaaren wieder zu entwirren.

Das ganze Lager war mit morgendlichen Aktivitäten beschäftigt. Von den vielen Kochfeuern stieg so dichter Rauch auf, daß er Lonit in den Augen brannte — vielleicht waren es aber auch die Tränen, die sich hinter ihren Lidern sammelten. Sie wischte sie ungeduldig weg. Über ihrem eigenen, fast rauchlosen Feuer röstete ein sommerfettes Schneehuhn, von dem rötlicher Saft tropfte, dessen Geruch die Hunde in helle Aufregung versetzte.

Karana saß neben dem Feuer. Er hatte ein Bein des Vogels abgerissen und kaute daran herum, während er aufpaßte, daß der Rest des Vogels nicht verbrannte oder den gierigen Hunden zum Opfer fiel.

Unglücklich und unter der Last aller Selbstzweifel, die sie seit ihrer Kindheit plagten, nahm Lonit ihre Steinschleuder und ging durch das geschäftige Lager. Sie wußte, daß alle Männer, die sie sahen, Torka bemitleideten, daß er eine so nutzlose Frau hatte. Mehrere Frauen begrüßten sie, und sie erwiderte den Gruß, ohne daß es ihr richtig bewußt wurde. Vielleicht konnte sie am Ufer des Sees südlich vom Lager ein paar Wasservögel erlegen, um damit die Hauptmahlzeit zu ergänzen. Wegen ihrer Großzügigkeit befand sich das Nashornfleisch, das ansonsten jetzt in Torkas Lager trocknen würde, in den Bäuchen von Fremden. Ihr Mann hatte ihr die Erlaubnis gegeben, das Fleisch aufzuteilen. Als seine erste Frau hätte sie das Recht gehabt, zunächst genug für ihre eigene Familie zu nehmen. Die anderen Frauen müßten sich dann jetzt mit dem zufriedengeben, was ihre eigenen Männer von der Jagd zurückbrachten. Doch sie wußte, daß Torka Freunde unter den Jägern suchte. Als sie jetzt das Lager verließ, fragte sie sich trotzdem, ob sie richtig gehandelt hatte.

Der Himmel war klar, und die Sonne schien warm. Der Wind wehte so stark, daß stechende Insekten fortgetrieben wurden, bevor sie sich irgendwo niederlassen konnten.

Lonit ging über ein rotbraunes Land und hielt am Rand des

Riedgrases an, das den See umgab. Der Wind kräuselte die Oberfläche, so daß der See wie ein strömender Fluß aussah. In dieser kurzen Zeit des Jahres, wenn die Beeren reiften und die Knollen dick und süß wurden, stelzten die Kraniche durch das seichte Wasser. Seetaucher riefen, und Lonit sah unzählige Arten von Enten, Gänsen und anmutigen Schwänen auf dem Wasser treiben.

Ihre Steinschleuder war eine Schlinge, die aus vier langen, aus Sehnen geflochtenen Riemen bestand, die an einem Ende zusammengebunden waren. Die losen Enden waren mit vier muschelförmigen Steinen beschwert, die Lonit in dem fernen Land gefunden hatte, das so streng nach Salz gerochen hatte. Sie konnte nicht wissen, daß die vier gleichgroßen Steine gar keine Steine, sondern die versteinerten Überreste eines anderen Zeitalters waren. Dennoch fühlte sie, daß sie etwas Besonderes waren.

Nun stampfte sie vorwärts, während sie die zusammenge-knoteten Enden in die rechte Hand und die Steine in die linke nahm. Sie straffte die Sehnen und begann pfeifend und heulend die Vögel aufzuscheuchen.

Im Nu war der Himmel von flatternden Flügeln erfüllt. Selbst wenn sie überhaupt nicht mit der Steinschleuder hätte umgehen können, hätte sie ohne weiteres eine der unzähligen Enten erle-gen können. Sie ließ die Gewichte kreisen und die tödliche Waffe davonwirbeln. Sie wickelte sich um den Körper einer Ente, brach ihr die Flügel und ließ sie zu Boden stürzen. Lonit rannte sofort herbei, brach dem Vogel das Genick und ließ schon im nächsten Augenblick die Steinschleuder erneut krei-sen. Schließlich hatte sie ein Dutzend Vögel an den Schnäbeln an einem Trageriemen aufgereiht. Als sie verschnaufte, mußte sie ihr eigenes Geschick bewundern. Sie hatte nicht einen Vogel verfehlt oder ihn unglücklich getroffen. Heute abend würde sie aus dem fetten, köstlichen Fleisch der Enten ein Festmahl zube-reiten. Aus den weißen Federn würde sie später hübsche Verzie-rungen für Kleider anfertigen. Die Daunen gaben in Stiefeln oder Fausthandschuhen einen hervorragenden Schutz vor der Kälte ab. Sie war sich sicher, daß Torka, Karana, Aliga, Iana und die Kinder sie loben würden, wenn sie sich das warme Fett von den Lippen leckten. Zumindest dafür war sie nützlich, so viel stand fest.

Sie fühlte sich etwas besser und setzte sich zwischen die weichen, fast unblutigen Vögel und zupfte gelangweilt an den Federn. Ihre glasigen Augen starrten sie an.

Frauenfleisch!

War die Ermahnung von den Geistern der toten Vögel gekommen? Sie hatte vergessen, den Enten für das Geschenk ihres Lebens zu danken. Sie schämte sich für ihren Stolz und holte es nach. Dabei fragte sie sich, warum ihr Mann sie für eine Jagdbeute bewundern sollte, die jede Frau erlegen konnte.

Keine Frau ist so gut mit der Steinschleuder wie Lonit. Keine Frau stellt bessere Felle her, macht ein besseres Feuer, knüpft bessere Fischnetze, kocht bessere Mahlzeiten, errichtet sturmbeständigere Erdhütten oder liebt ihre Kinder und ihren Mann mehr als Lonit.

Sie zog ihre Knie bis ans Kinn heran und schlang ihre Arme herum. Sie wunderte sich, daß sie sich nicht schuldig fühlte, nach dem, was die innere Stimme zu ihr gesagt hatte. Sie dachte an all die Jahre ihrer Kindheit, in denen sie bestraft und mißbraucht wurde, wodurch sie schließlich ihre Fähigkeiten vervollkommnet hatte, so daß sie nicht mehr als unnützes Mädchen bezeichnet und dem Tod überlassen werden konnte.

Zum erstenmal in ihrem Leben machte diese Erinnerung sie wütend, anstatt sie zu beschämen. Die innere Stimme verlieh ihr Mut und Begeisterung. Sie fühlte sich wie an jenem Tag, als sie in ihrem Tal zum Fest des Sommerendes zuviel gegorenen Beerensaft getrunken hatte, als ihr Leben mit Torka alles war, was sie sich erträumt hatte.

Das hohe Gras schützte sie vor dem Wind, und der warme Morgen machte sie schläfrig. Sie gähnte, legte den Kopf müde zur Seite und sah die Enten nachdenklich an.

»Sagt mir, hat diese Frau nicht so gut gezielt, daß ihr schon vom Himmel fielt, bevor ihr wußtet, daß sie Jagd auf euch macht? Und hatte sie nicht eine so sichere Hand, als sie euch

198

das Genick brach, daß ihr tot wart, bevor ihr Zeit hattet, euch davor zu fürchten?«

Sie starrte die stummen Vögel an und wußte, daß die Vögel ihr zugestimmt hätten, wenn sie hätten sprechen können.

»Ja, Lonit ist gnädig, und weil sie eine so gute Jägerin ist und sie schnell gestorben sind, wird das Fleisch der Enten zart sein, wofür sie ihnen dankt.« Ihre letzten Worte gingen in einem erneuten Gähnen unter. Sie schloß die Augen, schlief ein und träumte, daß sie ein schwarzer Schwan war, so wie das Pärchen, das sie auf dem See gesehen hatte. Mit Torka und ihren Schwanenkindern flog sie davon in Richtung der aufgehenden Sonne, zurück in das Tal der Stürme, wo ihr kleines Tal auf sie wartete und wo es keine Menschen gab, die ihr Leben oder ihre Liebe stören konnten.

»Wo ist Lonit?«

Torkas Frage veranlaßte Karana, den zweiten Schenkel des Schneehuhns wegzulegen. »Sie ist mit ihrer Steinschleuder hinausgegangen. Auf Vogeljagd, vermute ich.«

»Allein?«

Der Junge zuckte die Schultern und antwortete gereizt. »Woher soll ich das wissen? Sie ist deine Frau, nicht meine!« Er war die ganze Zeit damit beschäftigt gewesen, zum Hügel der Träume hinüberzustarren, in der Hoffnung, einen Blick auf Sondahr zu erhaschen. Außerdem war er immer noch etwas verärgert, weil Torka ihm nicht erlaubt hatte, ihn zur Hütte der Zauberin zu begleiten, als er Aliga zurückgeholt hatte. »Warum machst du dir solche Sorgen? Sie ist in unserem Tal immer allein auf die Jagd gegangen.«

»Deine Erinnerung läßt dich im Stich, Karana, denn du scheinst vergessen zu haben, daß unsere Fallgruben gefährliche Tiere vom Tal ferngehalten haben. So etwas gibt es hier nicht. Und Zinkh hat gesagt, daß er dort, wo wir das Nashorn erlegt haben, die Spuren eines Säbelzahntigers gesehen hat.«

Es war kein Geräusch, das sie weckte, sondern das Gefühl, beobachtet zu werden, und die plötzliche, unnatürliche Ruhe auf der Tundra. Kein Seetaucher rief, und keine Ente schnatterte. Es gab nur das Geräusch des Wassers, das ans Ufer schwappte, und das Rauschen des Windes, der durch das Gras fuhr. In der Ferne klang der Lärm des Lagers nur noch wie ein Insektensummen.

Sie war plötzlich hellwach. Etwas lauerte und war bereit, sie aus dem Gras heraus anzuspringen. Vor Panik wäre sie am liebsten vor der unsichtbaren Gefahr geflohen, doch die innere Stimme ihres Mutes war stärker. Sie wußte von Torka und Umak, daß Panik der größte Feind des Menschen war. Panik ließ einen jede Vorsicht vergessen, und ohne Vorsicht war die Beute dem Raubtier hilflos ausgeliefert. Das Karibukalb, das sich im Gebüsch versteckte, zog nur selten die Augen von Löwen, Wölfen oder Bären auf sich. Es waren die verängstigten Tiere, die aus dem Versteck flohen und damit den Jäger anlockten.

Sie wagte kaum zu atmen. Ihr Herz klopfte wie wild, und sie konnte den Pulsschlag in ihren Adern spüren. Was immer sie beobachtete, war vielleicht gar nicht hungrig. Vielleicht war es nur neugierig und wollte sehen, was für ein Tier mit einem Haufen toter Vögel neben sich im Gras schlief.

Vorsichtig öffnete sie die Augen und griff nach den Riemen ihrer Steinschleuder. Sie war erleichtert, daß sie nicht unbewaffnet war. Eine Steinschleuder war kein Speer, aber sie konnte einen tödlichen Wurf damit anbringen, wenn es sein mußte.

Lonit blickte durch die roten und goldenen Halme des windbewegten Grases auf ein dunkleres Gold dahinter, bis sie in die Augen eines großen Säbelzahntigers sah.

Sie wäre fast erneut in Panik geraten, doch sie konnte sich zusammenreißen. *Lauf nicht fort!* sagte ihre innere Stimme. *Das wäre dein Tod! Du hast gesehen, wovor du Angst hast. Nur vor dem Unsichtbaren muß man Angst haben. Die Frau ist klug, aber der Säbelzahntiger ist dumm. Sei schlau, Lonit! Sei tapfer, wenn du deinen Mann und deine Kinder noch einmal*

*wiedersehen willst! Tu etwas, was die Katze nicht erwartet!
Sorge dafür, daß sie Angst vor dir hat! Überlasse ihr nicht die
Initiative! Was hast du schon zu verlieren? Nur dein Leben, und
das ist vielleicht schon verloren!*

Ohne einen weiteren Gedanken zu verlieren, sprang Lonit auf
und brüllte wie ein wütender Löwe. Sie hob die Schnur mit den
Enten auf und schleuderte sie mit aller Kraft der Katze entgegen. Dann brach sie heulend durch das Riedgras, wobei sie
die Steinschleuder über ihrem Kopf kreisen ließ.

Das Tier war verblüfft, als ihm die Enten entgegenflogen und
plötzlich eine furchtlose Frau hinterherstürmte. Als die Steinschleuder es mitten im Gesicht traf, ein Auge erblinden ließ und
seine breite, flache Nase zerschmetterte, machte das Tier einen
Satz, brüllte vor Angst auf und rannte um sein Leben.

Torka und Karana, die sich mit Aar, den Hunden, Zinkh und
einigen Jägern auf die Suche gemacht hatten, blieben vor
Schreck stehen, als sie Lonits Schrei hörten und eine riesige
goldfarbene Katze aus dem Gras aufspringen sahen. Die langen
Fangzähne blitzten im Sonnenlicht auf, und der kräftige Körper
krümmte sich vor Schmerz, bevor das Tier wieder im Gras verschwand.

Die Hunde warteten auf Torkas Befehl. Karana, Zinkh und
die anderen hatten die Augen ungläubig aufgerissen und hielten
ihre Speere wurfbereit. Als sie gesehen hatten, wie Lonit sich
mutig einer unsichtbaren Gefahr entgegengestellt und ihre
Steinschleuder auf etwas im Gras geworfen hatte, hatten sie
erkannt, daß sie zu weit weg waren, um ihr helfen zu können.
Nicht einmal mit den Speerwerfern hätten Torka oder Karana
über diese Entfernung etwas ausrichten können. Außerdem
hatten sie nicht gewußt, worauf sie zielen sollten, bis die Katze
aufgesprungen war.

»Torkas Frau hat vor gar nichts Angst!« rief Zinkh bewundernd. Die Jäger hatten noch nie erlebt, daß sich eine Frau so
mutig verhalten hatte.

Torka zitterte vor Erleichterung und vor Stolz. Von hier aus sah Lonit genauso schön und stark aus wie das wilde Land und die anmutigen schwarzen Schwäne, die vom See aufgeflogen waren.

»Wir werden doch die Katze verfolgen, oder?« drängte Zinkh. »Wenn die Frau sie verwundet hat, ist sie doppelt so gefährlich.«

Der Vorschlag wurde von seinen Stammesmitgliedern begeistert aufgenommen. Sie sprachen über die Bedrohung, die ein großes, verletztes Raubtier für ihre Frauen und Kinder darstellte, wenn sie zur Nahrungssuche das Lager verließen.

Torka sagte ihnen, sie sollten sich ohne ihn an die Verfolgung machen. Er bestand darauf, daß Karana sie mit den Hunden begleitete und versuchen sollte, den ersten Wurf anzubringen. Torka sah dem Jungen nach, der den anderen eifrig folgte. Aar blieb wie ein treuer Schatten an seiner Seite, so wie er einst auch Umak begleitet hatte.

Sie erreichten das Seeufer, wo die Hunde unsichtbar wurden und nur noch an den Bewegungen der Grashalme zu erkennen waren. Er beobachtete, wie Lonit stolz die Jäger begrüßte. Sie war groß und schön wie Sondahr, und er konnte an ihrer Haltung sehen, daß sie sich über ihre Worte freute. Karana drehte sich um und zeigte zurück. Er wußte, daß sie gefragt hatte, warum er nicht bei ihnen war.

Einen Augenblick sah sie ihn über die Entfernung an. Dann schritt sie entschlossen und mit einer neuen Zuversicht in ihrem Gang auf ihn zu.

Allmählich kehrte seine Kraft zurück. Er ging ihr langsam entgegen. Die Erleichterung über die Flucht der Katze hatte ihn wachgerüttelt. Wenn die Katze sie angefallen hätte, wäre sie jetzt tot, und für Torka wäre das Leben nur noch eine Bürde, die er um seiner Kinder willen ertragen würde.

Als sie vor ihm stehenblieb, hielt sie vor Freude strahlend die Enten hoch.

»Diese Frau hat den großen Säbelzahntiger vertrieben!« verkündete sie und wartete auf seine Anerkennung. »Ganz allein! Nur mit ihrer Steinschleuder! Zinkhs Jäger waren beeindruckt! Sie haben zu Lonit gesagt, daß sie stark, mutig und schön ist und in dieser Beziehung eine Zauberin wie Sondahr ist! Hat Torka gesehen, wie Lonit mutig dem Tod ins Auge gesehen hat.«

»Torka hat es gesehen«, brachte er stammelnd hervor. Er wollte sie in die Arme nehmen, sie festhalten, sie überall küssen und ihr sagen, daß er nicht die Worte anderer Männer brauchte, um zu erkennen, daß sie stärker, mutiger und schöner als die seltsame und unnahbare Sondahr war. Er wollte ihr sagen, daß ihre Liebe für ihn der Stolz seines Lebens war.

Doch es war ihm schon immer schwergefallen, über seine Gefühle zu sprechen. Er schämte sich dafür, daß er ihr nicht hatte helfen können, und aus dieser Scham wurde Wut auf sich selbst, auf die große Katze und auf die Frau, die sich leichtsinnig in Lebensgefahr gebracht hatte.

Dann sah er nur noch die toten Enten, die sie erlegt hatte, und ärgerte sich maßlos. Er schlug ihr die Vögel wütend aus der Hand, so daß sie herumwirbelte und bestürzt aufschrie.

»Enten!« schrie er. »Lonit hat ihr Leben für Enten riskiert? Und für dieses Frauenfleisch läßt sie sich mit Sondahr vergleichen? Sondahr ist weise, umsichtig und wachsam! Sondahr würde niemals zulassen, daß Männer ihr Leben in Gefahr bringen, damit sie sicher von ihrem Ausflug ins Lager zurückkehren kann — wozu Torka ihr nicht einmal die Erlaubnis gegeben hat! Für Enten!«

Die Katze starb einen qualvollen Tod. Sie war halbblind und schnappte durch das Maul nach Atem, da ihre Nase nur noch eine blutige Masse war. Sie ging mit Karanas Speer in der Seite zu Boden. Die Widerhaken der Speerspitze aus Obsidian drangen durch das weiche Fleisch ihres Bauches und nagelten das todeswunde Tier am gefrorenen Boden fest.

Zinkh und seine Männer jubelten, während die Hunde aufgeregt bellten und im Kreis herumrannten. Karana trat zurück, um auch den anderen die Möglichkeit zu geben, einen Speerwurf anzubringen. Die große Katze schlug im Todeskampf wild um sich und schrie wütend auf, wenn wieder einer der Männer im Wettkampf seinen Speer landen konnte. Dann riß sie sich mit einer letzten unerwarteten Kraftanstrengung vom Boden los.

Sie stolperte mit Speeren gespickt im Kreis herum, während Zinkh und seine Männer das bemitleidenswerte Tier anfeuerten und mit den Füßen stampften.

»Geist des Säbelzahntigers, komm hervor!«

»Komm zu den mutigen Männern, die dich getötet haben!«

»Komm, Geist. Du hast schon zu lange in der Haut des Tieres mit den langen Zähnen gelebt!«

Karana zog beim Anblick der Jäger verächtlich die rechte Seite seiner Oberlippe hoch. Als die Katze noch auf der Flucht gewesen war, hatten sie sich nicht so mutig verhalten. Es waren die Hunde gewesen, die das Tier bis zur Erschöpfung gehetzt hatten, und es war sein eigener Speer gewesen, der zuerst getroffen hatte. Wenn Zinkh nicht in dem Augenblick, in dem er den Speerwerfer geschleudert hatte, vor Begeisterung aufgeschrien hätte, wäre die Katze schon beim ersten Wurf getötet worden, und ihr Geist wäre jetzt in der Welt der Geister und würde nicht schmachvoll von Zinkh und seinen Männern gequält werden.

Karana tat es leid, daß er die Katze nicht getötet hatte. Er hatte keinen Sinn für diese Form der Jagd. Zinkh führte die Gruppe an und stand genau zwischen Karana und der Katze. Sein Hut war ihm auf dem Kopf verrutscht, während er in verrenkter Haltung mit dem Speer zustach. Er stellte seinen Mut zur Schau, indem er sich immer wieder so nah an die Katze heranwagte, daß sie, wenn sie bei Kräften gewesen wäre, leicht mit den Pranken nach ihm hätte schlagen können.

Karana erkannte keine Kühnheit in dieser Handlung. Die Katze sah aus, als würde sie jeden Augenblick tot umfallen. Doch plötzlich sprang sie noch einmal blitzschnell auf. Als Zinkh von der Katze umgeworfen wurde, sprangen die Hunde auf ihren Rücken. Die Jäger hoben ihre Speere, aber nur Karana war in einer Position, von der aus er einen tödlichen Wurf anbringen konnte.

Die Katze sackte zusammen, und Karana rief die Hunde zurück. Aar sorgte knurrend dafür, daß sie gehorchten, wäh-

204

rend sich die Jäger näherten und den Körper der Katze vorsichtig von ihrem Häuptling rollten. Dieser hatte sich instinktiv zusammengekauert, als das Tier ihn angefallen hatte. Er lag reglos da, und seine Kleidung war voller Blut — aber niemand wußte, ob es seins oder das der Katze war.

»Dieser Mann . . . er lebt noch?« sagte Zinkh mit unsicherer Stimme.

Niemand konnte darauf antworten, aber ihre Erfahrung sagte ihnen, daß tote Männer normalerweise nicht sprechen konnten.

Er begann sich langsam zu strecken. Abgesehen von seiner zerfetzten Kleidung und einigen blutigen Verletzungen, die genäht werden mußten, hatte er den Angriff ganz gut überstanden. Als Zinkh sich zusammengekauert hatte, hatte die Katze ihre Zähne nicht in seinem Kopf, sondern seinem Helm vergraben. Als er sich aufsetzte und seine Kopfbedeckung inspizierte, zeigte er auf die Risse und die Stelle, wo der Kopf des Fuchses fehlte.

Sein Blick wanderte zur toten Katze hinüber. Die Speere aller Jäger besaßen Eigentumsmarkierungen, nur der eine Speer, der aus der tödlichen Wunde ragte, war unmarkiert. Es war Karanas. Zinkh sah zuerst den Jungen an, dann seinen verschandelten Hut und schließlich wieder das mit Speeren gespickte Tier.

»Es ist besser, wenn der Säbelzahntiger den Fuchs frißt und nicht den Mann, oder?« Demonstrativ setzte er sich die Kopfbedeckung wieder auf. »Dieser Hut hat diesem Mann schon immer Glück gebracht.« Er stand auf, ging steif zu Karana hinüber und nahm zu dessen maßloser Überraschung feierlich den Helm ab, um ihn Karana auf den Kopf zu setzen. »Jetzt soll dieser Hut dem Sohn von Torka Glück bringen. Jetzt gibt Zinkh diesen Hut aus Dankbarkeit demjenigen, der sein Leben gerettet hat. Jetzt wird Karana diesen Hut tragen . . . für immer!«

So kam es, daß Karana, als er in das Lager der Großen Versammlung zurückkehrte, Zinkhs Hut und das zerfetzte Fell der Säbelzahnkatze trug. Als er einer traurigen Lonit die Fangzähne der Bestie überreichen wollte, war er enttäuscht, daß es keine Enten zum Abendessen gab.

6

Der Dauerfrostboden erzitterte von den leichten Vibrationen, die von den großen Herden verursacht wurden, die im Westen weit vom Lager entfernt unterwegs waren. Obwohl die Tiere aufgrund der Dunkelheit und der großen Entfernung nicht zu sehen waren, war zu spüren, wie das Geräusch unzähliger Hufe ein unaufhörliches Rumpeln erzeugte, während die Tiere langsam und grasend vorbeizogen.

Karana wachte auf. Als er in die Dunkelheit hinausstarrte und regungslos dalag, wußte er genau, was ihn aus seinen unruhigen Träumen geweckt hatte. Es waren Träume von wilden Pferden, die über den sternenübersäten Himmel auf ihn zugerannt kamen. Sie wurden von einem blassen Hengst angeführt, dessen Mähne und Schweif im Wind flatterten. Der Traumgeist schüttelte den Kopf und riß den Himmel mit seinen Zähnen auf, die nicht die Zähne eines Pferdes waren, sondern die des großen Säbelzahntigers, den Karana getötet hatte.

Dann fielen Sternschnuppen herab, und körperlose Augen beobachteten ihn aus einem blutroten Himmel. Alles war rot ... voller Blut ... und dann kam Navahk auf ihn zu.

Ihm schauderte, und er war froh, aus einem solchen Alptraum aufgewacht zu sein. Er lag ruhig da und fragte sich, ob es ein Angsttraum oder eine Vorahnung gewesen war. Er wußte es nicht. Vielleicht wollte er es auch gar nicht wissen. Jedenfalls war er jetzt wach. Er verdrängte den Traum aus seinem Bewußtsein und lauschte auf das Geräusch der fernen Herde, bis ihm klar wurde, daß er das Wild erst letzte Nacht gerufen hatte, und jetzt war es bereits da! Diese Erkenntnis jagte ihm einen Schauer über den Rücken.

Zufall, sagte er sich; immerhin lag das Lager der Großen Versammlung genau auf der Wanderungsroute vieler Tiere. Dennoch sagte ihm sein Instinkt, daß es mehr als nur ein Zufall war.

Er schloß die Augen und sah die Herde vor sich. Es waren Bisons — keine Karibus, Mammuts oder Elche, sondern ein ganzer Strom von Bisons, die noch viele Tage lang vorbeiziehen würden. Und in diesen Tagen würden die Menschen aus dem Lager immer wieder auf die Jagd gehen. Wenn die Zeit der langen Dunkelheit über sie hereinbrach, würden sie genug Fleisch und Mark, Haut und Horn, Talg und Sehne bis zum Frühling haben. Dann brauchten sie nicht auf die Jagd nach Mammuts zu gehen.

Er mußte sich vergewissern. Er mußte mit eigenen Augen sehen, ob die Wirklichkeit seiner Vision entsprach. Er erhob sich von seinen Schlaffellen und war froh, daß er draußen vor Torkas Erdhütte neben Aar geschlafen hatte, wie er es im Sommer oft tat.

Noch in voller Kleidung beruhigte er die Hunde und ging dann leise durch das Lager auf den Durchgang in der Knochenwand zu, während Aar still neben ihm hertrottete.

Das Polarlicht über ihm war nicht annähernd so strahlend wie in der Nacht zuvor. Der Himmel war von Sternen übersät, aber das erste blasse Glühen der Dämmerung hatte die Dunkelheit über dem Horizont bereits verdünnt, so daß die fernen Berge als undurchdringliche schwarze Silhouetten sichtbar geworden waren. Ein leichter Staubschleier hing in der Luft über den Bergen, und als der Wind aus Westen blies, trug er den Gestank von Herdentieren mit sich. Doch was für Tiere waren es? War seine Vision richtig gewesen?

»Bisons.«

Die Bestätigung kam nicht von ihm. Sondahr trat direkt neben ihm aus dem Schatten. Ihr sauberer Geruch nach Rauch war von dem penetranten Gestank des Windes überdeckt worden. Sie war wenig größer als er. Sogar in der Dunkelheit war ihre Schönheit atemberaubend. Karana war überrascht, sie zu sehen. Aar kläffte kurz und gab dann ein langgezogenes Knurren von sich, das jedoch eher verlegen als drohend klang.

Die Zauberin rührte sich nicht von der Stelle, als ob der Hund gar nicht vorhanden wäre. »Das Lager wird bald erwachen. Ich hatte schon lange damit gerechnet, daß du kommen würdest.« Ihre Worte klangen leicht tadelnd, als ob sie von Karana enttäuscht wäre.

»Woher wußtest du überhaupt, daß ich kommen würde?«

»Ich wußte es. So wie du den Namen der Tiere wußtest, die in der Nacht vorbeiziehen.«

»Ich habe den Namen nicht ausgesprochen. *Du* hast es getan!«

»Ja. Aber warst es nicht du, der in der letzten Nacht seine Arme erhob und die Mächte der Schöpfung anflehte, ihm zuzuhören, als du das Wild vor die Speere der Männer riefst?«

Er war entsetzt. »Du hättest es niemals hören können! Ich war viel zu weit weg.«

»Hast du noch nie ohne deine Ohren gehört, Karana? Hast du niemals die Stimme in deinem Innern gehört und Dinge verstanden, die unausgesprochen in den Herzen und Träumen der Menschen verborgen liegen?«

Er blinzelte. Sie war in seine Seele eingedrungen, in den Teil seines Selbst, den nicht einmal Torka ertragen oder verstehen konnte, und sie hatte ihn verstanden. »So ist es«, bestätigte er erstaunt.

»Ja, ich wußte es in dem Augenblick, als ich dich sah. Du bist *sein* Sohn, und dennoch habe ich erkannt, daß du all das bist, was *er* niemals sein konnte. Es ist deine Gabe. Du wirst ein Herr der Geister und des Fleisches sein.«

»Er?«

»Dein Vater.«

Irgendwie wußte er, daß sie nicht von Torka sprach.

Dein Vater. Du bist all das, was er niemals sein konnte.

War dies der Grund, warum der Zauberer ihn gehaßt hatte?

»Er bedeutet dir nichts, Karana. Das Band des Fleisches ist für den Geist nicht sehr wichtig. Vergiß die Vergangenheit, solange sie nicht nützlich für die Gegenwart ist. Bald, wenn die Dämmerung vorangeschritten ist, wirst du die Bisons sehen, die durch deine Kraft als Geschenk der Mächte der Schöpfung herbeigerufen wurden. Bis dahin atme tief den Wind ein, da du noch nicht so weit bist, deiner eigenen Vision zu vertrauen. Laß den Wind dein Auge sein, laß ihn ein Ersatz für deine anderen Sinne sein.« Ihre Stimme war kaum lauter als ein Seufzen. »Die Herde kommt näher. Fühlst du sie? Hörst du sie? Riechst du sie?«

208

Sie stand so dicht neben ihm, daß ihr linker Arm den seinen berührte, als sie sich leicht umdrehte und gelassen in der Nacht stand. Ihren Kopf hatte sie hoch erhoben und die Augen geschlossen, als sie durch Nase, Mund und Haut die Gerüche des Windes und der Nacht aufnahm.

Karana sah zu ihr auf. Die Nacht existierte für ihn nicht mehr, und der Wind schien sich gelegt zu haben. Er war sich nur noch ihrer Gegenwart bewußt. Er roch den köstlichen Erdgeruch ihres Körpers, ihrer weichen Haut, ihrer Haare und Kleidung, der durch den Rauch duftenden Beifußes und zerkleinerter Tundrablumen gewürzt wurde. Jetzt wußte er endlich, was es bedeutete, völlig von einer Frau bezaubert zu sein. Obwohl sie vermutlich doppelt so alt war wie er, war sie das vollkommenste Geschöpf, das er jemals gesehen hatte. Und sie stand an seiner Seite, sah in sein Herz, sprach mit ihm und erwartete eine Antwort von ihm.

Sein Geist war leer. Er zwang sich dazu, etwas zu sagen, senkte seine Stimme, um ihr einen männlichen, klugen und selbstsicheren Klang zu geben. Zu seiner Bestürzung murmelte eine Jungenstimme etwas über den Geruch des Grases, des Kots und des Urins. Er war dankbar, daß die schwindende Dunkelheit sein Erröten verbarg, während er seine Unbeholfenheit verfluchte und das Gefühl hatte, im Boden der Tundra versinken zu müssen, wie es schon einmal im Tal der Stürme geschehen war. Doch diesmal würde er nicht wieder hervorkommen.

Er glaubte zu erkennen, wie sie ein Lächeln unterdrückte. Er wußte nur, daß sie ihn jetzt ansah, während ihre Hand auf seinem Unterarm lag. Seine Reaktion auf ihre Berührung war so intensiv, daß er fast aufgeschrien hätte. Er wäre wie ein erschrockenes Tier geflohen, wenn ihre Finger sich nicht fest um seinen Arm geklammert hätten, während sie begeistert von dem sprach, was kommen würde.

»Ja, du hast recht. Gras und Kot, und es riecht so stark nach Urin, daß es in den Augen brennt und der Geruch allein die Haut gerbt. Das *sind* Bisons! Erzähl mir jetzt etwas über die Karibus!«

Er schluckte und dachte angestrengt nach. Zögernd begann

er zu sprechen, denn er hatte Angst, daß ihm seine Stimme erneut versagte. Doch diesmal sprach er in sicherem Ton. »Karibus riechen nach Moos und Flechten, die ihre Lieblingsnahrung sind.«

»Ja! Und zu dieser Jahreszeit keuchen und brüllen die Elchbullen wie Frauen in den Wehen, während die Mammuts den immerwährenden Geruch nach Fichte verbreiten und die Schatten des Hochlands an ihren Rücken kleben wie Nebel, die nach Feuchtigkeit, Regen und Steinen riechen, die unter dem Eis mürbe geworden sind. Aber du bist ein Jäger. Du hast *gelernt*, diese Dinge zu sehen. Es gibt noch ein anderes Sehen, und Sondahr sagt dir jetzt, daß du auch, wenn deine Augen verbunden und dein Mund, deine Nasenlöcher und deine Ohren mit Moos verstopft wären, gewußt hättest, daß westlich dieses Lagers eine Bisonherde vorbeizieht und weder Elche noch Karibus oder Mammuts. Und dieser Sinn — dieses *Sehen* — hat dich aufgeweckt und hinaus in die Dunkelheit geführt, damit du dich überzeugen kannst, daß das, was du aus der Geisterwelt gerufen hast, wirklich in die Welt der Menschen gekommen ist!«

»Ich hatte gehofft, daß die Herden kommen würden.«

»In der Hoffnung liegt keine Macht. Die Hoffnung ist nichts. Hoffnung ist, wenn ein Mann sich unter dunklen Wolken dahinkauert und hofft, daß es nicht schneien wird. Aber wenn es doch schneit, muß er sich damit abfinden. Will der Mann, der hofft, daß es schneit oder nicht? Wenn nicht, warum sagt er es dann nicht deutlich? So wie Karana die Herden deutlich gebeten hat, sie mögen kommen. Mit erhobenen Armen und befehlender Stimme hast du die Geister zum Zuhören gebracht, als du den Mächten der Schöpfung befahlst, Bisons oder Karibus zu schicken und *keine* Mammuts.«

»In meinem Stamm ist Mammutfleisch verbotenes Fleisch.«

»Nicht in meinem.«

Er war verblüfft über ihren plötzlichen scharfen Tonfall. Doch ihr Zorn war ebenso schnell verraucht, wie er aufgeflackert war.

»Du hast noch viel zu lernen, Karana, über deine Gabe und

210

die Macht des Sehens. Du wirst eines Tages ein großer Herr der Geister sein. Diese Frau wird dir alles beibringen, was sie weiß. Das ist es, was ich am besten kann, denn die Geister nennen mich die Lehrerin. Ich habe in vielen Stämmen gelebt, aber ich bin in diesem Lager, weil meine Macht durch das Fleisch und Blut der großen Mammuts zu mir kommt. Deshalb müssen wir heute abend, wenn die anderen vom Fleisch der Bisons essen, die du herbeigerufen hast, gemeinsam die Mächte der Schöpfung beschwören, den Geist eines anderen Tieres herbeirufen.«

»Mammuts?«

Obwohl er unwiderstehlich von ihr angezogen wurde, fühlte er sich wie ein argloses Tier, das plötzlich an eine Fallgrube gelockt worden war. Doch er hatte die Abdeckung aus Zweigen rechtzeitig gesehen und wandte sich nun zur Flucht. »Du bist eine Zauberin, Sondahr. Wenn du und dein Stamm Verlangen nach dem Fleisch der großen Mammuts haben, sollst *du* sie rufen. Deine Macht ist größer als meine.«

»Ich bin eine Lehrerin, Karana, und eine Heilerin, aber weil ich eine Frau bin und den Speer nicht benutzen darf, habe ich keine Macht zu rufen. Durch mich wirken die Mächte der Schöpfung zum Besten aller, aber sie werden nicht auf meinen Befehl hören. Diese Gabe ist nur den Herren der Geister vorbehalten, nur den Jägern, nur den Männern.«

»Dann mußt du einen anderen Mann bitten, die Mammuts zu rufen, Sondahr. Vielleicht Lorak.«

»Lorak ist ein Mann des Fleisches, kein Herr der Geister. Die wahren Rufer sind selten, Karana. So selten, daß ich in meinem Leben nur eine Handvoll getroffen habe. Sie alle waren schwach, das Fleisch war stärker als der Geist.« Sie hielt inne. »Du könntest ein wahrer Herr der Geister sein... wenn ich dich lehre.«

»Ich werde keine Mammuts vor die Speere der Männer rufen, Sondahr. Nicht einmal für dich.«

»Bisons!«

Es war Lorak, der vom Hügel der Träume aus gerufen hatte,

wo mehrere der Zauberer, die jetzt Jäger waren, aus dem Knochenhaus hervorkamen. Sie zerrten noch an ihrer Überkleidung, während sie vom Hügel herabströmten und sich verschiedenen Gruppen anschlossen. Nach den Beschwörungen vor Sonnenaufgang waren sie bereit für die Begeisterung der Jagd und des Tötens.

Im dünnen Licht des anbrechenden Morgens erwachte das Lager plötzlich zum Leben, als die Menschen aus ihren Hütten krochen. Männer suchten ihre Speere zusammen, und ganze Familien strömten aus der Knochenumzäunung, um den Zug der Bisons zu beobachten.

Die Herde war immer noch mehrere Meilen entfernt und würde vermutlich auch nicht näher kommen. Dennoch erfüllte das Geräusch den Himmel, und die Erde zitterte. So weit das Auge reichte, erstreckte sich eine lebende Mauer, die den Horizont verdeckte. Mütter und Väter hielten ihre kleinen Kinder hoch, damit sie den fernen Zug sehen konnten, während ihre Eltern ihnen von vergangenen Jagden auf die Tiere erzählten.

Mit Sommermond, die begeistert auf seinen Schultern ritt, schloß Torka sich ihnen an. Auf seinen Befehl folgte auch Lonit, die seit dem Zwischenfall mit der großen Katze immer noch verschlossen und gehorsam war, als wartete sie darauf, daß er ihr ihre Unachtsamkeit verzieh. Doch das würde er niemals tun. Sie hätte wissen müssen, wieviel sie ihm bedeutete, als er sie nachts zu sich herangezogen und sie stumm geliebt hatte, um die anderen nicht aufzuwecken. Dennoch wirkte sie immer noch traurig und teilnahmslos. Zweifellos hatte der Kampf mit der Bestie sie erschöpft. Zweifellos würde sie es sich genau überlegen, bevor sie noch einmal allein auf die Jagd ging. Er nickte zufrieden. Wenn ihr dies eine Lehre gewesen war, würde er bis zum Ende seiner Tage dem Geist der großen Katze dankbar sein, wann immer er ihre Fangzähne an der Schnur um Karanas Hals sah.

Karana. Der Junge hatte nicht in seinen Schlaffellen gelegen, als er ihn hatte wecken wollen. Wo war er? Als Torka sich einen Weg durch die Menge bahnte, sah er ihn durch das Knochentor ins Lager zurückkommen, begleitet von Aar und Sondahr.

»Das ist ja ein interessantes Paar«, sagte er verblüfft und neugierig zu Lonit.

Sie gab keine Antwort, aber Pomm. Die dicke Frau hatte ihn gemeinsam mit anderen von Zinkhs Stamm eingeholt.

»Die da ist alt genug, um seine Mutter sein zu können!« zischte Pomm, als sie vorbeigingen. Ihr Kommentar war nicht für andere Ohren bestimmt gewesen, aber Torka hatte jedes Wort verstanden. »Was findet er nur an ihr? Jeder weiß doch, daß ihre Kühnheit sie noch einmal zu Schaden bringen wird! Sie hat ihn mit ihrem Zauber verhext, genauso wie sie es mit all den anderen Zauberern getan hat, die lieber dafür sorgen sollten, daß sie sich wie eine anständige Frau benimmt. Es sieht Sondahr ähnlich, einer besseren Frau den Mann wegzuschnappen! Karana gehört mir! Zinkh hat es so gesagt! Der Junge hat meine guten Seiten vielleicht noch nicht erkannt, aber das wird er schon, wenn Sondahr sich zurückhält und sich nicht einmischt! Bah! Ihr Zauber bringt nichts Gutes. Warum sieht das keiner? Torkas neues Baby hätte schon längst geboren sein müssen. Diese Frau hat Lonit gesagt, sie soll den Namen der kranken Frau ändern, damit der böse Geist woanders nach ihr sucht. Aber hat irgend jemand auf Pomm gehört? Nein!«

Die Männer, die auf die Jagd gehen wollten, versammelten sich vor dem Knochenzaun, um sich über ihre Strategie zu beraten. Alle wollten, daß Torka mit dem magischen Speerwerfer sie anführte und daß seine Hunde die Beute einkreisten, so wie sie es erfolgreich bei der Jagd auf das Nashorn getan hatten.

Es war nur in gemeinsamer Anstrengung zu schaffen, doch zu Torkas Überraschung hatte weniger als ein Drittel der Jäger das Bedürfnis, auf die Jagd nach anderem Fleisch als dem von Mammuts zu gehen. Lorak bestätigte sie noch in ihrer Zurückhaltung.

»Die meisten Männer in diesem Lager sind Mammutjäger«, erklärte er mit einer Herablassung, die deutlich machte, daß sich ein Mann, der andere Tiere jagte, nur selbst erniedrigte.

»Du warst einer der ersten, die das Nashorn jagen wollten«,

213

erinnerte ihn Karana, der sich zu den Jägern gesellt hatte, nachdem er seine Speere geholt hatte.

Der Ältere hob herrisch und abwehrend den Kopf. »Nashorn ist Nashorn! Wie das Mammut hat es einen mächtigen Geist, eine große Macht!« Er wartete, um seine Worte wirken zu lassen, und machte gelassen eine großartige Geste, die von seiner finsteren Miene Lügen gestraft wurde. »Dieser Mann will niemanden von der Jagd abhalten, wenn behuftes Wild in der Nähe ist. Torka hat gesagt, daß das Mammut sein Totem ist und er es weder jagen noch von seinem Fleisch essen kann. Diejenigen von euch, die Karibu- und Bisonjäger sind und alles essen, was sich bewegt, sollen gehen. Ihr seid nicht in dieses Lager gekommen, um Mammut zu jagen. Ihr seid in der Hungerzeit hergekommen, um Schutz während des kommenden Winters zu haben. Geht nur, wenn ihr lieber Torka folgen wollt und Zauberspeere und Hunde nötig habt, um zu töten. Jagt und tötet die Bisons! Es *ist* Männerfleisch . . . mehr oder weniger. Aber es ist *nicht* Mammut!«

Wieder einmal bedauerte es Torka, sich selbst verleugnet und den Stolz des alten Mannes wiederhergestellt zu haben. Loraks Argumentation war gefährlich, aber viele würden denken, daß er sich nicht irren konnte. »Dieser Mann will nicht respektlos sein, aber was ist, wenn die Mammuts nicht kommen?«

Bei dieser Frage horchten der alte Mann und die Mammutjäger auf. »Die Mammuts sind schon immer gekommen! Dann werden Lorak und die, die noch Mammutjäger sind, viel Fleisch ins Lager bringen. Bis dahin werden wir fasten. Unser Opfer wird die Geister der großen Mammuts herbeirufen.« Einige Männer starrten Torka finster an. Andere lachten. Ein paar Jungen stießen sich gegenseitig die Ellbogen in die Seite und schüttelten den Kopf.

Karanas Haltung versteifte sich zornig, als Loraks Stirnrunzeln sich in einen Ausdruck der Verachtung verwandelte. »Seit Anbeginn der Zeiten sind die Menschen in dieses Lager gekommen, um Mammuts zu jagen und sich während der Zeit der langen Dunkelheit an ihrem Fleisch gütlich zu tun. Seit ich als kleines Kind das Leben mit der Muttermilch in mich aufgenommen habe, kannte ich den Geschmack von Mammutfleisch, denn er war in der Milch. Wir haben nur von diesem Fleisch gegessen, wenn wir in diesem Lager überwinterten, zu dem die Mammuts schon immer gekommen sind.«

Schon immer! Diese Worte beunruhigten Torka, als er versuchte, ihre Bedeutung zu erfassen. Die Berge, der Himmel, die gewaltigen Gletscher, die sich bis auf die Tundra erstreckten — diese Dinge gab es schon immer. Und dennoch hatte er Berge und Gletscher zusammenstürzen und Feuer vom Himmel regnen gesehen. Beklommen ließ er seinen Blick über die abertausend Knochen und Stoßzähne streifen, aus denen die lange schützende Wand des Lagers bestand. War es möglich, daß jemals so viele Mammuts gelebt hatten? Sogar die meisten Erdhütten und das Langhaus auf dem Hügel der Träume waren aus Mammutknochen erbaut. Konnte es sein, daß diese Mammutjäger alle Mammuts der Welt getötet hatten, mit Ausnahme von Lebensspender und denen, die im Tal der Stürme lebten? Konnte es sein, daß das große Tier, das wie andere in jedem Jahr auf seiner Wanderung zurückgekommen war, nie wieder seinen Schatten auf die Erde fallen ließ, weil Generationen von Mammutjägern es durch verschwenderische Jagdpraktiken ausgerottet hatten? Konnte eine Art eine andere durch ständige Jagd vom Erdboden verschwinden lassen?

Diese Aussicht war schockierend. Torka war erschüttert bei dem Gedanken, daß eine Zeit kommen könnte, in der die Jäger sich von Pflanzen ernähren mußten, weil sie alles außer sich selbst bis zur Ausrottung gejagt hatten.

Nein! Das konnte nicht sein!

Er mußte nur auf die gewaltige Bisonherde sehen, um zu wissen, daß es auf der ganzen Welt nicht genug Jäger gab, um diesen unerschöpflichen Strom grasender Tiere zum Versiegen zu bringen. Menschen gab es nur wenige, grasende Tiere aber in der Überzahl. Sie würden den Menschen ernähren — für immer!

Dennoch hatten sich die Mammuts in diesem Jahr verspätet. Statt dessen waren die Bisons gekommen. Zu sehen, wie sie vorbeigingen, während jagdfähige Männer tatenlos danebenstanden, erschien Torka wie eine Beleidigung der Geister des Lebens. Er mußte sprechen.

»In Torkas Stamm heißt es, daß die Geister des Wildes, wenn sie vor die Speere der Männer kommen, um zu sterben, geehrt werden müssen. Sie müssen gejagt werden, bis die Lager der Menschen voll mit Fleisch sind und weitere Jagden sinnlos wären. Für meinen Stamm sind die Karibus das, was in diesem Lager die Mammuts sind. Aus ihrem Fleisch und ihrer Haut, aus ihrer Sehnen und ihrem Geweih haben wir alles gemacht, was wir zum Leben brauchen. Die Karibus, die schon immer die Lebensgrundlage meines Stammes waren, kamen nicht auf ihrem Wanderungsweg zurück, den sie schon immer genommen hatten, weil in jenem Winter die Stürme der langen Dunkelheit nicht aufhören wollten und die Pässe versperrten. Mehr als die Hälfte von Torkas Stamm ist in jenem Winter verhungert.

Also sagt Torka nun zu Lorak, daß er und seine Männer das tun müssen, was die Sitte ihres Stammes vorschreibt. Aber da die Mammuts nicht zurückgekehrt sind, wird Torka alle Jäger, die es möchten, auf die Bisonjagd führen. Die Zeit des Lichts ist bald zu Ende, und die lange Dunkelzeit wird folgen. In diesem Lager gibt es viele Männer, viele Frauen und viele Kinder. Aber wo ist das Fleisch, von dem sie sich ernähren sollen, wenn die Mammuts ausbleiben? Dort im Westen ist Fleisch. Es sind zwar keine Mammuts, aber in diesen Zeiten, wo die Berge wandern und der Winterschnee, der die Pässe versperrt, im Frühling nicht mehr taut und wo das Wild neue Wanderwege finden muß, erinnert sich Torka an die Worte des Vaters seines Vaters: In neuen Zeiten müssen die Menschen neue Wege finden... oder sterben.«

Sie näherten sich der Herde im Trab und gegen den Wind, damit die Tiere nicht durch ihre Witterung gewarnt wurden. Jetzt war die Herde nicht mehr eine schwarze, unförmige Masse aus Lärm, sondern man konnte bereits einzelne Tiere unterscheiden. Ihre zottigen Fettbuckel erhoben sich durchschnittlich sechs bis sieben Fuß hoch über ihre Hufe, und ihre Hörner waren gewaltige, waagerechte Auswüchse, die aus beiden Seiten ihres Schädels hervortraten und in gebogenen, tödlich scharfen Spitzen ausliefen.

Die Annäherung der Jäger wurde durch das Gras verdeckt. Das Land war ihr Verbündeter in ihrer Jagdstrategie. Torka verstand bald, warum diese Gegend seit Urzeiten der Großen Versammlung diente. Sie lag nicht nur an der wichtigsten Wanderungsroute der Mammuts und anderer Jagdtiere, sondern in der Nähe von langen, tiefen Rinnen, die nördlich und südlich des nahegelegenen Sees das Land durchzogen und in die die Tiere von erfahrenen Jägern getrieben werden konnten.

Die Herde graste ahnungslos in Gruppen von bis zu tausend Tieren. Die Hunde, die von Karana und Aar angeführt wurden, kauerten sich mit Zeichen unterdrückter Aufregung nieder, als die Jäger ihre Schritte verlangsamten. In Gruppen zu fünfzehn bis zwanzig Männern und Jungen rückten sie langsam gegen eine Herde von mehreren hundert Tieren vor. Das Gras bot ihnen eine ausgezeichnete Deckung. Auf Torkas Ruf hin rannten sie plötzlich auf die überraschten Tiere zu und ließen ihnen nur eine einzige Fluchtmöglichkeit, während die Speere auf sie herabregneten.

In Panik drängten sich die Bisons zusammen und flohen in Richtung des Sees auf die Rinne zu. Einige der jüngeren und beweglicheren Tiere konnten ausscheren und sich in Sicherheit bringen. Doch die anderen stürzten kopfüber in die tiefe, schmale Bodensenke, aus der sie sich nicht mehr befreien konnten. Nachrückende Tiere fielen auf sie, zerquetschten und erstickten sie, während die folgenden über eine Brücke aus sterbenden Bisons die Schlucht überquerten.

Und dann war die Herde fort und floh dröhnend zum Ende der Welt, während Torka, Karana und die anderen jubelnd den Lebensgeistern der toten Tiere dankten. Sie töteten die noch lebenden Bisons, indem sie ihre Speerspitzen tief in die zitternden, brüllenden Tiere stießen. Die Hunde bellten und sprangen herum, um nach jedem Tier zu schnappen, das auch nur den Anschein eines Fluchtversuchs wagte.

Jetzt, da die Aufregung und Freude der Jagd vorbei war, begann die Arbeit. Es waren vier oder fünf Männer nötig, um einen einzigen, zweitausend Pfund schweren Bison aus der Rinne zu heben. Dann packte ein Mann das Tier an den Hörnern und riß den Kopf herum, während ein anderer ihm mit einem Steinmesser die Kehle durchschnitt und dann nach oben unter den Kiefer stach, um seine Zunge zu lösen und herauszureißen. Er zerteilte sie sorgsam, worauf sich die Männer niederhockten, um das zarteste und köstlichste Fleisch des Bisons zu genießen.

Sie aßen schweigend und nickten sich lächelnd und zufrieden an. Anschließend gaben sie den Hunden von den Resten der Delikatesse ab, bevor sie aufstanden und den Kadaver des zungenlosen Bisons herumrollten. Vier Männer hielten ihn fest, damit einer von ihnen den Buckel öffnen konnte. Das Messer schnitt Stücke blutigen, fetten Fleisches heraus, und sie aßen wieder lächelnd und froh, daß sie keine Männer waren, die sich nur vom Fleisch eines einzigen Tieres ernähren wollten. Es war ein guter Tag für die Jagd gewesen. Dreizehn Bisons waren entlang der Rinne zum Schlachten aufgereiht. Mehr als hundert weitere lagen noch in der Senke.

»Selbst wenn die Mammuts nicht kommen, wird es genug Fleisch geben, um das ganze Lager während des Winters zu versorgen«, sagte Torka.

»Die Mammuts werden kommen!« versicherte einer von Zinkhs Männern. »Es war richtig, daß es hieß, daß sie schon immer gekommen sind. Vielleicht morgen.«

Torka nickte. »Vielleicht. Doch in der Zwischenzeit wird dieser Mann Bison essen und den Geistern dankbar für das Geschenk des Lebens sein, das sie ihm heute gewährt haben.«

7

Das Schlachten dauerte mehrere Tage. Und noch immer waren die Mammuts nicht gekommen. Aber die Bisonjäger waren unbesorgt — sie hatten genug Fleisch, um die Zeit der langen Dunkelheit zu überstehen, und die dicken Felle der geschlachteten Bisons würden sie und ihre Familien mit warmer Kleidung und Schlaffellen versorgen. Während die Mammutjäger, die nicht an der Jagd teilgenommen hatten, Tag für Tag mit ihren Beschäftigungen fortfuhren, errichteten die Bisonjäger unter Torkas Leitung an der Rinne ein vorübergehendes Schlachtlager.

Ihre Frauen und älteren Kinder waren aus dem Großen Lager gekommen, um ihnen bei der Aufgabe zu helfen, die vielen Tiere zu schlachten. Sie zerlegten die Kadaver und machten sich an die mühsame Arbeit, die Häute von den Körpern zu ziehen, zum Trocknen im Wind aufzuspannen und sie auf verschiedene Weise zu bearbeiten, je nach Stammesbrauch und Zweck. Doch zuerst hatten sie die Jäger gelobt und sich über das Jagdglück gefreut, während sie von den Resten der Zungen, Innereien und dem Blutfleisch kosten durften, bevor sie Hüft- und Buckelsteaks an Knochenspießen rösteten.

Abends legten sich die erschöpften Frauen gemeinsam mit ihren Kindern schlafen. Sie hatten sich von den Männern abgesondert, ohne sich allzuweit von ihrer Arbeit zu entfernen. Am nächsten Tag kehrten Torka, Zinkh, Karana und andere ins Hauptlager zurück und luden alle ein, ihnen bei der Arbeit zu helfen, damit ihre Familien einen gerechten Anteil von der Beute erhielten, denn es war genug für alle da.

Nur wenige kamen. Die meisten blieben fern, als sie Loraks mißbilligenden Blick sahen.

An diesem Abend hielten die Bisonjäger und Mammutjäger gemeinsam ein Festmahl, während sich die Frauen wieder mit den Kindern schlafen gelegt hatten. Der Geruch von geröstetem Fleisch und triefendem Fett zog Wölfe, wilde Hunde und andere, weitaus gefährlichere Raubtiere an, doch die Wachen hielten sie zusammen mit Aar und seinem Rudel fern. Niemand wagte es, sich weit vom Lager zu entfernen, nicht einmal um sich zu erleichtern, denn in der Nacht waren glühende Augen auf jedem Tundrahügel zu erkennen, und der Wind brachte die Gerüche vieler Tiere mit sich.

Aber nicht den Geruch von Mammuts.

Lonit hatte einen tiefen, aber unruhigen Schlaf. Sie war zu erschöpft gewesen, selbst die dicken Nashornfelle abzunehmen, die sie um ihre Handflächen trug, um sie vor dem scharfen Schlachtmesser aus Obsidian zu schützen. In ihren quälenden Alpträumen sah sie Torka, wie er sich von ihr abwandte und mit Sondahr an seiner Seite auf den Weg in ihr Tal machte. Sie erwachte mit schmerzhaft klopfendem Herz und einem Strom verwirrender Gefühle im Kopf.

Dann wurde sie wütend über sich selbst, setzte sich auf und starrte über das Schlachtlager im Mondlicht zum Hügel der Träume hinüber. Die Knochen des Langhauses schimmerten weißlich, und sie konnte die Kondorfedern erkennen, die Loraks Hütte markierten. Dadurch sah sie aus, als wäre sie mit einer Eisschicht überzogen. Rauch drang aus dem Abzugsloch. Lorak befand sich offenbar darin und tat, was Zauberer an solchen erhöhten und geheimnisvollen Orten nun einmal taten, während sich oben auf dem Hügel vor dem Himmel die Gestalt einer Frau abzeichnete, die ihre Arme erhoben und den Kopf zurückgeworfen hatte, als ob sie sich den Mächten der Schöpfung öffnete.

Sondahr! Lonit hätte den Namen der Frau beinahe laut ausgesprochen. In jeder Nacht, wenn die meisten Frauen erschöpft in den Schlaf fielen, stand Sondahr auf dem Hügel der Träume und stimmte die Gesänge an, die die Mammuts herbeirufen sollten. Lonit, die in ihrem Leben oft Hunger gelitten hatte, erschien es wie ein Frevel, das Fleisch eines bestimmten Tieres vorzuziehen und das eines anderen abzulehnen.

Neben ihr bewegte sich ein kleines Mädchen unruhig im Schlaf und wimmerte, daß ihr die Hände weh taten. Ihre Mutter, die ihr einen neuen Handschutz gemacht hatte, flüsterte leise und beruhigend. Sie sagte ihr, sie solle wieder schlafen und daß ihre Blasen bald heilen und zu Schwielen werden würden, die sie stolz jedem Mann zeigen konnte, als Beweis, daß sie hart arbeitete und eine gute Frau abgeben würde.

Lonit seufzte. Sie vermißte ihre Kinder. Sie sehnte sich nach dem Tag, an dem Sommermond alt genug wäre, mit ihr zu arbeiten und nicht immer an der Seite der stillen und treusorgenden Iana zurückbleiben mußte. Ein Schatten fiel über ihre Gedanken. Die Kinder verehrten Iana, aber liebten sie ihre Mutter deshalb weniger, weil sie wie ein Mann an der Seite ihres Vaters jagen mußte? Sie war für ihre Kinder nicht nur eine Mutter, sondern auch die Ernährerin gewesen.

Lonit runzelte die Stirn. Sie hatte Sondahrs Hände gesehen. Sie waren ohne Blasen oder Schwielen. Diese Frau ging nicht auf die Jagd und mußte auch nicht beim Schlachten und Häuten helfen. Sie mußte keine Kleidung für die Männer herstellen, die sie voller Bewunderung anstarrten, während die Männer der anderen Frauen für sie jagten und Fleisch an ihr Feuer brachten. Sie waren zufrieden und fühlten sich geehrt, wenn sie ihnen mit ihrem Lächeln dafür dankte und für sie den Segen der Geister beschwor.

Trotzdem war Aligas Baby immer noch nicht geboren. Trotzdem waren die Mammuts immer noch nicht gekommen.

Lonit lächelte. Warum sollte sie in der Nacht wachliegen und an sich selbst zweifeln?

Lonit kann genausogut jagen wie jeder Mann. Lonit kann schlachten, häuten, kochen und nähen, und Lonit hat sich allein einem großen Säbelzahntiger in den Weg gestellt! Lonit hat ihn nur mit einer Steinschleuder und einem Bündel Enten vertrieben! Sondahr wäre niemals so mutig gewesen!

Trotzdem hat Torka Lonit ins Gesicht gesagt, daß Sondahr eine weise Frau sei. Sondahr ist auf der Hut. Und Sondahr ist so schön, daß sie nicht mutig sein muß! Welcher Mann hätte nicht den Wunsch, eine solche Frau zu besitzen und zu beschützen... selbst wenn sie zu nichts nütze ist?

Sie legte sich wieder hin und fühlte sich elend. Sie zog sich

221

das Schlaffell über den Kopf und wollte sich wieder stark fühlen, als sie sich daran erinnerte, daß in diesem Lager, in Sondahrs Lager, viele Männer zu ihr aufgesehen hatten, sogar das widerliche Paar, das den kleinen Jungen an der Leine gefangenhielt. Sie hatte sie seit mehreren Tagen nicht mehr im Lager gesehen und fragte sich, was mit ihnen geschehen war — nicht mit ihnen, sondern mit dem bedauernswerten Kind, das sie quälten. Einmal waren sie an sie herangetreten, als Torka mit Zinkhs Jägern unterwegs gewesen war, und hatten anzügliche Bemerkungen gemacht, was sie für eine Schönheit wie sie tun würden, wenn sie einmal nicht mehr mit einem Mann zusammensein wollte, der mit Hunden ging.

Als sie damit gedroht hatte, Torka zu rufen, wenn sie sie nicht in Ruhe ließen, hatten sie sich wie ein Paar räudiger Füchse davongeschlichen. Lonit war entsetzt über ihr schamloses Verhalten gegenüber der Frau eines anderen Mannes gewesen, hatte sich gleichzeitig aber merkwürdig geschmeichelt gefühlt. Nachdem sie sich ein halbes Leben lang für häßlich gehalten hatte, war es immer wieder angenehm, wenn Männer ihr Komplimente machten. Selbst der komische kleine Zinkh hatte gesagt, sie sei schön, und seine Jäger hatten ihm zugestimmt. Und einmal hatte sie sogar ein Mann angesehen, der schöner als der Mond war, ein Zauberer, den jede Frau begehrte ... *Navahk*.

Schließlich waren sie mit dem Schlachten fertig. Doch die Mammuts waren immer noch nicht gekommen.

Aus den Schenkel- und Rippenknochen ihrer Jagdbeute bauten sie einfache Schlitten, auf denen sie das Fleisch legten, das sie zuvor sorgfältig in Häute gewickelt hatten, um die handlichen Portionen besser ins Lager transportieren zu können.

Als die Jäger sich auf den Weg zurück zum Knochenzaun machten, starrte Zinkhs Stamm fassungslos auf Torka, Lonit und Karana, die nicht nur Schlitten für sich selbst, sondern auch für die Hunde gebaut hatten, so daß sie auf ihren Rücken nur halb so viel trugen.

»Können andere Menschen dasselbe auch mit anderen Hunden machen, oder brauchen sie dazu eine Zauberkraft wie die Torkas?« fragte Simu, eins von Zinkhs jüngeren Stammesmitgliedern.

Zinkh, dessen Wunden genäht worden und gut geheilt waren, hatte sich zu den Männern und Frauen seines Stammes gesellt. Jetzt, wo er sich wieder einigermaßen kräftig fühlte, wollte er ihnen beim Transport des Bisonfleisches helfen. Er war in schlechter Laune. Seine Verletzungen spannten und juckten, und es ärgerte ihn zu sehen, wie Torka in den letzten Tagen seine Jäger angeführt hatte. Es schien, daß er nur dann um Rat gefragt wurde, wenn Torka gerade nicht in der Nähe war. Er fühlte sich außerdem dadurch beleidigt, daß Karana nicht seinen glücksbringenden Helm trug. Der Junge hatte ihm versichert, er hätte ihn auf seinen Schlaffellen im Lager zurückgelassen, damit er auf der Jagd nicht beschädigt wurde, aber Zinkh hatte diese Antwort nicht gefallen, genausowenig wie Simus Frage.

Also schnappte er energisch wie ein Hund, der von Fliegen gebissen wurde. »Was für ein Mann bist du, daß du es wagst, Torkas Zauberkräfte in Frage zu stellen? Es reicht doch, daß er und seine Geisterhunde sich deinem Stamm angeschlossen haben! Er wird den Zauber nicht verraten, und du wirst ihn nie fragen! Du gehörst zu Zinkhs Stamm. Wir sind schon immer gut mit den Schlitten zurechtgekommen. Warum bist du plötzlich nicht mehr damit zufrieden? Glaubt Simu, daß er etwas Besseres ist als der Rest des Stammes? Vielleicht würde er lieber mit Torka einen neuen Stamm gründen und vergessen, daß Zinkh immer ein guter Häuptling und Freund für ihn gewesen ist, oder?«

Simu, der neben seiner hübschen und hochschwangeren Frau Eneela stand, schnappte beschämt nach Luft. Er sah auf seine Füße, da er weder seiner Frau noch seinem Stamm ins Gesicht sehen konnte, und verzog verärgert das Gesicht über diesen ungerechten Tadel.

Torka war über Zinkhs unerwartete Feindseligkeit erstaunt. Ihm war der schmerzhafte Unterton nicht entgangen, mit dem der kleine Mann seinen Namen geknurrt hatte.

Er spürte, daß Karana ihn mit einem belustigten Ausdruck auf dem hübschen jungen Gesicht ansah und wurde plötzlich so sehr von einer Erinnerung gefangengenommen, als hätte der Junge ihm einen unsichtbaren Speer in seine Gedanken geschleudert.

Torka ist nicht wie andere Männer. Torka wird nie in einem Stamm leben können, er muß einen Stamm anführen. Deshalb werden andere Männer Torka immer wieder zu demütigen oder zu vertreiben versuchen.

Karana hatte diese Worte an dem Tag gesprochen, als sie ihr Tal verlassen hatten. Sie hatten ihn damals aufgewühlt, genauso wie jetzt wieder. Karana schien wieder einmal recht gehabt zu haben. Torka war von Zinkhs Stamm fast wie ein Häuptling aufgenommen, was Zinkh, der so sehr auf seinen Rang bedacht war, ihm sehr übelnahm und nun bereute, ihn überhaupt aufgenommen zu haben. Torka schnaubte, als ihm klar wurde, daß er, bevor er auch nur einen Fuß ins Lager der Großen Versammlung gesetzt hatte, bereits die Feindseligkeit und Eifersucht des alten Lorak erregt hatte. Er hatte auf keinen Fall den Ältesten herausfordern wollen, doch seine Entscheidung, nicht auf die Jagd zu gehen, wenn genug Fleisch vorhanden war, war bereits eine Herausforderung gewesen.

Trotzdem stand sein Entschluß nach wie vor fest. Er mußte an seine Frauen und Kinder denken und würde sich von keinem Mann einschüchtern lassen. Als einziger erwachsener Mann eines Stammes, der nur aus Frauen und Kindern bestand, hatte er Verpflichtungen.

Er musterte Zinkh und stellte zum erstenmal fest, daß er ein kleiner Mann war, und zwar nicht nur in körperlicher Hinsicht. Torka wußte, daß er Zinkh das Gefühl zurückgeben mußte, jemand Bedeutendes zu sein, oder Torka würde ihn sich zum Feind machen, so wie der Mann sich vor Torkas Fähigkeiten fürchtete.

»Zinkh ist der Häuptling dieses Stammes, und Torka geht an seiner Seite, solange er ihn duldet«, erklärte er mit erhobenem Kopf und verschränkte die Arme über der Brust. »Aber es ist gut, daß Simu gefragt hat. Zinkh hat Torka wie einen Bruder in seinen Stamm aufgenommen. Vielleicht ist es an der Zeit, daß Torka sich wie ein Bruder benimmt und Zinkh und seine Jäger zu Zauberern an Torkas Seite macht.«

So kam es, daß Torka in den folgenden Tagen Zinkh, Simu und die anderen zu unterrichten begann, wie man mit dem Speerwerfer umging und wie man einen Hund zähmte, so daß er auf Befehle hörte. Er war ein geduldiger Lehrer, und die Männer waren eifrige Schüler. Da die Benutzung des Speerwerfers viel Geschick und Übung erforderte, glaubten sie problemlos daran, daß sie es nur durch seine Zauberkraft lernten und daß sein Geschenk an Wissen und Geschick etwas ganz Besonderes war, das nur ihnen zukam. Zinkh hatte wieder seinen Stolz, und seine Jäger gingen aufrechter und kühner als die anderen. Sie wahrten das Geheimnis, das Torka ihnen anvertraute, damit niemand sonst es lernen und sich mit ihnen auf eine Stufe stellen konnte.

Und die Mammuts waren immer noch nicht gekommen.

Die Frauen sammelten Beeren. Die Gesichter, Hände und Kleider der Kinder waren vom Saft purpurrot. Mit einigen Jägern als Wache stapften sie durch das Sumpfland am Ufer des Sees, wateten durch einen kühlen, klaren Bach und kämpften sich durch dichte Weidenbestände bis zu einer leichten Bodenerhebung vor, wo die Beerensträucher zwischen ein paar Birken wuchsen. Die Bäume bildeten ein kleines Wäldchen aus dünnen, weißen Stämmen, zwischen denen viele sonnige Lichtungen freiblieben.

Während sie Sommermond an der Hand hielt, blieb Lonit stehen und sah zum Flüßchen zurück, das von den Bergen kam und sich in eine seichte, steinige Bucht des Sees ergoß. Sie würde ein hervorragendes Fangbecken für Fische abgeben, wenn man einen Damm aus Steinen davor errichtete.

»Was siehst du dort?« fragte eine der anderen Frauen, als sie bemerkte, daß Lonit zurückgeblieben war.

Als sie sich voller Begeisterung an die Tage erinnerte, als sie den Fischteich in ihrem Tal angelegt und den ersten Fisch gefangen hatte, erzählte sie den Frauen, was sie ohne große Mühe erreichen konnten, wenn sie alle zusammenarbeiteten. »Es wären immer Fische im Teich. Wir müßten nur mit unseren Fischspeeren herkommen.«

»In diesem Lager sind wir keine Fischesser. Außer in den schlimmsten Hungertagen würden unsere Männer dieses Frauenfleisch niemals anrühren.«

»Fisch ist gut!« flötete Sommermond, der der verächtliche Ton nicht gefiel, in dem man zu ihrer Mutter sprach.

Lonit hätte Sommermond für ihre moralische Unterstützung küssen können. Nun gut, das würde sie später tun. Jetzt klammerten sich ihre Finger um die kleine Hand ihrer Tochter, damit sie wußte, daß sie still sein sollte. Sommermond gehorchte, obwohl sie schmollte, als Lonit ruhig erwiderte, daß sie als Kind gelernt hatte, alles zu essen, was man ihr vorsetzte. »Jedes Fleisch gibt Leben durch Leben, und jede Nahrung kommt von den Geistern«, sagte sie.

Eine dicke Matrone mit breitem Gesicht namens Oga hob ihre flache Nase und schnaufte tadelnd. »Der Mann *dieser* Frau ist ein Mammutjäger und nicht jemand, der sich von Bison oder Dingen ernährt, die Federn oder Schuppen haben!«

»Dann mußt du sehr großen Hunger haben, Oga«, erwiderte Lonit gelassen. »Denn diese Frau hat bisher nirgendwo in der Nähe des Lagers Mammuts entdeckt.«

»Kommt! Wir sind in diesem Lager ein Stamm, bis die Zeit der Dunkelheit vorbei ist«, mischte sich Pomm ein. »Wir Frauen haben genug zu tun und müssen uns nicht darüber streiten, wessen Sitten die besten sind.«

Damit gingen sie weiter, während vor ihnen Schneegänse verschreckt aufstoben und von Deckung zu Deckung flatterten. Die großen weißen Gänse konnten in dieser Jahreszeit nicht fliegen, weil sie durch die Mauser an den Boden gebunden waren. Die Frauen schrien begeistert auf und vergaßen für einen Augenblick, daß sie auf Beerensuche waren. Statt dessen machten sie Jagd auf die Gänse, indem sie mit Steinen nach den armen Vögeln warfen. Federn wirbelten wie in einem Schneesturm auf, doch nur eine Handvoll Frauen schien wirklich am

Fleisch der Beute interessiert zu sein. Die meisten kümmerten sich nicht mehr darum, sondern schienen mit dem Spaß an der Jagd zufrieden zu sein.

Als Lonit sich ihnen nicht anschloß, sah Oga sie zufrieden an. »Siehst du, wir brauchen gar nicht zu lernen, wie man mit Lonits Waffe umgeht. Es dauert viel zu lange, bis man die Schleuder mit den vielen Armen beherrscht. Wenn wir in diesem Lager Appetit auf Gänse haben, essen wir sie jetzt und nicht, wenn die Vögel vor unseren Steinen davonfliegen können.«

»Aber das Lager ist doch schon voller Fleisch. Es ist überhaupt nicht nötig, die weißen Gänse zu jagen«, gab Lonit zu bedenken.

»Nicht alle von uns essen Bisonfleisch!« schnaubte Oga verächtlich.

»Aber die meisten lassen die Vögel einfach liegen, nachdem sie sie getötet haben!«

»Was machen schon ein paar Vögel? Bald wird es am Himmel wieder so viele Vögel geben, daß es jedem leid tun wird, wenn er es wagt aufzublicken! Wer von uns ihr Fleisch ißt, wird sich die fettesten Gänse herauspicken und den Geistern der anderen danken, daß wir durch sie unser Geschick im Steinwurf verbessern konnten.«

»Es könnte eine Zeit kommen, in der ihr nach dem Fleisch hungert, das ihr fortgeworfen habt. Die Vögel könnten geräuchert und getrocknet . . .«

»Seht mal, wer uns da etwas über den Vogelfang erzählen will! Nur weil dein Mann den Hunden befiehlt und Zinkhs Männern beibringt, den Speer weiter als jeder andere zu werfen, heißt das noch lange nicht, daß du allwissend bist! Warum mußt du ausgerechnet eine besondere Waffe für die Vogeljagd haben, die niemand außer dir benutzen kann?«

»Ich würde es euch gerne beibringen.«

Oga kicherte. »Wozu? Alle Frauen hier wissen, daß, wenn die Beeren reif sind, die weißen Gänse ihre großen Flugfedern verlieren. Warum sollten wir die Zeit damit vergeuden, schon vorher Gänse zu jagen? Und niemand von uns würde allein das

Lager verlassen, nur damit unsere Männer uns anschließend zurückholen müssen!«

Als sie weitergingen, um jetzt wirklich Beeren zu pflücken, lief Lonit schweigend hinter ihnen her und versuchte, sich nicht darüber aufzuregen, daß sie die toten Gänse liegengelassen hatten. Sie machte ihre Erschöpfung für ihre Erregbarkeit verantwortlich, denn es war erst eine Woche her, seit sie aus dem Schlachtlager zurückgekehrt waren. Sogar ihre Hände waren noch wund. Sie erinnerte sich daran, daß diese Frauen auf der offenen Tundra lebten. Sie würden es niemals glauben, wenn sie ihnen erzählte, daß sie in einem fernen und verbotenen Land, vor dem sich ihre Männer fürchteten, wie ein Mann mit Speer und Speerwerfer neben Torka und Karana gejagt hatte. Ihre Männer würden sie sofort als Frau brandmarken, die die Geister der Schöpfung beleidigt hatte.

Ein düsterer Gedanke kam ihr in den Sinn. Vielleicht hatte sie das getan. Vielleicht hatte das Land aus diesem Grund gebebt und der Rauchende Berg Feuer vom Himmel regnen lassen. Aber nein, das konnte nicht sein! Im Schlachtlager hatten die anderen Frauen davon erzählt, wie auch in diesem Teil des Landes die Erde gebebt und eine große Wolke aus Rauch und Asche aus dem Osten über den Himmel gezogen war, aus der tagelang Dreck heruntergerieselt war. Sie hatten sich bereits gefragt, ob dies der Grund für das Ausbleiben der Mammuts gewesen sein könnte. Lonit hatte ihre Gedanken zu diesem Thema für sich behalten. Sie wußte nicht, ob Torka bereits davon gehört hatte. Er war in den letzten Tagen so sehr mit Zinkh und seinen Männern beschäftigt gewesen, daß er kaum mit ihr gesprochen hatte.

Sie seufzte und sehnte sich nach ihm und der Liebe, die sie in jenem fernen und schönen Land geteilt hatten. Vielleicht sollte sie lieber nicht daran denken. Es machte sie nur unglücklich. Während sie ihren Lederkorb füllte und ab und zu daraus naschte, lächelte sie Sommermond an, die glücklich mit ihrem eigenen Korb in Lonits Schatten auf Beerensuche ging.

Pomm holte sie ein. »Mach dir keine Sorgen wegen der anderen Frauen. Sie sind keine Zauberinnen wie Pomm und Lonit!

Sie strecken nur ihre Nasen hoch, genauso wie Sondahr. Bah! Die Frauen sind nur neidisch, daß du einen so guten Mann wie Torka hast. Und die Mädchen sind neidisch auf Pomm, daß sie einen so hübschen jungen Mann wie Karana hat.«

Lonit fühlte nur Mitleid mit der unattraktiven, alten Frau. Sie glaubte ernsthaft daran, daß Karana mit der Zeit dasselbe in ihr sehen würde wie Pomm in ihm.

»Wo ist dieser Karana? Er ist nie da, wenn Pomm nach ihm sucht.«

»Er dürfte kaum zusammen mit den Frauen auf Gänsejagd und Beerensuche gehen«, antwortete Lonit und dachte: *Außerdem dürfte er kaum dort sein, wo du ihn finden könntest, arme Frau. Es sei denn, du kannst ihn überraschen... und Karana läßt sich nicht so leicht überraschen, wenn er es nicht will.*

Pomm stopfte sich eine Handvoll Beeren in den Mund und kaute geräuschvoll, bis ihr der Saft aus den Mundwinkeln heauslief. Sie wischte ihn mit einer entschiedenen Bewegung mit dem Handrücken weg. »Für heute abend hat Lorak eine große Versammlung aller Männer und Frauen einberufen. Heute nacht, wenn die Kinder schlafen, wird diese Frau beim Plaku nackt für Karana tanzen. Er wird erkennen, was ihm bisher entgangen ist und hart und begierig auf...«

»Plaku?« Ein weiteres Erdbeben hätte Lonit nicht heftiger erschüttern können. Nicht einmal die Vorstellung, wie die fette alte Pomm nackt im Feuerschein tanzte, konnte die Übelkeit vertreiben, die sie plötzlich überkommen hatte.

»Lonit kennt den Plaku-Tanz?«

»Lonit kennt ihn.«

»Was ist ein Plaku-Tanz?« fragte Sommermond, deren große Augen, die denen ihrer Mutter so ähnlich waren, in der warmen Vormittagssonne schwer geworden waren.

»Es ist ein Tanz, der die Geister der großen Mammuts herbeirufen soll, bevor die Fastenden zu schwach geworden sind, um zu jagen, geschweige denn zu tanzen«, antwortete Pomm an Lonits Stelle und leckte sich genießerisch den letzten Rest Saft von den Lippen. »Wenn du einmal ein großes Mädchen bist, wirst auch du eines Tages in irgendeinem Lager den Plaku für die Männer deines Stammes tanzen — für den Mann, der dir am besten gefällt. Er wird glücklich an dein Feuer kommen, und die Geister der Schöpfung werden stark werden, wenn ihr gemeinsam tanzt.«

»Wirst du für Vater tanzen, Mutter?«

»Nein! Niemals!« Erneut war die dicke Frau Lonit mit einer Antwort zuvorgekommen. »In der Nacht des Plaku darf eine Frau nicht für ihren eigenen Mann tanzen. In dieser Nacht muß sie einen anderen Mann erwählen.«

Sommermond sah sehr ernst drein. »Vater wird das überhaupt nicht gefallen!«

Vielleicht wird es ihm überhaupt nichts ausmachen. Lonit hätte diesen Gedanken fast laut ausgesprochen, aber wieder kam ihr Pomm zuvor und erzählte begeistert, wie die Frauen ihre Körper bemalen und Masken aus Federn vor dem Gesicht tragen würden. »Es ist schon lange her, seit das letzte Mal ein Plaku auf der Großen Versammlung getanzt wurde. Doch jetzt, wo Lorak zum Plaku aufgerufen hat, werden die Mammuts mit Sicherheit kommen! Alles wird gut werden! Pomm wird Karana ihre beste Seite zeigen! Er wird sehen, was er verpaßt hat, und es wird ihm leid tun. Das kann diese Frau euch sagen!«

Lonit nahm ihre Tochter an der Hand und wandte sich ab. »Komm, meine Kleine. Wir haben mehr als genug Beeren. Diese Frau hat keine Lust, noch mehr zu pflücken, und es ist Zeit für deinen Mittagsschlaf.«

8

Als die Vorbereitungen für den Plaku begannen, hielt sich Karana bestürzt im Hintergrund. Er war schon einmal Zeuge dieses rituellen Tanzes geworden, als die Höhle, die er mit Torka, Lonit und Umak hoch am fernen Berg der Macht bewohnt hatte, von Galeena und seinem dreckigen Stamm übernommen worden war. Als kleiner Junge hatte er aus seinem Versteck tief in der Höhle zugesehen, wie Männer und Frauen sich zu einer Orgie im Feuerschein zusammengefunden hatten. Torka hatte sich dem Ritual anschließen müssen, während die schwangere Lonit sich für sie beide schämte.

Nun bemerkte Karana plötzlich, wie Pomm ihn von ihrem Lagerfeuer aus lüstern anblickte. Er zuckte zusammen. Er hatte ihr tausendmal erklärt, daß er noch nicht in einem Alter war, in dem er die Verantwortung für eine Frau übernehmen konnte. Wie konnte die alte Hexe nur so aufdringlich sein? Hatte sie überhaupt keinen Stolz? Ihr Benehmen war grotesk und entwürdigend! Es war klar, daß Pomm sich so lange wie ein junges und hübsches Mädchen verhalten würde, so lange sie überzeugt war, eins zu sein. Hinter ihrem Rücken verdrehten die Männer ihre Augen, und die jungen Frauen schüttelten den Kopf über die eingefallene, ergraute und zahnlose Pomm. Doch das Schlimmste für Karana war, daß gleichzeitig die Augen vieler junger Mädchen an ihm hingen, die verschwörerisch mit ihren Müttern, Tanten und Großmüttern kicherten.

Als ihm plötzlich klargeworden war, daß er der Gegenstand ihrer geflüsterten Geheimnisse war, fragte er sich nervös, ob sie wußten, daß er noch nie bei einer Frau gelegen hatte. Und dann wurde ihm schlagartig bewußt, daß die Männer und Frauen dieses Lagers heute nacht den Plaku tanzen würden, und daß er ein Mann war.

Immer wieder hatte er Torka gegenüber darauf bestanden, daß er kein Kind mehr war, das man einfach herumschubsen konnte, sondern ein Mann, der seine eigenen Entscheidungen treffen und auch dafür einstehen konnte. Aber war er schon Manns genug, den Plaku zu tanzen und in geschlechtliche Aktivitäten eingeweiht zu werden, während jeder Mann, jede Frau und jedes Kind auf der Großen Versammlung ihm dabei zusahen?

Nein!

Dafür würde er selbst den richtigen Augenblick, den richtigen Ort und vor allem die richtige Partnerin wählen. Wenn er den Plaku mitmachte, würde er nicht um Pomm herumkommen, dafür würde sie schon sorgen. Und dieser Gedanke war einfach unerträglich.

Einige der Jungen, mit denen er gejagt und Wettkämpfe ausgefochten hatte, kamen vorbeigeschlendert und sprachen anzüglich über die kommenden Ereignisse.

»Komm mit uns! Es ist die traditionelle Aufgabe der Männer, das große Plaku-Feuer zu errichten, während sich die Frauen — mit Ausnahme der schwangeren — darauf vorbereiten, uns Freude zu bereiten... und den Geistern der Schöpfung.«

»Welche soll für dich tanzen, Karana? Die da drüben oder die kleine Dicke neben ihrer mageren Schwester dort? Sie werden alle tanzen, bis auf die, deren Zeit des Blutes noch nicht gekommen ist.«

»Mädchen! Babys!« sagte der erste Junge voller Verachtung. »Sie mögen vielleicht Löcher in den Sohlen ihrer Stiefel haben, aber sie sind kein Vergleich zu ihren Müttern, wenn es darum geht, unter einem Mann zu tanzen.«

»Löcher in den Sohlen?« fragte Karana.

Sie lachten. Dann machten sie unmißverständliche Zeichen mit den Händen. Offenbar spielte die Bemerkung auf das erste Eindringen eines Mannes in eine Frau an.

Er errötete wegen seiner Einfalt. Es gab in der Gruppe keinen Jungen, der mehr als ein Jahr älter war als er, aber es war offenkundig, daß bereits alle Erfahrungen mit dem anderen Geschlecht hatten. Ihr spöttisches, aber freundlich gemeintes Augenzwinkern verriet ebenso deutlich, daß sie alle wußten, daß er noch nie bei einer Frau gelegen hatte.

»Komm!« drängten sie ihn. »Wir müssen die Knochen eines ganzen Mammuts für das Lagerfeuer heranschleppen.«

Doch er rührte sich nicht. Er sah zu, wie sie aufsprangen und den Mädchen zuzwinkerten. Er sagte ihnen, daß er zuerst noch die Hunde füttern mußte. Aber die Hunde hatten bereits gefressen und dösten in der Sonne. Torka war mit Zinkhs Männern unterwegs, und Lonit hielt sich mit Iana, Aliga und den Kindern in der Erdhütte auf. Zweifellos ruhten sie sich aus, um für die Nacht gerüstet zu sein.

Er betrat die Erdhütte. Er sagte, er sei müde, und legte sich auf seine Schlaffelle. Die Kinder schliefen, und es war still. Er wartete angespannt, bis die Schatten endlich länger wurden.

Dann schlüpfte er aus der Hütte und hüllte sich in seinen Reiseumhang. Er nahm seine Speere und machte sich auf den Weg durch das Lager, wobei er alle Feuerstellen vermied, an denen Pomm oder die Mädchen auf ihn warteten.

Als er den Knochenzaun hinter sich gelassen hatte, lief er schnell auf den Tundrahügel zu, wo er die Geister der Schöpfung angerufen hatte. Hier war die Luft frei vom Rauch der Feuer, und das hohe Gewölbe des Himmels ließ ihn alle Sorgen vergessen. Endlich konnte er befreit aufatmen. Dann sah er, daß Aar wie immer bei ihm war.

»Wir haben es geschafft, Bruder Hund!« Er seufzte, ging in die Knie und kraulte das Schulterfell des Hundes. Allein mit seinem treuen Begleiter fühlte Karana sich wunschlos glücklich. Er stand auf, hob die Arme, warf den Kopf zurück und atmete tief den Geruch des wilden Landes ein, während er auf die Stimmen der Geister horchte, die im Wind flüsterten.

Oben auf dem Hügel der Träume runzelte Sondahr nachdenklich ihre Stirn, als sie beobachtete, wie der große, wolfsähnliche Hund der einsamen Gestalt über die Tundra folgte, bis der Jäger auf einem fernen Hügel anhielt und seine Arme hob.

Hinter ihr erhob sich schwerer Rauch aus dem Knochenhaus. Lorak, der mit den anderen Zauberern auf dem Weg dahin war, sah sie und blieb stehen.

»Sondahr, wirst du heute nacht tanzen?«

Seine hohe, winselnde Stimme beleidigte sie, aber sie rührte sich nicht. Sie mußte mit ihren Kräften haushalten, die Tage des Fastens machten sich bereits bemerkbar. Ihr war leicht schwindlig, dennoch schien sie ihren Körper und ihre Sinne besser unter Kontrolle zu haben als gewöhnlich. Klänge, Farben und Strukturen schienen viel deutlicher zu sein, viel klarer und intensiver. Sie kannte diesen Effekt des Fastens, daher wußte sie auch, daß die Klarheit dumpfer und ihre wenige Kraft wie Asche in einer kalten Feuerstelle werden würde, wenn sie nicht bald etwas aß.

»Sondahr, hörst du, daß Lorak zu dir spricht? Wirst du für

die Geister tanzen, um die Mammuts zur Großen Versammlung zu rufen? Wirst du heute nacht tanzen? Und für wen?«

Sie hörte die Hoffnung in seiner Stimme und verachtete ihn dafür. Er hatte sie seit Jahren begehrt, aber nie den Mut gehabt, es ihr offen einzugestehen — zweifellos weil er Angst hatte, daß aus dem großen Zauberer dann in ihren Augen ein ganz normaler Mann würde. Zweifellos war er überzeugt, er könnte sie jederzeit bezaubern und für sich gewinnen, wenn er es wirklich wollte. Ihr Mund verzog sich unwillig. Lorak war ein alter Geier, der sich einbildete, er könnte noch mit den Adlern fliegen.

»Sondahr wird tanzen«, antwortete sie ausweichend.

»Für . . .«

»Für den, den die Geister erwählt haben.« Sie rührte sich nicht. Sie spürte, daß er auf eine deutlichere Antwort wartete. Doch als sie schwieg und er sich enttäuscht abwandte, lächelte sie.

Langsam brach die Nacht herein, während sie sich eifrig um das große Lagerfeuer versammelten, das die Männer errichtet hatten. Jeder versuchte, sich einen guten Platz zu sichern. Im Hintergrund der Höhle außerhalb des Feuerscheins versammelten sich die Zuschauer. Es waren Frauen in der Schwangerschaft und in der Monatsblutung, die älteren und sogar Aliga, die aufgrund der angeblich heilsamen Wirkung des Plaku-Feuers darauf bestanden hatte dabeizusein. Torka hatte sie hergetragen. Nachdem sie die Kinder in die Obhut Ianas gegeben hatte, brachte Lonit die Felle, auf denen die kranke Frau liegen konnte. Sie war froh, daß jeder sich rührend um Aliga kümmerte und sie kräftig genug war, dem nächtlichen Fest beizuwohnen.

»Sondahrs heilende Zauberkräfte sind groß!« sagte sie zu ihnen. »Bald wird diese Frau ihr Kind zur Welt bringen. Bald wird sie wieder völlig gesund sein! Beim nächsten Plaku auf der Großen Versammlung wird diese Frau mittanzen, und ihr werdet das Vergnügen haben, alle Tätowierungen dieser Frau zu sehen!«

Als alle lachten, streckte sich Aliga zufrieden auf den Fellen aus und dachte glücklich an die Zukunft.

Torka sagte nichts dazu. Der Mond hatte schon elfmal seine Hörner erneuert, seit Aliga zum erstenmal aus Freude über ihre Schwangerschaft getanzt hatte. Es war schon zu lange her, viel zu lange. Obwohl sie behauptete, daß sie die Bewegungen des Kindes spüren konnte, hatte er sie und die Wölbung ihres Bauches nachts beobachtet und keinerlei Vibrationen des Lebens erkannt.

Überrascht bemerkte er, daß eine der umherstehenden Matronen ihm zuzwinkerte. »Diese Frau hat viele Frauen reden hören. Viele werden heute nacht für Torka tanzen. Heute nacht werden wir alle sehen, wozu Torkas Zauberkraft imstande ist oder nicht. Ruh dich lieber aus, Mann von Lonit. Du solltest deine Frau nicht dadurch beschämen, daß du dich womöglich nicht für alle erheben kannst! Und es geht das Gerücht, daß Sondahr heute nacht tanzt. Es ist sehr selten, daß sie einen Mann erwählt. Vielleicht wird es Torka sein, und dann wird es einen großen Zauber zwischen euch geben, oder?«

Die alte Frau wollte Torka in Verlegenheit bringen, aber er war ein Mann, der sich nicht leicht beschämen ließ. Er war nur verärgert. Auf die Worte der alten Frau hin war Lonit an ihre gemeinsame Feuerstelle zurückgeeilt. Er war beunruhigt, daß seine Frau für einen anderen Mann tanzen mußte, und wurde wirklich wütend bei der Vorstellung, daß sie tatsächlich bei einem anderen Mann liegen würde. Er erinnerte sich nur ungern an den letzten Plaku, an dem er gezwungenermaßen hatte teilnehmen müssen. Wenn es eine Möglichkeit gab, es diesmal zu vermeiden, ohne die Ältesten zu beleidigen, würde er sie ergreifen. Er hatte etwas derartiges zu Lorak gesagt, worauf der Ältere nur mit seinem knochigen Finger auf ihn gezeigt und ihn vor die Wahl gestellt hatte, entweder mitzumachen oder mit seinen Frauen und Kindern das Große Lager zu verlassen. So kurz vor der langen Dunkelzeit konnte er nicht anders, als zu bleiben und sich an dem verfluchten Ritual zu beteiligen. Lonit wußte sicher, wie sehr es ihm widerstrebte — nicht nur seinetwillen, sondern auch ihretwillen.

Sein Blick folgte ihr, als sie auf dem Weg zu ihrer Unterkunft zwischen den Erdhütten verschwand. Wie groß, geschmeidig und schön sie war! Sondahr kam ihr vielleicht gleich, aber nicht mehr. Es war die überhebliche, fast männliche Haltung der Zauberin, die die Augen aller Männer auf sich zog — die starke und selbstbewußte Linie ihrer Schultern und ihr lässiger Gang, der die Brüste unter ihrem Daunenhemd in ständiger rastloser Bewegung hielt.

Die meisten Männer nahmen es ihr übel, daß sie sich wie ein Mann in den Rat der Ältesten drängte, als verdiente sie dieselben Vorrechte und denselben Respekt, der eigentlich nur dem überlegenen Geschlecht zustand. Ohne einem Stamm anzugehören, zog sie nach Belieben von Stamm zu Stamm, um zu lehren und zu heilen. Ihre Gegenwart wurde mit einer widerwilligen Bewunderung toleriert. Obwohl sie ungeniert jede Regel mißachtete, die für ihr Geschlecht galt, waren ihre seherischen und heilenden Fähigkeiten zu wertvoll, um sie deswegen zu tadeln. Sondahr war wirklich eine große Zauberin, und alle wußten, daß man gut daran tat, sie zu fürchten. Trotzdem gab es vermutlich keinen Mann im Lager, der sie nicht gerne zurechtgewiesen und sie unter seinen Willen gezwungen hätte.

Er atmete tief durch. Er mußte sich eingestehen, daß auch ihm der Gedanke gefiel. Doch seit er sie auf dem Hügel der Träume bei Aliga erlebt hatte, kannte er eine andere Seite dieser Frau, ihre Zärtlichkeit, Traurigkeit und Einsamkeit. Er wußte, daß ihre Fähigkeiten ein Fluch waren, da ihr normale Beziehungen zu Menschen verschlossen blieben. Er dachte daran, wie sie ganz allein in ihrer Hütte aus Mammutknochen auf dem Hügel der Träume überwintern mußte.

»Geh, Torka, und wasch dich! Die Sonne ist untergegangen, und der Plaku wird bald beginnen.«

Aliga hatte ihn angestoßen. Er war froh, verschwinden zu können. Ohne auf ihre weiteren Bemerkungen zu achten, folgte er Lonit, um sofort mit ihr zu sprechen. Es gab noch eine Möglichkeit, wie sie dem Tanz entgehen konnte. Sie mußte nur erklären, daß sie ihre Blutzeit hatte, und wäre entschuldigt. Als er seine Erdhütte erreichte, bat er sie herauszukommen. Sie gehorchte und sah ihn mit geröteten Augen an, als hätte sie geweint.

»Du mußt nicht tanzen«, sagte er und erklärte ihr, was er sich ausgedacht hatte.

»Das wäre eine Lüge. Die Geister der Nacht lassen sich nicht täuschen. Sie wären beleidigt. Außerdem würden sich die anderen Frauen daran erinnern, daß ich erst vor kurzem gemeinsam mit ihnen in der Hütte des Blutes war. Sie wüßten, daß es noch viel zu früh für mich ist.« Sie schwieg einen Augenblick, als sich ihre Stimme plötzlich aufhellte. *Er will nicht, daß ich tanze! Er ist um mich besorgt!* Zum erstenmal seit Tagen lächelte sie und versuchte, einen Plan zu entwickeln, der in ihrem Sinne war. »Manchmal allerdings ist die Zeit des Blutes eine launische Angelegenheit. Lonit könnte es auf diese Weise versuchen, und vielleicht werden die alten Frauen darauf verzichten, die Wahrheit hinter meinen Worten zu erkunden.«

»Aber wenn sie es tun?«

»Das wäre nicht gut. Sie wären sehr böse.«

Torkas Gesicht zeigte seine Enttäuschung. »Und wenn ihre so geschätzten Mammuts dann nicht kommen, werden sie dir die Schuld daran geben, weil du die Geister beleidigt hast.« Er schüttelte den Kopf. »Wer weiß, was dann geschehen würde? Lorak ist nicht gerade ein Freund von Torka und seinem Stamm. Nein, das wäre ein zu hohes Risiko – für meinen Stolz.«

Ihr Lächeln verschwand. Er hatte nicht ›für meine Liebe‹ gesagt. Sie verzweifelte. Sie war nur eine seiner Frauen, ein Besitzgut, und Torka kümmerte sich immer sehr gut um seinen Besitz. »Du wirst... mit Sondahr tanzen?«

»Ich *muß* tanzen! Lorak hat zu mir gesagt, wenn ich es nicht tue, haben wir hier nichts mehr zu suchen.«

»Wir haben viel Fleisch und viele Felle. Mit Hilfe der Hunde, die wie Männer jagen, und mit Karana... Wir haben schon einmal allein gelebt.«

»Dieser Mann will nicht noch einmal in dieser Angst leben, Lonit«, erwiderte er mit scharfer Stimme.

Sie ließ ihren Kopf sinken. »Diese Frau hatte keine Angst.«

237

»Und was ist mit Aliga und Iana und den Kindern? Sie fühlen sich wohl in diesem Lager, weil sie hier sicher sind. Sogar Karana hat mit seinen ewigen Beschwerden aufgehört.« Er wollte sie an sich drücken und festhalten, sie küssen und sie seiner Liebe und seines Stolzes versichern, die sein Herz erfüllten, sobald er sie ansah. Aber sicher wußte sie das bereits. Und in seinem Stamm hatte es als unmännlich gegolten, mit einer Frau über solche Dinge zu sprechen. Also legte er seine Hand unter ihr Kinn und hob es an, damit sie ihm ins Gesicht schauen konnte. »Wir haben schon einmal die Erniedrigung eines Plaku-Tanzes überstanden. Wir werden es um unserer Kinder willen noch einmal schaffen. Wir werden tanzen. Wir *müssen* tanzen, und morgen wird es keine Rolle mehr spielen, was heute nacht geschehen ist . . . außer, daß wir unsere Zukunft gesichert haben.«

»Hilfe!«

Aus dem Mund Pomms war dies ein völlig unerwarteter Ausruf. Als Lonit aufsah, entdeckte sie die dicke Frau im Schatten des hereinbrechenden Abends aufgeregt vor ihrer eigenen Erdhütte gestikulieren.

»Komm, Lonit! Hilf Pomm, sich für den Plaku hübsch zu machen, ja?«

Dies war eine Bitte, die sie nicht ohne weiteres abschlagen konnte, auch wenn Pomms Wunsch nicht erfüllt werden konnte, selbst wenn ihr alle Frauen des Lagers halfen. Dazu wären nur die Mächte der Schöpfung in der Lage.

Lonit stand von dem Platz vor ihrer Erdhütte auf, wo sie trübsinnig gehockt hatte, und ging, immer noch in ihrer beerensaftbekleckerten Schürze zu Pomm hinüber.

Die Frau war splitternackt und sah wie ein dicker, fleischiger Pilz aus, der nach einem ergiebigen Regen nicht zu wachsen aufgehört hatte. Sie saß im Schneidersitz auf einem ordentlichen Haufen Felle und hielt einen Behälter aus der Harnblase eines Jagdtieres im Schoß. »Komm, gute Freundin von Pomm. Wir wollen gemeinsam etwas trinken, bevor wir uns auf den Plaku vorbereiten.«

Lonit kniete sich hin und nahm einen Schluck aus der angebotenen Flasche. Doch die Flüssigkeit war kaum in ihre Kehle geraten, als sie sich verschluckte und husten mußte. »Was ist *das?*« prustete sie entsetzt.

»Nur ein paar Beeren, Wurzeln, Kräuter und etwas Blut vom Lager des letzten Jahres. Es ist gut, oder?«

Lonit hatte bereits gegorenen Beerensaft getrunken, aber Pomms Getränk war viel schärfer und süßer. »Es ist gut«, stimmte sie zu und nahm noch einen vorsichtigen Schluck. »Aber es ist auch sehr stark.«

»Wozu soll die Flamme gut sein, wenn sie keine Hitze hat? Trink! Lonit wird dann viel besser auf dem Plaku tanzen können.«

»Lonit will nicht auf dem Plaku tanzen.«

»Lonit muß tanzen!«

»Ja, Lonit muß tanzen.« Sie nippte erneut. Es war sehr süß und scharf, aber nachdem sie sich daran gewöhnt hatte, brannte es nicht mehr. Dann nahm sie einen tiefen Schluck.

Pomm nahm ihr die Flasche aus der Hand. »Wenn du es so schnell trinkst, wirst du überhaupt nicht mehr tanzen. Du wirst schlafen . . . tagelang! Und wenn du aufwachst, wird es dir leid tun!«

»Nein«, entgegnete Lonit, die plötzlich wütend war. »Es würde mir nicht leid tun. Ich wäre froh!«

Pomm nippte von dem Getränk und schüttelte traurig den Kopf. »Es ist sehr seltsam, daß die Frau Torkas sich nicht freut, am Plaku teilnehmen zu können. Viele Männer hoffen zweifellos darauf, daß Lonit für sie tanzen wird, und hier sitzt Pomm – die fette und alte Pomm – die so gerne tanzen würde, aber nur für einen Mann. Für Karana. Und weil er es weiß, ist er davongerannt.«

»Karana ist noch ein kleiner Junge, Pomm.«

»Für jemanden wie dich, die für ihn eine Mutter und Schwester gewesen ist, ja. Aber glaube dieser Frau, wenn sie dir sagt, daß er in den Augen jeder anderen Frau ein Mann ist.«

»Allerdings ein sehr junger Mann.«

»Das sind die besten.« Schweigend tranken sie eine Weile

langsam, aber beständig weiter. Lonit hatte Pomm noch nie so niedergeschlagen erlebt. Es war, als hätte sie plötzlich auf eine spiegelglatte Eisfläche geblickt und zum erstenmal gesehen, was die Zeit und die Mächte der Schöpfung aus ihr gemacht hatten: eine alte, häßliche Frau, bei der kein vernünftiger junger Mann liegen wollte. Lonit hatte großes Mitleid mit ihr und wünschte, sie könnte ihren Schmerz lindern.

»Pomm, er ist wirklich nur ein Junge. Eine Frau mit deiner... äh... Reife sollte sich lieber mit erfahrenen Männern abgeben.«

»Ein erfahrener Mann wird dieser Frau auf dem Plaku den Rücken zuwenden, sofern ihn nicht der Beerensaft seiner eigenen Frau betrunken gemacht hat. Und dann würde er auf jeden Fall eine schlechte Figur auf dem Plaku machen.«

Schon einmal hatte Lonit in ihrem Tal zuviel von ihrem gegorenen Beerensaft getrunken, worauf ihr leicht schwindlig geworden war, doch noch nie in ihrem Leben war sie richtig davon betrunken gewesen. Das Getränk war verlockend süß und schmackhaft, so daß es ihr schwerfiel, nicht weiterzutrinken. Es stieg ihr zu Kopf und löste ihre Zunge. Sie sprach jetzt viel freier, obwohl ihre Worte langsamer und undeutlicher kamen. Für einen kurzen Augenblick fühlte sie sich angenehm schläfrig, doch dann blinzelte sie und war plötzlich mutig und wütend.

»Ich mag diesen Plaku nicht! Ich will weder tanzen noch bei einem anderen Mann als Torka liegen!« Ihre Gedanken trieben durch einen warmen Nebel, in dem plötzlich der Umriß eines Mannes Gestalt annahm, der sie eine Lügnerin nannte. Sie fühlte sich schuldig, sie wollte jetzt nicht an Navahk denken. Mit einem Blinzeln ließ sie sein Bild verschwinden, worauf Torka an seine Stelle trat. Torka, der Mann, den sie schon immer geliebt und begehrt hatte. Er war der beste Mann überhaupt, und er war ihr Mann. Bei diesem Gedanken wurde sie zornig.

»Wenn irgendeine Frau, vor allem Sondahr, für Torka tanzt, dann werde ich...« Sie sprach nicht weiter. Was sollte sie dann tun? Sie war nur Lonit, und Sondahr war eine Zauberin. Aber

240

sie hatte keine Angst vor ihr. Sie fühlte sich sehr mutig und hatte sich völlig unter Kontrolle. »Sondahr wird schon sehen, was diese Frau dann tun wird! Hast du gewußt, Pomm, daß Lonit einen Speer genausoweit wie ein Mann schleudern und mit dem Speerwerfer umgehen kann? Ja, so ist es! Lonit ist an Torkas Seite auf die Jagd gegangen und hat viel Wild erlegt! Nicht nur Fisch und Geflügel, sondern auch Männerfleisch! Und Lonit würde wetten, daß Sondahr das nicht von sich behaupten kann!«

Pomm rülpste, seufzte und rülpste erneut. Dann hob sie graziös einen dicken kleinen Finger an ihre nachdenklich geschürzten Lippen. »Sondahr sollte nichts davon erfahren, denke ich. Auch nicht Lorak oder irgendeiner der anderen Zauberer... Hat Lonit wirklich den Speer benutzt?«

»Wirklich! Gegen Wölfe, Bären und viele andere Tiere. Und bald vielleicht auch gegen Sondahr, wenn sie versucht, mir Torka wegzunehmen!«

»Sondahr...« Die dicke Frau wurde für einen Augenblick sehr nachdenklich und wandte sich dann schläfrig wieder Lonit zu. »Pomm will Lonit sagen, daß die Zauberin keinesfalls hübscher als Torkas Frau ist. Ihr seid gleich groß, habt dieselbe Figur — schlank, aber nicht mager — große, aber nicht zu große Brüste... die Männer mögen das. Wenn ihr nackt seid und eure Gesichter hinter einer Federmaske versteckt wären, mit etwas Asche im Haar, könnte euch niemand auseinanderhalten.«

Die Worte hatten eine fast ernüchternde Wirkung auf Lonit. »Torka könnte uns auseinanderhalten.«

»Aber sie wird ebenfalls nackt sein und eine Federmaske tragen.« Pomm zuckte die Schultern, nahm wieder einen großen Schluck aus der Flasche, nach dem sie heftig aufstoßen mußte. »Pomm sagt, daß die Männer auf diesem Plaku sehr glücklich wären, wenn zwei Sondahrs am Feuer tanzen würden. Dann könnte Torkas Frau für ihren eigenen Mann tanzen, ohne daß es jemand bemerken würde — vielleicht nicht einmal Torka — und wenn sie besser als Sondahr tanzt, würde er der Zauberin den Rücken zuwenden und Lonit nehmen. Das wäre doch ein großartiger Spaß, oder? Und nur die Geister wüßten Bescheid.«

»Es ist nicht gut, einen Spaß mit den Geistern zu treiben.«

Pomms kleine Augen verengten sich verärgert zu schmalen Schlitzen. »Das mag sein, aber schau dir nur die junge Pomm an, die im Körper einer alten Frau gefangen ist! Die Geister haben sich mit mir einen Spaß gemacht! Komm jetzt, die Nacht bricht an, und die Männer werden bald das Plaku-Feuer entzünden. Wir müssen uns bereitmachen, Lonit. Hilf mir, nur für diese Nacht wieder jung und schamlos zu sein!«

Nacht, Sterne, Feuer und Hitze.

Die Welt brannte. Torka brannte — vor Verzweiflung, daß er diese Nacht ertragen mußte, aber auch vor einer tiefsitzenden, sinnlichen Erwartung. Kein Mann, ganz gleich wie sehr er seine Abneigung gegen dieses Ritual beteuern mochte, konnte in der Nacht eines Plaku lange gleichgültig und uninteressiert bleiben. Sie hatten das große Lagerfeuer errichtet und einen breiten Kreis für die Tänzer und Zuschauer freigemacht. Jetzt begannen sich Männer und Frauen zu versammeln und sich um die besten Plätze zu drängeln, bis Lorak die Jäger aufforderte, sich mit den Zauberern im Knochenhaus zu versammeln.

Im Innern war es eng und düster, während irgendwo unter den Planken des Fußbodens aus Mammutknochen ein Feuer brannte. Dampf und Rauch drang zwischen den Ritzen hervor, so daß die Jäger kaum etwas sehen konnten, während sie sich entkleideten. Dann saßen sie schweigend und schwitzend da, um die Unreinheiten aus ihrer Seele zu vertreiben, die sich seit der letzten Versammlung angesammelt hatten. Sie rieben sich ihre Körper mit Wermutstengeln ein und reichten eine Flasche mit einem rituellen Getränk herum. Unterwegs mußte irgend jemand den Behälter nachgefüllt haben, denn er war auf geheimnisvolle Weise jedesmal wieder voll, wenn Torka an die Reihe kam. Das Getränk war gut und berauschend, so dick und süß wie Blut, das man aus einer frisch erlegten Beute saugte. Torka wußte nicht mehr, wie oft er die Flasche schon weiterge-

242

geben hatte, als Lorak und die anderen Zauberer die Geister der Schöpfung darum baten, die Mammuts mögen kommen, um vor den Speeren der versammelten Jäger zu sterben.

Torka saß in der Menge, trank mit den Männern und war ein Teil des Rituals. Trotzdem fühlte er sich nach wie vor als Außenseiter. Er war der einzige, der keine Mammuts töten wollte. In einem Lager voller Fleisch sollten die Jäger den Geistern dafür danken und nicht nach mehr verlangen. Dennoch verstand er ihre Motive, auch wenn er nicht damit einverstanden war. Er sah sich nach Karana um, konnte ihn aber nirgendwo entdecken. Er machte sich Sorgen. Lorak würde sehr wütend werden, wenn er feststellte, daß jemand aus dem Großen Lager der Mammutjäger die Traditionen mißachtete.

Die Gesänge der Männer waren ein monotones Brummen. Selbst Zinkh und seine Männer sangen, als hinge ihr Leben vom Fleisch der großen Mammuts ab, obwohl sie satt vom Bisonfleisch waren. Torka hörte zu. Alle sangen dasselbe Lied, nur in verschiedenen Dialekten. Es beruhigte seine Ohren wie das sanfte Rauschen eines Sommerflusses — es war ein Fluß, der von vielen Nebenflüssen gespeist wurde und der sein Leben aus den vielen bezog.

Er lauschte, schloß die Augen und ließ sich von dieser Stimmung mitreißen. Es war gut, wieder ein Mann unter anderen Männern und Teil eines Ganzen zu sein — nicht mehr allein, verletzlich und ständig in der Verantwortung für seine Frauen und Kinder. Wenn seine Seele in diesem Augenblick seinen Körper verlassen sollte, wären sie sicher als Mitglieder von Zinkhs Stamm, und die Generationen der Kinder, die noch geboren werden würden, würden seine Seele und seinen Namen unsterblich machen.

Plötzlich verstummten die Gesänge. Lorak sprach so scharf, daß Torka erschrocken aufblickte. Der Älteste stolzierte nackt und dürr unter einem zottigen Mammutfell umher, während er mit rauher und fast ärgerlicher Stimme die Geister anrief. Er klang wie ein Kondor, der vor Schmerz aufschrie, nachdem ihn ein Speer in die Brust getroffen hatte. Dann bemerkte Torka, daß Lorak die Bewegungen und das Trompeten eines Mammut-

243

bullen nachahmte — nicht sehr überzeugend, aber er gab sich Mühe, und die Anwesenden schienen von seiner Vorstellung beeindruckt zu sein. Sie begannen wieder zu singen und zu klatschen, um den alten Mann anzufeuern. Selbst Torka mußte sich eingestehen, daß es ein tapferer Versuch war, bis Lorak herumwirbelte und mit dem Finger direkt auf ihn zeigte.

»Torka singt nicht!«

»Torka ist neu in diesem Lager. Er kennt den Gesang noch nicht.«

»Vielleicht singt er ein anderes Lied, ein stummes Lied, mit dem er die großen Mammuts von diesem Lager vertreiben will!«

Die Anklage überraschte Torka nicht. Obwohl er wußte, daß Lorak unrecht hatte, lag der Verdacht des alten Mannes nahe. »Der Älteste hat recht. Dieser Mann wird nicht auf Mammutjagd gehen. Aber er würde nichts unternehmen, um die anderen von der Jagd abzuhalten. Er wird sich dem Ritual des Plaku anschließen, um die Geister auf die Bedürfnisse der Menschen aufmerksam zu machen. Torka hält die Mammutjäger unter euch in großen Ehren und dankt denen, die ihn, seine Frauen und seine Kinder in ihr Winterlager aufgenommen haben.«

Lorak schüttelte knurrend den Kopf. »Das ist nicht genug. Torka wird mit uns singen. Er wird die Mammuts zu diesem Lager rufen oder mit seinen Frauen, Kindern und Hunden dieses Lager für immer verlassen!«

Also sang er mit ihnen und war nur noch in den funkelnden Augen Loraks ein Außenseiter, die ihn auch dann noch mit stechendem Blick verfolgten, als sie das Knochenhaus verließen und ernüchtert vom kalten, schneidenden Wind durch die Nacht auf den großen Feuerkreis zugingen. Der Plaku-Tanz begann. Da das Getränk ihm zu Kopf gestiegen war, empfand er es nicht mehr als wichtig. Mammuts zu rufen war etwas anderes als sie töten. Lebensspender war weit fort in einer anderen Welt. Und es war gut, sich wieder als Teil einer Gruppe zu fühlen. Er war wieder Mitglied eines Stammes.

244

Das Feuer brannte mit hohen Flammen. Es bestand aus Knochen, Soden, Gras, Fett und geheimen Opfergaben aus den Beuteln vieler Männer und Frauen, in denen sie über lange Jahre glücksbringende Dinge gesammelt hatten. Sie opferten es dem Feuer und den Geistern der großen Mammuts, damit sie die Flammen sahen, ihre Hitze spürten und wußten, daß die Menschen auf der Großen Versammlung sie riefen, um ihnen Leben zu geben.

Die Männer machten Musik auf Knochenflöten und Felltrommeln. Sie klatschten in die Hände, und die Frauen tanzten nackt vor ihnen in der Dunkelheit. Sie hatten ihr Haar gelöst und trugen kunstvolle Federmasken vor den Gesichtern. Ihre Körper waren mit Fußreifen, Halsketten und Armbändern aus Stein, Federn, Knochen, Zähnen und Krallen geschmückt. Ihre Haut war mit Strichen, Punkten und Spiralen bemalt, mit Farben, die sie aus den Beeren hergestellt hatten, die sie früher am Tag gesammelt hatten. Die dicke Pomm war aufsehenerregend – nicht weil sie alt und häßlich war, sondern wegen der langen weißen Schnüre, die mit Gänsefedern besetzt waren und sich von ihrem fest geflochtenen Haarknoten hinunterschlängelten, um ihren Umfang zu verhüllen. So schien sie wie in einem weißen Nebel dahinzuschweben, mit der Anmut und Sicherheit eines jungen Mädchens.

Ihr Kreis öffnete und schloß sich abwechselnd. Während des Tanzes stampften sie ihre Füße in sinnlichen Posen auf den Boden, wandten den Männern ihre Rückseiten zu und erhoben die Arme, um die Mächte der Schöpfung in sich aufzunehmen. Sondahr tanzte mit ihnen. Sie war größer, schlanker und geschmeidiger als die übrigen. Viele Stimmen riefen nach ihr:

»Sondahr ... Sondahr ... tanze für mich ... für mich ...«

Es gab keinen Mann, der sie nicht begehrte, einschließlich Torka. Doch sie tanzte mit den anderen im Kreis und ging an Lorak, dem das Wasser im Mund zusammenlief, und an Zinkh vorbei, der mit offenem Mund dasaß. Torka dachte, daß sie die schönste Frau war, die er je gesehen hatte, als sie langsam an ihm vorbeizog. Ihre Gestalt, die halb aus Schatten, halb aus Flammen zu bestehen schien, war Lonit so ähnlich, daß mit sei-

245

ner Leidenschaft auch die Eifersucht aufzüngelte und er in der Kette der sich windenden Tänzerinnen nach seiner Frau suchte. Für wen würde sie tanzen? Welcher Mann würde es wagen, in dieser Nacht bei ihr zu liegen? Er konnte sie nicht entdecken. Sie hatte sich gut verhüllt. Oder vielleicht hatte sie sich der Zeremonie schließlich doch entziehen können.

Die Kreisbewegung wurde unterbrochen, und die Frauen drehten sich wie auf Kommando um. Sondahr stand vor ihm. Ihr Gesicht war von einer Maske aus Eulenfedern verhüllt und ihre langen, grauen Stirnlocken mit einem Band aus weißen Federn und winzigen Muscheln verziert, die ihm irgendwie vertraut vorkamen. Der Tanz begann von neuem. Diesmal blieben die Frauen stehen und bewegten sich nur noch für einen Mann. Torka hielt den Atem an, ihm war heiß vom Feuer, Rauch und dem Getränk. Sondahr tanzte für ihn. Sie bewegte sich genauso wie alle anderen in einem Tanz, der der reinen sexuellen Erregung diente. Doch ihr Tanz war zauberhaft. In ihren Bewegungen lag eine entschiedene, fast wütende Bestimmtheit. Sie hob ihre langen Arme und ging mit gespreizten Beinen in die Knie, um auf den Fußballen vor und zurück zu schaukeln. Dabei rollte sie einladend die Hüften und bewegte die Brüste, um deren Brustwarzen dunkle Ringe gemalt waren, so daß sie ihn wie Augen anstarrten, die seinen Blick erwiderten. Rotgoldener Feuerschein flammte zwischen ihren geöffneten Schenkeln auf und zeichnete die Form ihrer Hüften und ihrer verschlungenen Arme nach. Er entdeckte, daß entlang der bleichen, samtweichen Haut ihres Unterarms die kunstvolle Bemalung eine Reihe von Narben nicht verdecken konnte, die aussahen, als stammten sie von den scharfen Zähnen eines großen Raubtieres, vielleicht eines Wolfes oder ...

Plötzlich war seine Stimmung verflogen. Lonit hatte Wolfsnarben auf dem Unterarm! Sie hatte sie zurückbehalten, als sie vor langer Zeit ihr Leben riskiert hatte, um sich gemeinsam mit Torka und Umak gegen ein Rudel hungriger Wölfe zu verteidigen, von denen sie beinahe getötet worden wären. Ungläubig starrte er durch den Rauch, die Dunkelheit und den Feuerschein und sah nicht Sondahr, sondern Lonit, *seine* Frau, die tanzte, wie er sie noch nie hatte tanzen sehen, während jeder Mann in diesem Lager sie begehrend ansah ... und sie für die schöne und weise Sondahr hielt. Aber sie war nicht halb so schön und weise wie seine eigene Frau. Hinter ihrer eulengleichen Maske sah er ihre Augen, Lonits unverwechselbar schöne Augen, die nicht mehr so sanft und verletzlich wie die einer Antilope waren, sondern genauso wie seine berauscht glühten. Es waren mutige Augen, die alles wagten, damit sie nicht bei einem anderen Mann liegen mußte und er nicht bei einer anderen Frau. Heute nacht war sie Sondahr ... für ihn ... für ihn allein.

Und als er auf die Füße sprang, mit ihr tanzte und seine Bewegungen den ihren anpaßte, hätte er stolz über ihre mutige List seinen Kopf zurückwerfen und ihren Namen schreien mögen wie ein Wolf, der den vollen Mond anheulte. Doch damit hätte er sich den anderen verraten, die sich jetzt überall einen Partner suchten und eine wilde, trunkene Orgie um das Feuer herum begannen. Keinem Mann war es erlaubt, auf dem Plaku mit seiner eigenen Frau zu schlafen. Aber er war Torka, der Enkel Umaks, der wußte, daß die Menschen in neuen Zeiten neue Wege gehen mußten.

Er zog Lonit an sich heran. Lüstern ließ er seine Hände von ihren Schultern gleiten, faßte ihre Brüste und wanderte tiefer zu ihren geschmeidigen Hüften. Dann zog er sie zu Boden, küßte sie und flüsterte ihr ins Ohr, wie sehr er sie liebte und daß er um ihr gefährliches Geheimnis wußte.

»Sondahr ...« rief er, damit niemand der Anwesenden es erriet. Doch sie würde wissen, daß er Lonit meinte, nur Lonit, die für Torka die erste und die letzte Frau war. »Für immer und ewig, Sondahr ...«

Trommelschläge dröhnten über die Tundra. In der Dunkelheit unter dem aufgehenden Mond spürte Karana den Widerhall der Trommeln in seinem Herzen, seinem Geist und seinen Lenden. Er konnte das Feuer deutlich sehen, ein rötlicher Schein, der zum Himmel hinaufstieg und den Knochenzaun und den Hügel der Träume erleuchtete, ebenso wie die winzigen Gestalten, die das Feuer umtanzten und sich dann in die Schatten zurückzogen.

Er wußte nicht, wann Sondahr gekommen war. Plötzlich stand sie zwischen ihm und dem Feuerschein, eine hohe Gestalt, die in einem Mantel aus Federn gehüllt war und einen Reif aus Daunen über den Augenbrauen trug.

»Karana.« Sie flüsterte seinen Namen so sanft und warm wie der Wind.

Er hielt überrascht den Atem an. Neben ihm legte Aar seinen Kopf auf die Pfoten und schnaufte leise, als ob es ihn ärgerte, daß die Zauberin wieder einmal herangekommen war, ohne daß er es bemerkt hatte. Doch er spürte in ihrer Gegenwart keine Gefahr − höchstens für seine Selbstachtung.

Sie stand reglos da und entfaltete ihren Umhang, als wäre er nicht ein einzelnes Kleidungsstück, sondern ein Paar Zauberflügel. Der Wind fuhr hinein und trug den Umhang fort.

Karana keuchte. Unter dem Flügelmantel war Sondahr nackt. Sie rührte sich nicht, so daß sie wie eine aus Knochen geschnitzte Statue wirkte. Im fahlen Licht des Mondes sah sie unglaublich weiß und zart aus. Dann streifte sie der Wind, und sie erzitterte. Der Junge spürte die Weichheit ihrer Formen mit seinen Augen. Er nahm jede Linie und jede Kurve war. Er konnte seinen Blick nicht abwenden. Sie kniete sich nieder. Ihre Hände streckten sich aus und nahmen seine, legten sie an ihre Brüste. Sie seufzte, bog ihren Körper zurück und warf den Kopf in den Nacken. Sie zeigte ihm ihre Kehle und bot ihm ihren ganzen Körper an.

Er brannte, als ob das Feuer auf der fernen Ebene sein Fleisch entzündet hätte. Seine Augen, sein Mund, seine Lenden und vor allem seine Hände brannten. Es waren die Hände eines Jungen, die von so viel Weiblichkeit erfüllt waren, daß er sich nicht zu rühren wagte. Wenn er nur wüßte, was er mit seinen Händen tun sollte! Er hätte über seine Ungeschicklichkeit schreien mögen.

Sie richtete sich wieder auf und zog sich sanft lächelnd zurück. Sie verstand, daß für ihn noch nicht die richtige Zeit gekommen war. Sie hüllte sich wieder in ihren Umhang und setzte sich neben ihn. Sie war ihm nah, ließ ihm aber genug Raum zum Atmen, um sich im Wind abzukühlen. Keiner von ihnen sprach. Sie brauchten keine Worte, denn sie waren eins miteinander und mit dem Land und dem schwarzen, sternenübersäten Himmel. Langsam berührten sich ihre Hände und hielten sich fest. Ihre Vereinigung war tiefer als eine rein körperliche, während auf der fernen Tundra die Wölfe heulten und vom Ende der Welt die Klage eines verlorenen Kindes erklang, das um seine Mutter trauerte.

Torka fuhr aus dem Schlaf hoch.

Lonit schlief tief und fest in seinen Armen. Zitternd und mit klopfendem Herzen lauschte er auf das einsame Heulen in den fernen Bergen. Er hatte noch keinen Wolf oder Hund jemals einen solchen Laut von sich geben hören. Es war fast menschlich, wie von einem kleinen Mädchen, das in weiter Ferne jammerte.

Bilder kamen ihm in den Sinn, die sich mit Erinnerungen der Vergangenheit vermischten. *Windgeister.*

Er hatte diese Stimme schon einmal gehört. Mitten im tiefsten Winter hatte er von hundert vergessenen Lagern aus auf dieses Heulen in der Nacht gelauscht. Wenn er als kleiner Junge mit seinem Großvater auf die Jagd gegangen war, hatte er zu den Nordlichtern und den Wolken über den dunklen Bergen hinaufgesehen und die langgezogenen Klagen der Windgeister gehört. Umak hatte ihm erzählt, daß die Menschen nicht oben in den Bergen auf die Jagd gingen, weil dies das Reich der Windgeister war.

Torka rieb sich die Augen. Es war, als ob Umak wieder bei ihm wäre und zu ihm sprach, während er wieder ein kleiner Junge war, der atemlos auf die gesenkte Stimme seines Großvaters lauschte. Er erzählte ehrfürchtig, daß die Windgeister weder Menschen noch Tiere waren, sondern nur aus Nebel und Macht bestanden. Sie schickten Lawinen und Donner aus der Höhe hinab und fingen Menschen ein, nicht nur, um sich von ihrem Fleisch zu ernähren, sondern auch um sich mit ihnen zu paaren und ihnen das Blut auszusaugen, bis sie nur noch Fetzen trockener Haut waren, die im Wind verwehten.

Die Worte des alten Mannes verklangen, und das Geheul verstummte. Torka schloß die Augen und schlief ein, um von der Vergangenheit zu träumen, von Umak und von einem großen weißen Bär mit dem Speer seines Vaters im Bauch. Von der Kindheit und seinem Stamm, vom Lachen und all den schönen Dingen, die nie wieder sein würden.

Als er erwachte, war es noch dunkel. Lonit lag immer noch zusammengerollt neben ihm. Das Plaku-Feuer war heruntergebrannt, und die Tänzer schliefen schnarchend in kleinen Haufen aufeinander. Erinnerungen an die vergangene Nacht gingen ihm durch den Kopf. Er spürte einen dumpfen Schmerz und bedauerte es, im Langhaus so viel von dem Getränk gekostet zu haben. Er fragte sich, ob Lonit etwas Ähnliches getrunken hatte. Vielleicht hatte sie daher ihre Scheu ablegen können. Sie zitterte.

Plötzlich wurde ihm klar, daß ihr Täuschungsmanöver entdeckt werden würde, wenn die anderen sie Arm in Arm entdeckten. Ihre Mißachtung der Tradition des Plaku würde sie beide in große Gefahr bringen.

»Komm . . .« flüsterte er und hob sie auf, um sie von der Feuerstelle wegzutragen.

Sie erwachte und schlang ihm ihre Arme um den Hals.

Ihre Wärme erregte ihn. Er beschleunigte seine Schritte und stieg über schlafende Körper hinweg, bis er sich vom Ort des Rituals entfernt hatte und auf dem Weg zu seiner Erdhütte war. Lächelnd und leise sprach er zu ihr im Tonfall eines leidenschaftlichen Verschwörers. »Torka ist stolz darauf, daß ›Sondahr‹ ihn erwählt hat. Torka begehrt keine andere Frau. Er will für immer und ewig bei ›Sondahr‹ bleiben.«

Bevor er reagieren konnte, wand sie sich mit einem kleinen Schrei aus seinem Griff, sprang auf die Beine und rannte in die Dämmerung davon.

9

Am nächsten Tag regnete es, aber außer den Hunden hielt sich ohnehin niemand im Freien auf. Die Tiere rollten sich einfach zusammen, während die Menschen in ihren Hütten blieben, um sich von den Kopfschmerzen und der Übelkeit zu erholen, die zwangsläufig einem Plaku folgten. Es würde einige Tage dauern, bis sich jeder wieder stark und ausgeruht fühlte.

In Torkas Erdhütte hörte Sommermond mit vor Erstaunen aufgerissenen Augen zu, wie Aliga ununterbrochen über den Plaku erzählte und Lonit wissen ließ, daß ihr nicht entgangen war, daß Lonit sich irgendwie dem heiligen Ritual entzogen hatte.

»Diese Frau war dort«, erwiderte Lonit matt, während sie auf ihre Näharbeit hinuntersah und die Knochennadel plötzlich so fest mit ihren Fingern drückte, daß sie zerbrach und sie sich trotz ihres Fingerhuts aus Leder daran stach.

»Sei unbesorgt. Wir sind Schwestern. Diese Frau wird dein Geheimnis bewahren.« Aliga lächelte und wandte sich ab, um ihre spitzen tätowierten Zähne Torka zu zeigen, der gerade aus dem Regen hereinkam. »Es ist wahr, daß keine von Torkas Frauen vor anderen Männern tanzen möchte.« Sie lächelte ihn an. »Von allen Frauen auf der Großen Versammlung hat ausgerechnet Sondahr dich erwählt, und diese Frau hat gesehen, wie glücklich ihr miteinander wart!«

Torka versuchte vergeblich, Lonits Blick auf sich zu lenken, während Karana verblüfft von seinen Schlaffellen auffuhr, wo er verträumt dagelegen hatte. »Sondahr hat für Torka getanzt? Das ist unmöglich, denn sie war bei mir!«

Aliga lachte. Sie wurde allmählich wieder müde und fühlte sich nicht besonders gut, aber der Ausruf des Jungen belustigte sie. »Träum weiter, kleiner Junge! Warum sollte sich die Zauberin für dich und deine Anmaßungen interessieren! Sie würde dich sofort durchschauen und dir ins Gesicht sagen, was für ein überheblicher und mieser Windbeutel du bist!«

Karana richtete sich auf. »Ich sage dir, sie war bei mir.«

Lonit war übel. Sie sah Torka zum erstenmal in die Augen, seit sie davongerannt war, nachdem sie seine Liebeserklärung an Sondahr gehört hatte. Jetzt würde er endlich die Wahrheit erkennen und wütend auf sie sein, weil sie ihn so getäuscht hatte. Er würde sich für seine Worte schämen, die an Sondahr gerichtet waren, obwohl er die ganze Zeit mit Lonit gesprochen hatte. Als sich ihre Blicke trafen, brach es ihr fast das Herz. In seinen Augen war keine Spur von Scham zu erkennen, nur eine wachsende Wut, während er Karana warnend ansah.

»Alle haben es gesehen!« beharrte Aliga auf ihrem Standpunkt. »Auf dem Plaku hat Sondahr für Torka getanzt. Und Torka hat sich mit Sondahr vereinigt, um die Mammuts herbeizurufen und . . .«

»Torka hat die Mammuts herbeigerufen, damit sie sterben?« Karana war fassungslos.

»Torka hat sie nur gerufen. Torka wird sie nicht töten!«

»Das läuft auf dasselbe hinaus!« Ungläubig schüttelte der Junge den Kopf. »Torka würde das ebenso wenig tun, wie er bei Sondahr liegen würde. Und sie war bei mir. Torka konnte nicht . . .«

In Torkas Gesicht stand deutlich eine verzweifelte Wut. »Karana hat keine Ahnung, was dieser Mann tun oder nicht tun würde, um seinen Stamm zu beschützen! Die Zauberer im Knochenhaus ließen mir keine andere Wahl, als gemeinsam mit den anderen die Mammuts zu rufen oder aus dem Lager vertrieben zu werden. Also geschah es zum Besten von uns allen. Und aus demselben Grund hat die gesamte Versammlung gesehen, wir Torka mit Sondahr getanzt und bei ihr gelegen hat! Karana wird diese Tatsache nie wieder in Frage stellen!« brüllte er. Er hatte es nicht gewagt, vor Karana, Aliga, Iana oder den Kindern die Wahrheit zu sagen, damit sie ihn nicht unabsichtlich verrieten. Wenn sie allein waren, würde er es ihm erklären.

»Karana muß vorsichtig sein, was er sagt und tut«, riet er ihm in der Hoffnung, Karana würde es endlich verstehen und auf Menschen genauso aufmerksam achten, wie er es bei dem Wild und den Launen des Wetters tat.

Der Junge erwiderte seinen Blick funkelnd. »Karana wird

sich nicht anhören, wie man ihn einen Lügner nennt, schon gar nicht von einem... einem Mammutjäger! Im Gegensatz zu Torka habe ich nicht vergessen, daß ich nur deshalb noch am Leben bin, weil Lebensspender sich entschieden hat, mir das Leben und nicht den Tod zu geben. Die großen Mammuts sind mein Totem, und ich kann nicht mit jemandem zusammenleben, der sein Totem dem Tod ausliefert!«

»Dieser Regen ist ein schlechtes Omen.«

Loraks Stimme schien das Zwielicht innerhalb des Knochenhauses zu durchschneiden. Einige der Ältesten zuckten zusammen. Die Zauberer saßen im Schneidersitz auf dem unbequemen Knochenfußboden und kurierten die Nachwirkungen der vergangenen Nacht, indem sie von demselben Getränk kosteten, das sie krank gemacht hatte.

»Es regnet immer zu dieser Jahreszeit«, gab einer der verschlafenen Männer zu bedenken.

»Aber nicht nach einem Plaku!« sagte Lorak finster. »Wer von euch erinnert sich daran, daß es jemals nach einem Plaku geregnet hat?«

»Wer viele Tage lang gefastet und dann an einem Plaku teilgenommen hat, dürfte sich kaum noch an etwas erinnern.«

Einer der älteren Männer nickte und lächelte verzückt. »Ich kann mich erinnern... Ich habe letzte Nacht bei einer guten Frau gelegen. Unter den vielen Federn war sie fett und nicht mehr jung, glaube ich. Sie hat für viele Männer getanzt, bevor ich sie mir geschnappt habe. Ihre Ellbogen waren rauh, trotz des vielen Fetts, aber sie konnte nicht genug von dem Fleisch bekommen, das ich ihr gab, und sie sagte, daß es Mammut wäre. Ein alter Mann, der sich nach Mammutfleisch sehnt, braucht eine Frau, die solche Vergleiche anstellen kann. Aber sie war verschwunden, als ich aufwachte. Wie ein vergänglicher Traum, aber ein guter, fetter Traum! Ich wüßte gerne, wer sie war.«

»Vergeßt die Frauen! Vergeßt das Fleisch! Zumindest bis das Fleisch der großen Mammuts endlich zu diesem Lager kommt!«

schrie Lorak wütend. »Es zählt nur, daß die Geister es jetzt auf die Erde dieses Lagers regnen lassen. Es ist ein sehr schlechtes Omen!«

»Vielleicht nicht«, gab der Mann zu bedenken, der gerade über die fette Frau gesprochen hatte. »Vielleicht geben die Geister uns ein anderes Zeichen — Bisons. Vielleicht werden die Mammuts nicht kommen, wie es der Mann mit den Hunden gesagt hat. Vielleicht haben die Geister uns anderes Fleisch geschickt, von dem wir essen sollen...«

»Niemals! Wir essen nur Mammutfleisch! Unsere Väter und deren Väter haben seit ungezählten Generationen nur dieses Fleisch gegessen und nur diese mächtigen Geister gelobt. Aus diesen Knochen besteht unser Lager, und aus diesem Fleisch besteht unser Fleisch! Wer das vergißt, vergißt das Leben! Ist es das, was wir zu befürchten haben, wenn wir Karibu- und Bisonjägern gestatten, bei uns zu überwintern? Sie sind nicht von unserer Art! Ihre Geister sind nicht unsere Geister! Das Wild, das sie jagen, kann uns nicht ernähren! Der Mann mit den Hunden kann uns nicht ernähren — nicht mit seinen fliegenden Speeren und seinen jagenden Tieren und dem Bisonfleisch, das die Geister mit seinem Gestank beleidigt! Wenn die Mammuts nicht kommen, ist es, weil der Mann mit den Hunden sie vertrieben hat, sagt Lorak — und er und sein Stamm sollten ebenfalls vertrieben werden!«

Die Männer sahen den höchsten Ältesten mit geröteten Augen an und wunderten sich, wie ein so alter Mann nach Tagen des Fastens und einer Plaku-Nacht noch so viel wütende Kraft aufbringen konnte. Dann erinnerten sie sich daran, daß sie die Eifersucht in Loraks Augen gesehen hatten, als Sondahr sich nicht für ihn, sondern für den Mann mit den Hunden entschieden hatte. Mit einem Knurren hatte er sich abgewandt, um die Nacht allein in seiner Hütte auf dem Hügel der Träume zu verbringen.

»Es ist ebenfalls eine Lästerung der Geister, einen Mann hinter seinem Rücken zu beschuldigen, nur weil du beleidigt bist, daß Sondahr nicht dich, sondern Torka erwählt hat.«

Alle Augen wandten sich Sondahr zu, als sie die schwere Tür

aus Mammutfell zur Seite schob. Sie stand in voller Kleidung unter dem gewölbten Eingang, bis sie furchtlos in ihre Mitte kam und vor Lorak stehenblieb.

»Keine Frau darf hier eintreten!« stammelte der Älteste schockiert.

»Ich, Sondahr, bin eingetreten.«

»Du, Sondahr, wirst wieder hinausgehen! Kein Mann will, daß du hier bist!«

»Wirklich?«

Ihre Frage war ein verlockender Köder für die Männer, die schläfrig die Köpfe senkten, damit sie Lorak nicht ins Gesicht lachten und seinen Zorn nur um so mehr entfachten.

»Torka ist ein guter Mann, Lorak«, sagte die Zauberin gelassen. »Er ist ein starker Jäger, der seine eigenen Bedürfnisse aus Liebe zu seinen Frauen und Kindern zurückstellt. Er hat alles mit uns geteilt, was er besitzt, und dennoch hast du ihn gezwungen, die Mammuts in den Tod zu rufen, obwohl du weißt, daß sie sein Totem sind. Auch wenn es ihm schwerfiel, hat er es getan, damit du deine Drohung gegen seine Familie nicht wahrmachst.«

Lorak riß mit einer heftigen Bewegung seinen Kopf hoch, und seine Augen schienen hervorzutreten.

»Wie kannst du diese Dinge wissen, die deine Augen nicht gesehen haben?«

»Ich bin Sondahr. Ich bin eine Zauberin. Ich weiß es.«

»Weil er es dir gesagt hat!« Sein Gesicht verzog sich böswillig. »Torka hintergeht unseren Rat! Und keine Frau kann ein Zauberer sein!«

Sie musterte ihn mit deutlicher Verachtung. »Wenn du einen so stolzen und ehrenhaften Jäger wie Torka anklagst, bist du es ihm aus Respekt vor den Geistern dieses Lagers schuldig, ihm deine Anklage ins Gesicht zu sagen.«

»Lorak ist Torka überhaupt nichts schuldig! Im Gegenteil, Lorak hat ihm einen Platz in diesem Lager und die Erlaubnis gewährt, das Fleisch seiner eigenen Wahl zu jagen.«

»Und in den langen, dunklen Tagen des Winters wird das Fleisch, das Torka mit Erlaubnis Loraks in sein Lager gebracht hat, die Menschen ernähren, die sich zur Jagd auf Mammuts versammelt haben, die nicht kommen.«

Er funkelte sie an und musterte sie genauso wie sie ihn. Dann lächelte er mit unverhohlenem Spott. »Du magst für den Mann mit den Hunden sprechen, Sondahr, aber du kannst weder seine Frau heilen noch ihr Baby auf die Welt bringen. Deine Kräfte sind geschwächt, weil du genauso wie wir vom Mammutfleisch lebst. Du fastest sogar genauso wie Lorak. Wird der Mann mit den Hunden Mammuts töten, die er nicht zu töten geschworen hat, damit du deine Kräfte wiedererlangst, Sondahr? Oder wird er zusehen, wie du stirbst? Denn ohne das Fleisch der großen Tiere bist du nichts, Sondahr! Weniger als eine Frau!«

Die versammelten Ältesten sahen, wie ihre Augen leer wurden. Die Worte des höchsten Ältesten hatten sie tief getroffen.

Ihr schöner Kopf hob sich, aber ihr Gesicht blieb ausdruckslos. »Loraks Kräfte werden genauso schwach wie die von Sondahr werden, wenn er glaubt, daß Torka die Mammuts von diesem Lager fernhält«, sagte sie.

»Wer soll es sonst sein?« kreischte der alte Mann so verärgert, daß er fast mit den Fäusten auf sie losgegangen wäre.

»Ich bin eine Lehrerin, eine Heilerin und eine Seherin. Aber wie Lorak gesagt hat, bin ich auch eine Frau, und es ist richtig, daß auch ich Verlangen nach dem Fleisch habe, das mich nährt. Ohne bin ich wirklich nicht viel. Dennoch hat Lorak deutlich gemacht, daß Sondahr nicht die männlichen Geister des Knochenhauses beleidigen darf, indem sie behauptet, etwas zu wissen, was Lorak, der höchste Älteste, nicht weiß.« Mit diesen Worten drehte sie sich um und schritt hoheitsvoll durch die Schatten hinaus in den Regen.

Karana wanderte im Regen unter einem bleiernen Himmel mit Aar über das Land. Mit zunehmender Entfernung wünschte er sich, er wäre nicht so unbesonnen gewesen. Er hatte das Lager ohne seine Regenkleidung verlassen. Der Boden unter seinen Füßen war aufgeweicht, und er würde bald nasse Füße haben, während seine wasserdichten Stiefel warm und trocken neben seinen Schlaffellen in der Erdhütte lagen, direkt neben dem schönen neuen Regenmantel, den Lonit aus eingefetteten Bison-eingeweiden für ihn genäht hatte. Er besaß sogar eine Kapuze, die man mit einer Sehnenschnur fest um das Gesicht zurren konnte, und einen Regenschutz, der wie ein Schirm über den Augen vorstand, um den Regen vom Gesicht fernzuhalten.

Doch es hatte keinen Sinn, sich zu beklagen. Zumindest hatte er seinen Speer dabei. Obwohl seine Kleidung bald klitschnaß sein würde, war der Regen nicht besonders kalt. Es würde unangenehm werden, aber er würde nicht frieren.

Er sah hoch. Der Regen fiel in seine Augen und lief über sein Gesicht. Er schnitt eine Grimasse und verfluchte den Regen, den Himmel, sich selbst und Torka, der ihn so wütend gemacht hatte, daß er die warme, trockene Erdhütte verlassen hatte, ohne nachzudenken, wohin er ging oder was er überhaupt tat.

Aar sah ihn an. Er blinzelte im Regen und hatte sein Maul zu einem Lächeln verzogen, das Hunde zeigten, wenn sie verwirrt und nervös waren. Mit einem leisen ›Wuff‹ umkreiste er ihn einmal und wandte sich dann in die Richtung, in der es zum Lager zurückging.

Karana spürte den tadelnden Blick der blauen Augen, als er sich nicht rührte. Er senkte den Blick und schüttelte den Kopf. »Es tut mir leid, Bruder Hund. Ich werde noch nicht zurückge-hen − nicht bis ich über alles nachgedacht habe. Torka ist schuld, daß du ein nasses Fell hast. Willst du, daß Karana sich ohne Widerspruch anhört, wenn Torka etwas Falsches sagt? Wer wagt es sonst, ihm die Wahrheit zu sagen? Er wird mich immer wie einen kleinen Jungen behandeln, ganz gleich was ich tue oder sage.«

Die Augen des Hundes sahen ihn ungerührt aus der schwar-zen Maske seines Gesichts an, während er seinen Kopf auf die Seite legte und die Worte des Jungen zu verstehen versuchte.

Karana schüttelte erneut den Kopf, und das Regenwasser spritzte aus seinen Haaren. Seine Stimmung hatte sich nicht gebessert, seit er das Lager verlassen hatte. Er ging weiter, stapfte wutschnaubend über das Land und schimpfte laut. Er beschwor die Geister der Mammuts, auf ihn zu hören und nicht auf Torkas Gesänge und Tänze zu achten, sondern sich vom Lager der Großen Versammlung fernzuhalten, wo die Menschen darauf warteten, sie zu töten.

Der Boden der Tundra war durchweicht und trügerisch, während er gedankenverloren weiterging und nicht darauf achtete, daß er jetzt zwischen Grasbüscheln dahinstapfte. Diese kleinen Hügel erhoben sich aus einem fast knietiefen Sumpf, in dem sich die pflanzlichen Überreste vieler Jahre angesammelt hatten. Wer sich hier bewegte, mußte entweder von Grasbüschel zu Grasbüschel springen oder einen sicheren, aber weichen Weg zwischen den Büscheln suchen. Da er sich im Geist immer noch mit Torka stritt, tat Karana weder das eine noch das andere. Statt dessen stapfte er blind weiter, bis er stolperte und auf den Bauch fiel. Er fühlte den Schlamm im Gesicht und die Unebenheiten der Grasbüschel an seiner Brust und seinen Beinen, während er hörte, wie sein Speer neben ihm zerbrach. Er war sicher, daß sich die Obsidianspitze durch die Kleidung in seine Schulter gebohrt hatte — nicht wegen des Schmerzes, sondern weil er in seiner Unachtsamkeit nichts Besseres verdient hatte. Fluchend erhob er sich und schüttelte sich wie ein nasser Hund. Dann brannte der Schmerz so heftig, daß er erneut hinfiel und so lange ruhig dalag, bis er wieder verging. Vorsichtig setzte er sich auf die Knie, starrte den zerbrochenen Speer an und untersuchte dann seine Wunde. Die Kleidung verdeckte die möglicherweise ernsthafte Verletzung. Er biß die Zähne zusammen und zog langsam die Speerspitze aus seiner Schulter. Er keuchte und wurde fast ohnmächtig, als sie unter großen Schmerzen freikam und das Blut aus der Wunde schoß.

Der Schmerz ließ allmählich nach, die Blutung jedoch nicht. Er saß ruhig da und versuchte zu überlegen. Er bedeckte die Wunde, so gut er konnte, mit Gras und Schlamm, aber das Blut drang trotzdem immer wieder durch. Er mußte ins Lager zurückkehren und jemanden finden, der sich um ihn kümmerte.

Lonit! Ihre geschickten und sanften Finger hätten die Wunde in kürzester Zeit gereinigt und genäht. Nur der bloße Gedanke an sie verschaffte ihm bereits Erleichterung. Doch wenn er in die Erdhütte zurückkehrte, mußte er wieder Torka entgegentreten und weitere Vorwürfe über sich ergehen lassen. Er hätte es verdient, aber ihm war überhaupt nicht danach zumute. Solange Torka keinen vernünftigen Argumenten zugänglich war, würde Karana sich auch keine Kritik von ihm gefallen lassen.

Aar kam winselnd näher. Karana legte dem Hund eine Hand auf die Schulter, während er sich mit der anderen die Wunde hielt und vergeblich den Blutfluß aufzuhalten versuchte. Er begann, sich Sorgen zu machen, denn er hatte sich sehr weit vom Lager entfernt. Er fühlte sich schwach, wußte aber nicht, ob durch seine Verletzung oder vor Angst. Es schmerzte jetzt immer schlimmer. Er brauchte Hilfe. Doch würde er es zurück ins Lager schaffen? Und wenn er dann nicht direkt zu Torkas Erdhütte ging, würde die alte Pomm über ihn herfallen. Danach würde kein Heiler im Lager mehr an ihn herankommen, es sei denn . . .

Seine Gedanken schlugen eine andere Richtung ein, und er fühlte sich nicht mehr so schwach. Unsicher kam er auf die Beine und marschierte los. »Komm, Bruder Hund! Wir werden jetzt heimgehen . . . zu Sondahr!«

Sie stand außerhalb des Knochenzauns im Regen, als ob sie gewußt hätte, daß er kommen und ihre Hilfe brauchen würde. Sie war sehr kräftig für eine Frau, und er war froh, daß sie ihn stützte, während sie ihn um den Zaun herum und durch eine schmale Lücke in das Lager führte.

»Es wäre für uns beide nicht gut, wenn einer der Ältesten mich mit dir sieht«, erklärte sie.

Er verstand nichts, denn ihm war jetzt alles egal. Während Aar hinter ihnen hertrottete, ging sie mit ihm über die Rückseite auf den Hügel der Träume und in ihre Hütte, ohne daß es irgend jemand bemerkte.

Er war geschwächt und zitterte vor Kälte, als sie ihn durch die Schatten führte. Der Hund paßte auf, während sie ihm aus den Kleidern half. Sie legte ihn auf eine weiche Pritsche und bedeckte ihn mit warmen, gekämmten Fellen, unter denen er sich warm zitterte. Er sah zu, wie sie die Wunde untersuchte und dann ohne ein Wort eine Knochenschale voll Wasser brachte, um die Verletzung mit ihren Haarspitzen zu säubern.

»Wir müssen sie mit Feuer ausbrennen«, sagte sie schließlich.

Er starrte sie an und fragte sich, ob irgendeine Flamme so heiß brennen konnte wie die, die jetzt bei ihrem Anblick in ihm brannte... selbst in all seinem Schmerz und seiner Schwäche. Doch als sie mit einer Zange aus feuergehärtetem Geweih eine glühende Kohle in seine Wunde drückte, wäre er vor Schmerz fast durch das Dach ihrer Hütte gesprungen.

Dann sank er zusammen und spürte für lange Zeit überhaupt nichts mehr.

Als er schließlich erwachte, schlief Aar friedlich in der Dunkelheit. Es mochten Tage oder Wochen vergangen sein, aber Karana war es gleichgültig, da Sondahr nackt neben ihm unter den Schlaffellen lag und ihn berührte, wie noch keine Frau ihn berührt hatte. Sie ermutigte ihn, sie zu berühren, wie er nicht einmal in seinen wildesten Träumen eine Frau berührt hatte. Er zitterte vor Erregung und wußte, daß er träumen mußte, so daß er sich ganz dem Traum hingab... und der Frau.

Seine Wunde schmerzte dumpf, aber sein Traum lag über ihm, murmelte leise und war so leicht auf ihm, daß er sich kaum bewegen mußte, während er von pulsierender Wärme umgeben war. Als der Tanz seinen Höhepunkt erreichte, wachte er auf, sah in Sondahrs Gesicht und wußte, daß es kein Traum gewesen war.

»Noch einmal...« flüsterte sie.

Obwohl seine Wunde ihm wieder Schmerzen bereitete, steigerte es seine Lust, die nun wirklich und lebendig war, während Sondahr sich zurückbeugte und ihn, immer noch mit ihm vereinigt, bewegte und führte. Dann ließ sie sich führen, als Karana Feuer fing. Seine Hände packten sie, bewegten sie, und er nahm sie wie ein Mann, während er langsam und sicher in sie eindrang, sich zurückzog und wieder eindrang. Sie erklommen eine Höhe der Leidenschaft, die sie beide forttrug, bis sie sich schließlich erschöpft und erfüllt in den Armen lagen.

Karana schlief wieder ein und träumte von Mammuts, die von einem bleichen, wilden Hengst, dessen Hufe die Erde blutig aufrissen, über die Tundra getrieben wurden.

»Navahk!« rief er, und in seinem Traum sprang er dem Hengst auf den Rücken. Er rief den Mammuts zu, sie sollten ihm folgen, um durch die Speere der Jäger zu sterben. »Nein!« Er fuhr aus dem Schlaf hoch.

Sondahr kniete vor ihm und bot ihm ein Horn mit einem Getränk an. »Ein schlimmer Traum? Ich habe auch oft schlimme Träume. Hier, trink! Das wird dir guttun und dir neue Kraft geben.«

Er gehorchte und leerte das Horn. Das wäßrige Gebräu schmeckte nach Blut und dem Saft von Birkenrinde. »Mammutblut!« Er spuckte aus, was noch in seinem Mund war und warf das Horn weg. »Hast du mir das Blut meines Totems zu trinken gegeben?«

»Ja. Es ist getrocknet und stammt von der Jagd des letzten Jahres. Und jetzt fließt es in dir, nachdem du in deinen Träumen die großen Mammuts herbeigerufen hast.«

Er war so wütend, daß sich sein Blick trübte. »Das ist schon die ganze Zeit deine Absicht gewesen! Ja, natürlich! Ich hätte es besser wissen müssen, als dir zu trauen!«

Sie streckte ihre Hand nach dem Verband auf seiner Wunde aus, die jetzt wieder blutete. Doch das war ihm egal, und er schlug ihre Hand zur Seite.

»Sei nicht böse, daß ich dich benutzt habe, Karana. Aber deine Kräfte sind größer als du ahnst. Ich habe es gesehen. Die Mammuts *müssen* kommen, denn Lorak hat recht. Auch wenn dieses Lager voll mit anderem Fleisch ist, wird es meine Leute nicht ernähren. Sie werden ohne Mammutfleisch sterben, so wie ich langsam sterbe, Tag für Tag.«

»Fleisch ist Fleisch!«

»Dann solltest du keinen Widerwillen gegen das Fleisch oder Blut eines Tieres haben, das für dich angeblich verboten ist.«

Er hielt sich die Ohren zu und schüttelte den Kopf. Er wollte nichts mehr davon hören.

Sie ließ nicht locker und zerrte an seinen Händen. »Wenn die Mammuts nicht kommen, werden Torka und sein Stamm — und du, Karana — aus diesem Lager vertrieben werden. Und Aliga wird um so schneller sterben.«

Die Drohung erschütterte ihn, aber er wollte ihr nicht die Genugtuung geben, es ihr zu zeigen. »Lorak wird es nie erfahren, wenn du es ihm nicht sagst«, schnappte er und hätte fast hinzugefügt, daß ihm Aliga gleichgültig war, aber das wäre eine Lüge gewesen. Er mochte sie nicht besonders, aber er wünschte ihr auch nichts Schlechtes. Was er dann in Sondahrs Augen sah, war so ernüchternd, daß sein Zorn verrauchte.

»In ihrem Bauch ist gar kein Kind?«

»Nein.«

»Und du könntest sie nicht heilen?«

»Nicht einmal, wenn ich alle Mächte der Schöpfung zur Verfügung hätte. Aber in diesem Lager, wo sie die Gesellschaft anderer Frauen hat, wird sie nicht in Einsamkeit und Angst sterben. Mit der Kraft, die dich zum Zauberer macht und dir erlaubt, in meine Gedanken zu sehen, solltest du erkennen, daß ich dich niemals an Lorak verraten würde. Doch ich schwöre dir, Karana, daß ich mit Mammutblut stark werde und andere heilen kann. Und ich werde dich lehren, deine Kraft in solche Speere der Einsicht zu verwandeln, daß Lorak wie heißes Fett dahinschmelzen und ihm alle Autorität entzogen wird, auf die er keinen Anspruch hat. Du bist ein Seher, Karana, aber du hast noch nicht gelernt, deinen Blick zu konzentrieren, so wie du auch dein Temperament noch nicht beherrschen kannst. Und so lange bist du wie ein Mann im Nebel, der die Gefahr spürt, aber nicht kennt. Doch jetzt wird alles gut: Die Mammuts werden kommen, denn du hast sie gerufen. Und irgendwann wirst du es Sondahr verzeihen.«

»Sie werden nicht kommen! Die Geister achten nicht auf das, was in Träumen gesprochen wird!«

»Wir werden sehen . . .«

Er funkelte sie an. Dann warf er die Schlaffelle zur Seite,

schwang seine Beine von der Pritsche und verlangte nach seinen Kleidern. Sie brachte sie ihm und hätte ihm beim Anziehen geholfen, wenn er ihre Hilfe nicht abgewiesen hätte. Er dankte ihr nicht einmal, als er bemerkte, daß sie sie sorgfältig in Ordnung gebracht hatte, so daß keine Blutflecken oder Wasserschäden mehr zu sehen waren.

Er zog sich hastig an, obwohl es ihm schwerfiel und seine Wunde wieder schmerzte. Sie sah ihm schweigend zu. Ohne ein weiteres Wort ging er an ihr vorbei und schlug die Felltür zur Seite, um ungeduldig in das klare Licht des frühen Morgens hinauszutreten.

Nach dem Geruch der kalten Luft zu urteilen, waren seit dem Regen mehrere Tage vergangen. Der Himmel war klar und wolkenlos. Er stapfte bis zur Spitze des Hügels der Träume und achtete nicht auf Loraks haßerfüllten Blick und die neidischen Zauberer, die sich vor dem Knochenhaus versammelt hatten. Er sah außerhalb des Lagers eine Welt, die im Glanz des Herbstes rot, golden und braun geworden war ... Und er sah etwas anderes, das noch niemand sonst entdeckt hatte: Aus dem Westen näherte sich ein Zug, der von der unverkennbaren Gestalt eines Zauberers angeführt wurde. Er war wie immer in Weiß gekleidet, doch jetzt trug er außerdem einen grauen Umhang und den Schädel eines großen, mißgestalteten Tieres auf dem Kopf.

»Navahk...« keuchte er. Dann erinnerte er sich an seinen Traum und wußte, daß die Mammuts nicht mehr fern sein konnten.

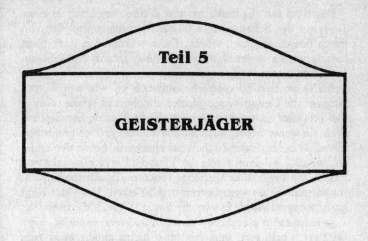

Teil 5

GEISTERJÄGER

1

Viele Tage lang war das Kind der Bestie gefolgt, die ihr Rudel durch die Welt führte. Sie jagten, lagerten und zogen dann weiter, um erneut zu jagen und zu lagern. Währenddessen hatte sich die Bestie immer wieder umgesehen und sich vergewissert, daß das Kind ihr folgte, und ihm Fleisch zurückgelassen, wenn sie sich nicht von ihrem Rudel lösen konnte. Und wenn sie zu ihm kam, blieb sie jedes Mal länger, machte Laute und zeigte keine Anzeichen von Gefahr, sondern brachte ihm Nahrung. Im Dunkeln hockte sie sich wie ein großer weißer Löwe nieder und schnurrte, mit starren Augen und großen Pupillen, während ihre Kleidung so bleich wie unter den Sternen glitzerndes Eis war.

Das Kind sah die Bestie an und dachte daran, wie es eines Tages aus den Schatten eines Gebüschs springen und sich von ihrem Fleisch ernähren würde. Dann würde es in ihrer Haut tanzen, wie sie in der Haut seiner Mutter getanzt hatte. Schon bald, schon sehr bald.

Als es an sich hinuntersah, entdeckte es, wie sein Körper langsam die Gestalt seiner Mutter annahm. Es spürte, daß es viel schneller zu wachsen schien als die Kleinen der Bestien, denn sie waren neben ihren Müttern kaum größer geworden, seit es sie beobachtete. Manchmal blieben sie hinter den anderen zurück, und dann zählte das Kind die Herzschläge, die vergingen, bis ihre Mütter nach ihnen suchten. Es wäre so einfach, sie anzufallen, sie wegzuzerren und zu essen. Doch das Kind hatte genug zu essen. Es war die Bestie in Weiß, die es wollte.

Es maunzte in plötzlicher Verwirrung. Wenn es sie aß, wäre ihr Fleisch bald fort, und ihm blieb nichts anders mehr zum Hassen. Und wenn es in ihrer Haut tanzte, wäre sie ein lebloses, stummes Ding, das nicht mehr schnurrte und sprach und für kurze Zeit die Einsamkeit verdrängte. Und wenn es gegessen war, wer würde es dann mit Fleisch versorgen?

Ein Windhauch der Furcht streifte das Kind. Die Bestie hatte ihm immer Fleisch zurückgelassen. Immer . . . aber jetzt nicht mehr, seit sie ihr Rudel in das neue Land mit den breiten Flüssen vor den fernen Hügeln geführt hatte, die manchmal bläulich am Horizont glühten. Nicht mehr seit sie den riesigen Tieren mit den Stoßzähnen folgten, die das Kind wiedererkannte, aber nicht essen wollte, da es sich an ihren bitteren und unangenehmen Geschmack erinnerte. Es hoffte, die Bestie würde anderes Fleisch jagen, aber es bekam ohnehin nichts mehr. Sie verfolgten die großen Tiere, ohne ihre Stöcke fliegen zu lassen. Sie schienen sie eher vor sich herzutreiben, denn sie hielten sie mit lautem Geschrei davon ab, sich den Flüssen und den bewaldeten Hügeln zu nähern, die ihr eigentliches Ziel zu sein schienen.

Und während sie die Tiere trieben, sah sich die Bestie nicht einmal nach dem Kind um und ließ auch kein Fleisch mehr in der Nacht zurück. So war das Kind jetzt sehr hungrig und ängstlich. Die Tiere mit den Stoßzähnen waren in eine Schlucht getrieben worden, die in einer Sackgasse endete. Die Bestien hatten ein großes Loch in den Boden gegraben und einen Haufen aus Zweigen, Knochen und Gras gemacht. In der Nacht sprangen und tanzten sie vor diesem Haufen, worauf das Kind die großen Tiere vor Angst trompeten hörte.

Als am nächsten Morgen das Licht durch das Loch im Himmel in die Welt drang und das Kind erwachte, entdeckte es, daß die weiße Bestie und viele andere verschwunden waren. Nur wenige saßen noch mit ihren fliegenden Stöcken vor dem stinkenden Haufen aus Licht, hinter dem die großen Tiere immer noch trompeteten.

Gehetzt folgte das Kind der Bestie zwei Tage lang. Es ruhte sich nur bei tiefster Dunkelheit aus, und obwohl es nach ihr rief, kam die Bestie nicht.

Und dann hatte es sie endlich wiedergefunden. Es stand auf einem Tundrahügel und sah zum großen Lager hinüber, zu dem die Bestie ihre Anhänger führte. Knochen umgaben das Lager, und Hunde rannten daraus hervor. Und viele Bestien mit fliegenden Stöcken kamen, um die weiße Bestie zu begrüßen. Zusammen gingen sie zum Knochenkreis zurück, über dem die Luft mit Rauch geschwängert war, als ob die Tundra darunter in einem Sommerfeuer brannte.

Der Bauch des Kindes zog sich vor Hunger schmerzhaft zusammen. Aus Angst wagte es sich nicht aus seinem Versteck hervor. Doch vor Wut und Haß schrie es schließlich auf.

Zum erstenmal, seit das Kind sie zuerst gesehen hatte, trug die Bestie wieder die Haut seiner Mutter.

»Mammuts! Der neue Stamm sagt, daß es Mammuts zwei Tagesmärsche von hier entfernt gibt!«

Die Neuigkeit verbreitete sich wie geschleuderte Steine, die von Schluchtwänden abprallten, über die Große Versammlung, nachdem Zinkh mit diesen Worten ins Lager geeilt kam.

Lonit, die mit Pomm in ihrer kleinen Erdhütte saß, zuckte zusammen, als hätte sie einer der Steine getroffen.

Pomm bemerkte ihre Reaktion. »Du mußt jetzt nach draußen gehen. Die Männer werden auf die Jagd gehen, und die Frauen werden zum Schlachten gerufen werden. Dein Mann braucht dich jetzt.«

»Torka wird niemals Mammuts jagen.«

Die dicke Frau musterte Lonit und schüttelte den Kopf. »Du kannst dich nicht ewig hier bei Pomm verstecken. Vermißt Lonit denn ihre Kinder gar nicht?«

Lonit errötete. »Iana kümmert sich um sie, wenn ich nicht da bin . . . außerdem habe ich mich gar nicht versteckt. Torka war damit einverstanden, daß diese Frau bei Pomm bleibt, bis es ihr wieder besser geht.«

»Pomm wird es nie wieder besser gehen«, sagte die dicke Frau und schmollte wie ein enttäuschtes Kind. »Nicht solange Karana bei Sondahr auf dem Hügel der Träume ist.«

»Er ist verletzt. Sie ist eine Heilerin.«

»Bah! Diese Frau weiß, was für Heilkräfte sie besitzt! Und ich kann mir lebhaft vorstellen, wie Karana auf diese Behandlung reagiert! Pomm ist vor allen beschämt worden! Zinkh hat mir Karana versprochen. Ein schönes und wertvolles Geschenk! Warum sieht Karana das nicht ein?«

»Ich habe es doch schon oft gesagt, Pomm«, antwortete Lonit geduldig. »Er ist noch sehr jung. Manchmal sehen die Jungen viele Dinge nicht so deutlich, genauso wie die ganz Alten. Und im Licht Sondahrs scheinen alle Männer blind zu werden.«

»Bah! Karana und Pomm könnten zusammen den besten Zauber der ganzen Welt machen! Nicht wie mit Sondahr. Was ist sie für eine Zauberin, wenn sie nicht einmal ein kleines Baby dazu bringen kann, auf die Welt zu kommen?«

Lonit seufzte. »Sie ist schön . . .«

»Bah! In der Nacht des Plaku war Pomm schön. In all ihren Federn tanzte sie vor vielen, aber Karana war nirgendwo zu sehen. Das ist schlecht, sehr schlecht — eine Beleidigung der Geister und eine Schande für Pomm. Darum hat der alte Mann mich gepackt, der kleine mit den mageren Knien. Was sollte Pomm machen? Es war doch Plaku, oder? Im Dunkeln schien er gar nicht mehr so alt auszusehen. Pomm konnte sich einbilden, er wäre ein Junge, genauso jung wie Karana. Lonit und Pomm waren sehr betrunken, oder?«

»Ja, sehr betrunken«, stimmte Lonit leise und bedauernd zu. Fast drei Tage waren vergangen, seit sie gekommen war, um Pomms Nachwehen des Plaku zu kurieren, die alle Teilnehmer in Form von anhaltenden Kopfschmerzen und Übelkeit plagte. Sie selbst war keine Ausnahme gewesen, ebensowenig wie Torka. Sie glaubte, daß es etwas mit dem Zauber der Nacht zu tun haben mußte, eine Reaktion auf den engen Kontakt mit den Geistern der Schöpfung oder einem übermäßigen Genuß des rituellen Getränks. Auf jeden Fall hatte Lonit ihre Erdhütte sofort verlassen, als sie hörte, daß Pomm sich schlecht fühlte. Damit hatte sie die Entschuldigung, mit der sie Torka aus dem Weg gehen konnte. Sie wollte sich nicht selbst erniedrigen, indem sie in seiner Gegenwart vielleicht weinte oder wütend wurde. Beides wäre unverzeihlich, denn sie war Torkas Frau und die Mutter seiner Kinder, die ihm Respekt und Treue schuldete. Er hatte sich bisher immer sehr gut um sie gekümmert.

»Sie ist eine schlechte Frau, diese Sondahr«, zischte Pomm. »Mir einfach Karana wegzunehmen! Und es ist schlecht für Karana, wenn er sie zur Frau nehmen sollte, wo Zinkh mich ihm doch zuerst versprochen hat!«

Die Worte rissen Lonit aus ihren Träumereien. Karana war für sie wie ein jüngerer Bruder. Es hatte sie schon immer verletzt, wenn er getadelt wurde. Als es hieß, daß die Zauberin ihn auf dem Hügel der Träume von einer kleinen Verletzung heilte, war sie erleichtert gewesen zu wissen, wo er war und daß er nicht ernsthaft verletzt war. Torka war so besorgt gewesen, daß er zum Hügel hinaufstapfte, um sich selbst vom Wohlbefinden des Jungen zu überzeugen.

Als Torka zurückgekommen war, hatte er gelächelt und erklärt, daß Karana schlief und durch Sondahrs besondere Behandlung bald zu ›einem neuen Mann‹ werden würde. Lonit sah in seinen Augen, daß er ein Geheimnis zurückhielt. Ihr Gesicht wurde rot vor Wut, und sie hätte fast vor Verzweiflung geweint. Sie war sich sicher, daß er nur allzugut wußte, worin die besondere Behandlung Sondahrs bestand. Als sie ihn nicht länger ertragen konnte, hatte sie um Erlaubnis gebeten, sich um die kranke Pomm kümmern zu dürfen.

Jetzt saß sie im warmen Schatten der kleinen Hütte, während ein kühler Wind an der Felltür zerrte, die mit einer Sehnenschnur festgebunden war. Pomms Hütte war sauberer als die meisten anderen, aber da sie allein darin lebte und den Knochenrahmen und die Fellwände auf ihrem eigenen Rücken von Lager zu Lager trug, war sie natürlich auch verhältnismäßig klein. Sie roch nach Öl und ranzigem Fett, nach Leder, alten Fellen und gelagertem Fleisch, das vielleicht etwas sorgfältiger hätte behandelt werden müssen. Aber die Luft von draußen hatte einen angenehm intensiven Geruch nach Herbst, der Lonits Kopf von allen Erinnerungen und Wünschen befreite, die ohnehin nicht erfüllt werden konnten, solange Torka nicht zu ihr kam und ihr mit seinen eigenen Worten sagte, daß ihre Befürchtungen unbegründet waren.

Sie seufzte niedergeschlagen. Sie verspürte keinen Zorn oder Schmerz, sondern nur Traurigkeit und fühlte sich auf eine seltsame Weise in ihren Gedanken bestätigt. Sie konnte jetzt Torka ins Gesicht sehen. Torka war ihr erster Mann gewesen. Ganz gleich, was die Zukunft brachte, ihr blieben die Erinnerungen, die nur wenige Frauen hatten und um die sie viele Frauen beneiden würden. Das wäre mehr als genug für den Rest ihres Lebens.

»Lonit! Hast du ein Wort von dem, was Pomm gesagt hat, verstanden?«

»Ja, ich habe zugehört.«

»Die Geister sollten Sondahr für ihre Art von Zauber bestrafen. Zusammen könnten wir die Geister rufen. Diese Frau kennt die Worte. Lonit und Pomm könnten dafür sorgen, daß es Sondahr leid tut, uns unsere Männer weggenommen zu haben!« Ihre kleinen Augen funkelten. »Ah, Lonit hat kein Vertrauen in Pomms Zauber! Wegen Sondahr! Und wegen Karana! Er hat Pomm von Anfang an beschämt. Seinetwegen fühlt sich diese Frau alt und fett und häßlich! Lonit muß Karana warnen! Auf dich hört er. Sag ihm, daß Pomm seine Frau ist und es sehr schlimm für ihn und Torkas Stamm enden könnte, wenn sie Lorak erzählt, daß er nicht auf dem Plaku war.«

270

Lonit war verblüfft, aber nicht nur über Pomms unerwartete Drohung, sondern weil die dicke Frau sich offenbar nicht mehr daran erinnern konnte, daß sie Lonit geholfen hatte, sich als Sondahr zu verkleiden. Lonit runzelte die Stirn. Wo war die traurige, liebenswerte Frau geblieben, die bemitleidenswert über ihre vergangene Jugend und Schönheit geklagt hatte? Jetzt erkannte Lonit in ihr nur noch Kampflust, Wut auf Karana und eine blinde Eifersucht auf Sondahr. Sie hoffte, daß sie der dicken Frau nicht zuviel verraten hatte, als sie betrunken gewesen war. Pomm wäre eine schlimme und rachsüchtige Feindin.

Die Geräusche des Lagers drangen in die kleine Hütte ein. Das Rufen, Schwatzen und Lachen wurde lauter, bis Zinkh seinen Kopf hereinsteckte.

»Komm, Pomm! Fremde sind gekommen! Ein sehr großer, stolzer Stamm!« Sein Gesicht zeigte deutlich seine Begeisterung. »Du, Lonit, du mußt auch kommen! Jeder muß kommen! Morgen werden wir die Mammuts jagen! Der große Herr der Geister, Navahk, wird uns dabei anführen!«

Reglos wartete er auf Navahk, der sich an der Spitze von Supnahs Stamm näherte. Torka wußte sofort, daß Supnah tot war, weil Navahk neben dem Knochenstab mit Hautstreifen, der seinen Rang als Zauberer markierte, auch das Krallenhalsband seines Bruders und den Federschmuck des Häuptlings trug. Doch der Federkranz schmückte nicht seine Stirn, sondern den Schädel des Wesens, in dessen Haut er gehüllt war.

Torka war nicht der einzige, der über diesen Anblick entsetzt war. Er stand neben Simu und Zinkh in einer Gruppe von Jägern mehrerer Stämme. Vor ihnen hatten sich Lorak und die anderen Zauberer postiert, um den Neuankömmlingen ihre Wichtigkeit zu demonstrieren. Dennoch schien Navahk sie alle zu überstrahlen. Er war in seiner weißen Kleidung noch ansehnlicher, als Torka ihn in Erinnerung hatte, und lächelte im Schatten des massiven Schädels auf seinem Kopf.

Torka starrte ihn an, während die Umstehenden miteinander

271

tuschelten, was für ein Tier das war — oder ob es überhaupt ein Tier war.

Als es noch lebte, dürfte es die Größe eines kleinen Bären gehabt haben, obwohl es am Rücken und an der Taille schmaler war. Die Haut war grau wie die eines Wolfes mit dünnem Sommerpelz und langen, dunkleren Haaren. Wenn es einen Schwanz gehabt hatte, war er entfernt worden, genauso wie die Hinterbeine. Die Vorderläufe hatte der Zauberer sich über seine eigenen Arme gelegt, so daß die Pfoten seine Handrücken bedeckten.

Als Torka genauer hinsah, zuckte er zusammen. Es waren keine Pfoten, sondern Hände. Obwohl die Haut ausgetrocknet war, ließ sich deutlich erkennen, daß es große, behaarte Hände mit vier Fingern und einem abstehenden Daumen gewesen waren. Sie mußten grazil, aber sehr kräftig und gefährlich gewesen sein, denn statt flacher Nägel besaßen sie Krallen.

Doch es waren nicht die Hände des Wesens, sondern der Schädel, von dem Torka seinen Blick nicht abwenden konnte und der ihm einen Schauer über den Rücken jagte. Dickes, strähniges und menschenähnliches Haar fiel über die spitzen, behaarten Ohren herab, die eine ausgeprägte Ohrmuschel wie die eines Menschen besaßen. Die haarlose Schnauze ähnelte der eines Bären, hatte aber überraschenderweise eine breite, aber menschliche Nase. Die Augenbrauen waren dicke Wülste über tiefen Höhlen, in denen die Augen geschrumpft und die Lider die Struktur von Leder angenommen hatten. Der Unterkiefer war entfernt worden, aber die kräftigen Knochen an den Schläfen deuteten darauf hin, daß das Wesen wie ein Löwe starke Kiefer besaß, die Knochen durchbeißen konnten.

Trotz aller Unterschiede war das Gesicht auf eine unheimliche Weise menschenähnlich. Durch die ausgetrocknete Haut war es wie im Todeskampf verzerrt, die Lippen waren hochgezogen und entblößten gewaltige, aber ebenfalls menschenähnliche Zähne. Jeder Mensch, der je von Wölfen verfolgt worden war, mußte es um die großen Fangzähne beneiden, denn damit hätte er diesen Raubtieren einen fairen Kampf liefern können. Und unter diesem erschreckend menschenähnlichen Gesicht lächelte Navahk Torka mit seinen spitzen kleinen Zähnen an, die wie die eines Raubtieres blitzten.

»Wir haben uns wiedergetroffen.« Navahks Worte waren keine Begrüßung, sondern eine Drohung, die wie ein tiefes Grollen aus der Kehle eines angriffsbereiten Löwen drang.

Lorak drehte sich um. Auf seinem Gesicht stand Verärgerung, daß der Neuankömmling sich zuerst Torka zugewandt hatte. »Der Geisterjäger kennt den Mann mit den Hunden?«

»Geisterjäger?«

Navahks Lächeln vertiefte sich zufrieden über Torkas verblüffte Frage. »Navahk trägt die Haut des Wanawut. Das bedeutet große Ehre und große Macht für meinen Stamm. Torka muß sich noch an den Wanawut erinnern, den Windgeist, vor dem mein Bruder keine Angst hatte, weil er ihn nie gesehen hat. Sieh ihn dir an, so wie Supnah ihn gesehen hat, in dem Augenblick, bevor er ihn tötete und zerfleischte. Jetzt sind die Geister meines Bruders und des Wanawut in mir vereinigt, denn ich habe vom Fleisch des Wesens gegessen, das Supnah gegessen hat. Weil ich jetzt die Macht des Wanawut besitze, habe ich die Mammuts zu den Jägern dieses Lagers gebracht!«

Zinkh nickte begeistert. »Zwei Tagesmärsche westlich von hier, sagt er. Und für schnelle Jäger weniger als einen Tag entfernt!«

Torka spürte die Anspannung der Männer neben ihm und das Flüstern, das wie ein Windhauch durch die Menschen der Großen Versammlung fuhr. Niemand von ihnen hatte je den Körper eines Windgeistes, eines Wanawut, mit eigenen Augen gesehen. Sie mußten denken, daß ein Mann, der einen Windgeist töten konnte, mehr als nur ein Mann war, mehr als nur ein Zauberer. Torka runzelte die Stirn. Er kannte Navahk gut genug, um zu wissen, daß es eine Eigenschaft gab, die diesen Mann genau beschrieb: Er konnte Menschen manipulieren.

Hinter Lorak und Navahk erkannte er vertraute Gesichter in Supnahs Stamm. Sie wirkten gut genährt, aber angespannt. Dann entdeckte er Grek. Das war ein guter Mann. Er hätte Häuptling des Stammes sein sollen. Er hätte seine Leute gut geführt, mit Weisheit und nicht mit List und Täuschung. Ihre Blicke trafen sich. Grek hob den Kopf. Er sah älter aus, als er tatsächlich war, und erwiderte Torkas Blick mit einer Art wilder Erleichterung. Dann lächelte er und sah plötzlich fast wieder jung aus.

Mahnie stand zwischen Grek und Wallah und sah durch die Lücken zwischen den Armen und Beinen der Jäger. Ihre Augen weiteten sich, als sie so viele Zauberer auf einem Haufen sah, den furchteinflößenden Lorak mit den Federn und dahinter Torka. Es war gut, Torka wiederzusehen. Als er zum erstenmal zu Supnahs Stamm gekommen war — war es wirklich schon mehr als drei Jahre her? — in seinen schwarzen, löwenmähnigen Fellen, mit seiner Axt, den Speeren und der schönen großen, antilopenäugigen Frau, hatte Mahnie gedacht, daß er der schönste Mann gewesen war, den sie jemals gesehen hatte. Viel schöner als Navahk, der grausame Augen und das ewige Lächeln eines Raubvogels hatte. Auch bevor er Pet getötet hatte, konnte Mahnie in ihm keine Schönheit entdecken. Aber sie hatte sofort bemerkt, daß Torka freundlich war. Obwohl er nur selten lächelte, waren seine Augen klar und ehrlich, und er hatte immer ein liebes oder lustiges Wort für Kinder übrig. Er war ein Mann, der alle Männer ihres Stammes beschämen mußte — außer Grek natürlich.

Sie sah den Rücken ihres Vaters hinauf und runzelte die Stirn, als sie die grauen Strähnen in seinem Haar entdeckte. Grek wurde alt! Er hatte bereits dreißigmal den Hungermond aufgehen sehen. Mahnie konnte sich nicht vorstellen, daß jemand so alt war, bis sie die Spuren der Zeit und des Wetters in Loraks zerklüftetem Gesicht sah. Würde Grek eines Tages genauso aussehen? Und Torka? Und Karana? dachte sie mit klopfendem Herzen. Ob auch er hier mit Torka im Großen Lager war?

Als er von Supnahs Stamm fortgerannt war, hatte jeder gesagt, daß ein so kleiner Junge überhaupt keine Chance hätte, den Mann mit den Hunden jemals wieder einzuholen. Doch Mahnie wußte, daß er es mit dem großen Hund an seiner Seite schaffen würde. Er war der überheblichste, eigensinnigste und vielseitigste Junge, den sie je kennengelernt hatte, aber auch der hübscheste. Seine Nähe hatte sie immer unsicher gemacht, so daß sie kaum seinen Namen aussprechen konnte, außer in der Nacht, als er allein in die Dunkelheit davongerannt war. Aus Angst, er würde den Raubtieren der Nacht zum Opfer fallen, hatte sie nach ihm gerufen. Aber er hatte nicht gehört. Sie war zu Torka gelaufen, um ihm zu sagen, in welche Richtung er gerannt war, aber Torka war bereits gemeinsam mit Supnah auf die Suche nach ihm gegangen. Sie hatte geweint und sich gewünscht, sie wäre alt genug, um sich selbst auf den Weg zu machen.

Der Stamm geriet allmählich wieder in Bewegung. Wallah nahm Mahnie an die Hand, damit sie sich nicht verlören, aber das Mädchen wand sich wieder aus ihrem Griff. Mit fast zwölf Jahren war sie schon zu alt, um noch von der Mutter an die Hand genommen zu werden, obwohl sie noch keine Monatsblutung gehabt hatte. Doch sie hatte damit keine Eile. Wenn sie nur an das Blutritual dachte, wurde ihr eiskalt. Obwohl Wallah voller Zuversicht darüber sprach, wurden die Augen ihrer Mutter groß vor Schrecken, und Mahnie wußte, daß sie beide dieselben Geister sahen.

Sie sah zu ihrem Vater auf und konnte gerade genug von seinem Gesicht erkennen, um zu wissen, daß er lächelte. Es war schon so lange her, daß sie Grek zum letztenmal so gesehen hatte.

Sie bewegten sich zwischen vielen Menschen und Hütten hindurch auf den Hügel der Träume zu, bis Mahnie plötzlich stehenblieb. Jemand stieß gegen sie und forderte sie ungeduldig auf weiterzugehen.

Sie drehte sich weder zum Sprecher um, noch dachte sie daran weiterzugehen. Sie starrte nur auf den Hügel, der sich aus der Dunstglocke über dem Lager erhob. Sie sah das riesige Knochenhaus und die merkwürdigen kleinen Hütten der Zauberer, doch diese Dinge waren nur der Hintergrund für ein viel bezaubernderes Bild: Karana.

Er stand reglos auf dem Hügel und beobachtete aufmerksam

die Neuankömmlinge. Wie früher stand der Hund Aar mit der schwarzen Maske und den blauen Augen an seiner Seite. Der Hund hatte sich überhaupt nicht verändert, aber Karana. Er war jetzt ein junger Mann, groß und stark und so hübsch, daß Mahnie den Atem anhielt, nicht nur wegen seiner vollkommenen Gestalt, sondern auch wegen seiner verblüffenden Ähnlichkeit mit Navahk, der reglos neben Lorak und der Versammlung der Zauberer stand und seinen Blick reglos erwiderte. Obwohl Navahk immer noch lächelte, war sein Gesicht durch Verachtung und Haß verzogen.

Mahnie zitterte vor Angst, während ihr Blick zwischen Navahk und Karana hin und her wanderte. Welche düsteren Dinge mochten dafür verantwortlich sein, daß zwei Menschen so sehr verfeindet waren? Und wie konnte Karana einem Mann so ähnlich sehen, der nicht sein Vater war?

Wallah zupfte sie am Ärmel. »Komm, mein Mädchen! Hör auf zu gaffen! Wir müssen zu unserem Lagerplatz!«

Sie sah mit glühendem Gesicht zu ihrer Mutter auf. »Hast du ihn gesehen? Da, auf dem Hügel! Es ist Karana! Ich habe dir gesagt, daß es ihm gutgeht und er noch am Leben ist.«

»Ich sehe ihn«, antwortete Wallah, die nur daran interessiert war, endlich ihre Rückentrage ablegen zu können. Sie forderte Mahnie auf, Grek zu folgen, bevor sie ihn aus den Augen verloren.

Mahnie seufzte. Plötzlich wurde sie sich ihrer Müdigkeit bewußt, aber das konnte sie nicht davon abhalten, sich noch einmal nach Karana umzudrehen und sich zu vergewissern, daß ihre Augen ihr keinen Streich gespielt hatten.

Er stand immer noch da, aber er war nicht mehr allein. Enttäuscht sah Mahnie eine wunderschöne Frau in einem Mantel aus Federn neben ihm. Karana ließ sich nicht anmerken, ob er ihre Gegenwart bemerkt hatte, doch als sie sah, wie der Hund ihre Hand schleckte, wußte sie alles. Als sie sich umdrehte und ihrer Mutter folgte, wünschte sie sich, sie hätte sich diesen schmerzhaften Anblick erspart.

2

»Torka wird auf die Jagd gehen!« Loraks Befehl kam scharf wie ein gut geworfener Speer.

Torka drehte sich um. Er wollte die anderen Männer mit ihren Jagdplänen allein lassen und an sein eigenes Feuer zurückkehren, wo er Lonit zu finden hoffte. Doch der Ruf des höchsten Ältesten ließ ihn stehenbleiben und zurückschauen.

Navahk stand neben Lorak vor der Gruppe der anderen Zauberer und Jäger. »Dieser Mann kann sich erinnern, daß Torka nicht auf Mammutjagd geht«, sagte er mit falscher Freundlichkeit.

»Und seit wann geht Navahk auf die Jagd?« gab Torka ohne jede Freundlichkeit zurück.

»Torka wird überrascht sein, was Navahk alles gejagt und erlegt hat, seit er meinen Stamm verlassen hat.«

Torka musterte ihn gelassen. »Nichts, was du tust, könnte mich noch überraschen, Navahk.«

Loraks Nase verzog sich, wie sie es immer tat, wenn er die Stirn runzelte. »Torka wird sich für die Jagd bereit machen. Dieser Mann Navahk spricht von vielen Mammuts, die von seinen Jägern in einen Sumpf getrieben wurden. Sie sind ein Geschenk für die Menschen dieses Lagers.«

»Navahk und seine Jäger sind sehr großzügig. Warum haben sie die Mammuts nicht selbst getötet?«

Navahks Augen verengten sich bei dieser Frage zu schmalen Schlitzen, aber sein Lächeln blieb. »Wir sind nur wenige im Vergleich zu den vielen, die in der Großen Versammlung überwintern. Wir dachten, daß es in mageren Zeiten wie diesen eine gute Sache wäre, diese Beute mit den Menschen zu teilen, die auf die Geister der großen Mammuts hoffen.«

Seine Worte wurden so begeistert aufgenommen, daß der laute Beifall mehrere Minuten lang anhielt. Dann brachte Lorak die Jäger mit einer Geste zum Schweigen. »Es ist eine gute Sache! Wir haben es den Geistern und Navahk zu verdanken, daß wir endlich auf die Jagd gehen können!« Er starrte Torka

277

an. »Und alle Männer dieses Lagers werden auf die Mammutjagd gehen! Wer sie nicht jagt, wenn sie nur auf unsere Speere warten, beleidigt die Geister. Also wird auch Torka an der Jagd teilnehmen, wenn er und sein Stamm nicht in ihrem eigenen Lager weit entfernt von diesem überwintern wollen.«

»Torkas ›Stamm‹?« fragte Navahk mit einem milden Lächeln und bösartigen Augen nach.

»Du hattest ein Kind und drei Frauen bei dir, als ich dich zuletzt sah, und nur eine von diesen Frauen war etwas wert, die Große mit den Antilopenaugen und der Anmut eines Schwans. Und ich sehe, daß du ein Mitglied meines Stammes mitgenommen hast. Oder hat es Karana etwa geschafft, allein hierher zu kommen?«

Navahks Bemerkung über Lonit weckte Torkas Eifersucht und unangenehme Erinnerungen. *Dieser Mann hat mich beleidigt, denn er hat versucht, mir meine Frau wegzunehmen. Wenn er das noch einmal versucht, wird das Lächeln auf seinem Gesicht verschwunden sein. Keine Frau wird ihn mehr ansehen, wenn Torka ihm gegeben hat, was er verdient.* Er ließ Lonit aus dem Spiel und antwortete mit offener Verachtung: »Karana wird in diesem Lager der Löwenbezwinger genannt. Denn er hat den großen Säbelzahntiger getötet und dabei das Leben eines Mannes gerettet. Er hat auch das große Nashorn getötet. Und er hat gezeigt, daß er die Gabe des Heilens besitzt. Karana hat seinen Stamm aus eigenem Entschluß verlassen. Er ist an Torkas Seite zur Großen Versammlung gekommen, und Torka ist stolz, ihn seinen Sohn nennen zu können, da die Mitglieder von Navahks Stamm ihn auf Navahks Drängen zum Tode verurteilt haben.«

Die Spannung zwischen Torka und Navahk war fast greifbar. Jeder spürte sie. Die zwei Männer musterten sich gegenseitig, während Lorak die beiden musterte und dann zum Hügel der Träume hinaufsah, wo Karana immer noch mit Sondahr an seiner Seite stand. Die Eifersucht des alten Mannes wurde von seiner Ungeduld überwältigt. Lorak hatte schon zu lange gefastet, und Navahk stritt sich mit Torka, obwohl er von der Mammutjagd gesprochen hatte.

»Genug geredet! Dafür ist später noch Zeit! Kommt jetzt, es ist Zeit für die Jagd!«

Als die Jäger die Mammuts erreichten, wurden sie von Navahks Wachen begrüßt. Während das letzte Licht des Tages allmählich der Nacht wich, aßen sie gemeinsam ihre Reiserationen an der Grube, die Navahks Leute am schmalen Ende der Schlucht ausgehoben hatten, damit sich die Tiere nicht befreien konnten. Navahks Jäger erzählten, wie Grek, der dort gemeinsam mit Stam und Rhik bereits vor vielen Jahren ein Mammut getötet hatte, sie zu dem Sumpf geführt hatte. Unter Navahks Führung hatten die Jäger die Tiere in die Sackgasse der Schlucht getrieben, indem sie das trockene Sommergras um den See in Brand gesetzt hatten. Dadurch mußten die Tiere ins Wasser ausweichen, wo ihre großen Körper knietief in den trügerischen, treibsandähnlichen Lößboden eingesunken waren. Dann hatten die Männer schnell junge Bäume gefällt, sie von Blättern und Zweigen befreit und sie angespitzt, so daß den Mammuts jeder Fluchtweg versperrt war.

Torka und Karana saßen am Rand der großen Jägergruppe, wo sie die Tiere gut beobachten konnten. Es waren mehrere Kühe und einige Kälber, deren leises Rufen ihnen verriet, daß sie nur noch wenig Überlebenswillen hatten. Eine der älteren Kühe war bereits tot. Die Jäger erzählten, daß sie das Gleichgewicht verloren hatte und auf die Seite gefallen war. Mit ihren Rüsseln und Stoßzähnen hatten die anderen Tiere versucht, ihr aufzuhelfen, dennoch war sie bald ihrer Erschöpfung erlegen und ertrunken. Jetzt lehnte sich ihr Kalb, das ebenfalls schultertief im Schlamm steckte und teilnahmslos den Rüssel bewegte, gegen ihre gewaltige Seite.

Die Jäger sprachen langsam und schläfrig vom Fleisch, den Häuten und der Jagd, während die Zauberer leise Gesänge für die Geister der Nacht anstimmten, um sie für ihr morgiges Jagdglück gütig zu stimmen.

Torka und Karana hörten schweigend zu. Dann sprach der Junge mit leiser und drängender Stimme.

»Ich bin mitgekommen, weil Torka mich darum gebeten hat. Aber Karana wird seinen Speer nicht mit dem Blut seines Totems befeuchten.«

Torka nickte. »Ich habe Lorak gesagt, daß wir jagen werden. Aber ich habe ihm nicht gesagt, daß wir auch töten.«

»Ist es nicht dasselbe, ob man sich mit dem Töten einverstanden erklärt oder ob man sich daran beteiligt?«

Torka war nicht zum erstenmal von der Weisheit des Jungen betroffen. Die Frage beunruhigte ihn, denn er wußte, daß ihm reines Zweckdenken schon immer fremd gewesen war. Trotzdem machte ihm Loraks Drohung zu schaffen. Als er dem Jungen seine Besorgnis mitteilte, schüttelte dieser nur den Kopf. Seit er auf dem Hügel der Träume gewesen war, schien er älter geworden zu sein, ruhiger und nachdenklicher.

Karana, der mit dem Rücken zu den Zauberern saß, war Navahk seitdem aus dem Weg gegangen und sprach nicht einmal den Namen des Zauberers aus. So deutete er jetzt nur mit einer Kopfbewegung in seine Richtung. »Glaubst du wirklich, daß es Lorak etwas ausmacht, ob du Mammuts tötest oder nicht? Er droht dir nur, weil er seine Autorität beweisen will. Er hatte von Anfang an eine Abneigung gegen dich, weil du den dünnen Nebel seines Zaubers durchschaust. Und jetzt ist *er* hier. Davor habe ich dich gewarnt, bevor wir unser Tal verließen. Ich habe ihn tausendmal in meinen Träumen gesehen, seit wir dem Land, zu dem Lebensspender uns geführt hat, den Rücken zukehrten. Mit Navahk wird es in diesem Lager genauso wie zuvor sein: Er wird die anderen gegen dich aufhetzen. Du wirst sehen. Lorak hat er bereits auf seiner Seite.«

In dieser Nacht heulte der Wanawut in den nahen Hügeln. Die Männer wachten auf und horchten auf seine Rufe, während Navahk reglos neben Lorak unter dem Sternenhimmel stand. Die anderen Zauberer saßen im Kreis um sie herum und sangen, während Navahk und der alte Mann die Mächte der Schöpfung anriefen, ihnen einen klaren Morgen und einen guten Tag für die Jagd zu gewähren.

Ihre Bitte ging in Erfüllung. Das Töten begann am Morgen – es war eine Orgie des Tötens, die von Navahk und Lorak angeführt wurde. Unter den begeisterten Rufen der Jäger liefen sie in die Schlucht und suchten sich erhöhte Stellen aus, um ihre Speere auf die gefangenen Mammuts werfen zu können. Der See wurde blutrot, und die Todesschreie der Tiere erfüllten die Welt. An diesem Tag verlor Torka seinen Ruf als Zauberer, weil Navahk und seine Jäger die Speerwerfer benutzten, deren Anwendung er ihnen gezeigt hatte. Er hatte sie gut unterrichtet, denn ihr Geschick damit war groß, aber nicht so groß wie Navahks, der die Erfindung nun für sich beanspruchte.

»Kommt! Lorak sagt, ihr müßt euch der Jagd anschließen! Ihr dürft euch nicht absondern!« rief Stam Torka und Karana zu.

Karana hatte Stam nie sehr gemocht. Er war ein dummer, unentschlossener Jäger, der sich immer dem Zauberer untergeordnet hatte. Dafür, daß er sein Gepäck trug, hatte er immer die besten Anteile an der Beute mit ihm geteilt. Karana sah ihn verärgert an und zeigte auf Stams Speerwerfer, den der krummbeinige Mann auf seiner Schulter balancierte. »Es war Torka, der dir beigebracht hat, wie man das benutzt.«

Stam sah Torka mit großen unschuldigen Augen an. »Hat er das?«

»Er hat.« Torkas Tonfall war eiskalt, obwohl er vor Wut kochte.

Stam zuckte die Schultern. »Navahk ist anderer Meinung. Stam streitet sich nicht mit dem Geisterjäger.«

Torka knirschte mit den Zähnen, und seine Hand klammerte sich fest um seinen eigenen Speerwerfer, während Stam sich umdrehte und in die Schlucht lief, wo Navahk gerade einen Felsvorsprung an der Schluchtwand erkletterte. Es war eine graue, flechtenüberzogene Felsplatte, wo der Mann einen sicheren Stand zum Werfen hatte. Unter ihm waren die meisten der armen Tiere bereits tot oder lagen im Sterben. In ihren Körpern steckten die Speere der Jäger, die heulend und winkend das Seeufer säumten. Torka entdeckte Zinkh und seine Männer und fragte sich, wo ihre ewige Treue zu ihm und ihre Abneigung gegen Mammutfleisch geblieben war.

Karana lenkte Torkas Blick weg von den Jägern und auf das kleine Kalb, das mitleiderregend schreiend neben seiner toten Mutter im blutigen Schlamm gestanden hatte und jetzt untertauchte. Nur noch die Luftblasen seines letzten Atems und die Speere in seinem Rücken waren zu sehen.

Torka ließ sich vom Mitleid mitreißen und seine Wut überkochen. Der Körper des kleinen Tieres war verloren und sein Fleisch verschwendet. Sein Tod war nutzlos und eine Beleidigung der Geister. Neben ihm zischte Karana voller Verachtung, so daß Torka wußte, daß der Junge die gleichen Gedanken und Gefühle hatte. Er legte seine Hand auf Karanas Schulter und wünschte, er könnte ihm mitteilen, wie traurig er über das Gemetzel war. Verblüfft erlebte er, wie der Junge seine Hand abschüttelte, wütend aufsprang und ihn mit gefletschten Zähnen und Tränen in den Augen anfunkelte.

»Karana wird sich das nicht länger untätig ansehen!« schrie er. »Karana hat die Mammuts nicht gerufen! Ganz gleich, was Sondahr glaubt, Karana hat sein Totem nicht diesem Gemetzel ausgeliefert!« Er schluchzte wie ein Kind. »Wenn ich wirklich die Gabe des Rufens besitzen würde, wie Sondahr behauptet, dann sei dir sicher, daß ich Lebensspender rufen würde, damit er wieder zum Zerstörer wird und sie alle vernichtet. Alle!«

Er fuhr herum und floh vor diesem Anblick zurück ins Lager. In diesem Augenblick hörte Torka einen triumphierenden Schrei Navahks, so daß er sich noch einmal umdrehte. Er sah den Zauberer, der seinen letzten Speer geschleudert hatte und nun einen gewaltigen Satz machte. Ungläubig sah Torka zu, wie Navahk mit ausgebreiteten Armen zu fliegen schien und auf dem Rücken der größten Kuh landete. Das Tier war geschwächt vom Blutverlust und dem Tode nahe, hatte aber noch genug Leben in sich, um sich vom Gewicht ihres Mörders zu befreien. Ihre Augen rollten wütend, und sie trompetete. Dann drehte sie ihren massiven Kopf und ließ ihre zwölf Fuß langen Stoßzähne durch die Luft fahren, während Navahk einen Speer aus ihrem Fell zog und ihn jubelnd immer wieder in ihren Körper stach.

282

Die Kuh war fast wahnsinnig vor Schmerzen, schaffte es aber, ein Vorderbein aus dem Schlamm zu befreien und sich noch einmal aufzurichten. Doch da sie im Schlamm keinen Grund fand, fiel sie wieder auf die Seite.

Navahk machte einen Satz in die Luft wie ein großer weißer, blutüberströmter Löwe. Er schrie und lachte voller Begeisterung, als er wieder landete, diesmal auf der Seite des Tieres. Die Kuh rührte sich jetzt kaum noch und versuchte nur, ihren gewölbten Kopf über Wasser zu halten. Doch sie schaffte es nicht mehr und streckte nur noch ihren Rüssel zum Atmen hoch, als ihr Kopf unterging. Navahk stieß im Freudentaumel seinen Speer tief in ihre Schulter, zog dann sein Schlachtermesser und öffnete ihre Haut, um ihr rohes Fleisch zu essen, während sie unter ihm noch im Todeskampf zuckte.

Torka wußte später nicht mehr, wie er in die Schlucht gekommen war und sich, überschäumend vor Wut und Zorn, plötzlich auf dem Felsvorsprung wiederfand. Er wußte nur, daß er auf einmal über dem See stand, noch vor Anstrengung nach Atem rang und zusah, wie sein Speer einen weiten Bogen beschrieb und die scharfe, blattförmige Klinge sich tief im Fleisch des hilflosen Mammuts versenkte, es sofort tötete und damit gnädig sein Leiden beendete.

Und nur seine Liebe für Lonit und seine Kinder hielt Torka davon ab, einen weiteren Speer zu schleudern . . . in die Kehle von Navahk.

»Lonit . . .«

Sie drehte sich verblüfft um, als sie ihren Namen hörte, und war um so mehr verblüfft, als sie sah, wer sie angesprochen hatte.

Sondahr stand im Eingang ihrer Erdhütte. »Komm heraus«, bat sie. »Diese Frau möchte mit der Frau von Torka sprechen.«

In der Dunkelheit hinter Lonit regte sich Aliga in ihren Schlaffellen. Als sie sich aufsetzte, war in ihrem tätowierten Gesicht nur das gelbliche Weiß ihrer Augen zu erkennen. »Torka hat drei Frauen«, sagte sie streitlustig. »Lonit ist nur eine davon.«

Sondahrs Gesicht zeigte keinen Ausdruck. »Lonit ist Torkas *erste* Frau. Meine Worte sind nur für sie bestimmt.«

Lonit verlor jeden Mut. *Sie ist gekommen, um mir zu sagen, daß sie meinen Mann will. Sie will mein Einverständnis. Ich brauche sie nur anzusehen, wie sie dort mit der Sonne im Rücken steht. Könnte sich irgendeine Frau mit ihrer Schönheit messen? Gibt es irgendeinen Mann, der sie nicht zur Frau haben möchte?*

»Frau mit Federn ... hübsch ...« zirpte Sommermond und zeigte auf die Schwanendaunen, die Sondahrs Stirn zierten. Das kleine Mädchen saß zwischen Lonit und Iana, wo sie mit einer Lederpuppe und einer stumpfen Nadel spielte, mit der Lonit ihr das Nähen hatte beibringen wollen, damit sie einen Riß im federbesetzten Rock ihrer Puppe reparieren konnte.

Das Mädchen hielt lächelnd die Puppe hoch und zeigte sie Sondahr. »Meine Puppe hat auch Federn! Wie die Frau mit Federn! Kannst du zaubern?«

Sondahr lächelte das Kind freundlich an. »Es gibt viele Arten von Zauber, meine Kleine. Ich versuche nur, anderen zu helfen, das ist alles.«

Aliga schnaubte verächtlich. »Das ist nicht viel, überhaupt nicht! Doch jetzt, wo Navahk hier ist, werden wir alle sehen, wozu ein wahrer Zauberer imstande ist. Zum Zaubern braucht es nun einmal einen Mann!« Als sie Navahks Namen erwähnte, veränderten sich Aligas Züge, ihre Stimme wurde sanft, und sie leuchtete fast vor Hoffnung auf. »Er ist ein einzigartiger Mann. Er wird dafür sorgen, daß mein Kind zur Welt kommt. Ihr werdet es sehen! Wenn die Jäger zurückkehren und die Frauen mit dem Schlachten fertig sind und alle sich am Lagerfeuer zum Festschmaus versammelt haben, werdet ihr sehen, was Navahk kann!«

»Komm, Lonit! Diese Frau muß unbedingt sofort mit dir sprechen.«

Lonit zuckte bei Sondahrs Befehl zusammen und wußte, daß sie sich wie ein kleines Kind benahm. Aber sie konnte das Unvermeidliche nicht hinausschieben. Mit einem fügsamen Seufzen stand sie auf und ging hinaus ins Licht des späten

Tages. Sie folgte Sondahr durch das Lager auf den Hügel der Träume in ihre Hütte.

Eine Talglampe brannte im Innern der kleinen Behausung. Es roch nach altem Fett, das mit dem Duft von Wermutblättern vermischt war. Lonit war durch die fremde Umgebung und die Gegenwart der Zauberin eingeschüchtert, so daß sie sofort gehorchte, als Sondahr sie bat, sich zu setzen. Sie fühlte sich hier unwohl, besonders als ihr bewußt wurde, daß die Hütte nur aus den Knochen, Zähnen und Fellen von Mammuts bestand.

»Du bist eine dumme, einfältige Frau.« Sondahr brachte ihre Anklage in einem gleichgültigen, offenen Ton ohne jede Bosheit vor. Sie hatte sich Lonit gegenüber auf eine Bank gesetzt, die aus den Backenzähnen von Mammuts bestand und mit moosgefüllten Kissen aus Mammutfell bedeckt war.

Lonit war so verblüfft über Sondahrs Worte, daß sie keine Erwiderung hervorbrachte — vielleicht auch, weil sie ihr zum Teil recht geben mußte.

»Du hast Angst, deinen Mann an mich zu verlieren?«

Die Offenheit der Zauberin erschütterte Lonit erneut. Sie schämte sich, obwohl sie sich dieses Gefühl nicht erklären konnte. »Ich...«

Sondahrs linke Augenbraue hob sich bis zu ihrem Haaransatz. »Du solltest dich wirklich schämen!« sagte sie mit derselben beunruhigenden Gewißheit wie Karana, wenn er ihre Gedanken zu lesen schien. »Glaubst du wirklich, daß Torka denkt, er hätte in der Nacht des Plaku mit mir getanzt? Kannst du dir vorstellen, daß er ein solcher Dummkopf ist und sich von ein paar Federn und etwas Farbe täuschen läßt? Glaub mir, Lonit, wenn Sondahr für einen Mann tanzt, dann weiß er, bei wem erliegt, und jede Frau, die nicht dasselbe von sich behaupten kann, ist wahrlich jedes Mannes unwürdig!«

Lonit starrte sie entgeistert an.

»Bist du Torkas unwürdig, Lonit?«

Ihr schwindelte. »Ich... Er ist ein so guter Mann, und ich bin...«

Sondahr hob ihren Kopf. »Du bist jung, Frau von Torka. Du

285

bist wunderschön. Du bist kräftig und äußerst geschickt für eine blinde, taube und so dumme Frau! Wenn du dich selbst für unwürdig hältst, dann bist du es auch!«

Lonit blinzelte. Sie wurde wütend. »Du hast kein Recht, so mit mir zu sprechen!«

Wieder hob sich Sondahrs linke Augenbraue. »Du hast mir das Recht gegeben, und zwar durch dein Schweigen, deine Dummheit und deine unberechtigte Eifersucht.«

»Ich . . . ich . . .«

»Hör auf zu stammeln. Wenn du deinen Mann behalten willst, mußt du lernen, mutig gegen alles zu kämpfen, was ihn bedroht.«

Jetzt hob sich Lonits Braue. Sie ballte ihre Fäuste so fest zusammen, daß ihre Knöchel weiß wurden. »Was weiß Sondahr vom Kämpfen? Lonit hat für Torka gekämpft! Gegen Wölfe, Stürme und die Mächte der Schöpfung, die fast seine Seele mitgenommen hätten, nachdem er sich Donnerstimme entgegengestellt hatte. Lonit hat bis aufs Blut für Torka gekämpft, und sie würde jederzeit wieder kämpfen − bis zum Tod, wenn die Geister das von mir verlangen sollten! Aber Lonit ist nur eine Frau. Lonit hat keine Stellung, kein Ansehen und keine Macht. Lonit kann nicht gegen dich kämpfen, gegen eine Zauberin. Wenn Torka sich für Sondahr entscheidet, ist es sein Recht. Lonit kann nicht . . .«

». . . so blind sein, wie sie scheint!« Sondahr schüttelte langsam den Kopf. Ihr schönes Gesicht entspannte sich. Seufzend stand sie auf und setzte sich neben Lonit. »Lonit, diese Frau will deinen Mann nicht, und selbst wenn sie es wollte, so gehört sein Herz dir. Sondahr hat noch nie einen Mann gesehen, der seine Frau so sehr liebt. Kann es sein, daß Lonit das wirklich nicht sieht oder versteht?«

Lonits Zorn verrauchte. Erneut schämte sie sich und war verwirrt. »Aber ich habe gemerkt, wie er dich angesehen hat. Er ist allein mit dir in dieser Zauberhütte gewesen.«

»Ja, Torka ist mit Sondahr hiergewesen, aber nur um mich zu bitten, die tätowierte Frau zu heilen − sonst nichts. Ja, er hat mich betrachtet wie ein Mann die Schönheit des ersten Früh-

286

lingsmorgens oder die großen Karibuherden im roten Licht des Sonnenuntergangs ansieht. Er hat mich angesehen und dann seinen Blick abgewandt, weil er wußte, daß er eine seltene Schönheit gesehen hat, aber nicht mehr als das, nichts, was er für sich festhalten wollte.« Das Gesicht der Zauberin wurde plötzlich traurig, doch dann erschien ein bitteres Lächeln in ihren Mundwinkeln. »Alle Männer sehen Sondahr so an. So war es schon immer. Und Sondahr hat bei vielen Männern gelegen, aber sie kann Lonit versichern, daß Torka nicht darunter war. Nicht, daß sie Lonit nicht um ihn beneidet hätte, denn Torka ist der beste Mann, den es gibt. Aber Sondahr wird niemals einen eigenen Mann haben. Sondahr ist eine Lehrerin, eine Seherin und eine Heilerin. Sondahr ist all das, wozu die Mächte der Schöpfung sie gemacht haben, und deswegen gehört sie keinem Stamm an. Alle Männer fürchten sie genauso sehr wie sie sie begehren, und viele haben ihr diese Gaben mißgönnt. Daher ist sie lange einsam von Stamm zu Stamm gezogen, bis sie endlich in dieses Knochenhaus einzog, wo sie ohne Kinder alt wird, um ihre Gabe mit den Jüngeren zu teilen, wie mit Karana, der ein vielversprechender Zauberer ist. Sondahr hat lange gehofft, daß eines Tages jemand mächtig genug ist, um die Gabe von ihr zu übernehmen, so daß sie schließlich nur noch eine Frau sein würde, die zufrieden neben ihrem Mann geht und ihre Kinder mit der Milch ihrer Brüste nährt. Sondahr hat lange genug gelebt, um zu erkennen, daß die Gabe der Liebe zwischen Mann und Frau der größte Zauber ist, der existiert, der einzig wahre und dauerhafte Zauber − ein Zauber, den Sondahr nie kennengelernt hat. Es ist eine wertvolle Gabe, die mächtig genug ist, um neues Leben zu schaffen, die Tage zu verschönern und die Nächte zu versüßen, die ansonsten in Einsamkeit verbracht werden müßten.«

Lonit war tief bewegt. »Vielleicht wirst du es noch erleben.«

»Nein«, sagte Sondahr, »das ist vorbei. Ich habe es im Nebel gesehen. Es wird nicht mehr viele Morgen für Sondahr geben, und daher habe ich Lonit hergerufen, um sie zu warnen.«

»Wovor?«

»Vor ihrer eigenen Dummheit! Lonit muß endlich aufhören,

ständig an sich selbst zu zweifeln! Lonit darf sich nicht mehr im Schatten verstecken! Lonit muß aufrecht und selbstbewußt neben ihrem Mann stehen und erkennen, daß es für ihn keine andere Frau auf der Welt gibt.« Sie kniff skeptisch ihre Augen zusammen. »Kann Lonit dasselbe von sich behaupten, seit Navahk in diesem Lager ist?«

Lonit schnappte nach Luft. Ernüchtert und beschämt senkte sie den Kopf. Sie wollte nicht, daß Sondahr die Wahrheit in ihren Augen erkannte. Wieder einmal hatte die Zauberin ihre Gedanken gelesen und Worte gesprochen, die aus ihrem eigenen Herzen kamen. Es machte ihr Angst, daß Sondahr mit einem solchen Nachdruck gesprochen hatte, so daß sie diese Worte nie vergessen würde.

»Sieh mich an!« Sondahr berührte mit ihren langen, zarten Fingern Lonits Kinn und hob ihr Gesicht. »Du mußt auf mich hören, Lonit, Tochter von Kiuk, Kind eines Stammes, den es nicht mehr gibt. Wende deinen Blick von Navahk ab. Seine Schönheit ist eine Täuschung. Er ist ein Mann aus Fleisch und Blut. Er hat die Stellung eines Zauberers, aber er ist keiner. Navahk trägt die Haut eines Wanawut, aber du mußt unter die Haut dieser Bestie blicken, denn der Mann, der sie getötet hat, ist ungleich gefährlicher. Ich weiß es, denn ich habe in seine Seele geschaut und mich abgewandt, so wie auch du dich abwenden mußt, sonst wird er dich vernichten, wie er seinen Bruder vernichtet hat und wie er Karana vernichten wird, wenn er es kann. Und wenn er deine Seele geraubt hat, wird er dich wegwerfen, so daß der Wind dich davontragen wird. Dann wird er lächeln und neue Kraft aus deinem Tod ziehen.

Du mußt auf mich hören, Lonit, denn in den kommenden Tagen mußt du auf Karana achtgeben. Er ist weise und hat eine große Gabe, aber er ist ungestüm wie der Nordwind, und seine Launen sind ebenso gefährlich. Er muß noch viel lernen, aber ich kann es ihm nicht beibringen. Er wäre vielleicht der Richtige für mich gewesen, aber dazu ist keine Zeit mehr. Ihm gehört die Zukunft, aber Sondahr gehört nur die Vergangenheit. Auch Lonit gehört die Zukunft. Lonit muß stark sein — für Torka, für Karana und für die Kinder des Mannes mit den

Hunden. Lonit muß all das werden, was Sondahr in einer anderen Welt unter einem anderen Himmel geworden wäre. Die erste Frau für den ersten Mann. Eine Schwester und Freundin. Ein neuer Anfang.«

3

Torka lief über das Land. Er wußte nicht, wann der Tag zu Ende ging und wann die Nacht begann. Er wußte nur, daß er auf der Spur Karanas war und daß es gut war, allein zu laufen, weg von dem Ort, wo die Mammuts getötet worden waren. Er war ein Mann mit einem Speer, der zu vergessen versuchte, daß der andere Speer im Körper seines Totems steckte.

Doch er konnte nicht vergessen. Und das war gut so, denn die Erinnerung klärte seinen Geist, so daß er erkannte, was er in der Vergangenheit falsch gemacht hatte.

Seinen kleinen Stamm aus dem einsamen Land hinauszuführen und zu hoffen, daß sie Schutz bei einem größeren Stamm finden würden, war eine gute Sache gewesen. Doch in jeder Beziehung Kompromisse einzugehen, in allem, woran er glaubte und was er heilig hielt, war eine Beleidigung der Geister und vor allem des großen Mammuts Donnerstimme und Lebensspender, der ihn und seinen Stamm in eine neue und bessere Welt geführt hatte. Und es war eine Beleidigung seiner selbst.

Das Gelände war offenes Grasland ohne Grasbüschel und erlaubte einen stetigen Dauerlauf. Im dünnen, schwindenden Licht der Dämmerung sah er Karana vor sich. Der Junge hatte keine Anstrengung gemacht, seine Spur zu verbergen. Karana hinterließ beim Laufen eine tiefe Rinne im Gras, wodurch Torka besser vorankam.

Er beschleunigte seine Schritte. Bald hatte er ihn eingeholt, und sie liefen nebeneinander her. Keiner von ihnen sprach. Sie liefen weiter, bis es dunkel wurde und sie nicht mehr konnten.

Sie machten zusammen Rast und beobachteten die hereinbrechende Nacht und die Sterne, ohne an ihren Hunger zu denken.
Von ferne drangen die Geräusche der Großen Versammlung bis
zu ihnen. Die Frauen sangen, und die Ältesten schlugen die
Trommeln. Das einsame Pfeifen einer Flöte wurde durch die
Nacht herangetragen. In der entgegengesetzten Richtung waren
aus den dunklen Hügeln, die den Mammuts zur Falle geworden
waren, die Stimmen der Jäger zu hören, die ihr eigenes Lied
sangen, einen Lobgesang, einen Gesang des Lebens für die Männer und des Todes für die Mammuts.

Die Dunkelheit schien plötzlich greifbar zu werden, als
bewegte sich ein riesiges schwarzes Wesen unsichtbar über den
Himmel und beobachtete sie von oben. Torka sah hoch und
erwartete fast, geisterhafte Wolkenformen in der Dunkelheit zu
erkennen. Doch der Himmel war klar. Er blickte Karana an und
fragte sich, ob er ebenfalls etwas in der Nacht gespürt hatte.
Aber der Junge, der neben Torka in die Hocke gegangen war,
starrte nur vor sich hin. Seine Unterarme lehnten auf den
Schenkeln, während er seine Speere locker in einer Hand hielt
und sein Gewicht auf den Fußballen lag. Sie hatten beide diese
kauernde Stellung eingenommen, in der man leicht ausruhen
und dösen, aber bei Gefahr sofort aufspringen konnte.

Eine Weile verging, während Torka auf die fernen Gesänge
horchte und bald auch andere Geräusche bemerkte. Es war das
leise Rascheln und Trippeln kleiner Tiere im Gras, die unsichtbar in ihrer Nähe umherhuschten. Seine Hand klammerte sich
fester um den Speerschaft. Seine Augen wanderten über das
nachtdunkle Land und wandten sich dann wieder dem Jungen
zu. Doch er sah statt dessen einen Mann — einen Mann, der
Navahk so sehr ähnelte, daß Torka unwillkürlich zusammenzuckte. Wieder schien die Nacht schwer auf ihm zu lasten. Er
wünschte sich, er könnte sie erhellen.

»So. Wieder einmal hat Torka nach Karana gesucht und ihn
allein in der Dunkelheit gefunden. Deine Spur ist immer noch
leicht zu verfolgen.«

»Nur weil ich hoffte, daß du mir folgen würdest.« Karana
biß die Lippen zusammen und drehte leicht den Kopf. In seinen

290

Augen war eine tiefe Müdigkeit und Traurigkeit zu erkennen. »Entweder ist dein Lauf mit den Jahren langsamer geworden, Torka, oder du hast den Ort des Gemetzels nicht sofort verlassen. Ich sehe nur noch einen Speer in deiner Hand. Hast du gejagt? Hast du unserem Totem das Leben genommen? Hast du deinen Speer in das Blut eines Mammuts getaucht?« Karana fragte vorsichtig und zögernd, als hätte er Angst vor einer Antwort.

»Ich habe getötet. Und dadurch habe ich Navahk die Gelegenheit genommen, selbst zu töten. Bisher war er kein Freund. Jetzt ist er ein Feind.«

»Er ist immer dein Feind gewesen, Torka. Und meiner. Daran wird sich nichts ändern, bis er tot ist.« Der Gesichtsausdruck des Jungen zeigte nun nicht mehr Müdigkeit, sondern volle Konzentration. »Ich habe dem Wind zugehört, Torka, und nun mußt du mir zuhören. Ich habe den Wind durch meine Seele wehen lassen, wie er durch die Zweige eines Baumes fährt, und ich habe den Wind tief eingeatmet. Es war ein Geisterwind, und er hat Karana gesagt, daß er und Torka nicht mit Navahk in derselben Welt leben können.«

»Ich kenne keine andere Welt.«

»Denk an die Vergangenheit, dann wirst du selbst die Antwort finden. Du hast mich gewarnt, noch einmal die Worte zu sagen, und ich werde deinen Wunsch und mein Versprechen ehren. Aber ich werde nicht im Lager der Großen Versammlung bleiben. Ich werde Aar mitnehmen und die Welt der Menschen verlassen. Dies ist keine gute Welt.«

Torka nickte, während er sich die Worte des Jungen durch den Kopf gehen ließ. »Es ist anstrengend, mit anderen Menschen zusammenzuleben, es erfordert viele Kompromisse. Vielleicht habe ich zu viele gemacht, als es gut war, aber wir leben unter vielen verschiedenen Stämmen in diesem Lager.«

»Und wenn der Häuptling sich irrt? Müssen dann alle auf ihn hören?«

»Wenn sie keinen Grund sehen, ihn deswegen herauszufordern, ja.«

»Weil es schon immer so gewesen ist, seit Anbeginn der Zeiten?« Karana hatte ihm diese oft gestellte Frage ruhig ins Gesicht gesagt. Torka fiel darauf nichts als Antwort ein als das, was schon immer die Antwort auf diese Frage gewesen war. »Jemand muß den Stamm anführen«, sagte er. »Und die alten Wege sind bewährt.«

»Wenn Torka daran glauben würde, hätte er niemals den Speerwerfer oder eine neue Speerspitze erfinden können. Wenn alle Menschen daran glauben würden, würde alles immer so bleiben, wie es war. Dann würde nie etwas besser und nie etwas schlechter werden. Aber Karanas Augen haben gesehen, daß nichts in der Welt so bleibt, wie es ist. Flüsse, die in der Zeit der Dunkelheit hartgefroren sind, schmelzen und fließen in den Tagen der Sonne, und manchmal treten sie über das Ufer, um sich ein neues Bett zu suchen. Die Erde bebt. Die weißen Berge wandern. Steinerne Gipfel gebären Wolken, aus denen es Feuer regnet. Wie Umak mich gelehrt hat, müssen die Menschen in neuen Zeiten neue Wege lernen oder sterben. Wenn die Mammuts nicht gekommen wären, hätte Lorak seine Leute so lange fasten und beten lassen, bis sie verhungert wären, obwohl es Bisonfleisch gab. Und um von den Menschen dieses Lagers angenommen zu werden, hat Torka sich in einen ganz anderen Menschen verwandelt.«

»Nein, Karana. Aber ich bin hier kein Häuptling, außer in meiner eigenen Erdhütte. Du mußt noch lernen, daß ein Mann, der für das Leben seiner Frauen und seiner Kinder verantwortlich ist, nicht nur seinem Stolz gegenüber verpflichtet ist. Dies ist ein gutes Lager für uns gewesen. Die Männer in diesem Teil der Welt sind gute Männer. Ihre Kameradschaft war gut für uns. Sie haben dich den Löwenbezwinger genannt, und du bist unter ihnen zum Mann geworden. Viele junge Mädchen blicken dir mit hoffnungsvollen Augen nach. Viele erwachsene Männer beneiden dich um das, was dich mit Sondahr verbindet. Viele Jungen haben dich zum Freund. Würdest du dies alles nicht vermissen, Karana, wenn du allein wärst, ein Mann in einer Welt ohne Menschen, wo nur der Wind zu deiner Seele spricht? All deine Entscheidungen sind so einfach, weil du dich nur um dein eigenes Leben sorgen mußt.«

»Du wirst also bleiben?«

»Ja, bis die Zeit der langen Dunkelheit gekommen und wieder gegangen ist. Ich werde meine Familie nicht durch einen Konflikt mit Navahk in Gefahr bringen.«

»Er hat dich beleidigt, in Supnahs Lager und nun auf der Großen Versammlung. Er wird versuchen, dir Lonit wegzunehmen. Er hat dich gezwungen, dein Totem zu töten. Er ist . . .«

». . . ein Mann, der mich nicht wieder beleidigen wird. Ich habe keine Angst vor ihm oder seinem Zauber.«

Karana schwieg. »Ich bin der Grund, daß er dich haßt«, sagte er schließlich leise.

»Nein. Wir hassen uns, weil wir gegenseitig erkennen, wer wir wirklich sind. Er haßt mich, weil er weiß, daß ich ihn durchschaue — nicht weil ich das Leben eines kleinen Jungen gerettet habe, den er zum Tode verurteilt hatte.«

»Er wollte meinen Tod. Er will ihn noch immer. Meine Gegenwart erinnert die anderen daran, daß er nicht unfehlbar ist. Dafür haßt er mich.«

»Dann mußt du allein fortlaufen und ihm geben, was er will.«

»Ich bin sein Sohn!« Das Eingeständnis schmerzte wie eine offene Wunde.

Torka nickte. Er hatte es schon immer geahnt, dennoch blieb er nachdenklich. »Nein«, sagte er dann. »Ich habe dich zu meinem Sohn gemacht.«

Karana liebte Torka in diesem Augenblick so sehr, daß es ihn zu ersticken schien. Dennoch konnten Worte die Wahrheit nicht ungeschehen machen. »Du bist in meinem Herzen mein Vater, aber *ich* habe das Wild gerufen, und *ich* habe die Mammuts vor die Speere der Männer gerufen, damit sie sterben. Und wenn sich die Geister gegen uns gewandt haben, dann ist es meine Schuld, weil ich von seinem Blut bin und weil ich seine Macht besitze, sie aber nicht anzuwenden weiß.«

Torka nickte erneut, aber diesmal lächelte er und legte Karana einen Arm um die Schulter. »Dann mußt du es lernen, Löwenbezwinger. Zum Besten von uns allen mußt du es lernen. Wie du gesagt hast, müssen die Menschen in neuen Zeiten neue

Wege gehen. Du bist jetzt ein Mann. Du darfst nicht mehr davonlaufen. Es ist Zeit, sich Navahk zu stellen. Ob es uns gefällt oder nicht, wir müssen diese Welt mit ihm teilen.«

Sie kehrten zum Hauptlager zurück. Als es dämmerte, traten sie in die Umzäunung aus Knochen und Stoßzähnen ein, wo sie freudig und tadelnd von den Hunden begrüßt wurden, die zurückbleiben mußten, obwohl es auf die Jagd ging. Die Alten, die Schwachen und die Frauen und Kinder versammelten sich, um mehr über die Mammutjagd zu erfahren. Torka erzählte ihnen mit vielen Worten, was sie hören wollten und behielt seine Meinung für sich.

Die Menschen jubelten, während Torka den bemitleidenswerten Anblick des untergehenden kleinen Kalbes zu vergessen versuchte. Karana wandte sich ab, weil er nichts von dieser Verherrlichung hören wollte.

»Karana! Deine Frau Pomm hat dich so sehnsüchtig und stolz erwartet!«

Er rollte verzweifelt mit den Augen, als Pomm sich unbeirrt wie ein kleines fettes Nashorn einen Weg durch die Menge bahnte. Doch dieses Nashorn hatte kein Horn, sondern Bänder mit weißen Gänsefedern, die vom Kopf herabhingen. Er hatte noch nie einen so lächerlichen Anblick gesehen. Dann klammerten sich ihre dicken starken Finger um seinen Arm, bevor er sich ihr entziehen konnte. Sie drückte sich eng an ihn und himmelte ihn an wie ein junges Mädchen.

»Pomm hat ein weiches Bett für den zurückgekehrten Jäger vorbereitet!« säuselte sie. »In Pomms Hütte erwarten ihn süße Bällchen aus Fett und Beeren, damit er wieder zu Kräften kommt, nachdem er . . .«

»Ich habe nicht gejagt! Karanas Speere sind nicht mit dem Blut der Mammuts in Berührung gekommen. Und er wird auch nicht mit Pomm oder sonst jemandem von ihrem Fleisch essen! Laß mich zufrieden, Frau! Laß meinen Ärmel los und suche dir einen Mann in deinem Alter, den du bemuttern kannst!«

Er befreite sich mit einer heftigen Bewegung aus ihrem Griff und ließ sie verblüfft und beschämt mit einem Fetzen seiner steinbesetzten Fransen in der Hand zurück.

Ihr Gesicht wurde rot, als hätte er ihr glühende Kohlen ins Gesicht geworfen. »Das wird dir noch leid tun, Sohn des Mannes mit den Hunden! Pomm vergißt und vergibt es nicht, wenn man ihren Zauber verschmäht! Und Zinkh wird es dir heimzahlen, daß du seinen Hut nicht tragen willst und Pomm, sein großzügiges Geschenk an dich, zurückgewiesen hast!«

Er hörte, wie sie hinter ihm herkreischte, aber in der lärmenden Menge war es einfach, Worte zu überhören, die er nicht hören wollte. Ein paar ältere Männer neckten ihn, als er vorbeiging. Einer von ihnen fragte, ob er haben könnte, was der junge Jäger offensichtlich verschmähte.

»Nimm sie und sei gewiß, daß Karana dir und den Geistern auf ewig für diesen Gefallen dankbar ist!« gab er zurück und hörte den Jubel des Alten und das Gelächter der anderen, als er durch das Lager schritt. Er ging an Greks Familie vorbei, wo er ein kleines hübsches Mädchen sah, das wie dessen Tochter Mahnie aussah. Sie starrte ihn an wie jemand, der etwas sagen möchte, aber nicht die richtigen Worte fand. Ja, es war Mahnie. Sie sah in ihrer leichten Lederkleidung und mit dem langen schwarzen Haar immer noch wie eine Stoffpuppe aus. Also war sie noch ein Kind, denn die Frauen dieses Stammes steckten ihr Haar als Zeichen der Reife zu einem Knoten zusammen.

Wallah nickte ihm zu, als er vorbeiging, und er fühlte sich verpflichtet, diesen Gruß zu erwidern. Er hatte Grek und seine Frau immer sehr gemocht. Wallah war schroff und direkt, aber genauso freundlich und unbeirrt wie ihr Mann. Neben ihr stand Naiapi und sah ihn schweigend an. Sie war immer noch eine hübsche Frau und nach dem herrischen Zug um Kinn und Mund zu urteilen, immer noch so hart und unnachgiebig, wie er sie in Erinnerung hatte. Aus dem Augenwinkel suchte er nach Pet. Sie mußte inzwischen zu einem hübschen Mädchen herangewachsen sein, aber er konnte sie nirgendwo entdecken.

Mahnie fand schließlich ihre Sprache wieder und rief ihm sanft nach, als er vorbeiging.

»Karana...« stammelte sie. »Ich wußte, daß du noch am

Leben bist. Ich bin so froh, dich in diesem Lager wiederzusehen.

Er gab keine Antwort. Ihre Worte ärgerten ihn, denn er war darüber gar nicht froh. Er wäre jetzt viel lieber weit weg in ihrem Tal, im verbotenen Land, wo die Menschen keine Mammuts jagten und wo Torka sich niemandem beugte, sondern nur den Geistern, dem Wetter und dem Land.

Lonit stand mit Sondahr auf dem Hügel der Träume. Mit einer unglaublich anmutigen Geste winkte die Zauberin Torka heran. Er war überrascht, seine Frau neben Sondahr zu sehen und verließ die Alten und Kinder. Vermutlich brauchten die Frauen seine Hilfe bei der Vorbereitung des Zugs zum Schlachtlager.

»Ich muß mich den anderen anschließen. Sie brauchen mich, um die Geister günstig zu stimmen«, sagte Sondahr, als Torka sich auf dem heiligen Platz der Zauberer zu ihnen gesellt hatte. »Torka und Lonit, ihr werdet während meiner Abwesenheit hierbleiben. Es wird gut für euch sein, allein und ungestört miteinander sprechen zu können.« Sie ließ ihm keine Zeit für eine Antwort, sondern ging mit erhobenem Kopf und fliegendem Federschmuck an ihm vorbei.

Torka hatte ein merkwürdiges Gefühl der Vorahnung. »Ist Aliga gestorben? Geht es den Kindern gut?«

»Allen geht es gut, sogar Aliga. Seit Navahk in dieses Lager gekommen ist, fühlt sie sich schon viel stärker. Sie schläft überhaupt nicht mehr, sondern putzt sich heraus wie ein junges Mädchen. Deshalb hat Sondahr dich hergebeten... damit wir... damit ich...« Sie hatte den Blick gesenkt und rang nach Worten.

Seine Verwirrung wuchs. Er hob ihren Kopf, damit sie ihn ansah. »Was möchtest du mir sagen?«

Ihr Gesicht war aschfahl. »Nur daß Sondahr mit gezeigt hat, daß ich eine dumme Frau bin. Ich habe Dinge gesehen, die gar nicht da waren... und die Augen vor dem verschlossen, was wirklich und wahr ist.«

Er schüttelte den Kopf. »Ich weiß nicht, wovon du redest.«

Sie biß sich auf die Lippe und schüttelte trotzig den Kopf, als ob sie einen inneren Widerstand überwinden mußte. »In diesem Lager oder irgendeinem anderen, im Land der Mammutjäger oder im Tal der Stürme, in dieser Welt oder der nächsten wird Lonit nicht mehr in Frage stellen, was Torka tut. Und wohin Torka auch immer geht, Lonit wird an seiner Seite sein. Und wenn Torkas Seele im Wind weht, wird Lonits Seele bei Torka sein, für immer und ewig — wenn es das ist, was Torka will.«

»Wenn?« Ihre Erklärung war so überraschend gekommen, daß es ihm die Sprache verschlagen hatte. Sie sah ihm mit stolz erhobenem Kopf und unbeirrtem Blick an, trotzdem hatte sie Tränen in den Augen und zitterte. Als er plötzlich verstand, nahm er sie in die Arme und hielt sie fest, während ihm klar wurde, daß er der Dummkopf gewesen war. Wieso hatte er nicht bemerkt, wie tief sie ihn mißverstanden hatte und wie verzweifelt sie sich nach einer Bestätigung seiner Liebe gesehnt hatte?

»Vergib mir«, sagte er und küßte sie zärtlich auf die Augenlider. Er atmete ihren Atem ein und spürte ihren Körper mit jeder Faser, bis er sie auf die Arme nahm und sie in Sondahrs Hütte oben auf dem Hügel der Träume trug.

Die Talglampe brannte noch. In dem Raum mischte sich das Licht des Sonnenaufgangs mit tiefen Schatten. Er legte Lonit auf eine Pritsche, warf den Speer zur Seite, zog sich aus und legte sich neben sie. »Torka will niemals deinen Tod, du einzige Frau der Welt. Niemals! Denn das bist du für mich, die einzige Frau, die ich je lieben und begehren werde. Und eines Tages, wenn die Geister uns gestatten, gemeinsam alt zu werden — so alt, daß unsere Seelen unsere Körper verlassen möchten, um ein neues Leben zu suchen — dann werden wir gemeinsam und furchtlos im Wind ziehen. Doch noch sind wir jung, und Torka hat nur einen Wunsch an Lonit. Ich bitte nur um deine Liebe, die für immer und ewig eins mit meiner Liebe sein soll.«

Mit einem Schluchzen warf sie ihm die Arme um den Hals und hielt ihn fest, als ob sie befürchtete, die Mächte der Schöpfung könnten zuschlagen und ihn ihr wieder entreißen.

Später lagen sie noch lange nackt und ineinander verschlungen, so wie sie sich geliebt hatten, in Sondahrs Hütte auf dem Hügel der Träume. Lonit schlief und sprach unruhig in ihren Träumen, während Torka sie festhielt und die wandernden Schatten beobachtete, als die Sonne ihren Mittagsstand erreichte und dann wieder den Abstieg in die unausweichliche Dunkelheit begann. Er schlief ebenfalls ein, erwachte und starrte den Raum an, in dem er sich befand. Über ihm waren Mammutstoßzähne und überall um ihn herum Felle und Knochen von Mammuts.

Dann sah er wieder die Jagd vor sich, und die Erinnerung an das kleine Mammut erstickte ihn fast. Er hörte wieder die Schreie des gefangenen Tieres und Navahks wildes Triumphieren, während er ein lebendes Tier quälte, bis Torka dem ein Ende machte.

Du hast das Tier getötet, das dein Totem ist! Er fuhr hoch und war so verzweifelt, daß er kaum atmen konnte. Das warme, duftende Innere der kleinen Hütte drohte ihn plötzlich zu ersticken.

Lonit rührte sich schläfrig. »Was ist los?«

Er nahm ihre Hand, zog sie hoch und küßte sie. »Wir müssen diese Hütte verlassen«, sagte er in dringendem Ton. »Es ist nicht gut für uns, wenn wir noch länger hierbleiben. Und ganz gleich, was die anderen zu dir sagen mögen, du wirst nicht mit den anderen Frauen zum Schlachtlager gehen.«

Sie blinzelte überrascht von seiner plötzlichen Entschiedenheit. »Ich werde tun, was immer Torka verlangt.«

Er küßte sie schnell. »Dann zieh dich an! Geh zurück in deine eigene Hütte und zu deinen Kindern!«

Torka ging nicht mit ihr. Er zog sich an, nahm seinen Speer und ging durch das Lager, durch die Öffnung in der Knochenwand und hielt erst am Ufer des nahen Sees an. In voller Bekleidung und mit dem Speer in der Hand sprang er ins Wasser, um sich selbst, seine Waffe und seine Kleidung vom Mammutblut reinzuwaschen. Obwohl er bis zur Erschöpfung schwamm, war es nicht genug. Er fühlte sich immer noch unrein, als ob das Blut niemals abgewaschen werden könnte.

298

4

Den ganzen Tag über und bis in die Nacht hinein sangen die Zauberer magische Gesänge und tanzten magische Tänze, während die Frauen an der Seite ihrer Männer die getöteten Mammuts schlachteten. Auf dem langen Zug vom Lager zum Schlachtplatz hatten die Frauen kein Wort mit Sondahr gesprochen, außer wenn sie eine besondere Bitte an die Geister hatten. Als sie ankamen, erlaubten sie ihr nicht, ihnen bei der Arbeit zu helfen. Sondahr stand am Seeufer und begutachtete die Jagd, dann kletterte sie an der Felsplatte hinauf, von der aus Navahk und Torka ihre Speere geworfen hatten.

Der Himmel bewölkte sich, und ein feiner Nieselregen setzte ein. Trotzdem blieb Sondahr reglos mit ausgebreiteten Armen und zurückgeworfenem Kopf auf dem Felsvorsprung stehen, um den Geistern der getöteten Tiere mit Gesängen zu danken, bis ihr die Stimme versagte und die Abenddämmerung einsetzte. Erschöpft und vor Kälte zitternd stieg sie herab und traf auf Lorak, der ihr eine dampfende Schale aus einem ausgehöhlten Mammutstoßzahn entgegenhielt.

»Für Sondahr, die für die Geister der Frauen aller versammelten Stämme spricht. Hier ist das Blut, das uns heilig ist, das Blut des Lebens, der Kraft und der Macht. Das Blut der großen Mammuts . . . endlich!«

Sie nahm die Schale an und nahm dankbar einen tiefen Schluck.

Jeder sah die Augen des alten Mannes aufleuchten und sein Organ unter dem blutbeschmierten losen Umhang sich vor Begierde erheben. »Zu lange haben wir gefastet, Sondahr. Zu lange hast du allein im eisigen Regen gestanden. Komm! Ruh dich aus und iß! Es gibt jede Menge Männerfleisch an dem Ort, wo Lorak seine Schlaffelle ausgebreitet hat.«

Navahk war neben ihn getreten. Sondahrs Augen wanderten von Lorak zu Navahk, den sie musterte und dann abwies. Navahk ließ sich nichts anmerken. Ohne ein weiteres Wort drehte sie sich um und ging zu den kleinen Lagerfeuern hinüber, die die Frauen entzündet hatten und mit großen Lederplanen vor dem Regen schützten. Wortlos nahm sie einen Knochenspieß mit Fleisch von den Flammen und ging in die zunehmenden Schatten der Dämmerung zurück. Dort setzte sie sich und begann, allein zu essen, während sie in ihrem feuchten Federmantel fror.

Mahnie konnte von ihrem Sitzplatz neben Wallah die Zauberin gut erkennen und dachte, wie schön Sondahr war, selbst wenn der Regen sie durchnäßt hatte. Sie wurde eifersüchtig, als sie sich erinnerte, wie die Frau neben Karana auf dem Hügel der Träume gestanden hatte. Während des Zuges zum Schlachtplatz hatten die Frauen und Mädchen nur über die beiden geredet und waren Sondahr aus dem Weg gegangen. Mahnie waren die bösen Blicke nicht entgangen, mit denen Naiapi die Zauberin bedacht hatte, und sie hatte Wallah gefragt, warum alle Sondahr gegenüber so feindselig eingestellt waren. Ihre Mutter hatte mit gedämpfter Stimme geantwortet, daß jeder die Macht der Zauberin fürchtete und niemand wußte, wie man sie ansprechen oder sich ihr nähern sollte. Vor langer Zeit war sie Navahks Lehrerin und Liebhaberin gewesen, als er kaum mehr als ein kleines Kind war. Sondahr hatte ihre Feder als Zeichen eines großen Gefallens getragen. Es war kein Wunder, daß Naiapi sie nicht mochte. Und die einfachen Frauen konnten mit einer so legendären Seherin und Heilerin keine Freundschaft schließen. Sondahr stand mit der Geisterwelt in Kontakt, sie gehörte zu einer anderen Welt.

Mahnie runzelte die Stirn. Auch sie mochte die Zauberin nicht, denn immerhin hatte sie Sondahr mit Karana auf dem Hügel der Träume gesehen. Aber Sondahr hatte den ganzen Tag im eiskalten Regen gestanden und die Mächte der Schöpfung gebeten, den Frauen der Stämme günstig gestimmt zu sein. Daher schien es ihr nicht richtig, daß ihr niemand auch nur ein trockenes Fell angeboten hatte, in dem sie sich aufwärmen konnte. Mit einem entschlossenen Seufzen griff Mahnie nach ihrem Reisegepäck und durchstöberte es nach ihrem leichten

Umhang, den sie mitgenommen hatte, falls es nachts sehr kalt werden sollte.

Wallah hielt ihre Hand zurück. »Was tust du?« fragte sie flüsternd, während sie sie ungläubig und furchtsam ansah.

»Ich will der Zauberin meinen Umhang geben.«

»Halt dich da raus!«

Mahnie runzelte erneut die Stirn. Sie hätte nicht geglaubt, daß es möglich war, im Flüsterton zu schreien, doch Wallah hatte genau das getan. Warum? Welche Gefahr mochte ihr in einem Schlachtlager drohen? Die Beute war erlegt, die Menschen müde und satt, und jeder freute sich auf den Schlaf, weil sie am nächsten Tag schwerbepackt ins Lager zurückkehren würden.

Mahnie spürte einen Stups an ihrer Seite, als Wallah mit einer Kopfbewegung ihre Aufmerksamkeit auf etwas lenken wollte.

Verwirrt folgte Mahnie dem Blick ihrer Mutter und sah die Zauberer, die sich hinter Lorak versammelt hatten. Das Gesicht des Ältesten war knallrot. Es glühte vor Wut. Im Gegensatz zu vorher war seine einzige sichtbare Erektion der beträchtliche Vorsprung seiner Nase und vor allem der ausgestreckte knochige Finger, der in Richtung der Zauberin zeigte.

»Nimm dich in acht, Sondahr! Mutter Erde ist unten und Vater Himmel oben. Das was unten liegt, kann leicht von den Kräften von oben vernichtet werden. Der Blitz fährt auf die Erde hinab, vergiß das nicht!«

Sie sah ihn an und bemerkte, daß seine ›Macht‹ nachgelassen hatte. »Wo ist dein Blitz, Lorak? Und wer wird für die Geister der Frauen dieses Lagers sprechen, wenn du Sondahr vernichtest? Wer wird sich um sie kümmern, ihre Babys zur Welt bringen und die Schmerz- und Fiebergeister von ihren Kindern fernhalten, wenn nicht Sondahr?«

Plötzlich flatterten überall kreischend die Vögel auf und bildeten dichte Wolken, die den zu Ende gehenden Tag verdunkelten. Auf dem Boden kamen Nagetiere unter Grasbüscheln und aus Erdlöchern hervor und rannten kopflos herum.

Alle Menschen waren aufgesprungen und warteten mit schreckgeweiteten Augen darauf, daß die Erde bebte. Fern im Osten erschütterte ein gewaltiges Dröhnen den Himmel. Es schien genau aus dem verbotenen Land am Ende der Welt jenseits des Tals der Stürme zu kommen.

Und dann bebte die Erde tatsächlich. Sie hob sich wie in einer Welle, die über die Oberfläche eines windgepeitschten Sees geht. Die Menschen wurden so sanft angehoben, daß niemand das Gleichgewicht verlor, als der Wind sie erreichte. Er stank nach Schwefel, Rauch und den Innereien des fernen Berges, der Feuer spuckte. Sie konnten die Hitze spüren und seinen Atem riechen. Und sie hatten Angst.

Selbst als der Wind sich gelegt und die Erde sich beruhigt hatte, standen sie noch stumm da und warteten auf das Ende der Welt.

Aber das Ende kam nicht. Statt dessen wurde es still — so still, daß die Abwesenheit jeglicher Geräusche in ihren Ohren dröhnte. Wohin waren die Vögel geflogen? Noch vor wenigen Augenblicken war der Himmel voll von ihnen gewesen. Auch die kleinen Tiere, die am Boden lebten, waren spurlos verschwunden. Selbst der allgegenwärtige Wind, der über den Himmel strich, wie das Blut durch die Adern der Menschen floß, hatte sich gelegt. Sie hielten den Atem an, um die Geister nicht zu beleidigen, während sie den Himmel beobachteten und auf den Pulsschlag der Erde horchten. Sie fragten sich, ob Mutter Erde und Vater Himmel gestorben waren.

Aber die Wolken zogen noch immer über den Himmel, und es regnete nach wie vor. Als sie ihre Blicke hoben, wurden ihre Gesichter schwarz vom Regen. Der Regen bestand aus den Tränen oder dem Urin von Vater Himmel, je nach Stammesglauben. Es war ein schlimmes Zeichen, wenn Vater Himmel jetzt schwarze Tränen weinte oder schwarzen Urin abgab.

Langsam, wie eine Löwin, die sich schläfrig streckt, bewegte sich Mutter Erde. Es war kein Beben, aber der gefrorene Boden zitterte, und die Oberfläche des Sees kräuselte sich. Dann war es wieder ruhig. Doch aus der Tiefe der Erde war ein Stöhnen zu hören, als ob Mutter Erde gähnte und wieder einschlief.

Niemand rührte sich oder sprach ein Wort. Die Wellen des Sees leckten sanft an den ausgeweideten Kadavern der Mammuts. Kleine Tiere huschten im Gras und im Gebüsch umher. Ihre Geräusche überzeugten die Menschen, daß allmählich wieder Ordnung in ihre Welt einkehrte.

Doch dann beugte sich Navahk zu Lorak hinüber und flüsterte ihm mit einem fast lüsternen Seitenblick auf Sondahr etwas zu.

Lorak sträubte sich wie ein vom Speer getroffener Kondor, als er erneut seinen Finger nach Sondahr ausstreckte. »Ja, Navahk hat recht! Die Mammuts sind zurückgekehrt, aber die Zeichen sind schlecht! Mutter Erde und Vater Himmel haben gemeinsam gesprochen! Das ist ein seltenes Zeichen! Sondahr hat sie beleidigt, indem sie sich Lorak widersetzt und Partei für den Mann mit den Hunden ergriffen hat. Gemeinsam mit Torka und Karana — der an dieser Jagd nicht teilgenommen hat — hat Sondahr die dunklen Geister der Schöpfung angerufen, damit die Erde zittert, der Wind stinkt und es schwarz aus den Wolken regnet.«

Was vorher nur eine Tagesreise gewesen war, dauerte nun doppelt so lange, als das Fleisch abtransportiert wurde. Und den ganzen langen Weg lang fiel der schwarze Regen, während Grek zähneknirschend vor sich hin brummelte, bis Wallah ihn warnte, seine Backenzähne könnten Schaden nehmen und er würde nicht mehr imstande sein, das Fleisch, das er trug, zu kauen.

»Der Wanawut hat letzte Nacht in den Hügeln gerufen . . . er war sehr nahe. Hast du ihn auch gehört?«

»Ich habe es gehört«, antwortete sie unwillig. Sie gingen tief gebückt unter ihren Rückentragen und zogen einen Schlitten mit Fleisch und Fellen zwischen sich. Wallah stemmte sich gegen das Gewicht und stapfte, geradeaus starrend, mit finsterer Miene weiter.

Die aufgeweichte Tundra machte den Weg langsam und beschwerlich. Bei Anbruch der Dämmerung machten sie wie-

303

der Rast, obwohl sie nur noch ein paar Meilen vom Hauptlager entfernt waren, während einige Jäger allein weiterzogen. Es regnete immer noch. Mahnie war froh, daß Grek beschlossen hatte, sich auszuruhen, um etwas zu essen und zu schlafen, bevor sie weitergingen.

Die Zauberer zogen ebenfalls unter Navahks Führung weiter und wurden von Zinkh und ein paar anderen Jägern als Wachen begleitet. Sondahr hatte sich schon vor längerer Zeit abgesetzt, aber niemandem war es bisher aufgefallen. Mahnie dachte an sie, als sie die Zauberer im fernen Dunst des Regens verschwinden sah. Sie fühlte sich besser, als sie sie schließlich nicht mehr erkennen konnte. Sie war müde, besonders jetzt, wo sie die Rückentrage abgeschnallt hatte und sich ihr Körper ausruhen konnte.

Wallah und die anderen Frauen waren zu erschöpft, um Feuer zu machen. Da keiner ihrer Männer auf Essen zu warten schien, errichteten sie schnell kleine Unterkünfte für ihre Familien, wo sie vor dem Regen geschützt sein würden. Sie kauerten sich dicht neben den Zeltstützen aus Knochen zusammen und aßen rohe Streifen Mammutfleisch in Hüllen aus Gedärmen. Sie hatten sie unter ihre Rückentragen geklemmt, wo sie durch die Hitze und die reibenden Bewegungen mürbe und ›gar‹ geworden waren.

Mahnie mochte den Geschmack des strengen und faserigen Fleisches nicht besonders. Sie sah zu ihren Eltern auf. Auch sie schienen ohne Begeisterung zu essen.

»Es heißt, daß Torka viel Bisonfleisch in das Lager der Großen Versammlung gebracht hat. Wenn wir zurückgekehrt sind, wird er vielleicht etwas davon mit uns teilen«, sagte Grek nachdenklich.

Mahnie war plötzlich wieder munter geworden. »Glaubst du, das würde er tun? Werden wir ihn fragen?«

Naiapi, die neben Wallah saß, machte Mahnie gehässig nach. »›Glaubst du, das würde er tun? Werden wir ihn fragen?‹« spottete sie. »Wir wissen genau, wen du eigentlich fragen willst! Den Jungen! Diesen Karana!«

Mahnie spürte, wie sie errötete. Wie sehr sie Naiapi verachtete! Wie sehr sie den Tag bedauerte, an dem Navahk diese Frau Grek überlassen hatte! Sie war gemein und rachsüchtig und dafür verantwortlich, daß Mahnie sich im Kreis ihrer eigenen Familie nicht mehr wohl fühlte.

»Er sieht Navahk so ähnlich«, bemerkte Wallah mit Abscheu und ignorierte den verletzten und enttäuschten Gesichtsausdruck ihrer Tochter. »Und es heißt, daß er es abgelehnt hat, sich an der Mammutjagd zu beteiligen. Es heißt auch, daß der Mann mit den Hunden bei den Ältesten dieses Lagers in Ungnade gefallen ist. Diese Frau hat bemerkt, wie die anderen Jäger Grek mit Bewunderung und Respekt angesehen haben. So soll es auch bleiben. Der Winter ist eine lange Zeit. Vielleicht wäre es das Beste für dich, Mahnie, wenn du nach einem anderen Mann Ausschau hältst.«

»Und wenn sie das gar nicht will?« brauste Grek auf, der das erschrockene Gesicht seiner Tochter bemerkt hatte. »Karana ist stark! In diesem Lager nennen sie ihn den Löwenbezwinger. Er trägt die Fangzähne des großen Säbelzahntigers um seinen Hals. Sie sagen, daß er auf der Nashornjagd war und das Leben des höchsten Ältesten gerettet hat! Mahnie wäre nicht meine Tochter, wenn sie einen solchen Jäger nicht bewundern würde!«

»Aber er wird sich nicht für sie interessieren!« Naiapi lächelte zufrieden wie eine satte Wölfin. »Er würde nicht einmal mit ihr reden, wenn sie ihn ansprechen würde. Alle jungen Mädchen reden über ihn. Sie sagen, daß er bereits eine Frau hat, eine Zauberin aus Zinkhs Stamm, Pomm. Die alte Fette, die er vor allen angebrüllt hat, als er von der Jagd zurückkam. Sie brüstet sich ständig mit ihm, während er sie offen beleidigt, indem er sie eine häßliche Alte nennt und es mit Sondahr treibt.«

Wallah bemerkte den Liebeskummer ihrer Tochter und wurde wütend auf Naiapi. Es fiel ihr nicht schwer, sich gegen die Gemeinheit der anderen Frau zu wehren. »Grek hat recht. Karana ist stark und mutig. Es ist gut für einen jungen Mann, wenn er seine ersten Erfahrungen bei einer älteren Frau macht, bevor er sich eine sucht, die sein Feuer hütet. Du solltest es wissen, Naiapi. Du hast Navahk viel beizubringen versucht, seit Supnah dich zu seiner Frau bestimmt hat. Mit der Erinnerung an Sondahr als seine Lehrerin ist es kein Wunder, daß Navahk dich nie gewollt und dich Grek überlassen hat, der dich auch nicht will.«

»Navahk will mich! Und er begehrt mich! Das hat er mir gesagt! Nur weil er Zauberer ist, hat er auf mich verzichtet und sich geopfert, damit ich an Greks armseliges Feuer gehe.« Naiapi war so beleidigt und erzürnt, daß sie fast aufgesprungen und den kleinen Wetterschutz zum Einsturz gebracht hätte, aber Grek hielt sie am Arm fest und zwang sie, sich wieder zu setzen.

»Genug!« warnte er in scharfem Ton. »Was geschehen ist, ist geschehen. Was sein wird, wird sein. Niemand an diesem Feuer kann wissen, was wirklich in Navahks Herzen vorgeht. Naiapi ist an das Feuer dieses Mannes gekommen, und solange sie hier ist, sollte sie sich zusammenreißen, denn dieser Mann trauert immer noch um jemanden, den Navahk unnötigerweise getötet hat. Wenn dieses Feuer in den kommenden Tagen der langen Dunkelheit wirklich erbärmlich und armselig werden sollte, wird Naiapi die erste sein, die es verläßt, damit andere nicht ihretwillen verhungern.« Er ließ die Drohung einen Augenblick wirken, bevor er sich an Mahnie wandte. »Deine Mutter hat recht. Ein Mann muß mehrere Frauen in seinem Leben kennenlernen. Wenn er Glück hat, findet er schließlich eine gute Frau, die ihn in der Nacht wärmt, sein Feuer hütet und sein Fleisch so gut kocht wie . . .«

Naiapi zischte wie eine bedrohte Gans und funkelte Mahnie mit wütenden Augen an. »Du würdest wohl gerne Karanas Fleisch kochen, wie?«

Ihre Anspielung war Grek nicht entgangen, der sie fast geschlagen hätte. »Hüte deine Zunge, Naiapi! Sonst schneidet dieser Mann sie ab und zwingt dich, sie roh zu essen!«

Diese Drohung ließ endlich Ruhe einkehren. Es waren nur noch die Geräusche des Nachtlagers zu hören, die sie von allen Seiten umgaben. Männer und Frauen redeten, gähnten, seufzten und schnarchten, während der Nieselregen leise auf die Lederplanen der vielen kleinen Zelte fiel.

Im Verlauf ihres Streitgesprächs war es dunkel geworden.

Das sanft gewellte Land hob sich schwarz vom Nachthimmel ab. Mahnie war der Appetit vergangen. Sie gab Wallah ihr letztes Stückchen Mammutfleisch ab, die es mit verzogener Miene aß. Mahnie lächelte. Sie liebte Wallah. Sie kuschelte sich zwischen sie und Grek und schloß die Augen. Sie versuchte, sich vorzustellen, daß Naiapi gar nicht bei ihnen war und überhaupt nicht zu ihrer Familie gehörte. Vielleicht würde Navahk sie eines Tages zurücknehmen. Sie würde die Geister darum bitten. Und um Karana.

Sie schlief ein, ohne daß ihre Träume von Geistern oder hübschen Jungen gestört wurden.

5

Der Regen hörte auf. Niedrige Wolken zogen über den Nachthimmel. Ein Tag war vergangen, seit die letzten Jäger vom Schlachtlager zurückgekehrt waren. Trotz des großen Gemeinschaftsfeuers aus Knochen und Soden mitten im Lager der Großen Versammlung war die Luft kühl und feucht. Obwohl sich der Duft des gerösteten Fleisches und des tropfenden Fettes verbreiteten, roch das große Feuer trotzdem nach der schwefligen Asche, die der Regen auf die Erde gespült hatte. Begleitet vom Schlagen einer Trommel kamen Lorak, Sondahr, Navahk und der Rest der Zauberer in rituellen Gewändern vom Hügel der Träume herunter, um sich der Versammlung anzuschließen. Der Höhepunkt des Festes stand kurz bevor. Das Rufen verstummte, und das Geschichtenerzählen konnte beginnen.

Sondahr nahm hoheitsvoll, aber bleich unter ihrem Gewand aus Mammutfell und Federn zwischen den Zauberern Platz. Navahk stand in der Haut des Wanawut hinter ihr.

Sondahr starrte blicklos geradeaus, als die Frauen der verschiedenen Häuptlinge ihnen Knochenteller mit Fleisch und Fett brachten. Ihr Mund war trocken, und ihre Haut brannte. Ihr war am Schlachtplatz im Regen kalt geworden, nachdem sie bereits durch das lange Fasten geschwächt war. Sie fuhr sich mit der Zunge über die Lippen. Sie konnte sich nicht erinnern, daß sie je vom Wetter krank geworden war, aber sie bezog ihre Stärke und Macht vom Mammutfleisch und hatte lange nicht davon gegessen. Das Blut und Fleisch, von dem sie am Schlachtplatz gekostet hatte, hatte ihre erlahmenden Kräfte bereits ein wenig gestärkt. Ihr Sehvermögen kehrte gemeinsam mit einer gesteigerten Wahrnehmungsfähigkeit zurück.

Lonit war nicht unter den Frauen, die den Zauberern das Opfer brachten. Zweifellos hatte Torka ihr verboten, am Schlachtfest teilzunehmen. Außerdem hätte Lonit nur das bringen können, was sie mit ihren eigenen Händen zubereitet hatte. Sondahr hoffte, daß es deswegen keine Schwierigkeiten geben würde, obwohl sie es besser wußte. Lorak war viel zu eifersüchtig auf Karana, um auch nur das leiseste Zeichen fehlenden Respekts von ihm oder seinem Stamm zu übersehen.

Sie wurde auf die großzügige Gabe zweier Frauen aufmerksam, die Fleisch vom Feuer eines Mannes namens Grek brachten. Er war ihr auf der Jagd aufgefallen, und sie konnte sich sofort an ihn erinnern. Er gehörte zu Navahks Stamm und hatte seine besten Jahre hinter sich, aber er war immer noch so stark und unbeugsam wie in seiner Jugend und konnte sehr gut mit dem Speer umgehen.

Die erste Frau kam ihr sehr nahe, als sie leise eine nicht ungewöhnliche Bitte flüsterte. »Für Mahnie, die Tochter von Grek, bittet Wallah Sondahr darum, daß sie bald das erste Blut der Frau vergießt, damit Wallahs Kind in diesem guten Lager zur Frau wird, damit Sondahr die Geheimnisse weiblicher Weisheit mit ihr teilt und das Ritual des ersten Blutes überwacht.«

»Sondahr würde sich dadurch geehrt fühlen«, antwortete sie.

Die andere Frau nahm den Platz der ersten ein und trug ihre Bitte zwar leise, aber unverblümt vor. »In der ganzen Welt der Menschen ist Sondahrs Name bekannt. Bitte die Geister im Namen von Naiapi, damit sie das Fleisch des Mannes teilt, den sie haben möchte.«

Die Frau namens Wallah sah Naiapi voller Abscheu an. Sondahr dankte ihr für das Opfer, aber nicht so überschwenglich wie den anderen. Sie bemerkte, daß sie sich vor Naiapi in acht nehmen mußte, als die Augen der Frau sich auf Navahk, der hinter ihr stand, richteten. Sie konnte den Frauen keinen Vorwurf machen, daß sie alle bewundernd zu Navahk aufsahen, obwohl er selbst jetzt in der Haut des Wanawut deutlich den Ausdruck seiner inneren Häßlichkeit auf dem Gesicht trug.

Sie hatte es ihm gesagt, kurz bevor sie den Hügel der Träume verlassen hatte, um sich den anderen am Lagerfeuer anzuschließen. Er war allein aus dem Knochenhaus gekommen, um sich ihr vor ihrer eigenen Hütte in den Weg zu stellen...

Der Mond hatte in seinem Rücken gestanden und ihn in tiefe Schatten gehüllt, die den Augenblick so kalt wie seine Augen gemacht hatten.

»Wir haben uns wiedergetrofffen, Sondahr«, hatte er gesagt. »Doch diesmal ist es Navahk, der in *deine* Welt kommt. Diesmal wird Navahk Sondahrs Lehrer sein. Navahk ist der Häuptling seines Stammes und der Zauberer. Navahk wird bald der höchste Älteste der Großen Versammlung sein. Ja, vielleicht wird Navahk auch die Federn Sondahrs tragen, denn während Sondahr ihre Zeit mit einem vergeudet, der nichts ist − *nichts* − wird Navahk dafür sorgen, daß sie erkennt, daß er all das ist, was er nach ihrer Meinung nie sein würde.«

»Nein, Navahk«, hatte sie ruhig erwidert. »Du magst vielleicht deinen Stamm anführen, aber du bist kein Häuptling − schon gar nicht ein rechtmäßiger. Ein Häuptling führt seinen Stamm zum Nutzen aller und nicht zum Nutzen seiner eigenen Bedürfnisse. Und du wirst nie ein Zauberer sein. Niemals. Du kannst gut mit Rauch, mit Täuschungen und mit Lügen umgehen. Du manipulierst Menschen und hast vielen das Leben genommen. Ja, du bist all das, was du werden mußtest, wie ich es vorausgesehen habe. Du wirst niemals die Federn Sondahrs tragen...«

Sie hätte die Erinnerung daran nur allzu gerne verdrängt, aber die Gegenwart dieses Mannes fiel wie ein Schatten über sie. Sie konnte die Spiegelung seines Gesichts in den Augen Naiapis erkennen, als sie ihre Gabe zu den anderen stellte. Als sie sich gerade setzte, fühlte sie sich unruhig und gereizt. Die Brühe aus Weidenblättern und Mammutblut, die sie sich vor einiger Zeit zubereitet hatte, hatte ihr Fieber noch nicht gesenkt. Sie wünschte sich, die Nacht wäre bald vorüber, so daß sie sich in ihre Hütte zurückziehen und sich ausruhen konnte wie jede andere Frau, die sich krank fühlte. Aber sie war nicht wie jede andere Frau. Sie war Sondahr, und die Nacht war noch lang.

»Sieh mich an, wenn du sprichst, Naiapi, Frau von Grek. Sondahrs Kraft liegt im Sehen und ihrem Wissen über die Heilung. Sondahr wird die Geister in Naiapis Namen anrufen, aber eigentlich sollte Naiapi wissen, daß sie ihr bereits günstig bestimmt sind, wenn Naiapi die Frau Greks ist.«

Doch Naiapi sah sie nicht an. Sie zog sich schnell wieder zu den anderen auf der Frauenseite des Feuers zurück.

Lonit saß mit der unruhigen Sommermond auf dem Schoß bei den anderen Frauen. Das Fleischopfer für die Zauberer und Sondahr schien kein Ende nehmen zu wollen. Offenbar hatte jeder eine besondere Bitte an die Männer und die Frau, die mit den Geistern zu ihren Gunsten sprechen konnten.

Als die letzten Bittsteller zur übrigen Versammlung zurückgekehrt waren, entdeckte Lonit zu ihrem Schrecken eine völlig betrunkene Pomm, die immer noch ihren Federhaarschmuck trug und taumelnd umherschwankte. Sie brachte der Zauberin kein Fleisch, als sie vor sie hintrat und streitlustig verkündete: »Sondahr ist eine Zauberin, aber Pomm ist genauso eine Zauberin in Zinkhs Stamm. Pomm sollte nicht bei den übrigen Frauen sitzen. Pomm wird hier Platz nehmen. Sie ist nicht wie andere Frauen, die kommen und gehen, wie ihre Männer sagen. Pomm wird sich nicht von Jungen an alte Männer weggeben lassen! Pomm wird hier bei den Männern sitzen, die Zauber wirken können!« Sie machte ihre Worte wahr und setzte sich so abrupt hin, als hätte jemand sie umgestoßen. Sie verschränkte die Beine unter ihrem gewaltigen Hintern und die Arme über ihrem riesigen Bauch. »Will es irgend jemand Pomm verweigern?«

Lonit sah, wie Loraks Gesicht sich plötzlich verdüsterte, als er herumfuhr und auf Zinkh zeigte. »Gehört diese Frau zu deinem Stamm?«

Zinkh schien unter seinem tadelnden Blick zusammenzuschrumpfen. Er nickte nur, da er keine Worte fand.

»Ist sie eine Zauberin?« verlangte Lorak eine Erklärung.

Pomm antwortete, bevor Zinkh seine Sprache wiederfinden konnte. »Keine Frau in der Welt ist eine so wunderbare Zauberin wie Pomm! Wenn man mir die kranke Frau von Torka überlassen hätte, wäre sie schon längst wieder gesund, und ihr Baby wäre nicht mehr in ihrem Bauch, sondern würde viel Lärm und viel stinkenden Dreck in seine Mooswindeln machen!«

Lonit starrte sie entgeistert an, weil die dicke Frau schon wieder von ihrem Beerengebräu getrunken hatte. Und wie in der Nacht des Plaku hatte es ihre Zunge gelöst, diesmal jedoch nicht ihr Selbstbewußtsein geschwächt, so daß Pomms Überheblichkeit sie jetzt in große Gefahr brachte. Überall hatten die Menschen entsetzt die Augen aufgerissen. Ein Raunen ging durch die Menge. Lonit wünschte sich, Torka hätte nicht darauf bestanden, daß sie an der Feier der Mammutjäger teilnahmen. Sie war verzweifelt, weil sie Pomm nicht helfen konnte, aber viel schlimmer war, daß sie ihre Augen nicht von Navahk abwenden konnte.

Navahk. Dort stand er direkt hinter Sondahr, als wollte er sie absichtlich überragen. Lonit wurde übel. Selbst in der ekelhaften Haut des Windgeistes ließ sein Anblick ihr Herz klopfen – ihr Herz, das sie Torka geschenkt hatte, dem einzigen Mann, den sie je lieben würde ... aber nicht der einzige Mann, den sie je begehren würde. Sie schämte sich. Alle ihre Befürchtungen hatten sich bewahrheitet. Wenn ihre Blicke die Navahks trafen, wenn er zu ihr kam und die Hand nach ihr ausstreckte ...

Sie sah wieder zu Pomm und hatte Mitleid mit der dicken Frau. Wer konnte besser als Lonit verstehen, was es bedeutete, zu lieben und nicht wiedergeliebt zu werden? Karana hätte sie nicht beleidigen dürfen. Dort saß er neben Torka und machte ein finsteres Gesicht. Er mußte wissen, daß im ganzen Lager über seine gedankenlose Zurückweisung Pomms geredet wurde. Er hatte sie tatsächlich einem anderen Mann gegeben und deutlich gemacht, daß er froh war, sie los zu sein! Sicherlich hatte der Junge sie nicht verletzen, sondern sie nur zurechtweisen wollen. Er war noch nicht reif genug, um zu verstehen, daß Pomm dies niemals ertragen würde.

Links von Lonit schüttelte Wallah den Kopf, als Zinkh nervös aufstand und vor Lorak trat, um zuzugeben, daß Pomm in seinem Stamm tatsächlich als Zauberin angesehen wurde.

»So ist es schon seit langer Zeit, ja. Pomm selbst sagt bei jeder sich bietenden Gelegenheit, daß sie alles weiß. Besonders wenn sie von ihrem besonderen Beerensaft gekostet hat . . . und das tut sie in letzter Zeit sehr oft — aber es ist wirklich guter Beerensaft!« Er kicherte und neigte seinen Kopf unterwürfig zur Seite. »Vielleicht sollte Pomm einmal Lorak von ihrem Saft zu trinken geben, damit er merkt, daß eine ansonsten gute Frau dadurch so verrückt werden kann, sich einzubilden, sie könne bei den Zauberern vom Hügel der Träume sitzen und . . .«

Pomm unterbrach ihn mit einer Handbewegung und einem kleinen Schneesturm aus Gänsefedern. »Verrückt? Bah! Wenn eine Zauberin bei den Männern sitzen darf, wird es auch Pomm tun! Sondahr, du rückst jetzt ein Stück und machst Platz für Pomm. Diese Frau hat keine Angst mehr vor dir!«

Lonit traute ihren Augen nicht, als die dicke Frau Sondahr mit einem seitlichen Hüftschwung zur Seite schubste. Doch Sondahr wurde nicht umgeworfen, da sie gerade in dem Augenblick, als Zinkh und der erregte Älteste auf sie zukamen, von den Fellen aufstand, die für die Zauberer hergerichtet worden waren. Die Zauberer sprangen zur Seite, als die beiden Männer heranstürmten und Pomm an den Ellbogen packten, um die anstößige alte Frau wegzutragen. Doch sie hätten ebensogut versuchen können, ein Mammut von der Stelle zu bewegen. Keuchend stemmten sie sich gegen ihr Gewicht, während Pomm ihnen mit knirschenden Zähnen erklärte, daß sie zwischen den

Beinen bald genauso flach wie eine Frau sein würden, wenn sie sie nicht sofort losließen.

Es war Navahk, der plötzlich auflachte und damit das Schweigen der entgeisterten Anwesenden brach. »Wartet! Vielleicht ist Lorak einverstanden, wenn Navahk sagt, daß jede Frau, die mutig genug ist, so unverfroren zwischen die Zauberer zu treten, in der Tat ihrer eigenen Einschätzung würdig sein muß.« Pomm sah überraschter aus als jeder andere. Sie blinzelte und schürzte ihre kleinen Lippen, während sie Navahk mißtrauisch aus trüben, geröteten Augen ansah.

Er erwiderte ihren Blick mit einem so verführerischen Lächeln, daß sie überwältigt von seiner Schönheit zusammensackte.

Loraks Gesicht war immer noch in tiefe Falten gezogen. Er sah Navahk an, und dann ließen die Worte dieses Zauberers ein Lächeln um seinen wettergegerbten Mund entstehen, so daß Lonit eine schreckliche Vorahnung bekam.

»Vielleicht ist es wirklich an der Zeit, daß Sondahr nicht mehr die einzige Frau ist, die auf dem Hügel der Träume wohnt«, schlug Navahk vor. »Vielleicht ist diese − Pomm, nicht wahr? − wirklich würdig, ihren Platz zwischen uns einzunehmen. Später, wenn Lorak uns die ruhmreichen Geschichten seines Stammes erzählt hat, wenn das Fest vorbei ist und die Jäger aufgehört haben zu singen, werden wir sehen, wer die Zauberin unter den Mammutjägern sein soll: Sondahr, Pomm oder vielleicht keine von beiden!«

Torka sah zu, wie Lorak, der jetzt nicht mehr sein Vogelkleid, sondern ein zottiges Mammutfell trug, seine Trommel hob und sie heftig mit dem alten, umwickelten Mammutstoßzahn schlug.

»Jetzt ist die Zeit zum Geschichtenerzählen! Jetzt ist die Zeit, die Gesänge über die Mammuts und die Mammutjäger anzustimmen! Jetzt ist die Zeit, sich an die Tugenden unserer Stämme zu erinnern und die Geister um Vergebung zu bitten für jene, die sie in diesem Lager beleidigt haben, und sich an jene zu erinnern, die sie immer verehrt haben!« Erneut schlug er seine Trommel.

Torka zuckte zusammen. Er saß im Schneidersitz zwischen Karana und Grek auf der Männerseite des Feuers. Der Zwischenfall mit der alten Pomm hatte ihn beunruhigt. Und jetzt starrte der höchste Älteste ihn an. Es war, als hätte der Stoßzahn nicht der Trommel, sondern Torka einen Schlag versetzt. Er hob aufmerksam den Kopf.

Loraks Trommel war sehr groß, rund und flach. Der harte Rahmen aus Knochen war in Wasser aufgeweicht und dann zu einem Reifen gebogen worden, der fast den Umfang von Pomms Bauch hatte. Lorak hielt sie vor dem Feuer hoch, so daß das straffe Fell fast durchsichtig schien. Er fühlte sich offenbar sehr kräftig, nachdem er im Knochenhaus stundenlang Mammutfleisch in sich hineingestopft hatte. Als er wieder heftig auf die Trommel schlug, schien die stumpfe Spitze des gelblichen Stoßzahns das Fell durchdringen zu wollen. Die Trommel blieb heil, aber Loraks Augen durchdrangen Torka und dann Karana, der neben ihm saß.

Der Junge blickte düster drein, als Lorak herumwirbelte und um das Feuer tanzte. »Ich habe dir gesagt, ich hätte nicht kommen sollen«, zischte er Torka aus dem Mundwinkel zu.

»Dir wurde befohlen zu erscheinen«, flüsterte Torka zurück. »Wenn du dich widersetzt hättest, wärst du in Schwierigkeiten gekommen.«

»Es gibt bereits Schwierigkeiten, und es werden noch mehr werden, bevor diese Nacht vorbei ist.«

»Vielleicht. Vielleicht auch nicht.«

Karana schnaubte verächtlich, als wäre nicht Torka, sondern er der Erwachsene, der einen störrischen Jungen zur Vernunft bringen wollte.

Lorak tanzte immer wilder, während er wie rasend seine Trommel schlug. Der dumpfe, laute Ton schien in den Köpfen der Zauberer und der versammelten Menschen widerzuhallen. Sie sahen erwartungsvoll zu, wie er zuerst auf dem einen, dann auf dem anderen Bein tanzte. Er versuchte, anmutig zu wirken, doch er sah eher wie ein flügellahmer Vogel aus, der über glühende Kohlen hüpfte. Die Männer klatschten ihre Hände gegen die Schenkel und stießen im Rhythmus der Trommel laute, kehlige Rufe aus.

Torka hatte einen guten Blick auf den Platz, der den Zauberern vorbehalten war. In seiner furchterregenden Haut des Wanawuts war Navahk leicht zu erkennen. Torka sah ihn lächeln, doch der Schein trog, denn es war nicht mehr als eine Verkrampfung seiner Mundregion. Torka wußte, daß in Navahks Augen nur Verachtung für die Aufführung des alten Mannes liegen konnte. Vor langer Zeit hatte Torka Navahk an Supnahs Feuer tanzen sehen. Er konnte sich nicht vorstellen, daß es einen anderen Zauberer gab, der genauso beeindruckend tanzen konnte.

Der alte Mann stolzierte mit der Trommel vor ihnen herum. Mit rauher und monotoner Stimme sang er Lobgesänge auf die Lebensgeister der Mammuts, die im Sumpf gestorben waren. Er erzählte die Geschichte, wie sein Stamm zu Mammutjägern geworden war, wie sie eine besondere Stellung vor allen anderen Menschen erlangt hatten, als Vater Himmel selbst zu ihren Vorvätern gesprochen hatte, um ihnen die geheime Route zu verraten, die die Mammuts auf dem Weg ins ferne und verbotene Land in Richtung der aufgehenden Sonne nahmen. Er erzählte von der Errichtung des Knochenzauns zu Anbeginn der Zeiten, als die Menschen sich zum erstenmal zur Großen Versammlung zusammengefunden und Mammuts gejagt hatten. Er erzählte, wie die Herden in den letzten Tagen des Lichts über die Welt zogen und in der Sonne selbst verschwanden, einem Land hinter dem Ende der Welt, wohin ihnen kein Mensch folgen durfte.

Torka runzelte die Stirn. Lorak wußte, daß er den Tieren bis über das Ende der Welt hinaus gefolgt und zurückgekehrt war. Wollte der höchste Älteste ihn zum Widerspruch anstiften, indem er ihn als Lügner bezeichnete? Neben ihm atmete Karana tief ein, als wollte er etwas sagen. Ein gezielter Ellbogenstoß forderte ihn auf zu schweigen, während Lorak seine Geschichte fortsetzte.

Der höchste Älteste sah Torka an, als er davon sprach, daß

nur furchtsame Männer auf die Jagd nach Bisons und Karibus, Elchen und Kamelen, Yaks und Moschusochsen gingen. Torka und Karana waren nicht die einzigen Männer, die mürrisch das Gesicht verzogen, als er nun verkündete, daß nur die mutigsten Männer auf die Mammutjagd gingen. Die Jäger, die sich davon angesprochen fühlten — und sie waren bei weitem in der Mehrheit — nickten eifrig, während Lorak volltönend von den vielen Wegen sang, die die Menschen erfunden hatten, um die Mammuts zu töten. Er sang von Sumpffallen und Sackgassen, die mit zugespitzten Knochen versehen waren, in die die Tiere getrieben wurden. Er erzählte, wie die Männer sie oft mit Feuern vor sich hertrieben. Sein Gesicht leuchtete, als er davon erzählte, wie die Sommertundra manchmal auf Geheiß von Vater Himmel brannte und die großen Tiere vor den Flammen flohen, um anschließend von den Menschen getötet zu werden.

»Sie sind große Gaben von Vater Himmel, von einem Mann für die Männer, nicht von Mutter Erde an die Frauen, die nur dann essen, wenn es ihnen ihre Männer erlauben.« Er schleuderte Sondahr diese Worte wie eine Anklage entgegen, worauf alle Anwesenden erschrocken über diese offene Feindseligkeit den Atem anhielten, während er die Trommel in ihre Richtung schlug und wartete, daß sie auf diesen Köder reinfiel.

Doch sie tat ihm diesen Gefallen nicht.

Er schnaufte unflätig und tanzte weiter. Er geriet ins Schwärmen, als er von seiner Jugend sprach. Er zählte die Namen von Jägern auf, die schon lange tot waren. Er nannte auch die Namen der denkwürdigen Mammuts, die er und sie in einer Zeit getötet hatten, an die sich nur noch er erinnern konnte, aber alle Menschen kannten diese Namen.

Er dauerte lange, bis seine Erzählung zu Ende war. Währenddessen aßen die Menschen, und der Geruch nach geröstetem Fleisch, tropfendem Fett und Schwefel erfüllte die Nacht. Die Zauberer der verschiedenen Stämme fügten die Namen von Mammuts hinzu, an die sie sich erinnerten: Großer Einzahn, Furchtloser Angreifer, Kahlschwanz, Schlammwälzer, Schwarzrücken, Krummzahn, Donnerstimme.

Torkas Kopf fuhr hoch. Obwohl er weder von dem Fleisch,

dem Fett oder dem schweren Getränk aus Blut, Wasser und gegorenen Beeren gekostet hatte, hatte Lorak befohlen, daß er und sein Stamm an dem Fest teilnahmen, auf das die Mammutjäger so lange gewartet hatten. Torka hatte nicht widersprochen, denn sie waren in diesem Lager nur Gäste. Sie würden sich an ihre eigenen Sitten halten, aber nicht die Sitten der anderen verletzen.

Er sah Lonit, Iana und die Kinder, die auch kein Fleisch aßen, aber mit den anderen sangen, wenn sie an der Reihe waren, auf der anderen Seite des Feuers. Lonit sah angestrengt aus, aber Sommermond schien sich prächtig zu amüsieren, denn sie klatschte begeistert über Loraks Abenteuergeschichten in die Hände. Selbst Iana schien sich zu unterhalten und lächelte sogar schwach, wenn Wallah und ihre Tochter Mahnie sie von Zeit zu Zeit ansprachen. Greks Frau hatte Sommermond ein Geschenk mitgebracht, eine kleine Lederpuppe. Torka konnte gerade noch erkennen, daß sie echtes Haar hatte, das sich Wallah offenbar von ihren Zöpfen abgeschnitten hatte, ein Gesicht aus Steinperlen und ein Kleid aus Fellresten. Torka war nicht entgangen, wie zufrieden Lonit ausgesehen hatte, als sein kleines Mädchen die Puppe umarmt hatte, nachdem Lonit ihr erlaubt hatte, sie anzunehmen. Sie hielt sie in ihrem kleinen Schoß, so wie Demmi in Tanas Schoß saß.

Dann irritierte ihn plötzlich der verträumte Blick, mit dem Wallahs Tochter über das Feuer hinweg Karana ansah.

Erschrocken fuhr er zusammen, als Karana laut sprach, nicht im Ton eines Jungen, sondern eines Mannes, der keine Angst hatte, andere herauszufordern.

»Donnerstimme lebt. Kein Mann in diesem Lager hat dieses Mammut getötet. Und jeder Mann, der etwas anderes behauptet, ist ein Lügner!«

Er spürte die Blicke mehrerer Jungen auf sich gerichtet: Mano, Yanehva, Tlap und Ank. Er war kein Kind mehr, sondern ein Mann, der von den anderen Männern akzeptiert worden war, der mit ihnen gejagt und Fleisch in ihr Lager gebracht hatte –

nicht Mammut, aber immerhin Fleisch — und er hatte das Leben Zinkhs und des höchsten Ältesten gerettet. Das gab ihm das Recht, den anderen seine Meinung zu sagen.

»Das große Mammut lebt weit weg von hier, in einem Land hinter den fernen Bergen, im Tal der Stürme. Karana weiß es. Karana hat es gewagt, die gebogenen Stoßzähne zu berühren, die viele Männer getötet haben. Karana hat ihm seinen Atem in die Nüstern geblasen. Karana hat in seine Augen gesehen und keine Angst gehabt. Im Feuerschein dieser Nacht hört Karana die anderen Männer von ihren mutigen Taten sprechen und von den Mammuts, die sie getötet haben. Aber welcher Mann — außer Torka und Karana — hat sich je in das verbotene Land gewagt, um unter dem Schatten von Donnerstimme zu jagen, dem großen Mammut, das vom Stamm des Mannes mit den Hunden Lebensspender genannt wird?«

Plötzlich schien der Nachtwind so kalt wie die finsteren Blicke der Menschen auf der Großen Versammlung geworden zu sein. Von der Männerseite des Feuers aus konnte Karana Lonit hinter dem Feuer sehen, die sichtlich erschüttert neben Greks Frauen saß. Mahnie, die junge Tochter von Grek und Wallah, schien jeden Augenblick losheulen zu wollen. Neben ihr starrte Wallah überrascht mit offenem Mund, und Naiapis Kinn war so hoch erhoben, daß sie wie aus einer großen Höhe auf ihn herabsah.

Neben ihm wollte Torka ihm warnend seine Hand auf den Arm legen, aber er achtete nicht darauf. Sein Blick war zu Pomm, Sondahr und den Zauberern gewandert. In Sondahrs ausdruckslosem Gesicht verrieten nur ihre hochgezogenen Brauen, daß sie besorgt war. Gleich rechts von ihr grinste Navahk ihn wie ein großer, gieriger Raubvogel an, der gleich ein kleines Nagetier in Stücke reißen würde.

»Kein Mann hat behauptet, das große Mammut getötet zu haben, das angeblich dein Totem ist«, sagte Navahk, als er langsam durch die Zauberer hindurchging und neben Lorak trat, der sichtlich erschöpft und müde war. »Wir haben Lobgesänge auf ihre Kraft gesungen — die Kraft ihrer Knochen, Muskeln und Stoßzähne und die Kraft, die mutige Männer entwickeln,

318

wenn sie zur Jagd auf die großen Mammuts aufbrechen. Wo ist der Speer, den Karana in ihr Blut getaucht hat? Hat Karana, der sich rühmt, solche mächtigen und furchtlosen Taten in einem Land begangen zu haben, das kein Mann hier je gesehen hat, solche Kraft?«

Lorak brummte zustimmend und nickte. »Karana hat *nicht* getötet! Karana hat sich selbst aus dem Kreis der Männer ausgeschlossen. Und dennoch erlauben wir ihm, unter uns zu bleiben. Der weise Navahk hat zu Lorak im Knochenhaus gesagt, daß Karana zusammen mit Sondahr, Torka und dem Stamm mit den Hunden dunkle Geister gerufen hat, die in Form von Vögeln den Himmel bewölken und die Erde beben lassen. Vielleicht haben der Mann mit den Hunden und sein Sohn Karana von Anfang an nur Unglück über dieses Lager gebracht.«

»Unglück?« Karana wäre an seiner Wut fast erstickt. »Bis Torka zur Großen Versammlung kam, habt ihr und eure Stämme gehungert! Und bis Navahk kam, hattet ihr nur gute Worte für den Mann mit den Hunden und seinen magischen Speerwerfer übrig, mit dem er viel Fleisch in euer Lager gebracht hat − selbst wenn ihr zu störrisch wart, um es zu essen!«

»Bison ist kein Fleisch! Mammut ist Fleisch!« tobte Lorak, der schockiert über den Wagemut des Jungen war, ihn vor der gesamten Versammlung herauszufordern. »Navahk hat die Mammuts zum Lager der Mammutjäger gebracht! Navahk, der Geisterjäger! Ein Mann ohne Hunde, aber in der Haut eines Wanawut! Navahk ist ein Zauberer, und er wird wie sein Zauberbruder neben Lorak stehen! Torka ist niemand in diesem Lager. Sein Zauber ist so schwach wie . . . wie der einer Frau, die eine Zauberin sein will, aber nicht einmal ein Baby dazu bringen kann, auf die Welt zu kommen!«

»*Ein* Baby« Sondahrs Stimme klang gelassen, aber das Fieber brannte heiß in ihren Augen. »Wie vielen Babys hat diese Frau bei der Geburt geholfen? Sprecht, Frauen der Großen Versammlung! Wie viele Jahre lang hat Sondahr schon das Leben aus euren Bäuchen hervorgebracht?«

»Zu viele Jahre.« Pomm wollte sich diese Chance nicht entge-

319

hen lassen. Sie ließ Karana nicht aus den Augen, aber ihre Worte waren wie kleine, vergiftete Speere an die Zauberin gerichtet. »Sondahr wird alt! Ihr Zauber wird schwach, nicht wie der von Pomm! Laßt diese Zauberin von Zinkhs Stamm ihre Weisheit einsetzen, damit das Baby von Torkas Frau bald auf die Welt kommt, ja!«

»Torkas Frau?« Navahks Frage war so dick und süßlich wie das Gebräu aus Mammutblut, das sie getrunken hatten. Er sah Torka an, dann Lonit. Das Verlangen nach ihr veränderte seine Gesichtszüge, und als sie seinem Blick auswich, als ob sie Angst vor ihm hätte, vertiefte sich sein Lächeln.

Karana wußte, was in Navahks Herzen vorging, und haßte ihn dafür.

Sondahr sprach. »Es ist Aliga, die in Torkas Hütte liegt und sich nicht von ihrem Kind befreien kann, nicht Lonit.« Ihre Augen verengten sich, und sie verzog ihre Mundwinkel voller Verachtung. »Wo ist dein Sehvermögen geblieben, ›Zauberer‹? Wenn es so klar ist, wie Lorak zu glauben scheint, dann zeig es ihm! Zeig es uns allen! Bringt Aliga ans Feuer! Laßt den großen Navahk sie heilen und ihr Kind auf die Welt bringen! Laßt ihn seinen Zauber beweisen und das Unglück fortschicken, das Torka und Karana seiner Meinung nach über dieses Lager gebracht haben!«

Es war laut im Lager geworden. Trommeln schlugen, und wilde Gesänge erklangen. Aar geiferte angriffslustig.

»Kommt her, Hunde, zu Stam und Het! Wir bringen euch Fleisch! Ja, das ist gut! Kommt her und freßt! Auch du, Bruder Hund — Aar! So nennt dich doch dieser Karana, nicht wahr?« Es war Stam, der zu ihnen redete. »Kommt, freßt aus der Hand von Stam und sterbt! Es ist nicht gut, wenn Hunde in den Lagern der Menschen leben, und Navahk braucht wieder einmal die Leber und das Herz eines Hundes.«

Keiner der Welpen bellte. Stam warf ihnen das Fleisch hin, und sie fielen darüber her. Alle bis auf Aar. Er stand mit vorgestrecktem Kopf, eingeklemmtem Schwanz und zurückgelegten

Ohren da. Das Fell auf seinem Rücken und seinen Schultern hatte sich gesträubt. Er konnte die Worte des Menschen nicht verstehen, aber sein Instinkt sagte ihm, daß dieses Fleisch nicht gut war und seine Welpen sterben würden, wenn sie davon fraßen.

»Nimm dich vor dem großen Hund in acht, Stam! Er hat so einen merkwürdigen Blick.«

Het umklammerte nervös seinen Speer, während Stam dem Hund ein großes Stück Fleisch anbot. »Was ist los mit dir, Het? Glaubst du immer noch, daß es Zauberhunde sind?«

»Sie sind anders als andere Hunde.«

Stam schnaufte verächtlich. »Es sind Hunde, ganz gewöhnliche Hunde, nicht mehr und nicht weniger. Und bald werden es tote Hunde sein. Sieh nur, wie sie das Fleisch verschlingen. Dumme Tiere! Wenn sie anfangen zu jaulen, stich sofort und sicher mit dem Speer zu! Wir wollen das Fell nicht verderben. Navahk hat gesagt, wir könnten es haben, wenn die Aufregung vorbei ist. Deinen Frauen wird es gefallen. Es sind ausgezeichnete Felle. Und wenn uns jemand überrascht, denk daran, die Hunde haben uns angegriffen!«

»Mir gefällt das alles nicht . . .«

»Das kommt schon noch, wenn Navahk dich mit seinen Zauberkräften belohnt. Du wirst so gut jagen wie nie zuvor.«

»Und wenn der Mann mit den Hunden herausfindet, daß Navahk uns geschickt hat, um . . .«

»Benimm dich nicht wie eine alte Frau! Nach dieser Nacht wird niemand mehr auf ihn hören. Wie ich Navahk kenne, wird Torka bald genauso tot wie seine Hunde sein.«

Die Stimmen der Männer waren leise wie Insektensummen an einem warmen Sommertag. Der Hund spürte die Besorgnis Hets und die Drohung Stams, der sich auf die Fersen hockte und den Hund heranwinkte. »Sieh dir nur deine großen, starken Kinder an, Aar! Du bist fleißig gewesen, seit wir zuletzt gemeinsam lagerten. Vermißt du den Welpen, den ich dir damals weggenommen habe? Egal. Bald wirst du überhaupt keine Welpen mehr haben. Komm und friß aus Stams Hand, damit du bald nie wieder essen mußt.«

Irgendwie verstand Aar die Absicht des Mannes. Knurrend fletschte er die Zähne und warnte ihn. Doch Stam grinste immer noch und wedelte mit dem Fleisch vor seiner Nase herum.

»Komm...«

Zu seinem großen Erstaunen und Schrecken gehorchte Aar ihm. Der große Hund machte einen so heftigen Satz nach vorne, daß der Stock, an dem er festgebunden war, aus dem Boden riß. Er sprang den Mann an und warf ihn um. Dann drehte Aar seinen Kopf zur Seite, und mit einem gewaltigen Ruck durchbiß er Stams Kehle... aber er sah nicht mehr den wuchtigen Schlag, mit dem Hets Speer ihn bewußtlos schlug.

Het zitterte. Stam war tot. Er zuckte noch, aber er war tot. Er lag in einer so großen Blutlache, daß — wenn die schreckliche, klaffende Wunde in seiner Kehle nicht gewesen wäre — er aussah, als wäre er in seinem eigenen Blut ertrunken.

Het zitterte immer heftiger, als die Hunde jetzt erste Anzeichen von Schmerz zeigten — bis auf den großen Hund, den Stam Aar genannt hatte. Er lag reglos da, so daß Het sicher war, daß sein Schlag ihn getötet hatte. Er war froh darüber. Stam hatte die Lage falsch eingeschätzt. Nur ein Hund mit Zauberkräften konnte sich von dem Stock losreißen und einen Mann so mühelos töten — so wie Het nun die anderen Hunde tötete. Es war einfach, obwohl die Hunde mehr Lärm machten, als ihm lieb war. Je nach Temperament zogen sie sich zurück oder versuchten, ihn anzugreifen, aber die Leinen, mit denen sie angebunden waren, verhinderten ihre Flucht vor Hets Angriffen. Sein Speer stach immer wieder zu, bis vierzehn Hunde tot dalagen. Er dachte nur noch daran, daß alle Felle jetzt ihm gehören würden. Ausgezeichnete Felle. Seine Frauen wären begeistert.

Nach einer Weile zog er sein Messer und schnitt alle Leinen durch, damit es aussah, als hätten sie sich losgerissen. Jeder würde glauben, daß er sie hatte töten müssen, als sie ihn angriffen.

Nachdem er fertig war, überlegte er, welchen Hund er ausnehmen sollte. Den großen Hund, dachte er, denn er hätte das größte Herz mit der meisten Macht. Navahk hatte gesagt, daß er ein großes Organ brauchte, je größer, desto besser. Doch als Het den reglosen Aar ansah, zögerte er. Der Hund war tot, aber er machte ihm immer noch Angst. Er hatte nicht den Mut, seinen Geist zu stören, damit er ihn nicht verfolgte. Also wandte er sich dem größten der anderen Hunde zu, einem großen Rüden, der seinem Vater ähnelte. Er kniete sich neben das tote Tier und schlitzte ihm die Unterseite von der Kehle bis zum Schwanzansatz auf. Dann öffnete er die Muskeln über dem Brustkorb und langte hinein, um das Herz herauszureißen . . .

In diesem Augenblick fiel ihn etwas Knurrendes von hinten an. Er war zu überrascht um aufzuschreien. In der Dunkelheit mit dem Geruch von frischem Blut in der Nase, wußte Het, daß der Zauberhund Aar ihn angefallen hatte.

Doch der Hund, der von dem Schlag noch geschwächt und benommen war, biß ihn nicht in den Hals, sondern in die Schulter. Het kämpfte um sein Leben und sprang mit Aar auf dem Rücken auf. Verzweifelt langte er nach seinem Speer, der außer Reichweite neben dem Hund lag, den er geschlachtet hatte. Keuchend und schluchzend streckte er seinen Körper, während er die Zähne des Hundes in seinem Fleisch spürte. Mit letzter Kraft bekamen seine Fingerspitzen das Ende des Speeres zu fassen und zogen ihn zu sich heran. Er mußte seinen ganzen Willen aufbieten, um seinen Körper heftig nach rechts zu drehen, so daß er vom Hund freikam und er ihm die stumpfe Spitze des Speeres in die Seite rammen konnte. Er hörte das Tier schmerzhaft aufheulen, als es zu Boden ging. Oder war es sein eigener Schmerzensschrei gewesen? Er war sich nicht sicher, er wußte nur, daß der Hund reglos in der Dunkelheit lag. Der Zauberhund, der nicht sterben wollte — aber jetzt lag er tot mit glasigen Augen und hängender Zunge da, während sein Fell hinter dem Ohr schwarz von Blut wurde.

Dann hörte er wieder die Geräusche des Lagerfeuers. Er kämpfte gegen seinen Schmerz an und setzte seine Arbeit fort. Er stand auf und riß dem anderen Tier das Herz heraus.

Navahk wartete auf ihn.

Die Hunde bellten aufgeregt, als eine kleine Gruppe Frauen auf Navahks Befehl zu Torkas Erdhütte eilten, um Aliga zu holen. Niemand machte sich deswegen Sorgen, denn die Hunde bellten oft wegen herumstreunender Nagetiere, die in das Lager eingedrungen waren. Doch Torkas Hütte lag weit entfernt vom großen Lagerfeuer, und der Lärm der betrunkenen Feiernden war so laut, daß die Hunde kaum zu hören waren.

Aligas Stimme war sehr schwach. »Warum hast du mich aus dem Schlaf gerissen?«

Lonit war sehr besorgt. Was würde passieren, wenn Navahk sie wirklich heilen konnte und ihr Baby zur Welt brachte, nachdem es Sondahr nicht gelungen war? Das wäre zwar gut für Aliga, aber nicht für Sondahr und Torkas Stamm, denn wenn Navahk die legendäre Sondahr in den Schatten stellen konnte, würde er große Macht haben.

»Es geht mir heute überhaupt nicht gut«, protestierte sie. Sie hatte den ganzen Tag lang geschlafen und öffnete kaum die Augen, als sie in ihren Schlaffellen hochgehoben und nach draußen getragen wurde. Die Hunde waren jetzt still. »Oh, es ist Nacht. Und da ist ein Feuer. Gibt es etwas zu feiern?«

»Du wirst dich doch sicherlich erinnern, Aliga«, sagte Lonit sanft. »Ich habe es dir erzählt. Die Männer waren auf der Mammutjagd und feiern ihr Jagdglück. Sondahr wird jetzt wieder stark sein. Sie hat vom Fleisch des Tieres gegessen, das ihr die großen Heilkräfte verleiht. Und bald wird es auch dir bessergehen!«

Die Frauen, die Lonit begleiteten, tauschten vielsagende Blicke aus. Sie trugen das Gewicht der Frau auf der breiten Bisonfellmatratze.

»Sondahr hat Navahk dazu herausgefordert, dich zu heilen«, sagte Wallah zu ihr.

Oga seufzte und klopfte Aliga auf die Schulter. »Stell dir nur vor! Die meisten Zauberer würden sich nie dazu herablassen, eine Frau auch nur zu berühren. Doch Navahk wird Aliga berühren und für sie singen, zaubern und tanzen! Ach, ich wünschte mir fast, ich wäre auch krank, damit Navahk mich behandeln könnte!«

»*Navahk?* Er will *mich* heilen?« In Aligas Augen kam plötzlich wieder Leben. »Dann bin ich bereits geheilt, denn seine Macht ist die größte von allen!«

»Er ist nur ein Mann«, sagte Lonit ruhig.

»Er ist ein großer Zauberer«, erwiderte Oga.

»Seit er die Haut des Wanawut trägt, hat er große Macht«, sagte Wallah nachdenklich, als würde sie überlegen, ob sie noch mehr sagen durfte.

»Er ist der hübscheste Mann der ganzen Welt«, seufzte Aliga, ohne ihre Bewunderung zu verbergen. »Wenn Navahk sagt, daß er mich heilen kann, dann ist es auch so. Ich weiß es. Ich spüre es.«

Es war sehr kalt geworden, als man Aliga schließlich auf ein erhöhtes Bett aus Fellen über Mammutzähnen legte. Die Frauen warfen neues Moos, Gras, Flechten, Soden, Knochen und Dung in das große Lagerfeuer in dem Ring aus Steinen, die die Wärme speicherten und sie wieder abstrahlen sollten, wenn das Feuer längst erloschen war.

Doch jetzt brannten die Flammen hoch.

Navahk stand am Rand der Versammlung mit erhobenem Kopf und über der Brust verschränkten Armen, während die Haut des Wanawut sich leicht im Wind bewegte, als besäße sie noch ein eigenes Leben. Aus der Dunkelheit hinter ihm schlich sich der blutüberströmte Het heran, so daß ihn niemand bemerkte. Er flüsterte etwas, worauf sich Navahks Kopf ein Stück hob, aber sonst zeigte er keine Regung. Ein kleines, in Innereien eingehülltes Paket wurde ihm von dem Jäger übergeben. Dann verschwand Het wieder in der Dunkelheit, als wäre er niemals dagewesen.

Torka hatte das beklemmende Gefühl, in einem Alptraum gefangen zu sein, der ihn drei Jahre zurück in die Vergangenheit geworfen hatte, als er in Supnahs Stamm schon einmal Navahk vor dem Feuer hatte tanzen sehen.

Der einzige Unterschied waren die Haut, die der Zauberer auf dem Rücken trug, das Federhalsband, das einmal Supnah gehört hatte, und der mumifizierte Schädel, der auf seinem Kopf schwankte, als er in immer kleineren Kreisen um das Bett der kranken Frau herumtanzte.

»Am Anfang, als das Land noch ein Land war, als die Menschen noch ein Stamm waren . . .«

Die Worte und die monotone Melodie waren dieselben wie damals, als der kalte Wind immer heftiger durch die Lücken des Knochenzauns fuhr und die Flammen des Gemeinschaftsfeuers anfachte.

»Bevor Vater Himmel die Dunkelheit machte, die die Sonne verschlang, bevor Mutter Erde die Eisgeister gebar, die die Berge bedeckten, wurde der Wanawut geboren, um die Kinder des ersten Mannes und der ersten Frau zu jagen. Er verfolgte sie, wie wir heute die großen Herden verfolgen, und lebte von Menschenfleisch, wie die Menschen vom Fleisch und Blut des Mammuts, des Karibus und des Bisons leben. Nur zu diesem Zweck wurde der Wanawut geboren, um die Menschen zu lehren, was Furcht ist.« Er verstummte und warf die Arme hoch, während die Arme des Wanawut wie ein zweites Armpaar des Zauberers aussahen, das sich ebenfalls in Anbetung der Nacht erhoben hatte. »Aber ich, Navahk, habe sein Herz gegessen und sein Blut getrunken. Ich, Navahk, habe den Wanawut getötet! Seht . . .! Ich trage seine Haut und kenne weder Furcht vor Menschen noch vor Geistern. Und so rufe ich Vater Himmel und Mutter Erde an, diesem Tanz zuzuschauen und dem Gesang des Geisterjägers zuzuhören, der allein würdig ist, sie zu bitten, daß sie das Kind dieser Frau namens Aliga zur Welt bringen!«

Torka saß kerzengerade und reglos in seinem Mantel aus dem braunen Löwenfell mit der schwarzen Mähne. Sein Gesicht war ausdruckslos, aber sein Herz klopfte. Dieser Mann war ein Zauberer, und er verstand es, die Menschen zu bezaubern! Die Menschen saßen gebannt um ihn herum, während er die Flammen umtanzte, die wie auf seinen Befehl hochzüngelten.

Torka sah die Zauberin an. Sie saß reglos, zurückhaltend und ruhig mit anmutig verschränkten Händen da. Sein Blick wanderte zu Karana, der starr wie eine Statue aus Stein war. Nur seine Augen bewegten sich voller Haß und entdeckten nur Häßliches, wo die anderen Schönes sahen.

Der Feuerschein machte Navahk rot und schwarz, während er in der Haut des Wanawut tanzte. Ein Mann zweier Welten oder vielleicht nur ein Zwischending: halb Mensch und halb Tier, halb schön und halb häßlich, halb Licht und halb Schatten . . .

Torka beugte sich vor. Der Mann war in den Augen der Menschen zum Wanawut geworden, indem er all das verkörperte, vor dem sie sich fürchteten. Es war, als ob der wilde, drohende Wanawut selbst vor ihnen stand, der unangefochtene Herrscher der Nacht. Er tanzte mit der Anmut eines Falken, dessen Flügel im Wind ausgebreitet waren und dann herabfuhr, um sich auf die Beute zu stürzen. Er sang den wilden, wortlosen Gesang der Wölfe, der wilden Hunde und der Hengste, die die Stuten über die Weite der Sommertundra trieben. Er rannte, bäumte sich auf und sprang. Dann hockte er sich nieder, wiegte sich auf den Fersen, heulte und fauchte und war nicht länger Fleisch, sondern Geist. Er war das Wesen, dessen Haut er trug. Er war der Wanawut. Er war die Furcht.

Torka war gefesselt, aber nicht betört, als Navahk vor ihm stehenblieb und den Zeremonienstab mit den Bändern hob, mit dem er getanzt hatte. Das war ebenfalls ein Ding aus seiner Erinnerung an die Nacht in Supnahs Lager. Wie damals hob Navahk den im Feuer gehärteten Schenkelknochen eines Kamels, auf dem der glänzende, gehörnte Schädel einer Antilope befestigt war. Dann schüttelte er den Stab heftig, so daß die Krallen und Schnäbel, die auf die flatternden Hautstreifen aufgenäht waren, klapperten.

»Hat Torka keine Furcht vor dem Wanawut, den er in der Hülle Navahks vor sich tanzen sieht?«

Torka rührte sich nicht. Die Frage war ebenso wie der Tanz und der Gesang ein Stück aus der Vergangenheit. Und so gab er dieselbe Antwort wie damals. »Torka ist vorsichtig mit allem, das er nicht versteht.«

Der Zauberer funkelte ihn gierig an. »Aber nicht vorsichtig genug.« Er hatte die Worte geflüstert und lächelte nun unter dem Schädel des Wanawut, wobei er seine weißen, zugespitzten Zähne zeigte wie ein Tier, das einem anderen seine Angriffsbereitschaft signalisiert. Dann sprang er unvermittelt auf und begann wieder zu tanzen und zu singen. Doch diesmal waren es keine Worte, sondern der Gesang des Wanawut. Nachdem er dreimal das Feuer umkreist hatte, blieb er vor Aligas Bett stehen und fuhr mit ausgestreckten Armen auf sie herab.

Sie schrie auf.

Als er sich wieder aufrichtete und seine Arme hochriß, hielt er eine bluttriefende Masse in den Händen. Allen Anwesenden stockte der Atem − nur Torka, Karana und Sondahr blieben ungerührt. Mehrere Kinder begannen zu weinen, und Sommermond vergrub ihr Gesicht in Lonits Schoß.

In vorgetäuschter Trance wirbelte Navahk herum und taumelte von der entgeistert starrenden Aliga fort, während das Blut aus der Masse in seinen erhobenen Händen tropfte. »Seht den Geist, der für Aligas Schmerzen verantwortlich war!«

Aliga weinte vor Freude und schlug die Hände vor das Gesicht. »Ich bin geheilt!« rief sie. »Ich bin endlich wieder gesund und ohne Schmerzen! Bald wird mein Baby geboren werden und...«

»Nein!« unterbrach Navahk sie mit einem lauten Schrei. Erneut machte er einen Satz, so daß er genau vor Lorak auf die Füße kam, der ebenso wie die anderen Zauberer ehrfurchtsvoll mit offenem Mund dasaß.

Keiner von ihnen hatte je eine so beeindruckende Zaubervorführung gesehen wie die Navahks, des Geisterjägers. Unter dem Schädel der Bestie glänzte sein Gesicht vor Schweiß. Sein Blick schien sie durchbohren zu wollen, bis sie schließlich ihre Augen abwandten, damit er ihnen auf diese Weise nicht die Seele aussaugte.

Sein Lächeln vertiefte sich, so daß seine Zähne aufblitzten. »Kein Baby wird aus dieser Frau kommen... nicht solange Torka in diesem Lager geduldet wird... nicht solange der Junge Karana weiterhin die Geister beleidigt.« Ein Lachen bildete sich am Grund seiner Kehle, doch er hielt es zurück und warf den Kopf hoch, worauf er wie ein Tier heulte.

Von jenseits der Knochenwand, von irgendwo aus dem Grasland am nahen Seeufer antwortete ihm ein fürchterlicher Schrei. Er klang wie das hohe Kreischen einer Frau in den Wehen, aber keine Frau hatte jemals so geschrien, denn es war der Schrei einer Bestie . . . eines Wanawut.

Für einen Augenblick erstarrte Navahk. Torka spürte Karanas Hand auf seinem Unterarm. Der Junge hatte ebenfalls bemerkt, daß der Zauberer Angst hatte.

Aber nur für einen kurzen Moment. Dann warf er schnell wieder die Arme hoch. »Habt ihr es gehört? Der Wanawut antwortet dem Ruf dieses Mannes! Er ist nah! Er kommt auf meinen Befehl! Er hat großen Hunger. Er frißt mir aus der Hand. Er wird die Menschen dieses Lagers fressen, wenn Torka und Karana nicht dieses Lager verlassen — allein.«

»Nein!« Diesmal kam der Schrei von Sondahr. Sie war aufgesprungen und stand über der verblüfften Pomm. »Deine Listen und Täuschungen haben diese Frau nicht in die Irre geführt!«

»Listen und Täuschungen!« Er warf ihr die blutige Fleischmasse vor die Füße. »Hier ist der Beweis! Wo ist deiner, Frau? Ich habe den Schmerz aus Aligas Körper vertrieben und ihn mit meinen Händen herausgerissen! Was hast du für sie getan? Was hast du überhaupt in diesem Lager getan außer die Mammuts fernzuhalten? Es ist Sondahr, die mit Listen und Täuschungen arbeitet und einen Jungen in ihre Schlaffelle gelockt hat, der bisher über jedes Lager Unglück gebracht hat, das so dumm war, ihn aufzunehmen!«

Torka stand auf. Der Wind war kalt, aber die Nacht erschien ihm heiß. Das Licht, das im Auge eines Mannes brennt, wenn der Tod nah ist, blendete ihn. Er wollte gerade zum Sprechen ansetzen, als hinter der Knochenwand erneut der Schrei des Wanawut die Nacht durchdrang. Neben ihm war Karana ebenfalls aufgesprungen, auf den Navahk nun mit seinem verzierten Stab zeigte.

»Wenn sich der Himmel klären soll und die Mammuts auch in zukünftigen Generationen zu den Menschen der Großen Ver-

329

sammlung kommen sollen, müssen Karana und Torka dieses Lager verlassen. Wenn sie es nicht tun, müssen sie vertrieben werden. Der Wanawut ruft nach ihrem Fleisch. Er ist Navahks Stamm über lange Zeit gefolgt, weil er gewußt hat, daß dieser Mann ihn zu ihnen führen würde.«

Torka zitterte vor unterdrückter Wut. Seine rechte Hand zuckte und wollte instinktiv nach einem Speer greifen. »Bei den Mächten der Schöpfung, Navahk, ich werde mir das nicht länger anhören!«

»Nein, das wirst du auch nicht. Het, Mon und Stam, packt ihn!«

Als Torka in seinem Rücken eine Bewegung spürte, fuhr er herum und ließ die Männer mit einem wild entschlossenen Blick zurückweichen.

»Stam ist tot. Er kann den Befehlen von Navahk nicht mehr gehorchen!« Hets Nachricht ließ die Versammlung verstummen. Dann kam er aus den Schatten hervor und bahnte sich in seiner zerrissenen und blutigen Kleidung einen Weg durch die Menge, bis er vor Navahk stand. »Torka und Karana sind schuld, daß Stams Kehle durch einen nicht herausgeforderten Angriff zerfetzt wurde! Der Hund, der gewöhnlich an der Seite des Löwenbezwingers geht, hat ihm die Kehle herausgerissen. Ich, Het, konnte Stam nicht retten, aber dieser Mann hat mutig die Hunde getötet, als sie sich von ihren Leinen losrissen, um mich anzugreifen.«

»Lügner!« schrie Karana auf.

Torka war ebenso verblüfft wie der Junge. Die Hunde tot? Alle? Auch Aar? Das konnte nicht sein!

Het starrte den Zauberer nervös an und schluckte hörbar, als er sich durch ein Lächeln des Zauberers ermutigt fühlte. »Hat Navahk nicht gesagt, daß es schlecht ist, wenn Menschen und Tiere zusammenleben? Hat Navahk nicht gesagt, daß es schlecht ist, wenn der Mann mit den Hunden und der Löwenbezwinger in diesem Lager bleiben? Ja? Es war doch ihre Anwesenheit, die die Mammuts ferngehalten hat. Und in dieser Nacht wurde Stam getötet, weil die Geister allen Menschen, die im Schatten des Mannes mit den Hunden leben, nicht wohlgesonnen sind.«

Torka wurde wütend. »Ich werde dir einen Schatten geben, in dem du leben kannst!« Er wäre dem Mann im nächsten Augenblick an die Kehle gesprungen, wenn er nicht plötzlich von Mon und einem anderen Mann von hinten gepackt worden wäre.

»Laßt ihn los!« Karana wollte ihm zu Hilfe kommen, doch er wurde ebenfalls gepackt. Er versuchte sich knurrend aus dem Griff zu entwinden und starrte Het mit wütender Verachtung an. »Diese magere Wühlmaus hätte niemals meine Brüder töten können!«

»Brüder?« fragte Navahk mit unverhohlenem Spott. »Seht ihr? Der Junge hat selbst bestätigt, daß er mit Hunden zusammenlebt, mit wilden Tieren, die er auch noch als Verwandte bezeichnet. Wie konnte Lorak jemals solchen Menschen den Zutritt zur Großen Versammlung gestatten? Navahk sagt jetzt zu Lorak, daß Tiere nur mit Tieren zusammenleben dürfen und niemals mit Menschen! Verstoßt Karana und Torka aus diesem Lager! Ihre Anwesenheit beleidigt die Geister. Vater Himmel und Mutter Erde werden diesem Lager erst wieder freundlich gestimmt sein, wenn sie nicht mehr unter uns leben!«

Torka wand sich im Griff der Männer, die ihn festhielten, während Lonit auf der Frauenseite des Feuers aufsprang. Sie schien noch nie so mutig, schön und herausfordernd gewesen zu sein. »Navahk ist ein Lügner! Er ist es, der Torka und Karana aus diesem Lager vertreiben will, und nicht die Geister! Er hat schon immer ihren Tod gewollt. Er . . .«

»Still, Frau!« Navahks Befehl durchschnitt die Nacht wie ein Messer.

»Diese Frau wird nicht still sein! Diese Frau wird . . .«

Sie verstummte abrupt, als Oga einen Schritt vortrat und sie so heftig schlug, daß sie fast zu Boden gegangen wäre. Ogas lange und kaum verhüllte Eifersucht auf Lonit verzerrte plötzlich ihr haßerfülltes Gesicht. »Keine Frau darf so zu einem Zauberer reden! Viele Frauen in diesem Lager werden froh sein, wenn Lonit mit Torka und Karana verschwindet! Dieses Lager muß den Stamm mit den Hunden loswerden!«

Torka wurde fast blind vor Wut, als er sich vergeblich von

331

denen zu befreien versuchte, die ihn festhielten. Ein Knie wurde ihm in den Unterleib gerammt, während Karana sich neben ihm gegen die Männer stemmte, die ihm die Arme auf den Rücken gebogen hatten.

»Und wir werden froh sein, uns endlich von den Narren, die in diesem Lager wohnen, zu befreien!« gab der Junge zurück.

Sondahr sprach mit tiefer und drohender Stimme. »Nimm dich in acht vor dem, was du im Namen der Mächte der Schöpfung tust, Navahk. Vater Himmel und Mutter Erde könnten zuhören, und vielleicht gefällt ihnen nicht, was du in ihrem Namen tust.«

Torka sah, wie Navahks Augen sich in kaltem Haß verengten. Dann wanderte der Blick des Zauberers langsam von Sondahr über Lonit zu Torka. Sein Lächeln wurde so breit, hintersinnig und boshaft, daß Torka ahnte, was seine nächsten Worte sein würden.

Navahk schüttelte langsam den Kopf. »Ich bin Navahk, der Geisterjäger. Ich trage die Haut des Wanawut und beseitige das Fleisch des Schmerzes für die, die an mich glauben. In meinen Träumen verlasse ich die Welt der Menschen, um vom Wind in die Welt der Geister getragen zu werden. Mutter Erde und Vater Himmel sprechen durch meinen Mund, und so spreche ich, Navahk, furchtlos in ihrem Namen: Torka und Karana müssen dieses Lager verlassen. Doch die Frau von Torka gehört Navahk! Seit Anbeginn der Zeiten hat ihre Seele diesem Mann gehört. Torka hat sie mir geraubt.«

Torka war so wütend, daß er keine Worte mehr fand. Er stürzte sich mit solcher Kraft auf Navahk, daß er sich aus dem Griff der Männer befreite. Er stürmte über den freien Platz um das Feuer und wäre dem Zauberer an die Kehle gesprungen, wenn sich nicht mehrere Männer auf ihn gestürzt und ihn zu Fall gebracht hätten. Er stolperte ins Feuer und rollte sich verzweifelt herum, um der Hitze zu entkommen und die Flammen zu ersticken. Gleichzeitig mußte er sich gegen die Männer wehren, die mit ihm rangen, bis das stumpfe Ende eines Speers gegen seine Augenbraue schlug und es finster um ihn wurde.

»Torka!« schrie Lonit den Namen ihres geliebten Mannes. Sie nahm Sommermond auf den Arm und lief los, nachdem sie Iana gesagt hatte, sie solle mit dem Baby folgen. Lorak schlug jetzt wieder wild seine Trommel. Sie blickte in Richtung des alten Zauberers, konnte aber weder ihn noch Sondahr oder einen der anderen Zauberer sehen. Die Frauen hatten sich um sie versammelt, um sie zu beschimpfen und sie mit unverhohlener Feindseligkeit herumzustoßen, während sie ihnen zu entkommen versuchte. Sommermond begann vor Angst zu schreien. Lonit war verwirrt und wütend, als sie sich begreiflich zu machen versuchte, wodurch sie die Frauen in solche Wut versetzt hatte. Noch vor wenigen Augenblicken hatten die meisten sie angelächelt und sie als ihre Freundin bezeichnet.

Doch das war gewesen, bevor Navahk sie für sich in Anspruch genommen hatte. *Navahk!* So viele begehrten ihn. Selbst in der widerlichen Haut des Wanawut war er hübscher als je zuvor, doch es gab keinen Zweifel, daß sie jetzt nur noch Haß auf ihn empfand. Die Männer sangen wieder, angespornt durch Navahks Forderung, Torka und Karana aus dem Lager zu vertreiben. Ganz gleich, was er sagte, sie würde auf keinen Fall hierbleiben. Er sollte nur versuchen, sie davon abzuhalten, mit Torka zu gehen!

Doch Torka und Karana wurden von vielen Männern umringt, so daß sie sie nicht erkennen konnte. Allmählich geriet sie in Panik. Jemand hatte Aliga durch die Menge weggebracht, und sie konnte weder Iana noch Demmi sehen, als sie sich nach ihnen umschaute.

Oga stand hinter ihr. Ihr Gesicht war genauso von boshaftem Grinsen und haßerfüllten Blicken verzerrt wie das der anderen. Plötzlich wurde sie von Naiapi durch einen heftigen Stoß gegen die Schulter aufgehalten.

Eifersucht und Zorn standen deutlich im Gesicht der Frau. »Navahk hat mir aufgetragen, dich zu seiner Hütte auf dem Hügel der Träume zu bringen.«

»Geh du doch!« zischte Lonit verbittert, während ihre Schulter noch von dem Faustschlag schmerzte. »Du hast ihn doch schon immer gewollt, selbst als Supnah noch lebte!«

Naiapis Gesichtszüge versteinerten, und sie hob den Kopf. Dann wurde Lonit durch einen Stoß von Oga abgelenkt, so daß sie nicht mehr rechtzeitig ausweichen konnte, als Naiapi ihr nun ins Gesicht schlug. »Wenn es nach mir gegangen wäre, wärst du heute in einem Zustand, in dem dich kein Mann mehr begehren würde!«

Der Schlag hatte Lonit aus dem Gleichgewicht gebracht. Ihr Gesicht brannte, und in ihren Ohren rauschte es, als die Frauen begeistert Naiapis Worten zustimmten. Sie wurde wieder von hinten angerempelt, so daß sie fast zu Boden ging. Sommermond schluchzte und heulte in ihren Armen, während ihr das Blut aus der Nase lief.

Dann kam ihr Wallah zu Hilfe, die ihre ängstliche Tochter Mahnie an der Hand hielt.

»Laßt sie zufrieden! Seht ihr nicht, daß ihr das Kind erschreckt?«

Lonit hätte ihr gerne gedankt, aber Wallah wurde sofort niedergeschrien und weggestoßen.

»Was kümmert uns die Tochter des Mannes mit den Hunden? Sie bringt uns genauso viel Unglück wie ihre Eltern. Wir sollten uns alle einen großen Gefallen tun und ihr den Schädel einschlagen!« fauchte Oga und packte die Kleine, die sich kreischend um Lonits Hals klammerte.

Lonit schrie schockiert auf, als Oga und Naiapi ihr das Kind aus den Händen rissen. Sie schaffte es, Oga einen kräftigen Tritt in den Bauch zu versetzen und ihre Fingernägel tief in Naiapis Wange zu vergraben. Sie riß ihr eine blutige Wunde, worauf die Frau vor Schmerz aufschrie. Naiapi und Oga rächten sich, indem sie Lonit so heftig gegen das Schienbein traten, daß sie fast ohnmächtig wurde. Sie sah nicht mehr, wie Wallah mutig über Oga herfiel und ihr das kleine Kind aus den Armen riß, und sie hörte auch nicht mehr, wie Mahnie verzweifelt aufschrie, als die Frauen Wallah aus dem Weg stießen, um über Lonit herzufallen und sie brutal zu treten. Lonit rollte sich schutzsuchend zusammen und legte die Arme über ihren Kopf. Sie fragte sich, warum Sondahr ihr nicht zu Hilfe kam. Sie wollte schreien und ihre Peiniger verfluchen, aber sie konnte

334

kaum atmen. Immer wieder spürte sie die Fußtritte der Frauen in ihrem Rücken, an ihren Armen und Beinen.

»Halt! Er wird zornig sein, wenn wir sie töten.« Es war Ogas Stimme, die sich nur mühsam dieser Einsicht beugte. »Nicht, Naiapi! Wenn du ihr Gesicht ruinierst, wird er sich mit allen Mächten der Schöpfung an uns rächen!«

Die Fußtritte hörten auf.

Lonit fühlte, wie sie aufgehoben und weggetragen wurde. Sie hörte noch, wie Wallah im Lärm des Lagers nach Mahnie rief.

Und dann hörte und fühlte sie gar nichts mehr.

6

Als Torka benommen erwachte, war er überall von wütend rufenden Männern umgeben, die ihn über die Tundra zerrten und Fackeln hielten, um den Weg zu beleuchten.

Er hatte Mühe, sich zurechtzufinden. Dann hörte er Karana fluchen und sah durch den roten Nebel vor seinen Augen, wie der Junge mit blutiger Stirn, gefletschten Zähnen und auf dem Rücken verbundenen Armen vorangetrieben wurde.

»Was...?« Er verstummte, denn sein Mund schmerzte so heftig, daß er nach seinen Lippen fühlen wollte. Dabei stellte er fest, daß auch seine Hände auf dem Rücken gefesselt waren. Er fuhr sich mit der Zunge über die aufgerissenen und geschwollenen Lippen, die nach Blut schmeckten.

Jemand versetzte ihm einen Stoß von hinten, so daß er fast hingefallen wäre, aber kräftige Hände hielten ihn fest und schubsten ihn weiter. Als er zögerte, packte ihn jemand am rechten Handgelenk und riß es hoch, wobei ihm fast der Arm ausgekugelt wurde.

Keuchend stolperte er weiter. Obwohl die Fackeln den Weg erleuchteten, konnte er nicht erkennen, wohin sie ihn trieben. Der Atem brannte ihm in den Lungen. Als er aufblickte, sah er die Fackeln im Rhythmus der Schritte auf und ab hüpfen. Sie waren in aller Eile aus Beinknochen von Bisons hergestellt worden, die man mit ölgetränktem Gras und Moos umwickelt hatte. Sie stanken und gaben ein heißes und zitterndes Licht von sich. Der Wind zerrte daran und ließ Funken über die Männer und über Torka regnen, die seine Haut versengten. Als er die Funken abzuschütteln versuchte, explodierte in seinen Augen ein heftiger Schmerz, der ihn fast ohnmächtig werden ließ.

Immer noch benommen, verwirrt und voller Schmerzen wurde er mit Schlägen weitergetrieben. Dann sah er kurz Zinkhs Gesicht unter den Männern links von ihm. Der kleine Mann wirkte verzweifelt. Simu und Cheanah liefen hinter ihm. Torka sah sie mit einem flehenden Blick an, den sie grimmig und wütend erwiderten. Er wußte nicht, ob er oder seine Peiniger damit gemeint waren, aber keiner versuchte, ihm zu Hilfe zu kommen. Dann waren sie wieder in der Menge verschwunden. Allmählich geriet er in Panik, als er sich wieder an das Lagerfeuer und Navahks Worte erinnerte.

Der Wanawut wird die Menschen dieses Lagers fressen, solange Torka und Karana noch hier sind. Sie müssen verschwinden. Doch Torkas Frau gehört Navahk!

»Lonit!« schrie er. Der Gedanke an sie und seine Kinder brachte sein Blut zum Kochen. Wieder setzte er sich heftig gegen die Männer zur Wehr und hörte die verblüfften Schmerzschreie derjenigen, die seinem Zorn im Weg standen. Doch wieder brachte ihn der Schlag eines Speerschafts auf die Wirbelsäule zu Fall.

»Es hat keinen Zweck, sich zu wehren«, höhnte einer der Männer, die ihn unter den Armen gepackt hatten, und schlug ihm ins Gesicht. »Wir werden dir heimzahlen, was deine Hunde uns angetan haben. Der Zauberer hatte recht. Du und dein Sohn, ihr bringt uns nur Unglück. Wir hätten es von Anfang an wissen müssen.«

Torka kannte den Mann kaum, er konnte sich nicht an seinen Namen oder seinen Stamm erinnern. Aber er war einer von denen gewesen, die mit ihm auf Bisonjagd gegangen waren. Dieser Mann hatte die Gefahren mit ihm geteilt, und Torka hatte ihn für einen Freund gehalten.

Auch Karana versuchte vergeblich, sich aus dem Griff der Männer zu befreien. Der Junge erstickte fast an seiner eigenen Wut. »Die Hunde haben nichts getan außer Stam an die Kehle zu gehen. Er muß sie mit vergiftetem Fleisch gefüttert haben! Ich habe die Hunde im Licht der Fackeln gesehen. Sie waren aufgedunsen und tot. Mindestens einer von ihnen wurde ausgeweidet. Und Aar, unser Bruder, ebenfalls! Navahk wollte vermutlich...« Einer der Männer rammte ihm seine Faust ins Gesicht. Sein Kopf fiel für einen Augenblick nach vorn, während er mit blutender Nase weitergezerrt wurde.

Torkas Verzweiflung schmerzte ihn schlimmer als der Schlag mit dem Speer. Er konnte Karana nicht helfen. Er konnte auch Lonit oder sich selbst nicht helfen. Er hatte das Gefühl, von einem reißenden Schmelzfluß davongetragen zu werden. Aar war tot? Das konnte nicht sein! Aber Karana hatte es gesagt. Dieser Gedanke erschütterte ihn. Seine Schritte wurden langsamer, als sein Kopf wieder schmerzte. Er war sicher, jeden Augenblick ohnmächtig zu werden.

Wieder traf ihn das stumpfe Ende eines Speeres im Rücken.

»Beeil dich! Wir wollen wieder im Lager sein, bevor die Fackeln abgebrannt sind!«

Erneut stieß ihn jemand von hinten an, und für eine unbestimmbare Zeitspanne durchlebte er wieder einen besinnungslosen Alptraum aus Feuer, Schmerz und Blut.

Der Hund winselte leise. Die anderen waren still — einer war ausgeweidet worden, und die anderen lagen noch in der verrenkten Haltung ihres Todeskampfes da.

Mahnie kroch in der kalten Nacht von einem Hund zum nächsten. Sie berührte jeden, um vielleicht noch ein leises Anzeichen von Herzschlag zu spüren. Doch nur der große Hund Aar war noch am Leben.

Mahnie hockte sich vor ihn hin. Er sah jetzt gar nicht mehr groß aus. Die einzige sichtbare Wunde war ein blutiger Riß hinter seinem rechten Ohr, wo jemand ihm einen Schlag versetzt hatte. Doch der Schlag hatte ihn nur verletzt und betäubt, statt ihn zu töten. Der Hund sah so schwach, benommen und voller Schmerzen aus ... genauso wie Karana und Torka, nachdem sie aus dem Lager geprügelt worden waren.

Ihr Herz klopfte. Sie fühlte sich so hilflos und wütend, daß sie nicht auf Wallah hörte, die nach ihr rief. Sie war mit Pomm und den anderen Frauen zu Sondahrs Hütte unterwegs, wohin die Zauberin sich zurückgezogen hatte, als sie sich plötzlich krank gefühlt hatte. Statt dessen war Mahnie Grek und den anderen Männern und Jungen gefolgt. Im Schutz der Dunkelheit hatte sie beobachtet, wie Torka und Karana unter lauten Rufen, Flüchen und Gelächter davongetrieben wurden. Ja, einige hatten tatsächlich gelacht! Noch vor Stunden hatten sie sich als Freunde von Torka und Karana bezeichnet. Jetzt verhielten sie sich wie Wölfe oder wilde Hunde, die über diejenigen herfielen, die der Anführer des Rudels ausgestoßen hatte.

Als sie sich durch das Tor im Knochenzaun drängten, hatte Grek sie entdeckt und ihr befohlen zurückzubleiben. Sie hatte keine Wahl, als ihm zu gehorchen, worauf sie schluchzend Karanas Schicksal beklagte — das ihren Traum beendete, eines Tages seine Frau zu werden — und zu den Hunden zurückgelaufen war, in der schwachen Hoffnung, vielleicht noch einen lebend anzutreffen. Diese Hunde waren Karanas Brüder! Besonders das große Tier mit dem schwarzen Fell um die blauen Augen, das sein Gesicht wie eine Maske aussehen ließ. Sie kniete neben Aar, der in Stößen atmete, und seufzte verzweifelt. Dann stand sie auf, um sich die Leinen anzusehen. Alle waren durchschnitten. Schwester Hund hatte sich mit letzter Kraft zu ihrem Gefährten geschleppt, um an seiner Seite zu sterben. Als ihr ein Verdacht kam, beugte sie sich über den Hund, der geschlachtet worden war, und fand ihn bestätigt. Das Herz fehlte! War sein Herz vielleicht die blutige Masse gewesen, die Navahk vor Sondahrs Füße geworfen hatte? War nicht auch vor Jahren, als Navahk die arme alte Hetchem von ihrem Schmerz befreit hatte, kurz darauf ein Welpe vermißt worden? Mahnie erbleichte, als sie erkannte, daß jedesmal, wenn Navahk dieses Ritual durchgeführt hatte, frisches Fleisch verfügbar gewesen war.

Ja, genauso wie heute nacht! Es war ein Trick und kein Zauber! Ein Trick, der auf Navahks Befehl mit Hilfe von Stam und Het auf Kosten von Karanas Hunden ausgeführt worden war. Sie hatten die Hunde vergiftet, einen ausgeweidet und Navahk das Herz gebracht. Die übrigen wurden getötet, so daß sie anschließend behaupten konnten, sie wären angegriffen worden. Doch die Hunde hatten nicht mitgespielt und Stam getötet. Schließlich hatte Stam durch seinen Tod Navahk sogar besser dienen können als im Leben.

Ihr war übel. Würde irgend jemand ihr glauben?

Sondahr! Ja, die Zauberin würde ihr zuhören. Sie hatte Navahk vorgeworfen, mit List und Täuschung zu arbeiten. Aber sie war so plötzlich krank geworden. Außerdem war Naiapi jetzt bei ihr.

Der Hund bewegte sich unter ihren Händen, hob winselnd den Kopf und leckte ihre Finger, als wollte er ihr für den Trost danken. »Stam hätte dich nicht angreifen dürfen, Bruder Hund. Karana hat gesagt, daß du kein gewöhnliches Tier bist. Stam hätte darauf hören sollen. Er hat dein Rudel getötet und ist jetzt selbst tot. Morgen wird man seine Leiche aufbahren, so daß sie für immer in den Himmel blickt, und Mahnie ist froh darüber.«

In Sondahrs Hütte zerrieb Wallah getrocknete Weidenblätter zwischen ihren Handflächen. Sie ließ sie durch die Finger in die Schale rieseln, die sie zwischen ihren Knien hielt. Die Schale gehörte der Zauberin und bestand aus der ausgehöhlten Spitze eines Mammutstoßzahns. Die zerriebenen Blätter fielen in eine dampfende Brühe aus Wasser und Mammutblut. Das Blut sollte ihr die Kraft wiedergeben und die Weidenblätter ihren Schmerz lindern.

Aber dies war bereits die zweite Schale, und Sondahr ging es immer noch nicht besser. Der lähmende Schmerz, der sie so plötzlich zum Höhepunkt der Ereignisse am Lagerfeuer überkommen hatte, schien eher noch schlimmer geworden zu sein.

Wallah ärgerte sich, daß Pomm ihr befohlen hatte, mit den anderen Frauen auf den Hügel der Träume zu steigen und daß

Sondahr sich ausgerechnet sie ausgesucht hatte. Sie wollte nicht hier sein. Sie wußte, wie man harmlose Schmerzen behandelte, Wunden vernähte und das Fieber senkte — jede Frau, die eines Mannes würdig sein wollte, wußte es. Aber sie war keine Heilerin, denn in ihren Fähigkeiten war kein Zauber.

Das Innere der überfüllten Hütte war erstickend. Wallah fühlte sich gefangen, obwohl sie abseits von den anderen Frauen saß, die mit Gesängen die Geister anriefen, als sie die sorgfältig zubereitete Brühe in der Elfenbeinschale abkühlen ließ. Sie fragte sich, wo Mahnie, die einfach weggelaufen war, jetzt sein mochte. Alles in ihr drängte danach, ihre Tochter zu suchen, aber sie wäre sicherlich in große Schwierigkeiten geraten, wenn sie es gewagt hätte, den Männern zu folgen.

Doch als Sondahr ihr die Schale in die Hand gedrückt und sie gebeten hatte, die Brühe zuzubereiten, während Pomm mit den anderen Frauen die Schmerzgesänge anstimmen sollte, konnte Wallah ihre Bitte einfach nicht abschlagen. Sie hatte der Zauberin gesagt, daß sie keine Heilerin war, aber Sondahr wollte keine andere, obwohl Naiapi liebend gerne diese Aufgabe übernommen hätte.

»Hast du nicht schon genug für Sondahr getan, Naiapi, Frau von Grek?«

Obwohl der Raum nur von einer einzigen Öllampe beleuchtet wurde, hatte Wallah gesehen, wie Naiapi errötete. Und als sie stammelte, daß sie nicht wüßte, wovon Sondahr sprach, hatten sich ihre Gesichtszüge auf eine verdächtige Weise verzerrt.

Doch als sie jetzt die letzten Weidenblätter in die Brühe gegeben hatte, entdeckte Wallah ein zufriedenes Lächeln auf Naiapis Gesicht, während Sondahrs Schmerzen immer heftiger wurden. Greks erste Frau wünschte sich, sie könnte diese Nacht ungeschehen machen, so daß alles wieder beim alten wäre. Doch das Leben ging weiter, die Vergangenheit kam niemals zurück. Außerdem war die Brühe jetzt genug abgekühlt. Sondahr brauchte mehr davon.

Die Zauberin schrie vor Schmerzen auf. »Trink dies«, sagte Wallah beruhigend. »Es wird deinen Schmerz lindern.«

Die Zauberin setzte sich auf und griff nach Wallahs Händen, während sie gierig aus der Schale trank. Wallah half ihr, während sie voller Mitleid die Angst in ihren Augen sah und ihre vom Fieber feuchte Haut spürte.

Sondahr erzitterte und hielt Wallahs Hände immer noch fest, obwohl die Schale jetzt leer war. »Dieser Schmerz wird erst aufhören, wenn mein Leben aufgehört hat, denn ich bin dem Tod geweiht. Ist es nicht so, Naiapi?«

Wallah sah, wie das Lächeln von Naiapis Gesicht verschwand.

»Du hättest Navahk nicht herausfordern dürfen, Sondahr«, erwiderte Naiapi zornig und rachsüchtig. »Wenn du dem Tod geweiht bist, so ist es deine eigene Schuld. Du hast die Strafe eines Mannes herausgefordert, dessen Zauber mächtiger ist als deiner. Einst warst du seine Lehrerin und seine Liebhaberin. Doch jetzt liebt Navahk Naiapi. Er macht sich nichts mehr aus Sondahr. Bevor die Sonne aufgeht, hat Navahk dich gelehrt, daß niemand seine Macht übertrumpfen kann — weder du, noch Lorak und ganz bestimmt nicht Torka oder Karana. Sein Wille wird siegen, und deine Seele wird für immer vom Wind davongetragen werden, gemeinsam mit dem Stamm des Mannes mit den Hunden.«

Wallah war so erschrocken über Naiapis wie im Wahn aufgerissene Augen, daß sie Pomms sorgenvollen Seufzer nicht hörte.

Doch Pomms gezischter Tadel war nicht zu überhören: »Was mit Karana geschehen ist, ist einzig und allein Sondahrs Schuld! Er wollte dich und nicht Pomm, weil du deine dunklen Kräfte der Verzauberung eingesetzt hast. Wenn er und sein Stamm in diesem Lager in Ungnade gefallen sind, wenn sie zu Unglücksbringern wurden, wenn Karana stirbt, statt diese Frau glücklich zu machen, dann ist es Sondahrs Schuld, einzig und allein ihre Schuld!«

Obwohl der Raum durch die Körperwärme der versammelten Frauen aufgeheizt wurde, spürte Wallah einen kalten Schauer, als das Lächeln, das von Naiapis Gesicht verschwunden war, nun auf Sondahrs Lippen erschien. Die Augen der

Zauberin wandten sich zu Pomm. »Du allwissende Frau . . . wenn Sondahr nicht mehr ist, wenn du als Frau einsam auf dem Hügel der Träume wohnst, wem sollst du dann noch die Schuld für dein Versagen geben, wenn alle Stämme der Großen Versammlung sehen können, wozu du imstande bist und wozu nicht?« Ein weiterer Schmerzanfall erstickte ihre Worte. Ihr Körper versteifte sich, und ihre Hände klammerten sich so fest um Wallahs, daß auch sie vor Schmerz winselte.

»Geht!« zischte Sondahr zwischen zusammengebissenen Zähnen. »Ihr sollt alle gehen! Laßt mich mit der Frau Pomm allein, die sich anmaßt, sie könnte meinen Platz ausfüllen! Geht!«

Ohne die Schale loszulassen, stand Wallah auf und verließ zusammen mit den anderen schweigend die Hütte. Sie war die letzte. Als sie sich unter den Eingang bückte, stellte sie die Schale auf den Fußboden aus Mammutfellen ab, als gerade die aufgeregte Pomm vor Sondahr trat.

»Ich bin Pomm! Ich bin wirklich eine Zauberin! Meine Kräfte sind wirklich groß! Aber ich bin nur eine Frau, und vor der Macht Navahks könnte nicht einmal Mutter Erde . . .«

»Du bist jetzt das, was du immer behauptet hast. Du hast vor allem damit geprahlt, daß deine Macht größer als die von Sondahr ist, also mach jetzt keine Ausflüchte mehr, dicke Frau! Nimm deine Federn ab und heile mich . . . wenn du es kannst!«

Torka starrte in einen Himmel voller Schmerzen hinauf, der sich allmählich klärte. Eine Wand aus feindseligen Gesichtern, die rot und schwarz im Fackelschein waren, sah auf ihn herab. Er sah Grek, dessen verbittertes Gesicht nicht zu deuten war. Als sich ihre Blicke trafen, stieß der ältere Mann zischend seinen Atem durch die Zähne aus und wandte sich ab, um wieder von der Dunkelheit der bewölkten Nacht verschluckt zu werden. Irgendwo hörte Torka das Plätschern von Wasser und das Rauschen des Windes. Der Wind war eiskalt, aber als er zitterte, schossen sofort heiße Flammen aus Schmerz durch seinen Körper.

Lorak stand gebieterisch über ihm. Sein wettergegerbtes, raubvogelhaftes Gesicht verzog sich freudig, als er Torka mit seinem Stab anstieß und der jüngere Mann sich vor Schmerzen krümmte.

»Jetzt spricht Lorak diese Worte zu Torka!« rief er so laut, daß alle Anwesenden es hören konnten und beeindruckt sein würden. »Lorak sagt, daß du dieses Land verlassen sollst — du und Karana — um in das ferne und verbotene Land zurückzukehren, aus dem ihr gekommen seid. Kommt nie wieder in das Land der Mammutjäger, sonst werdet ihr sterben, wie eure Hunde gestorben sind — aber erst nachdem ihr auch den Tod eurer Frauen und Kinder gesehen habt!«

Torka schöpfte ein wenig Kraft aus einer bisher verborgenen Quelle und funkelte den alten Mann voller Verachtung an. »Lorak spricht, aber Torka hört nicht seine Stimme. Er hört nur ein schwaches Echo der Stimme Navahks. Wo ist der Geisterjäger? Ist er für eine Weile beiseitegetreten, damit Lorak seine letzte Illusion von Macht nicht ganz verliert?«

»Navahk ist bei Torkas Frau«, antwortete Lorak haßerfüllt. Er wußte, daß dies ein Stich war, der Torka mit Sicherheit schmerzen würde. »Aber sie ist doch jetzt Navahks Frau, nicht wahr? Und sie dürfte inzwischen bei ihm liegen. Im Licht von Navahks Feuer wird sie bald vergessen, daß sie jemals einen anderen Mann hatte.«

»Sie wird es nicht vergessen. Und Torka wird zurückkommen und sich Lonit holen ... und all seine Frauen und Kinder. Und wenn er das tut, sollte sich Navahk lieber in acht nehmen, denn Torka wird ihm die Kehle zerfleischen, wie Aar die Kehle Stams zerfleischt hat. Und wenn das getan ist und Navahks Seele seinen Körper verlassen hat, dann sollte sich auch Lorak in acht nehmen, denn solange Torka lebt, wirst du in deinen Schlaffellen nicht mehr sicher sein, alter Mann!«

Der Älteste holte weit aus und versetzte Torka einen kräftigen Fußtritt in den Bauch. Der zweite Tritt brach ihm zwei Rippen. »Dann wird dieser ›alte Mann‹ dafür sorgen, daß Torka nicht lange genug lebt, um seine Drohung wahrzumachen!« Das Versprechen war wie ein Fluch. »Die Mammutjäger werden schon

343

sehen, was der Mann mit den Hunden ohne seine Hunde tun wird, ohne seine Speere und seine fliegenden Stöcke. Er und sein Sohn sind bald ganz allein auf der Tundra, allein in der Nacht, allein im heraufziehenden Sturm und allein mit dem Wanawut — während ihre Hände fest hinter ihrem Rücken gefesselt sind!«

Mahnie wurde von Aars leisem Knurren geweckt. Benommen öffnete sie die Augen und stellte fest, daß sie mit den Armen um den Hund geschlafen hatte. Sein Fell war weich und warm an ihrem Gesicht.

Erschrocken sah sie auf. Es schneite und der Wind pfiff. In einiger Entfernung sah sie die Männer und Jungen in das Lager zurückkehren. Sie wurden von Lorak angeführt und gingen, als wären sie sehr erschöpft. Als sie das Lager durch den Knochenzaun betraten, löste sich ihre Formation auf, und sie verteilten sich auf ihre Lagerplätze. Während sie den Hund streichelte und ihm beruhigend ins Ohr flüsterte, wartete sie, bis sie alle verschwunden waren und sie wieder mit dem Hund in der Dunkelheit allein war. Plötzlich stand Grek neben ihr, zögerte aber, sich dem Tier zu nähern.

»Komm jetzt mit, Mädchen!« flüsterte er befehlend. »Nur die Mächte der Schöpfung wissen, warum die anderen dich nicht bemerkt haben. Komm schnell, bevor das Unglück des Mannes mit den Hunden auch dich ansteckt!«

»Sind er und Karana . . .« Sie wagte es nicht, ihre Frage zu Ende zu bringen, damit es nicht Wirklichkeit wurde, wenn sie von ihrem Tod sprach.

»Nein. Vielleicht überleben sie es sogar. Ich bin ein Stück hinter den anderen geblieben und habe mich in der Dunkelheit zurückgeschlichen, um ihnen die Fesseln zu durchschneiden und ihnen einen Speer, ein Messer und meinen Windmantel dazulassen.«

Sie riß die Augen auf. Hatte er wirklich etwas so Wunderbares getan? Ihr Vater, der immer so vorsichtig war? Ja, so mußte es sein, denn er trug seinen warmen Mantel nicht mehr.

»Beeil dich, bevor jemand Verdacht schöpft!«

Sie sprang auf, rannte ihm entgegen und hätte ihm die Arme um den Hals geschlungen, um ihn zu küssen, wenn er sie nicht zurückgewiesen hätte, gerade als die verzweifelte Wallah aus der Dunkelheit kam und erleichtert aufschrie, als sie ihre Tochter sah.

»Ich habe überall nach dir gesucht!« Sie war zu besorgt, um zu bemerken, daß ihr Mann ohne seinen Mantel war. »Ich hätte es wissen müssen!«

»Dafür haben wir jetzt keine Zeit!« brachte Grek sie zum Schweigen. Dann nahm er Mahnie an der Hand und zog sie mit zu seiner Feuerstelle.

Sie sträubte sich. Zum erstenmal spürte Mahnie, wie kalt der Wind geworden war. Schneekristalle stachen ihr in die Wangen, so daß sie mit Tränen in den Augen zu ihrem Vater aufsah. »Aber Karanas Bruder Aar lebt. Sie werden ihn töten, wenn sie ihn finden und . . .«

»Es ist nur ein Hund, Mädchen. Vergiß ihn!« Grek zerrte sie ungeduldig weiter.

Wallah ging neben ihr und beugte sich herab. »Böse Geister gehen in dieser Nacht um, Tochter! Der Wanawut ist ganz in der Nähe des Lagers; man konnte seinen Ruf deutlich hören! Und Sondahr hat furchtbare Schmerzen. Die Frau Pomm, die sich selbst als Heilerin bezeichnet, kann ihr nicht helfen. Auch die Zauberer konnten ihre Schmerzen nicht vertreiben. Man sagt, daß sie bei Tagesanbruch tot sein wird . . . Naiapi sagt, daß Navahk sie mit seinem Zauber bestraft hat, weil sie ihn herausgefordert hat. Und Navahk ist in seine Hütte zu Torkas Frau gegangen, während ihre kleinen Töchter weinen und niemand sie trösten kann!«

Durch einen Schleier aus formlosen Träumen und Schatten hindurch nahm Lonit allmählich Schmerz und Dunkelheit wahr und spürte eine süße, heiße Flüssigkeit ihre Kehle hinabrinnen. Als sie schluckte, drang das flüssige Feuer in sie ein und breitete sich wohltuend in ihrem Körper aus, wo es den Schmerz linderte. Seufzend ließ sie sich wieder in die Dunkelheit fallen.

Jemand hielt sie fest und beruhigte sie mit einem sanften Streicheln ... jemand ...

Torka! Ihre Augenlider flatterten. Schatten drangen in ihre Augen ein. Etwas Schwarzes vor einem noch tieferen Schwarz. Über ihr ragte ein finsteres Gewölbe auf wie ein Nachthimmel ohne Mond und Sterne. Es war das Innere einer Erdhütte. Sie spürte Gefahr. Aber da sie sie nicht genauer bestimmen konnte, schloß sie wieder die Augen und lag reglos auf den warmen Fellen, die sie wärmten und sie wieder in die angenehme Bewußtlosigkeit zurückziehen wollten.

Sie konnte jetzt den starken Wind hören. Er pfiff um die Ecken der Erdhütte wie ein gefährliches, lauerndes Tier. Dieses Tier war die Gefahr. Sie erzitterte. Selbst diese leichte Bewegung weckte die Schmerzen wieder, so daß sie leise stöhnte. Jemand flüsterte ihren Namen, und diese Stimme war die Stimme des Windes.

»Trink noch etwas! Das wird deine Schmerzen vertreiben!« drängte der Wind.

Eine Flasche wurde ihr an die Lippen gedrückt. Gierig trank sie von dem süßen, schmerztötenden Feuer. Es war so gut. Ihre Augenlider flatterten wieder, und sie sah einen Schatten neben sich in der Dunkelheit, der sich über sie beugte, sie streichelte und leise ihren Namen flüsterte. Es war der Schatten eines Mannes. Aber dieser Mann war nicht Torka.

»Navahk?« Mit der Erinnerung kam die Panik mit greller Intensität, die ihren Geist wieder in die Dunkelheit zurückwarf. Sie konnte diese grausame Wirklichkeit noch nicht ertragen ... noch nicht.

Sie zwang sich selbst in die Bewußtlosigkeit zurück. Sie floh vor dem Schmerz hinunter in die Tiefen ihres Selbst, tiefer und tiefer, durch die verschiedenen Schichten ihres Lebens. Doch auch dort war Schmerz, in ihren Kindertagen, in den brutalen Nächten unter den Händen ihres Vaters, in ihren Mädchenjahren voller Hoffnungslosigkeit und ständigem Mißbrauch, bis sie schließlich gemeinsam mit Torka und Umak über eine sturmgepeitschte Welt zog, im Kielwasser eines mörderischen Mammuts, das sie zur einzigen Frau der Welt gemacht hatte.

346

Sie lief über das weite, goldene Grasland und jagte an Torkas Seite, lachte mit ihm, liebte ihn und lebte mit ihm und ihren Kindern in ihrem Tal, lag nackt mit ihm unter dem wohlgesonnenen Auge der Sonne und den gewaltigen blauen Schatten der Wandernden Berge.

Lonit seufzte über diesen glücklichen Traum. In ihr breitete sich eine blaue Welt aus, die so warm und mild war, wie der Sommerhimmel über dem verbotenen Land. Ein genauso warmer und sanfter Wind blies feucht über ihr Gesicht, ihre Kehle hinunter, über ihre Brüste und ihren Bauch, bis er zwischen ihre schmerzenden und leicht geöffneten Schenkel fuhr. Sie seufzte erneut und entspannte sich in den Armen ihres Mannes und öffnete sich dem süßen und sanften Wind, der wie durch Zauber den Schmerz in Lust verwandelte. Er drang in sie ein, erforschte langsam ihre Tiefe, bis ihre Lenden Feuer fingen. Dann zog er sich wieder zurück, bis die Hände Torkas sie mit einer Art Salbe einzucremen begannen, die wie Feuer und Eis auf ihrer Haut war. Sie zitterte und zog die Hitze seines nackten Körpers näher zu sich heran.

»Torka...« Voller Begehren flüsterte sie seinen Namen. Als sie die Arme um seinen Hals schlang und sich ihm öffnete, schreckte sie sein Eindringen plötzlich aus ihren Träumen. Er stieß tief hinein und fügte ihr absichtlich Schmerz zu.

Schockiert öffnete sie die Augen. Sie fühlte sich heiß und benommen wie damals, als sie zuviel von Pomms Beerensaft getrunken hatte. Sie war verwirrt. Ihr ganzer Körper schmerzte von den Schlägen, als sie im Dunkel der Erdhütte, an der Schwelle zwischen Wachen und Träumen, erkannte, daß der Mann, der sich mit ihr vereinigt hatte, der sich mit den Händen über ihr abstützte, nicht Torka war.

»Vergiß ihn!« Navahks Stimme war die des warmen Windes, der sich über und in ihrem Körper bewegte. »Sprich nicht seinen Namen voller Verlangen, wenn du bei mir liegst. Ich habe dich gewollt, Lonit, über große Entfernungen, über viele Jahreszeiten hinweg, und es hat nicht viele Frauen gegeben, die Navahk gewollt hat. Wunderschöne Lonit, bewege dich jetzt für Navahk, wie ich es mir immer erträumt habe!«

Er gab ihr keine Gelegenheit zu einer Antwort. Er beugte sich herab und küßte sie, während er hungrig mit seiner Zunge zwischen ihre Lippen drang.

Der Kuß entfachte wieder das Feuer in ihren Lenden, aber sie hatte sich jetzt von ihren Träumen befreit. Sie biß ihm heftig auf die Zunge.

Er richtete sich auf und zog sich aus ihr zurück. Er hielt sich den Mund und lächelte, als er das Blut sah, als würde er den Schmerz genießen.

»Diese Frau ist Torkas Frau, für immer und ewig!« fuhr sie ihn an.

Sein Lächeln verbreitete sich über sein ganzes Gesicht. Selbst in der Dunkelheit konnte sie seine kleinen, weißen und zugespitzten Zähne erkennen. »Wir werden sehen«, verkündete er und beugte sich wieder über ihre Brüste.

Sie versuchte, sich von ihm zu befreien, aber dann rammte er sein bloßes, hartes Knie zwischen ihre Schenkel, so daß sie sie nicht schließen konnte, während seine Hände ihre Handgelenke umklammerten und sie an die Schlaffelle fesselte. Dann saugte er langsam an ihren Brustwarzen, worauf ihre Lenden wieder heiß wurden. Sie schluchzte und wurde wütend über den Verrat ihres eigenen Körpers. Seine Zunge hinterließ eine feuchtheiße Spur auf ihrem Bauch, als er hinunterglitt und damit in sie eindrang. Sie keuchte und versuchte verzweifelt, sich von ihm zu befreien, doch er war wirklich ein Zauberer. Er hatte ihren Widerstand gebrochen. Sie gab nach und öffnete sich ihm, als er sich über sie beugte, tief eindrang und sich mit langsamen regelmäßigen Stößen in ihr bewegte. Sie hörte ihn zischend durch die Zähne ausatmen, voller Lust und Triumph, als er ihre Veränderung bemerkte.

Sie haßte ihn — aber nicht mehr als sie ihn jetzt wollte.

Doch dann war von draußen der Schrei Sondahrs zu hören. Es war ein hoher, wilder Schrei wie der eines Tieres im Augenblick des Todes. Dann waren Worte zu verstehen, die Lonit tief erschütterten.

»Frau von Torka ... denk ... an ... mich ...«

Lonit wurde eiskalt.

348

Navahk erstarrte. Er hob seinen Kopf und lauschte abwartend. Sein Gesicht verzog sich voller Haß, und als der Schrei verklungen war, seufzte er vor Befriedigung und Freude. »Sondahr ist tot.«

»Nein«, sagte sie kalt zu Navahk. »Sondahr ist nicht tot. Ihr Geist wird für immer in dieser Frau weiterleben.«

»Das wird nicht für lange sein, wenn du nicht für mich tanzt.«

»Ich werde nicht für dich tanzen!«

»Das wirst du, oder ich werde mein Vergnügen an deinem Tod finden. Dann werden auch deine Kinder so sicher wie Torka sterben.«

»Ich bin seine Frau, für immer und ewig. Wenn er stirbt, wird mein Geist mit ihm sterben. Und du wirst meine Kinder töten, ganz gleich, ob ich für dich tanze oder nicht. Das sehe ich in deinen Augen, wie ich dich hinter deiner Maske aus ›Zauber‹ durchschaut habe, Navahk. Du bist häßlicher und abstoßender für mich als die Haut des Wanawut, die du trägst.«

Ihre Worte brachten ihn in Wut. Er drang wieder gewaltsam in sie ein und stieß brutal zu, während er abwartete, wann sie vor Schmerzen oder Angst aufschreien würde. Doch sie lag nur teilnahmslos unter ihm und sah ihm genau in die Augen, als er sich auf ihr bewegte — nicht wie ein Mensch, sondern wie ein Tier, das sie ritt wie ein Hengst eine Stute. Doch anders als bei den wilden Hengsten der offenen Tundra ließ seine Erfüllung auf sich warten. Er stieß sie brutal, fügte ihr Schmerzen zu und hielt sich absichtlich zurück, wofür sie ihn haßte. Und die ganze Zeit über lächelte sie ihn voller Verachtung an, bis sie im Augenblick seines Höhepunkts lauf auflachte und ihm alles verdarb. Er brüllte wütend auf und schlug ihr so kräftig ins Gesicht, daß sie die Besinnung verlor.

Darauf ritt er sie weiter, doch sie war nur noch eine schlaffe und nutzlose Puppe, die ihm keine Befriedigung mehr verschaffen konnte. Seine Macht über sie beruhte auf ihrer Angst, und Lonit hatte keine Angst mehr vor ihm.

Es sei denn ...

Er lächelte wieder. Jetzt, wo Torka fort war, waren ihre Kin-

349

der allein mit einer stummen und einer sterbenden Frau. Er stand auf und suchte seine Kleidung zusammen. Er würde Lonit doch noch Angst machen können!

Grek hatte sich dicht an Wallah gekuschelt und zitterte sich warm, während die beiden langsam in einen unruhigen Schlaf fielen. Mahnie beobachtete sie von ihren eigenen Schlaffellen aus und war so stolz auf ihre Eltern und vor allem auf Grek, daß ihr Tränen kamen, als sie daran dachte, sie zu verlassen.

Aber sie mußte sie verlassen. Ihre erste Blutung stand kurz bevor. Sie konnte es nicht länger verheimlichen, denn die Zeichen waren deutlich gewesen. Ihre Blicke wandten sich der verschlossenen Felltür zu. Sie erwartete, daß Naiapi aus dem heranziehenden Sturm hereinkam. Wo war sie? Eigentlich war sie froh, daß Naiapi nicht in der Hütte war. Aber was Mahnie vorhatte, mußte sie vor Grek und Wallah verbergen und ganz besonders vor Naiapi.

Sie bewegte sich so leise wie ein Nachttier, das vor Raubtieren auf der Hut war, und schlich sich von ihrem Bett zu Wallahs persönlichem Vorrat an weichen Hasenfellen. Ihre Mutter hatte bereits mehrere angefertigt, weil sie wußte, daß Mahnie sie eines Tages brauchen würde. Sie bewahrte sie in einem besonderen Sack aus dem Fell eines Bergschafs auf. Mit der Hälfte davon kehrte das Mädchen zu ihren Schlaffellen zurück, schob sich einen davon zwischen die Beine und legte die übrigen auf ihr oberstes Schlaffell.

Dann sah sie auf die Felltür, die sich plötzlich vor und zurück bewegte und an den Riemen zerrte, mit denen sie befestigt war. Einen Augenblick lang befürchtete sie, Naiapi würde hereinplatzen, aber es war nur der Wind, der heftiger gegen die Tür gedrückt hatte. Mahnie atmete erleichtert auf. Naiapi würde vermutlich nicht vor morgen früh zurückkommen, wo immer sie jetzt sein mochte. Dann wäre Mahnie längst verschwunden.

Sie beeilte sich, ihre Sachen ohne ein Geräusch zusammenzusuchen, das Nähzeug, die wichtige Ahle, ihre Knochennadeln in dem Etui aus hohlen Federkielen, eine neue Rolle Sehnen, Messer, Schaber, Mörser – und Wallahs Gerät zum Feuermachen und die Notrationen an Mooszunder und trockenem Gras. Als sie die letzten Sachen einpackte, biß sie sich auf die Lippen, aber sie würde diese Dinge jetzt dringender brauchen als ihre Mutter. Wallah hatte Zeit, sich neuen Zunder zu suchen und sich sogar einen neuen Feuerbogen zu machen – Mahnie hatte diese Zeit nicht. Sie mußte sich um zwei erschöpfte, fast zu Tode geprügelte Männer kümmern, und wenn der Sturm bald losbrach, würde Feuer den Unterschied zwischen Leben und Tod bedeuten – Feuer und warme Kleidung.

Grek hatte zwar seinen Windmantel aus durchscheinenden, sorgfältig zusammengenähten und eingefetteten Antilopeninnereien bei den Verletzten gelassen, aber Karana und Torka würden wärmere Kleidung und Winterstiefel benötigen, wenn es richtig kalt wurde. Dem Heulen des Windes nach zu urteilen schien sich das Wetter bereits verschlechtert zu haben. Wenn sie so ernsthaft verletzt waren, wie Grek gesagt hatte, würden sie nicht jagen können, und dann waren sie auf Mahnie angewiesen. Sie konnte nur kleine Tiere an ihr Feuer bringen, aus deren kleinen Fellen man kaum vernünftige Bekleidung machen konnte. Wieder biß sie sich auf die Lippe, als sie einen Augenblick unentschlossen zögerte. Wenn Karana und Torka überleben sollten – und das mußten sie, wenn auch Mahnie eine Überlebenschance haben wollte –, dann war jetzt keine Zeit mehr für Unentschlossenheit. Sie bewegte sich schnell und leise, und im nächsten Augenblick lagen Greks neue und alte Winterstiefel auf ihrem Schlaffell. Sie rechtfertigte den Diebstahl damit, daß Wallah nicht nur neuen Zunder und Bogen, sondern auch neue Stiefel machen konnte.

Mahnie nickte. Ja, es ging nicht anders.

Dann versorgte sie sich aus der schattigen Nische, wo Wallah ihre Kochutensilien und Vorräte aufbewahrte, mit getrocknetem Fleisch, Speckstückchen und ein paar Kuchen aus Beeren und Knollen. Nicht viel, aber genug, um den Sturm zu überstehen, bis sie ein paar Schneehühner mit gezielten Steinwürfen erlegen und ein paar Fische fangen konnte. Fische! Fast hätte sie

351

ihre Köder, Haken und Netze vergessen. Sie hatte Stunden verbracht, die Netze aus Sehnen zusammenzuknüpfen.

Sie langte unter ihr Bett, wo sie sie ausgebreitet hatte, und zog sie hervor . . . zusammen mit ihrer kleinen Puppe.

Mit der Erinnerung kamen die Tränen. Sie dachte an die Zeit, als Wallah Puppen für sie und die anderen Mädchen des Stammes gemacht hatte. Stundenlang hatte sie dagesessen und genäht. Puppen für Ketti, Puppen für Pet!

Ach, Pet! Wie sehr dieses Mädchen dich vermißt! Oh, Wallah, wirst du jemals wissen, wie leid es diesem Mädchen tut, ihre Mutter zu verlassen?

Mit einem weiteren Seufzen legte sie die Puppe und das Netz zu den Sachen auf dem Schlaffell und rollte es mit geübten Handgriffen zu einem Paket zusammen. Dann nahm sie ihren Wintermantel, zog ihn an, suchte ihre Handschuhe neben der Felltür, stieg in ihre Winterstiefel, nahm das Paket und schlüpfte hinaus, wobei sie so wenig kalte Luft wie möglich in die Hütte dringen ließ. Draußen schneite es noch immer. Obwohl das Lager unter einer Decke aus Schlaf und weißem Schnee zu liegen schien, spürte sie eine gewisse Unruhe. Sie ahnte, daß viele Menschen heute nacht von Alpträumen geplagt sein würden. Sie sah zum Hügel der Träume hinauf, der fast hinter dem Schneetreiben verschwand. Aber sie erkannte eine Gestalt, die aus einer der Hütten hervorkam.

Sie zuckte zusammen.

»Navahk . . .« Sie flüsterte den Namen wie eine Beschwörung. *Bleib dort! Weg von mir!* Sie dachte an Lonit und fragte sich, ob Torkas Frau noch am Leben war und ob Torka und Karana sie und ihre Kinder im Stich lassen würden. Doch das spielte momentan keine Rolle. Wenn sie noch lebten, würde sie sie begleiten, ganz gleich, was sie vorhatten. Sie holte ihre Rückentrage aus Karibugeweih, die neben denen von Grek, Wallah und Naiapi an der windabgewandten Seite der Hütte stand. Sie schnallte sie um, befestigte ihr Gepäck und ging los. Das Gewicht war leichter, als sie erwartet hatte.

Sie lief leichtfüßig wie eine Maus über das Land, die wußte, daß Eulen und Falken am Himmel waren. Sie nahm den kürzesten Weg zum Durchgang in der Knochenwand, doch dann blieb sie noch einmal stehen. Es schneite sehr heftig, und der Wind war stark. Sie mußte sich beeilen. Trotzdem kehrte sie um und suchte die Stelle, wo die toten Hunde lagen, die jetzt fast eingeschneit waren. Bis zum Morgen würden sie steifgefroren sein – auch der große Hund Aar. Sie beugte sich zu ihm hinunter, wischte den Schnee mit der Hand weg und spürte überrascht das kräftige Schlagen seines Herzens. Der Hund hob seinen Kopf, leckte schwach ihre Hand und winselte leise.

Vorsichtig, da sie immer noch etwas Angst vor ihm hatte, stieß sie ihn sanft an. Sie hoffte, er würde aufstehen und ihr folgen. Er schien zu verstehen, was sie wollte, aber er schaffte es kaum, den Kopf zu heben.

Obwohl Mahnie klein war und bereits mit einer Rückentrage beladen war, konnte sie den Hund nicht einfach im Stich lassen. Sie nahm einen Schlitten, mit dem Fleisch transportiert wurde und der gegen Torkas Erdhütte lehnte, und hob den Hund hinauf. »Komm, Bruder Hund«, sagte sie und zog das verwundete Tier aus dem Lager in den nächtlichen Schneesturm hinaus. »Dieses Mädchen geht zu Karana, und er wird nicht gutheißen, wenn ich dich hierlasse.«

»Navahk ...«

Er blieb stehen und drehte sich verärgert um, weil es jemand gewagt hatte, ihn aufzuhalten. Naiapi stand hinter ihm im Schneesturm. Ihre Stimme hatte einen befehlenden Unterton gehabt. Er wartete, bis sie vom Hügel der Träume zu ihm herabgestiegen war. Sie hatte sich gegen das Wetter mit einem dicken Schal aus Mammutfell geschützt und ging aufrecht und selbstbewußt. »Ich komme aus der Hütte der Zauberin Sondahr. Sie ist tot.«

Seine Stirn legte sich in Falten. »Sondahr interessiert mich jetzt nicht«, sagte er, ohne seinen Ärger zu verbergen. Er wäre in Richtung der Feuerstelle von Torkas Familie weitergegangen, wenn sie ihn nicht am Ärmel festgehalten hätte.

»Navahk ist nicht gekommen, um Sondahr zu pflegen, als er ihre Schreie hörte.«

Er riß seinen Arm los. »Nein.«

»Es war nicht klug von ihr, dich herauszufordern.«

In ihrer Stimme war ein merkwürdiger Ton, der ihn irritierte. »Geh mir aus dem Weg, Naiapi!«

»Lorak ist sehr zornig. Er verflucht deinen Namen. Aber mach dir keine Sorgen. Ich werde ihn töten, so wie ich auch Sondahr getötet habe. Für dich. Um es ihr heimzuzahlen. Jeder, der Navahk beleidigt, wird Naiapis Rache zu spüren bekommen.«

Navahk erstarrte. »Du hast . . . Sondahr getötet?«

»Hiermit!« prahlte sie und hielt ihm ihre Handfläche hin, auf der kleine Knochenspieße lagen, die in Wasser aufgeweicht, dann zu engen Ringen gebogen und getrocknet worden waren. »Ich habe sie in ihr Fleisch getan, so daß sie sich nach kurzer Zeit wieder öffnen.« Sie machte eine Faust. »Sie haben ihr den Magen zerstochen. Sie hatte so große Schmerzen, daß sie um den Tod bat. Auf Sondahrs Bitte ist Pomm jetzt die Zauberin dieses Lagers. Ebenfalls auf Sondahrs Bitte hat Pomm ihr das Leben genommen, schnell, als konnte sie es nicht erwarten, mit einem Messer aus Mammutstoßzahn, das Sondahr selbst ihr gegeben hat. Aber es war Naiapi, die sie getötet hat, und zwar auf die Weise, wie man Wölfe und Säbelzahntiger tötet, ohne ihr Fell zu beschädigen. Mein Vater hat es mir vor langer Zeit beigebracht. Die Frau von Torka würde das niemals für dich tun. Sie könnte dich nie so zufriedenstellen wie Naiapi, wenn . . .«

Er hörte das Verlangen in ihrer Stimme. »Sie stellt mich zufrieden«, unterbrach er sie gelassen und lächelte, als er die Verzweiflung in ihren Augen sah. »Und bald wird sie mich noch mehr zufriedenstellen.«

Iana saß mit Sommermond auf den Armen in Torkas Erdhütte. Demmi, das Baby, saugte ungeduldig an ihrer Brust. Sie hatte Stunden gebraucht, um Sommermond zu beruhigen, und selbst dann hatte sie sie nicht in Schlaf wiegen können, bis sie dem Kind erlaubt hatte, mit Lonits Steinschleuder zu spielen. Ianas eigene Gedanken waren so aufgewühlt, daß sie lange wachgelegen hatte, während ihr wie so oft Erinnerungsfetzen aus der Vergangenheit durch den Kopf gingen, Erinnerungen an ihren ermordeten Mann und ihre toten Kinder und an all die Freundlichkeit und Wärme, die sie in Torkas Lager gefunden hatte.

Die Ereignisse am Lagerfeuer hatten sie so schockiert und abgestoßen, daß sie sich gezwungen hatte, sie nicht zu sehen und sie nicht als Wirklichkeit zu akzeptieren. Torka und Karana waren nicht geschlagen und aus dem Lager vertrieben worden. Nein. Sie waren nur auf der Jagd und würden bald wiederkommen, genauso wie Lonit. Und wenn die Tage wieder wärmer wurden, würde sie mit den Kindern in die Sonne hinausgehen und mit Torka, Lonit und Karana im warmen Wasser der Quellen baden . . .

Wer war der Mann, der dort im Eingang der Erdhütte stand? Er hatte die Felltür zur Seite gezogen, als ob er das Recht dazu hätte. Der kalte Wind wehte Schnee herein, als der Mann im Eingang stand. Hinter ihm konnte sie das erste Licht der Dämmerung sehen. Draußen schneite es. Wo war die Sonne? Und warum war der Wind so kalt . . .?

Verwirrt schloß sie die Augen. Hinter ihr regte sich Aliga auf ihrem Bett und seufzte leise, als sie sich unter ihren Schlaffellen umdrehte.

»Ich bin gekommen, um eins der Kinder zu holen, Frau. Welches du mir gibst, überlasse ich dir«, sagte der Eindringling.

Iana mochte den Klang seiner Stimme nicht. Sie kam tief aus seiner Kehle, wie bei einem knurrenden Löwen. Sie hielt die Kinder fester an sich gedrückt. Sie erinnerte sich jetzt an ihn und hatte Angst vor ihm.

Er kam lächelnd auf sie zu und zeigte ihr seine scharfen, weißen Zähne. Was wollte er von ihren Kindern? Iana sah in seine Augen und fand dort die Antwort.

Sie setzte sich auf, zog Sommermond zu sich heran und hüllte beide Kinder schützend in Schlaffelle. Das Kind machte leise Geräusche im Schlaf. Und plötzlich, zum erstenmal seit vielen Jahren, wurden Ianas Gedanken mit brutaler Eindringlichkeit wieder klar. Sie wußte genau, wo sie war, was geschehen war und warum sie hier allein in der Erdhütte mit Aliga und den Kindern war. Dieser Mann hatte die Verbannung von Torka und Karana befohlen und sie damit zum sicheren Tod verurteilt. Er hatte Lonit als seine Frau genommen, aber erst nachdem er zugesehen hatte, wie die anderen Frauen sie peinigten und den Kindern Angst machten.

Sie klammerte schützend ihre Arme um Sommermond und Demmi. Sie würde nicht zulassen, daß er ihren Kindern erneut Angst machte. Er würde sie zuerst töten müssen. Aber wenn sie starb, würde sie die Kleinen nie wieder sehen, es sei denn, er tötete sie ebenfalls, so daß ihre kleinen Seelen ihr folgen würden.

»Nein!« sagte sie mit Entschiedenheit. Es war so lange her, seit sie zum letztenmal gesprochen hatte, daß ihre Stimme wie die einer Fremden klang. Auf eine gewisse Weise war sie das auch, denn der traurige, leere Ausdruck war aus Ianas Augen verschwunden.

»Du wirst meinen Kindern nicht weh tun ... nicht solange ich lebe«, warnte sie ihn.

»Dann wirst du nicht mehr lange leben, verrückte Frau«, versprach er.

Sie schämte sich. Dachte er genauso wie vermutlich alle anderen, daß sie verrückt war? War sie das während all der langen Jahre gewesen — dumm und nutzlos, außer als stellvertretende Mutter für die Babys einer anderen Frau? Und dann war sie nicht einmal dazu gut genug, denn sobald Gefahr drohte, zog sie sich in sich selbst zurück, um nicht mit der Wirklichkeit konfrontiert zu werden!

Navahk konnte in der Dunkelheit die Veränderung nicht erkennen, die mit ihr vor sich ging. Er kam ihr immer näher, knurrte sie an und wollte, daß sie die Drohung in seinen Augen sah, die Entschlossenheit, die Kinder zu töten, um sich an ihrer Angst zu weiden.

Aber sie hatte keine Angst. Sie bewegte sich so schnell, daß er keine Zeit zu reagieren hatte, als sie sich zurückbeugte und mit einer Anmut, Kraft und Sicherheit, die sie schon vergessen zu haben glaubte, die geflochtenen Lederschnüre in ihre rechte Hand nahm. Wie sie Lonit es tausendmal hatte tun sehen, nahm sie die vier mit Steinen beschwerten Enden in die andere Hand, zog die Bänder straff und holte aus. Sie ließ die Steinschleuder kreisen, bis sie summend schwirrte und sie sie in einer tödlichen wirbelnden Spirale losließ.

Navahk sprang zur Seite, um der Waffe auszuweichen, aber er war nicht schnell genug. Er ging mit dem Gesicht nach unten zu Boden und war bewußtlos, bevor er auch nur aufschreien konnte. Ein Stein steckte in seinem Auge, die Enden der Steinschleuder schlangen sich um seinen Hals, und sein rechtes Ohr blutete.

Als Grek erwachte, hört er das Heulen des Windes und das Rascheln des Schnees, der gegen die Außenwände seiner Erdhütte getrieben wurde. Er konnte keine anderen Geräusche ausmachen, die auf Menschen hindeuteten. Er bemerkte, daß es allmählich dämmerte, blieb aber noch einen Moment liegen. Er wußte, daß die Menschen heute in ihren Behausungen bleiben würden, um nach dem Trinkgelage der letzten Nacht auszuschlafen und leise die Ereignisse am Lagerfeuer zu diskutieren. Die Erinnerung daran beunruhigte ihn. Nicht einmal das angenehme Gefühl, Wallah warm neben sich zu spüren, konnte seine Sorgen mindern. Leise, um seine Frau nicht zu wecken, stand er auf und suchte nach seinen Stiefeln. Sie waren weg — beide Paare. Irritiert blinzelte er, um im Halbdunkel etwas zu erkennen. Dabei bemerkte er, daß Naiapi nicht da war. Er wußte, daß auch Mahnie fort war, bevor er ihre fehlenden Schlaffelle sah. Er fluchte leise. Er wußte, wohin das Mädchen gegangen war — mit seiner Winterkleidung!

Wallah rührte sich. »Was ist los?«

Er sagte es ihr.

Sie sah sich um, während sie ihre Panik zu unterdrücken versuchte. »Naiapi ist letzte Nacht nicht nach Hause gekommen. Viele der Frauen haben die Nacht bei Sondahr verbracht und mit Pomm gesungen, um ihre Heilkräfte zu unterstützen. Selbst einige der Mädchen wurden dazu aufgefordert. Mahnie muß Naiapi auf den Hügel der Träume gefolgt sein, nachdem wir eingeschlafen waren. Du weißt, wie neugierig und eigensinnig das Kind ist, und . . .«

»Du solltest es besser wissen. Mahnie würde Naiapi niemals irgendwohin folgen. Sie ist Karana nachgegangen. Ich weiß, ich selbst habe ihr gesagt, wo die anderen ihn ausgesetzt haben! Aber warum geht sie ein solches Risiko ein und dazu bei einem solchen Wetter? Ich weiß, daß sie den Jungen anhimmelt, aber er ist viel älter als sie und hat kaum mehr zu ihr gesagt als daß sie ihn in Ruhe lassen soll, soweit ich mich erinnern kann.«

Wallah wurde übel vor Sorge. Sie bemerkte ihre durchwühlten Sachen. Die Erkenntnis kam, als sie den geöffneten Sack sah, in denen sie die Felle für ihre Blutzeit aufbewahrte. Sie schlug ihre Felldecke zur Seite und untersuchte den Inhalt. Es war so, wie sie erwartet hatte. »Sie ist kein Kind mehr.«

Er brummte und schien nur halb zu verstehen. »Nur ein Kind würde bei einem solchen Wetter auf eine so dumme Idee kommen!«

Wallah sah ihn an. »Dies ist ein schlechtes Lager.«

Grek nickte schweigend, als er seine Sommerstiefel und sein leichtes Sommerhemd anzog. Er knurrte verärgert, weil Mahnie auch seinen Lieblingswintermantel mitgenommen hatte.

Grek war gerade aus seiner Erdhütte getreten, als er Lonit vom Hügel der Träume herunterkommen sah. Er konnte sie im dichten Schneesturm kaum erkennen. Wenn es noch heftiger schneite, würde er nie den See wiederfinden, geschweige denn seine Tochter. Ihre Spuren mußten inzwischen längst zugeschneit sein. Er nahm zwei seiner Speere und wollte bereits zum Durchgang im Knochenzaun loslaufen, als er Lonit stolpern und fallen sah.

Als sie wieder aufstand, fiel ihr das schwere Fell, in das sie sich gehüllt hatte, von den Schultern. Sie schien es überhaupt nicht bemerkt zu haben, denn sie stapfte einfach weiter auf ihre

Erdhütte zu, nackt wie sie war, während ihr schwarzes Haar im Wind flatterte. Sie hielt eine erloschene Fackel als Waffe in der Hand, und ihre Schritte verrieten ihre Schmerzen und ihre Besorgnis. Grek blinzelte erstaunt. Er war kein Zauberer, aber er wußte, daß etwas nicht stimmte. Warum verfolgte Navahk die nackte Frau nicht? Und warum trug sie die Fackel, als wollte sie jemanden damit töten? Instinktiv rannte er mit langen Schritten los, aber obwohl Lonit steif vor Kälte war, hatte sie ihre Erdhütte fast erreicht, als Grek sie einholte.

»Frau von Torka, was...?«

Sie wirbelte herum und zerrte an der breiten, kräftigen Hand, die ihren Oberarm festhielt. »Navahk wird meine Kinder töten! Er ist...«

Schockiert sah er ihre geschwollenen Lippen, ihr blaues Auge und ihre blutende Nase. Er hätte nicht gedacht, daß eine Frau so stark sein konnte, denn bevor sie zu Ende gesprochen hatte, hatte sie sich von ihm losgerissen und war in die Erdhütte gestolpert.

Grek wollte sie an den Haaren festhalten, aber er trug keine Handschuhe, so daß ihre Haarsträhnen einfach durch seine steifen Finger glitten. Dann wurde er wieder wütend. Was tat er nur? Wenn Navahk die Kinder von Torka töten wollte, konnte Grek nicht einfach tatenlos zusehen, wie der Zauberer wieder einmal sein Ziel erreichte. Wollte er die Mutter aufhalten und damit den Mord gutheißen? Nein! Er hielt seine Speere bereit und betrat die Erdhütte, darauf gefaßt, den Mann zu töten, der ihn schon so lange gequält hatte.

Doch Navahk lag reglos und blutend auf den Fellen, die den Fußboden von Torkas Behausung bedeckten. Die Schnüre von Lonits Steinschleuder hatten sich um seinen Kopf gewickelt. Blut und Augenflüssigkeit schwärzten die feinen Felle, und ein dunkles Rinnsal aus Blut sickerte aus seinem Ohr.

Lonit war abrupt vor Grek stehengeblieben, so daß er sie beinahe umgerannt hätte, als er in die Hütte gestürmt kam. Im düsteren Innern brannte keine Lampe, aber Grek und Lonit sahen deutlich den Zauberer reglos am Boden liegen, während die verrückte Iana mit Lonits Kindern im Arm vor ihm hockte.

»Iana?«

Grek hörte Lonits mit zitternder Stimme geflüsterte Frage. Zu seiner Überraschung lächelte die Verrückte. Selbst in der Dunkelheit konnte er erkennen, daß sie sich verändert hatte. Sie saß aufrecht, ihre Augen waren klar, und ihr Gesicht strahlte.

»Er wollte unsere Babys töten. Diese Frau konnte das nicht zulassen. Iana hofft, daß Lonit nicht böse ist, daß Iana ihre Steinschleuder benutzt und ihren Geist auf die Jagd geschickt hat . . . auf die Jagd nach einem anderen Vogel.«

»Ist er . . . tot?« hauchte Grek.

Lonit hörte ihn nicht. Sie wich dem reglosen Navahk aus und umarmte schluchzend Iana und ihre Kinder. »Oh, Iana! Wenn Navahk deinen Geist geweckt und deine Zunge gelöst hat, dann hat er in seinem Leben zumindest eine gute Tat vollbracht!«

»Ich werde ihn ein für alle Mal erledigen und töten«, sagte Grek.

Lonit fuhr herum und sah ihn eindringlich an. »Man darf nicht das Leben eines anderen nehmen! Das ist Navahks Weg, aber nicht der von Torkas Stamm!«

»Ich gehöre nicht zu Torkas Stamm. Wenn dieser Mann erwacht und sich erinnert, was hier geschehen ist, wird niemand von Torkas Stamm überleben.« Er sah die Angst in den Augen der Frauen und dem Gesicht des Kindes namens Sommermond. Als wenn der Wind alle Wolken vom Himmel gefegt hätte, sah er plötzlich deutlich, was er jetzt tun mußte. Er lächelte, denn ihm gefiel, was er sah. »In Ordnung. So soll es sein. Lassen wir ihn sterben. Zieh dich an, Frau von Torka, und auch deine Kinder! Such deine wärmsten Felle zusammen und was du sonst noch brauchst, um ein neues Lager aufzuschlagen — aber nicht zuviel, damit deine Schritte nicht behindert werden! Wir werden gemeinsam diesen Ort verlassen. Grek wird dich sicher zu deinem Mann und dem Jungen bringen. Sie lebten, als ich sie verließ. Wenn wir uns beeilen — du und ich, zusammen mit Wallah und Mahnie — werden wir dafür sorgen, daß sie auch am Leben bleiben. Dieser Mann wird sich Torkas Stamm anschließen. Zusammen werden wir weit von diesem Lager fortgehen. Die anderen mögen bei Navahk bleiben und für immer in Angst leben!«

Teil 6

DAS TAL DER STÜRME

1

Das Kind kauerte im hohen, schützenden Gras am Seeufer. Es hatte jetzt ein dichtes Fell, das so flauschig war, daß der Wind es nicht durchdringen konnte, selbst wenn es aufgestanden und sich dem wilden Sturm ausgesetzt hätte.

Die ganze Welt war weiß; nur im Windschatten des Grases gab es noch die braunen und goldenen trockenen Stengel des Herbstes, obwohl auch hier immer mehr Schnee eindrang.

Der lange, krallenbesetzte Zeigefinger des Kindes stöberte im feinen Muster des Schnees, und es erinnerte sich an ein anderes Nest im Schnee in einem fernen Weidengebüsch, wo der Mörder seine Mutter ihm zum erstenmal Fleisch gebracht hatte. Das schien so lange her und so weit weg.

Stirnrunzelnd starrte das Kind die bewußtlose junge Bestie an, die es in den Schutz des Grases gezerrt hatte. Es beugte sich über ihr Gesicht und schnüffelte an ihren Nüstern.

Ja, das Wesen atmete noch, genauso wie das größere, ältere, das das Kind am Seeufer liegengelassen hatte. Es legte den Kopf auf die Seite und zog mit dem Finger die häßlichen, blutigen Gesichtszüge des Wesens nach. Es sah dem Mörder seiner Mutter sehr ähnlich, aber es waren deutliche Unterschiede vorhanden. Es hatte das Gesicht der Jugend, nicht die Reife. Sein Körper war größer und muskulöser. Die zerfetzten, blutigen Felle, die das Wesen einhüllten, waren nicht weiß, aber das Kind hatte es trotzdem mitgezerrt, um es zu töten, zu fressen und dann in seiner Haut zu tanzen.

Das Kind war jedoch nicht sehr hungrig, und dieses verwundete Wesen war auch nicht der Mörder seiner Mutter. Dennoch hatte es etwas Vertrautes an sich, das das Kind zögern ließ, es zu töten. Hin und wieder öffnete es die Augen und starrte blicklos vor sich hin. Die Augen waren getrübt und leer. Das Kind beobachtete das Wesen, und dann erinnerte es sich...

Erst vor ein paar Stunden hatte das Kind ein noch zuckendes Schneehuhn zwischen ein paar verkrüppelten Bäumen gegessen, die ganz in der Nähe des großen Kreises aus Knochen standen. Es hatte Federn gespuckt und Blut gesaugt, während es den gefährlichen Geruch des Feuers aus dem Lager der Bestien in der Nase hatte. Seine breiten, unglaublich empfindsamen Nüstern hatten einen vagen Geruch des Mörders seiner Mutter wahrgenommen, aber es waren viele andere üble und abstoßende Gerüche vorhanden, nach Mensch und den getrockneten Häuten getöteter Tiere, nach gekochtem Fleisch und geronnenem Blut, nach verbranntem Fett und Asche. Aber am stärksten war der Geruch nach Mammut. Es war ein Ort, der nach Tod roch.

Das Kind hatte ihrem seltsamen Lärm gelauscht, dem Schlagen, Klatschen und Pfeifen und dem noch merkwürdigeren Geheul ihrer Stimmen. Als es kurz darauf das Schneehuhn bis auf den Kopf und Füße verspeist hatte, verließ das Kind sein Versteck, um einer Prozession im Feuerschein zu folgen, die den Mörder seiner Mutter vor sich herzutreiben schien.

Dann wurden seine Angst und Vorsicht vor den Bestien bestätigt, denn die eine, die er für den Mörder seiner Mutter gehalten hatte, und die größere, ältere Bestie, die in ein Löwenfell gehüllt war, wurden geschlagen, getreten, angebrüllt und auf die Knie gezwungen. Das Kind hatte ihr Blut, ihre Wut und ihre Angst gerochen, als es die häßlichste Bestie sah, der es je begegnet war. Sie stand in den Federn eines Vogels vor ihnen und trat sie, bis sie nur noch zwei stumme, blutüberströmte Bündel waren. Aus Furcht vor Entdeckung hatte sich das Kind versteckt, bis auch die letzte Bestie fortgegangen war, die einen scharfen Stein und einen fliegenden Stock zurückgelassen hatte. Wenn sie so brutal miteinander umgingen, was mochten sie dann jemandem antun, der nicht von ihrer Art war?

So war das Kind lange im Schutz des Grases geblieben und hatte sich wieder an den Tod seiner Mutter erinnert. Es sehnte sich nach ihr, nachdem es gesehen hatte, was die Bestien den großen Tieren mit den Stoßzähnen im Sumpf angetan hatten. Die Bestien — und ganz besonders der Mörder seiner Mutter — hatten nicht nur wegen des Fleisches getötet, sondern auch aus Spaß am Töten. Später hatte das Kind vom Fleisch der Mammuts gegessen, das die Bestien zurückgelassen hatten. Es war sicher, daß der Mörder seiner Mutter ihm absichtlich genug Fleisch an den Knochen übriggelassen hatte.

Nachdem es gesättigt und gekräftigt war, hatte sich das Kind schnell in die dunkle Nacht zurückgezogen, um im Gras und Gebüsch am Seeufer Schutz zu suchen, wo es auch jetzt wieder kauerte. Es hatte geschlafen und von fernen Ländern geträumt, wo es einst mit seinesgleichen gelebt hatte und in den Armen seiner Mutter unter der riesigen schwarzen Haut der Nacht getragen worden war. Obwohl es damals noch ein winziges Baby gewesen war, erinnerte sich das Kind genau an die sanften, erschrockenen Augen, die es aus den Schatten heraus angestarrt hatten. Augen, die mit Sternenlicht und Staunen erfüllt waren . . .

... genau wie die Augen der Bestie, die es jetzt anstarrten. Augen, die jetzt nicht mehr von Träumen getrübt waren, sondern das Gesicht des Kindes erfaßten und sich mit Angst füllten.

Das Kind bemerkte den plötzlichen Gestank nach Furcht. Als es vor Ekel sein Gesicht verzog, entblößten seine Lippen breite Schneidezähne und lange, spitze Eckzähne.

Auch das Gesicht der Bestie verzog sich vor Schrecken. Ihr Mund öffnete sich und zeigte ihre eigenen, gleichmäßigen und nutzlosen Zähne, als es hochfuhr und schrie.

»*Torka!*«

Erschrocken über diesen merkwürdigen und überraschenden Angstschrei sprang das Kind auf und hetzte durch das Gras in den nächtlichen Schneesturm davon.

Karana stieß im vollen Lauf mit Mahnie zusammen. Da er sich immer wieder über die Schulter umgeblickt hatte, bemerkte er das Mädchen nicht, das auf den See zustapfte und ab und zu über die Schneewehen im Windschatten der Grasbüschel stolperte. Er riß sie mit sich zu Boden, und sie konnten nicht sagen, wer von ihnen mehr verblüfft war, als sie sich plötzlich in die Augen sahen.

Aars Winseln durchbrach die Stille. Karana lehnte sich zurück und verzerrte vor Schmerz das Gesicht, bis er seine Verletzungen vergaß, als er Bruder Hund auf dem Schlitten liegen sah.

»Er ist der einzige, der noch von deinem Hunderudel übrig ist, fürchte ich«, sagte Mahnie und setzte sich auf, als sie sah, wie Karana den Hund umarmte. Er untersuchte sorgsam seine Wunden, während der Hund vor Freude winselte und Karanas Gesicht und Hände leckte. »Es wird ihm jetzt bessergehen, wenn er wieder bei dir ist. Er war der einzige, der nicht von Het getötet wurde.«

»Du hast ihn ganz allein hergebracht? Den ganzen langen Weg vom Lager? Ein kleines Mädchen wie du?«

»Wenn ich ihn nicht mitgebracht hätte, wäre er mit Sicherheit getötet worden, wenn man ihn noch lebend gefunden hätte. Und ich bin nicht mehr so klein. Ich bin eine Frau.«

Aber sie sah gar nicht wie eine Frau aus, als sie im Schnee dasaß, während der Inhalt ihres Gepäcks um sie herum verstreut war. Sie wirkte viel dicker als zu dem Zeitpunkt, als er sie das letzte Mal gesehen hatte, als ob sie sämtliche Kleidungsstücke, die sie besaß, übergezogen hätte.

»Ich wußte, daß du noch am Leben bist, Karana. Ich war mir völlig sicher. Es war Grek, der dir sein Messer und seinen Speer dagelassen hat. Und ich habe Essen, Stiefel und warme Kleidung gebracht.«

Deshalb sah sie so dick aus! Sie trug tatsächlich all ihre Kleider und die ihres Vaters obendrein! Er erkannte Greks Wintermantel und seine Stiefel, die neben ihr im Schnee lagen.

»Speer? Messer?« murmelte er. Dann faßte er sich plötzlich an den Kopf. Was tat er hier im Schnee bei Mahnie und Aar, wenn Torka noch drüben am Seeufer lag? Hatte er wirklich den Wanawut gesehen, oder hatte er geträumt? Er wußte sich vergewissern.

Sie sah die Erschütterung auf seinem Gesicht und machte sich Sorgen. »Wo ist Torka?« Ihre Stimme zitterte. »Lebt er?«

»Ich weiß es nicht!« antwortete er mit einem Aufschrei. »Bleib hier bei dem Hund! Halt eine Waffe bereit! Und bleib weg vom Ufer und dem Gras, bis ich dich rufe!«

Mit einem Fleischmesser, daß ihm die überraschte Mahnie schnell noch in die Hand gedrückt hatte, lief er durch Wind und Schnee los, ohne auf seine Verletzungen zu achten. Er wurde erst langsamer, als er in das Grasland am Seeufer kam, wo Lorak und die anderen Männer eine breite und deutliche Spur hinterlassen hatten.

Als er den reglosen Körper Torkas erreichte, ließ er sich auf die Knie fallen. Der starke, mutige Jäger, der ihn zu seinem Sohn gemacht hatte, lag mit dem Rücken zu ihm. Er war völlig reglos und schien nicht zu atmen. Karana entdeckte das Messer, das Grek zurückgelassen hatte. Was den Speer betraf, so mußte

Mahnie sich geirrt haben. Grek . . . der freundliche, zuverlässige Grek! Wenn doch nur er Häuptling anstelle von Navahk
geworden wäre, dann wäre Torka noch am Leben und . . .

Im nächsten Augenblick wußte Karana, daß Mahnie mit
dem Speer recht gehabt hatte, als er die Spitze plötzlich an seiner Kehle spürte, nachdem Torka mit einer wirbelnden Bewegung weggerollt, sich aufgesetzt und die Waffe bereitgehalten
hatte. Sein Gesicht war angeschwollen und blutig, und er
knurrte, bis er sah, wer sich an ihn herangeschlichen hatte. Er
ließ den Speer sinken und zuckte entschuldigend die Schultern,
worauf er vor Schmerz aufstöhnte.

»Ich dachte, du wärst Navahk, der sich überzeugen wollte,
ob sein Befehl von Lorak und den anderen richtig ausgeführt
worden ist.«

Karana brach vor Erleichterung fast zusammen. »Und ich
dachte, du wärst tot. Ich dachte, der Wanawut hätte dich getötet.«

»Der Wanawut? Wir haben schon viel schlimmere Schrecken
überstanden, du und ich!«

»Er war hier, im Gras am Seeufer, im Schnee und Wind. Ich
habe ihn gesehen.«

Torka nickte. »Und in der Nacht, im Licht der Fackeln, habe
ich ihn auch gesehen – in den Augen von Navahk.«

»Mein Vater . . .« Karana senkte den Kopf und sprach die
Worte mit unendlicher Verzweiflung aus.

»Nein, mein Sohn, die Nacht, das Feuer und die weiten
Wege, die wir zusammen gegangen sind, haben unsere Herzen
und unsere Seelen geeint. Navahk besitzt weder das eine noch
das andere. Er ist nur sein eigener Vater.«

Der Junge verstand nichts und sagte es ihm.

Torka kam jetzt langsam auf die Beine, wobei er sich auf den
Speer wie auf eine Krücke lehnte und eine Hand auf den Brustkorb legte, um den Schmerz der gebrochenen Rippen zu lindern. Er sah Karanas blutig aufgeschwollenes Gesicht an. »Du
siehst schrecklich aus.«

»Du auch.«

»Aber wir leben.«

366

Karanas Gesicht verzerrte sich vor Haß. »Navahk wird dasselbe nicht mehr lange von sich behaupten können.«

»Es wäre nicht gut, wenn ein Sohn seinen leiblichen Vater tötet, Karana.«

»Karana ist Torkas Sohn! Du hast es selbst gesagt. Um das Leben Lonits, Ianas und der Kinder zu retten, werden wir gemeinsam dafür sorgen, daß der Zauberer mit dem Leben für das bezahlt, was er uns angetan hat.«

»Das wird nicht nötig sein!« sagte Grek mit einer Autorität, die sie beide überraschte.

Torka und Karana sahen verblüfft hoch, als die anderen durch das Gras auf sie zukamen. Sie waren gerannt und hatten ihr Gepäck zurückgelassen, als Mahnie ihnen erzählte, daß Karana sich auf die Suche nach Torka gemacht hatte.

»Lonit, Iana und die Kinder sind hier!« Es war Iana, die das außer Atem gerufen hatte. Demmi lugte über ihre Schulter, wo sie in der Rückenschlinge festgeschnallt war.

Torka starrte sie entgeistert und beglückt an. Die Frau strahlte geradezu vor Stolz über ihre wiedergefundene Sprache und Selbstsicherheit.

Wallah hatte Sommermond auf dem Arm, die nach ihrem Vater rief und ihre behandschuhten Hände nach ihm ausstreckte, aber es war Lonit, die Torka um den Hals fiel. Eng aneinandergeklammert standen sie eine ganze Weile so da, ohne ein Wort zu sprechen. Wallah vergoß schniefend Tränen der Rührung, als Torka vorsichtig das verletzte Gesicht seiner Frau berührte und sie seines.

»Für immer und ewig?« flüsterte er.

»Für immer und ewig!« bestätigte sie.

Seine Finger verharrten über ihrem dunkel angeschwollenen Auge. »Navahk hat dir das angetan?«

Sie sah den haßerfüllten Blick in seinen Augen und hatte plötzlich Angst um ihn und sie alle. »Das spielt jetzt keine Rolle mehr. Es ist Vergangenheit, Navahk liegt hinter uns. Lonit ist hier bei Torka. Du denkst hoffentlich nicht daran, noch einmal zurückzugehen?«

Er sah über das schneebedeckte Land zurück und blinzelte im

Wind. Sein Mund war zusammengekniffen und seine Augen hart.

»Du bist nur ein einzelner Mann, Torka, aber Navahk manipuliert viele Menschen«, erinnerte ihn Iana. »Und wann immer diese Frau an Navahk denkt, wird sie ihm dafür danken, daß er sie gezwungen hat, ihre Stimme wiederzufinden und ihren Blick zu klären, so daß sie sich wieder ohne Furcht der Welt stellen kann.«

Grek brummte etwas und schüttelte den Kopf. »Wir dürfen niemals unsere Furcht vergessen, Frau. Aber wir dürfen auch niemals zulassen, daß wir uns dieser Furcht beugen. Und dieser Mann sagt jetzt zu Torka, daß er seine Frauen nicht wieder in ein Lager führen wird, in dem Navahk wohnt. Dieser Mann ist gefährlicher als die Bestie, deren Haut er trägt, und wir brauchen jene nicht, die ihm folgen. Wir sind ein Stamm, der für sich selbst sorgen kann. Ich sehe drei Jäger: Grek, Karana und Torka. Selbst wenn deine Frau Aliga zu krank ist, uns zu begleiten, und auch nicht mitkommen wollte, als dieser Mann sie auf einen Schlitten legen und sie ziehen wollte, so haben wir dennoch die Hände und Rücken dreier starker Frauen, um unser Gepäck zu tragen, unser Wild zu schlachten und . . .«

»Vier Frauen«, warf Mahnie scheu ein.

»Ich wußte ès!« Wallah ging zu ihrer Tochter und schloß sie in die Arme. »Sondahrs Macht war wirklich groß! Meine Hoffnungen wurden durch ihren Zauber erfüllt! Arme Frau! Einen solchen Tod zu sterben und so zu leiden, nach all dem Guten, das sie für die Menschen getan hat!«

Mahnie sah die Trauer, die plötzlich auf Karanas Gesicht erschien. Sofort war auch ihre Freude vergangen.

»Sondahr . . . tot? Wie?«

Wallah war voller Traurigkeit und Mitgefühl. »Naiapi sagte, daß es Navahks Zauberfluch war, weil sie es gewagt hat, ihn herauszufordern. Aber Sondahr zeigte alle Symptome einer Vergiftung, und ich zweifle nicht einen Augenblick daran, daß Naiapi dafür verantwortlich ist. Sie hat lange gebraucht, um das Fleisch zuzubereiten, das sie der Zauberin brachte und wollte sich weder dabei helfen noch mich zusehen lassen.«

Lonit fror trotz ihrer warmen Reisekleidung. *Sondahr, ich werde immer an dich denken.* Sie sah von Karanas qualvollem Gesicht zu Torkas verbittertem. *Er wird zurückgehen. Er wird sich an Navahk rächen. Und er wird sterben. Wenn ich ihn jetzt nicht aufhalte.* »Sondahr hat ihren eigenen Tod vorausgesehen«, erzählte sie ihm mit sicherer und lauter Stimme, so daß alle sie hören konnten. »Sie hat vorausgesehen, was in dieser Nacht geschehen würde. Sie hat dieser Frau gesagt, daß Lonit mit ihrem Stamm fortgehen muß, wenn es geschehen ist, zu einer neuen Sonne und einem neuen Himmel. Wir können nicht zurück, Torka. Warum sollten wir auch? Grek hat recht: Laß die, die beim Geisterjäger bleiben wollen, bei ihm bleiben. Wenn dieser Sturm vorbei ist, müssen wir in Richtung der aufgehenden Sonne aufbrechen, mit Torka als Häuptling und Grek als seine starke und sichere rechte Hand. Karana wird unser Herr der Geister sein, denn er hat genau wie Sondahr die Gabe des Sehens. Alle seine Warnungen haben sich bewahrheitet. Die Welt im Westen ist keine Welt für uns.«

Torka war verblüfft über die Sicherheit und Bestimmtheit in ihrer Stimme. Es war, als hätte Sondahr durch ihren Mund gesprochen. Ihr Gesicht war, genauso zerschunden wie seines oder Karanas, doch als er sie jetzt ansah, schien es, als wäre sie nie schöner gewesen. Er lächelte, als er zustimmend nickte, und sah nach Nordwesten, wo hinter dem Schneesturm das Lager der Großen Versammlung lag.

»Frau von Torka«, sagte er, »du sprichst mit der Weisheit Sondahrs. Aber wir werden nicht hier warten, bis der Sturm vorbei ist. Wir sind alle müde und erschöpft, aber es gibt für uns keinen sicheren Rastplatz im Land der Mammutjäger. Wir werden jetzt nach Osten gehen, trotz des Sturms. Es wird unsere Spur verwischen, während wir in das verbotene Land zurückkehren, wo unser Tal auf uns wartet. Und Torka wird es einmal vor allen zu Karana sagen, damit sein Sohn weiß, daß Torka ein Mann ist, der es zugeben kann, wenn er unrecht hatte. Dies war ein schlechtes Lager, und Karanas Einschätzung des Zauberers war richtig! Er ist schlecht! Vielleicht wird ihn jemand eines Tages töten. Aber es wird niemand von uns sein.«

Lonit umarmte ihn.

Aber zu Torkas Überraschung war Karana mit seinem schon lange fälligen Eingeständnis nicht zufrieden. Ein erbarmungsloser Haß stand in den Augen des Jungen.

»Navahk ist kein Mensch«, sagte Karana. »Er ist ein Geist, ein böser Geist, ein Dämon. Und niemand von uns wird in Frieden leben, weder hier noch in jenem fernen Land, solange er noch lebt!«

Eine heftige Windböe riß seine Worte davon, aber nicht bevor alle sie gehört hatten. Torka spürte die Warnung, die in diesem Wind lag. Wieder einmal hatte Karana das uralte Tabu gebrochen, Navahk als Dämon zu bezeichnen und ihm damit eine furchtbare Macht zu verleihen.

Navahk, der Zauberer, der Geisterjäger und jetzt dank Karana auch ein Dämon — halb Fleisch, halb Geist, ein Wesen, daß viel bösartiger als der Mann selbst war, viel mächtiger und gefährlicher als der Wanawut, viel wilder und erbarmungsloser als der brutalste Sturm — er würde ihnen folgen. Nur Vater Himmel und Mutter Erde konnten ihn jetzt noch aufhalten.

2

»Lieg still, Geisterjäger. Lieg still, und du wirst dich unter Pomms Pflege bald wieder besser fühlen.«

Die zitternde Stimme der dicken Frau brachte Navahk wieder zu Bewußtsein. Er setzte sich auf und war einen Augenblick lang verwirrt. Wo war er? Was war geschehen? Im schwachen, durch den rasenden Schneesturm gedämpften Licht hörte er den pfeifenden Wind, der gegen die Wände einer Erdhütte schlug, die nicht seine eigene war. Ein anderer Wind pfiff schrill wie ein gefangenes Tier in seinem rechten Ohr. Seine gesamte rechte Gesichtshälfte schien nur aus Schmerz zu bestehen.

Er starrte die dicke Frau mit den Federn an und wunderte sich, warum sie ihn so angewidert und ... mitleidig ansah. In seinem ganzen Leben hatte ihn noch nie jemand mitleidig angesehen! Er war Navahk! Seine körperliche Schönheit war legendär. Er konnte spüren, daß eine dicke Schorfschicht auf seinem Gesicht lag, aber wenn dieses fette alte Weibsstück eine Heilerin war, sollte sie daran gewöhnt sein. Er wollte die Stirn runzeln, aber es schmerzte zu sehr. Und dann erkannte er plötzlich, daß er sich in Torkas Erdhütte befand und die Frau nur mit einem Auge sah — seinem linken Auge. Das andere war... Er berührte es vorsichtig mit seinen Fingern und hielt erschrocken den Atem an. Die Augenhöhle war ein Loch voller Blut, Flüssigkeit und Schmerzen, in der noch der muschelförmige Stein von Lonits Steinschleuder steckte. Niemand mußte ihm sagen, daß die Waffe Schlimmes angerichtet hatte. Zukünftig würde er halbblind und halbtaub sein.

»Hier... Pomm hat aus ihrer Hütte in Zinkhs Lager ein gutes Getränk geholt, das den Schmerz lindern wird, wenn ich den Stein aus dem Auge entferne und...«

Er schlug ihr die Flasche mit solcher Wucht aus der Hand, daß die Frau das Gleichgewicht verlor und die Flüssigkeit über Aliga spritzte, die auf ihren Schlaffellen im Halbdunkel lag.

»Wo ist die Frau, die mir das angetan hat?« tobte Navahk, der aufgesprungen war und sich den störenden Fremdkörper aus dem Auge riß, worauf die folgenden Schmerzen ihn fast ohnmächtig werden ließen.

Pomm war auf der Seite gelandet und stemmte sich keuchend mit ihren Handflächen gegen ihr eigenes Gewicht. Da sie vor Anstrengung nicht sprechen konnte, antwortete Aliga an ihrer Stelle.

»Iana ist mit Grek, Lonit und Torkas Kindern in den Sturm geflohen. Aber diese Frau ist geblieben. Selbst wenn ihr Kind geboren ist, wird diese Frau immer an der Seite desjenigen bleiben, der sie geheilt hat.«

Er stand reglos wie eine Steinfigur da, ohne auf ihre offene Bewunderung einzugehen. »Lonit ist weggelaufen?«

»Vor vielen Stunden«, bestätigte Pomm streitlustig. Sie ärgerte sich über die unverdient grobe Behandlung. Sie hatte sich jetzt aufgesetzt und versuchte, immer noch außer Atem, ihre verwirrten Federn zu ordnen. Der Tag war gerade erst angebrochen. Wenn nicht bald alles wieder in Ordnung kam, würde die nächste Nacht genauso unruhig wie die letzte werden. Karana war aus ihrem Leben verschwunden. Sie hatte Sondahr nicht heilen können. Obwohl sie letztlich froh darüber war – denn jetzt war sie die Zauberin an Sondahrs Stelle –, hatte sie wirklich ihr Bestes für sie getan, wenn auch nicht aus Mitgefühl, sondern um ihren Ruf zu festigen.

»Navahk muß Lonit vergessen«, drängte Aliga sanft und riß damit die dicke Frau aus ihren Träumereien.

Pomms kleiner Mund zuckte. Sie saß mit dem Rücken zur locker befestigten Felltür. Sie zitterte im kalten Wind, der in die Erdhütte eindrang, als sie von Aliga zu Navahk sah. Die tätowierte Frau versuchte, Navahk zu beruhigen. Er stand da wie ein Speer, der von einer unsichtbaren Hand gehalten wurde. Es würde nicht viel brauchen, bis er wieder vor Wut lostobte.

Im diffusen Licht des Sturms sah Aliga ihn immer noch bewundernd an und suchte hinter dem zerstörten Auge und dem blutigen Gesicht den Mann, den sie schon immer begehrt hatte. »Lonit wird niemals einen anderen Mann als Torka ansehen. Jeder weiß das. Sie wird ihm bis in den Tod treu sein, so wie diese Frau Navahk treu sein wird, dem besten und schönsten Mann von allen. Ich wußte, daß du mich heilen würdest. Und wenn das Baby dieser Frau geboren ist, wird sie es nach jemandem aus Navahks Linie benennen, jemand, dessen Geist jetzt im Wind weht, den du geliebt hast und gerne wieder an deiner Seite haben möchtest – vielleicht Supnah, wenn es ein Junge wird.« Sie unterbrach sich, weil sie etwas in ihm spürte, das ihr bisher entgangen war, etwas Dunkles und Bedrohliches.

»Will noch eine von Torkas Frauen es wagen, Navahk zu ärgern?« In seiner Wut und den Qualen seiner Verstümmelung sah er Aliga als Torkas Frau – wie Iana, die ihn verkrüppelt, und Lonit, die ihn verschmäht hatte.

Pomm, die immer noch pikiert auf dem Fußboden saß, bemerkte die Veränderung Navahks und zuckte instinktiv zurück, als er sie ansah. Sie stieß mit dem Rücken gegen die Felltür. Der Wind von draußen war kalt, aber das Innere der

Hütte schien ihr mit einem Mal viel kälter geworden zu sein.

»Schon vor Stunden gegangen, sagst du? Und du sitzt immer noch hier auf deinem dicken Hintern und hast ihr niemanden nachgeschickt? Du hast mich hier bewußtlos in meinem eigenen Blut liegengelassen, während Lonit mir entkommen konnte?«

Aliga hatte Angst. Plötzlich verschwand Navahks überwältigende Schönheit von seinem Gesicht. Es war eine Bestie mit einem blutigen Auge, die auf sie herabsah und ihr vorwarf, Lonit entkommen zu lassen haben. Als ob sie sie hätte aufhalten können!

Sie starrte ihn an und versuchte, ruhig zu bleiben, während seine Hände mit der blutigen Steinschleuder spielten, die er aus seinem Auge gerissen hatte. Die scharfkantigen, wie Muscheln geformten Steine, an denen noch Fleischfetzen hingen, baumelten herab.

»Ich habe versucht, dich aufzuwecken, Navahk«, sagte sie und war sich plötzlich nicht mehr sicher, ob sie sich richtig entschieden hatte, indem sie bei ihm geblieben war. Grek hatte ihr angeboten, sie zu tragen, und Lonit hatte sie angefleht mitzukommen und sie vor Navahk gewarnt. Aber sie hatte nicht auf sie gehört. Sie stand so kurz vor der Niederkunft. Sie durfte ihr Kind nicht in Gefahr bringen, nachdem Navahk geschworen hatte, daß es jetzt bald auf die Welt kommen würde, und die Mächte, die die Geburt verhindert hatten, aus dem Lager verbannt waren.

Seine Worte hatten sie tief getroffen, aber ihr Kind war ihr wichtiger als alles andere. Torka und Karana hatten Dinge getan, die noch niemand zuvor je getan hatte, genauso wie Lonit. Sie hatten ihre Bestrafung geradezu herausgefordert. Und sie war tief davon überzeugt, daß Navahks Zauber sie geheilt hatte, obwohl die Schwäche und der tiefe Schmerz in ihrem Rücken nach einigen Stunden zurückgekehrt waren. Aber sie war überzeugt, daß er sie noch einmal behandeln würde, wenn er sich wieder gefangen hatte, so daß es ihr wieder bessergehen und ihr Baby endlich geboren werden würde. Und Navahks Zorn würde sich bestimmt legen, wenn sie ihm erklärt hatte, warum sie Grek und Lonit niemanden hinterhergeschickt hatte.

»Diese Frau hat nach Hilfe für dich gerufen!« versicherte sie ihm und wünschte sich, dieser angestrengte, grausame Ausdruck auf seinem Gesicht würde verschwinden. »Deswegen ist Pomm hier, um dich zu heilen... aber... aber Navahk muß doch verstehen, daß nicht einmal eine solche Zauberin wie Pomm es wagen kann, den großen Geisterjäger aufzuwecken! Und Lonit ist zur Schwester von Aliga geworden, und Torka war mein Mann! Wenn sie sterben müssen, ist es der Wille der Ältesten und der Mächte der Schöpfung. Aber Aliga dachte, daß es nicht schaden kann, wenn meine Schwester in den Sturm hinausläuft. Warum macht sich der große Navahk so große Sorgen wegen ein paar Frauen und Kindern, wegen eines alternden Jägers und zwei Männern, die offenbar nur Ärger bringen. Es war Lorak, der sie in den Sturm hinausgetrieben hat. Er wird bald sterben, und dann wird Navahk der höchste Älteste der Großen Versammlung sein! Torka, Lonit, Grek, Iana, Wallah, Karana und die Kinder sind niemand im Vergleich zum großen Navahk! Also dachte Aliga, es wäre das Beste, wenn Navahk sich ausruht und seine Kräfte sammelt, um sich seinen Aufgaben zu stellen — und dem Kind, das Aliga ihm als sein eigenes anbietet.«

»Kind?« Er lächelte. »Würde die Frau von Torka gerne ihr Kind sehen?«

Als Pomm sein Lächeln sah, erstarrte sie vor Schreck.

Sie mußte hilflos zusehen, wie er über Aliga herfiel und mit der scharfen Muschel ihren Bauch aufschlitzte. Mit der anderen Hand stieß er hinein und zerrte eine Handvoll Wahrheit hervor, eine formlose, übelriechende und bösartige Masse.

»Hier ist dein Kind, Frau von Torka! Sieh dir dein Kind an! Säuge es, während du stirbst! So wie Lonits Kinder sterben werden! So wie alle sterben werden, die mit Torka gehen, für das, was sie mir angetan haben!«

Pomm kroch auf allen vieren aus der Erdhütte. Es war Jahre her, seit sie ihre Körpermasse das letzte Mal so schnell bewegt hatte. Aber ihre Anstrengung war vergebens. Navahk fiel über sie her wie ein Löwe, der ein altes, hornloses Nashorn anspringt. Sie ging stöhnend zu Boden und sah nur noch Wind und Schnee, als er sie am Fußknöchel zurück in die Erdhütte zog. Sie schrie um Hilfe, aber der Wind riß ihre Stimme von den Lippen, so daß niemand sie hörte. Sie schrie immer noch, als er die Felltür hinter ihr verschloß. Da sie auf dem Bauch lag, konnte sie sich nicht aus eigener Kraft aufrichten, bis Navahk sie am Arm hochriß und ihn dabei fast ausrenkte.

»Wage nicht, vor mir davonzulaufen!«

Ihr Kinn zitterte vor Furcht. Ihre kleinen Augen weiteten sich erschrocken, als sie die leblose Aliga auf ihren blutüberströmten Schlaffellen sah. Jetzt war nicht nur ihr Bauch, sondern auch ihre Kehle aufgeschlitzt.

»Tu nicht so entsetzt, dicke Frau! War es nicht dein Messer, das die Adern Sondahrs öffnete und damit das Entweichen ihrer Seele beschleunigte, damit deine kleinen Füße in die Spuren treten können, die sie in den Herzen der Männer hinterlassen hat?«

»Es geschah auf ihre eigene Bitte! Und mit ihrem eigenen Messer . . .«

»Hör auf herumzujammern! Bist du jetzt nicht das, was du immer sein wolltest — die Zauberin der Großen Versammlung?«

Sie blinzelte verwirrt und verängstigt, als sie ahnte, worauf seine Worte hinauslaufen würden. »Für w-wie lange?« wimmerte sie.

»Das liegt bei dir. Hilf mir, Lorak in den Schatten zu stellen, und du wirst leben. Aber wenn du vor mir wegläufst und deinen Mund nicht halten kannst, werde ich dich aus diesem Lager vertreiben. Ich werde dein nacktes Fleisch mit Blut besudeln, nachdem ich dich mit deinen Eingeweiden an einen Baum gefesselt habe. Dann werden die Raubtiere dich bei lebendigem Leib verschlingen. Das schwöre ich dir bei den Mächten der Schöpfung!«

375

Sie konnte ihr wild klopfendes Herz nicht beruhigen, was sie fast ebenso erschreckte wie der Mann, der sie bedrohte, denn das rasende Pochen raubte ihr den Atem.

Er hockte sich lächelnd hin und legte eine Hand auf das zerstörte Auge. Mit dem anderen Auge sah er sie an, und mit der anderen Hand strich er sanft über ihre Augenbraue. »Was Pomm eben gesehen hat, war nicht das Werk von Navahk. Du mußt allen Leuten sagen, daß der Wanawut die tätowierte Frau getötet hat und daß er alle anderen töten wird, die sich in Zukunft gegen Navahk auflehnen.«

Ihr Herzschlag beruhigte sich. Wenn er sein schreckliches Auge verdeckte und sie zärtlich streichelte, war er wieder so schön wie immer − wie ein erwachsener Karana, so bezaubernd, daß sie ihren Blick nicht von seinem gesunden, schwarzen Auge losreißen konnte und stumm nickte, als sich sein Lächeln vertiefte.

»Ja, Pomm, wir wissen, was du begehrst, nicht wahr? Vielleicht kann ich es dir geben. Wenn ich Karana finde, könnte ich ihn dir zum Geschenk machen, damit du oben auf dem Hügel der Träume nach Belieben über seinen Körper bestimmen kannst. Das würde dir doch gefallen, oder?«

»Das sind meine Wünsche... und noch mehr.«

Er hörte das Bedauern in ihrer Stimme und wußte, daß er sie richtig eingeschätzt hatte. Sie wollte ihn. »Pomm wird noch mehr bekommen«, sagte er sanft, während er sich voller Vergnügen vorstellte, wie er ihr den Hals umdrehte. »Aber zuerst muß Pomm für Navahk sprechen und all das bestätigen, was er vor den versammelten Stämmen auf dem Hügel der Träume sagen wird.«

Vorsichtig legte sie ihre Hand auf seine und drückte sie sanft und bittend. »Dein Auge... bringt es dir viel Schmerz?«

»Ich lebe vom Schmerz, Frau. Er gibt mir Kraft. Wie andere Menschen sich von Fleisch ernähren, so ernähre ich mich von Schmerz.« Er entzog ihr seine Hand und stand auf. Die Worte waren ihm leicht über die Lippen gekommen, aber die Wunde war kaum zu ertragen. In seiner Hütte konnte er Umschläge machen, die den Schmerz lindern würden, aber nicht sehr. Die

Wunde mußte gereinigt werden, aber er würde niemandem erlauben, ihn zu pflegen, damit niemand Zeuge seiner Schwäche wurde. Er mußte allein sein.

Er stand auf und unterdrückte seinen Wunsch, nach Pomm zu treten. »Ich werde jetzt zum Hügel der Träume gehen, um mit den Mächten der Schöpfung zu sprechen. Bleib hier bei der Leiche der tätowierten Frau. Wenn der Tag der Dämmerung weicht, mußt du aus der Hütte rennen und schreien, daß der Wanawut sie getötet hat.«

Sie sah unsicher aus. »Aber wie können sie glauben, daß diese Frau ihm unverletzt entkommen konnte?«

»Sag ihnen, daß Navahks Macht dich geschützt hat ... daß die Bestie auf meinen Befehl kommt und geht. Und anschließend werde ich vor allen bestätigen, daß dir überhaupt nichts passieren konnte, weil du deinen Zauber zur Pflege meiner Wunde eingesetzt hast. Der Wanawut greift nur dann an, wenn ich es befehle.«

»Such irgendwo Schutz vor dem Sturm, Frau! Warum hockst du immer noch hier auf dem Hügel der Träume? Dies ist kein Platz für dich!«

Naiapi sah durch den wirbelnden Schnee zur Gestalt von Lorak auf, der in Felle gehüllt vor ihr stand. Sie war enttäuscht, denn sie hatte hier schon seit Stunden auf Navahk gewartet. »In wessen Hütte sollte die Frau gehen? Ich bin die Frau von Grek. Mein Mann hat mich im Stich gelassen und alles mitgenommen außer diesen Schlaffellen und meinem wenigen Besitz. Er hat mich vor allen beschämt. Kein Mann meines Stammes würde mich jetzt noch aufnehmen. Also warte ich hier auf Navahk, den Häuptling meines Stammes und den Bruder meines ersten Mannes. Navahk wird mir sagen, was ich tun soll. Außerdem hat er gesagt, daß ich eines Tages seine Frau sein würde.«

Sie sah so hilflos aus, wie sie da in ihrem schäbigen Umhang frierend im Schnee saß. War es nicht Sondahrs Umhang? Er konnte es nicht genau erkennen, da sie fast eingeschneit war. Ihr Gesicht war hübsch, selbst hinter dem Schleier aus Schnee.

Unter dem schäbigen, steifgefrorenen Umhang würde auch ihr Körper hübsch sein. Daran hatte er keinen Zweifel, wenn Navahk ihr so günstig gestimmt war.

Lorak verzog angewidert das Gesicht. Er ärgerte sich über Navahk. Er war froh, jetzt, wo der andere nur noch ein Auge hatte. Das würde den bewundernden Blicken und seiner Überheblichkeit ein Ende machen! Der Mann hatte ihm die Leitung der Rituale am Gemeinschaftsfeuer aus der Hand genommen, ohne daß er es sofort bemerkt hatte. Er war zwar froh gewesen, daß er Torka und den respektlosen Jungen aus dem Lager vertrieben hatte, aber Lorak hätte die Aktion gerne selbst initiiert. Es hatte ihm nicht gefallen, daß Navahk ohne seine Erlaubnis böse Geister auf Sondahr herabbeschworen hatte. Jetzt war die Zauberin tot, und Navahk konnte sich mit Torkas antilopenäuiger Frau vergnügen. Aber Lorak würde nie mehr die Gelegenheit haben, sein Verlangen nach Sondahr zu befriedigen — wozu Navahk schon vor Jahren die Gelegenheit gehabt hatte.

Enttäuschung und Eifersucht stachelten den alten Mann auf. Er würde Navahk zurechtweisen und ihn lehren, die Ältesten nicht zu mißachten. Er streckte Naiapi seine Hand hin. »Navahk hat also für dich gesprochen. Doch jetzt ist er ein einäugiger Mann, der lange Zeit in der Pflege Pomms verbringen wird. Lorak ist der höchste Älteste in diesem Lager und wird jetzt für Naiapi sprechen. Komm, Frau! Grek hat dich im Stich gelassen, und der Sturm wird immer schlimmer. Dieser Mann hat keine Frau, die seine Schlaffelle wärmt. Ich würde wetten, du weißt ein paar Tricks, wie man einen hungrigen alten Mann wärmt, oder?«

Sie zögerte nur kurz, seine angebotene Hand anzunehmen. »Ich kenne viele Tricks, Lorak, besonders wenn du ausgesprochen hungrig bist. Viele würden erstaunt sein, wenn sie wüßten, wie geschickt Naiapi mit Fleisch umgehen kann.«

3

Sie zogen gemeinsam über das Land. Obwohl sie das Heulen von Wölfen und des Wanawut hörten, sahen sie sich nicht um. Der Schneefall bedeckte ihre Spuren. Torka, Karana und Lonit waren angeschlagen und erschöpft, aber sie gingen voraus, während Grek, Iana, Wallah, Mahnie und die Kinder folgten.

Sie zogen jetzt zwei Schlitten. Auf dem einen, den Mahnie mitgebracht hatte, lag Aar neben ihren Vorräten, und den anderen hatte Grek schnell aus Karibugeweih und zwei Mammutrippen als Kufen zusammengebaut, bevor er zu Torka und Karana aufgebrochen war. Die Bestandteile des zweiten würden ihnen auch als Gerüst für eine Hütte dienen, wenn sie ihr Lager aufschlugen. Im kalten Wind hatte Grek die Kufen mit seinem eigenen Urin vereist, so daß sie nun reibungslos über den Schnee glitten.

Grek war dem Schicksal dankbar, daß der Sturm heftiger geworden war, weil die Menschen der Großen Versammlung deswegen in ihren Behausungen bleiben würden, und daß er eine so gute Frau wie Wallah hatte. Er drehte sich nach ihr um, die unter der Last ihres Gepäcks gebeugt voranstapfte. Sie hatte nicht einen Moment gezögert, als er ihr flüsternd von seiner Absicht erzählt hatte, Torka zu folgen. Sie wollte das Lager genauso sehr verlassen wie er, nicht nur um Mahnie zu finden, sondern auch, um einem Ort zu entfliehen, an dem, wie sie glaubte, böse Geister hausten.

Mit der Hilfe von Iana und Lonit hatte sie so schnell wie nie zuvor ihre Erdhütte abgebrochen. Dann hatten die Frauen stumm ihre Rückentragen zusammengepackt und die restlichen Rippenknochen, Lederplanen, ein paar Vorräte und andere Dinge, die Lonit aus Torkas Erdhütte geholt hatte, auf dem Schlitten verstaut.

Endlich waren sie unterwegs. Als Grek sich neben Torka gegen den Sturm stemmte, war er trotz des Geheuls der Wölfe und des Wanawut, die immer näher kamen, zum erstenmal seit Jahren wieder voller Zuversicht und ohne Furcht.

Das Kind sah zu, wie sie aufbrachen.

Seine breiten Nüstern zitterten, denn es roch ihren süßen Geruch nach Leben. Es war ein Rudel, das ein gemeinsames Ziel hatte. Es waren Junge und Alte dabei und ein Stärkerer, der keine Angst hatte, den anderen den Weg zu zeigen.

Das Kind zitterte und hatte einen bitteren Geschmack in der Kehle. Einsamkeit schmeckte bitter; für das Kind hatte sie eine schlammbraune Farbe mit blauen Rändern wie eine Wunde, die nicht heilen wollte.

Es starrte durch das bereifte, vom Wind abgeknickte Gras und stöhnte leise. Die Bestien waren bereits ein gutes Stück entfernt. Die eine, die wie der Mörder seiner Mutter aussah, war auch bei ihnen. Aber es war nicht der Mörder seiner Mutter, sondern Sternenauge, eine freundliche Bestie, eine Erinnerung aus der Vergangenheit. Das Kind dachte an seine Mutter und ihr Rudel, an warme Arme, beruhigende Geräusche und die Mutterbrust, die Milch spendete, die so warm und süß wie Blut war.

Das Kind maunzte klagend. Die Luft war kalt hier am See in dieser weißen Welt, wo der Wind an seinem Fell zerrte und kein Loch im Himmel die Erde wärmte und es keine Mutter gab, die es tröstete.

Es ging ein paar Schritte durch das Gras, hörte das Eis an den Halmen brechen und roch den leicht säuerlichen Geruch der trockenen Stengel. Es wollte den Bestien durch den Sturm folgen, als es den Mörder seiner Mutter im Knochenkreis vor Schmerz aufheulen hörte. Er war verletzt. Vielleicht würde er ihm nie wieder Fleisch bringen. Vielleicht würde der Atem seinen Körper verlassen und ein anderer seiner Art ihn ausweiden und in seiner Haut tanzen.

Plötzlich verkrampfte sich schmerzhaft der Bauch des Kindes. Es hockte sich hin und jammerte leise. Es war verwirrt von den Schmerzen und dem Geruch seines eigenen Blutes. Eine kräftige, behaarte Hand erkundete die Quelle des Geruchs und spürte etwas Warmes und Rotes zwischen seinen Schenkeln. Das Blut kam dort heraus und geronn im dicken, grauen Fell. Das Kind schrie verwirrt auf. Mutter hatte dort auch geblutet, nicht nur als sie zu atmen aufgehört hatte. Auch Mutter hatte in dieser Zeit des Blutes geheult und gestöhnt.

Das Kind wischte seine blutige Hand im Schnee ab. Dann schrie es plötzlich auf, weil es sich den Finger an etwas Scharfem verletzt hatte. Es saugte an der kleinen, aber tiefen Wunde, während es mit der anderen Hand wütend auf den Boden schlug. Dann traf es mit dem Handballen auf etwas Hartes.

Verblüfft sprang das Kind auf und beugte sich neugierig wieder herunter. Es blies den Schnee weg und berührte mit dem Zeigefinger das unheimliche Ding, das wie ein längliches Weidenblatt geformt war.

Das Kind erkannte es sofort wieder. Es war ein lanzettförmiges, sorgfältig bearbeitetes Messer aus Obsidian, das von einer der Bestien zusammen mit dem fliegenden Stock zurückgelassen worden war. Dieser seltsame Stein mußte sich in den Kleidern von Sternenauge verfangen haben, als das Kind ihn hergezogen hatte. Das Kind hob den Stein vorsichtig auf, roch und leckte daran. Es war zweifellos ein Objekt aus Erde, dem die Menschen für einen besonderen Zweck eine neue Form gegeben hatten.

Das Kind legte den Kopf schräg und hielt das Messer neben seine Wunde und erkannte die Möglichkeiten des Messers und wozu es gemacht worden war.

Es grunzte zufrieden, packte das mit Sehne umwickelte Ende des Messers und erinnerte sich an einen anderen Menschenstein... der in der Brust seiner Mutter gesteckt hatte.

Torka führte seinen Stamm durch eine Welt, in der Himmel und Erde eins geworden schienen, wo der heulende Sturm und der treibende Schnee die einzige Wirklichkeit waren. Schließlich mußte er den Befehl zum Anhalten geben, damit sie nicht im Kreis herumgingen.

Sie errichteten einen provisorischen Schutz vor dem Sturm, einen Unterschlupf, der den Wind abhielt und wo sie zusammengekauert schlafen konnten, bis der Wind nachgelassen hatte. Als Torka erwachte, träumte Lonit immer noch in seiner

Armbeuge, während Sommermond auf seiner anderen Seite schlief. Iana hatte sich wie ein Schutzwall um Demmi herumgelegt. Er konnte Greks schweren Atem hören, die ruhigen Atemzüge Mahnies und das tiefe Schnarchen Wallahs.

Er sah Karana, der mit Aar an seiner Seite in der stillen, weißen Welt stand. Torka war erleichtert. Das Tier würde überleben! Er hatte sich große Sorgen gemacht.

Torka erhob sich vorsichtig, um die anderen nicht zu wecken, und stöhnte leise über den Schmerz in seiner verbundenen Brust und ging zu Karana hinaus.

Der Junge reagierte nicht auf seine Annäherung. Torka zog sich die Kapuze über den Kopf, damit ihm der Schnee nicht ins Gesicht fiel. Eine ganze Weile standen sie schweigend nebeneinander.

»Sie werden uns verfolgen. Wenn sie uns finden . . .«

»Das werden sie nicht«, unterbrach Torka ihn, bevor er wieder etwas Schreckliches heraufbeschwor, indem er es aussprach.

Vor ihnen im Osten erschien ein schwaches goldenes Leuchten im Dunst.

»Die Sonne geht auf«, stellte Karana fest.

Torka nickte. »Ich werde es den anderen sagen. Wir müssen weiter.«

Es schneite den ganzen Tag. Immer wieder war die Stimme des Wanawut zu hören, und der Wind blies in heftigen Böen, in die sich niemand aus dem Großen Lager hinauswagen wollte.

Der Rat der Ältesten hatte sich im Knochenhaus versammelt. Der höchste Älteste fühlte sich nicht wohl. Er sah grau und verfroren aus und verbarg nicht, daß er heftige Bauchschmerzen hatte. Er lehnte hartnäckig Navahks Forderung ab, sich mit ein paar Jägern auf die Suche nach der Frau zu machen, die ihn verstümmelt hatte.

»Der Stamm des Mannes mit den Hunden müßte inzwischen tot sein«, keuchte Lorak. »Vergiß sie. Der Wanawut ist in unser Lager eingedrungen und hat einen von uns getötet. Die Leichen von Stam, Aliga und Sondahr wurden draußen aufgebahrt. Jetzt streunen Wölfe und Löwen in der Nähe der Knochenwand herum. Böse Geister gehen um, Navahk. Lorak sagt, daß es besser ist, wenn die Menschen innerhalb des Knochenzauns bleiben.«

Alle Jäger und Zauberer, die sich im großen, rauchgeschwängerten Raum versammelt hatten, murmelten zustimmend.

In der Haut des Wanawut fixierte Navahk den höchsten Ältesten verächtlich mit seinem gesunden Auge. Das andere war von einem Streifen aus weißem Karibufell verdeckt, den er sich vom Saum seines Unterhemds abgeschnitten hatte. Sein zerstörtes Auge war ein bodenloses Loch voller Schmerzen, aber er hatte sich ausgeruht, die Wunde gereinigt und eine schmerzstillende Salbe aus Fett mit Weidenöl aufgelegt, so daß er sich jetzt beherrschen konnte.

Er war überrascht, daß der alte Mann von seinem Blick nicht eingeschüchtert worden war. Enttäuschter Zorn erschien auf Navahks Gesicht, weil er sich sicher gewesen war, daß der leichtgläubige Älteste und die ebenso leicht zu beeinflussenden Zauberer und Jäger sich sofort seinem Befehl unterordnen würden, sobald Pomm ihre Geschichte über den Angriff des Wanawut hinausgeschrien hatte. Obwohl sie sichtlich ernüchtert waren, hatten sie viele Fragen gehabt, und Navahk war nicht in Stimmung, sie sich anzuhören. »Anders als Lorak lebt Navahk nicht in ständiger Angst. Dieser Mann hat den Jägern dieses Lagers Mammuts gebracht. Dieser Mann trägt die Haut des Wanawut. Er wird keinen Mann anfallen, der mit mir auf die Jagd geht.«

Zinkh, der zwischen den Männern seines eigenen Stammes saß, sagte nachdenklich: »Zinkh meint, daß es in Ordnung ist, wenn Navahk die Frau jagen möchte, die ihm sein Auge geraubt hat. Aber Navahk hat uns mehr als nur Mammuts gebracht. Navahk hat uns auch das Ding gebracht, vor dem wir uns fürchten, den Windgeist, den Wanawut. Dieser Mann geht nicht im Land der Windgeister auf die Jagd. Und dieser Mann jagt keine Frauen. Wenn es so ist, wie Navahk sagt, daß Lonit ihm sein Auge ausgeschlagen hat, um zu entfliehen, dann sagt Zinkh, daß die

Geister sie vielleicht schon bestraft haben. Der Sturm ist heftig und der Wind kalt. Lonit ist nur eine Frau, und Torka dürfte schon längst tot sein. Eine Frau muß immer das tun, was man ihr sagt, also werden die Geister Torkas Frau für ihren Ungehorsam bestrafen. Wenn Lonit sich freiwillig der Gefahr ausgesetzt hat, allein in den Wind hinauszugehen, um bei ihrem Mann zu sein, dann wird Zinkh sich nicht derselben Gefahr aussetzen, um sie zurückzuholen. Und Grek hat nur eine alte Frau und ein Kind bei sich. Das ist kein großer Verlust für einen Stamm!«

»Mutig und großzügig gesprochen, Zinkh! Ich möchte wissen, ob Zinkh auch so großzügig wäre, wenn man ihm sein Auge genommen hätte.« Navahk kniff sein Auge zusammen. Sie hatten alle seine Lüge geglaubt, daß Lonit ihn verstümmelt hatte. Sie waren alle über Greks beispielloses Verhalten entrüstet gewesen. Doch Navahk hatte sie nicht mit seinem Bedürfnis nach Rache infizieren können. Vor allem ärgerte er sich über Zinkh mit seinem verrotteten Kopfschmuck. Neben ihm sahen mehrere junge und ältere Jäger Navahk mit starren und müden Blicken an. Zinkhs Stamm war klein, aber seine Männer waren ihrem Häuptling treu ergeben. Sie hatten sich ohne Begeisterung an der Vertreibung von Torka und Karana beteiligt. Sie waren zurückgeblieben und hatten lange gezögert, als Lorak ihnen befohlen hatte, ihm in die Nacht zu folgen. Zinkhs Männer waren die einzigen im ganzen Lager gewesen, die mit der Verbannung nicht einverstanden gewesen waren.

»Zinkh ist wieder sehr mutig geworden, seit er seinen angeblich glücksbringenden Kopfschmuck zurückgeholt hat, den Karana verschmäht und in Torkas Erdhütte liegengelassen hat«, sagte Lorak ungeduldig und verächtlich.

Navahk war zufrieden.

Zinkh funkelte den höchsten Ältesten beleidigt an. »Vielleicht hätte Karana nicht soviel Unglück gehabt, wenn er ihn getragen hätte!«

»Und vielleicht hat Zinkh ganz andere Gründe, warum er sich nicht aus dem Lager heraustraut!« rief Navahk anklagend, als er spürte, daß der kleine Häuptling seine Position zugunsten Loraks schwächte.

»Kein Mann geht bei einem solchen Wetter auf die Jagd!« erwiderte Zinkh erregt.

Navahks Blick und sein Lächeln waren unerschütterlich. »Der Sturm wird irgendwann vorbei sein.«

»Ob Sturm oder nicht, es ist nicht gut, wenn Männer Frauen jagen oder andere Männer töten, als wären sie Tiere. Zinkh sagt, daß dem Stamm des Mannes mit den Hunden genug angetan wurde. Laßt die Sturmgeister und die Menschen entscheiden, ob ihre Seelen für immer im Wind wandern sollen.«

»Navahk hat erfahren, daß Zinkh gemeinsam mit Torka zur Großen Versammlung gekommen ist«, sagte der Zauberer. »Gibt es vielleicht eine enge Bindung zwischen euch? Als Torka aus diesem Lager verstoßen wurde, hätte vielleicht auch Zinkh verstoßen werden sollen!«

Zinkh zuckte sichtlich zusammen, aber hinter ihm sprang wütend der junge Jäger Simu auf, der die Beleidigungen und Bedrohungen seines Häuptlings nicht länger ertragen konnte. »Navahk ist nicht der höchste Älteste dieses Lagers! Navahk ist nicht einmal einer der Ältesten! Dieser Mann hat Navahk noch nie auf früheren Versammlungen gesehen! Navahk kann beeindruckend tanzen und singen. Navahks Stamm hat die Mammuts zu diesem Lager geführt, aber gleichzeitig hat er uns viel Ärger gebracht! Viele Menschen sind gestorben, seit Navahk unter uns lebt! Er hat kein Recht, Lorak herauszufordern und den Häuptling meines Stammes zu bedrohen, der allen hier Versammelten als mutiger Jäger bekannt ist und niemals in seinem Leben jemandem Schaden zugefügt hat!«

Navahks Kopf ruckte hoch. Ein stechender Schmerz schoß durch sein rechtes Auge, als er den ungestümen jungen Jäger anfuhr, der ihn herauszufordern wagte. »Navahk spricht mit dem Recht des Wanawut! Nimm dich in acht, was du zu mir sagst, Simu, denn deine Frau ist hochschwanger, und der Wanawut streift im Sturm umher und hat das ungeborene Kind von Aliga im Bauch. Vielleicht entwickelt der Wanawut Appetit auf mehr von dieser Sorte Fleisch.«

Simus Gesicht wurde aschfahl, und er setzte sich wieder, als wäre er umgestoßen worden. Kaum ein Mann im Raum war nicht ähnlich schockiert.

Für einen kurzen Moment war Navahk unsicher, ob er vielleicht zu weit gegangen war, aber die Furcht war schon immer sein Verbündeter gewesen. Männer, die sich fürchteten, ließen sich leichter manipulieren. Und er konnte Karana und Torkas Stamm unmöglich allein töten.

Er lächelte Simu freundlich an. »Nur Navahk kann dem Wanawut befehlen, außerhalb der Knochen dieses Lagers zu bleiben, und nur Navahk erkennt, daß der Wanawut so lange Hunger nach Menschenfleisch hat, wie noch ein einziges Mitglied von Torkas Stamm am Leben ist. Dieser Mann versteht das Herz und die Seele des Wanawut. Die Seele des Wanawut blutet, wie dieser Mann geblutet hat. Er ist voller Schmerzen wie dieser Mann. Er sehnt sich danach, die Quelle seines Schmerzes zu zerstören. Würden Simu und die mutigen Jäger der Großen Versammlung nicht alles geben, um das Leben jener auszulöschen, die den Wanawut zornig machen und damit das Leben ihrer Familien bedrohen . . . ihrer Frauen . . . ihrer ungeborenen Söhne?«

Lorak runzelte die Stirn, weil er ein neues Täuschungsmanöver vermutete. Eine seiner knorrigen alten Hände hielt er fest gegen seine Eingeweide gepreßt. »Wenn der Wanawut nach Blut verlangt, soll er auf dem Rücken des Sturmes zu jenen reiten, die dich verstümmelt haben, denn hier wird er sie nicht finden.«

Navahk lächelte zufrieden. Seit dem Augenblick, als er dieses Lager betreten hatte, hatte er sich Loraks Tod gewünscht. Der alte Narr war offenbar so krank, daß er sich kaum noch konzentrieren konnte. Doch er wollte auch nicht in seine Schlaffelle zurückkehren, wo Naiapi auf ihn wartete. Navahk konnte den starken Geruch nach geröstetem Fleisch riechen, der aus der Hütte des höchsten Ältesten drang. Navahk war nicht überrascht, daß der alte Mann sich nach dem Tod Sondahrs Naiapi als Frau genommen hatte. Sie war immer noch eine hübsche Frau und hatte ein sexuelles Verlangen, das einem alten Mann schmeicheln würde, dessen männlicher Stolz ein wenig Zuspruch vertragen konnte.

Und er brauchte diesen Zuspruch jetzt. »Wenn der Wanawut zusammen mit den Sturmgeistern verschwunden ist, wird Navahk nie wieder darüber sprechen.«

Je weiter sie nach Osten kamen, desto mehr legte sich der Sturm. Obwohl Torka und sein Stamm zwei lange Tage und Nächte bei klarem, aber kaltem und windigem Wetter reisten, konnten sie am westlichen Horizont immer noch dicke Schneewolken erkennen. Trotz ihrer Verletzungen drängte Torka die anderen weiter und war froh über das Wetter, denn er bezweifelte, daß irgend jemand bei solch einem Sturm sein sicheres Lager verlassen würde.

»Navahk würde bei jedem Wetter aufbrechen«, sagte Karana. »Trotz des Sturmes würden seine Augen den Weg erkennen.«

»Er hat nur noch ein Auge«, erinnerte ihn Iana.

»Es ist sein inneres Auge, das ihm den Weg zeigt. Sondahr hat es die Gabe des Sehens genannt, obwohl er sie nicht so gut beherrschte wie sie oder ich.« Karana verstummte, denn er wollte nicht prahlerisch klingen, aber er besaß nun einmal die Gabe des Sehens, daran bestand kein Zweifel. »Außerdem kann er in die Herzen der Menschen sehen und ihre Gedanken erkennen und ihre Handlungen voraussagen. Damit kann er ihren Willen beeinflussen, so daß sie in seinem Sinne handeln. Vergeßt nicht, daß Navahk kein Mann ist, der vergeben oder vergessen kann. Sobald der Sturm vorbei ist, wird er uns folgen. Und er wird nicht allein sein.«

»Diese Frau hat keine Angst!« beharrte Iana und lächelte mit erhobenem Kopf, weil sie wußte, daß ihre Angeberei der Wahrheit entsprach. »Gute Geister haben den Stein von Lonits Steinschleuder gelenkt, und ihre Kraft war im Arm dieser Frau.«

»Ich habe Angst vor ihm«, gab Mahnie zu und vermied es absichtlich, seinen Namen auszusprechen, während sie neben Aar kniete und seine Kopfwunde untersuchte. Karana hatte sie genäht. Sie war sauber und verschorft, und bei der Kälte bestand kaum die Gefahr einer Infektion. Dennoch war das Mädchen besorgt und wandte sich erst wieder an die anderen, nachdem sie die Wunde eingehend geprüft hatte. »Mein Vater hat mich gelehrt, daß Angst etwas Gutes ist. Sie verleiht Stärke und macht uns auf Gefahren aufmerksam. Dieses Mädchen – diese Frau – wird nicht rasten, wenn es die geringste Chance gibt, daß der Geisterjäger uns noch folgt.«

Sie stand auf. Karana sah, daß Aar seine Schnauze an ihren Handschuhen rieb. Der Hund war den ganzen Tag aus eigener Kraft gelaufen. In der Nacht war er lange Zeit winselnd umhergestreunt, bis er sich hingelegt hatte und in die Richtung blickte, aus der sie gekommen waren, als erwartete er, daß Schwester Hund und seine Welpen nachkommen würden. Er heulte oft, scheinbar ohne Grund, aber das Mädchen hatte zu Karana gesagt, daß er nach seiner verlorenen Familie rief. Karana wußte, daß sie recht hatte und verstand, warum Aar so sehr an der Tochter von Grek hing. Sie war ein hübsches, entschlußfreudiges Mädchen, aber er wünschte sich, sie würde ihn nicht jedes Mal so ansehen, wenn sie davon sprach, daß sie jetzt eine Frau war. Er zweifelte nicht etwa daran – wenn sie es sagte, mußte es auch so sein. Aber nach Sondahr, die jede andere Frau übertraf, würde Mahnie ihm immer wie ein Kind erscheinen.

»Dann werden wir also weitergehen, wenn Torka und Grek einverstanden sind?« Wallah seufzte müde, war aber bereit, die Reise fortzusetzen.

»Torka führt, und Grek folgt«, stimmte Grek zu und half Wallah hoch. »Und wenn Torka müde werden sollte, muß er nur die Richtung angeben, und dann wird Grek führen. Gemeinsam mit Karana werden wir im neuen und wildreichen Land ein starker Stamm sein.«

»Es ist noch weit weg, dieses verbotene Land.« Wallah seufzte erneut und rückte sich ihr Gepäck zurecht.

»Es ist weit weg«, bestätigte Torka und wünschte sich, er könnte der kräftigen und duldsamen Frau mehr Hoffnung machen. »Wir müssen es erreichen, bevor die Zeit der langen Dunkelheit anbricht. Andernfalls fürchte ich, daß wir im Tal der Stürme selbst überwintern müssen.«

»Ist es wirklich ein so wildes Land?« hakte Grek mit besorgter Miene nach. Wie Iana war auch er neu geboren und würde nicht zulassen, daß ihn die Angst erneut verkrüppelte.

Torka nickte. »Es ist ein Land ewiger Stürme und grausamer Winter. Es schneit nicht viel, aber die Kälte ist so schneidend, daß Mutter Erde bis ins Herz erfriert und die Sterne am Himmel zersplittern. Aber für diesen Mann ist das ferne und verbotene Land nicht wilder und gefährlicher als das Land der Menschen im Westen. Außerdem gibt es dort ein Tal, in dem wir sicher sein werden, an dessen warmen Quellen wir lagern und von den Nahrungsvorräten leben werden, die wir dort zurückgelassen haben. Es gibt genug Wild, um uns durch die dunklen Tage zu bringen, die bald anbrechen werden. Wenn die Mächte der Schöpfung es zulassen, werden wir dort ein gutes Leben haben.«

»Dann sollten wir unsere Reise fortsetzen«, drängte Grek, »denn für uns gibt es hier kein Leben mehr!«

4

Es schneite auch noch die nächsten drei Tage im Land der Mammutjäger. Ein steifer Wind wehte von der nördlichen Polarregion herab, so daß der Schnee dicht liegenblieb. Er wehte vom Arktischen Ozean über die sanft gewellte Tundra, die einst wieder zwischen den Ufern eines Meeres liegen würde, das mit dem unpassenden Namen Stiller Ozean bezeichnet werden würde.

Als Navahk am vierten Tag erwachte, herrschte Stille im Lager der Großen Versammlung. Er lag lange ruhig da und horchte, ob der Wind immer noch Schnee gegen die Wände seiner Erdhütte trieb. Doch es war völlig ruhig. Im schwachen Licht der Dämmerung zog er sich an und ging nach draußen.

Es schneite immer noch, aber nicht mehr so dicht. Der Schnee fiel sanft ohne das leiseste Geräusch zu Boden und auf das Gesicht des Zauberers, als er hochsah. Es würde bald aufhören zu schneien. Er schloß sein Auge und ließ die Flocken auf seinem Lid schmelzen — seinem einzigen Lid. Er fluchte und wischte die Feuchtigkeit weg. Er mußte einen klaren Blick haben, bevor die anderen erwachten.

Nachdem der Schneesturm vorbei war, mußte er etwas tun. Seit zwei Tagen war die Stimme des Wanawut nicht mehr zu hören gewesen. Die Menschen waren erleichtert, und Lorak hatte trotz seiner Krankheit verkündet, daß die Bestie mit dem Sturm weitergezogen war, um Torka und seinen Stamm zu verfolgen. Die Jäger fühlten sich sicher und warm in ihren Hütten, ihre Bäuche waren voller Mammutfleisch und ihre Frauen heiß und willig unter den Schlaffellen, so daß sie kein Bedürfnis hatten, ihre Muße aufzugeben und sich auf die Jagd nach dem Mann mit den Hunden zu machen, ganz gleich, was eine seiner Frauen Navahk angetan haben mochte. Jetzt war es wieder ein gutes Lager. Niemand war gestorben, seit Torka vertrieben worden war. Zwar ging es Lorak nicht gut, aber er war alt, und alte Männer waren oft krank.

Navahk verzerrte wütend sein Gesicht, so daß seine spitzen Eckzähne unter den Lippen zum Vorschein kamen. Wenn der Wanawut tatsächlich Torkas Stamm gefolgt war, wäre ihm die Befriedigung seiner eigenen Rache versagt — es sei denn, sie töteten ihn und zerstörten damit die Grundlage seiner Macht. Dieser Gedanke erschreckte ihn fast noch mehr als die Vorstellung seines eigenen Todes. Er wollte, daß der Wanawut lebte. Es gab ihm ein befriedigendes Gefühl der Macht, wenn er sich in seiner Nähe aufhielt, ihm aus der Hand fraß und ihn mit seinen fremdartigen, schönen Augen ansah. Aber wenn er nun schon tot war? Der Sturm war heftig und erbarmungslos gewesen. Zweimal hatte er sich heimlich zum See hinausgewagt, um Fleisch für die Bestie dazulassen, aber im eisigen Wind und grellen Schnee hatte er keine Spur von ihr entdecken können. Bei seinem zweiten Ausflug hatte er das Fleisch unberührt und steifgefroren wiedergefunden, wo er es liegengelassen hatte. Aber schließlich gab es in der Nähe des Lagers genug anderes Fleisch. Vielleicht hatte der Wanawut von den aufgebahrten Leichen gefressen. Er mußte ihn unbedingt wiederfinden, damit er wieder in der Nacht heulte. Wenn er dagegen tot oder verschwunden war, mußte Navahk an seiner Stelle heulen, um den Menschen Angst zu machen und sie unter seinen Willen zwingen zu können. Er mußte sich beeilen, denn mit jedem Tag entfernten sich Torka und seine Leute weiter vom Lager. Wenn sie das Tal der Stürme erreichten, konnten nur noch die Mächte der Schöpfung die Mammutjäger dazu bringen, ihnen in das verbotene Land zu folgen.

Das Kind sah ihn durch den weißen Schleier aus Schnee kommen. Es drückte den weidenblattförmigen Stein an die Brust und floh zu seinem Nest am Seeufer. Die halb aufgefressenen, aber inzwischen hartgefrorenen Leichen ließ es zurück, wo sie waren.

Das Kind mochte ihre häßlichen Gesichter mit den leeren Bestienaugen nicht und hatte sie mit Gras bedeckt, damit es in Ruhe fressen konnte. Und als es begeistert den Nutzen des Menschensteins entdeckt hatte, um das gefrierende Fleisch unter den Schichten aus Häuten und Fellen wegzuschneiden, war es dennoch verblüfft über die Ähnlichkeit der Bestien mit ihm selbst. Der Torso und die Gliedmaßen waren schwächer und sehniger gebaut, hatten aber grundsätzlich dieselbe Form. Eine Leiche hatte sogar Brüste wie es selbst. Das Kind konnte sich nicht überwinden, von dieser Leiche zu fressen, obwohl es ihr Blut getrunken hatte. Neugierig saugte es an den Brüsten und war enttäuscht, aber nicht überrascht, als keine Milch kam.

Menschenfleisch war das beste Fleisch. Das hatte seine Mutter ihm beigebracht. Aber die Leichen waren jetzt steifgefroren, und der Geschmack war vergangen, nachdem das Blut ausgesaugt war. Das Blut hatte genauso geschmeckt wie das, das es aus seinen eigenen Wunden ausgesaugt hatte. Der Schädel dagegen wirkte so zerbrechlich mit den kleinen Augenhöhlen, der schwachen, kurzen Schnauze und den winzigen, nutzlosen Zähnen.

Als die Bestien sie außerhalb des Knochenzauns liegengelassen hatten, hatte das Kind lange Zeit gewartet, bevor es sich näher heranwagte. Schließlich hatte der Hunger es mutig gemacht. Trotz der Kälte stank die eine Leiche stark nach Tod. Das Kind hatte sie von den anderen beiden weggezerrt und nicht vom schwarzgemusterten Fleisch gegessen. Als die Wölfe und eine Löwin gekommen waren, hatte das Kind ihnen diese Leiche überlassen. Es war ohnehin kaum noch Blut darin gewesen.

Aber die Raubtiere hatten das üble Fleisch verschmäht und mit ihm um die anderen beiden gekämpft. Das Kind staunte, wie klein ihm plötzlich die Löwen und Wölfe vorgekommen waren. Mit einem Scheinangriff hatte es alle bis auf den Wolf vertrieben, und dieses Tier hatte es mit einem Faustschlag töten können. Daraufhin waren die anderen Wölfe davongerannt, während die Löwin sich über den toten Wolf hergemacht hatte. Seitdem hatte kein Raubtier mehr das Kind belästigt.

Jetzt stieß es leise Schreie aus, während es wegrannte und sich immer wieder nach der Gestalt umsah, die langsam im Schnee näherkam. Es war eine Bestie. War es der Mörder seiner Mutter? Es konnte es nicht erkennen. Es wußte nur, daß es fliehen mußte. Es hatte Menschenfleisch gegessen, und der Mensch würde böse darüber sein.

Navahk verfolgte das Geschöpf durch das Gras, bis er die Stelle fand, wo es gefressen hatte. Er blieb stehen und sah sich an, was noch von Stam übrig war. Aliga war nirgendwo zu sehen. Der Anblick berührte ihn überhaupt nicht. Er hatte schon oft Kadaver gesehen, nachdem sich Fleisch- und Aasfresser darüber hergemacht hatten.

Dann sah Navahk sich die Leiche von Sondahr an. Die herrische, großartige Sondahr! Mit dem Fuß schob er das Gras weg, das ihr Gesicht bedeckte.

Er hielt vor Schreck den Atem an und trat unwillkürlich einen Schritt zurück. Sondahrs Gesicht war unversehrt. Es war gefroren und farblos und schien wie ein klarer Mond im schwarzen Himmel ihres Haars zu schweben. Ihre weit aufgerissenen Augen schienen ihn anzusehen, und ihr leicht geöffneter Mund schien zu lächeln — ihn anzulächeln, als würde ihre

Seele immer noch in ihrem perfekt geformten Schädel wohnen, als würde sie ihn einen Betrüger und einen Menschen aus Fleisch und Blut nennen, sich über ihn lustig machen und ihn ihrer Liebe und Sympathie unwürdig halten, selbst jetzt, wo sie nur noch eine Leiche und er ein Lebender war.

Er versetzte ihr einen heftigen Fußtritt, der sie fast enthauptete, wirbelte herum und verfolgte weiter das Wesen. Er war froh, daß es Sondahrs Körper nicht geschändet hatte, und gleichzeitig wütend darüber. Er wollte es dafür töten, daß es Sondahr ihre Schönheit gelassen hatte, einer Frau, die ihm niemals gehört hatte und die ihm niemals gehören würde.

Atemlos vor Angst und Erschöpfung warf sich das Kind in das schützende hohe Gras, wo es sein Nest gemacht hatte. Es fiel kaum noch Schnee, und im Windschatten war es ruhig. Es kauerte sich still zusammen und lauschte auf das Klopfen seines Herzens und seines Atems, als es sich die langen, behaarten Arme um den Körper legte, hin und her schaukelte und so heftig vor Angst zitterte, daß der Menschenstein ihm in die Handfläche schnitt. Doch da es wußte, daß es gejagt wurde, machte es instinktiv kein Geräusch, sondern ließ einfach das Messer fallen und saugte an der Wunde.

Das Kind horchte. Der Mensch war ganz in der Nähe. Es konnte seine Schritte hören, langsam, vorsichtig und bedächtig wie ein großer weißer Löwe, der sich im Gebüsch an die Beute heranschlich. Jetzt konnte es ihn sehen. Es war tatsächlich der Mörder seiner Mutter. Es entspannte sich. Er war ganz in Weiß und trug nicht mehr die Haut seiner Mutter. Auch ein Auge war weiß verbunden. Als er sich vorwärtsbewegte, sah es die Schneeflocken, die wie Sterne auf seinem schwarzen Haar lagen. Obwohl er einen fliegenden Stock bei sich hatte und sich wie ein vorsichtiges und ängstliches Tier bewegte, spürte es keine Gefahr, bis er stehenblieb und das Gras mit der scharfen Spitze seines Stockes teilte.

Das Kind sah in sein Gesicht und war erschrocken über die Wildheit, die darin stand. Er hatte die Zähne gebleckt, und in seinem schwarzen Auge war etwas, das es noch nie zuvor gesehen hatte — etwas Gefährliches, Dunkles und Trügerisches wie eine Pechgrube. Es war mehr als der konzentrierte Blick eines Tieres, das sich zum Sprung bereitmachte. Dies war ein Ausdruck, den nur die Menschenbestie besaß, ein grausamer und haßerfüllter Blick, vor dem es sich in acht nehmen mußte.

Es war nicht schnell genug, um dem Speerstoß auszuweichen. Die Spitze drückte gegen seinen Schenkel, ohne es zu verletzen, ließ ihm aber keine Fluchtmöglichkeit.

Das Kind schrie vor Wut, Verwirrung und Schrecken. Dieser Schrei, der Raubtiere gewöhnlich um ihr Leben rennen ließ, schnitt durch die stille Luft des Morgens, wie es nur der Schrei des Wanawut konnte.

Aber die weiße Bestie ließ sich davon nicht erschrecken. Statt dessen lächelte der Mörder seiner Mutter.

Navahk erstarrte, als er die Kraft des Wesens durch den Speer in seiner Hand spürte. Der feuergehärtete Schaft war so gespannt, daß er zu zerbrechen drohte, aber das Wesen rührte sich nicht. Es hätte ihn anspringen können, tat es aber nicht und versuchte auch nicht zu fliehen. Er sprach jetzt leise mit ihm, während er nicht nur seine Kraft bewunderte, sondern auch eine erstaunliche und faszinierende Beobachtung machte.

Er war dem Wesen noch nie so nahe gewesen. Er hatte seine behaarte Gestalt immer nur hinter Gras und Sträuchern erahnen können. Doch jetzt sah Navahk es zum erstenmal ganz deutlich.

Es war häßlich und abstoßend, halb Mensch, halb Tier, und unverkennbar weiblich.

Sie hatte sich unglaublich schnell entwickelt. Er konnte ihre Brüste sehen und ihr Geschlecht riechen. Und als sich ihre Blicke trafen, stellte er mit wachsender Faszination fest, daß sie ihn mindestens ebenso, wenn nicht mehr fürchtete als er sie.

»Wah nah wut...« flüsterte er und zog den Speer langsam zurück.

Das Wesen blinzelte, sah den Speer an und dann den Mann. Sein grotesker Kopf neigte sich zur Seite. »Wah... nah?« machte es ihn mit einem fragenden Unterton nach.

Zufrieden registrierte Navahk seine Überlegenheit über das dumme Tier. »Wah na?« gab er zurück und ließ seinen Blick über ihren Körper gleiten, bewunderte die Kraft der Muskulatur, die Größe ihrer Hände, Arme und massiven Kiefer, ihre krummen Beine und den behaarten, tonnenförmigen Brustkorb, aus dem zwei nackte menschliche Brüste hervorstanden. Sie waren zart und bleich wie die knospenden Brüste eines jungen Mädchens. Der Anblick erregte ihn. Langsam und vorsichtig streckte er seine Hand aus, bis seine Fingerspitzen über eine Brustwarze strichen, die sich unter seiner Berührung aufwölbte und hart wurde. Er lachte. Er war gleichzeitig belustigt und angewidert, aber heftiger erregt als je zuvor. Er ärgerte sich über seine Reaktion, die ihn selbst abstieß. Dieses Wesen war keine Frau und auch kein Mädchen. Es war nicht einmal menschlich! Dieses Wesen ernährte sich von Menschenblut. Es hatte Sondahrs Blut ausgesaugt, das ihm Kraft gab.

»Sondahr!« Er war überrascht, daß er plötzlich den Namen der toten Frau mit einem solchen Verlangen aussprach. Das Geschöpf runzelte die Stirn. Sein Kopf neigte sich zur anderen Seite. »Suh... daah...«

Navahk war verblüfft. Das Wesen hatte nicht nur seine Stimme nachgemacht, sondern auch den verlangenden Tonfall. Offenbar hatte er in ihr ein ähnliches Verlangen geweckt. Wieder neigte sie den Kopf und sah ihn interessiert mit ihren unglaublich menschlichen und schönen Augen an. Dann berührte sie seine Brust, wie er ihre berührt hatte.

Reglos ließ er es geschehen. Die Hand des Wesens bewegte sich zu seinem Gesicht und erkundete es so behutsam, daß er die Berührung kaum spürte. Zögernd hob er seine Hand, um ihr Gesicht zu berühren. Sie ließ es willig mit sich geschehen. Dann rückte sie sogar näher heran, schloß die Augen und zitterte erregt unter seiner Berührung. Eine Welle der Macht schwoll in ihm an wie eine Flamme, die einen Weg nach draußen sucht.

395

Niemand hat dies je zuvor getan! dachte er. *Niemand hat je den Wanawut berührt und es überlebt. Niemand!*

Seine Hand streichelte sie überall. Ihre Augen öffneten sich, und er sah darin Angst, Verwirrung und Begehren. Angst vor dem Fremden, Verwirrung über die neue und erstaunliche Situation, und das Begehren nach Tröstung, Berührung und... Liebe? Selbst von einem Menschen?

In diesem Augenblick übernahm der Wahnsinn die Kontrolle über ihn. Er wußte es, aber er machte sich nichts daraus, denn sein Verlangen war plötzlich genauso groß wie das des Tieres. Er erschauderte, als er daran dachte, was er tun würde. Keine Frau hatte es je mit ihm aufnehmen können, keine hatte ihn je befriedigen können. Das Wesen war jung. Seit vielen Monden war sie allein gewesen, und nur er war in ihrer Nähe gewesen, hatte sie gefüttert, mit ihr gesprochen. Sie würde nicht verstehen, was er tat, bis sein Ziel erreicht war. Selbst dann würde sie nicht begreifen, daß er sich mit ihr gepaart hatte.

Der Mensch und das Tier, der Geist und das Fleisch, Navahk und der Wanawut — das war Macht, die Verkörperung all dessen, wovor sich die Menschen fürchteten.

Er legte den Speer beiseite. Er hatte Angst, aber die Furcht erregte ihn noch mehr, als er vorsichtig zu ihr ins Nest kroch. Sie hielt ihn nicht auf. Er sah, wie sein Gesicht sich in den Augen des Tieres spiegelte. Selbst mit seinem zerstörten Auge war er so schön wie das Tier häßlich war. Niemand auf der ganzen Welt konnte es jetzt noch mit ihm aufnehmen — nicht Torka auf der Jagd, nicht Lorak beim Zaubern und nicht einmal Karana, wenn die Geister angerufen werden sollten. Denn die Macht des Wanawut war jetzt in ihm, er spürte sie im Klopfen seines Herzens. Sie fuhr durch seine Arme und Beine und schwoll in seinen Lenden an. Er hatte einen Windgeist getötet und in seiner Haut getanzt, und jetzt würde er diese Bestie beherrschen und sie lehren, seinem Befehl zu gehorchen.

Sein Lächeln wurde zu einem raubtierhaften Grinsen. »Komm...« lockte er sie und berührte sie vorsichtig. Er fragte sich, ob auch Sondahr seine Berührung spürte, da das Blut der Frau im Fleisch dieses Tieres war.

Ohne zu verstehen, gab der Wanawut sein Grinsen zurück. »Koh... hmm...« wiederholte sie. Als er sie streichelte, erzitterte sie wieder wie ein Tier, das auf die Berührung durch seinesgleichen reagiert.

5

»Es ist noch recht früh für einen so harten Frost«, bemerkte Grek, als sie den Großen Milchfluß erreichten. »Dieser große Fluß ist gewöhnlich länger als alle anderen eisfrei.«

»Die Geister sind auf unserer Seite«, sagte Karana.

»Es scheint so«, stimmte Torka zu und führte sie über den Fluß.

In dieser Nacht schlugen sie an seinem Ufer ihr Lager auf. Sie machten kein Feuer, damit sie ihre Anwesenheit nicht durch das Licht oder den Rauch verrieten. Vor ihnen lag die weite Ebene der vielen Wasser. Unter einem klaren, grausam kalten Himmel aßen sie von ihrem getrockneten Reiseproviant und beobachteten die tückische Eisfläche, die sich bis weit nach Osten erstreckte.

»Wir sollten die Durchquerung nicht wagen«, sagte Wallah müde. »Wir könnten alle etwas Rast vertragen. Eine so frühe Kälte kann sich nicht allzu lange halten. Bald wird das Eis wieder schmelzen und...«

»Navahk wird uns mühelos einholen«, unterbrach Karana sie warnend.

»Aber wenn der Fluß taut, werden sie weit nach Süden ziehen müssen, bevor sie ihn überqueren können«, gab Grek zu bedenken. »Außerdem haben wir noch keine Spur von ihnen entdeckt. Vielleicht verfolgt uns überhaupt niemand.«

»Vielleicht«, erwiderte Torka nachdenklich, »aber wir werden nicht so lange warten, bis wir es herausgefunden haben. Morgen werden wir weitergehen, und das Eis wird uns nicht aufhalten.«

Er winkte Lonit zu, die zu ihrem Reisegepäck ging, um ein paar steinbesetzte Ledernetze herauszusuchen. Schon vor längerer Zeit hatte Lonit Wallah und den anderen Frauen gezeigt, wie man diese Netze herstellte und unter den Stiefelsohlen befestigte. Mit ein paar scharfen Geweihspitzen von Greks Jagdumhang verstärkt erlaubten sie eine sichere Fortbewegung auf dem Eis.

Am nächsten Tag überquerten sie die gefährliche Ebene der vielen Wasser und waren froh über den gefrorenen Boden. Demmi saß mit Aar auf einem der beiden Schlitten und zeigte mit neidischer Begeisterung auf Sommermond, die stolz zwischen Lonit und Iana in ihren eigenen Eisschuhen dahinstapfte.

Mahnie versuchte angestrengt, ihr Gleichgewicht zu wahren und mit Karana mitzuhalten. Sie lächelte, als sie den Stolz und die Freude des kleinen Mädchens bemerkte. »Heute morgen hat Sommermond mir gesagt, daß sie sich freut, wieder nach Hause zu gehen. Erzähl mir etwas über das verbotene Land, Karana!«

»Es ist weit weg«, antwortete er ausweichend und sah wieder einmal besorgt über seine Schulter zurück. Sie fühlte sich gekränkt. Er war niemals grob zu ihr, wirkte aber immer gedankenverloren, außer als sie ihm erzählt hatte, wie sehr sie sich vor Navahk fürchtete nach dem, was er Pet angetan hatte. Er hatte sie angesehen, als hätte sie ihm einen Schlag versetzt, und viele Stunden lang hatte er mit niemandem gesprochen, sondern war allein und nachdenklich vorausgegangen. Sie seufzte. Die Geweihkrallen unter ihren Stiefeln verhakten sich in einer harten Eiskante, so daß sie fast gestolpert wäre. Er fing sie auf und hielt sie fest, aber mit weniger Interesse, als er sich um seinen Hund gekümmert hätte. Sie sah zu ihm auf und war tief verletzt, bis sie die unermeßliche Furcht in seinen Augen erkannte. Zum erstenmal wurde ihr Vertrauen in die Erwachsenen erschüttert. »Glaubst du wirklich, daß er uns folgen wird? Grek sagt, daß der Sturm uns einen großen Vorsprung verschafft hat.«

»Kein Sturm kann ihn aufhalten. Und wenn er uns findet . . .« Er verstummte, bevor er wieder mit seinen Worten die Gefahr heraufbeschwor. »Du hast eine Menge Fragen für ein Mädchen.«

»Ich bin kein Mädchen!« sagte sie mit Nachdruck. »Ich bin eine Frau!«

Er sah sie von oben bis unten an. »Wenn du es sagst.«

»So ist es!« verkündete sie und schubste ihn beleidigt weg, daß er den Halt unter den Füßen verlor und hinfiel.

Lorak war tot.

Navahk tanzte im Feuerschein in der Haut des Wanawut, während alle versammelten Stämme zusahen. Er tanzte, wie er noch nie getanzt hatte, jetzt, wo er die Macht der Bestie in sich hatte. Die Anwesenden waren fasziniert.

Navahk lächelte die Frauen, Kinder und Ältesten an. Während die Jäger zuhörten, sang er zu den Frauen von ihren mutigen Männern, von vergangenen Jagdzügen und guten Wintern, von vollen Bäuchen und warmen Feuern.

Und dann tanzte er mit seinem Stab in der einen Hand und dem Speer in der anderen um das Feuer herum und sang von Lorak, dessen Körper aufgebahrt worden war, so daß er für immer in den Himmel blickte.

»Groß war Lorak! Stolz wird der Jäger sein, dessen Frau als nächste einen Sohn gebärt, in dessen Körper die Seele Loraks wieder auf die Welt kommt! Wer wird diese Frau sein, dessen Mann ihr Kind nach Lorak benennt?«

Die Frauen warfen sich bedeutungsvolle Blicke zu. In Zinkhs Stamm wandten sich alle Augen Simus hübscher junger Frau zu, denn die Zeit ihrer Niederkunft kam immer näher. Sie senkte den Blick und starrte verschämt auf ihren Schoß.

Simu, der ihr gegenüber auf der Männerseite des Feuers saß, war gleichzeitig stolz und besorgt. Er wünschte sich, Zinkh hätte seinen Stamm niemals zur Großen Versammlung geführt. Seit der Verbannung des Mannes mit den Hunden war es ein schlechtes Lager. Es hatte ihn tief erschüttert, denn noch nie zuvor hatte er erlebt, daß Menschen so brutal wie Torka und Karana behandelt worden waren. Er hatte Torka gemocht und

399

respektiert und von ihm während der Jagd an einem Tag mehr gelernt als während seines ganzen Lebens in Zinkhs Stamm. Er war froh, daß Torkas Frauen ihm gefolgt waren, und hoffte, daß Eneela dasselbe für ihn tun würde. Er bewunderte den alten Jäger Grek für seinen Mut, ihm zu helfen und sich ihm anzuschließen, und fragte sich, ob er genauso mutig wie Grek sein könnte — oder so unerschrocken vor Schmerzen und dem sicheren Tod wie Torka und selbst der junge Karana.

Er beobachtete den Tanz des Zauberers und spürte darin eine Falschheit. Aber alle Zauberer waren so — unnahbar und anmaßend, während sie einen großen Feuerzauber mit merkwürdig duftendem Rauch veranstalteten. Da er in einem Stamm aufgewachsen war, der Pomm als Zauberin hatte, wußte er genau, daß ihre Heilkünste nur aus geschickten Täuschungen bestanden.

Trotzdem wunderte er sich, warum die alte Pomm so nervös wirkte, während sie in herausgehobener Position im Zentrum der Frauen neben Naiapi saß, die Lorak sich in seinen letzten Tagen als Frau genommen hatte. Pomm hatte nie ein Geheimnis daraus gemacht, daß sie irgendwann an dieser Stelle sitzen wollte, um Sondahrs Ruhm zu überstrahlen. Jetzt, wo Sondahr tot war und Navahk die großen Kräfte Pomms verkündet hatte, hätte sie eigentlich zufrieden sein müssen. Doch sie fingerte an ihrem Federkopfschmuck herum wie jemand, der seinen Tod ahnte. Sie sah dem Tanz Navahks mit Angst in den Augen zu.

Neben Simu machte Zinkh ein kehliges Geräusch, als er seine Arme über der mageren Brust verschränkte und den Kopf schüttelte. Simu sah seinen finsteren Blick und wußte, daß er nicht der einzige war, der Navahks Vorführung ohne Begeisterung beiwohnte. Es gab zwar keinen Stamm, der nicht gerne einen solchen Zauberer wie Navahk gehabt hätte, und niemand würde sein Recht in Frage stellen, nun Loraks Platz als höchster Ältester einzunehmen. Aber Simu hatte nicht vergessen, wie der Mann ihn bedroht hatte. Außerdem hatte Navahk Torka und seinen Hunden die Schuld an Stams Tod gegeben. Doch nun war auch Het tot, nachdem er scheinbar über nichts gestolpert und in Navahks Feuerstelle gefallen war. Der Mann hatte so fettige Kleider und Haare gehabt, daß er sofort Feuer gefangen hatte und durch das Lager gerannt war. Als man ihn endlich aufhalten und die Flammen löschen konnte, war es bereits zu spät gewesen.

Simu verzog die Mundwinkel. Das war kein angemessener Tod für einen Mann. Doch auch andere hatten seitdem einen schlimmeren Tod gefunden. Drei alte Männer und zwei alte Frauen, unter denen Navahk großzügig das Fleisch von Torkas toten Hunden verteilt hatte, waren genauso wie Sondahr schreiend gestorben. Nachdem die Zauberer sie nicht hatten heilen können, hatte Navahk Pomm beauftragt, ihrem Leiden ein Ende zu machen. Nach vielen Stunden, die er in Trance verbrachte, hatte er verkündet, daß die bösen Geister das Lager nicht eher in Ruhe lassen würden, bis Torka und sein Stamm gefunden und getötet worden war.

Und dann veränderte sich Navahks Tanz plötzlich. Er sang nicht mehr zu Ehren Loraks, sondern weckte die Furcht in den Herzen der Menschen. Als die Flasche, die von den Männern herumgereicht wurde, zu Simu kam, gab er sie weiter, ohne davon zu trinken. Er hatte das Gefühl, es wäre besser, sich in dieser Nacht nicht zu betrinken.

Aber die anderen tranken weiter, als Navahk ein düsteres Lied über böse Geister und ein Lager, das von ihnen gereinigt werden mußte, sang. Seine Worte kamen bei den Zuhörern an, und bevor Simu verstand, was geschah, sprangen die Zuschauer um ihn herum auf. Männer, Frauen und Kinder holten auf Navahks Kommando ihre wertvollen Vorräte an Bison- und Mammutfleisch und warfen die für den langen Winter gedachte Nahrung ins Gemeinschaftsfeuer.

»Torka hat dieses Fleisch gejagt«, rief der Zauberer und stachelte ihren Wahn an. »Es ist schlechtes Fleisch, verflucht von seinem bösen Geist. Alle, die davon essen, werden sterben!«

Entsetzt über diese Verschwendung hielt Simu sich abseits. Zinkh, der ebenso ungläubig war, stand neben ihm. Wie konnten die Menschen nur glauben, was der Zauberer gesagt hatte? Sondahr war doch angeblich durch Navahks eigenen Fluch gestorben! Lorak war seiner Altersschwäche erlegen und Het

401

ins Feuer gestolpert, nachdem die Menschen seit Tagen Bison-
und Mammutfleisch ohne Nachwirkungen gegessen hatten.
Nur die, die vom Fleisch der Hunde gegessen hatten, waren . . .
vergiftet worden?

Ein kalter Schauer lief Simu den Rücken hinunter, als er verstand. Die Flammen schlugen hoch und qualmten vom Fett und
Fleisch an den Knochen, das niemanden mehr während der Zeit
der langen Dunkelheit ernähren würde. Nach dem Sturm
würde das Land um das Lager nicht mehr viel Nahrung geben.

Navahk tanzte noch immer. Jetzt hatte er endlich einen
Grund, Torkas Stamm zum Tal der Stürme zu folgen, wo er
zweifellos andere dazu verleiten würde, ihm zu helfen, sie alle
zu töten.

Die kurzen, wolkenreichen Tage wurden plötzlich wärmer. Als
sie den Karibufluß erreichten, regnete es. Sie kamen an alten
Feuerstellen und den Spuren verlassener Erdhütten vorbei.
Obwohl es keine Anzeichen neuerer Lager gab, schien es
Karana, als würde das stille, bleiche Land sie beobachten. Die
Spuren vieler Stämme kreuzten sich und verloren sich im
Schlamm, so daß weder Torka noch Grek oder Karana erkennen konnten, wie alt sie waren. Torka fand die Fußspuren von
zwei Erwachsenen und einem Kind, die nach Osten führten,
und nicht weit entfernt die frischeren Spuren eines der beiden
Erwachsenen, der die entgegengesetzte Richtung eingeschlagen
hatte. Er war mit einer schweren Rückentrage beladen gewesen,
wenn Torka die Länge der Schritte und die Tiefe der Abdrücke
richtig beurteilte. Doch während er noch die Spuren untersuchte und voller Verachtung an Tomo und Jub und den armen
Jungen dachte, den sie an einer Leine hinter sich herzerrten,
überflutete der Regen die Fußabdrücke, bis sie unsichtbar wurden.

Torka stand auf. Die Erinnerung an die zwei Sklavenhalter
und den zerschundenen kleinen Jungen beunruhigte ihn. Was
war mit ihnen geschehen? Er sah sich im Regen unter den
schweren, grauen Wolken um. Dies war ein schlechtes Land.

Genauso wie Karana fühlte er sich beobachtet. Aber von wem? Von den Geistern Hetchems und ihres mißgestalteten Kindes? Er drängte die anderen zum Aufbruch. Auch sie wollten sich hier nicht weiter aufhalten und womöglich die rastlosen Geister der Toten stören.

Der leichte Regen hielt zwei Tage an. Torka führte sie unnachgiebig durch den Nebel und ging den Ödländern aus dem Weg, die sich mittlerweile vermutlich in riesige Schlammflächen verwandelt hatten.

»Die Himmelsgeister benehmen sich so, als könnten sie nicht entscheiden, ob es Frühling oder Winter ist«, bemerkte Lonit mit einem Blick zum Himmel.

Torka hatte festgestellt, daß ihre Schritte trotz der beschwerlichen Reise sicher waren. Es schien sogar, daß sie um so stärker wurde, je weiter sie sich vom Land der Menschen entfernten und dem Tal der Stürme näherkamen. Ihre Verletzungen waren fast geheilt. Er sah sie liebevoll und stolz an, bis Karana seine Stimmung wieder verdüsterte.

»Es wird schnell genug Winter werden«, sagte er mißmutig. »Und wenn Navahk uns findet, wird für diesen Stamm der ewige Winter anbrechen!«

Sie wandten sich den nebligen Hügeln zu, die sich allmählich aus dem Land der Zweige mit seinen kleinen Sträuchern und Miniaturwäldchen erhoben. Hier machten sie Rast und suchten den Horizont nach Zeichen möglicher Verfolger ab.

Nichts.

»Dies wäre ein guter Platz für ein Lager«, schlug Grek vor. »Wir müssen unseren Frauen und Kindern die Gelegenheit geben, sich eine Weile auszuruhen. Und in diesen Wäldern und Wolken können wir es sogar wagen, ein Feuer zu machen.«

»Wir dürfen uns nicht eher ausruhen, bis wir das Tal der Stürme erreicht haben. Nicht einmal Navahk wird die anderen überzeugen können, uns dort hinein zu folgen«, beharrte Karana.

Torka sah die Erschöpfung auf den treuen, duldsamen Gesichtern und spürte seine eigene Müdigkeit. Noch einmal sah er über das weite, leere Land, das sie hinter sich gelassen hatten.

403

»Wir werden uns ausruhen«, beschloß er. »Zumindest für eine Weile.«

Sie errichteten einen Schutz vor dem Regen und entfachten darunter vorsichtig ein fast rauchloses Feuer. Sie kauerten sich eng zusammen und aßen zum erstenmal seit Tagen wieder eine warme Mahlzeit. Die Frauen und Kinder schliefen, während Torka, Karana und Grek abwechselnd Wache hielten und das Land westlich der Hügel beobachteten. Doch sie sahen kein Zeichen von Leben — nicht einmal Wild.

»Er kommt!« sagte Karana mit Überzeugung. Er grübelte unruhig und konnte kaum Schlaf finden.

Torka nickte. »Ja, ich spüre es auch. Wir werden nicht lange bleiben.«

Zwei Tage lang lagerten sie im Land der Zweige, gingen auf Fischfang, stellten Fallen, jagten kleine Tiere und frischten ihre Vorräte an Fleisch und Moos zum Feuermachen auf. Außerdem sammelten sie Holz und Rinde, um daraus später Werkzeuge zu machen, für die sich Knochen wegen ihrer schlechteren Formbarkeit nicht eigneten.

Als sich am Morgen des dritten Tages endlich der Himmel geklärt hatte, zeigte Sommermond am westlichen Horizont auf etwas, daß wie eine Herde großer Tiere aussah.

Torka hatte auf seinem Wachtposten gedöst und schreckte aus dem Schlaf hoch. Er beobachtete ruhig den Horizont und versuchte die Entfernung einzuschätzen. Dann seufzte er mit einer grimmigen Entschlossenheit, als er seine Tochter auf den Arm nahm, ihre pummelige Wange küßte und die anderen weckte.

»Gehen wir auf die Jagd?« fragte Mahnie und dachte daran, wie schön es wäre, wieder einmal gutes Bison- oder Karibufleisch zu essen.

»Schau genauer hin, Tochter von Grek! Wir sind es, die gejagt werden. Jagdwild geht nicht aufrecht auf zwei Beinen.«

6

Die Aussicht auf Fleisch hatte sie vorangetrieben.

Fleisch und die Beteuerungen Jubs, daß alles, was Torka über das Tal der Stürme behauptet hatte, richtig war. Es gab dort Wild — so viel, daß ein Jäger fassungslos vor Erstaunen wäre. Wohin auch immer er seinen Speer werfen mochte, gab es etwas zu essen — Fleisch von Huftieren in solcher Zahl, daß die Frauen nie wieder Angst haben würden, ihre Kinder könnten je verhungern. Selbst die kühnsten Träume der Männer konnten nicht solche Herden heraufbeschwören.

Jub war in Navahks Lager am westlichen Ufer des Großen Milchflusses gekommen und mit Fleisch und erstklassigen Fellen beladen gewesen. Sein Blick wanderte von einem Häuptling zum nächsten, bis er Zinkh fixierte, weil der kleine Mann ihn mit offener Feindseligkeit anfunkelte.

»Du da mit dem komischen Hut — an dich kann ich mich erinnern. Du siehst immer noch wie eine alte Frau ohne Zähne am Schlachtplatz aus, die kein Fleisch essen kann. Such dir jemand anderen aus, den du mit solchem Zweifel und solcher Abscheu ansiehst.«

Zinkh ging nicht auf den Tadel ein. »Wo ist dein Bruder, Sklaventreiber? Der die kleinen Kinder schändet. Und wo ist der Kleine, den ihr bei euch hattet? Habt ihr ihn eingetauscht gegen . . .«

Jubs dreckverschmiertes Gesicht verzog sich entrüstet. »Der Kleine war schwach und kränklich. Er hat zuviel geheult und nur Ärger gemacht. Seine Seele wandert jetzt im Wind. Und ich bin ein einsamer Mann, seit mein Bruder Tomo starb — er wurde in einer Fallgrube aufgespießt am Eingang zu einem großen und wunderschönen Tal. Es war zweifellos Torkas Tal, von dem er immer geprahlt hat — und Torkas Falle, die er zu erwähnen vergaß. Torka ist am Tod des armen Tomo schuld, er hatte ein schlimmes Ende. Dafür könnte ich Torka töten. Aber für einen Mann allein ist es zu gefährlich.«

Navahk trat durch die Menge der neugierigen Männer,

Frauen und Kinder, die sich um ihn versammelt hatten. Er musterte den verschmutzten Reisenden interessiert. »Die Große Versammlung hat sich aufgelöst. Böse Geister gehen im Lager der Mammutjäger um. Daher suchen wir einen neuen Lagerplatz für den Winter. Es war die Macht Navahks, die dich hierher gerufen hat, denn im Regen haben wir die Spur des Mannes mit den Hunden verloren und können ihn nicht weiter verfolgen.«

Jub hob eine Augenbraue. »Ich hörte niemanden nach mir rufen.«

»Kein Mann kann die Stimme Navahks hören. Es war die Macht meines Willens, die deinen Geist zu diesem Ort gerufen hat, denn wir haben ein gemeinsames Ziel — dem Fluch des Mannes mit den Hunden ein Ende zu machen. Du hast ihn gesehen?«

»Ja. Er ist auf dem Weg zum Tal der Stürme. Ich kann euch in sein Tal führen. Aber ich verlange einen Preis!«

»Nenn ihn!«

»Das Vergnügen, ihn töten zu dürfen ... und ich will seine Frau! Die mit den Antilopenaugen.«

»Torka wird langsam von meiner Hand sterben, nachdem er seinen Stamm hat sterben sehen. Aber du kannst mir dabei helfen. Lonit jedoch gehört mir.«

Jub war einverstanden, dachte aber noch einmal nach. »Er hat ein kleines Mädchen — nicht das Baby, sondern das Kind. Ich will die Kleine haben, wenn ich schon nicht die Mutter haben kann.«

»Einverstanden«, stimmte Navahk begeistert zu.

Hinter ihm waren die Menschen der verschiedenen Stämme still geworden, und ihre Augen verrieten ihre Mißbilligung. Sie waren hungrig, müde und ängstlich. Die Hälfte der Stämme, die mit ihnen aufgebrochen waren, waren wieder umgekehrt. Der Zauberer hatte versprochen, daß er sie zu einem besseren Lager führen würde, aber er hatte sie nur über ein Land aus Eis zu einem großen Fluß geführt, wo sie im Regen lagern mußten, während er sich in sein Zelt zurückgezogen hatte, um zu singen und stinkenden Rauch zu machen. Sie hatten kein Wild ent-

406

deckt, aber einige behaupteten, gesehen zu haben, daß der Wanawut ihnen durch den Dunst folgte. Jeder hatte ihn in der Nacht rufen gehört, und der junge Tlap behauptete, gesehen zu haben, wie Navahk mit ihm in den Wolken verschwunden war. Aber jetzt sah es so aus, als hätte sein Zauberrauch zumindest etwas herbeigerufen: diesen Mann. Obwohl sie gerne von guten Jagdgründen hörten, gefiel es ihnen nicht, wenn vom berüchtigten Tal der Stürme oder dem Kinderhandel mit Männern wie Jub die Rede war.

Der Zauberer registrierte die Stimmung und drehte sich mit einem strahlenden Lächeln zu ihnen um. »Was bedeutet dem Stamm Navahks ein kleines Mädchen? Die Frauen, die mit mir gehen, werden viele Söhne zur Welt bringen! Sie werden stolz und furchtlos mit dem Geisterjäger in das Tal der Stürme einziehen. Und wenn der Stamm des Mannes mit den Hunden nicht mehr ist, werden wir ein großes Fest feiern, auf daß die Mächte der Schöpfung uns wieder freundlich gesonnen sind!«

Und so zogen sie weiter. Obwohl das Fleisch in Jubs Gepäck nicht für alle reichte, wurden sie dadurch angespornt.

In dieser Nacht nahm Simu Zinkh beiseite. »Es gefällt mir überhaupt nicht«, sagte er eindringlich und besorgt. »Mein ganzes Leben lang bin ich stolz gewesen, mit Zinkh zu gehen. Immer hat Zinkh weise für seinen Stamm entschieden. Aber jetzt weint meine Frau in der Nacht und fragt mich, wie ich dir folgen kann. Also muß ich dich fragen, Häuptling: Wie kannst du Navahk folgen? Wünschst du wirklich Torkas Tod? Oder willst du dich einem Mann wie Geisterjäger unterordnen? Hast du gesehen, wie Pomm geweint hat, als er der armen alten Frau befahl zurückzubleiben? Meine Frau weint bei dem Gedanken an das verbotene Tal der Stürme. Alle unsere Frauen haben Angst.«

»Pomm wollte unbedingt die Zauberin der Großen Versammlung werden. Jetzt hat sie ihren Willen und muß damit leben. Ich muß zu Simu sagen, daß er ein Mann ohne Weitsicht ist!«

»Simu wird es Männern wie Navahk überlassen, in die Zukunft zu sehen. Simu wird mit Eneela zum Lager der Großen Versammlung zurückkehren und ...«

»Denk nach!«

Der junge Mann runzelte die Stirn. »Ich denke nach! Deshalb bin ich in dieser Nacht zu dir gekommen! Um dich davon zu überzeugen, daß es besser ist, unseren Stamm zurückzuführen und ...«

»Und? Wohin? Im Großen Lager gibt es kein Fleisch mehr. Es ist ein Ort des Todes. Dieser Mann wird nicht bei solchen Menschen bleiben!«

»Wie kann Zinkh dann Navahk folgen?«

»Weil er uns zu Torka führen wird! Zu dem Mann, bei dem Zinkh sich entschuldigen muß! Wenn jener Mann Zinkh wieder ins Gesicht sieht und ihn seinen Freund nennt, wird dieser Mann ihm furchtlos bis ans Ende der Welt folgen. Wirst du an meiner Seite stehen, Simu, wie ich an seiner Seite stehen werde, um ihn gegen jene zu verteidigen, die ihn zerstören wollen? Verstehst du jetzt? Wirst du jetzt aufhören, von weinenden Frauen zu reden, damit dieser Mann etwas Schlaf findet?«

Schließlich ragten die Wandernden Berge direkt vor ihnen über einem tief zerfurchten Hügelland im Osten auf. Grek blieb stehen. Wallah hakte ihren Arm bei ihm unter.

»Dieser Mann ist schon seit vielen Jahren den weißen Bergen nicht mehr so nah gewesen«, sagte er und versuchte sich seine Angst nicht anmerken zu lassen, als er seinen Blick über die gewaltigen Eismassen gleiten ließ, die sich am östlichen Horizont und weit darüber hinaus in glänzenden, bis zu zwei Meilen hohen Gletschern erstreckten.

»Diese Frau hat vergessen, daß es so riesige Berge sind«, fügte Wallah mit leiser Stimme hinzu.

»Sie sind wunderschön!« rief Mahnie. »Sind sie überall im Tal der Stürme so groß?«

Torka bemerkte, daß diese Frage — wie die meisten ihrer Fragen — an Karana gerichtet war. Er mußte lächeln. Er mochte das fröhliche, manchmal etwas aufdringliche junge Mädchen, vielleicht weil sie Karana so ähnlich war. Sie würden ein gutes Paar abgeben, wenn Karana seine Trauer über Sondahr verwunden hatte und er endlich bemerkte, daß Mahnie, obwohl sie noch die Neugier und Begeisterungsfähigkeit eines Kindes besaß, dennoch eine Frau war — und eine sehr hübsche und reizende obendrein. »Sag es ihr, Karana! Erzähl ihr, wie unsere Welt aussieht! Wir werden alle zuhören, und deine Worte werden uns die Zeit vertreiben und unseren Weg erleichtern.«

Und so war es. Sie betraten das Hügelland, in dem einst der grausame Geisterstamm gehaust hatte. Sie bückten sich unter ihrem schweren Gepäck und zogen die Schlitten, während Aar ihnen vorauslief und ihnen den langsam ansteigenden Weg zeigte.

Karana wußte nicht mehr, wann seine Worte in einen Gesang übergegangen waren, aber plötzlich verging die Zeit wie im Flug. Die Zeit schien nicht mehr zu existieren, während er sich und seine Zuhörer vorantrieb in die Zukunft, nach der er sich sehnte. Er führte sie durch die Jahre der Vergangenheit bis zu diesem Tag und zu diesem Ort.

Er sprach von lange vergangenen Dingen, an die er sich gut erinnern konnte, von den Abenteuern Torkas, Lonits und des alten Umak, vom fernen Berg der Macht, wo er wie ein Tier gelebt und Torka ihn gefunden und wieder zu einem Jungen gemacht hatte, und von Manaak, Ianas mutigem Mann, worauf ihr Gesicht vor Stolz leuchtete und sie ihre Trauer über den Verlust dieses guten und kühnen Mannes überwand.

Dann sprach er davon, wie sie sich Supnahs Stamm angeschlossen hatten, um den Geisterstamm zu besiegen, die ihn und Lonit gefangen gehalten und Umak, Manaak und Umaks alte, tapfere Frau Naknaktup getötet hatten. Er sprach von der Verfolgung der letzten Männer des Geisterstammes in eine Schlucht, der sie sich nun näherten, wo sie sich dem großen Mammut Donnerstimme gestellt hatten, wo sich die Schlucht zu einem weiten Grasland öffnete, das sich weit nach Osten zwischen den Wandernden Bergen erstreckte. Als sein Gesang zu Ende war, stellte er erstaunt fest, daß sich auch der Tag dem Ende zuneigte.

Obwohl in dieser Nacht kalte Winde von den Gletschern herabwehten und sie in den kahlen Hügeln kein Feuer zu machen wagten, wurde Karana durch die Nähe der Menschen und die Worte Lonits gewärmt. Sie kniete sich neben ihn und umarmte ihn wie eine stolze und liebende Mutter.

»Sondahr hatte recht, Karana. Die Geister haben dir eine große Gabe verliehen. Indem du die Namen Umaks, Manaaks und Naknaktups ausgesprochen hast, sind sie wieder bei uns und folgen ihrem Stamm in ein gutes Land, wo sie für immer in den Kindern weiterleben werden, die uns geboren und nach ihnen benannt werden. In einer neuen Welt unter einem neuen Himmel und einer neuen Sonne!« Sie küßte ihn auf die Stirn und wandte sich schnell ab, damit er nicht die Tränen der Liebe in ihren Augen sah.

Er sah sie dennoch und spürte ihre Wärme auf seiner Wange, als er sich zurücklegte und in seine Schlaffelle hüllte. Er legte einen Arm um Aar und überließ sich seinen Träumen — unruhigen Träumen von einem goldenen Land, das unter dem Schatten eines feuerspeienden Berges erzitterte, und von einem wilden, einäugigen Hengst, der auf einem Feuerwind über das Land raste und seinen tödlichen Zorn hinausschrie, während der Wanawut heulte und Blut vom Himmel regnete, das das goldene Land unter sich erstickte.

Navahk saß unter seinem Wetterschutz. Er hatte seit Tagen nicht geschlafen. Er starrte in den Nebel hinaus, als Naiapi auf ihn zukam. Sie trug die schäbige Wetterhaut aus Mammutleder, die sie aus der Hütte Sondahrs genommen hatte.

Sondahr. Sie hätte gewußt, was sie erwartete. Sie hätte ihm sagen können, wo Torka jetzt war.

»Navahk, diese Frau möchte mit dir sprechen.«

Er schnitt eine Grimasse. »Geh weg, Naiapi!«

Sie kniete sich vor ihm hin und sah ihn besorgt an. »Du mußt auf meine Warnung hören, Navahk! Deine Begleiter werden schwach vor Hunger. Sie sind erschöpft von der Verfolgung. Dieser Jub wird uns zum Tal des Mannes mit den Hunden führen, und Torka und sein Stamm werden sterben. Was kann ein Tag schon für einen Unterschied machen?«

Er sah Naiapi an und lächelte, als er sie zurückschrecken sah. Was hatte sie gesehen, das ihr solche Angst machte?

Die Macht der Bestie. Das war es, was sie alle seit den Tagen in ihm sahen, als er seine Macht mit der des Wanawut vereinigt hatte! Viele Nächte war er zur Bestie hinausgegangen und hatte sie mit Fleisch von seinen eigenen mageren Rationen gefüttert, so wie sie ihn fütterte. Er streichelte sie, vereinigte sich mit ihr und ergoß sich in sie, bis er vor Lust bestialisch aufheulte. Es war das Heulen Navahks, das sein Stamm in der Nacht hörte, nicht das Heulen des Wanawut.

Er lachte leise, als er daran dachte. Naiapi hörte die Drohung in seinem Lachen wie Donner in fernen Hügeln und wollte sich bereits zurückziehen, als er ihre Hand packte. »Es ist gut, daß du dich vor mir fürchtest wie alle anderen auch. Morgen werde ich ihnen erlauben, zu rasten und zu jagen. Aber nicht zu ihrem Vergnügen, sondern weil ich es will.«

Sie sah den Wahnsinn in seinem Auge.

»Du hättest Sondahr nicht töten dürfen, Naiapi.«

»Ich dachte, es würde Navahk gefallen.«

»Es hat mir nicht gefallen. Es hat dir gefallen, sie sterben zu sehen ... eine, die mir mehr bedeutet hat, als du mir jemals bedeuten könntest.«

Ihr Herz war kalt und klopfte heftig. »Ich würde gerne deine Frau sein, Navahk. Ich würde dir dienen und dir in allen Dingen viel Freude bereiten.«

»Wir werden sehen, wir werden sehen.« Er lachte, als er sie in den Nebel und die Nacht zurückstieß.

Am nächsten Tag gingen sie auf die Jagd. Es gab nur wenig Wild in dem öden Land, in das Jub sie geführt hatte. Doch die Männer erlegten einige Steppenantilopen und Schneehühner, die am Abend von den Menschen bis auf die Knochen abgenagt wurden. Navahk beobachtete sie, ohne sich an ihrem Festessen zu beteiligen. Nachdem sich alle in ihre Schlaffelle zurückgezogen hatten, trat er allein mit erhobenen Armen unter den Sternenhimmel und rief die bösen Geister Torkas an, für immer von diesem Lager fernzubleiben.

Während Eneela schlief und das Neugeborene an ihrer Brust döste, stand Simu auf und beobachtete den Zauberer schweigend.

Zinkh trat neben ihn, als der Gesang Navahks die Nacht erfüllte.

»Deine Frau hat gut gegessen?« fragte der kleine Häuptling leise.

»Ja, zum ersten Mal seit Tagen, und das Baby ist zufrieden und satt eingeschlafen. So ist es gut. Ich war schon bereit, allein auf die Jagd zu gehen, selbst wenn er es verboten hätte. Aber er hat unseren Hunger bemerkt, also bestand keine Notwendigkeit, ihn herauszufordern.«

»Verlaß dich nicht darauf. Sei in den nächsten Tagen auf der Hut. Und halte deinen Speer bereit!«

Am nächsten Tag machten sie Rast, aber am übernächsten waren sie schon wieder unterwegs und betraten tief zerklüftetes Hügelland. Die Wandernden Berge standen wie Wolken am östlichen Horizont.

Jub streckte den Arm aus. »Torka dürfte sich dort in den Schatten aufhalten. Dort gibt es eine tiefe Schlucht. Zwischen den Bergen dahinter liegt das Tal der Stürme und fünf Tagesreisen weiter das Tal, wo Tomo ums Leben kam. Ich sage euch, es sind die besten Jagdgründe, die ich je gesehen habe. Das ist Torkas Ziel.«

Navahk trieb sie unerbittlich voran, aber die Berge schienen kein Stück näher zu kommen, obwohl sie an diesem Tag nur kurze Rastpausen einlegten. Es dämmerte bereits, als sie eine kleine Herde Kamele sichteten. Navahk wurde bejubelt, weil viele glaubten, daß seine Gesänge der vergangenen Nacht das Wild herbeigerufen hatten.

Er wurde wütend und sagte ihnen, daß ihr Ziel bereits in Sicht war, aber die Jäger erinnerten ihn daran, daß es bereits spät war. Sie wollten das Nachtlager aufschlagen und vorher jagen. Als er ihren Eifer bemerkte, erlaubte er es ihnen.

Die Kamele ergriffen die Flucht, als ein großes Männchen von einem Speer getroffen wurde. Es ging in die Knie, während es von heulenden Jägern umzingelt wurde. Einige Männer setzten den anderen Tieren nach, während zwei junge Jäger, Tlap und Yanehva, eine junge Kuh verfolgten, die im düsteren Gebüsch zwischen den ersten Hügeln verschwunden war. Einige Frauen machten sich Sorgen — sie waren zwar keine Kinder mehr, aber auch noch keine erfahrenen Jäger — so daß Navahk seinen Speer nahm und ihnen folgte. Die Mütter der Jungen dankten ihm.

Es war noch nicht sehr kalt, aber es wurde zusehends dunkler, und die Temperatur fiel. Navahk lief lächelnd durch die klare, schneidende Luft.

Das Kamel hatte bereits ein gutes Stück zurückgelegt, aber die Jungen waren dem Tier auf der Spur. Navahk konnte ihnen ohne Mühe folgen. Sie waren mindestens drei Meilen weit über gewelltes Gelände gelaufen, bis das Kamel müde zu werden begann. Dann trennten sie sich, um sich der Kuh von zwei Seiten zu nähern und sie zu überraschen.

Navahks Lächeln vertiefte sich, denn er war mit der Entwicklung der Dinge zufrieden. Er lief schneller und verfolgte die Spur Tlaps, dessen Fußabdrücke kleiner waren. Navahk würde ihn bald einholen müssen, wenn sein Plan funktionieren sollte. Wie ein Schatten in der Dämmerung näherte er sich lächelnd seiner Beute.

Als Tlap ein Geräusch hinter sich hörte, fuhr er herum, um gegen mögliche Raubtiere gewappnet zu sein. Doch dann erkannte er die vertraute Gestalt Navahks und erwiderte sein Lächeln. Er fühlte sich geschmeichelt, daß der Zauberer sich ihm anschließen wollte, war aber gleichzeitig verärgert, weil er für diesen Jagdzug keine Hilfe brauchte. Tlap zuckte die Schultern, winkte Navahk heran und lief dann in eine Schlucht, die mit dichtem Gebüsch bewachsen war. Er hoffte, er würde das Kamel zuerst finden, damit sein Speerwurf die Beute töten würde.

Dann stieß er einen kurzen gurgelnden Schrei aus, als Navahks Speer ihm plötzlich durch den Rücken fuhr, seine Lunge durchdrang und ihn zu Boden warf. Er konnte nicht atmen, als er hilflos auf dem Boden mit den Armen ruderte, bis Navahk ihm auf die Schulter sprang und damit sein Rückgrat brach. Er zog den Speer heraus und trieb ihn noch einmal durch das wild klopfende Herz des Jungen.

Dann kniete er sich hin und lauschte. Er konnte in einiger Entfernung das Stapfen des Kamels und den jungen Yanehva hören, der es durch das Unterholz verfolgte. Er warf seinen Kopf in den Nacken und heulte.

»Wah nah wah . . . wah nah wut!«

Jegliches Geräusch verstummte — Yanehva war vermutlich vor Schreck stehengeblieben. Navahk heulte erneut, und aus den dunklen, zerklüfteten Hügeln antwortete ihm der Wanawut. Er würde bald hier sein.

»Tlap?«

Der Ruf Yanehvas kam nicht mit der rauhen Stimme eines Mannes, sondern mit der eines ängstlichen kleinen Jungen.

»Tlap . . . wo bist du? Wir sollten lieber umkehren! Hast du es auch gehört?«

Navahk stand zufrieden auf, ging ein paar Schritte und rief: »Lauf, Junge! Der Wanawut ist in den Hügeln hinter dir! Geh! Schnell! Warte nicht auf mich! Ich werde nach Tlap suchen!«

Es war still, bis er wieder heulte und Yanehva erneut erschreckte. Navahk hörte den Jungen in Richtung Lager laufen, als er versteckt in den Schatten stand und auf das wartete, was jetzt kommen würde.

In dieser Nacht stand die Sichel des Mondes am Himmel, als das Tier sich vorsichtig im bleichen, silbernen Licht dem Mann näherte, der es gerufen hatte. Sie zögerte, weil sie den Gestank der Furcht und den Geruch von Blut wahrnahm. Das Tier verzog das Gesicht. Hatte er jemanden seiner Art getötet? Für sie? Sie wollte solches Fleisch nicht essen!

Der Mann stand lächelnd im Mondlicht und winkte sie

heran. Er murmelte wieder mit ruhiger Stimme, wie er es tat, wenn seine Hände sie zu streicheln und sein Körper ihr Freude zu bereiten versprach.

Der Mörder ihrer Mutter.

Haß war ihrer Art eigentlich fremd, und so fiel es ihr auch jetzt schwer, ihn zu hassen. Doch in einem kleinen Winkel ihres Herzens konnte sie ihr Bedürfnis nach Zärtlichkeit und Gesellschaft unterdrücken. Er war jetzt ihr Partner, so wie auch ihre Mutter einst einen Partner gehabt hatte. Es war gut, von einem Mann gestreichelt und geliebt zu werden, auch wenn er nicht von ihrer Art war und sie manchmal über seine Wildheit erschrocken und von seiner Häßlichkeit abgestoßen war. Also antwortete sie ihm, um sein Heulen zu übertönen, schloß die Augen und stellte sich vor, er wäre von ihrer Art.

Navahk hatte sich auf seinen Speer gestützt hingekniet und bot ihr Fleisch an.

Sie kauerte sich vor ihm nieder und sah ihn aus ihren nebelfarbenen Augen an. Warum zögerte sie? Warum aß sie nicht? Sie mußte essen! Die Leiche des Jungen mußte die Spuren ihrer Krallen und Zähne aufweisen, um die Menschen in Angst und Schrecken zu versetzen. Wenn sie sahen, was der Wanawut angerichtet hatte, würden sie sich nicht länger im Land der Windgeister aufhalten wollen, sondern sich eiligst auf den Weg zu den Wandernden Bergen machen.

Lächelnd sprach er mit dem Wesen. »Navahk hat dir Fleisch gebracht! Iß! Zerreiß den Körper und iß dich satt! Und wenn du deinen allzu menschlichen Blick abwendest, wird Navahk dir einen Speer ins Herz stoßen. Er braucht dich nicht mehr, denn ich habe deine Macht zu meiner eigenen gemacht. Ich werde vor nichts auf der Welt mehr Angst haben. Du bist ein häßliches, widerliches Ding, und es wird gut sein, wenn ich dich zu meinem Stamm bringe, die ausgeweidete Hülle auf meinem Rücken, wie ich es mit deiner Mutter gemacht habe. Dann werden sie wissen, daß ich ein Mann bin, dessen Macht sie nie wieder herausfordern dürfen.«

Ihr großer bärenähnlicher Schädel neigte sich zur Seite. Sie hörte zu und versuchte seine Worte zu verstehen. Ungeduldig stieß er den Körper des Jungen in ihre Richtung. »Iß!«

Sie kannte dieses Wort. Er benutzte es oft, jedesmal wenn er ihr Fleisch brachte. Aber da war etwas in seinem Blick und seinem Lächeln, das sie zurückschrecken ließ.

Er war wütend. Mit bloßen Händen riß er das Hemd des Jungen auf und öffnete mit der Speerspitze seinen Bauch. Er zerrte die Eingeweide heraus und hielt sie ihr hin.

»Iß!« verlangte er.

Sie gab ein leises, fragendes Geräusch von sich und hob zu seinem Erschrecken die rechte Hand, in der sie ein Messer hielt. Damit machte sie ihn nach, stieß mit dem Messer zu und sah ihn immer wieder fragend an, als ob sie um seine Erlaubnis bat.

»Nein! Wie ein Tier, nicht wie ein Mensch!« Wütend schlug er ihr das Messer aus der Hand.

Sie schrie überrascht auf und sprang zurück. Dann durchsuchte sie hektisch das niedrige Gebüsch nach dem Messer. Als sie es fand, drückte sie es an ihre Brust und starrte ihn heftig atmend an.

Er hob seinen Speer und hielt ihn zum Angriff bereit. Er wußte, daß er wenig gegen sie ausrichten konnte, wenn sie über ihn herfallen sollte. Sie war einfach zu groß und zu kräftig. Und in diesem Augenblick wußte er, daß er trotz seiner kühnen Reden nur ein ängstlicher Mann aus verletzlichem Fleisch war. Er hatte sie verführt und sich mit ihr gepaart, er hatte ihre Wildheit gezähmt, aber er hatte sie nicht beherrschen oder ihr Wesen verstehen können, wie er es bisher bei keiner Frau geschafft hatte. Jetzt hatte er Angst, als er die Speerspitze senkte und ihr mit dem stumpfen Ende drohte, in der Hoffnung, er könnte sie damit einschüchtern, während er sich ihr näherte.

Sie jammerte schockiert und verängstigt über sein Verhalten, bis sie plötzlich heulend herumfuhr und in die Nacht floh und Navahk mit der Leiche allein ließ.

Niemand wagte es, sich in der Nacht auf die Suche nach ihm zu machen. So entzündeten sie ein rauchendes Feuer aus dem wenigen Brennbaren, das es in diesem feuchten Land gab, und brieten das Kamel, um ohne großen Appetit davon zu essen. Sie riefen seinen Namen und den des Jungen Tlap, während Yanehva grübelnd in den Rauch starrte. Er warf sich vor, nicht nach seinem Freund gesucht oder dem Zauberer beim Kampf gegen den Wanawut geholfen zu haben. Wenn sie nicht in großer Gefahr gewesen wären, hätten Navahk und Tlap sich längst wieder eingefunden.

Schließlich kam der Zauberer ins Lager, mit der Leiche des toten Jungen auf den Armen. Tlaps Mutter brach verzweifelt zusammen und jammerte. Yanehva schämte sich zutiefst, als Navahk erzählte, wie er dem Jungen nicht mehr gegen den Wanawut hatte helfen können.

»Wir dürfen hier nicht bleiben. Böse Geister verfolgen uns, und wir werden nicht eher in Sicherheit sein, bis wir den Stamm des Mannes mit den Hunden getötet und sein Tal in Besitz genommen haben!«

Aber als der Jäger Ekoh die Leiche seines Sohnes übernahm, war er nicht der einzige, der sich über seine tödlichen Verletzungen wunderte. Er sah Navahk an. »Dies hat der Wanawut getan?«

»Wer sonst?« entgegnete der Zauberer auf die Herausforderung. »Mit Zähnen und Klauen wie Messer hat der Wanawut deinen Sohn zerrissen.«

7

Vor ihnen lag der Rauchende Berg. Während der Tage, die kaum mehr als ein kurzes Aufflackern des Lichts waren, eilten Torka und sein Stamm auf das Tal der Stürme zu, um ihr Tal zu erreichen, bevor die Zeit der langen Dunkelheit anbrach.

Sie hatten ihre Spuren gut verwischt und sogar falsche Fährten gelegt, während sie über steinige Abhänge gingen, selbst wenn dies einen Umweg für sie bedeutete. Sie trugen die Schlitten, wenn sie deutliche Spuren auf dem Boden hinterlassen würden, sprangen von Grasbüschel zu Grasbüschel, machten kein Feuer und ließen keinen Abfall zurück. Dennoch wurden sie immer noch verfolgt. Karana wußte es, obwohl Torka langsam Zweifel kamen.

Es war schon mehrere Tage her, seit sie am Eingang zum Tal der Stürme gerastet und das Feuer im westlichen Hügelland gesehen hatten. Lonit hatte gefragt, ob ihre Verfolger vielleicht aufgegeben hatten und umgekehrt waren. Sie würden doch kein so großes Feuer errichten, wenn sie sich vor ihnen verbergen mußten.

Karana konnte darauf nicht antworten, aber er kannte Navahk gut genug, um zu wissen, daß er auch allein kommen würde, wenn alle anderen ihn verlassen haben sollten.

Dann zogen Torka und sein Stamm unter schweren Wolken dahin. Es regnete wieder, aber es war ein warmer Regen für diese Jahreszeit. Als er schließlich aufhörte, blieben die Wolken, und die Temperatur sank nicht mehr unter den Gefrierpunkt.

Als sie im Schatten des Rauchenden Berges vorbeizogen, drang ein leises Grollen vom Gipfel herab, das ihnen in der Nacht den Schlaf raubte. Auch Mutter Erde war unruhig geworden. Am Tag sah das Land anders aus, als sie es in Erinnerung hatten. Offenbar hatte sich geschmolzenes Gestein aus dem Berg ergossen und war zu dunklen Barrieren erstarrt, die stellenweise bis zu hundert Fuß hoch waren. Sie versuchten, die spröden Gesteinsmassen an niedrigen Stellen zu überqueren, aber der Stein zerschnitt ihre Stiefelsohlen. Bald hatten sie alle wunde Füße und humpelten, sogar Aar. Die Frauen verbrachten einen ganzen Tag damit, neue Sohlen aus ihren Schlaffellen anzufertigen.

»So geht es nicht«, sagte Torka. »Wenn wir weiter über den erstarrten Stein gehen, werden wir noch die Entfernung in der Anzahl der Schuhe messen, die wir verbraucht haben.«

»Wir haben genug Häute, um viele Stiefel zu machen«, sagte Lonit, die sich die Füße rieb.

»Vielleicht will das Land uns damit sagen, daß wir hier nicht willkommen sind«, gab Wallah leise zu bedenken. Aber niemand hörte auf sie.

»Wir werden den Gesteinsmassen ausweichen«, beschloß Torka. »Unser Tal ist nicht mehr weit.«

Sie hielten sich daraufhin dichter am hochragenden weißen Massiv der Wandernden Berge, als ihnen lieb war. Die Berge schienen ihnen die Sicht auf den bewölkten Himmel zu versperren. Sie murmelten Tag und Nacht mit dröhnender Stimme, und ab und zu stiegen die Schneewolken von Lawinen aus dunkelblauen Schluchten auf und verhüllten die Berge. Torka und die anderen zogen schnell weiter und sahen immer wieder stumm zu den Gipfeln auf, weil sie befürchteten, daß sie über ihnen zusammenbrechen würden. Sie waren erleichtert, als sie endlich die Lavaströme hinter sich gelassen hatten und wieder im weiten Grasland waren, wo die Wandernden Berge auf jeder Seite Meilen entfernt waren.

Es gab reichlich Wild. Sie jagten und machten an einem kleinen Feuer im Windschatten eines Weidengebüschs Rast, um zu essen. In einer nahen Quelle gab es klares, sauberes Wasser. Als es Nacht wurde, sah Torka den Weg zurück, den sie gekommen waren, und lächelte zufrieden.

»Ich glaube nicht, daß Navahk unsere Verfolger über das erstarrte Gestein bringt.«

In dieser Nacht schliefen sie gut. Obwohl die Dunkelheit viel länger als der Tag war, warteten sie ruhig die Morgendämmerung ab.

Doch als Torka schließlich erwachte, sah er Karana, der besorgt nach Westen blickte und sein Gepäck bereits reisefertig verschnürt hatte.

»Er wird kommen!« sagte er, ohne sich zu Torka umzudrehen. »In unserem Tal können wir uns gegen ihn und seine Leute verteidigen. Hier auf dem offenen Land sind sie uns durch ihre Überzahl überlegen. Wir müssen weiter!«

419

Zwei Tage und Nächte lang versteckte sich das Tier im Gebüsch in den zerklüfteten Hügeln, klammerte sich an den Menschenstein und wiegte sich in den Schlaf, um kurz darauf wieder hochzuschrecken. Sie versuchte zu verstehen, warum die Bestie sich gegen sie gewandt hatte.

Doch es gab nichts zu verstehen, es gab nur Einsamkeit und das schmerzhafte Verlangen nach einem von ihrer Art.

Doch sie war völlig allein auf dieser Welt.

Vielleicht würde er sie wieder streicheln und sich mit ihr paaren, wenn sie ihm folgte und ihm unterwürfig ihre Kehle zeigte. Vielleicht wäre sie dann nicht mehr so einsam . . . und hungrig.

Sie wagte sich aus dem Gebüsch hervor und ging zu der Stelle zurück, wo der Mörder ihrer Mutter die Leiche zurückgelassen hatte. Jetzt war sie ausgehungert genug, um davon zu essen. Aber er hatte sie weggeschleppt. Sie folgte dem Geruch nach Mensch und Blut, bis sie eines Tages in einer dunklen Schlucht auf den Gestank nach verrottendem Fleisch stieß.

Ein aufgedunsener, halb verwester Luchs lag im Schatten. Zwischen seinen aufgerissenen Kiefern steckte noch ein Stück herausgewürgtes Fleisch.

Schlechtes und knochiges Fleisch. Das Kind verzog angewidert das Gesicht. Der Luchs mußte halb verhungert gewesen sein, daß er so gierig von diesem Fleisch gegessen hatte. Ihre Mutter hatte ihr vor langer Zeit beigebracht, daß sie nur weiches Fleisch und Innereien essen sollte. Knochen mußten sorgfältig zerkaut werden, bevor man sie hinunterschlucken durfte. So aß sie jetzt von dem Luchs, schnitt sich mit dem Menschenstein Stücke von der Hüfte ab und rührte die Innereien nicht an, die bestimmt nur schlechtes Fleisch enthielten. Dann schlief sie, bis es über dem fernen Grasland dämmerte.

Sie heulte lang und klagend, als sie das Rudel der Bestien weit vor ihr erblickte. Sie drückte den Stein an die Brust und folgte ihnen.

Es war der Ruf des Wanawut, der die Menschen dazu brachte, Navahk zu folgen. Sie hatten die Lavaströme erreicht und entmutigt angehalten, als Jub verkündete, daß das Tal des Mannes mit den Hunden ein gutes Stück dahinter lag.

»Dieser Mann wird gemeinsam mit seiner Familie umkehren!« sagte Cheanah, und seine Frau seufzte vor Erleichterung. Dann schreckte der Schrei des Wanawut sie auf, und sie hielt schützend ihren kleinen Jungen fest.

»Du hast gesagt, er würde uns nicht in dieses gute Land folgen«, bemerkte Zinkh, worauf Simu, Cheanah und alle anderen Jäger zustimmend murmelten.

Der Zauberer sah Naiapi an, als wäre sie schuld, daß der Wanawut gerufen hatte. Sie wich kreidebleich vor ihm zurück, bis ein verständnisvolles Lächeln auf Navahks Gesicht erschien.

»Geh zurück in die Welt des Wanawut, wenn das dein Wille ist, Cheanah. Und du, Zinkh, schließ dich ruhig mit deinem Stamm an. Navahk hat nicht vergessen, wie der arme Tlap ums Leben kam. Er würde seinen Stamm nie einer solchen Gefahr aussetzen. Nein, Navahk wird zum Tal des Mannes mit den Hunden gehen, wohin der Wanawut nicht folgen wird.«

»Du hast gesagt, er würde uns auch nicht hierhin folgen«, gab Simu zu bedenken.

Navahk sah den jungen Mann verächtlich von oben bis unten an. »Der Mann mit den Hunden ruft den Wanawut, damit er über seine Feinde herfällt. Wenn Torka tot ist, wird Navahk die Bestie erledigen... wie ich schon eine andere Bestie getötet habe. Wer von euch kann sich dessen rühmen? Ich, Navahk, werde jetzt furchtlos in dieses neue Land ziehen!«

Also folgten sie ihm weiter, denn er war sich sicher, daß das unbekannte Land ihnen weniger bedrohlich erscheinen würde als das Land des Wanawut, das sie hinter sich gelassen hatten. Doch unterwegs schloß sich Cheanah den Jägern von Zinkhs Stamm an. Und als der kleine Mann mit dem merkwürdigen Hut leise sprach, nickte Cheanah und winkte auch seine Frau und seine Söhne herbei.

Als es langsam Abend wurde, schienen die Wandernden Berge an beiden Seiten des Hügellandes am Eingang zu ihrem Tal viel näher zu sein, als Torka sich erinnern konnte. Hohe Wälle aus Schnee, Eis und Felsblöcken versperrten den Eingang, so daß sie ihr Tal fast nicht wiedererkannt hätten, wenn nicht die halbverschüttete Fallgrube mit dem Skelett eines Menschen darin gewesen wäre.

»Tomo...« gab Karana dem Toten einen Namen.

Torka vermutete, daß der Junge ihn durch seine Gabe des Sehens erkannt hatte, denn aasfressende Vögel hatten das Fleisch von den Knochen gepickt.

Lonit schlug sich entsetzt die Hände vor den Mund, um einen Schrei zu unterdrücken. Dann sah auch Torka, was aus dem Ort ihrer Träume gemacht worden war.

Es war nicht mehr ihr Tal, nachdem Tomo und Jub darin gehaust und gejagt hatten. Überall lagen die Knochen geschlachteter Tiere. Die Bäume waren gefällt und als Feuerholz benutzt worden. Die Teiche waren stinkende Sümpfe, die mit den Überresten ihrer Jagdbeute und menschlichen Abfällen gefüllt waren — und den Knochen eines Kindes, das dort ertränkt worden war.

»Wir können hier nicht bleiben.« Karanas Stimme war vor unermeßlicher Wut und Trauer verzerrt.

Torka stand stumm da. Ein Sturm erhob sich außerhalb des zerstörten kleinen Tals und in Torka. »Aber wir können auch nicht fort... bis der Sturm vorbei ist.«

In dieser Nacht trug der scharfe Wind aus dem Norden Schwefelgestank mit sich. Navahk verfluchte den Sturm und die Menschen, die ihn begleiteten. Seit Tagen hatte er sie angetrieben, ihre Angst vor dem Wanawut war seine Peitsche gewesen. Aber jetzt war es kalt, und es schneite. Außerdem beunruhigte sie der stinkende Wind. Der ebenso erschöpfte Jub versicherte ihnen, daß der Weg zum Tal nur noch eine Tagesreise entfernt war, aber sie stöhnten und ließen ihr Gepäck fallen. Nicht einmal Navahks Drohung vor dem Wanawut konnte sie jetzt noch zum Weitergehen bewegen.

Alle schliefen — bis auf Navahk.

Gegen den Wind gestemmt umkreiste der das Lager wie ein in die Enge getriebener Löwe. Auch Zinkh war wach. Er lag in seinen Schlaffellen und beobachtete Navahk geduldig bei dem, was er jede Nacht tat. Er verließ das Lager und prüfte den Weg, den er sie am folgenden Tag führen würde. Es war unheimlich, wie gut der Mann mit einem Auge in der Dunkelheit sehen konnte. Wie ein Nachtraubtier brauchte Navahk keine Fackeln, die den Weg erhellten, und hatte auch keine Angst, mit dem Wanawut allein zu sein. Manchmal kehrte er nicht vor Tagesanbruch zurück. Zinkh hoffte, daß heute wieder eine solche Nacht war. Er stand auf und stieß Simu an. Dann kroch er ohne ein Geräusch zu Cheanah und seinen Söhnen hinüber, um auch sie zu wecken.

»Beeilt euch! Die Zeit, auf die wir gewartet haben, ist gekommen«, flüsterte Zinkh. »Jub hat uns genau den Weg beschrieben, der noch vor uns liegt. Wir müssen verschwinden, bevor Navahk zurückkommt, oder es wird zu spät sein, um Torka zu warnen. Ich werde die anderen Männer meines Stammes wecken. Ihr weckt eure Frauen. Knebelt eure Babys, wenn es sein muß! Wir werden uns dem Mann mit den Hunden anschließen!«

Torka und die anderen hatten sich dicht unter dem Wetterschutz zusammengedrängt, während sie auf den Wind horchten, der draußen am Tal vorbeiwehte. Über ihnen war der Himmel in Aufruhr, und es fiel ein trockener Schnee, aber im Tal selbst war es nicht sehr windig. In der Ferne dröhnten die Berge, und Mutter Erde bewegte sich unruhig unter ihnen. Sie hörten im Sturm und Schneetreiben, wie auf dem Grasland Herdentiere schrien, wieherten und trompeteten. Sommermond vergrub ihr Gesicht an Lonits Brust, Iana hielt Demmi im Arm, und Mahnie tröstete Wallah, als wäre sie ihre Mutter. Die Männer saßen aufrecht mit ihren wurfbereiten Speeren da und fragten sich, was ihre winzigen Waffen aus Knochen und Stein gegen die Mächte der Schöpfung ausrichten konnten.

Als es dämmerte, lugten sie unter ihrem schneebeladenen

Wetterschutz hervor. Die Welt war unnatürlich ruhig und düster. Es stank nach Rauch und feuchter Schwefelasche. Der Schnee war so schwarz wie die feinen Ascheteilchen, die vom Himmel herabrieselten. Langsam krochen sie hervor und sahen nach Westen zum Rauchenden Berg, über dem wirbelnde, schwarze und rote Wolken in den Himmel stiegen und Feuer auf die Welt herabregnen ließen. Dann sahen sie die kleine Gruppe angeschlagener, verschreckter Menschen, die über den Gletscherschutt der Wandernden Berge kletterten und auf sie zukamen. Sie wurden von einem krummbeinigen Mann mit einem hohen, zerschundenen Hut angeführt.

»Dieser Mann ist gekommen, um wieder zum Freund Torkas zu werden!« rief Zinkh, der den anderen vorausging. Er brauchte einen Moment, um wieder zu Atem zu kommen, während Torka, Karana und Grek ihre Speere bereithielten und ihn mißtrauisch musterten.

»Legt eure Speere weg! Legt sie weg!« verlangte Zinkh und reckte seine magere Brust, als er stolz auf Torka und seinen Stamm sah. »Zinkh hat seinen Stamm von weit her geführt, um Torka gegen Navahk zur Seite zu stehen! Zinkh hat einen großen Fehler gemacht, diesem bösen Mann zu glauben. Viele Meilen sind wir mit einem schwarzen, stinkenden Wind gelaufen, um ihm und dem Wanawut zu entkommen. Der Mann mit den Hunden wird Jäger mit Speerwerfern gebrauchen können, um Navahk und seinen Männern Widerstand zu leisten! Zinkhs Jäger und Cheanah werden sich Torkas Stamm anschließen, wenn Torka Zinkh vergibt, daß er sich im Angesicht seiner Feinde nicht wie ein Mann verhalten hat.«

Torka war erstaunt, dankbar und belustigt über diese großartige Entschuldigung. Er konnte kaum Worte finden. »Ja, Torka ist einverstanden. So soll es sein«, sagte er schließlich.

»Gut!« rief Zinkh und räusperte sich. Er atmete tief und entschlossen durch und wandte sich Karana zu. »Du! Löwenbezwinger Karana! Zinkh bringt dir etwas mit, was du vergessen hast. Hier: Dieser Mann glaubt, daß dich in den vergangenen

Tagen das Unglück verfolgt hat. Vielleicht wirst du jetzt Zinkh glauben und diesen Hut tragen, damit er uns allen als Brüdern eines Stammes Glück bringt!«

Karana sah dem tapferen und störrischen kleinen Häuptling in die Augen und verstand zum erstenmal, daß die Größe eines Mannes sich nach seiner Treue und seinem Mut bemaß und nicht nach der Höhe seines Kopfes über dem Erdboden.

»Ich werde Zinkhs Hut voller Stolz tragen«, sagte er und bückte sich, damit Zinkh ihm den Hut aufsetzen konnte.

Der kleine Häuptling sah sich um und begutachtete das Tal und die steilen Eiswände. So wie die Erde gebebt hatte, konnten sich diese Wände leicht lösen und sie alle unter sich begraben. »Dies ist kein besonders guter Ort, an dem sich Menschen lange aufhalten sollten, denke ich.«

»Nein«, stimmte Torka zu. »Wir werden hier nicht bleiben. Wir müssen weiter.«

Navahk erwachte. Er war unter seinen Schlaffellen begraben, so daß er sich freikämpfen mußte, um Luft zu bekommen. Dann lag er auf dem Rücken und keuchte im schwarzen Nebel, der überall war. Jeder Atemzug brannte in seinen Lungen, als er nun das ständige Dröhnen der zitternden Erde weit im Osten bemerkte.

Er setzte sich auf und faßte sich an die brennende Kehle, während er die eingemummten Gestalten der Schlafenden um sich herum ansah. Plötzlich erkannte er, daß die meisten gar nicht schliefen – sie waren tot. Es war etwas Tödliches in dem Nebel, der während der unruhigen Nacht gekommen war, das die Lungen verbrannte und den Geist langsam betäubte, bis er nicht mehr existierte.

Er hatte bereits in der vorigen Nacht die Anzeichen erkannt, aber keine unmittelbare Gefahr darin gesehen. Wie immer war er allein durch die dunkle Tundra gestreift, weil er keinen Schlaf fand und nur an seine Rache denken konnte. Außerdem hatte er den Wanawut gesucht, damit er die Bestie töten und häuten konnte, um die Zweifler zu überzeugen. Doch diese Nacht war er wegen rasender Kopfschmerzen früher ins Lager zurückgekommen und hatte das Bedürfnis gehabt, sich einfach hinzulegen und zu schlafen. Dann hatte er geträumt, daß die Erde unter ihm bebte und dröhnte, bis er aufwachte und bemerkte, daß es nicht nur ein Traum gewesen war.

Stolpernd kam er auf die Beine und schüttelte seinen schmerzenden Kopf, um die schwere Benommenheit zu vertreiben. Sein Auge tränte, als hätte jemand heiße Asche hineingestreut. Er sah sich um und stellte fest, daß tatsächlich Asche vom Himmel regnete. Im Osten war der Himmel grau und glich einem gelbwerdenden Bluterguß. So eine Himmelsfärbung hatte er noch nie gesehen.

Als er sich nach Westen umdrehte, packte ihn die Furcht wie eine eiskalte Faust und ließ ihn laut aufschreien. Über den Steilwänden der Wandernden Berge war der Himmel schwarz, und der Rauchende Berg war in Feuer gehüllt. Aus klaffenden Rissen in seiner Seite drang flüssiges Gestein und ergoß sich rauchend über das Grasland. Die Lava begrub die verschneite Tundra unter sich und versperrte ihnen den Rückweg in die Welt der Menschen.

Navahk riß sein Auge ungläubig auf. Aus dem abgesprengten Gipfel des Vulkans kochte eine gewaltige Wolke hoch, die an der Spitze von starken Winden zerrissen und nach Westen getrieben wurde. Etwas tiefer trieben gegenläufige Winde Teile der Wolke nach Südosten. Navahk hielt sich die Hand über Mund und Nase, als er verstand, daß es giftige Gase waren, die in dünnen Schwaden auf ihr Lager zutrieben.

Er starrte fassungslos auf dieses Spektakel und war unfähig, sich zu rühren. Das Getöse kam aus dem Innern des Berges. Aus der Wolke fielen glühende Gesteinsstücke, bei denen es sich nach der Entfernung zu urteilen um riesige Felsbrocken handeln mußte. Der Zauberer rechnete nach. Die Sonne war vierzehnmal aufgegangen, seit sie im Schatten des Rauchenden Berges gewandert waren, aber selbst auf diese Entfernung konnte er spüren, wie die Brocken die Erde erschütterten, wenn sie in den gefrorenen Boden einschlugen.

Entsetzt sah er zu, wie jetzt ganze Gletscher von den Wandernden Bergen rutschten und die Tundra wie Gischtwellen überfluteten. Verzweifelt versuchte er, einen klaren Gedanken zu fassen. Er mußte sofort weg und eine weite Strecke zwischen sich und den Rauchenden Berg bringen! Nach Osten, wo der Himmel noch nicht so sehr von den tödlichen Gasen des Vulkans verschmutzt war. Dann begann ohne Warnung die Erde unter seinen Füßen zu beben. Er fiel hin. Zu seiner Erleichterung erwachten jetzt einige von denen, die er bereits für tot gehalten hatte, und setzten sich nach Luft keuchend auf.

Dann war es wieder ruhig.

Die wenigen Menschen, die diese Nacht des stillen Todes überlebt hatten, begriffen allmählich das Ausmaß der Katastrophe. Für die anderen kam jede Hilfe zu spät. Alle, deren Köpfe nicht vollständig von Fellen bedeckt gewesen waren, hatten den Tod gefunden — Frauen und Kinder, Junge und Alte. Der tödliche Atem des fernen Berges hatte keinen Unterschied gemacht und kein Erbarmen gekannt.

Wieder bebte die Erde. Die Überlebenden — fünf Männer, einschließlich Jub, und nur eine Frau, Naiapi — starrten Navahk mit weit aufgerissenen Augen an und preßten sich Felle vor den Mund.

Auch er hatte große Angst, aber er versuchte, mutig und unbeeindruckt zu erscheinen. »Seht mich nicht so an! Ich bin nicht dafür verantwortlich! Hat dieser Mann euch nicht zur Eile getrieben?«

Ein älterer Mann namens Earak fiel auf die Knie, warf den Kopf in den Nacken und jammerte wie eine Frau. »Alle sind tot! Meine Frauen, meine Söhne! Wo ist der Zauber vom Geisterjäger? Warum hat er uns nicht beschützt?«

Dann trat eine tödliche Stille ein, als zum erstenmal die Abwesenheit von Zinkh, Cheanah, Ekoh, Simu und den anderen bemerkt wurde.

Ogas Mann, ein Jäger namens Rak, ging neben den Leichen seiner Frauen und Kinder in die Knie. »Zinkh und seine Männer haben uns verlassen! Sie sind umgekehrt. Wir hätten Navahk niemals so weit folgen dürfen.«

Naiapi war jetzt wieder ruhig. Mit blitzenden Augen unterbrach sie die hysterischen Worte des Jägers. »Dieser Mann Jub hat uns durch dieses Land geführt und Navahk versichert, daß der Weg sicher wäre. Wenn du wie eine Frau jammern und jemandem die Schuld geben willst, dann gib sie nicht Navahk, der euch immer wieder davor gewarnt hat, seinen Befehlen nicht zu gehorchen. Gib Jub die Schuld und mach Torka für diesen schwarzen Todeszauber verantwortlich!«

Jub wich einen Schritt vor den anderen zurück. Er hatte den Ausdruck eines gehetzten Tieres und erwiderte die Blicke der anderen. »Dies war ein gutes Land, als ich es verließ. Glaubt ihr, ich wäre mit euch zurückgekommen, wenn ich gewußt hätte, was uns erwartet? Nein! Du wirst mich nicht dafür verantwortlich machen, Frau! Es war Navahk, der uns hierher gebracht hat, mit seinem Gerede über diesen Wanawut und seiner Rache am Stamm Torkas!«

Jub sah seinen Tod in den Gesichtern der anderen. Er zog sich zurück, nahm vorsichtig seine Speere und schulterte sein Gepäck. »Ich gehe zurück in die Welt der Menschen! Genauso wie Zinkhs Leute und Cheanah. Wenn jemand mitkommen möchte, bitte schön!«

»Der Himmel ist voller Gift, und das Land brennt im Westen. Feuer regnet aus den Wolken, und die Berge stürzen zusammen. Du kannst nicht umkehren!« tobte Navahk.

»Ich werde mich auf keinen Fall weiter in das verbotene Land wagen!« rief Jub, drehte sich um und trabte los.

Die anderen sahen ihm nach und betrachteten dann ihre Toten. Stumm und voller Trauer wandten sie sich an ihre Familien, verabschiedeten sich von ihnen und bahrten sie auf, damit sie für immer in den Himmel sahen.

»Wir werden weiter nach Osten gehen.« Navahks entschiedener Befehl ließ keinen Widerspruch zu. »Seht, der Himmel ist dort klarer! Wir werden den Stamm des Mannes mit den Hunden finden und sie alle für das töten, was sie uns heute angetan haben!«

Rak sah ihn mit müden Augen an. »Nein, Navahk. Dieser Mann wird dich nicht weiter begleiten.«

Dadurch wurden auch die anderen Jäger ermutigt. Gemeinsam verkündeten sie, daß sie mit Rak Richtung Westen gehen würden.

»Der Wanawut wartet nur auf die, die den Geisterjäger herausfordern!« drohte Navahk ihnen.

Rak schüttelte langsam den Kopf. »Was kann uns der Wanawut noch antun? Wir haben Frauen, Kinder, Brüder und Väter in diesem Lager verloren. Wie könnte er uns etwas noch Schlimmeres antun?«

»Ich könnte euch töten!«

»Dann werden wir eben sterben — aber nicht in diesem Land. Wir werden auf dem Weg zurück in das Land unserer Vorfahren sterben. Dieses Land ist kein Land für Menschen. Es gehört den Geistern . . . bösen Geistern. Komm mit uns, Navahk! Laß den Mann mit den Hunden seinen Weg gehen. Er ist in diesem Land willkommen.«

»Ich will ihn tot sehen!«

»Dann wirst du ihn allein tot sehen. Falls die Frau nicht bei dir bleibt.«

Naiapi hob den Kopf. »Ich bin Navahks Frau! Ich werde ihn furchtlos begleiten!«

Rak zuckte die Schultern. »Es ist deine Wahl. Aber dieser Mann geht jetzt.« Alle anderen stimmten ihm murmelnd zu und nahmen ohne ein weiteres Wort ihr Gepäck und ihre Speere, um sich nach Westen zu wenden.

»Ihr werdet sterben! Ihr werdet alle sterben!« tobte Navahk. »Und diesmal ist es die Macht Navahks, die euch eurer Seelen berauben wird. Solche schwachen und feigen Männer verdienen es nicht, daß sie weiterleben!«

Zitternd vor Wut stand er da und sah zu, wie sie Jub nachliefen. Als sie ihn einholten, setzten sie ihren Weg nach Westen fort, ohne sich noch einmal umzublicken.

Navahks Herz raste, und seine Gedanken bewegten sich im Kreis, wie ein Wolf, der seinen eigenen Schwanz jagt. Er spürte die Kraft seines Lebensziels schwinden. Sie hatten nicht auf seine Drohungen gehört! Sie glaubten nicht mehr an seine Macht und hatten keine Angst mehr vor ihm! Wenn sie durch einen verrückten Zufall doch das Land der anderen Menschen

429

erreichen sollten, würden sie allen erzählen, wie Navahk seine Zauberkraft verloren hatte, als er jemanden verfolgte, der mächtiger als er war.

»Sie werden nicht so über mich sprechen!« fauchte er und ging zu seinen Schlaffellen, um seine Speere und den Speerwerfer zu holen. »Ich werde sie alle töten, bevor sie die Gelegenheit haben, so über mich zu sprechen!«

Naiapi versuchte ihn zurückzuhalten. »Navahk, komm! Wir müssen gehen! Vergiß sie! Schau, die Wolke im Westen wird immer größer, und wir müssen vor ihr fliehen!«

Er hörte nicht auf Naiapis Flehen. Er befreite sich aus ihrem Griff und spurtete über die Tundra, bis langsam ein wunderbares Gefühl der Ruhe seine Verzweiflung verdrängte. Er blieb stehen, blickte nach vorn und lächelte. Er hatte seine Macht noch nicht verloren!

Jub hatte die anderen bis an den Rand der Wolke geführt. Navahk konnte sie kaum noch erkennen, aber was er sah, reichte aus, um ihn vor Freude jubeln zu lassen. Einer nach dem anderen wurden die Jäger langsamer und brachen zusammen. Mit den Händen an ihren Kehlen starben sie!

Er lachte laut und spürte das Brennen in seiner eigenen Kehle nicht mehr. »Ich habe sie getötet! Wer wird jetzt noch die Macht Navahks in Frage stellen?«

Naiapi starrte ihn entgeistert an, als er wieder zu ihr zurückkam. Zum erstenmal sah sie den totalen Wahnsinn in seinem Auge. Aber es war zu spät, jetzt noch vor ihm zu fliehen. Sie war jetzt seine Frau. Und zum erstenmal, seit sie ihn kannte, wollte sie nichts mehr von ihm.

8

Bevor sie ihr Tal verließen, holten sie die Knochen des Kindes aus dem stinkenden Teich, und die Frauen bahrten sie auf, so gut sie konnten. Alle versammelten sich, um ein paar freundliche Worte an den Geist des kleinen Jungen zu richten, der in seinem Leben nie Freundlichkeit erfahren hatte.

Die Knochen Tomos waren halb unter dreißig Fuß hohem Gletscherschutt begraben. Es gab keine Möglichkeit, das Skelett zu bergen, selbst wenn sie gewollt hätten.

»Es war entweder Tomo oder Jub, der dem Kleinen den Schädel eingeschlagen und ihn im Teich ertränkt hat«, sagte Torka grimmig. »Wenn die Geister der weißen Berge die Knochen von einem der beiden haben wollen, wird dieser Mann sie nicht daran hindern.«

Sie schulterten ihr Gepäck, das nun leichter war, da es unter den Neuankömmlingen aufgeteilt worden war. Als sie das Tal verließen, blieb Lonit ein Stück hinter den anderen zurück und sah sich noch einmal nach dem schönen Land um, das sie so sehr geliebt hatte.

»Das habe ich nie in meinen Träumen gesehen.«

Überrascht stellte sie fest, daß Karana neben ihr stand. Er sah so ernst, so viel älter und so traurig aus. Sie hatte das Bedürfnis, ihm mit mütterlicher Zuneigung über das Gesicht zu streichen. Aber er war jetzt ein Mann, und die Geste wäre unangebracht, wenn Zinkh, Cheanah und die anderen zusahen. »Vielleicht weil du es nicht sehen wolltest?«

Er runzelte die Stirn und erinnerte sich an zu viele unangenehme Träume von Eis, Feuer und einem weißen Hengst, der den Himmel aufriß und Blut herabregnen ließ. Ja, vielleicht hatte er es doch gesehen, aber er hatte es nicht verstanden. »Es war ein guter Ort für uns. Wir hätten ihn niemals verlassen dürfen.«

Lonit sah die versammelten Menschen am Eingang zum Tal warten. Mahnie stand neben Iana und hielt Sommermonds Hand wie eine kleine Mutter, während sie Karana bewundernd anstarrte. In diesem Augenblick wußte Lonit, daß Mahnie eines Tages Karanas Frau sein würde. Um das zu erkennen, brauchte sie nicht die Gabe des Sehens.

Schließlich hatten sie doch das Richtige getan. Das Leben im Land der Menschen war hart und grausam gewesen, aber wenn sie ihr geliebtes Tal nie verlassen hätten, wäre Mahnie jetzt nicht hier, und Torkas Stamm wäre immer noch zu klein, um gegen die Mächte der Schöpfung bestehen zu können. Mit Grek, Simu, Ekoh, Cheanah und selbst mit dem angeberischen kleinen Zinkh und den anderen Jägern hatte Torka starke Männer in seinem Stamm, die an seiner Seite jagen würden.

Auch hatte Iana im Land der Menschen ihre Sprache wiedergefunden und neuen Lebensmut gefaßt. Lonit hatte eine neue Freundin in Wallah gewonnen und ihr Selbstwertgefühl wiedererlangt. Das war ein Geschenk der wunderbaren und weisen Sondahr gewesen.

»Wir sollten jetzt gehen!« drängte Karana. »Es ist hier nicht sicher.«

Sie legte ihre Hand auf seinen Arm. »Ich muß mit dir sprechen, bevor wir zu den anderen zurückgehen. Du darfst keine Angst vor deinen Träumen haben, Karana. Du mußt dich ihnen stellen! Du mußt lernen, die Gabe des Sehens zu benutzen. Auf diese Weise haben die Geister schon immer durch dich zu uns allen gesprochen.«

Er schüttelte den Kopf. »Die Geister machen es mir nicht leicht. Ich kann kaum etwas erkennen. Ich sehe nur Nebel aus Blut und Eis und einen Himmel, aus dem Feuer regnet. Es ist etwas, das ich nicht gerne sehe.«

Sie verstärkte ihren Griff um seinen Arm. »Sondahr hat mir gesagt — es scheint mir jetzt schon eine Ewigkeit her —, daß ich dich führen soll, Karana. Aber ich weiß nichts über Träume und die Gabe des Sehens. Ich kenne nur meine eigenen Gefühle und meine Liebe, die ich für dich empfinde, als wärst du mein Bruder oder mein Sohn. Ich habe deine Gabe in dir wachsen sehen. Selbst als du noch ein wilder kleine Junge auf einem Berg warst, wußtest du, was die Stürme des Lebens uns bringen würden. Wenn wir dir geglaubt hätten, wäre uns vielleicht vieles erspart geblieben. Selbst diese Frau hat gelernt, daß viele Dinge nicht so sind, wie sie scheinen, und daß die Menschen, die in ihren Träumen hinter die Dinge sehen können, die Wahrheit entdecken werden, wenn sie sie wirklich sehen wollen.«

Mit ernster Miene gestand er seine Befürchtungen. »Die Wahrheit hinter meinen Träumen ist etwas, das ich nicht sehen will, Lonit, weil ich in meinen Träumen kein Mann bin, sondern wieder der kleine Junge, der allein in einer Höhle haust und den Mond anheult, voller Angst vor einer Welt, die viel zu groß und furchterregend für ihn ist.«

Sie vergaß, daß sie nicht allein waren und umarmte ihn herzlich. »Die Zeit der langen Dunkelheit wird bald anbrechen, Karana, selbst wenn wir nicht davon träumen. Genauso wird die Sonne wieder aufgehen und die Zeit des Lichts wiederkommen. Aber nur, wenn wir uns der Dunkelheit stellen, werden wir die Zeit bis zu den Sonnentagen überleben.« Sie legte ihm die Hände auf die Schultern und sah ihm in die Augen, damit ihre neugewonnene Kraft auch auf ihn übergehen mochte. »Sondahr und Umak sind tot, Karana. Sie waren deine Lehrer. Aber sie können dir jetzt nicht mehr weiterhelfen. Für sie und für uns alle mußt du jetzt das sein, was sie in dir gesehen haben, Karana: ein Herr der Geister, ein großer Zauberer, der dein Vater niemals sein konnte!«

Ihre Worte erschütterten ihn, als hätte ihn ein Blitz getroffen. Er wich zurück und schüttelte ungläubig den Kopf. Sie hatte nach Westen gesehen und war überzeugt gewesen, daß Navahk und seine Begleiter tot waren. Zinkh und seine Leute hatten den ganzen Morgen von nichts anderem geredet. Kein Mensch oder Tier konnte in diesem Aufruhr der Wolken, des Rauchs und des stinkenden Windes überleben. Karana hatte sich nicht wegen seines gehaßten Vaters Sorgen gemacht, sondern wegen des großen Mammuts Donnerstimme und Lebensspender, das sie in dieses Land geführt hatte. Seit sie in das Tal der Stürme zurückgekehrt waren, hatten sie keinerlei Anzeichen von Mammuts entdeckt, nicht einmal in der Nähe der dunklen Fichtenwälder, wo die Herden sonst immer zu finden waren.

Plötzlich vergaß Karana die Mammuts, als in seinem Geist eine Vision explodierte. Unter einem schwarzen Himmel zwischen brennenden Bergen und hohen Wänden aus Eis, die bis in den Himmel zu ragen schienen, galoppierte der weiße Hengst entlang. Auf seinem Rücken trug er eine Frau, und eine wilde Bestie heulte in seinem Schatten. Aus seinem einzigen Auge schoß Blut, als der Hengst sich mit messerscharfen Hufen aufbäumte. Zwei schwarze Schwäne mit blutig verstümmelten Flügeln fielen zu Boden und waren hilflos dem schwarzen Nebel und den brennenden Bergen ausgesetzt. Karana wußte, daß es Torka und Lonit waren, für immer und ewig.

Er keuchte.

»Nein!« schrie er.

Lonit erschrak, weil er plötzlich kreidebleich geworden war. »Was ist los? Habe ich etwas Falsches gesagt?«

Er nahm sie in den Arm. Es machte ihm nichts mehr aus, daß die anderen Zeugen seiner Zuneigung für sie wurden .»Navahk lebt. Er folgt uns. Wir müssen weiter! Sofort!«

Das Tier taumelte verwirrt und ängstlich wimmernd über das zerbrochene, bebende Land. In ihrer Nase brannte es, und jeder Atemzug schmerzte. In den letzten Tagen hatte eine Übelkeit ihre Gedärme in Aufruhr versetzt. Mit letzter Kraft hatte sie sich schnell in einer Höhle unter einem Tundrahügel ein warmes Nest aus Gras und Flechten gemacht. Dort hatte sie geschlafen und von Mensch und Mutter geträumt, während sie den Stein eng an sich gepreßt hielt, als wäre es ein Talisman, der Leben oder Tod bringen konnte. Er beruhigte sie, als sie sich nach dem Sommer sehnte und dem Loch im Himmel, das die Welt wieder in ein süßes Gelb tauchen würde.

Als die zitternde Erde und der dröhnende Himmel sie aus ihrer Höhle getrieben hatten, hatte sie vor Schreck aufgeheult. Seit den Tagen, als ihre Mutter zu atmen aufgehört hatte, war sie nicht mehr so einsam gewesen.

Jetzt hatte sie die Höhle weit hinter sich gelassen und stolperte unermüdlich weiter. Ab und zu schnüffelte sie am Boden nach Spuren des Mörders ihrer Mutter und folgte ihm und der Frau, die mit ihm über das Land zog.

Die Luft wurde sauberer und kälter, je weiter sie nach Osten kamen. Obwohl er seine Gedanken für sich behielt, machte Torka sich große Sorgen, während sie immer weiter in das Tal der Stürme vordrangen. Das Grasland hatte sich verändert. Es erstreckte sich immer noch ohne Ende nach Osten zwischen den hohen Wandernden Bergen, aber sie schienen jetzt viel näher herangerückt zu sein. An manchen Stellen waren die Veränderungen gering — hier ein ausgetrocknetes Flußbett, nachdem der Strom sich anderswo einen Weg gesucht hatte, dort der vertraute Ausläufer eines Gletschers, der sich weiter auf die Ebene hinausgeschoben hatte, oder ein Fichtenwäldchen, das ihnen einst Schutz vor den kalten Winden geboten hatte und nun halb unter Gletscherschutt begraben war.

»Sind die Bäume näher an die Schneeberge herangewandert, Vater?« fragte Sommermond.

»Nein, der Schnee ist näher an die Bäume herangewandert, meine Kleine.«

Sie dachte darüber nach. »Ich mag dieses Land nicht, wo die Berge wandern und der Himmel wütend ist und der Wind stinkt. Ich will nach Hause in unser Tal!«

»Wir sind doch schon dort gewesen, Kleine. Die Geister sind dort nicht mehr freundlich. Wir müssen ein anderes Tal und ein neues Zuhause finden.«

Er führte sie weiter. Obwohl das Land immer fremdartiger und gefährlicher aussah, wußte er, daß es keinen anderen Weg für sie gab. Lavaströme und tödliche Rauchwolken versperrten den Weg nach Westen, und im Norden und Süden erstreckten sich die unüberwindlichen Wandernden Berge, so daß ihnen nur der Weg in Richtung der aufgehenden Sonne blieb.

Auch in den nächsten Tagen fanden sie keinen geeigneten Platz für ein Winterlager. Der Tag war nur noch eine kurze Dämmerung. Es gab kaum Wild zu jagen, und der stetige Wind wurde immer kälter. Je tiefer sie in diesen unbekannten Abschnitt des Tals der Stürme vordrangen, desto näher rückten die Berge von beiden Seiten heran. Stellenweise war das Grasland nur noch eine Meile breit. In der Nacht konnten sie hören, wie sich das Eis bewegte, und am Tag fanden sie überall Spuren von Abstürzen und Lawinen, als würden die Gletscher in einer unaufhaltsamen Welle zusammenstürzen und die Tundra unter sich begraben wollen.

Torka und die anderen setzten ihre Wanderung schweigend fort. Er wußte nicht, ob die Welt der bebenden Erde und feuerspeienden Berge hinter ihnen schlimmer als das Land war, in das er seinen Stamm führte.

»Wir konnten nicht zurück in die Welt der Menschen«, sagte Lonit, die seine Sorgen gespürt hatte. »Bestimmt wird das Tal vor uns wieder breiter werden. Bald werden wir einen guten Platz zum Überwintern finden. Überall sind die Spuren von Wild. Bald werden wir viel Fleisch finden!«

Torka war ihr dankbar für den Versuch, ihn aufzumuntern, aber seine Sorgen blieben. Die Fährten und der Dung der Tiere waren nicht mehr frisch. Zweifellos hatte die zitternde Erde das Wild in Richtung der aufgehenden Sonne getrieben. Doch was erwartete sie dort? Vielleicht war es wirklich, wie die Alten sagten, das Ende der Welt, eine riesige kalte Klippe, hinter der ein unermeßlicher, dunkler Abgrund gähnte, wo sie alle in eine bodenlose Tiefe stürzen würden. Aber nein! Seit Jahren wanderten die großen Herden nach Osten, wenn die Zeit der Dunkelheit begann, und kehrten anschließend wieder zurück. Wo immer sie auch überwintert haben mochten, sie hatten überlebt, genauso wie er und sein Stamm überleben würden!

»Es sieht aus, als wollten sich die Berge vereinen wie zwei Liebende.« Lonits Stimme zitterte. Sie drehte sich um, um zu sehen, ob Sommermond noch bei Iana und Mahnie und damit außer Hörweite war. »Wenn sich die Berge vereinen, werden sie dann nicht das Land unter sich begraben ... und uns auch?«

Diese Frage war ungewöhnlich für Lonit. In den vergangenen Tagen hatte sie immer wieder versucht, den anderen Mut und Hoffnung zu machen. Aber die lange Wanderung zehrte auch an ihrer Kraft. Torka nahm ihre Hand. »Bald werden wir das schmale Land hinter uns gelassen haben. Denk daran, wie es war, als wir vor langer Zeit durch die Winterdunkelheit gezogen sind, ein verwundeter Jäger, ein junges Mädchen, ein alter Mann und ein wilder Hund. Damals waren die Geister uns freundlich gesinnt, und sie werden es auch jetzt wieder sein. Wir sind zusammen, für immer und ewig, und solange sich daran nichts ändert, brauchen wir keine Angst zu haben.«

9

Schließlich weitete sich das Land, und alle konnten aufatmen. Sie lagerten in einer kleinen Mulde zwischen niedrigen Hügeln, die allmählich in eisfreie Gebirgsausläufer übergingen. Dort hatte sich Karana auf einen großen Felsblock gesetzt und blickte in seinen Mantel gehüllt zurück. Seit Tagen wußte er, was er tun mußte, hatte jedoch immer die Augen aus Furcht davor verschlossen.

Es war früh am Abend, aber die Nacht war bereits kurz nach Mittag angebrochen. Ein rötliches Polarlicht erhellte den Himmel, unter dem Torka seinen Stamm weitergeführt hatte, bis die Müdigkeit sie gezwungen hatte, anzuhalten und zu rasten.

Sie waren jetzt beim Essen und verteilten Portionen der Schneehühner und Eichhörnchen, die sie gestern erlegt hatten. Bald würden sie wieder auf die Jagd gehen und die Frauen ihre Fallen stellen. Auch Karana mußte bald auf die Jagd nach einem ganz besonderen Opfer gehen.

Er wußte nicht, wann er erkannt hatte, daß das Schicksal des Stammes in seinen Händen lag. Vielleicht, als er das Blut des Mammuts, seines Totems, in Sondahrs Hütte getrunken hatte.

Karana starrte nach Westen die vielen mühsamen Meilen zurück, während sein Herz mit einem kalten Feuer brannte.

Navahk war irgendwo dort draußen, verfolgte sie und trieb das Wild vor Torkas Stamm her, während er seinem Sohn die Kraft entzog. Navahk war ein Mann, doch Karana nur ein Junge. Solange Navahk lebte, war er ein dunkler Schatten über Torkas Stamm. Jetzt wußte Karana endlich, was er tun mußte, wenn die Geister der Schöpfung ihm seine Mißachtung ihrer Gebote und die Verletzung seines Totems vergeben sollten.

»Karana, du hast lange nichts gegessen. Torka hat mir gesagt, ich soll dir das hier bringen.«

Wie in Trance drehte er sich um und sah Mahnie über die Felsen auf ihn zuklettern. Sie hielt den Trageriemen eines Trinkhorns zwischen den Zähnen. Aar war ein Stück tiefer zurückgeblieben und bellte.

Ich werde diesen Ort bald verlassen, dachte Karana. *Ich werde mich in große Gefahr begeben und vielleicht nicht zurückkehren. Du kannst nicht mit mir kommen, Bruder Hund, sonst würdest du an meiner Seite sterben. Diesmal muß ich meinem Feind allein entgegentreten, alter Freund.*

»Hier«, sagte Mahnie außer Atem. »Es ist nicht viel. Ein Horn mit Markbrühe und Schneehuhnflügeln, aber es wird dir Kraft geben. Ich hoffe, ich habe nicht allzuviel verschüttet.«

Sie setzte sich neben ihn und erwartete bereits, daß er das Horn ablehnen würde, aber dann lächelte sie, als er es annahm. Sie sah ihm zu, als er trank und aß, und sagte ihm, daß er sicher guten Zauber für sie machte und es nicht seine Schuld wäre, wenn die Mächte der Schöpfung nicht zuhörten.

»Sei nicht traurig, Karana. Bald wird alles wieder gut sein. Du wirst sehen!«

Im roten Glühen des Nachthimmels sah sie wunderschön aus. Sie war jung und bereit, alles für ihn zu tun, während ihre Augen leuchteten und ein Lächeln um ihre Mundwinkel erschien. Er hatte nicht die Absicht, sie zu küssen, aber er tat es doch. Und als sie ihn umarmte und seinen Kuß erwiderte, stellte er erstaunt fest, daß er sich wünschte, dieser Kuß möge nie enden. Er hielt sie fest an sich gedrückt und spürte in diesem Augenblick eine Stärke und Entschlossenheit, die er noch nie erlebt hatte.

Ich werde zurückkommen! versprach er. *Und dann wird der dunkle Zauber Navahks der Vergangenheit angehören, und ich, Karana, werde endlich ein Herr der Geister sein.*

Doch die Nacht war jung, und er war es auch, und der warme Körper in seinen Armen war der einer Frau. Als sie an seiner Seite zitterte, legte er ihr seinen Umhang um. Mahnie gab ihm all ihre Liebe, während unten am Fuß des Vorgebirges

Torka lächelnd zu ihnen aufsah und Wallah und Grek sich glücklich umarmten.

Noch bevor es dämmerte, stieg Karana im blutroten Leuchten des Nordlichts vom Vorgebirge herab, nahm seine Speere, kehrte Torkas Lager den Rücken zu und machte sich auf den Weg nach Westen.

Er war so plötzlich verschwunden, daß nicht einmal Aar, der neben den Felsen schlief, ihn bemerkte und ihn auch nach Stunden noch niemand vermißte. Als Mahnie kurz aufwachte, war sie nicht beunruhigt, denn Karana war öfter allein unterwegs. Erst als sie das Lager abgebrochen hatten und für die Weiterreise bereit waren, kamen sie auf die Idee, nach ihm zu rufen.

Aber da war er schon meilenweit entfernt. Ohne Reisegepäck, nur mit seinen Speeren und seinem Verstand bewaffnet ging er einen hohen Eisgrat entlang, von dem er einen guten Überblick nach Westen hatte.

Dann blieb er unvermittelt stehen und hielt einen Speer in seinem Speerwerfer bereit, als er mit kalten, ruhigen Augen beobachtete, wie Navahk und Naiapi durch die Schlucht unter ihm zogen.

Navahk schien ihre Anwesenheit in den letzten Tagen kaum bemerkt zu haben. Naiapi hatte für ihn gelogen und getötet, aber er hatte weder das Bedürfnis, bei ihr zu liegen noch für sie zu jagen, da sein Körper kein Verlangen nach einer Frau hatte und er auch nur selten essen mußte. Die Triebkraft seines Lebens bestand einzig und allein darin, weiterzugehen und zu den Geistern zu singen, bis ihm die Stimme versagte und er erschöpft in die Knie ging. Dann schlief er eine kurze Weile, während Naiapi Wühlmäuse fing oder Flechten und Moose von den Steinen kratzte und in einem Lederbeutel kochte, wenn Navahk ihr unbeabsichtigt genug Zeit ließ, ein Feuer zu machen.

Nur einmal hatte er sie mit Nahrung versorgt, als ein junges, krankes Schaf aus einer eisigen Schlucht gelaufen kam und ihren Weg kreuzte. Navahk hatte es mit einem einzigen Speerwurf erlegt und es roh gegessen. Er nahm sich nicht einmal die Zeit, es zu töten, sondern verschlang es sofort, während das Tier noch zuckte und vor Schmerz schrie. Für Naiapi, die ihn fassungslos angesehen hatte und von seinem bestialischen Verhalten fasziniert gewesen war, blieben nur das Herz und ein paar Knochen übrig, die sie abnagen konnte.

Dann hatte er ruhig und zufrieden geschlafen, wie die meisten Männer nur dann schliefen, wenn sie bei einer Frau gelegen hatten. Sie hatte sich voller Verlangen eng an ihn gedrückt, doch er hatte sie daraufhin so heftig geschlagen, daß ihre Nase brach und blutete. Teilnahmslos war er aufgestanden, hatte seine Sachen genommen und war wortlos weitermarschiert, obwohl es noch tiefste Nacht war.

Aus Angst, alleingelassen zu werden, war sie ihm nachgelaufen, und fand gerade noch Zeit, ein paar Rippenknochen aufzusammeln, die er ihr später wieder wegnahm und von denen er in den nächsten Tagen lebte. Er nagte sie ab und saugte das Mark aus, so daß für sie nichts übrigblieb ... außer ihrem Ärger, der allmählich in Wut überging.

Irgendwann auf ihrem Weg ins Nichts, in den kalten und windigen Tagen und noch kälteren Nächten, war Naiapi klargeworden, daß dies nicht mehr der Mann war, den sie einst geliebt und begehrt hatte. Mit dem Verlust seines Auges und seiner Schönheit mußte ihm auch seine Zauberkraft abhanden gekommen sein, so daß sie nun allein mit einem Wahnsinnigen war, den es nicht kümmerte, ob sie lebte oder nicht.

Als Naiapi erschöpft und mit heftig klopfendem Herzen stehenblieb und zum roten Himmel hinaufsah, erblickte sie einen feuerroten Mann. Seit sie als Braut von Supnah in sein Lager geführt worden war und zum erstenmal einen Blick auf Navahk geworfen hatte, war sie nie wieder von solcher körperlicher Vollkommenheit geblendet gewesen.

Es war Navahk! Naiapi vergaß ihren Hunger, die Anstrengungen und die Erschöpfung eines halben Lebens und sah aus dem Schatten der Schlucht hinauf zu ihm, der so schön und ehrerbietend wie die Sommersonne war. Plötzlich war sie wieder jung und nicht mehr eine ältliche Matrone, die hinter einem einäugigen Zauberer hertrottete.

In Naiapis Geist war es der Navahk, den sie einmal gekannt hatte, der über ihr auf dem Grat stand. Er war jung und leuchtete im Glanz des roten Polarlichts. Er hielt seinen Speer bereit, der auf den Mann vor ihr zielte.

Der junge Navahk auf dem Grat sah dem Zauberer unter ihm ins Auge und zögerte, seinen Speer zu werfen... auf sich selbst? Naiapi war verwirrt. Worauf wartete er? Konnte er nicht sehen, daß der Zauberer einen Schritt zurückgetreten war und sich bereitmachte, seine eigene Waffe in einem tödlichen Bogen fortzuschleudern?

Karana war bereit. Aber er zögerte, weil der Mann unter ihm mehr war als nur sein gehaßter Feind. Navahk war sein leiblicher Vater. Vielleicht hielt sich der Zauberer aus demselben Grund zurück.

»Navahk!« schrie er in die Schlucht hinunter. »Geh zurück in das Land, aus dem du gekommen bist, oder ich schwöre dir bei den Mächten der Schöpfung, daß mein Speer dich durchbohren wird!« Sein Befehl ließ keinen Widerspruch zu. Er hatte mit der Stimme eines Mannes gesprochen, aber diesmal überraschte ihn der Klang nicht mehr. Er hatte seine Jugend und Entschlußlosigkeit hinter sich gelassen. Jetzt war der Augenblick der Konfrontation gekommen.

Doch als Navahk zu ihm aufsah, fing sich Karanas Blick im raubtierhaften Auge des Zauberers, und er fühlte sich plötzlich betäubt und kraftlos. Sein Geist ertrank, schrumpfte und wurde wieder jung und verletzlich, während der Zauberer im Bewußtsein seiner Macht lächelte.

Es war das Lächeln seiner tausend blutigen Alpträume, und er war der Hengst mit den blutigen Fangzähnen. Doch dann erwachte Karanas Jagdinstinkt.

Erinnerungen an die Vergangenheit stärkten seine Entschlossenheit. Er dachte daran, wie er als junger Mann im Fackelschein aus dem Lager der Großen Versammlung vertrieben worden war, wie seine Mutter ihn vor seinem todbringenden Lächeln gewarnt hatte, und wie er als kleiner Junge auf Navahks Befehl ausgesetzt und dem Tod überlassen worden war. Er sah die Gesichter der jüngeren und schwächeren Kinder, die verängstigt und verwirrt eines nach dem anderen gestorben waren. Karana verstand jetzt warum. Der Grund stand jetzt unter ihm.

Navahk sah ihn triumphierend an und lächelte verächtlich, während der Wind von der Anhöhe herabwehte, auf der Karana stand. Karana haßte ihn, als er die Wahrheit hinter seinem Lächeln sah und die Angst, die ihn sein ganzes Leben lang verfolgt hatte, von ihm abfiel. Jetzt war es Navahk, der klein und verletzlich aussah. »Verschwende dein Lächeln nicht an mich, Navahk! Ich habe keine Angst mehr vor dir. Ich bin dein Sohn! Ich habe deine Macht geerbt! Und ich kann deinen Geist besser durchschauen als du meinen. Sei unseren gemeinsamen Vorfahren dankbar, daß ich dich jetzt nicht töte. Also geh! Geh jetzt! Karana schenkt Navahk, seinem Vater, das Leben. Erinnere dich daran und schau dich nie wieder um, denn dann wirst du in die Augen des Todes sehen! Das schwöre ich!«

Aber Navahk ging nicht und wandte seinen Blick auch nicht von seinem Sohn ab, als sich sein Lächeln in einem Wutausbruch verzerrte, der Naiapi in Panik versetzte.

»Navahk!« schrie sie, um die Jugend und Schönheit zu warnen, als beide Männer ihre Waffen schleuderten. Doch der Speer des Zauberers war schneller und traf den Jungen auf dem Eisgrat. Er schrie auf, wirbelte herum und hielt sich den Arm, bevor er stürzte und hinter dem Grat verschwand. »Nein!« kreischte sie. Der Junge hatte seinen Speer geworfen, kurz bevor er selbst getroffen wurde. Er kam heruntergeflogen und hätte den Zauberer getötet, wenn er sich nicht rechtzeitig bewegt hätte.

Doch auch er war getroffen und wurde durch die Wucht nach hinten und zu Boden geschleudert. Er lag einen Augenblick benommen da, bis er sich aufrappelte und mit der rechten Hand nach dem Speerschaft griff, der im Fleisch über der linken Achselhöhle steckte. Sein Auge war vor Schreck und Überraschung weit aufgerissen.

Das Stirnband, das seine Verstümmelung verborgen hatte, war heruntergerutscht. Naiapi starrte die vernarbte und leere Augenhöhle an, die so häßlich wie die Seele des Mannes unter der Maske ansonsten unversehrter Vollkommenheit war.

Jetzt verzog sich diese Maske in einem wütenden Knurren, als Navahk sie aus seinem gesunden Auge anfunkelte. »Du hast meinen Namen gerufen, aber du hast Karana gemeint!«

Sie wich vor ihm zurück und versuchte Klarheit in ihre wirren Gedanken zu bringen. Wer war vom Grat gefallen? Wer lag verwundet vor ihr am Boden? Wieso sprach er über Karana? Der Junge war doch mit Torka davongelaufen!

Er sah den Wahnsinn in ihrem Gesicht und hätte sich nie vorstellen können, daß sie dasselbe in seinem sah. »Du falsche, hirnlose, hängebrüstige Schlampe! Ich hätte dich nie in meinem Schatten folgen lassen dürfen.« Er kämpfte mit dem Speer, biß die Zähne zusammen und erbleichte, als er die Spitze aus seiner Wunde zog. Taumelnd kam er auf die Beine und näherte sich Naiapi mit dem erhobenen Speer und einem mörderischen Blick im Auge.

Plötzlich konnte sie wieder klar denken, als ihr Überlebenswille die Oberhand gewann. Sie wandte sich zur Flucht, aber es war bereits zu spät. Navahk war geschwächt, aber noch in Wurfweite. Es kostete ihn keine große Anstrengung, ihr den Speer tief in den Rücken zu werfen.

Karana fiel. Der Speer hatte seine Kleidung durchdrungen, aber nicht sein Fleisch. Doch die Wucht hatte ihn aus dem Gleichgewicht gebracht, so daß er nach hinten stolperte. Er stürzte kopfüber den Grat hinunter und rollte sich instinktiv zusammen, als er über Eis schlitterte und immer schneller wurde. Er schützte seinen Kopf mit den Armen, während er sich überschlug und weiter herunterrollte, bis ihm schien, als würde er durch das Eis brechen und davon verschluckt werden. Er stieß gegen etwas und stellte fest, daß er den glücksbringenden Hut Zinkhs verloren hatte und fühlte sich verloren und hilflos ohne ihn. Dann fühlte er gar nichts mehr, als er in eine bodenlose Dunkelheit stürzte.

Bruder Hund hatte seine Witterung aufgenommen, bevor sie seine Spuren fanden. Cheanah und die anderen Jäger waren bei den Frauen und Kindern zurückgeblieben, als Torka, Zinkh und Grek sich auf die Suche nach Karana machten. Gut bewaffnet, aber ohne die Last der Rückentragen oder Schlitten kamen sie schnell und leise voran, während Aar ihnen schnuppernd den Weg zeigte.

»Warum mag er uns verlassen haben?« fragte Grek, der die Motive des Jungen nicht nachvollziehen konnte. Er hätte erwartet, daß er an diesem Morgen zu ihm kommen und um die Hand von Mahnie bitten würde.

»Dieser Karana hat ständig komische Ideen in seinem Kopf«, sagte Zinkh. »Aber er hat den Hut dieses Mannes mitgenommen. Also wird ihm kein Unglück zustoßen.«

Torka war sich nicht so sicher. Bevor er mit den anderen aufgebrochen war, hatte Lonit mit ihm gesprochen. Sie machte sich große Sorgen. »Ich fürchte, es hat etwas mit dem zu tun, was ich ihm gestern über seine Gabe des Sehens und seine Träume gesagt habe«, gestand sie. »Wir alle wissen, daß er davon träumt, daß Navahk uns verfolgt, und zwar so oft, daß er kaum darüber spricht, sondern uns nur zur Eile treibt. Kann es sein, daß er losgezogen ist, um Navahk aufzuhalten, um ihn . . .«

». . . zu töten.« Er hatte ihren Satz zu Ende gesprochen, wie er es auch jetzt wieder in Gedanken tat.

Seine linke Hand klammerte sich um den Speerschaft. Mit seiner Rechten faßte er nach der Axt aus versteinertem Walknochen, die an seiner Seite hing. Das Gewicht der Waffe beruhigte ihn. Wie oft hatte sie ihm schon das Leben gerettet? Er erinnerte sich an ein weites, unheimliches, nach Salz riechendes Land, durch das er mit Umak und Lonit gezogen war, während ein verängstigter kleiner Junge namens Karana sie aus einer Höhle beobachtet hatte. Diese Höhle lag an der Flanke eines Berges, der sich ächzend bewegt hatte.

Torka blieb abrupt stehen.

Die Eiskappe auf dem Gipfel dieses Berges war herabgestürzt und hatte den halben Berg mit sich gerissen. Die Lawine hatte die ganze Ostseite unter sich begraben, einschließlich der Menschen, die Torka aus seiner eigenen Höhle vertrieben hatten.

Jetzt wanderte sein Blick über die Berge aus Eis, die sich zerklüftet zu beiden Seiten über ihm auftürmten.

»Was ist los, Torka?« drängte Grek stirnrunzelnd. »Du siehst aus, als wärst du einem Geist begegnet.«

»Das bin ich auch«, antwortete Torka. »Einem Geist aus der Vergangenheit ... einem Geist, der mich warnen will ... wir müssen uns leiser bewegen und Karana so schnell wie möglich finden!«

Sie liefen durch das schmale Land, das ihnen schon vor Tagen große Sorgen gemacht hatte. Unter den unheimlichen Geräuschen der Berge verloren sie die Spur und blieben stehen, während Aar aufgeregt am Boden schnüffelte.

Niemand sah, wie Zinkh von dem Speer getroffen wurde, bis er nach vorne kippte. Der Schaft ragte aus seinem Nacken, und sein Kopf lag im Schnee des gefrorenen Bodens. Mit gebrochenem Rückgrat erstickte er an seinem eigenen Blut, und die Geräusche, die er machte, deuteten auf einen qualvollen Tod hin, den keiner der Männer sich oder seinen Freunden wünschte. Obwohl Grek und Torka an seine Seite eilten, wußten sie, daß sie ihm nicht mehr helfen konnten.

Instinktiv wichen sie sofort wieder vor dem sterbenden Mann zurück. Torka packte den wütend bellenden Aar am Nackenfell und zerrte ihn zwischen die nächsten Eiswände, wo sie sicher vor einem Angriff von oben sein würden.

Torka verfluchte sich selbst. Er hätte damit rechnen müssen. Er war auf Raubtiere wie Bären oder Löwen gefaßt gewesen, hatte aber nicht daran gedacht, daß Navahk und die anderen

Verfolger schon so nahe sein könnten, so daß er unachtsam geworden war.

Doch als er jetzt neben Grek in einer der tiefen, schmalen Gletscherspalten stand und Aar unter einem bläulichen Eisüberhang zurückhielt, sah er zurück zum gegenüberliegenden Gletscher, auf dem Navahk stand. In diesem Augenblick erkannte er, daß er es tatsächlich mit einem wilden Raubtier zu tun hatte.

Ihm lief ein kalter Schauer über den Rücken, als der Zauberer den Kopf in den Nacken warf und wie ein wildes und gefährliches Tier heulte. Das Echo hallte in den Gletscherschluchten wider, als seine Gestalt, die sich dunkel vor den hochaufragenden Eismassen abzeichnete, aufsprang und zu tanzen begann. Die wilde, ungestüme Kraft der Bestie war jetzt in ihm. Unter dem linken Arm des toten Wanawut baumelte sein eigener lebloser linker Arm an seiner Seite, als er triumphierend herumwirbelte und mit dem rechten Arm seinen Stab zum Himmel hob.

»Er ist allein«, flüsterte Grek.

»Und verwundet«, fügte Torka noch leiser hinzu.

»Und so wahnsinnig wie der Nordwind, der über die Tundra rast. Seht, er hat nur seinen Stab und keine Speere bei sich. Ob er alle seine Waffen verbraucht hat?«

Aar versuchte, sich loszureißen. Torka kniete sich hin und legte seinen Arm fest um das Tier. Als er es beruhigend streichelte, wünschte er sich, er könnte sich selbst ebenso beruhigen. Mit tiefer Sorge sah er zu Navahk hinüber. Gegen wen hatte er seine letzten Speere benutzt?

»*Karana!*« schrie Navahk.

Der Name fuhr Torka wie ein Speer ins Herz. Er hielt den Atem an. Der Mann hatte seine Gedanken gelesen und seine Furcht gespürt. Der Mann hatte seinen Sohn getötet! Torka wollte aufspringen, aber Greks mächtiger Körper versperrte ihm den Weg.

»Du suchst nach jemandem, den du nie finden wirst, Torka! Mann mit den Hunden, ich habe ihn getötet, so wie ich auch die Hunde getötet habe, die dich einst begleitet haben! Genauso wie ich deine Frauen und Kinder töten werde und alle anderen, die dich begleiten! Komm, Torka! Versteck dich nicht vor Navahk! Ich habe noch einen Speer für dich übrig!« Er ließ seinen Stab fallen und hob mit einer grazilen Bewegung einen Speer auf, der hinter ihm gelegen hatte. »Komm! Oder hast du Angst? Du solltest wirklich Angst haben, denn jetzt ist die Zeit deines Todes gekommen!«

»Bleib hier, Torka! Du kannst jetzt nichts gegen ihn ausrichten. Er hat eine bessere Position. Er wird dich töten, wenn du hinausgehst! Du...« Greks eindringliche Warnung wurde abrupt unterbrochen.

Tief im Boden setzte plötzlich ein heftiges Erdbeben ein. Torka und Grek hörten die Eismassen um sie herum ächzen und knirschen. Wie als Antwort auf das Heulen des Mannes drang ein tiefes Dröhnen aus den Eisbergen. Torka spürte, wie sich unter seiner Hand Aars Nackenhaare sträubten und der Hund erstarrte.

Hinter Navahk gerieten die Berge in Bewegung. Und dann sahen Torka und Grek voller Schrecken den gewaltigen Erdstoß, der Navahk auf die Knie warf, als ein unartikulierter, verzweifelter Schrei von seinen Lippen kam.

Während sie mit ungläubigem Staunen zusahen, klammerte sich der Zauberer an den Eisblock und versuchte wieder, auf die Beine zu kommen. In einem schmalen Spalt fand er Halt und richtete sich mit steifen Armen und Beinen auf. Als es vorbei war, entspannte sich der Zauberer und lächelte wieder.

»Torka! Jetzt, Torka! Jetzt werde ich dich töten...«

Mit einem ohrenbetäubenden Krachen stürzten die Eiswände der Wandernden Berge ein.

10

Sie liefen um ihr Leben. Sie hatten keine andere Wahl. Das Tal der Stürme brach hinter ihnen zusammen. Navahk hatte wie der Wanawut geheult und seinen Speer zum Himmel gereckt, als er unter Schneewolken und Eistrümmern verschwunden war.

Torka und Grek liefen nebeneinander und schluchzten voller Schrecken und Trauer, daß sie Zinkh und Karana zurücklassen mußten.

Sie liefen weiter und aus dem schmalen Tal heraus, während ihre Herzen rasten, ihre Lungen zu platzen drohten und die Muskeln von der übermenschlichen Anstrengung schmerzten. Vor ihnen lief der Hund, und hinter und neben ihnen stürzten die Eisklippen zusammen. Weißer Nebel und Gletscherschutt ergoß sich über die Tundra und versperrte ihnen für immer den Weg nach Westen.

Endlich öffnete sich vor ihnen das kahle Hügelland, in dem sie zuletzt gelagert hatten. Doch auch hier waren die Wandernden Berge hinter den Ausläufern der Vorgebirge in weiße Wolken gehüllt, die von unzähligen Lawinen aufgewirbelt wurden. Das Getöse machte sie fast taub. Als sie das Lager erreichten, hatte Cheanah die Rückentragen schon bereitgestellt und wartete mit den übrigen Stammesmitgliedern, um sich sofort Torka anschließen zu können.

Obwohl ihnen alle Muskeln schmerzten, liefen Torka und Grek keuchend neben ihren Frauen weiter. Aar kam hechelnd zu Mahnie gerannt.

»Karana?« fragten Lonit und Mahnie gleichzeitig.

Torka und Grek schüttelten den Kopf. Verzweiflung spiegelte sich auf ihren Gesichtern. Lonit und Mahnie blieben stehen und umarmten sich schluchzend. Lonit schloß die Augen und hielt Mahnie im Arm, um sie zu trösten, doch für einen solchen Verlust gab es keinen Trost. Lonit spürte einen Riß in ihrem Herzen. Karanas Tod würde dort für immer eine Narbe hinterlassen.

Als Karana erwachte, nahm er nur Dunkelheit und Lärm wahr. Sein Kopf schmerzte, und überall hatte er Prellungen. Er lag auf der Seite und fror so sehr, daß er seine Finger und Zehen nicht mehr spürte. Er fuhr sich mit der Hand über das Gesicht und stieß gegen ein Stück Eis, das an seiner Nase festgefroren war. In der absoluten Finsternis im Innern des Gletschers setzte er sich auf und rieb seine Gliedmaßen, bis er wieder Leben in ihnen spürte.

Dann saß er still da und lauschte auf das Geräusch von Wasser, das irgendwo unter ihm in der Dunkelheit dahinströmte, während von Ferne ein Dröhnen an seine Ohren drang.

Er fragte sich, ob er vielleicht schon tot war. Doch als sich seine halberfrorenen Finger und Zehen schmerzhaft bemerkbar machten, wußte er, daß er noch unter den Lebenden weilte. Seine Finger tasteten nach der großen Beule auf seinem Kopf. Er erinnerte sich wieder an Zinkhs Hut und damit auch an alles andere.

Dann kamen ihm bittere Tränen, und er schluchzte qualvoll. Er hatte Navahk nicht töten können. Sein ganzes Leben lang hatte er sich den Tod des Mannes gewünscht, doch als er über ihm stand und den tödlichen Wurf hätte anbringen können, hatte er gezögert. Er hatte in das Auge des Mannes geblickt, der ihn so oft zu töten versucht hatte, aus dessen Lenden sein Leben entsprungen war, und hatte sein eigenes Spiegelbild darin gesehen.

Vater. Irgendwo in seinem Herzen war das Verlangen gewesen, ihn so zu nennen, die Vergangenheit zu vergessen und die offenen Wunden zwischen ihnen heilen zu lassen. Doch dann hatte Navahk den Speer geworfen und Karana seinen.

Als er jetzt über seine Beule strich, wußte er, daß Zinkhs lächerlicher Hut seinen Sturz abgefangen und ihm vermutlich das Leben gerettet hatte. Doch dann war er im dunklen Schoß der Erde verschwunden.

Er atmete tief durch und sah sich um. Noch nie hatte er eine so undurchdringliche Finsternis gesehen. Seine Augen tränten von der Anstrengung, irgend etwas erkennen zu wollen. Dann schloß er sie.

Er lauschte auf das Geräusch des fließenden Wassers links von ihm. Es war offenbar ein kleiner Fluß, aber er war sehr schnell. Wohin mochte er führen? Zum Licht?

Er schnappte nach Luft, denn in seiner finsteren Höhle wurde es allmählich stickig. Er stand so schnell auf, daß er mit dem Kopf an die Decke stieß. Eiszapfen stachen in seine Kopfhaut, die mit einem leisen Klirren abbrachen und neben ihm zu Boden fielen. Er hörte es kaum, als er benommen vorwärtstaumelte, über etwas stolperte und kopfüber in den Fluß fiel.

Er schrie auf, als er ins Wasser platschte und durch die Dunkelheit davongerissen wurde. Er schnappte nach Luft, kämpfte sich voran und rief die Geister der Schöpfung und sein Totem Lebensspender an, bei ihm zu sein, ihm Kraft zu geben und ihn ins Leben zurückzuführen – nicht in einen einsamen Tod in der Dunkelheit unter dem Eis, wo seine Seele für immer gefangen wäre und niemals in der Welt der Menschen wiedergeboren werden könnte.

»Donnerstimme! Hilf mir!« schrie er, doch dabei drang Wasser in seinen Mund, seine Nase und seine Ohren und riß ihn nach unten. Er wußte nicht, ob sein Schrei an die Oberfläche gedrungen war oder mit ihm in der schrecklichen, tosenden Dunkelheit ertränkt wurde. »Nein!«

Er hielt den Atem an und kämpfte mit aller Kraft gegen den Fluß an, bis er nach oben und an die Luft kam. Prustend und keuchend ließ er sich auf dem Rücken treiben und spürte, wie ihn die Strömung durch die Dunkelheit riß. Er konnte die schwarze und blaue Decke des unterirdischen Flusses erkennen, an der Eiszapfen hingen und die so schnell an ihm vorbeiraste, daß er nur ein verschwommenes Bild sah . . .

Licht!

Wenn es Licht gab, mußte es aus der Welt der Menschen kommen! Die Mächte der Schöpfung hatten seine Bitte also doch erhört! Er lachte erleichtert auf, bis die Kälte spürbar durch seine nun durchnäßte Kleidung drang.

Er konnte die Dunkelheit und den Fluß bezwingen, aber nicht die Kälte. Er versuchte es, aber sie war ein hartnäckiges und heimtückisches Raubtier. Als der Fluß endlich unter dem

Gletscher hervorschoß und ihn am Rand einer steinigen Fläche im Schatten eines Fichtenwäldchens absetzte, war er kaum noch bei Bewußtsein. Er konnte sich vor Kälte nicht bewegen, sein Herzschlag war nur noch ein langsames, unregelmäßiges Rauschen in seiner Brust, und er hatte keine Kraft, seine Lungen zum Atmen zu bewegen.

Als er es schaffte, ein Augenlid zu heben, sah er dem Tod ins Auge, der in der Gestalt eines roten, zottigen, riesigen Mammuts auf ihn zukam. Wenn es ihn zermalmte, wäre es ein angemessener Tod für jemanden, der sein Totem verraten und das Blut des Tieres getrunken hatte.

»Lebensspender?«

Er sah die Narbe an der Schulter des Tieres und die abgebrochene Spitze, die noch von Torkas Speer übrig war.

Es war Lebensspender!

Er schloß die Augen vor dem unglaublichsten Traum, den er je gehabt hatte, und wartete auf den Tod.

Das Mammut trat dicht an ihn heran. Sein gewaltiger Körper schirmte ihn vom kalten Wind ab, als Lebensspender seinen lebensspendenden Atem durch seinen Rüssel auf die reglose Gestalt eines Jungen atmete, der einst vor ihm gestanden und ihn mutig Bruder genannt hatte.

Erschöpft lag Navahk auf dem Rücken in einem Haufen Schnee und Eis. Sein linkes Bein war noch bis zur Hüfte im Gletscherschutt begraben. Er hatte Stunden damit verbracht, sich freizugraben, nachdem er bereits sein sicheres Ende vor sich gesehen hatte. Aber zwischen den Eistrümmern waren Luftblasen gewesen, und wie durch ein Wunder hatten ihn die größeren Trümmer verfehlt. So konnte er sich durch die Lücken hocharbeiten und hatte sich fast seine Gelenke ausgekugelt, als er sich durch schmale Spalten gequetscht hatte. Aber er war Navahk, und sein Überlebenswille war außergewöhnlich. Er hatte sich einen Weg zurück ins Leben gegraben, bis seine Fingernägel abgebrochen und die Fingerspitzen bis auf die Knochen abgewetzt waren. Doch was war schon etwas Blut und Schmerz verglichen mit einem langsamen und sicheren Erstickungstod? Er hatte unermüdlich gearbeitet und jedes Zeitgefühl verloren, bis er endlich erschöpft dalag und zu müde war, die letzten Eisbrocken von seinem Bein zu wuchten.

Später. Er würde sich später darum kümmern. Er hatte genug Zeit. Jetzt mußt er sich ausruhen und schlafen. Für eine kurze Weile gelang es ihm, doch dann schmerzte wieder die Wunde in seiner Schulter. Er hatte sie bereit völlig vergessen, das letzte Geschenk seines Sohnes.

Karana. Er verzog das Gesicht, als er an ihn dachte, doch dann lächelte er und starrte zum angenehm lebendigen Nachthimmel hinauf. Er war rot von majestätischen Nordlichtern. Wie schön sie ihm jetzt erschienen, als er wußte, daß er sie fast nie wieder gesehen hätte. Sein Lächeln wurde zu einem befriedigten Grinsen. Karana würde sie niemals wiedersehen, dafür hatte er gesorgt.

Endlich! Karana war tot, und er hatte ihn getötet! Und bald, wenn er sein Bein befreit und sich von der Qual erholt hatte, würde er Torka und Lonit folgen und auch sie und ihre Kinder töten. Ja, die Kinder zuerst!

Das Tier sah ihn und beeilte sich. Auch sie hatte sich seit Stunden unter erstickenden Schneemassen hervorgewühlt. Sie war froh, daß sie sich damit aufgehalten hatte, von dem Weibchen zu fressen, das der Mörder ihrer Mutter ihr als Fleisch zurückgelassen hatte. Dieses Fleisch hatte ihr die Kraft gegeben, sich zu befreien, und mit dem Menschenstein hatte sie ihre Arbeit beschleunigt. Jetzt hielt sie ihn in ihrer Faust und drückte ihn an die Brust. Sie hatte nicht geschlafen, sondern war sofort losgelaufen, als sie freigekommen war. Sie dachte nur noch an die Bestie, als sie leise vor sich hinjammerte. Wenn er tot war, wäre sie ganz allein.

Allein. Der Gedanke war erschreckender als die Vorstellung ihres eigenen Todes, viel erschreckender als die Welt, die überall um sie herum plötzlich gezittert und in Aufruhr geraten war.

Dann entdeckte sie die Bestie im Schnee. Ihr Herz klopfte

schneller bei seinem Anblick. Er würde sie festhalten und streicheln. Er würde ihre Angst vertreiben.

Er rührte sich nicht, als sie sich neben ihn in den Schnee kniete. Er war so ruhig und völlig reglos.

Unter ihren gewölbten Augenbrauen verengten sich ihre Lider über den grauen Augen, in denen Furcht und Verblüffung stand. Warum lag er so bewegungslos im Schnee? Menschen schliefen nicht, wenn sie halb unter Schnee begraben waren. Menschen schliefen unter den Fellen der Tiere, die sie getötet hatten.

Schmerzhafte Erinnerungen wurden geweckt. Sie wimmerte leise, als sie an ihre Mutter dachte, die auch so reglos dagelegen hatte, ohne Atem, ohne Bewegung, ohne Leben! Sie beugte sich über den Mörder ihrer Mutter, schnüffelte an seinem Gesicht und lehnte sich erleichtert, aber immer noch besorgt zurück. Er lebte noch, denn er atmete, aber so falsch, daß er jeden Augenblick aufhören konnte, und dann würde er sich nie wieder bewegen. Er würde nie wieder zu ihr kommen, um mit ihr zu sprechen, sie zu streicheln und ihre Einsamkeit zu vertreiben.

Sie bemerkte, daß der Schnee über seiner Schulter rot vor Blut war. Sie schnüffelte daran und schreckte zurück. Es war sein Blut! Die langen, kräftigen Finger ihrer rechten Hand schlossen sich um den Menschenstein, während sie ihm mit der linken Hand den Schnee abklopfte. Sie mußte sich nicht vorbeugen, um zu erkennen, daß er eine Wunde an der Schulter hatte. Sie hatte so etwas schon einmal gesehen, in der Brust ihrer Mutter.

Nachdenklich musterte sie den länglichen Stein in ihrer Hand. Ein solcher Stein hatte ihrer Mutter den Atem genommen. Vielleicht konnte der Stein auch zurückgeben, was er genommen hatte. Bei ihrer Mutter hatte es nicht funktioniert, aber ihre Wunde war viel schlimmer gewesen als die der Bestie. Wenn sie den Stein geschickt benutzte, konnte sie der Bestie vielleicht wieder einen starken, gesunden Atem geben. Dann würde er wieder aufstehen, sie streicheln und . . .

Navahk erwachte schreiend, als er über sich breitbeinig das Tier stehen sah, das ihm immer wieder ein Messer in schrägem Winkel in seine Wunde stieß, so daß es in seinen Brustkorb eindrang und seinem Herzen immer näher kam. Sie sah ihn mit ihren arglosen Augen an und machte beruhigende Geräusche, als wollte sie ihm im selben Augenblick ihre Liebe versichern, in dem sie ihn tötete. Er spürte sein Herz wie wild schlagen, als die Spitze eindrang. Er schrie noch lauter und versuchte, sich in Sicherheit zu bringen, aber sein Bein war eingeklemmt, so daß er sich nicht bewegen konnte, während ihn eine ehrfürchtige Helligkeit erfüllte. Er fiel zurück und starrte in die Augen der Bestie, in denen sich sein eigener Tod spiegelte.

Sie sprang verwirrt und verängstigt zurück und neigte den Kopf zur Seite, als er in sich zusammensackte. Sie kam wieder näher und schnüffelte an seinen Nasenlöchern und seinem offenen Mund. Diesmal war überhaupt kein Atem zu spüren! Sie blies ihm ihren Atem in den Mund. Sie stach erneut auf ihn ein, heftiger als zuvor, um ihn wiederzubeleben, aber der Menschenstein, der ihr so gute Dienste geleistet hatte, versagte nun. Als sie sich in ihrer Raserei selbst verletzte, heulte sie vor Schmerz und Enttäuschung auf und warf den Stein weg. Dann kauerte sie sich zusammen, um an ihrer Wunde zu saugen.

Obwohl sie die ganze lange und kalte Nacht und auch noch bis zur kurzen Dämmerung bei ihm blieb, wachte der Mörder ihrer Mutter nicht wieder auf, um zu atmen, zu sprechen oder sie zu streicheln. Sie hielt ihn in den Armen und hob seine Hände, damit er sie streichelte, aber er tat es nicht. Sie fühlte sich einsam und schlief schließlich in seinen Armen ein, immer noch in der Hoffnung, daß er wieder atmete, wenn sie aufwachte.

Kurz nach Mittag ging die Sonne unter, aber die Bestie rührte sich immer noch nicht. Sein einziges Auge sah glasig aus. Sie legte ihn hin und machte sich zwischen den Eisbrocken auf die Suche nach ihrem Stein. Als sie ihn fand, sah sie nach Osten, wohin die anderen Bestien gegangen waren, in die Richtung, wo das Loch am Himmel aufging. Sie würde ihnen folgen. Vielleicht würde einer von ihnen ihr Heulen hören und wissen, daß sie einsam war. Aber jetzt war der Mörder ihrer Mutter tot. Es war Zeit, in seiner Haut zu tanzen.

Viele Tage lang zogen sie unter einem roten Himmel über das Land nach Osten, während der Wintermond aufging. Schwäne, die hoch oben vor dem kurzen Leuchten der Dämmerung flogen, führten sie zu einem Tal, wo große Herden auf der fruchtbaren, von leichtem Schnee bedeckten Tundra grasten. Das Trompeten von Mammuts brachte sie schließlich an einen kleinen Fluß, wo Karana auf sie wartete. Er trug den Hut Zinkhs, den er am Ufer gefunden hatte ... so wie ihn das große Mammut Donnerstimme gefunden und ihm erneut das Leben geschenkt hatte.

Er hob seine Hand zum Gruß, als Torkas Stamm auf ihn zugelaufen kam. Lonit weinte, und Aar sprang vor Freude über das Wiedersehen, aber es war Mahnie, die ihn im Arm hielt, als er Torka ansah und sagte: »Wo habt ihr solange gesteckt? Karana hat viele Tage und Nächte in diesem guten Land gewartet, um seinen Vater zu begrüßen.«

Im Januar 1994 erscheint von William Sarabande

Das verbotene Land
Die großen Jäger
(Bastei-Lübbe 13510)

Torka hat die wenigen Überlebenen über die Bering-See geführt. Sein Wort ist Gesetz — bis sich ein Krieger gegen ihn erhebt und Getreue um sich scharrt. Torka und seine Familie müssen fliehen — und sie gelangen in das verbotene Land, in das noch nie ein Mensch seinen Fuß gesetzt hat.

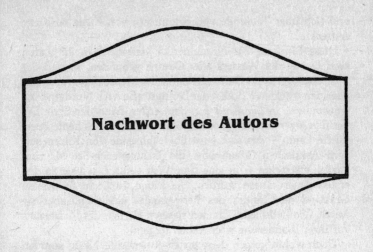

Nachwort des Autors

Der Autor ist schon seit langem der Überzeugung, daß Literatur dann am spannendsten ist, wenn sie auf Tatsachen basiert, denn nach der altbekannten Redensart ist die Wirklichkeit viel erstaunlicher als jede Phantasie. Und keine Periode menschlicher Geschichte ist faszinierender als die Eiszeit, in der unsere Vorfahren ums Überleben kämpften und trotz aller Widrigkeiten erfolgreich waren.

Nach den gegenwärtigen Erkenntnissen der Geologie bestand die Eiszeit nicht nur aus einer, sondern mehreren langen Kälteperioden. Mindestens viermal während der letzten zwei Millionen Jahre ist das Klima auf der ganzen Welt kälter geworden, so daß die Kontinente mit großen Eispanzern überzogen wurden. In der kältesten Epoche war halb Nordamerika von einer riesigen Eismasse bedeckt, die bis zu drei Kilometern hoch war und sich über Tausende von Kilometern von Küste zu Küste erstreckte.

Diese Eismasse hat Nordamerika verändert. In ihr waren zwei Drittel des Wassers aller Ozeane gebunden, so daß der Meeresspiegel sank. Dadurch konnte der Mensch von Asien aus über den trockenen Boden der Beringstraße nach Nordamerika einwandern. In *Land aus Eis*, dem ersten Band der Serie *Die Großen Jäger*, hat Torka seinen Stamm über dieses heute überflutete Land — das sich einst über Tausende von Kilometern vom Arktischen Ozean über die Tschuktschen-See bis zum Pazifik erstreckte — in eine neue Welt geführt, wo sie zu den ersten Amerikanern wurden. Sie wären vielleicht im weiten Grasland der Tundra des Beringlandes geblieben, aber sie waren Großwildjäger, die den riesigen Herden des Pleistozäns auf ihrer Wanderung nach Osten folgten.

Doch wohin gingen diese ersten Amerikaner? Wie konnten sie weiter in diese gefrorene und ungastliche Welt eindringen, wenn sie unter einer hohen Eisschicht begraben lag? Sie gingen durch das Tal der Stürme — das es wirklich gab und nicht der Phantasie des Autors entstammt.

Außer in den kältesten Perioden der verschiedenen Eiszeiten bestand das kontinentale Eis Amerikas immer aus zwei Schilden. Während der jüngsten Eiszeit hießen sie der Laurentische und der Kordilleren-Gletscher. Wo sie sich am östlichen Rand der Rocky Mountains trafen, blieb ein schmaler Korridor frei, der tief nach Amerika hineinführte. In jeder Eiszeit gab es dieses Tal der Stürme, wo sich im Sommer reiches Grasland erstreckte und im Winter heftige Stürme tobten.

Zu Torkas Zeiten, also vor mehr als vierzigtausend Jahren, mochte sich dieser Korridor weiter nach Norden und Westen erstreckt haben als während der letzten Vereisung. An seiner breitesten Stelle maß dieser eisfreie Streifen kaum mehr als hundert Kilometer, während sich zu beiden Seiten drei Kilometer hohe Eiswände erhoben. Wenn die beiden Eisschilde in bestimmten Epochen näher zusammenrückten, braucht man wenig Phantasie, um sich auszumalen, wie es für die Menschen gewesen sein mag, die dem Wild zwischen den Wandernden

Bergen ins Land der Stürme gefolgt waren, das diesem Roman seinen Titel gab.

Vor über sechstausend Jahren kamen Horden asiatischer Nomaden aus der Taiga, um die friedlichen Ur-Eskimos, die in den sibirischen Steppen von der Rentierjagd lebten, nach Osten zu verdrängen. Dort besiedelten sie die Aleuten-Inseln, wagten sich über die seichte Beringstraße und stießen weiter in die weite, öde Tundra Nordalaskas vor. Dort wurden sie von Paläo-Indianern verschiedener Stämme begrüßt, die von früheren Einwanderern abstammten. Diese Paläo-Indianer hatten schon seit Jahrtausenden in dem ›neuen‹ Land gelebt und von Alaska bis Feuerland eigene ethnische, kulturelle und sprachliche Gruppen herausgebildet — weil vor undenklichen Zeiten eine Handvoll Menschen den Herden des Pleistozäns von Sibirien aus entlang den Bergen der Brooks-Kette durch das Yukon-Tal zum weiten Delta des Mackenzie gefolgt waren.

Der Autor hofft, den Leser nicht nur durch die erfundenen Abenteuer und Reisen Torkas, des ersten Amerikaners, unterhalten zu haben, sondern daß er ihn auch mit auf eine Reise in die Vergangenheit genommen hat, um eine Epoche zu erleben, die so weit wie möglich den bekannten geschichtlichen Tatsachen entspricht.

Denen, die sich fragen, ob das ›Kind‹ in diesem Roman auf Tatsachen beruht oder der Phantasie entsprungen ist, möchte der Autor nur sagen, daß es in ganz Amerika viele Mythen über halb menschliche, halb geisterhafte Geschöpfe gibt. Obwohl in der Neuen Welt noch keine Knochen des Neandertalers gefunden wurden, taucht der Wanawut in verschiedenen indianischen Sagen auf, die die Existenz solcher Wesen in der Urzeit auf dem Kontinent nahelegen. Der Name stammt von den Chumash-Indianern aus Südkalifornien, die erzählen, daß ihr Volk vor langer Zeit aus dem fernen Norden kam, dem Land des Wanawut, wo ›die Furcht geboren wurde‹.

Noch einmal muß der Autor dem Team von Book Creations für seine unschätzbare und zeitsparende Hilfe bei den sorgfältigen Recherchen danken, die für die Entstehung dieses Romans notwendig waren. Im besonderen sei der Bibliothekarin Betty

Szeberenyi und Laurie Rosin gedankt, die nicht nur eine außergewöhnliche geduldige Lektorin ist, sondern sich als interessierter und begeisterter Spürhund für mich eingesetzt hat.

William Sarabande
Fawnskin, Kalifornien

Band 13 432
William Sarabande

Land aus Eis
Deutsche Erstveröffentlichung

Vierzigtausend Jahre vor unserer Zeitrechnung: Wilde Stürme toben über der zugefrorenen Bering-See; gefährliche Mammuts ziehen durch die endlose Schneesteppe. Für den jungen Krieger Torka und seinen Clan ist jeder Tag ein Kampf ums Überleben. Wenn sie nicht, bevor der barbarische Winter beginnt, Nahrung finden, sind sie verloren. Also zieht Torka mit seinen beiden tüchtigsten Kriegern los, um ein Mammut zu erlegen, während der Stamm im Winterlager ausharrt. Die Zeit vergeht. Als Torka nicht zurückkehrt und die Hoffnung auf Nahrung schwindet, bricht der alte Umak in die schier endlose Scheewüste auf. Schon bald macht er eine furchtbare Entdeckung: Ein riesiges, sagenumwobenes Mammut jagt durch das Land aus Eis.

Sie erhalten diesen Band im Buchhandel, bei Ihrem Zeitschriftenhändler sowie im Bahnhofsbuchhandel.

Band 20 208
Ellen Kushner
Thomas der Barde
Deutsche
Erstveröffentlichung

Mit seinen zauberhaften Liedern und wundervollen Geschichten hat Thomas der Barde das Herz der jungen Elspeth gewonnen, als er plötzlich vom Antlitz der Welt verschwindet. Während Elspeth um die verlorene Liebe trauert, verlebt Thomas eine seltsame Zeit als Gefangener der Königin von Elfland. Zuerst widerwillig, dann immer verzauberter gibt Thomas sich den Jahren voller Wunder und Magie an der Seite der Königin hin. Dann aber kehrt er ins Reich der Lebenden zurück und ist mit einem wunderlichen Fluch geschlagen: Er kann den Menschen nichts als die reine Wahrheit sagen.

ELLEN KUSHNERS preisgekrönter Roman *Thomas der Barde* ist sicherlich eines der schönsten Fantasy-Epen. Mit kunstvoller Phantasie versteht es die junge amerikanische Autorin, alten Märchenmotiven neues Leben einzuhauchen.

Sie erhalten diesen Band im Buchhandel, bei Ihrem Zeitschriftenhändler sowie im Bahnhofsbuchhandel.

Band 20 207
Diana L. Paxson
Der Zauber von Erin

Die Geschichte von Tristan, Mark und Isolde – verwoben in die Wirren des sechsten Jahrhunderts unserer Zeit.

Der legendäre König Artus ist in die Nebel von Avalon heimgegangen, und ohne ihn scheint die keltische Kultur zu zerfallen. Das Christentum hat seinen Siegeszug angetreten und nun auch das ferne Irland erreicht. In dieser Zeit macht sich die Prinzessin von Erin auf, den König von Kernow zu ehelichen, der für sie erwählt worden ist. Doch ein Schwur und ein Zauber binden die schöne Esseiltes an den jungen Drustan. Daher ist es Branwen, Esseiltes Vertraute, die bei dem mystischen Ritus der Vermählung an Stelle der Prinzessin die Ehe vollzieht und zur Königin des Reiches wird. Die selbstlose Branwen verfängt sich in den Netzen, die sie um Esseiltes willen geknüpft hat, doch kann es auch für ihre Liebe eine Erfüllung geben?

›Eine wundersame Verbindung von Legende und Wirklichkeit . . . Ein großartiges Buch.‹
　　　　　　　　　　　　　　　　　　　　　　　　　　　Marion Zimmer Bradley

Sie erhalten diesen Band im Buchhandel, bei Ihrem Zeitschriftenhändler sowie im Bahnhofsbuchhandel.

Band 28 212
David Gemmell

Der Löwe von Macedonien
Deutsche Erstveröffentlichung

Der erste Band einer großen historischen Fantasy-Saga aus den glorreichen Tagen des antiken Griechenlands.

Parmenion ist ein Junge, der gefürchtet und geschmäht in den Straßen von Sparta aufwächst. Ständig ist er gezwungen, um sein Leben zu kämpfen. Dann aber erlangt er wegen seiner militärischen Fähigkeiten den Titel eines *strategos*, und er verläßt die Stadt der Krieger. Unversehens wird er zu einem der gefährlichsten Feldherren der antiken Welt – bis er in eine Sphäre der Geheimnisse und der Magie gerät. Eine alte Seherin will Parmenions Schicksal bestimmen, denn eine große, dunkle Gefahr drängt in die Welt. Und nur Parmenion kann sie aufhalten – als Löwe von Macedonien.

Sie erhalten diesen Band im Buchhandel, bei Ihrem Zeitschriftenhändler sowie im Bahnhofsbuchhandel.